La chute des mondes

37, rue de Caumartin - 75009 Paris

ISBN : 2-84588-059-6

Alexis AUBENQUE

La chute des mondes

Éditions Florent Massot Présente

Remerciements

Je tiens à remercier Diane Boisselet, Florent Massot, Gilles Vidal, Caroline Moreau et Virginie Laromiguiere pour leurs conseils et leur soutien permanent.

PROLOGUE

Terre

Cela faisait deux heures qu'il contemplait la pluie qui ne cessait de tomber devant la vitre de son bungalow, posé sur la colline de sable. Il ne pouvait détacher son regard de la mer qui s'agitait au bas de la dune. Un immense cargo-bunker voguait au loin. De sa position, il n'arrivait pas à comprendre comment ce monstre de métal pouvait croire en sa réussite face à l'élément incontrôlé qui le faisait valdinguer en tout sens. Et pourtant il savait qu'une fois de plus ce produit de la main de l'homme saurait sortir vainqueur de cette tempête.

— Qu'est-ce que tu regardes ? fit une douce voix dans son dos.

Il se retourna et son regard tomba sur le corps dénudé de sa compagne qui se prélassait sur un lit trop étroit pour y tenir à deux.

— Rien.

Il se rapprocha et se penchant vers elle, il déposa un baiser sur son ventre. La fin de son exil arrivait à son terme. Le moment de la reconquête était enfin venu, et quoi qu'il ait pu dire de cette situation qui durait depuis plus de cinq cents ans, une pointe de chagrin l'envahit quand il imagina tout ce qu'il risquait de perdre dans le futur.

— Je t'aime Christina, lui dit-il avant de se jeter sur elle.

Il se débarrassa de son short et se laissa aller une dernière fois à l'insouciance des jeux amoureux.

CHAPITRE 1

Albidan

— Incroyable, fit Guntray en ôtant son masque à oxygène.

La pêche avait été miraculeuse. Quinze jours de plongée infructueuse dans les bas-fonds de la fosse de l'Éclipse pour enfin dénicher ce pur joyau de la civilisation maltâme.

— Jamais vu un truc pareil, s'exclama à son tour Pilic qui commençait à désespérer de trouver quelque objet de valeur.

C'était à partir d'une confidence faite sur l'oreiller par la duchesse de Barné, que Guntray Marshall s'était lancé dans cette aventure périlleuse à la réussite très hypothétique. De toutes les œuvres extraterrestres recherchées, l'Œil de Dieu était la relique la plus convoitée. Le symbole d'une civilisation aujourd'hui muette et mystérieuse. Un trésor qui vaudrait à son découvreur gloire et fortune.

— Nous sommes riches, Pilic. Admire-moi ça, reprit-il sans quitter du regard cet œuf gros comme un poing fermé et dont les couleurs ne cessaient de changer.

Si l'on en croyait les écrits de la bible pharanique, l'Œil de Dieu aurait été le dernier présent fait aux Maltâmes par une divinité venue leur apporter la bonne parole. Cet événement remontait à plus d'un million d'années, quand l'homme n'était encore qu'un primate vivant dans la peur des carnivores qui dominaient la Terre. Et si tout le monde se plaisait à mettre en doute la réalité des faits décrits dans la bible, bon nombre d'entre eux avaient changé d'avis lorsque, au cours d'une banale inspection d'une planète ayant appartenu aux Maltâmes, deux ingénieurs du Génie avaient découvert les restes d'un sarcophage que l'analyse carbonique avait daté de l'époque de Pharanis, le Messie du peuple maltâme. Depuis, la Fédération avait mis en place un département qui avait pour unique objectif la découverte d'autres vestiges.

Mais comme dans tout système humain, des fuites se propagèrent à travers toutes les couches de la société civile et très vite quantité de personnages aussi divers que des religieux, des chasseurs de trésors, de grands groupes industriels, se mirent en demeure de participer à une quête que l'on avait espérée confidentielle.

La bible pharanique avait été jusqu'alors la seule preuve de l'existence des Maltâmes, et la convoitise que pouvait engendrer la révélation de l'existence d'autres reliques avait fait craindre au gouvernement de la Fédération un conflit qui ne pouvait que conduire à la rupture d'un équilibre déjà précaire.

— On est vraiment verni, renchérit Pilic qui tendit sans s'en rendre compte la main vers l'objet.

Guntray hocha la tête pensivement et effaça le sourire qui illuminait jusqu'alors son visage. Il aimait savourer ces moments de victoire, mais savait aussi garder la tête froide quand la situation l'exigeait. Si leur recherche venait de prendre fin, ce n'était pas le cas de leur périple. Le plus dur restait à accomplir : s'échapper d'Albidan sans se faire rattraper par les forces de la Fédération qui jalonnaient cette planète, à la recherche de la relique ancestrale.

Il laissa Pilic se saisir du joyau et s'aperçut, dépité, que rien ne se produisait. Décrite comme un cadeau de Dieu, Guntray s'attendait inconsciemment à ce que son œuvre ne puisse être profanée par une main humaine. Mais à ce qu'il semblait, Pilic était toujours en vie.

— Pas plus lourd qu'une plume, s'étonna ce dernier en tendant l'objet à son patron.

Guntray le prit dans sa paume puis le fit tournoyer un instant entre ses doigts et essaya de déceler un quelconque défaut dans cet œuf aux couleurs changeantes. Il le souleva au-dessus de sa tête et le fit miroiter à la lumière des cristaux fluorescents qui illuminaient la grotte sous-marine dans laquelle ils se tenaient. Il s'émerveilla alors des rayons qui s'en dégageaient et se mit à observer cet endroit féerique.

— Chère duchesse, si vous saviez comme vous me faites plaisir, souffla-t-il en pensée, à la femme qui lui avait indiqué la piste de ce trésor.

Célibataire endurci, il n'avait jamais désiré se perdre dans les méandres du mariage et devoir ainsi rester fidèle à une seule épouse. Il croyait en la puissance de l'amour passager et se moquait des romantiques qui pensaient qu'un amour unique pouvait être éternel. De conquête en conquête, il se plaisait à rester libre de ses sentiments et de ses envies charnelles. Il était un libertaire qui n'acceptait aucune règle et aucune soumission que ce soit en amour ou en d'autres domaines. Et ce fut sans nul doute sa réputation de grand voyageur qui attira l'attention des femmes du monde qui s'enorgueillissaient de l'inviter dans leurs soirées où il se complaisait à raconter sa vie d'antiquaire explorateur.

— Au fait, tu ne m'as jamais dit comment tu étais au courant de sa présence sur Albidan ? demanda alors Pilic, le sortant de sa rêverie apaisante.

Et pour cause, je n'ai aucune envie, se retint-il de dire.

Même s'il avait une confiance aveugle en son subordonné qu'il connaissait depuis près de trois ans, il ne s'en tenait pas moins à une règle d'or qu'il s'était fixée : ne jamais trahir la confiance de ses indicateurs.

La duchesse de Barné était la maîtresse d'un des proches conseillers du ministre de l'Extérieur, et si par mégarde quiconque l'apprenait, l'opprobre aurait vite fait de rejaillir sur elle et sur toute sa famille. Si Guntray n'était pas fidèle en amour, il l'était néanmoins en amitié.

— L'intuition, répondit-il énigmatiquement. Allez, on y va.

Il s'obligea à ranger l'Œil de Dieu dans une sacoche hermétique, et remettant son masque à oxygène, il plongea les pieds en avant dans la mare d'eau salée qui obstruait la grotte sous-marine.

Éclairé par la lumière de son casque, il se dirigea à l'aide d'un radar de poche dans les tunnels sub-aquatiques qui creusaient la côte de ce petit paradis terrestre qu'était le nord du continent litinuien de la planète Albidan.

Usant de leurs palmes, ils progressèrent vers le plein océan où les attendait un voilier loué pour l'occasion. De mètres en mètres, ils rencontrèrent toutes sortes de poissons aux formes et aux couleurs aussi étranges qu'exotiques. L'impression fugace de se trouver dans un aquarium géant envahit Guntray, avant d'être remplacé par un sentiment de futilité dans ce qu'il venait d'accomplir : à quoi bon courir l'univers à la recherche de reliques oubliées ? Pour le plaisir ? Alors qu'il ne se sentait jamais aussi serein que dans les bras d'une femme.

Il aurait pu continuer longtemps ce vagabondage philosophique si, une tache soudaine sur son radar ne l'avait averti d'une présence inopportune à moins d'une quarantaine de mètres de leur position.

— Pilic, fais attention, maman rentre à la maison, fit-il à son comparse par le micro fixé dans sa gorge.

L'inconnu n'était rien d'autre qu'une murène géante qui avait élu domicile dans des conduits naturels. Elles étaient peu nombreuses depuis que le gouvernement de la planète avait décidé d'en exterminer la majeure partie et de n'en laisser subsister que quelques spécimens dans une réserve aquatique. Mais malgré la folie destructrice de l'homme, la vie sauvage savait réagir et se protéger. Les murènes avaient appris à se méfier des leurres et à user de façon efficace de leur sonar, ce qui avait permis aux plus intelligentes d'entre elles d'éviter les pièges des nouveaux maîtres des mers.

— T'inquiète, je ne vais en faire qu'une bouchée.

Ils stoppèrent leur avancée et tout en essayant de stabiliser leur position dans l'eau, ils dégainèrent leurs armes et attendirent l'arrivée de la bête. Les yeux fixés sur le radar, Guntray s'étonna de la faible vitesse de la murène qui, selon les légendes, était le poisson le plus rapide de l'océan.

Vingt mètres, compta-t-il, dix-neuf, dix-huit, dix-sept...

Il n'eut pas le temps de compter les derniers mètres que le point sur le radar rejoignait déjà leur position. Son instinct lui fit lever les yeux. Il aperçut une monstrueuse mâchoire couverte de dents longues et acérées comme des couteaux de boucher. Son cœur suspendit un instant ses battements, et son visage se vida de toute couleur. Il n'aurait pas manqué de crier s'il n'avait eu le souffle coupé par cette vision de l'enfer.

Mais avant qu'il ne maudisse son imprudence, une déflagration retentit et un maelström l'envoya virevolter contre les parois du tunnel tel un fétu de paille emporté par le vent. Secoué en tout sens, il ne pensait qu'à une chose : maintenir sur sa bouche le masque à oxygène. Bientôt les courants marins cessèrent et il put enfin se stabiliser d'un coup de palmes.

— Pilic, nom de Dieu, tu es complètement malade ! Tu veux nous tuer ? gronda-t-il.

— Me dire merci t'arracherait la gueule ? hurla à son tour Pilic.

Sa peur des gros poissons lui avait fait emporter dans sa sacoche une grenade à neutrino, et cela malgré l'injonction de son patron de ne pas y toucher. À présent, flottant à plus de cinquante lieues sous les mers, le souffle court, il remercia son Dieu de l'avoir poussé à désobéir.

— Ok, excuse-moi, répondit alors Guntray en se rapprochant de Pilic qu'il retrouva grâce au radar.

Avec plus de prudence, ils reprirent leur progression et débouchèrent au bout d'une vingtaine de minutes dans l'océan, avant d'en crever la surface quelques instants plus tard.

Les deux lunes d'Albidan éclairaient de leur lumière spectrale l'océan à la faveur de cette nuit sans nuage. Guntray ne perdit pas de temps à apprécier la beauté du spectacle, et nagea vigoureusement vers le voilier qui l'attendait plus loin sur sa gauche. Il savait que le temps jouait contre lui. À cette heure, on avait dû retrouver sa trace et il ne lui restait pas plus de quelques heures avant que les agents de la Fédération ne lui mettent le grappin dessus.

Parvenu à la coque, il s'agrippa à l'échelle, et grimpa jusqu'à se retrouver sur le pont arrière du voilier.

— Foutons le camp, l'explosion a sûrement été repérée par tous les sismographes de la planète, fit Guntray en fonçant vers la cabine de pilotage alors que Pilic venait à peine de monter à bord.

Il actionna les moteurs et régime à fond il dirigea l'embarcation en direction d'une crique où l'attendait, plus loin dans les terres, un véhicule tout-terrain, qui l'emmènerait vers le spatioport où son vaisseau, le *Magen*, était parqué sous une fausse immatriculation.

Importés de la Terre une dizaine d'années auparavant, des dauphins vinrent alors se joindre à la course qu'effectuait le voilier. Débarrassé de sa combinaison de plongée, Pilic tenta de les atteindre d'un crachat, et pesta contre le Créateur qui avait imaginé de tels animaux. Depuis qu'il avait failli se noyer dans une piscine alors qu'il n'était qu'un enfant, il détestait tout être vivant qui se plaisait à folâtrer dans l'élément liquide, et n'eussent été les millions de coupons que lui avait promis Guntray, jamais il ne se serait mêlé à cette aventure qui le faisait renouer avec ses vieux démons.

— Saloperie de bestioles, jura-t-il en leur faisant un geste menaçant auquel les cétacés répondirent par des caquètements caractéristiques.

Il monta sur le pont avant et trouva son paquet de cigarettes d'où il sortit une tige qu'il alluma avec délectation.

Tenant d'une main ferme la barre du voilier, Guntray se remit à penser à la futilité de cette victoire. Il était milliardaire en coupons, possédait un chalet à la montagne, une villa en bord de mer. Il avait son propre vaisseau, et était adulé par des milliers de jeunes femmes qui se délectaient des récits qu'il produisait régulièrement sur le réseau. Qu'importait qu'ils fussent véridiques, ses fidèles les prenaient pour argent comptant et rien n'obligeait Guntray à vivre de pareilles aventures pour satisfaire le besoin d'évasion de millions de personnes qui menaient des vies ordinaires aux quatre coins de la Fédération.

Sentant une vague de désespoir l'envahir, il chassa ces idées ténébreuses et préféra spéculer sur le montant que seraient prêts à lui offrir les plus grands marchands de l'univers. L'Œil de Dieu était le symbole même de l'existence des Maltâmes, en dehors de la bible pharanique que gardait précieusement le musée de l'Inhumanité situé sur la planète Bavière, siège de la Fédération.

Il s'imaginait déjà dans une salle d'enchères virtuelles où les grands argentiers de la planète se livreraient à une bataille déraisonnable pour conquérir cet œuf multicolore. Il les regarderait avec mépris et dégoût. Loin d'être vénal, Guntray ne recherchait pas la fortune. Tout ce qui l'intéressait, c'était de vivre intensément une existence qui malgré les progrès de la biologie lui semblait trop courte. Pourquoi donc la risquer dans des expéditions suicidaires ? Il s'en voulut aussitôt de ressasser ce genre d'idées, et frappant du poing la barre du voilier, il s'obligea à modifier son humeur en rêvant aux nuits torrides qu'il allait passer dès son retour sur Bavière.

Moteur à fond, le voilier finit de longer la côte pour s'introduire enfin dans la crique d'accostage. Assis à la proue, Pilic regardait avec un sourire grandissant la terre qui se rapprochait. Il était fier de lui. Une fois de plus, il avait su mettre ses peurs en retrait pour devenir l'homme qu'il n'aurait jamais cru être.

De dix ans le cadet de Guntray, petit de taille, le corps sec et le crâne rasé, il était l'opposé de son patron qui, avec ses deux mètres, sa musculature harmonieusement répartie et sa chevelure noire avait tout d'un Apollon.

— Prépare-toi à descendre, on est presque arrivés, lança Guntray en manœuvrant le voilier en direction du ponton artisanal qu'il avait repéré quelques jours auparavant.

Il inversa la poussée des moteurs, ralentissant de fait l'embarcation. Une dizaine de coups de barre plus tard, le voilier s'arrêta et sans prendre le temps de l'amarrer, Guntray sauta sur le ponton et courut rejoindre le véhicule tout-terrain.

Bordé de pins et d'arbustes, le sentier qu'ils empruntèrent était depuis si longtemps oublié que de nombreuses branches l'obstruaient, griffant au passage leur visage et leur corps.

Dans une journée, je serai un des hommes les plus riches de l'univers, se félicita Pilic qui retrouvait la terre ferme avec un plaisir non dissimulé.

Ils arrivèrent au sommet d'une butte et purent contempler au loin toute la cité balnéaire de Villa-les-Pins qui illuminait la nuit.

— Dormez bien, peuple de bienheureux, Pilic veille sur vous ! fit ce dernier en levant les bras aux cieux.

Guntray regarda d'un sourire bienveillant son compagnon, puis l'enjoignit à poursuivre leur route. Il ne restait plus que trois cents mètres avant qu'ils n'atteignent leur véhicule.

— Et merde ! jura soudain Guntray quand il fut enfin en vue.

Une des quatre roues était à plat. Certainement une crevaison. Pilic soupira et alla directement à l'arrière ouvrir le coffre pour en sortir une roue de secours qu'ils changèrent en moins de trois minutes. Guntray démarra ensuite le véhicule dont le moteur nucléaire n'émit aucun son. Seul le souffle du vent qui venait s'abattre sur la carrosserie se faisait entendre. La route descendait tout le versant de la colline du côté de Villa-les-pins. Mais au premier croisement ils bifurquèrent en direction du sud vers l'astroport inter-fédéral qui se trouvait à une centaine de kilomètres de la côte.

Guntray était un as du pilotage. Possédant un nombre impressionnant de véhicules de locomotion, il jouissait des effets que pouvait provoquer la vitesse. Cette sensation vertigineuse de frôler la mort à chaque seconde. Vivre des instants d'immenses frayeurs et de joies intenses. Il savait ce sentiment paradoxal, lui qui aimait la vie plus que tout. Mais où était-il écrit que l'homme était un animal raisonnable ?

— Fais gaffe, regarde devant toi ! s'exclama soudain Pilic quand ils foncèrent droit sur un loup.

Les réflexes de Guntray ne lui firent pas défaut, et d'un léger mouvement du poignet, il dévia juste ce qu'il fallait sa trajectoire pour éviter le loup hypnotisé par la lueur des phares.

— Je l'avais vu, mentit-il sans qu'aucun d'eux n'y croie une seconde.

Les minutes et les kilomètres défilaient. Bientôt la forêt de pins laissa place à une vallée déboisée qui s'étalait à perte de vue. L'aube d'une nouvelle journée était en train de prendre possession du ciel. Guntray se laissa offrir une cigarette et lâchant d'une main le volant, il la porta à ses lèvres. Pilic lui tendit la flamme de son briquet. Il inhala alors une grosse bouffée de fumée qui envahit agréablement sa gorge et ses poumons. L'Œil de Dieu dans la poche intérieure de son veston, il se laissa aller à une certaine euphorie et était à des lieues de penser que tout pouvait basculer si près du but.

CHAPITRE 2

Atlan

Delphine ouvrit les yeux et contempla le plafond de sa chambre, le temps que tous ses sens se remettent en éveil. C'était son jour de repos, et un sourire épanoui éclaira son visage. Elle allait pouvoir s'abstenir de tout labeur et s'occuper enfin d'elle-même.

Benjamine d'une famille de sept enfants, elle avait été « prêtée » par ses parents, deux années auparavant pour servir à la Cour du Prince Marc le Valeureux qui avait accepté ce marché contre l'effacement de la dette que ne pouvaient plus rembourser ses géniteurs auprès du ministère des Finances.

Elle avait alors tout juste quinze ans quand sa vie bascula. Elle se retrouva projetée de sa campagne natale à la Cité des Mille Tours, capitale de la province de l'Ouest, et deuxième cité marchande du royaume : Marlaë. Depuis, ses crises de larmes avaient cessé mais les traits de la jeune fille insouciante qu'elle avait été autrefois étaient désormais marqués d'une profonde tristesse.

Servante d'un cousin éloigné du prince Marc, elle avait échappé au sort de ses sœurs de calvaire, à savoir le viol par leur protecteur. Un secret intime liait Jean de Bretagne à sa dévouée Delphine Manin. Un secret empli de détresse et de danger si quiconque venait à l'apprendre. Et même si Jean ne lui facilitait pas la vie, Delphine avait droit à un peu plus de considération, symbolisée par cette journée de repos hebdomadaire où on la laissait s'échapper de l'enceinte du château du Prince.

— Sainte Marie, faites que cette journée éclaire ma vie de

nouvelle façon, que la joie trouve le chemin de mon cœur et que l'amour me remplisse d'un bonheur inépuisable, fit-elle après s'être redressée sur son lit.

Elle savait qu'il était illusoire d'attendre qu'un miracle survienne. Mais en catholique convaincue, et cela malgré l'absence habituelle de réponse du Créateur, Delphine continuait chaque jour que Dieu faisait, à prier la Mère du Messie en se souvenant que cela avait été par sa souffrance que Jésus avait acquis son humanité.

Elle ferma les yeux, et une odeur de chocolat chaud titilla ses narines. Elle sourit et se leva. Elle mit ses chaussons de feutrines et alla ouvrir la porte de sa chambre. À même le sol, elle trouva un plateau sur lequel reposait un bol fumant et des petits croissants fourrés au caramel.

— Merci, fit-elle alors à l'intention d'une vieille servante qui descendait déjà les marches de l'escalier.

Elle prit le plateau, l'emporta dans sa chambre et le posa sur sa table. Jean était certes un homme sans cœur, mais il possédait encore dans ses veines des résidus de manières de gentilhomme. Plus cyniquement, il savait que seul un esclave en bonne santé serait en mesure de le servir avec qualité et savoir-faire. Delphine se posta à la fenêtre de sa chambre et admira le parc qui s'étalait sous ses yeux. Quels que fussent ses sentiments à l'égard des personnes qui l'habitaient, le château et ses jardins étaient les plus beaux qu'elle ait vus de toute sa vie. En comparaison, son village de naissance lui semblait n'être qu'un conglomérat d'habitations vétustes et insalubres. Tout ici respirait le luxe et la beauté. De la marqueterie aux sanitaires, des tapisseries aux rideaux de brocart, chaque recoin du château avait été élaboré par les plus grands artistes et artisans de la planète. Les jardins quant à eux avaient bénéficié, en toute clandestinité, des talents du plus renommé des paysagistes de l'univers qui servait habituellement sur Bavière, la planète-mère de la Fédération.

Delphine ouvrit la fenêtre et respira un grand bol d'air frais avant d'avaler une gorgée de son chocolat chaud.

Le printemps touchait à sa fin et bientôt l'été prendrait possession de la France, un des royaumes d'Atlan. De type monarchique, ce monde était gouverné d'une main de fer par une élite qui se passait les rênes du pouvoir de génération en génération, cela en dépit de la Charte des Droits de l'Homme. La Fédération avait condamné deux siècles auparavant l'attitude des dirigeants d'Atlan, mais une fin de non-recevoir avait été la réponse des dirigeants contre la menace de sanctions. Depuis, tout commerce et toute liaison avec ce monde étaient prohibés jusqu'au rétablissement de la démocratie.

Comme avec toutes les planètes rebelles, la Fédération ne pouvait régler le problème par l'envoi de troupes armées, de crainte de briser le fragile consensus qui régnait en son sein. La non-ingérence en cas de conflit civil était la règle qui avait su unir les deux cent cinquante premières planètes habitées par l'homme, et cela quelles que soient les atrocités que pouvaient exercer certains dirigeants sur le peuple. Tant qu'elles ne dépassaient par le cadre de leur système solaire, la Fédération ne pouvait qu'assister en simple spectateur à ce retour à la barbarie.

Delphine s'étira et laissa ses pensées prendre le chemin des Rêves. Elle s'imaginait souvent enlevée par un prince déchu qui l'emmènerait découvrir le reste du monde. Un homme au cœur tendre qui saurait l'aimer comme elle le désirait.

Elle soupira et attrapa un croissant qu'elle grignota lentement. La vie au château était insipide et routinière. Même si elle avait réussi à se lier d'amitié avec d'autres servantes, sa famille lui manquait terriblement et elle aurait tout donné pour pouvoir revoir les siens ne serait-ce qu'une seule journée.

Quand elle eut fini son petit-déjeuner, elle s'habilla d'une robe sans fioritures et noua ses cheveux en chignon. Elle se regarda dans une glace et y vit une fille qui malgré la douleur d'être une esclave gardait la foi en des perspectives meilleures. Elle n'osait croire qu'elle resterait toute sa vie au château comme les autres servantes, du moins celles qui ne mouraient pas dans d'étranges circonstances. Elle croyait en Dieu, et comprenait que l'épreuve qu'elle vivait avait un but dont elle ne pouvait deviner les finalités mais qui l'amènerait à devenir une nouvelle Delphine. Elle se plaisait à s'imaginer comme une chenille dans une chrysalide qui un jour deviendrait un superbe papillon libre de voler là où ses ailes le porteraient.

Que vais-je faire de ma journée ? se demanda-t-elle alors. Une visite dans les écuries royales ? Un tour en ville pour s'imprégner de la jovialité qui habitait la Cité des Mille Tours ? À moins qu'elle ne se décide à partir dans la forêt du Bois-Magique.

Elle hésita un moment entre ces trois possibilités puis opta finalement pour la dernière en espérant qu'il n'y aurait personne là où elle comptait se rendre.

Elle quitta sa chambre, et sans se faire remarquer laissa derrière elle les appartements de Jean de Bretagne. Elle arriva dans la cour où elle rencontra d'autres servantes qui n'avaient pas la chance d'avoir un maître aussi miséricordieux que Jean. Delphine savait que si elles apprenaient qu'elle bénéficiait chaque semaine d'une journée de repos, son sort serait encore pire que celui de la plus malheureuse des servantes. Aussi avait-elle pris soin de ne révéler à quiconque le cadeau que lui avait fait Jean contre sa promesse de ne rien dire de son homosexualité.

Elle s'était souvent demandé pourquoi son maître ne l'avait pas tuée, au lieu de lui faire jurer de ne rien dire. Peut-être était-ce Dieu qui le lui avait interdit ?

Passé la cour, elle arriva dans le parc, et fut ravie une nouvelle fois des effluves qui chatouillèrent son nez fin et délicat. Un petit vent chaud et sec s'était levé en cette matinée et faisait tournoyer les délicats parfums mêlés qui émanaient des roseraies réparties sur toute la surface des jardins. Elle ferma les yeux et huma l'air à pleins poumons. Elle se sentait sereine. Tous les mauvais moments de la semaine semblaient se dissoudre comme balayés par une main amie.

Si ces moments pouvaient durer une éternité, soupira-t-elle en elle-même.

Elle rouvrit les yeux et s'aperçut honteuse que le duc de Chamoix la fixait de son regard lubrique qui la faisait frissonner jusque tard le soir, quand elle y repensait.

Dotée d'un visage et d'un corps correspondant aux canons en vigueur dans la société atlane, Delphine surpassait en beauté bon nombre de filles de sang qui, malgré leurs fards, leurs coiffures et leurs vêtements confectionnés dans les plus belles toiles, n'arrivaient pas à atteindre ne serait-ce qu'un centième de son charme. Nombreux étaient les nobles qui l'auraient volontiers attirée, de gré ou de force, dans leur lit, si elle n'avait pas bénéficié de la protection de Jean de Bretagne.

Le rouge au visage, elle détourna le regard et reprit sa marche dans les jardins royaux.

— Jeune fille, attendez, je vous en prie, permettez que je vous accompagne, lança le duc en s'approchant d'elle à grands pas.

Delphine ne put réprimer un frisson et se força à masquer sa peur d'un sourire qu'elle espéra crédible. Elle redoutait toujours ces confrontations avec les grands de ce monde. N'étant pas une experte dans les jeux du langage, elle craignait, par une parole maladroite, de vexer son interlocuteur, et redoutait ainsi les foudres de son protecteur.

— Où allez-vous ainsi ? Peut-être me ferez-vous l'honneur de me laisser vous accompagner ? quémanda-t-il quand il fut à sa hauteur.

Il posa alors sa main sur la courbure de ses reins, et se mit à imaginer des choses inavouables pour l'homme de vertu qu'il se disait être.

— Cher ami, laissez donc cette enfant vaquer à ses occupations et venez plutôt me rejoindre, lança soudain une voix au timbre empli de sous-entendus.

Delphine soupira intérieurement, et remercia le ciel de l'arrivée opportune de dame Geneviève, cousine germaine de l'épouse de de Chamoix. Elle savait sa position privilégiée, mais était assez lucide pour comprendre que, néanmoins, elle ne pourrait jamais se permettre de refuser une proposition indécente. Même si Jean faisait savoir que lui seul avait droit de jouir de cette douce chair, elle n'était pas à l'abri des convoitises d'une personnalité qui braverait cet état de fait.

Le duc de Chamois retira négligemment sa main du dos de Delphine et la dénudant d'un regard chargé d'une passion malsaine, il la quitta pour rejoindre dame Geneviève.

Sans perdre un instant, elle s'enfonça dans les jardins et tenta d'oublier cet incident qui aurait pu gâcher sa journée.

Le long de cette promenade solitaire, elle croisa d'autres personnages qui l'ignorèrent dans une indifférence méprisante, mais Delphine n'en avait cure, et en était même plutôt ravie. Elle ne demandait aucune attention. Tout ce qu'elle désirait était qu'on la laisse tranquille. Elle atteignit l'orée du Bois-Magique et avant d'y pénétrer, jeta un regard en arrière et s'émut de la vision du château qui, à la lumière de l'astre solaire, semblait luire de tous ses feux. Pourquoi fallait-il que les hommes capables de construire pareil monument soient aussi capables des pires ignominies ? se demanda-t-elle sans trouver de réponse satisfaisante.

Elle s'enfonça dans le bois, et suivit la route principale jusqu'à ce qu'elle se retrouve à une intersection de deux autres chemins. Elle s'arrêta le temps de vérifier que personne ne la regardait, puis se fraya un passage à travers d'épais buissons épineux qui masquaient un troisième sentier que seul le hasard lui avait permis de découvrir.

Un jour qu'elle se trouvait assise à cet embranchement, elle avait entendu l'arrivée du duc de Chamois, et plutôt que de s'enfuir par un des sentiers, elle avait jugé plus salutaire de se cacher derrière les fourrés. C'est ainsi qu'elle avait découvert ce chemin dérobé à la vue.

Elle prit soin de ne pas déchirer ses vêtements en les resserrant près de son corps et après une vingtaine de minutes de marche à travers une forêt de chênes et de sapins, elle déboucha dans une petite clairière où se trouvait un bassin naturel alimenté par un ruisseau. Elle était enfin libre. Dans ce sanctuaire de paix et d'harmonie, elle avait appris à ne plus se méfier du regard d'autrui, et à profiter de ce que la nature lui offrait. Comme toute jeune fille ayant reçu une éducation religieuse, elle avait toujours éprouvé un sentiment de gêne face à la nudité, et n'aurait jamais pensé pouvoir prendre plaisir à se débarrasser de ses vêtements dans un lieu aussi incongru. Pourtant, elle n'avait su résister à la tentation de prendre des bains dans cette eau calme et limpide. Même si la première fois, ce fut les joues cramoisies qu'elle s'immergea dans le bassin. Les semaines passant, elle se dénuda avec de plus en plus de désinvolture, sans ce soucier d'autre chose que de son plaisir.

Elle retira sa robe, sa chemise et enfin sa culotte avant de tremper un pied dans l'eau. La chaleur des rayons du soleil aidant, la température de l'eau était agréablement fraîche, et sans plus attendre, elle se plongea entièrement dans le bassin. Comme elle aimait la sensation de l'eau qui caressait son corps ! Le visage radieux, elle s'allongea sur la roche polie par des siècles d'érosion, et ne laissa que sa tête émerger à la surface. Elle fit glisser ses mains sur son corps et apprécia les sensations qui lui picotèrent le bas du ventre. Aussi fragile pouvait-elle paraître, elle n'était cependant pas ignorante des choses de l'amour physique. Au travers de discussions particulièrement osées et grivoises auxquelles se livraient les servantes du château, Delphine en savait assez pour écrire tout un ouvrage sur la question, et se plaisait depuis quelques mois à se satisfaire solitairement en imaginant l'homme qui saurait la combler. Le souffle court, elle laissa sa conscience dériver au gré de ses fantasmes et atteignit rapidement un orgasme qui lui fit pousser un petit cri rauque et lui procura de petits tremblements convulsifs.

Elle allait sortir de l'eau quand soudain un bruit chassa la douce torpeur dans laquelle elle se prélassait. Dans un réflexe puéril elle couvrit de ses mains les symboles de sa féminité et se figea subitement. Sûrement un oiseau, se dit-elle pour se rassurer. Mais le son se rapprochait, et elle put bientôt l'identifier : un homme venait dans sa direction. La peur s'empara d'elle. Si jamais on l'apercevait dans ce plus simple appareil, elle serait brûlée pour perversion.

Elle sortit d'un bond du bassin et tenta de se diriger vers la margelle de pierre où elle avait laissé ses vêtements. Le bruit des pas était tout proche. Jamais elle n'aurait le temps de se vêtir. Désespérée, elle s'effondra sur le sol, et se mit à pleurer. À travers un rideau de larmes, elle posa son regard sur la partie de la forêt d'où s'échappaient les craquements provoqués par les pas. L'homme allait apparaître d'un instant à l'autre. Une vision d'horreur s'imposa alors à elle quand elle compris qu'il devait s'agir du duc de Chamois. Elle pleura d'autant plus et, se recroquevillant sur elle-même, sombra dans l'inconscience au moment où une main lui touchait la tête.

CHAPITRE 3

Boxtown

La nuit était tombée sur Boxtown. Carrefour du commerce universel, il avait vu en l'espace de quelques siècles toute sa physionomie se transformer, pour devenir le monde le plus peuplé de l'univers, avec ses quinze milliards d'êtres humains répartis, pour plus des trois quarts d'entre eux, dans les vingt plus grandes mégalopoles de la planète.

Roseta Ming souriait. Assise dans son salon qui donnait, trois cents mètres plus bas, sur Mountain Boulevard, elle finissait sa négociation avec un représentant du maire de Kaklan pour l'obtention d'un marché. La construction d'un nouveau complexe immobilier qui devait s'implanter au nord de la ville.

— Ainsi soit-il, très chère, fit son interlocuteur en ayant l'impression de s'en être plutôt bien tiré.

La négociation commerciale, tout comme la diplomatie était un art dans lequel Roseta excellait particulièrement. Fille unique du plus grand bâtisseur de la planète, elle avait été éduquée à la manière forte, et n'avait jamais connu l'insouciance de la jeunesse. Son père, fidèle à la tradition familiale, n'avait voulu qu'un seul enfant. Roseta était sa seule descendance. Il en avait fait son héritière légitime. Il l'avait mise, dès son plus jeune âge, entre les mains d'un précepteur chargé de faire d'elle une femme d'affaires hors pair en mesure de prendre le relais quand le jour de la retraite sonnerait.

— Oui, ainsi soit-il, répondit-elle avant d'éteindre l'holophone.

Le visage de l'homme s'effaça instantanément, et Roseta se laissa aller à un geste que son cher père aurait réprimandé s'il avait été là pour le voir : elle poussa un soupir de lassitude en frottant ses yeux brûlants de fatigue. Elle regarda sa montre et s'aperçut étonnée que l'entretien n'avait duré qu'une heure. Le temps était une notion fort relative. Dans ces moments où son esprit était accaparé par une seule résolution — faire plier son vis-à-vis — elle en perdait tout repère temporel. Elle s'étira en gémissant faiblement, et alla se servir une liqueur de fraise au bar.

Son appartement de plus de mille mètres carrés se trouvait au dernier étage d'une tour pyramidale que possédait sa famille, dans la capitale. Nombreuses étaient parmi l'aristocratie, les personnes qui se plaisaient à vivre dans ces fourmilières que l'on trouvait dans la ville de Boxtown, mais Roseta supportait de moins en moins cet univers si peu en accord avec ses aspirations profondes. Elle savait que son destin n'était pas dans ces bureaux. Peut-être était-ce dû au sang apache qui coulait dans ses veines.

Son verre à la main, elle se posta devant la baie vitrée et contempla amèrement Kaklan, capitale de Boxtown, qu'elle comparait le plus souvent à une prison de métal plutôt qu'au symbole d'une civilisation prétendument moderne.

Des centaines de véhicules volants traversaient l'espace séparant les différents buildings dans un ballet chaotique que seuls les ordinateurs de bord parvenaient à maîtriser.

Roseta leva les yeux et admira le seul élément naturel qui s'affichât dans son champ de vision : la ceinture d'astéroïdes qui entourait la planète d'un cercle quasi parfait. Loin d'être austère, Boxtown était un monde magnifique à la végétation luxuriante et aux océans d'un bleu lagunaire. Avec ses anneaux, vue de l'espace, elle surpassait en beauté nombre de corps célestes. Mais malheureusement pour elle, il avait fallu que ses sous-sols recèlent des minéraux rares, en quantité considérable. Depuis, les industries minières avaient détruit l'harmonie que la nature avait mis des millions d'années à réaliser.

Roseta but une gorgée de sa liqueur préférée et se rassit sur un canapé en cuir. Par commande vocale elle alluma la chaîne stéréo qui se mit à déverser un concerto de Mozart, puis elle éteignit toutes les lampes pour n'être éclairée que par les phares des véhicules qui passaient dans les airs.

Elle se sentait lasse. Tout son monde lui paraissait bien fade. Elle avait envie de vivre. Emportée par la mélodie de ce compositeur au talent intemporel, elle laissa glisser une larme de découragement face à sa situation. Alors qu'elle avait les moyens financiers pour pouvoir accomplir n'importe lequel de ses désirs, par un stupide code de l'honneur enraciné par son père, revendiquant une hérédité avec les grands empereurs chinois de l'ère pré-universelle, elle se devait de rester sur Kaklan et de présider à la gloire et à la fortune du groupe industriel dont elle était désormais la présidente.

Sans un bruit, Pégase se rapprocha de sa maîtresse et tandis que cette dernière posait son verre sur le sol pour s'allonger confortablement sur le canapé, il lui sauta dessus.

— Ah ! cria aussitôt Roseta, surprise par l'apparition de son chat noir.

Puis elle se mit à rire d'elle-même et de sa peur incontrôlée. Tandis qu'elle le caressait délicatement, elle réalisait qu'il était le seul être à qui elle puisse accorder sa confiance. Lui seul agissait avec elle comme si elle n'était qu'une humaine quelconque. Il ne manquait jamais de la réveiller quand bon lui semblait et de la griffer juste pour s'amuser, à l'inverse des êtres serviles que sa vie professionnelle ou sociale lui faisait rencontrer. Si seulement tu pouvais être un homme, soupira-t-elle en pensée, ravie du ronronnement qu'émettait l'animal.

Une sonnerie retentit. Roseta ouvrit les yeux. Stupéfaite, elle s'aperçut qu'elle s'était endormie, et se força à recouvrer ses esprits embrumés par un rêve au parfum de bonheur.

— Bonjour Rose, ne me dis pas que je t'ai réveillé ? lui lança son père quand elle répondit à l'holophone.

Elle éclaira le salon d'une douce lumière tamisée et répondit :

— Je crains que mon planning ne soit trop chargé. Je devrais peut-être penser à prendre des vacances.

Un mot vide de signification. Depuis qu'elle était en âge de comprendre le sens de la vie, son père ne lui avait laissé aucun répit, et lui avait interdit de sombrer dans l'oisiveté, source de tous les vices et de tous les échecs. Elle était la descendante des grands Ming et se devait d'être à la hauteur de la tâche qui allait lui incomber.

Son père fronça les sourcils et enchaîna comme si de rien n'était.

— Je suis fier de toi. Je viens d'avoir le maire de Kaklan et il est prêt à nous céder le marché. Comme j'aurais aimé que ta mère voie ce que tu es devenue.

Ma mère ! pensa Roseta, revoyant en pensée celle qui avait été sa confidente, sa seule véritable amie. Disparue dix années auparavant, Suzanne Ming avait laissé un immense vide dans le cœur de sa fille.

— La réplique de son père, répondit-elle en s'étonnant de son aplomb.

La dernière fois qu'elle avait bravé l'autorité de son père, c'était à l'enterrement de sa mère. Son père n'avait montré aucune émotion et lui avait interdit d'afficher sa tristesse autrement que par un visage sévère, inaccessible à toute introspection. Mais elle avait eu beau essayé de retenir les larmes qui s'accumulaient dans le coin de ses yeux, quand la douleur avait été trop forte, elle avait craqué piteusement dans le cimetière sous le regard de tous les observateurs de la planète. Son père l'avait punie pendant toute une semaine, l'obligeant à dormir à même le sol afin d'endurcir son caractère.

— Oui, fit-il sans comprendre l'ironie de la réponse.

Père vous êtes si dégoûtant, se garda-t-elle de l'injurier. Vous êtes si imbu de votre personne que vous êtes incapable de voir la détresse de ceux qui vous entourent.

— J'imagine que vous ne m'appelez pas que pour me féliciter ?

fit-elle plutôt, ignorant les modalités qui s'étaient instaurées entre eux depuis des années.

Son père se plaisait à disserter avec elle des heures durant sur les sciences dites humaines, et à élaborer des théories qu'il jugeait pertinentes, mais qu'elle jugeait, elle, déplorables sans jamais toutefois lui en faire la remarque.

Il ignora sa question.

— Les Maltâmes. Comment une telle civilisation a-t-elle pu s'évanouir sans laisser de traces ? Hormis cette bible tant décriée, fit-il.

Qu'avait-il en tête ? se demanda Roseta qui connaissait le peu d'intérêt que portait son père à l'énigme que posait cette civilisation aujourd'hui disparue. Certainement une question d'argent, pensa-t-elle sans cesser de caresser le ventre de Pégase.

— Peut-être sont-ils toujours parmi nous ? se hasarda-t-elle en essayant de cacher sa subite excitation.

Si son père s'était toujours moqué de la fascination que ce peuple provoquait sur l'immense majorité des humains, Roseta au contraire l'approuvait. C'était une des rares choses qui pouvait la sortir de son univers aseptisé. Seule dans ses appartements, elle passait une grande partie de son temps disponible à lire toutes sortes de thèses et de rapports sur les Maltâmes et les différentes interprétations des textes de la bible pharanique.

Avide de lectures terriennes, c'est en se plongeant dans les archives de la bibliothèque nationale kaklane qu'elle avait découvert à l'âge de treize ans des auteurs tels que H. R. Haggard, R. L. Stevenson ou encore Jules Verne. Ils lui avaient fait appréhender la vie comme jamais elle ne l'avait pensée. En découvrant ces œuvres, elle avait appris le goût de l'aventure, de l'exotisme, de la peur et de l'amour, de la vie tout simplement.

— Improbable, une telle race aurait eu vite fait de nous annihiler si elle existait encore.

— Et pourquoi donc ? demanda-t-elle.

Son père cligna des yeux, signe d'amusement.

— Tu as encore des choses à apprendre, ma fille. Sache qu'aucun être qui possède le Pouvoir ne peut résister à la tentation d'en user. Si les Maltâmes étaient encore parmi nous, nous le saurions à notre plus grand malheur.

N'est-il pas présomptueux d'oser comparer la psychologie d'une race dont nous ne connaissons que ce que nous en révèle une bible, à celle de la race humaine ? Mais une fois de plus cette réplique resta dans sa gorge. À quoi bon chercher querelle à un père sourd à toute discussion, et qui ne supporterait aucune contradiction. Insensible aux thèses des mouvements de la « Nouvelle Économie », son père gérait son entreprise comme dans le « bon vieux temps » où l'autorité du chef n'était jamais remise en question et où chacune des décisions était appliquée à la lettre quel qu'en soit son contenu. C'était un conservateur qui croyait aux vertus du paternalisme.

— Les Maltâmes ont disparu parce qu'ils ont trouvé le chemin du paradis, répondit-elle alors reprenant la thèse de l'église pharanique qui continuait l'œuvre du Messie maltâme pour le compte des humains.

Elle s'attendait à un signe de dénigrement mais à sa grande surprise son père étira les lèvres dans une parodie de sourire. La raison pour laquelle il l'avait appelée allait lui être enfin révélée.

— Peut-être pas le paradis, mais l'Eldorado très certainement. Que connaît-on de l'univers si ce n'est notre propre galaxie ? Même si les scientifiques nous expliquent qu'il est impensable que l'on découvre un moyen de bondir d'une galaxie à l'autre comme nous le faisons avec les étoiles, je crois qu'il n'en est rien et que les Maltâmes en ont découvert une où tout serait différent.

Il s'arrêta, laissant le temps à ses paroles de produire leur effet. Jamais son père ne s'était livré à de telle considération. Pouvait-il exister un endroit où d'autres lois régiraient le cours de la vie ? Un univers qui ne se soumettrait à aucune des évidences qui étaient le lot quotidien ?

— Très intéressant, mais néanmoins purement fantasmagorique, fit Roseta.

Pégase miaula quand sa maîtresse s'arrêta un instant de lui prodiguer ses caresses.

— C'est fort possible. Toutefois essaie d'imaginer les opportunités qui s'offriront à celui qui découvrira le secret des Maltâmes, le pouvoir que détiendrait l'homme qui aurait leur savoir. Depuis la découverte du sarcophage de Pharanis, les autorités de Bavière ont décuplé les crédits alloués à la recherche de reliques. Même si je n'ai pas encore réfléchi à la façon de participer à leurs efforts, je crois que tu devrais te pencher sur le problème. Le futur appartient à ceux qui savent le déchiffrer. Rose, nous ne devons pas passer à côté du plus grand événement depuis que l'humanité a bondi de son système solaire.

Pour quelqu'un qui portait peu d'intérêt aux Maltâmes et à leur civilisation, voilà un comportement plus que troublant. Roseta se demanda un instant si son père n'avait pas perdu la raison, mais elle comprit alors qu'il lui cachait des informations qui pouvaient expliquer son excitation. Une autre preuve des Maltâmes avait-elle été découverte ?

— Vous avez raison, je vais étudier la question, fit-elle sans se forcer à sourire avant d'en finir par un « à bientôt ».

Son père lui rendit la politesse puis mit fin à la communication. Rose se releva et, toujours sous la lumière tamisée du salon, alla se servir un nouveau verre de liqueur. Son esprit était en ébullition. Tant de pensées se pressaient dans son esprit avide d'évasion. Cela la rendait nerveuse et fébrile. Laissant ses envies juvéniles prendre le pas sur sa raison, elle s'imaginait embarquant dès le lendemain en direction des planètes où avaient vécu les Maltâmes. Telle une héroïne de ces romans d'un autre âge, elle se voyait partir à la conquête de trésors perdus dans des contrées reculées, peuplées de sauvages et d'animaux exotiques.

Si seulement tout cela pouvait devenir une réalité ! Toutefois, aussi vite ses espérances étaient montées, aussi vite elles redescendirent au fur et à mesure que sa conscience rationnelle la rappelait à l'ordre. Jamais son père n'accepterait qu'elle quitte ses fonctions pour se lancer dans d'hypothétiques recherches. Ce qu'il attendait d'elle était d'un tout autre niveau. Il voulait qu'elle se serve des relations qu'elle avait liées, ces dernières années, avec les représentants de la Fédération pour en apprendre un peu plus sur leur découverte. Malgré ses défauts, son père était loin d'être stupide et savait que la Fédération le détestait autant qu'il la méprisait lui-même.

Durant toutes les années où il avait dirigé la compagnie familiale, il n'avait jamais tenu compte des règles commerciales que lui imposait le code civil universel. Il avait préféré verser à des avocats éminemment compétents des millions en coupons, plutôt que d'avoir à suivre des lois qu'il jugeait contraire à sa façon d'appréhender le commerce.

Mais les temps avaient changé, et la Fédération l'aurait brisé si un alinéa d'un décret méconnu ne lui avait permis d'éviter la faillite de son entreprise en se retirant de son poste de directeur pour y asseoir sa fille qui n'était en aucun cas responsable des agissements de son père. L'affaire fit grand bruit sur Kaklan et dans les couloirs de l'assemblée en Bavière. Mais finalement tout le monde y trouva son compte. Autant son père qui continua à dicter la conduite de l'entreprise à une jeune fille docile, que la Fédération qui trouva en la nouvelle dirigeante une interlocutrice beaucoup plus avenante et ouverte que ne l'était son père. Une seule victime fut à déplorer à la suite de ces imbroglios judiciaires : Roseta.

Avec son compagnon d'infortune, elle se rendit dans la cuisine et prépara un repas végétarien sans cesser de penser à ses illusions perdues. Si seulement j'avais du courage ! se lamentait-elle souvent. Mais peut-être qu'un jour viendrait où elle s'enfuirait de ce monde qui l'oppressait.

— Viens ici Pégase, il est temps de nous restaurer.

CHAPITRE 4

Alliance

Un mauvais pressentiment lui taraudait l'estomac. Claudiquant le long des couloirs de l'Abbaye, frère Wilson tentait vainement de calmer ses esprits. Cela faisait plusieurs jours que leurs agents surveillaient les mouvements de ceux de la Fédération. Se pouvait-il qu'ils aient trouvé quelque chose ? se demandait-il en lissant sa barbe noire.

Depuis la découverte du sarcophage de Pharanis, les anciennes religions avaient perdu en crédibilité et en aura auprès des masses qui ne comprenaient plus le silence insondable dans lequel se figeaient les représentants des Églises face au « problème » maltâme. Si, au début, la négation même de l'existence de la bible pharanique leur avait semblé la position la plus adéquate, depuis la découverte du sarcophage, elles se devaient d'agir autrement. Mais comment ?

Frère Wilson s'arrêta près d'une fenêtre et pria Dieu de leur venir en aide. On ne pouvait laisser les hérétiques dispenser des paroles qui mettaient en cause les fondements de leur Église.

— Mon Dieu, ne nous abandonnez pas, nous avons encore besoin de vous, fit-il en apercevant d'un regard une navette se poser sur le périmètre prévu à cet effet.

Un homme vêtu d'une combinaison, en sortit et se dirigea vers le sas de pressurisation.

Un musulman ! s'étonna frère Wilson en reconnaissant le croissant dessiné sur son casque. Était-ce donc là ma réponse ?

n'osa-t-il croire avant de reprendre sa canne et de rejoindre le cardinal Petersen qui l'avait réveillé en plein sommeil paradoxal.

Dès le premier bond, toutes les grandes religions avaient essayé, en vain, de trouver un moyen d'enrayer leur déclin. Sous l'instigation du pape Raoul II, un colloque confidentiel avait été mené entre les représentants des deux plus importantes religions monothéistes terrestres, à l'issue duquel ils avaient décidé d'unir leurs efforts afin de mieux lutter. L'ayatollah Kathonemi et le pape Raoul II avaient créé un service spécial qui s'efforcerait d'empêcher la propagation des écrits de la bible pharanique.

Le choix de la base d'opération s'était porté sur un astéroïde en orbite basse autour d'une planète semblable à Vénus dans un système solaire impropre à la vie humaine.

Masse rocheuse et sans atmosphère, « Alliance » fut bientôt la proie des bâtisseurs religieux qui construisirent à sa surface l'Abbaye et la Mosquée. L'objectif étant d'y former une garde d'élite qui serait à même de résoudre le problème avant que celui-ci ne les écrase irrémédiablement. Un siècle plus tard, un incident était survenu quand la Fédération était tombée malencontreusement sur les restes du sarcophage de Pharanis. Depuis, les moyens avaient été décuplés pour minimiser cette découverte. Mais peut-être était-il déjà trop tard ?

Sur ces pensées, frère Wilson atteignit les bureaux du cardinal. Là, un jeune clerc l'invita à le suivre jusqu'à la salle de réunion, véritable chef-d'œuvre architectural dont la voûte translucide laissait apparaître Golan, la planète couleur sang qui se détachait sur un ciel perpétuellement nocturne.

— Désolé de vous avoir réveillé à pareille heure, s'excusa en préambule le cardinal Petersen, mais j'ai une fâcheuse nouvelle à vous annoncer.

Wilson se rapprocha du bureau et tira une chaise vers lui.

— Je m'en doutais, fit-il en s'asseyant après avoir posé sa canne sur le sol. J'ai aperçu en arrivant la navette d'un émissaire de la Mosquée.

Le cardinal hocha gravement la tête.

— Il y a eu un nouvel incident, lâcha-t-il alors.

Autant pour l'effet de surprise. Wilson était déjà arrivé à cette conclusion par sa propre réflexion. Toutefois, il ne s'en congratula pas.

— Pourtant nous aurions dû être capables d'éviter cela. Se pourrait-il qu'il y ait des traîtres parmi nous ? fit-il en prenant conscience de son manque de diplomatie.

Il avait vite compris que c'était son franc parler qui l'avait fait remarquer par les hautes instances papales et l'avait fait enrôler dans cette garde spéciale appelée l'Armée de Gabriel. D'une foi sans bornes, il avait néanmoins gardé la pertinence spirituelle qui faisait les grands hommes. Il avait très vite gravi la hiérarchie de l'Abbaye pour se retrouver après trois dizaines d'années de fidèles et loyaux services dans le rôle de premier consultant du cardinal Petersen, la plus haute éminence catholique présente sur Alliance.

— Impossible, les soldats sont sous notre contrôle le plus total. Personne ne pourrait les corrompre. Et pourtant...

Le cardinal ne finit pas sa phrase et d'un geste de la main montra toute sa crainte. La situation était extrêmement grave.

Wilson se doutait qu'il n'avait même pas idée du défi qu'ils devraient relever. Où d'autres auraient baissé les bras, Wilson trouva dans sa foi le courage de surmonter l'épreuve et offrit un visage plein d'ardeur à son cardinal qu'il sentait en proie à des doutes déplacés pour un personnage de son rang.

On frappa à la porte.

— Entrez, fit le cardinal en se levant de son fauteuil.

La porte s'ouvrit révélant l'imposante stature de l'imam Haraflika qui ne s'était débarrassé que du casque de sa combinaison.

Wilson se retourna sur son siège, mais ne daigna pas se lever.

Il n'avait jamais pu accepter l'idée de s'allier avec leur ennemi de toujours qui osait prétendre que Jésus n'était pas le fils du Seigneur. Dieu ne s'abaisse pas à la compromission.

— Cardinal, est-ce votre homme ? demanda l'imam en désignant Wilson d'un mouvement de tête.

— Oui, j'ai la plus haute confiance en frère Wilson. S'il est une personne capable de réussir cette mission, c'est lui sans aucun doute possible, répondit Petersen.

Wilson se retint d'exploser. Il détestait les manières de ce musulman qui se permettait de traiter un des plus hauts représentants de l'épiscopat d'Alliance comme un vulgaire païen. De plus, il aimait encore moins qu'on parle de lui à la troisième personne en sa présence. Toutefois, en diplomate chevronné, il se garda de tout commentaire, et afficha un visage lisse à toute évaluation.

— Soit. Qu'il en soit fait selon votre choix, fit l'imam.

Il se tourna vers Wilson, et daigna enfin lui montrer un peu de chaleur humaine.

— Mon frère, si vous voulez bien me suivre, ajouta-t-il avec un sourire qui fit ressortir une dentition d'un blanc immaculé.

À quoi donc joue-t-on en ce lieu ? se demanda Wilson effaré, en se levant. À quelle mission avait voulu faire allusion Petersen ? Et pourquoi diantre faire appel aux musulmans ? Car hormis la fameuse « Armée de Gabriel » aucun autre service de l'Église ne s'alliait en mission avec leurs anciens ennemis. Tant de questions sans réponses qui lui démangeaient le cerveau avec un malaise croissant.

— Où allons-nous ? demanda-t-il en essayant de paraître le plus détaché possible.

L'imam ne se départit pas de son sourire, mais esquiva la question.

— Jusqu'à ma navette. (Puis se tournant vers Petersen :) Cardinal, qu'Allah soit avec vous.

— Dieu vous bénisse, Haraflika.

Wilson jeta un regard empli de reproche à son supérieur et sans dire un mot emboîta le pas à son nouvel hôte. Longeant les couloirs de l'Abbaye, comme poussé par un mauvais pressentiment, il prit le temps d'apprécier ses derniers instants en ce lieu. Claudiquant de façon exagérée, il obligea l'imam à s'adapter à son allure, et savoura cette petite victoire qu'il savait néanmoins puérile.

Cela faisait plus de cinq ans qu'il vivait cloîtré entre les murs de cette enceinte. Cinq années à servir le Seigneur, à œuvrer pour l'Église, à lutter contre l'émergence des nouvelles religions. Il avait d'abord cru que son passage sur Alliance ne serait que temporaire, mais très vite sa perspicacité et ses talents de stratège avaient fait de lui un élément incontournable du dispositif décisionnel de l'Abbaye.

Dans un silence seulement marqué par le son de leurs pas, Wilson se plut à faire résonner le bout de sa canne contre le parquet ciré. Nombreux étaient ses frères qui l'avaient enjoint de se faire opérer, mais il ne s'y était jamais résolu. Non qu'il veuille passer pour un martyr, mais il s'était rendu compte que son handicap physique lui permettait d'avoir un certain statut auprès de ses frères.

Wilson aimait cette communauté de prêcheurs et de saints hommes. Quand il avait reçu son affectation, il n'aurait jamais pensé pouvoir regretter un jour son départ, et pourtant les yeux lui piquaient à présent. Il était banni. Telle devait être la raison de cette mascarade. Pourquoi l'aurait-on rabaissé à se mettre à la solde d'un musulman si ce n'était pour lui signifier sa disgrâce ?

En quoi vous ai-je donc offensé ? demanda-t-il silencieusement à Dieu en sachant que la réponse ne viendrait qu'au moment opportun.

— Vous n'êtes pas très loquace, fit Haraflika en brisant le silence.

Comme pour abonder dans son sens, Wilson ne fit aucun commentaire et continua à le suivre. Le temps n'était pas aux mondanités et il n'avait aucune envie de faire la conversation à un Infidèle.

À la vue du chemin emprunté, il comprit qu'il était exclu

qu'on le laisse repasser par sa chambre. Quoiqu'il n'y ait rien d'indispensable à sa survie à l'intérieur, il regrettait de se séparer de certains objets auxquels il portait une valeur sentimentale. La montre que son père lui avait offerte le jour de sa première communion ou encore le stylo de sa défunte grand-mère maternelle. Cependant, il savait que ce n'était que des pensées mal venues pour un homme de son rang. Quand on est habité par Dieu dans son corps, on a tout ce que l'on peut rêver d'avoir.

Ils arrivèrent dans le sas de pressurisation et un frère lui donna une combinaison qu'il enfila sans tarder. Il mit son casque, prêt à quitter la maison qui l'avait accueilli durant tant d'années. Le sas s'ouvrit et révéla les plaines froides et grisâtres d'Alliance. Wilson émit alors un soupir qui résonna dans son casque. Il eut soudain honte de se montrer si faible, et se réprimanda intérieurement. Il ne fallait pas montrer au musulman sa douleur.

Dieu est dans mon cœur quel que soit l'endroit où je me trouve, se dit-il en sortant alors du sas pour se diriger vers la navette de l'imam.

N'étant plus soumis au générateur de gravité qui s'activait à en recréer à l'intérieur de l'Abbaye, les deux hommes avancèrent au ralenti jusqu'à la navette, évitant de faire un bond qui les propulserait à quelques mètres de hauteur.

Ils pénétrèrent dans l'appareil, et quelques instants plus tard ils s'envolaient pour l'autre face de l'astéroïde. Wilson se posta contre une vitre de la cabine dans laquelle Haraflika l'avait conduit, et eut un pincement au cœur en voyant rapetisser sous ses yeux, l'Abbaye. Vue d'en haut, elle avait la forme d'un crucifix, et au lieu de paraître comme un lieu chaleureux et humain, elle donnait l'impression de n'être qu'un tombeau. Wilson sourit ironiquement à cette pensée, et se retourna vers son hôte.

— Tenez, fit l'imam en lui tendant un verre de vin.

— Étrange de voir que vous poussez l'amabilité jusqu'à servir de l'alcool, lança-t-il provocateur.

Puisqu'il n'était désormais plus qu'un paria, qu'on joue donc cartes sur table, se dit-il alors. Il en avait assez de ce mystère qui avait fait sa déchéance.

— La tolérance n'est pas votre fort, répliqua l'imam avant d'ajouter : mais l'on m'avait prévenu.

Wilson se gratta la barbe et ne sut que répondre.

— Quels sont les démons qui sommeillent en vous pour vous avoir transformé en un tel paranoïaque ? demanda Haraflika.

L'imam se servit un verre de vin et en but aussitôt une gorgée. Hérésie ! pensa Wilson qui savait que l'absorption d'alcool était un péché capital pour les musulmans. Cet imam le mettait mal à l'aise. Il se dégageait de sa personne quelque chose de malsain mais paradoxalement aussi quelque chose de fraternel. Un être peu ordinaire qui ne déméritait sans doute pas sa place. Un homme dont il faudrait se méfier et ne jamais prendre à la légère.

— Les démons ? Je ne crois pas en ce genre de personnages fantasmagoriques, à moins que vous ne fassiez référence à l'Homme ? répondit-il ironique sans pour autant se défendre.

Haraflika sourit et posa son verre sur la table basse qui les séparait.

— Savez-vous pourquoi on vous a détaché pour cette mission ?

Mais de quelle mission s'agit-il donc ? se demanda l'intéressé en évitant de montrer son incompréhension. Il n'arrivait pas à comprendre les raisons qui avaient poussé Petersen et les plus hautes instances du clergé à se passer de ses services. Qu'était-il arrivé ?

— Il est courant de dire que le silence est frère de la vertu. À ce que mes yeux observent vous devez être un homme fort vertueux, se moqua Haraflika qui trouvait dérisoire la position insulaire de son vis-à-vis.

Wilson tourna son regard vers la fenêtre du salon, et tout en observant la masse rocailleuse d'Alliance répondit d'une voix parfaitement contrôlée :

— La parole est l'outil privilégié de celui qui doute, fit-il en voyant alors apparaître sur l'horizon du rocher un point qui semblait illuminer la nuit perpétuelle de l'astéroïde.

— Soit. Puisque mes manières ne semblent pas vous agréer, que pensez-vous donc de celles-ci ?

Sortie de nulle part, une image holographique s'installa au centre du salon tandis que l'éclairage se faisait discret. Wilson porta son attention sur l'apparition et s'étonna d'y découvrir le cardinal Petersen en train de discuter avec le cardinal Aussillou, porte-parole de son éminence le pape Sébastien IV.

— ... Il pourrait compromettre nos schémas. Vous ne pouvez le laisser en place, disait le cardinal Aussillou.

— Wilson ne se doute de rien. Et j'ai encore besoin de lui.

— Sûrement, mais les risques sont trop grands. On ne peut se permettre de perdre un homme d'une telle valeur. Envoyez-le loin de tout et surtout faites en sorte qu'il ne soupçonne rien...

La projection holographique cessa et la lumière redevint plus éclatante.

Assis sur son canapé, Wilson se grattait la barbe en proie à un indicible malaise. Se pouvait-il que cette scène ne soit pas un vulgaire montage. Se pouvait-il qu'on ait tenté de l'éloigner pour avoir à éviter de le tuer ? Se pouvait-il qu'il se soit trompé depuis toutes ces années ?

— Oui, tout ceci n'est pas une mise en scène. J'en suis tout à fait désolé, répondit l'imam à la question implicite de Wilson. Il est peut-être temps que vous soyez plus communicatif.

Wilson se pencha en avant et se servit un verre de vin. Il ne savait pas dans quelle machination il allait plonger, mais il savait que sa vie venait de prendre un nouveau tournant. La question était : pour le meilleur ou pour le pire ?

CHAPITRE 5

Albidan

Le spatioport était en vue. Guntray ralentit l'allure de sa voiture et tenta de juguler le fleuve d'adrénaline qui circulait dans ses veines. Le soleil d'Albidan se levait dans le ciel. La journée s'annonçait particulièrement belle. S'il n'avait été si pressé, il aurait volontiers prolongé de quelques jours son séjour sur cette planète. Mais chaque minute passée ici augmentait les risques de se faire rattraper par les forces de la Fédération qui cherchaient depuis des semaines la trace de l'Œil de Dieu.

La route était encombrée par un flot de véhicules de toutes sortes. Des touristes pour le plus grand nombre. Guntray se laissa de nouveau offrir une cigarette, et essaya d'imaginer les articles de presse qui allaient suivre sa découverte : « Les Maltâmes ont réellement existé », « La découverte la plus importante depuis l'avènement du premier bond ». Il deviendrait un héros populaire, un personnage aussi mythique que Gagarine, Van Cleef ou encore le moine Bénayeff qui avait découvert la bible pharanique, voilà plus de quatre siècles. Sa soif de gloire enfin étanchée ?

Ils arrivèrent bientôt au spatioport et se garèrent dans un des parkings souterrains construits en sous-sol, afin de dénaturer le moins possible ce paradis terrestre.

— Je crois que c'est gagné, fit alors Pilic en sortant du véhicule.

— Je l'espère, répondit-il sans enthousiasme.

Guntray savait par expérience qu'il ne fallait jamais crier victoire trop tôt. Ses cours d'histoire lui avaient montré combien de fois des situations paraissant gagnées d'avance, s'étaient retournées en défaite totale, au dernier moment. Il restait encore une étape à franchir. Il demeurait sur ses gardes.

Ils prirent un trottoir roulant, qui les conduisit vers le hall du spatioport. Guntray se frotta machinalement le cou en proie à une certaine claustrophobie. Il avait l'impression de se diriger tout droit vers le repaire de ses ennemis. Il n'aurait su dire pourquoi, mais son instinct le poussait à s'enfuir le plus vite possible de ce lieu.

— Ça va ? fit alors Pilic qui s'étonnait du comportement de son patron.

— Oui, répondit-il en tentant de sourire.

Ils passèrent sans problème la douane et montèrent dans une navette en direction de la station orbitale Nova, point de départ pour les étoiles. Il ne leur restait plus qu'à embarquer dans leur vaisseau personnel, le *Magen* qui résidait dans une des soutes de cet immense monstre de métal qui survolait Albidan en orbite éloignée. Ils marchèrent le long des différents salons et couloirs qui servaient de lieu d'attente pour les passagers en transit, et se retrouvèrent sans que nul ne prête attention à leur personne, devant la porte du sas 123 derrière laquelle se trouvaient en stationnement le *Magen* et d'autres vaisseaux particuliers. Il se fit reconnaître par identification rétinienne. La porte s'ouvrit lentement. La partie semblait gagnée. Guntray se permit un soupir de soulagement qu'il regretta quelques instants plus tard.

— Bonjour, monsieur Marshall. Nous vous attendions, fit un homme qui se trouvait de l'autre côté de la porte.

Le général Brautignan, un des pontes des services secrets de la Fédération. Aussi efficace que discret.

— Général, que me vaut l'honneur de votre visite ? répondit Guntray dont l'esprit bouillonnait de pensées vindicatives.

Cela avait été trop simple. Tout s'était déroulé à la perfection. On l'avait abusé. Il n'avait été qu'un pion depuis le début. Guntray maudissait sa bêtise.

— Vous possédez un objet qui ne doit pas parvenir aux mains de personnes mal intentionnées, et je vous saurais gré de nous le remettre en vertu des lois régissant Albidan.

Que faire, sinon s'exécuter. Brautignan avait toutes les cartes en main. Tant qu'il était dans la station, il était sous la coupe de la justice albidane. Il se trouvait donc sous leur juridiction et pouvait être traîné devant une haute cour pour vol de patrimoine national.

— Qui vous a mis au courant ? fit-il sans réellement se soucier de la réponse.

La défaite avait un goût amer. Quelqu'un l'avait trahi.

— Secret défense, commença Brautignan avant d'ajouter : Mais je veux bien faire une exception. Nous vous avons renseigné.

— Qu'est-ce que ça veut dire ? s'étonna alors Pilic qui avait les yeux fixés sur la garde qui accompagnait le général.

Il avait beau échafauder toutes les hypothèses possibles, Pilic ne voyait pas comment ils viendraient à bout de tant d'hommes.

Guntray se mit à rire. La réponse était si évidente qu'il ne pouvait réellement en vouloir à personne. Il avait péché par excès d'orgueil. Il s'était cru plus fort que le système, plus malin que n'importe quel agent de la Fédération, et à présent il revenait à la place qui était la sienne.

— Tenez, fit-il en sortant l'Œil de Dieu de la poche de son veston.

Il le tendit au général et eut un pincement au cœur en pensant à toute la gloire qui aurait pu découler de cette découverte. Mais après tout, était-ce vraiment important ?

— Au nom du gouvernement fédéral, je vous remercie de votre aide. Au revoir monsieur Marshall, fit Brautignan en prenant l'objet dans sa main.

Guntray sourit douloureusement et gardant le silence, regarda partir le général et son escorte vers le croiseur qui les attendait. Il s'était fait avoir comme un débutant, et n'en voulait à personne si ce n'est à lui-même.

— Quel enfoiré ! Je hais ce genre de type ! Pour qui se prend-il ?

grommela Pilic atterré par le retournement de situation. Qu'est-ce qu'on va faire, maintenant ?

Bonne question, se dit à son tour Guntray. Il avait escompté rentré sur Bavière en héros, mais il se voyait mal revenir chez lui après un tel échec. Il fallait rebondir très vite.

— On va retourner sur Albidan. Je crois qu'on a droit à un petit extra, répondit-il alors comptant bien trouver une solution adéquate.

La sonnerie de son mémo le tira d'un sommeil agréable.

— Allô ? fit-il en l'allumant.

— Guntray, je suis sincèrement navré de ce qui s'est passé. Mais je vous assure que je n'en savais rien, s'excusa la duchesse de Barné.

Une bouffée de colère le réveilla complètement. Il se redressa sur le lit de cette chambre d'hôtel luxueux.

— Et pourquoi devrais-je vous croire ? Je pense plutôt que c'est votre époux qui vous a fourni les informations et connaissant mes rapports avec vous, il vous a demandé de me trahir.

La duchesse se mit à rougir et baissa les yeux. Il avait touché en plein dans le mille. Sa supposition venait de se voir valider. Il comprenait à présent tout le déroulement de l'opération.

— Ne me jugez pas. Je vous en prie. Je n'avais pas le choix. Pardonnez-moi, le supplia-t-elle en se mettant à pleurer pitoyablement.

Il la regarda et se souvint de sa passion quand ils faisaient l'amour. Aussitôt sa colère s'évapora. Faisant contre mauvaise fortune bon cœur, il lui fit savoir qu'il ne lui en tiendrait pas rigueur. Pour autant, il ne lui ferait plus jamais confiance.

Il avait compris que d'une manière ou d'une autre la Fédération se serait servi de lui. Tout le monde connaissait le sixième sens de Guntray, mais aussi son profond dégoût pour toute forme de hiérarchie. Aussi, plutôt que de lui demander son aide, le ministère maltâme lui avait fait savoir, par l'entremise de la duchesse, que, par extrapolation basée sur une exégèse d'un passage de la bible, l'Œil de Dieu pouvait se trouver quelque part sous les océans d'Albidan. Guntray s'était alors attaché à relire les textes sacrés et en avait déduit qu'il devait se trouver dans une des grottes accaparées, depuis plusieurs siècles, par les murènes géantes. « Et l'Œil de Dieu fut renvoyé à son Créateur, là où aucun être humain ne pourrait s'en saisir, gardé par des êtres fidèles jusqu'à la mort. » Guntray n'était pas un fin xéno-biologiste, mais il savait toutefois que la fidélité était une des caractéristiques de la murène qui, durant toute sa vie, ne se reproduisait qu'avec le même partenaire. La chance avait fait le reste.

Il raccrocha son mémo, et éclaira sa chambre. Il regarda sa montre et s'aperçut, contrarié, qu'il était déjà midi. Largement l'heure de se lever. Il appela Pilic et lui demanda de le retrouver dans le restaurant de l'hôtel une heure plus tard.

— J'adore ces petits poissons grillés. Ils sont succulents, s'enthousiasma Pilic qui mangeait avec un appétit vorace le plat principal de leur repas.

Guntray hocha la tête, tandis que son regard s'attardait sur une cliente qui déjeunait deux tables plus loin. Son visage lui rappelait une de ses conquêtes. Une de ces femmes de haute naissance qui passaient leur temps à voyager de planètes en planètes à la recherche d'un peu d'aventure.

— Tu ne finis pas ton assiette ? demanda Pilic qui en avait terminé avec la sienne.

— Non, je te la laisse. Je n'ai plus très faim. Il faut que je parle à quelqu'un.

Il se leva de table et s'armant de son plus beau sourire s'approcha de la table de la jeune fille.

— Excusez-moi mademoiselle. Je me présente : Herbert Van Weitering. J'imagine que mon nom ne vous dit rien, mais si vous prenez le temps de consulter votre mémo, je crois que nous pourrions discuter de choses et d'autres.

La femme lui lança un regard glacial, et ne cilla pas à l'écoute de son nom. Guntray aimait ce genre de caractère. Il aimait qu'on lui résiste.

Il alla se rasseoir, et se força à reprendre son repas en espérant que le poisson mordrait à l'hameçon.

— Qui est cette beauté ? demanda Pilic en passant au dessert.

— Je n'en sais rien, mais j'espère le découvrir très bientôt. Il y a quelque chose en elle qui m'attire. J'envie l'homme qui saura la conquérir, répondit Guntray pensif.

Il termina son repas, puis invita Pilic à le suivre à l'extérieur de l'hôtel. Il comptait passer la journée à essayer de trouver une façon honorable de rentrer sur Bavière. Toutefois il ne voyait pas laquelle. Hormis la relique maltâme, aucun autre objet de valeur n'avait été recensé sur ce monde. Les continents inhabités n'offraient à priori aucun intérêt. Les premières expéditions organisées quatre siècles auparavant avaient révélé une absence totale de trace de civilisation. Il n'y avait jamais eu de vie intelligente sur Albidan. Les Maltâmes s'étaient seulement servis de cette planète pour y cacher l'Œil de Dieu. Quel défi pouvait surprendre un aventurier tel que Guntray ?

— Si on allait faire du shopping, proposa Pilic qui mourait d'envie de revenir les bras chargés de souvenirs.

Guntray se retint de sourire et refusa sa proposition.

— Tu n'as qu'à y aller. Je vais bien trouver à m'occuper, fit-il en regardant vers le port de Villa-les-Pins où flottaient les plus beaux yachts de la planète.

— Tu es sûr ?

— Oui, allez, amuse-toi. Et si je ne t'appelle pas avant demain soir, je te laisse la totalité de mes biens, fit-il avant de rire face à l'incompréhension de Pilic.

S'il manquait quelque chose à son compagnon de fortune, c'était bien de l'humour. Pilic n'arrivait jamais à saisir celui de son patron. Il était incapable de comprendre le second degré, mais ne s'en souciait guère. Tant que la paye était là, peu importait sa susceptibilité.

Villa-les-Pins était une des plus belles villes de l'univers. Pensée par un architecte féru de Renaissance italienne, elle était devenue une référence dans l'univers tout entier. Aussi Guntray se plut à déambuler au hasard de ses rues sinueuses et de ses places richement décorées.

Il s'installa, en fin d'après-midi, à la terrasse d'un café, et commanda du champagne qu'il paya une fortune. Mais l'argent n'avait jamais été un problème pour lui. Il pouvait dépenser sans compter. Il porta la coupe à ses lèvres et sirota son breuvage en fixant l'horizon. L'océan s'étalait à son regard et il était heureux de laisser dériver ses pensées sur une futile exigence : se trouver une compagne pour passer la soirée. Cela faisait plus d'une semaine qu'il n'avait pas connu les joies de l'amour et à présent que sa mission était terminée, il pouvait se laisser aller à un petit peu de bon temps. Il repensa alors à la femme qu'il avait accostée à l'hôtel et se demanda s'il ne serait pas judicieux de la relancer ? Cela faisait plus de deux heures qu'il l'avait laissée, et elle n'avait pas encore repris contact avec lui. Se pouvait-il qu'elle ne soit pas attirée par un homme comme lui ?

Mais à l'instant où il sortait son mémo pour demander la direction de l'hôtel, il vit surgir l'intéressée devant lui.

— Bonjour, je pensais justement à vous, fit-il en préambule.

Elle sourit et répondit :

— Je suis désolée de vous avoir traité de la sorte, mais je ne pouvais pas savoir qui vous étiez. Si vous saviez le nombre de malotrus qui m'abordent, vous me comprendriez, tenta-t-elle de s'excuser avec coquetterie.

Guntray hocha la tête et savoura intérieurement sa victoire. Une de plus qui avait succombé au charme de son alter ego : Herbert Van Weitering, le peintre le plus en vue de la Fédération.

Il avait imaginé ce personnage cinq années auparavant après une excursion sur Nouvelle-Amsterdam, où il avait fait la connaissance d'un jeune et ambitieux artiste peintre. Un jeune homme dont le talent n'était malheureusement pas apprécié de ses pairs. Guntray avait décidé de devenir son mécène, mais pour cela, il lui avait proposé un pacte : il ne devrait faire circuler à la presse que des photos de Guntray. Le jeune homme avait accepté, et grâce aux relations de son bienfaiteur, il était vite devenu une célébrité. Si les grands de ce monde connaissaient la supercherie, le réseau, quant à lui, n'en avait pas été informé et débitait toujours les photos de Guntray accolées à ses tableaux.

— Mais je vous comprends. Moi aussi il m'arrive d'être interpellé par des inconnus. Être un artiste n'est pas toujours de tout repos, la rassura-t-il.

— Et être bel homme n'arrange pas les choses, fit-elle sans frémir.

Un frisson de plaisir parcourut le dos de Guntray. Derrière un regard assuré et mystérieux se cachait en réalité une sacrée coquine. Il ne pouvait imaginer plus charmante compagnie. Il se voyait déjà en plein cœur d'une nuit ardente et tumultueuse.

— En effet, c'est très gênant. D'autant plus que je ne m'intéresse guère aux femmes. Sexuellement parlant, évidemment.

— Évidemment, fit-elle à cours de réplique.

Puisqu'il avait déjà gagné la partie, il avait jugé intéressant de s'amuser avec les sentiments de sa conquête. Il n'aimait pas la banalité et préférait toujours compliquer ses rapports avec la gent féminine plutôt que de se couler dans le moule des sentiments ordinaires. L'amour était un art, un jeu dans lequel il excellait. Il aimait faire monter le désir chez ses partenaires jusqu'à ce qu'elles le supplient de s'abandonner. Il se savait quelque peu sadique, mais n'y trouvait rien à redire.

— Vous avez un très beau visage. Que diriez-vous si je tentais de l'immortaliser sur une toile ?

— Je dirais : volontiers, répondit-elle d'un sourire engageant.

Guntray la toisa avec un air d'artiste professionnel, et fit semblant de présager du résultat que son génie créatif pourrait obtenir avec un tel modèle.

— Oui, je crois que nous pouvons essayer. Si vous voulez bien me suivre.

Il se leva et lui tendit le bras. Elle l'accepta et se laissa conduire jusqu'à leur hôtel. Guntray la fit pénétrer dans sa suite et appela la direction pour qu'elle lui livre tout le matériel de peinture nécessaire pour réaliser une toile de haute qualité. Il ne savait pas peindre mais de toute façon peu importait : il comptait bien obtenir ce qu'il espérait avant d'avoir à rendre des comptes.

— Vous prenez un verre ? demanda-t-il quand il l'eut conviée à s'asseoir sur le canapé du salon.

— Oui, un soda, s'il vous plaît. Je n'aime pas les alcools, s'excusa-t-elle.

— Alors vous ne savez pas ce que vous perdez. L'alcool est le meilleur stimulant qu'il soit, répliqua-t-il à moitié étonné qu'elle ne se laissât pas aller à la douceur des breuvages euphorisants.

— Peut-être, mais je ne suis pas une artiste.

Il sourit et alla au bar servir son invitée puis il ouvrit une bouteille de whisky pour son propre plaisir. Il n'arrivait pas à la cerner, et se demandait sérieusement s'il arriverait à la mettre dans son lit.

— Quelle est la raison de votre présence sur Albidan ? Ne me dites pas que vous y êtes venue pour y faire du tourisme ? demanda-t-il alors en sachant pertinemment que telle en était la raison.

— Non, je suis venue vous rencontrer, répondit-elle alors en prenant le verre qu'il lui tendait. À votre santé, monsieur Marshall.

Elle leva son verre, puis en but une gorgée avant de se mettre à rire devant la mine perplexe de son hôte.

— Qui êtes-vous ? demanda-t-il confus d'avoir été démasqué.

CHAPITRE 6

Atlan

Delphine reprit connaissance et mit un moment à se rappeler ce qu'il s'était passé. Que faisait-elle nue en pleine nature ? Puis soudain sa mémoire reflua à ses esprits et une terrible peur envahit tout son être. Quelqu'un l'avait découverte dans cette posture. Pourtant, d'un regard elle s'aperçut qu'il n'y avait personne dans la petite clairière. Pas l'ombre d'une présence humaine. Elle tendit l'oreille et hormis le souffle du vent et le bruissement des feuilles, nul autre son ne se faisait entendre. Se peut-il que j'aie rêvé ?

Elle se releva, et sans plus se poser de questions, elle se rhabilla et remit ses chaussons avant de quitter précipitamment les lieux. Elle tenta de se dire que cela n'avait été qu'une hallucination, mais au fond d'elle-même, elle n'arrivait pas à oublier le contact de cette main qui lui avait frôlé la tête. Un homme l'avait surprise, un homme qui serait reparti sans même se faire connaître ? Non, cela n'était pas possible. Elle connaissait assez le comportement de la gent masculine pour savoir qu'un inconnu n'aurait pas hésité longtemps avant d'abuser de son corps. Ce devait être un songe. Mais qu'elle en était donc la signification ?

Ne plus jamais se baigner nue, se répondit-elle en comprenant alors qu'elle avait dû outrager le Créateur en s'offrant sans pudeur à Dame Nature. La pudeur était une valeur noble et salutaire, et Dieu ne pouvait tolérer que l'on se rabaissât à la violer.

Elle rejoignit le sentier du Bois-Magique et marcha en direction du parc du Château, puis l'ayant traversé, elle sortit du domaine pour rejoindre les faubourgs de la Cité des Mille Tours.

— Approchez, approchez, gentilshommes et gentes dames, venez apprécier nos étoffes tout droit venues des royaumes du grand nord, clamait un négociant à la porte de sa boutique.

Delphine s'approcha et se plut à admirer la finesse du tissage. Elle s'imagina vêtue d'habits confectionnés dans ces soieries arachnéennes. Elle savait qu'il était illusoire d'espérer pouvoir en porter un jour, mais elle aimait s'arrêter devant de telles échoppes chaque fois qu'elle descendait dans la Cité.

— Allez, poussez-vous. Vous achetez ou vous partez, lui fit le commerçant en grognant quand il comprit qu'elle n'avait aucunement l'intention de faire affaire avec lui.

Elle obtempéra sans se froisser et continua sa balade dans les rues commerçantes.

La Cité des Mille Tours était à la hauteur de son nom. Ville fortifiée, elle s'étalait sur plus de deux mille hectares de terrain et était divisée en de nombreux quartiers où se regroupaient les diverses communautés de la planète. L'architecture y était très classique, dans un style médiéval que les premiers colons avaient voulu instaurer en l'honneur d'un passé révolu. La technologie y était interdite, et la médecine des plus sommaires. Aussi croisait-on de-ci delà des mendiants affligés de diverses maladies.

Delphine détourna les yeux d'un cul-de-jatte et s'efforça de ne plus y penser. Elle descendit la rue des Romanichels, et arriva en vue de la place de la Gloire où se tenait un spectacle de marionnettes.

— Où est-il passé ? fit Gnafron en se tournant vers le public.

Des dizaines d'enfants se mirent à hurler tous en chœur quand soudain apparut le gendarme qui arrêta le voleur de poules. Delphine se joignit au rire de la foule, et applaudit chaleureusement les petites marionnettes.

— Guignol ! Guignol ! scandèrent les enfants.

Delphine attendait avec impatience que le héros de cette comédie d'un autre âge fasse son apparition. Puis sans prévenir, il entra en scène et frappa le gendarme de son bâton. Les rires redoublèrent et les répliques des protagonistes se perdirent dans le brouhaha général. Le spectacle était sommaire, les dialogues teintés d'un populisme puéril, mais tout le monde s'en moquait. L'important était le rire des enfants qui trouvaient dans ce divertissement de quoi leur faire oublier la dureté de la vie quotidienne.

Delphine ne s'y trompait pas, elle savait que malgré la liberté qui était accordée aux habitants de la Cité, entre les épidémies, les famines et les guerres, le peuple franc connaissait une souffrance qui perdurait depuis des siècles.

Le spectacle s'acheva dans la bonne humeur et Delphine regardant le ciel, s'aperçut que celui-ci commençait à s'assombrir. Il était plus que temps de rentrer. L'obligeance de Jean de Bretagne possédait des limites, et elle n'avait aucune envie de connaître les sanctions dont il serait capable si elle se permettait de les franchir.

Elle rentra à pied en direction du château. L'air était frais et sentait l'herbe du printemps. Une bien belle journée, se félicita-t-elle en regrettant déjà qu'elle finisse. Mais la vie était ainsi faite. On ne pouvait espérer être heureux quand on n'était qu'une servante. Et Delphine savait qu'elle n'était pas la plus à plaindre.

Elle rejoignit le quartier des domestiques, prit le seau et le torchon que la matrone lui tendit et elle partit en compagnie d'une dizaine d'autres filles, laver les sols de l'aile ouest du château. Le travail était pénible, épuisant, mais elle s'y était habituée et ne se plaignait jamais, même quand de nobles personnages faisaient exprès de passer avec leurs bottes encroûtées de boue, sur le dallage qu'elle venait juste de nettoyer.

Elle était une servante, et n'avait que le droit de se taire et de travailler. Mais à l'inverse de ses camarades de labeur, elle savait qu'une fois la nuit venue, elle pourrait s'endormir sans redouter la visite d'un mâle en chaleur.

Pourvu que mon protecteur ne vienne jamais à mourir ! priait-elle.

Une fois le parquet de la salle de bal rutilant, elle alla se coucher, les genoux douloureux. Elle était exténuée. Elle sombra dans le sommeil l'espace d'un battement de cœur.

Elle marchait dans les airs ou plutôt elle volait. Oui, c'était cela. Une sensation qu'elle n'avait jamais connue auparavant et qui lui faisait peur. Elle voyait au-dessous d'elle une ville qu'elle ne connaissait pas. De grands bâtiments qui touchaient le ciel. Des véhicules qui circulaient à des vitesses inconcevables dans d'immenses avenues. Elle essaya de se rapprocher du sol, mais ne savait comment se mouvoir dans les airs. Plus elle s'évertuait à descendre, plus la terre lui semblait éloignée. Elle cessa de battre l'air de ses bras, et se retourna vers le ciel. Un étrange objet venait dans sa direction.

Le temps lui parut interminable, mais s'obligeant à garder son calme, elle attendit patiemment l'arrivée de la chose. De fait, quelques minutes plus tard, un immense bateau se posta au-dessus d'elle. À cet instant, elle comprit qu'elle était en plein rêve. Elle se pinça le bras pour se réveiller, mais à part une vive douleur rien d'autre ne se produisit. Elle haussa les épaules, et accepta, sans plus se rebeller, les miracles que son esprit endormi concevait.

Des hommes se penchèrent par-dessus le bastingage, puis une corde fut lancée dans le vide. Un homme s'y accrocha et descendit lentement à sa rencontre. Delphine jeta un regard au-dessous d'elle, et se mit à rire de la situation. Imaginer un bateau volant à plus de mille lieues de hauteur, et elle, planant tel un oiseau insensible à la gravité terrestre.

Qu'ai-je donc pu avaler pour faire des songes aussi délirants ? se demanda-t-elle alors que l'homme atteignait l'extrémité de la corde.

Il était à trois mètres de Delphine, et cette dernière s'étonna du visage ingrat du marin des airs.

Ai-je si mauvais goût pour peupler mes nuits d'êtres si laids ? se moqua-t-elle d'elle-même.

L'homme se balança, et gagnant de l'amplitude, il atteint après quelques secondes la position de Delphine.

— Tendez-moi la main.

Delphine n'hésita qu'un instant et accéda à la demande. L'homme dans un dernier balancement revint sur elle, et attrapa son bras droit d'une poigne ferme et solide.

— Aïe, vous me faites mal ! cria-t-elle surprise par la douleur de la prise.

Mais l'homme n'en eut cure et la hissa jusqu'à lui. Elle était à présent collée à son corps, et elle sentit que le miracle, qui la faisait rester dans les airs, était en train de se dissiper.

— Mon Dieu ! s'exclama-t-elle en s'agrippant comme elle le pouvait au marin. Ne me lâchez pas.

Cela n'avait beau n'être qu'une illusion, Delphine était tétanisée de peur. Elle n'était jamais morte dans ses rêves et ne tenait aucunement à en faire l'expérience aujourd'hui.

Les hommes sur le pont remontèrent la corde. Puis enfin la délivrance survint quand on la fit passer par-dessus bord. Elle s'écroula sur le pont, et les marins se moquèrent d'elle. Elle se recroquevilla sur elle-même et se mit à pleurer. Je veux me réveiller, je veux me réveiller, se dit-elle sans fin.

Soudain, un éclair l'aveugla et elle se redressa sur sa couche.

Elle était en sueur, et avait le souffle court. Elle regarda autour d'elle et s'assura qu'elle était bien dans le monde réel, que son lit était bien sous elle et qu'elle était incapable de s'envoler.

Ce n'était donc qu'un rêve, se rassura-t-elle en souriant béatement de réconfort. Jamais de sa vie, elle n'avait vécu d'expérience aussi étrange. Même le songe de la matinée n'avait eu autant ce goût de vérité.

Elle se posta à sa fenêtre qui donnait sur le parc éclairé par une lune à demi pleine, et essaya d'interpréter son rêve, mais elle n'y trouva ni sens, ni message codé. Cela n'avait ni queue ni tête, et l'esprit tourmenté et perplexe, elle alla se recoucher en priant Dieu que le reste de la nuit soit plus calme.

CHAPITRE 7

Boxtown

— Sois raisonnable, Roseta. Tu ne peux pas me refuser ça, se plaignit Maximilien Rembrandt.

Il était son dernier amant en date, et croyait bien que son charisme suffirait à faire changer d'avis une des femmes les plus convoitées de la galaxie. Mais Roseta était lasse de cet Apollon de pacotille qui représentait tout ce qu'elle exécrait. Elle s'était laissé séduire en prévision d'un contrat avec le père de ce fils de famille. Toutefois, étant donné que le traité de partenariat entre sa firme et la Conception Corporation venait d'être renouvelé pour dix années, elle n'avait plus à rechercher un nouveau partenaire pour l'exploitation de la colonie Raphaël qui orbitait autour de Boxtown.

— Écoute, Max, je suis fatiguée. J'ai une tonne de dossiers en retard. Je suis sincèrement navrée, fit-elle en y mettant le ton.

Il lui avait proposé de passer un week-end dans une station de ski située sur la cordillère orientale, Néron. L'idée de vacances était certes alléchante, mais en aucun cas elle n'imaginait de les prendre avec cet énergumène. Elle préférait encore la solitude à la présence d'un jeune bellâtre qui croyait que son statut de milliardaire pouvait lui ouvrir tous les cœurs. Même si le sien était toujours à prendre, elle le gardait pour l'homme qui saurait l'aimer pour ce qu'elle était et non pour ce qu'elle pouvait représenter.

— Ne fais pas ta mijaurée, ça va être sensationnel. Mon père organise une immense réception dans un de ses chalets. Il y aura même un des plus éminents spécialistes de la question maltâme. Allez, fais un effort, je t'en prie, continua-t-il.

Le salaud ! se dit-elle. Elle s'était laissé aller, une fois, à une confidence par laquelle elle lui avait exprimé tout son attrait pour cette civilisation disparue.

Peut-être n'était-ce qu'un bluff, mais si ce n'était pas le cas, pouvait-elle se permettre de manquer l'occasion de rencontrer cet homme ? Son père lui ayant donné l'aval pour faire des recherches sur les Maltâmes, c'était peut-être l'occasion rêvée d'en apprendre un peu plus.

— Je vais réfléchir, mais je ne te promets rien, au revoir, fit-elle.

— Au revoir ma chérie, répondit Maximilien en lui faisant un clin d'œil équivoque.

Roseta éteignit l'écran de son salon et se frotta le front. Elle sentait venir le début d'une migraine. Elle n'avait aucune envie de le revoir, mais elle mourait d'impatience d'en apprendre davantage sur les Maltâmes. Que faire ?

Premièrement, appeler son secrétaire particulier et lui demander la liste des invités de Rembrandt père. Puis elle se déshabilla et se plongea dans son jacuzzi. Elle en ressortit une demi-heure plus tard, et ouvrit le message que son secrétaire lui avait laissé sur son mémo. Le professeur Youri Jalabert était effectivement attendu à la réception.

Roseta se mit sur le réseau et rechercha toutes les informations possibles sur cet homme, et après deux heures de navigation informatique, elle ne doutait plus de la décision qu'elle allait prendre. Elle se rendrait à Néron. Que représentait l'ennui de la présence de Maximilien en regard du plaisir de discuter avec un homme possédant une culture multi-universelle assortie d'un réel talent de narrateur ?

Elle rappela aussitôt son amant éperdu et lui fit part de la bonne nouvelle. Ce dernier était aux anges et ne masqua pas sa joie. Il s'était réellement pris d'amour pour elle et ne pouvait concevoir qu'elle pût le quitter comme un vulgaire individu. Un homme de plus qui aurait un jour à faire face à une fin de non-recevoir de la part de Roseta.

Elle était belle, intelligente, fine et délicate. Elle possédait tout ce que pouvait rechercher la moitié masculine de l'humanité. Chacun de ses désirs, de ses ordres étaient exécutés à la lettre par un personnel trié sur le volet. Toutes les portes lui étaient ouvertes, y compris celles qui ouvraient le cœur des hommes. Pourtant, elle n'avait jamais encore rencontré celui qui saurait faire chavirer le sien. Son statut lui interdisait de facto toute relation ordinaire avec les gens. Et si son carnet d'adresses était rempli à foison, le nombre de ses amis était aussi important que le compte en banque d'un mendiant.

Fille unique, sa vie affective était d'une pauvreté telle qu'elle se retrouvait souvent en pleurs sur le lit à baldaquin qui trônait dans le fond de sa chambre. Le pouvoir et l'argent n'étaient pas suffisants au bonheur. Roseta en savait beaucoup sur la question. Les proverbes d'autrefois étaient des vérités éternelles.

La fin de la semaine arriva et elle embarqua dans un jet privé pour la cordillère orientale. Elle se surprit à apprécier ce voyage qu'elle avait craint d'un ennui mortel. Mais passé le décollage, elle fut ravie d'admirer le paysage qui s'étalait sous son regard émerveillé. Cela faisait plus de dix ans qu'elle n'avait voyagé en dehors de Kaklan. Elle avait oublié combien sa planète pouvait être belle par endroits. La cordillère faisait partie de ces rares sites que les grands trusts de la Fédération avaient laissé inviolés comme garants de leur souci écologique. Une goutte d'eau dans un océan.

Le jet survola les premières montagnes, et Roseta se demanda, sans trop y croire, si elle aurait pu vivre le restant de ses jours loin de toute forme de civilisation, ne plus consulter le réseau, être totalement autonome, ne survivre que par ses propres moyens, ne compter que sur elle-même et n'avoir pour seule ambition que de passer une journée agréable. Elle soupira en souriant et répondit négativement à ses questions. Quoi qu'elle puisse penser de Kaklan, elle était une vraie citadine, et n'aurait su vivre trop longtemps loin du tumulte de la capitale.

Néron fut bientôt en vue, et peu après l'appareil se posa sur une des pistes construites en bordure de la station de ski.

— Ma très chère, je suis content que tu sois là. Je craignais tant que tu ne sois retenue à la dernière minute, s'exclama Maximilien en tendant la main à Roseta qui descendait du jet.

Un vent glacial lui griffa le visage. Elle se recroquevilla dans son grand manteau de vison.

— Tu sais bien que je n'ai qu'une parole, fit-elle d'un air mystérieux. Vite rentrons nous réchauffer, je ne voudrais pas geler sur place.

Maximilien passa son bras autour de ses épaules.

— Et pourquoi pas. Tu serais si belle statufiée dans la glace.

Quand il le voulait, il pouvait être réellement charmant. S'il n'avait été le petit présomptueux et égocentrique fils de famille qu'il était la plupart du temps, peut-être aurait-elle pu apprendre à l'aimer. Mais non. Il ne serait jamais à la hauteur de ses espoirs.

— Est-ce que le professeur Jalabert est déjà arrivé ? demanda-t-elle tandis qu'il pénétrait dans l'habitacle d'un aéroglisseur.

— Non, il sera là ce soir, répondit Maximilien d'une voix sèche. Tu pourrais au moins faire semblant.

Roseta lui sourit et l'embrassa sur la joue.

— C'est toujours mieux que rien, se consola-t-il en haussant les épaules.

— Et ce n'est qu'un début, lui souffla-t-elle à l'oreille.

Comme les hommes sont faciles à contrôler! se dit-elle en contemplant la vallée enneigée qui s'étalait sur le versant d'une montagne voisine.

La chambre qu'on lui affecta lui convint tout à fait. Une merveille, dans la pure tradition des peuples scandinaves. Les ébénistes qui avaient fabriqué les meubles étaient de réels artistes. Elle nota dans un coin de son esprit de penser à les appeler lorsqu'elle serait de retour à son domicile. Une cheminée se trouvait dans un angle de la pièce et une immense baie vitrée offrait la vision panoramique d'une cascade fantastique qui dévalait la montagne toute proche pour aller s'engloutir dans un lac qui se trouvait quelques deux cents mètres plus bas. Si ce n'était pas le paradis, elle n'en était pas loin.

Quelqu'un frappa à sa porte. Elle alla ouvrir et se trouva devant une jeune femme à peine plus âgée qu'elle.

— Rose, mon amour ! Cela fait si longtemps, s'enthousiasma une grande rousse maquillée outrageusement.

Madeleine Gombaldini, sa meilleure amie de pension, du moins jusqu'à ce qu'elle la trahisse.

— Madi, on ne m'avait pas prévenue de ta présence, ne trouva-t-elle rien d'autre à dire.

Sacré Maximilien. Il n'était pas complètement stupide. Car si elle avait su que son ancienne compagne de chambre était conviée aux festivités, jamais elle n'aurait donné son accord pour y participer. Professeur Jalabert ou pas !

— C'était pour te faire la surprise. J'espère que tu n'es pas déçue de me revoir ?

Elle cacha ses pensées et préféra faire comme si de rien n'était.

— Non, bien sûr que non. Je suis ravie de te revoir. Cela fait si longtemps, fit-elle avant d'ajouter : Entre donc.

La jeune fille pénétra dans la chambre.

— Je suis heureuse que tu ne m'en veuilles plus. J'avais tellement peur que tu ne souhaites pas me revoir, lui confia-t-elle alors en s'asseyant sur le canapé.

Mais qui te dit que je t'ai pardonné ? se retint de la corriger Roseta qui n'avait rien oublié.

Elles avaient toutes deux quatorze ans et partageaient une même chambre du pensionnat pour jeunes filles, à Norwich. Roseta était tombée amoureuse d'un jeune Roméo de deux ans son aîné, fils d'un des acteurs les plus adulés de l'univers. Ils se voyaient souvent, et discutaient longuement, partageant leurs pensées intimes. Elle avait enfin trouvé quelqu'un qui savait voir dans les filles autre chose que des objets de désir. Même si l'éducation que l'on tentait de leur donner se voulait stricte et moraliste, il s'avérait cependant que la réalité des choses de l'amour était arrivée aux oreilles des pensionnaires. Roseta avait maintes fois refusé de s'abandonner aux bras de ses nombreux prétendants, mais en faisant la connaissance de ce jeune homme, elle avait cru enfin avoir trouvé l'âme sœur, et s'était confiée sans pudeur à sa meilleure amie, Madeleine.

— Tu veux parler du fils Harrison ? Ma pauvre Madi, comment pourrais-je t'en vouloir ?! fit-elle d'un ton empli de dérision.

Elle devait partir pour la capitale retrouver sa famille, quand, malheureusement, alors qu'elle venait d'arriver à l'aéroport de Norwich, un message était parvenu sur son mémo. Son père lui annonçait, navré, qu'il devait quitter Kaklan au plus vite afin de désamorcer un conflit dans une des mines de la région polaire. Que faire ? Rentrer à la demeure familiale où personne ne l'attendrait ou revenir au pensionnat en espérant retrouver James Harrison ? Son choix avait été vite fixé et elle avait ordonné à son chauffeur de la raccompagner d'où elle venait.

De retour au pensionnat, elle s'était fait une joie à l'idée de vivre ces deux jours de fête nationale avec James, et, qui sait, de passer à l'acte. Elle avait longé le couloir qui menait à sa chambre, puis arrivée devant sa porte, elle avait inséré la clé dans la serrure et ouvert. Le sourire qui éclairait son visage s'était figé brusquement et elle était restée un instant tétanisée dans sa position d'attente en n'osant croire ce que ses yeux lui révélaient : Madeleine et James entièrement nus dans une position qu'elle n'aurait même pas conçue en rêve.

Dès lors, Roseta avait perdu sa seule véritable amie, ainsi que ses illusions sur la gent masculine.

— Oui, tu as raison. Ce n'était même pas un bon coup ! se moqua Madeleine.

— Tu fais bien de me le dire, j'aurais été peinée de perdre mon pucelage avec un avorton de la sorte ! lança-t-elle d'une pique.

Les années aidant, Roseta avait appris les jeux du langage. Madeleine fit un sourire de façade et se servit à boire afin de cacher sa gêne.

— Alors qu'est-ce que tu deviens ? J'ai appris que tu avais hérité de l'entreprise de ton père ?

Roseta s'assit en face de son ancienne amie, et croisa les jambes dans un geste gracieux et nonchalant.

— Oui, que veux-tu, on n'a pas toujours ce que l'on veut dans la vie. Je voulais une vie calme et tranquille, j'ai une vie trépidante et épuisante, fit-elle en levant les paumes vers le ciel. Et toi tu voulais être une star, et... Oh ! excuse-moi ma chérie.

La vengeance est un plat qui se mange froid. Roseta n'était pas à franchement parler rancunière, mais l'occasion était trop belle de donner une leçon à cette chipie. Madeleine avait décroché plusieurs petits rôles dans de nombreux téléfilms locaux, mais à son grand désespoir aucune des Majors de la Fédération n'avait été sensible à ses interprétations et à présent, âgée de vingt-cinq ans, elle savait que son rêve de devenir une célébrité s'était envolé pour toujours.

— Mais il n'y a pas de quoi, j'aime beaucoup mon travail. Et tu sais, le cinéma ce n'est pas aussi passionnant qu'on veut bien le faire croire.

Quelle mauvaise foi ! Madeleine était désormais la femme d'un richissime vendeur d'armes, et il était de notoriété publique que son mari lui interdisait de se « ridiculiser » devant des caméras. S'il lui était resté un brin d'amitié envers Madeleine, Roseta l'aurait facilement prise en pitié. Comme il pouvait être triste d'abandonner ses rêves pour une simple question de paraître en société!

— Et être mariée à un machiste, est-ce donc plus intéressant ? continua Roseta en s'étonnant de la méchanceté dont elle faisait preuve.

Un long silence s'installa. Madeleine resta assise sur le canapé et baissa le regard sur son verre rempli d'un alcool de poire, tandis que Roseta se préparait déjà à lancer d'autres attaques. La vie lui avait appris à être dure et à ne jamais cesser un combat avant d'être certaine de l'avoir remporté. Si Roseta devait sa place de présidente directrice générale de la Conception Corporation par le simple fait de sa naissance, c'était uniquement son talent de businesswoman qui lui avait permis d'y rester.

— Tu sais pourquoi je suis sortie avec ce misérable James Harrison ? céda alors Madeleine sans relever les yeux.

— Oui, à ce qu'il me semble, c'est plutôt clair, répondit froidement Roseta.

Elle n'avait que faire d'une confession pathétique et trop tardive. Les actes passés ne pouvaient se réparer.

— Non, je ne l'aimais pas, et avais encore moins envie de faire l'amour avec lui. Beaucoup trop intellectuel à mon goût, fit-elle. Non, j'étais seulement jalouse de toi.

— De moi ?! lâcha Roseta, déconcertée.

De quoi aurait-elle pu être jalouse ? Madeleine et Roseta étaient aussi riches et aussi belles l'une que l'autre. Elles avaient eu toutes les deux autant de succès auprès des garçons et n'avaient que l'embarras du choix. La seule différence qui les séparait de façon notable était leurs résultats en classe. Là où Madeleine était tout juste moyenne, Roseta flirtait avec l'excellence et quelquefois y parvenait. Se pouvait-il que ce soit juste une question de rivalité scolaire ?

— Parce que tu étais heureuse, répondit alors Madeleine en baissant les yeux.

Elle se dirigea vers la baie et tout en contemplant la cascade d'eau glacée, elle reprit :

— Tu étais si insouciante, capable d'ignorer les problèmes pour te focaliser seulement sur les aspects positifs de la vie. Tu ne t'en faisais jamais et te moquais éperdument de ton avenir. Alors que pour moi c'était tout le contraire.

Assise sur le canapé près de la cheminée, Roseta regardait le dos de son ancienne amie, et des quantités de souvenirs affluaient à son esprit.

CHAPITRE 8

Alliance

Le reste du voyage se déroula dans un silence pesant et oppressant. Le regard perdu sur les plaines grises de la lune, Wilson essayait de rassembler les morceaux du puzzle sans toutefois y trouver le moindre début de cohérence. Il se sentait totalement dépassé par les événements. Que voulait-on faire de lui ? Pourquoi l'avoir envoyé chez les musulmans ? Qu'aurait-il pu apprendre s'il était resté à l'Abbaye ? Tant de questions qui restaient sans réponse.

Refusant de faire la conversation avec l'imam Haraflika, il préférait se taire plutôt que de révéler par une discussion le trouble qui le saisissait. Il n'avait qu'une envie : se plonger dans les pages de la Bible en espérant y trouver une réponse à ses interrogations.

— Nous sommes presque arrivés, intervint alors Haraflika.

Wilson jeta un coup d'œil à l'extérieur et aperçut la masse imposante de la mosquée qui emplissait tout l'espace visible. Mon Dieu, se dit-il subjugué par le travail des architectes musulmans. Construit en marbre clair, le bâtiment était d'une beauté éblouissante. Illuminé par des projecteurs qui encerclaient l'édifice, la Mosquée brillait de tous ses feux sur les plaines austères d'Alliance comme le soleil dans le ciel terrestre.

— Magnifique n'est-ce pas ? demanda l'imam.

À l'inverse des catholiques, les musulmans avaient opté pour une débauche d'artifices afin de rendre la Maison de Dieu la plus attractive possible. Un lieu dans lequel on aurait envie de passer le restant de ses jours.

— Formidablement inutile et dérisoire, répliqua Wilson qui s'en voulait de s'être laissé ainsi charmer.

Il avait pourtant déjà vu des holos de l'édifice. La différence entre savoir et connaître ! ironisa-t-il en lui-même.

— N'est-ce donc pas là, deux des qualités qui séparent l'humain de l'animal ? se défendit l'imam.

La barrière qui séparerait toujours le monde animal de celui des hommes était que ces derniers avaient le pouvoir d'accomplir des actes qui n'étaient en aucun cas dictés par leur besoin de survie. Le corps appelait à l'utilité, l'âme à bien autre chose, pensa Haraflika content de l'effet produit par le désarroi de son hôte.

— À moins que ce ne soit celle qui sépare l'imbécile de l'homme pieux ? se reprit Wilson qui s'en voulut aussitôt après.

De quel droit pouvait-il juger cet homme qui n'avait à aucun moment essayé de le blesser ? Seules la douleur, et la frustration l'avaient fait parler ainsi. Même s'il était un des plus ardents détracteurs de la religion du livre de Mahomet, il avait toujours pris soin de traiter avec respect les hommes qui avaient choisi la mauvaise voie. Chaque mouton a la potentialité de revenir dans le troupeau. Tel avait été toujours son précepte le plus incrusté en lui-même.

Assis en face de lui, Haraflika fit une moue dédaigneuse et son sourire s'effaça comme emporté par le vent. Quel personnage étrange ! Un homme d'une volonté inébranlable et sans doute d'une intelligence rare, analysa-t-il en regardant son vis-à-vis. Pourquoi fallait-il qu'il refuse de s'ouvrir au message divin ? Pourquoi était-il si méthodiquement intransigeant avec la religion musulmane ?

Quoi qu'il en soit, Haraflika comprenait, ô combien, pourquoi cet homme était autant un danger qu'un atout dans les mains de ses supérieurs.

La navette se posa dans une aire près de l'aile ouest de la Mosquée. Les deux hommes descendirent de l'appareil pour se réfugier dans la tiédeur réconfortante qui imprégnait tout le bâtiment.

— Frère Wilson, Ahmed va vous conduire à vos appartements, fit Haraflika en présentant l'homme qui venait à leur rencontre. J'espère que ceux-ci vous siéront, dans le cas contraire nous pourrons toujours vous loger dans les caves.

Se grattant la barbe, Wilson ne fit aucun commentaire et malgré lui se félicita de l'humour dont venait de faire preuve l'imam. Je commence à aimer cet homme, pensa-t-il en cherchant vainement à le détester. À de nombreuses reprises il avait eu affaire à ces hérétiques, et jamais il n'en avait trouvé un seul qui ait mérité son respect. Toujours à parlementer, à invectiver, à critiquer, à palabrer. Des hommes incapables de comprendre l'art du dialogue et de la parole. Mais celui-ci était différent. Se pourrait-il qu'il soit un agent à notre solde ? se surprit-il à penser sans trop y croire.

— À Rome, fais comme les Romains, éluda Wilson. Je me contenterai de ce que vous avez à m'offrir.

Haraflika sourit et d'un signe de la main l'invita à suivre Ahmed.

— Un moudjahid viendra vous chercher dans une heure, pour dîner. D'ici là, faites comme chez vous frère Wilson.

Haraflika s'en alla et Wilson suivit son guide dans le dédale de couloirs qui traversait toute cette aile du bâtiment. Des fous ! s'étonna Wilson en admirant la multitude d'œuvres d'art qui jalonnait leur parcours. Tapis, peintures et sculptures s'affichaient partout dans un réel souci d'harmonie. Une certaine idée du paradis, peut-être ? se hasarda-t-il en trouvant futile ce besoin d'imaginer l'au-delà.

Au bout d'une dizaine de minutes de marche, son guide s'arrêta devant une porte.

— Tenez, prenez ce mémo. Si jamais vous veniez à vous perdre vous n'auriez qu'à l'actionner et nous viendrions vous rechercher aussitôt, fit le moudjahid en lui tendant l'objet rectangulaire.

— Ce ne sera pas la peine, je ne compte pas bouger de ma chambre. Merci, fit-il en ouvrant la porte.

Il ne dut qu'à son contrôle mental de ne pas pousser un sifflement de stupéfaction face à la vue de sa chambre. De plus de quinze mètres de long sur autant de large, c'était mille fois plus que ce dont un homme avait besoin. Il se rendait compte à présent qu'il avait mal évalué la dimension de la Mosquée. Elle était bien plus vaste que l'Abbaye. Inutile et dérisoire !

— Je vous en prie, prenez-le quand même, le vôtre ne fonctionnera pas ici, fit son guide.

Instinctivement Wilson mit la main sur sa poche droite où se trouvait son propre mémo et se sentit soudain pâlir. Le seul lien qui le reliait encore à son Église lui était enlevé. Il était désormais seul au milieu d'un peuple d'hérétiques. Il prit le mémo qu'on lui tendait et pénétrant dans sa chambre, il referma la porte derrière lui. Il se doutait qu'il devait y avoir une multitude de caméras nichées aux quatre coins de la pièce. Il se retint alors de montrer quelque émotion que ce soit. Gardant un visage impassible, il s'approcha du lit pour ouvrir la valise qu'un de ses hôtes avait déposée sur le sol. Il en sortit deux robes de bure, des sous-vêtements, des affaires de toilette, puis il prit dans ses mains le seul objet qu'on ait jugé digne de lui laisser : une bible ou plutôt sa bible, celle que lui avait offert ses parents pour sa première communion. Il s'assit sur le bord du lit et ne put s'empêcher d'ouvrir le livre sacré.

— À notre plus beau trésor, nous offrons le plus beau des messages, lut-il en dédicace.

Comme ces années lui semblaient lointaines. Comme ce jeune enfant lui était désormais étranger. Il n'était plus le garçon timide et naïf d'alors. Il avait appris la dureté de la vie et la colère des hommes. Il avait vu la misère et ressenti la douleur. Il était devenu un homme, à défaut d'être devenu un saint.

— Notre père qui es aux cieux..., commença-t-il en récitant le Notre Père.

Cela faisait bien des années qu'il ne croyait plus à l'utilité morale de la prière, mais il avait compris que les prières avaient un autre but : celui d'être un phare pour toutes les âmes qui se dispersaient dans le doute.

Il finit sa prière et referma la bible. Il se releva et se dirigea vers la salle de bains qui tout comme la chambre détonait radicalement avec celle qu'il avait eue à l'Abbaye. Une baignoire circulaire, creusée dans une roche noire, l'invitait à la paresse et au relâchement. Wilson, qui n'avait pris que des douches au cours de ses années de services hésita un instant sur la conduite à suivre, mais repensant à son souci de se plier aux us et coutumes de ses hôtes, ne tarda pas à se débarrasser de ses vêtements et à se plonger dans la cuve après avoir ouvert le robinet d'eau chaude.

Il ne tint plus compte du temps et, immergé dans l'eau bouillante, il essaya de se calmer et d'oublier la déchéance qui était sienne. Il allait devoir affronter l'inconnu, et malgré le désaveu qu'il venait de subir de la part de ses pairs, il se devait de rester fidèle à ses principes et de se battre sans relâche pour la survie de la bonne parole.

La porte de la salle de bains s'ouvrit, et Wilson, surpris, tourna la tête.

— Qui vous a permis d'entrer ? lâcha-t-il d'une voix qui claqua comme un coup de fouet.

L'intruse baissa les yeux, et se mit à rougir.

Une femme ! s'emporta intérieurement Wilson ulcéré. Comment osait-on lui envoyer une représentante du sexe coupable ! Les musulmans ne sont que des barbares et des sauvages ! rugit-il en lui-même.

— Allez-vous-en misérable ! N'avez-vous donc aucun respect pour vos invités ? fit-il sans attendre de réponse.

La jeune fille ne répondit pas et ressortit de la salle de bains en prenant grand soin de refermer la porte derrière elle. Ces hommes vont me rendre fou ! Wilson sortit précipitamment de la baignoire et attrapa une serviette pour aussitôt essuyer son corps trempé. Il revêtit ensuite sa soutane, et après avoir remis ses sandales, il récita une prière, et retourna dans la chambre.

— L'imam Haraflika me prit de vous faire savoir qu'il vous attendra pour partager son repas, fit la jeune moudjahid.

La tempête étant passée, Wilson réussit, malgré sa colère, à éviter de montrer le dégoût que lui procurait sa présence.
— Alors allons-y, fit-il simplement.

— Asseyez-vous je vous en prie, frère Wilson, fit Haraflika en lui désignant une chaise.
À quoi jouez-vous ? se demanda-t-il. Au lieu d'une salle à manger en osmose avec tout ce qu'il avait pu voir jusqu'ici, la pièce où l'on venait de l'amener était d'une petitesse étonnante. Pas plus de vingt mètres carrés, soit l'équivalent de sa chambre dans l'Abbaye.
— Ceci est l'un de mes bureaux, nous y serons très bien pour souper. À moins que vous n'ayez une objection ? ajouta l'imam.
— Non, cela me convient tout à fait, je vous remercie de votre obligeance, répliqua Wilson.
Et c'était la stricte vérité. Il retrouvait dans cette salle, un peu de l'atmosphère qu'il aimait et appréciait. Il avait si longtemps vécu dans un univers exigu. Grâce en soit loué le Seigneur.
— Ainsi soit-il, fit Haraflika qui d'un regard ordonna à ses subordonnés de les laisser seuls.
Wilson faillit se détendre, mais il se rappela soudain que des caméras l'observaient sans discontinuer. Ce n'est pas le moment de faiblir, se rasséréna-t-il. Je vais enfin comprendre.
— Que voulez-vous de moi ? attaqua-t-il sans préambule.
Il n'avait aucune envie de jouer la comédie. Il croyait avoir suffisamment décrypté l'essence d'Haraflika pour comprendre que ce dernier ne se défilerait pas.
— Vous sauver la vie, frère Wilson, répondit-il en levant un verre de vin.
— Excusez-moi de vous décevoir, mais je n'avais pas l'impression que celle-ci fût menacée.
— Oui, vous n'en aviez pas l'impression, fit l'imam en hochant la tête de façon condescendante.
Un coup pour rien. S'il devait apprendre des choses, ce ne serait

certainement pas le fruit du hasard ou d'une confidence fortuite. L'imam était un homme rompu à la diplomatie.

— Qui voudrait me tuer ? Et pourquoi ? demanda Wilson.

Une question de trop ! s'en voulut-il aussitôt. Seul un homme paniqué pose plus de questions qu'il ne peut entendre de réponses, disait un proverbe de son monde natal.

— Quelle importance ? Le principal n'est-il pas que vous ayez la vie sauve ?

— Mais que vaut une vie quand celle-ci s'écoule dans l'ignorance, répondit-il fier de retrouver sa verve.

L'imam sourit et se pencha sur sa chaise.

— Vous êtes ce que l'on appelle un « problème » frère Wilson. Le type même de personnage que nous tendons à fabriquer, mais dont nous redoutons les actions.

Wilson sentit un frisson incontrôlé lui glacer l'échine. Comment osait-il affirmer qu'il avait été engendré par les musulmans ?

— Cela fait bien longtemps que nous avons compris que la seule chance de survie de nos Églises est d'avoir des hommes tels que vous, frère Wilson. Des êtres capables d'une pertinence intellectuelle exquise, de tout remettre en question si ce n'est leur propre foi en Dieu, continua Haraflika en posant ses deux coudes sur la table. Mais encore faudrait-il que nos Églises méritent d'être sauvées.

Impensable ! Comment un des plus éminents représentants de la religion musulmane pouvait-il douter à ce point de ses propres croyances ? s'étonna Wilson qui calqua alors son comportement sur celui d'Haraflika pour aboutir à la conclusion suivante :

— Le cardinal Petersen serait un homme corrompu ? Vous pensez vraiment que je vais croire à la véracité de vos soupçons alors que vous venez de me dévoiler le peu de foi que l'on peut avoir en vous ?

— Qu'est-ce que la corruption frère Wilson ? Est-ce donc corruption que de tout essayer afin de sauver nos Églises ? Vous n'êtes pas sans savoir que notre sphère de pouvoir diminue d'année en année comme peau de chagrin. Peut-on vraiment se passer des moyens les plus démesurés pour essayer d'éviter que ne se perde à jamais la parole du Seigneur ?

Certes, l'imam avait raison, mais il devait y avoir néanmoins une limite aux actions à mener.

— Jusqu'où êtes-vous allé ? demanda Wilson qui s'attendait au pire.

L'imam se leva et prit son verre en main. Wilson réagissait exactement comme ils l'avaient prévu. Il était prêt.

— Bien plus loin que vos peurs ne peuvent l'envisager. Il existe tant de choses dont vous ignorez tout. Vous pensez tout connaître des rouages de votre Église, mais pourtant vous ne savez rien. Vous n'êtes qu'un ignorant aveuglé par la certitude de détenir la vérité. Alors que le schéma ne demande qu'à être découvert, vous n'avez fait que l'effleurer sans jamais comprendre tous les enjeux qui se cachaient derrière.

Wilson fronça les sourcils et se retint d'intervenir. Il n'avait qu'un désir : s'en aller et retourner à l'Abbaye. Il n'avait cure des propos railleurs et dramatiques de son hôte. Que cherchait-il à dire ? Pourquoi tant de verbiage ? Wilson détestait ce genre de comportement, caractéristique selon lui d'un manque de confiance en ses propres dires.

— Mais de quoi parlez-vous ? demanda-t-il en cachant sa lassitude.

Haraflika lui jeta un regard complaisant et s'approcha de lui.

— J'ai besoin de vous, frère Wilson. Voilà pourquoi je vous sauve la vie et vais vous rendre votre liberté.

— Mais je suis libre, plaida alors Wilson qui se leva à son tour dans la ferme intention de quitter le bureau.

Il en avait assez de cette mascarade. Ces musulmans étaient des insensés ! Une fois de plus, il devait se rendre à l'évidence : le dialogue était impossible avec ces hérétiques. Des fous ! se désola Wilson.

Il est temps de le lui faire admettre, jugea alors Haraflika qui savait que tout se jouait en cet instant. Soit Wilson serait à même de comprendre, soit il devrait le tuer.

Pourvu que vous soyez capable de briser les barrières qui vous ont aveuglé, se dit-il en sachant qu'il y avait une forte probabilité pour que ce ne soit pas le cas, et qu'il doive donc l'assassiner. Il ne pouvait le laisser repartir après tout ce qu'il venait de dire.

— Vous souvenez-vous de l'enregistrement que je vous ai montré durant notre voyage ? demanda-t-il.

Wilson se remémora alors le cardinal Petersen parlant de son sort avec le porte-parole du pape, le cardinal Aussillou. « Vous ne pouvez le laisser en place », avait dit ce dernier.

— Oui.

— Et pourtant vous n'avez rien compris, frère Wilson. « Avant d'essayer de retirer la paille dans l'œil de ton voisin, retire plutôt la poutre qu'il y a dans ton œil », lâcha Haraflika citant un verset du Nouveau Testament.

Wilson frissonna. Il détestait que l'on se serve des paroles du Seigneur pour tenter de le mettre à terre.

— Ce qui est valable pour moi l'est tout autant pour vous ! le fustigea-t-il outré.

Pour qui se prend-il ? s'emporta Wilson qui sentait sa bile lui remonter le long de l'œsophage. Comment un homme qui venait de lui apprendre qu'il était prêt au pire pour défendre sa position pouvait se permettre de lui donner des leçons de morale ? Wilson se connaissait des défauts mais jamais il n'aurait trahi l'essence de la parole divine pour lui permettre de propager la Bonne Parole. De toute façon, Dieu ne laisserait jamais mourir son message. Haraflika devait être combattu, il pervertissait tout, il représentait tout ce qu'il avait toujours voulu voir disparaître dans son Église. Se pouvait-il que Petersen et Aussillou soient faits du même roc que cet imam ? vint alors le tourmenter son esprit accusateur.

— Je ne nie pas être exempt de tout aveuglement, mais ce n'est pas parce qu'un menteur éhonté vient dire que la Terre est ronde, que cette dernière ne l'est pas ?

Effectivement, même les crapules peuvent dire des vérités, mais les plus beaux des mensonges ne sont-ils pas ceux enrobés dans ces dernières ?

Wilson eut soudain un éblouissement et comprit enfin que sa vie était en péril. Haraflika ne jouait pas avec lui. Il essayait de le faire réagir, de lui faire comprendre quelque chose d'important, une vérité dont dépendrait la suite de son existence.

Je ne dois pas mourir ! pensa-t-il. Non qu'il tienne égoïstement à sa survie, mais il fallait qu'il vive pour combattre le mal que représentait cet homme. Il comprit que le temps était au changement, et qu'il fallait désormais revoir la position précaire qui faisait de deux ennemis héréditaires des alliés de circonstance. Le catholicisme devait retrouver sa liberté, et cesser de faire cause commune avec les hérétiques.

— Vous n'êtes pas convaincu que l'association de nos Églises soit la meilleure façon de nous défendre face à notre déclin, n'est-ce pas ? demanda-t-il alors, certain de la réponse.

Haraflika porta son verre à sa bouche afin de cacher le sourire qui s'esquissa sur ses lèvres.

— Oui, ce n'est pas en nous compromettant que nous regagnerons le cœur de l'humanité. Notre alliance résulte plus d'un réflexe puéril à vouloir nous unir pour combattre à plusieurs un nouvel ennemi. Mais vous admettrez qu'au cours de ces dernières décennies, notre influence s'est quasiment dissoute au sein de la Fédération, et que notre lot de fidèles est le plus important sur les planètes limites.

Wilson repensa à ces quelques planètes qui faisaient de la résistance et qui bafouaient sans vergogne la Charte de la Fédération, particulièrement son premier article qui proclamait une liberté de pensée et de croyance totale.

— N'est-il pas dommageable que nos positions les plus puissantes, soient basées sur des mondes aussi arriérés que Louxor, Massalin ou encore Atlan ? Catholicisme ou Islam seront-il toujours obligés d'être corrélés à dictature et monarchie ? continua Haraflika.

Enfin un discours sensé, se dit Wilson soulagé de revenir à la politique. Au moins sur ce terrain, il y avait une possibilité de s'entendre. La question était de savoir ce que voulait entendre son hôte ?

— Non, certes non, répondit-il en se rasseyant. Mais il est vrai que la découverte de la bible maltâme nous a porté un coup sérieux, et s'il n'y avait eu ces planètes, nous ne serions à présent plus que poussière dans le vent.

Oui, il est temps d'y venir. Haraflika tenait à connaître la position de son éminent invité sur le problème maltâme.

— Que pensez-vous de cet ouvrage ? Comment expliquez-vous la propagation de cette nouvelle religion auprès des masses populaires ? demanda Haraflika qui vint à son tour se rasseoir.

Me prend-il donc pour un imbécile ? N'importe quel stratège de bas étage pourrait répondre à cette question. Toutefois il préféra s'abstenir d'une réplique cinglante et répondit seulement :

— La Fédération. Là réside notre plus grand adversaire. Des hommes et des femmes sans foi ni loi. Nihilistes et cyniques, des êtres corrompus à toutes les formes de vilenies, capables des pires manigances pour un peu de gloire et de pouvoir. Des êtres répugnants qui ne conçoivent le bonheur que dans la luxure et l'ivresse. Une abomination à l'échelle universelle.

S'il existait un consensus au sein des deux Églises, c'était bien celui-là. Le pouvoir politique n'avait jamais accepté que son autorité soit partagée avec le pouvoir religieux. Et si le peuple avait besoin de s'abreuver de croyances spirituelles, alors le gouvernement de la Fédération ferait tout ce qu'il était nécessaire pour lui procurer ce plaisir. Si pour détruire le pouvoir des anciennes religions, il fallait en favoriser une nouvelle, qu'il en soit donc fait ainsi. Telle était la raison qui poussait la Fédération à vouloir retrouver le plus de traces possibles de la civilisation maltâme.

— Évidemment, frère Wilson, vous avez raison, soupira l'imam qui pria pour que son homme soit dans de bonnes dispositions.

Il fallait qu'il trouve la solution. Il le faut ! se retint de hurler Haraflika.

— Que pouvons-nous faire pour nous protéger ? fit-il d'une voix contrôlée qui cachait toute l'anxiété qui coulait en lui.

Qu'Allah m'en soit témoin, faites que je ne me sois pas trompé sur cet homme. Tous les rapports qui lui étaient parvenus, confirmaient qu'il était un être à part, un être d'une incroyable perspicacité et d'une intelligence rare.

Vous jouez bien la comédie, mais vos tics vous perdront, se retint d'exploser Wilson. Malgré le contrôle qu'il faisait sur lui-même, Haraflika ne pouvait réprimer d'infimes tremblements de sa voix qui n'avaient pas échappé à l'oreille affûtée de Wilson. Ma vie dépend de ma réponse ? Ou plutôt nos vies en dépendent, se hasarda-t-il en savourant cette pensée peu charitable.

— Si l'on ne peut détruire son ennemi, alors autant s'en faire un allié, lâcha-t-il.

Haraflika faillit lui jeter son verre à la figure tant la réponse était stupide et impensable. Mais aussitôt, il se répéta la réponse et se surprit à croire que telle était la bonne réponse. Si évidente et pourtant si impossible ! Qu'Allah soit béni, peut-être êtes-vous l'homme que nous attendions frère Wilson ?

CHAPITRE 9

Bavière

— Ici, et ici, fit William Marshall en indiquant de son index l'endroit où devait parapher et apposer sa signature le ministre de l'Extérieur, Zuong Muoi.

— Vous pensez vraiment que cela peut arranger la situation ? demanda ce dernier en signant les documents.

Marshall savait pertinemment qu'il ne faisait que gagner du temps et que le clash était inévitable. Mais au moins ils auraient tout fait pour l'en empêcher.

— Ce n'est en aucun cas le problème. S'il existe une seule et unique chance de succès alors nous nous devons de la tenter. La Fédération ne peut se permettre de baisser les bras.

Pourtant c'est bel et bien ce qu'il adviendra. Trop de concessions, pour si peu de résultats, pensa-t-il amer.

Il avait été missionné comme négociateur afin de résoudre le litige qui opposait l'administration de Bavière, siège de la Fédération, aux représentants de Louxor, planète mineure peuplée en majorité de musulmans. Et tout ce qu'il en avait résulté était ce texte bâtard qui ne satisfaisait finalement aucun des signataires.

Les tensions entre les deux parties avaient commencé à s'aggraver quand le nouveau président louxorien avait arbitrairement voté, sans en référer au ministre de l'Extérieur, un texte qui restreignait de façon insupportable le pouvoir des agents de la Fédération.

— Vous rendez-vous compte ? Comment osent-il croire que nous allons lâcher l'affaire ? fit Muoi.

— Mais ils n'y croient pas un seul instant. Tout ce que j'ai pu voir m'a démontré que Louxor se prépare à la guerre. Tous les médias flattent le patriotisme et vantent le mérite de l'Autre Voie, fit Marshall.

Mouvement de pensée fondé deux siècles auparavant par des réformistes minoritaires, « l'Autre Voie » se voulait la base d'une nouvelle forme de relations entre les divers membres de la Fédération. La position dominante de Bavière avait certes un avantage, celui d'éviter le chaos lié à une dispersion trop importante des pouvoirs, mais avait comme conséquence une inertie de pensée qui était peu à même de résoudre de façon efficace les problèmes particuliers de tel ou tel type de planète.

— Les imbéciles ! pesta Muoi en frappant du poing son bureau en bois d'ébène.

Il ne comprendrait jamais ce qui poussait les hommes à vouloir le chaos. La Fédération n'était certes pas la panacée, mais elle était la forme de gouvernement la plus efficace que l'on ait pu trouver jusqu'alors.

Comme il maudissait les dirigeants des quinze planètes limites qui avaient profité de la faiblesse du gouvernement durant la grande crise, plus de trois siècles auparavant, pour prendre des libertés avec la Charte Fédérale et qui avaient réussi à faire passer un décret exceptionnel qui leur laissait une liberté d'autonomie quasi absolue. La seule restriction majeure étant la possibilité de posséder une flotte spatiale, ainsi que l'arme atomique.

— Il faudra un jour penser à revoir le statut des planètes limites, fit alors Marshall qui savait que cela attiserait tous les espoirs des planètes en quête d'indépendance.

Muoi leva les yeux vers lui, ravi une fois de plus d'avoir un homme comme Marshall sous ses ordres. Vous êtes mon bien le plus précieux, se félicita le ministre de l'Extérieur. Il n'avait jamais trouvé auparavant un conseiller aussi proche de sa façon de penser. Il suffisait que le germe d'une idée lui vienne à l'esprit pour que son premier conseiller lui délivre tout son mode d'application.

— Si seulement c'était possible, soupira Muoi qui se retint d'en dire plus.

Tout comme Marshall, il avait un rêve : faire réintégrer de gré ou de force dans la Fédération, les quinze planètes au statut factieux. Il savait que la survie de l'humanité en passait par là. Plus les pouvoirs sont éclatés, plus les risques de guerres sont importants. L'Histoire avait montré, ô combien, que des différences trop éclatantes entre les peuples généraient des conflits plus nombreux. Toutefois, son discours n'avait pas la faveur du nouveau président du conseil qui avait une position plus consensuelle sur la question, et qui tenait à favoriser le dialogue diplomatique plutôt que l'armée.

— Si seulement... répéta en écho Marshall qui referma alors le dossier paraphé.

Muoi hocha la tête et esquissa un sourire approbateur.

— Merci William, vous pouvez disposer, fit-il en mettant ainsi un terme à une conversation qu'il ne pouvait se permettre d'avoir dans un des bureaux du palais du conseil.

Marshall lui adressa un bref salut et ressortit du bureau ovale, la tête pleine de sombres pensées. Il n'aimait pas la tournure que prenaient les événements. Le président du conseil, Rajid Chandra, était à son goût un homme de peu d'ambition qui ne rêvait que d'un mandat calme et prospère. Éviter toutes réformes, tel semblait être son leitmotiv. Pourtant, c'était le moment propice. La Fédération n'avait jamais eu autant de pouvoir, et si peu d'opposants. La croissance économique était exceptionnelle, le chômage réduit à son strict minimum. Il était temps de faire revenir les brebis égarées. Seul un fou pouvait croire que la prospérité pouvait continuer éternellement. Marshall savait par expérience que rien ne durait en ce bas monde et que les positions pouvaient s'inverser du jour au lendemain. Il fallait détruire les potentialités de conflits futurs, dès à présent. Et pour commencer, il fallait mettre au pas les indépendantistes de Louxor.

— Bonjour William, fit la ministre des Télécommunications qui passait dans le couloir. Vous avez l'air soucieux.

Surpris, il s'arrêta et lui serra la main.

— Non, je suis juste un peu fatigué, répondit-il en se forçant à sourire.

— Vous devriez prendre des vacances, cela vous ferez le plus grand bien.

— Je vais y songer, madame la ministre, bonne journée.

Des congés. C'était la dernière chose qui le préoccupait.

Une vie ne me sera pas suffisante pour mener à bien tous mes projets, soupira-t-il intérieurement.

Il ressortit du palais et pénétra dans son mobile personnel qui, pilotage automatique oblige, s'envola directement en direction de son chalet situé à quelque cinquante kilomètres de Hambourg, capitale administrative de la Fédération.

La forêt s'étalait devant son regard soucieux. Dans un mois se tenait la réunion annuelle entre le président de la Fédération et le représentant des planètes limites. Réunion de pure forme dont ne sortait aucune décision, même mineure. Le statu quo était de mise. Toutefois, en coulisse, d'étranges négociations informelles se contractaient. Même si chaque planète limite avait, en théorie les mêmes rapports avec la Fédération, il en était autrement dans les faits. Mais personne ne les dénonçait.

Des crapules et des arrivistes avides de pouvoir ! cracha mentalement Marshall en repensant à ces dirigeants sans vergogne qui brimaient leur peuple de la pire façon.

Il porta son regard sur Artémis, le soleil de Bavière, qui se couchait sur les Glorieuses, chaîne de montagnes dont le plus haut sommet culminait à plus de quinze mille mètres de hauteur. Du fait de leur système monarchiste et dictatorial, les planètes limites avaient été souvent en proie à des révolutions internes et à des guerres civiles particulièrement sanglantes. Aussi nombreuses avaient été les têtes couronnées à redemander, à l'ombre de toute publicité, l'aide de la Fédération pour mater les révolutionnaires dans l'âme.

— S'il n'en avait tenu qu'à moi..., souffla une fois de plus Marshall en repensant au manque de courage de ses prédécesseurs.

Plutôt que d'aider une opposition intérieure qui aurait pu, dès son accession au pouvoir, partir en guerre contre la Fédération, le conseil d'alors avait choisi d'aider les dictateurs en place en échange de quelques contreparties, contreparties qui existaient encore aujourd'hui dans les relations entre la Fédération et les planètes limites.

— Il faudra que cela cesse un jour.

Fils de diplomate, William Marshall s'était naturellement dirigé vers des études de droit puis avait entrepris et poursuivi avec succès des études supérieures à l'Académie de Montalban, la plus prestigieuse des écoles militaires de la Fédération. Il croyait au pouvoir du politique et pensait que seule l'action d'un leader éclairé était à même de changer le cours de la civilisation humaine. S'il n'avait pas tout perdu de ses espoirs d'antan, il avait cependant appris à modérer ses ambitions et savait que des milliers d'années seraient encore nécessaires pour atteindre l'objectif de l'humaniste qu'il voulait être encore.

L'ombre des Glorieuses commençait à s'étendre sur toute la forêt, quand l'appareil du conseiller arriva en vue de son chalet. Construit en bois naturel, il avait été bâti selon les plans d'un architecte conservateur qui avait reproduit un chalet typique de l'ancienne Suisse. Un bien étrange domicile pour un progressiste comme moi, pensait souvent Marshall qui ne doutait pas que l'homme fût un animal plein de contradictions.

L'appareil se posa sur l'aire d'emplacement située à une centaine de mètres de la bâtisse, et Marshall posa le pied avec plaisir sur le sol de sa propriété. Il détestait Hambourg et sa frénésie. Il abhorrait la promiscuité et ne se plaisait que dans les grands espaces. Il aimait la solitude et le calme. Tout ce qu'il n'avait pas.

— Bonsoir Noémie, fit-il à sa femme qui l'ayant entendu arriver, était venue à sa rencontre.

Elle l'embrassa furtivement sur la bouche.

— Bonsoir, fit-elle. Tu m'as l'air complètement exténué. Une dure journée ?

Ô combien, elle l'avait été ! Mais face à son regard inquiet, il ne pouvait qu'oublier tous les soucis qui l'avaient suivi jusqu'à sa demeure. Noémie était le symbole même de tout ce en quoi il croyait. Elle était la raison de son combat.

— Non, comme d'habitude, la routine, répondit-il simplement, l'air dégagé et insouciant.

À quoi bon l'alarmer avec ses pensées lugubres ? Il passait suffisamment de temps à son travail pour prendre soin d'en garder un peu pour sa vie privée. Au-delà du plaisir que lui procuraient ces instants de détente cérébrale, il tenait avant tout à garder un pied dans la réalité quotidienne faite de rapports humains sincères et surtout ne pas devenir un de ces fonctionnaires déshumanisés qui emplissaient à foison les couloirs du palais du conseil et des diverses administrations de Hambourg.

— Éric est rentré sur Bavière, je l'ai invité à dîner ce soir, fit-elle sans cacher sa joie.

Le seul et unique enfant Marshall. Un garçon devenu un homme à présent, pensait souvent sa mère qui n'arrivait pas à se faire à l'idée qu'il volait désormais de ses propres ailes.

— Tu as bien fait. Qu'est-ce que Marius nous a préparés ? demanda Marshall en prenant sa femme par le bras et en se dirigeant vers le chalet.

Mon fils est de retour. Pourquoi a-t-il fallu qu'il soit si entêté ! se dit-il en évitant de soupirer. Cela faisait plus de dix ans qu'ils ne se parlaient pour ainsi dire plus. Leur conversation était d'une platitude et d'une banalité déshonorantes eu égard à leurs intellects respectifs. Mais c'était cela ou la scission définitive. Et chacun de se plier à ce jeu de dupes par respect pour Noémie Marshall.

— Un repas digne d'un roi ! se félicita-t-elle avant de lui annoncer le menu.

— En retard, évidemment ! se plaignit Marshall en regardant sa montre. Il est plus de neuf heures ! Que croit-il ? Que nous allons l'attendre toute la nuit ?!

Noémie fit une moue désolée. Elle n'était pas aveugle et connaissait la nature des relations qui liait père et fils, toutefois elle avait toujours préféré s'abstenir d'aborder le sujet de façon directe plutôt que de risquer d'aggraver la situation.

— S'il n'est pas là dans... ajouta Marshall qui fut alors coupé par la sonnerie de l'entrée.

Qui cela peut-il bien être ? se demanda-t-il aussitôt en portant instinctivement la main à la poche intérieure de son gilet, où se trouvait un pistolet laser.

— Je vais ouvrir, fit Marianne, la gouvernante des Marshall.

— Je viens avec vous, fit-il aux aguets.

Connaissant son fils, il savait que ce dernier arriverait par les airs et que par conséquent son arrivée serait trahie par le vrombissement des moteurs de son appareil. Accompagné de la gouvernante, il quitta la salle à manger et descendit l'escalier pour se retrouver au rez-de-chaussée, puis dans le vestibule de l'entrée.

— Laissez-moi faire, fit-il prêt à bondir sur l'agresseur éventuel.

Il ouvrit la porte et la face souriante de son fils l'accueillit.

— Bonjour père, c'est un plaisir de vous revoir ! fit Guntray avant d'ajouter : « Avez-vous vu un fantôme ou êtes-vous seulement attristé par ma présence ? »

Guntray avait eu beau se préparer à la rencontre, il avait du mal à garder son calme. Il lui en voulait tellement qu'il était sur le point de faire un esclandre sur-le-champ. Mais son amour pour sa mère l'en dissuada. Son heure viendrait.

— Comment es-tu arrivé ? Je n'ai rien entendu, fit Marshall qui sortit sur le perron.

Il eut alors la réponse à sa question : en GMI45, le dernier modèle de voiture des usines Borghini. Silencieux et tout-terrain, le moyen de locomotion le plus apprécié dans la jet-set hambourgienne.

— Tu dépenses sans compter. L'argent a donc si peu de valeur à tes yeux ? claqua Marshall en toisant son fils d'un regard méprisant.

Pourquoi faut-il qu'il ne cesse de faire l'idiot ? Apprendra-t-il un jour à être un homme responsable, se dit-il.

— Éric, mon trésor, tu es de retour, dit alors Noémie venant mettre un terme à l'ambiance tendue en embrassant son fils prodigue. Tu sais que tu me manques beaucoup.

Elle l'étreignit sur son cœur et se félicita de la beauté de son enfant. Il était resplendissant. Elle était fière de lui. Et même s'il est certain que son mari aurait crié à l'hérésie s'il avait pu connaître ses pensées, elle ne pouvait s'empêcher d'admirer son côté rebelle et provocateur. Il n'était pas un Marshall pour rien.

— Je sais mère, venez voir, je vous ai acheté un présent, fit Guntray en allant ouvrir le coffre de la voiture.

Il en sortit un pot contenant une jeune pousse.

— Une Aglanaë Morphilum ! s'exclama Noémie stupéfaite. Tu as dû la payer une fortune !

— À quoi sert l'argent si ce n'est à faire plaisir à ceux qu'on aime ? répondit-il en se laissant embrasser.

Le regard froid, Marshall assistait à la scène avec une fausse malveillance.

Pourquoi n'arrivé-je donc pas à le détester, se demanda-t-il en connaissant toutefois la réponse.

Malgré tous ses défauts, Guntray était un être particulièrement attachant qui savait se montrer d'une gentillesse exemplaire quand les circonstances le demandaient.

— Je vais la mettre tout de suite dans la serre, il ne manquerait plus qu'elle prenne froid, fit-elle ravie.

Elle laissa les deux hommes et contourna la maison pour aller déposer cette variété de roses dans son jardinet. Elle avait compris que son fils désirait parler en tête-à-tête avec son père. Elle n'espérait qu'une chose : qu'ils mettent un terme à leur querelle qui n'avait que trop duré. Ils étaient les personnes qui comptaient le plus à ses yeux, et elle souffrait de savoir qu'un mur d'incompréhension les séparait définitivement.

— Tu ne m'as rien apporté ? attaqua alors Marshall en se plantant devant son fils.

Guntray ne broncha pas. Soit. Le moment était enfin venu de mettre les choses à plat. Il porta son regard sur la forêt alentour et répondit :

— Si, je ne vous ai pas oublié père. Je vous ai apporté ma colère et ma haine, lâcha-t-il la gorge serrée.

Voyez dans quel état vous me mettez ! le maudit-il en n'osant faire face au regard de son père.

— Je n'en attendais pas moins de ta part. Comme tu es prévisible, Éric, répondit Marshall qui tira son fils par l'épaule et l'obligea à le regarder droit dans les yeux. Mais peut-être veux-tu que je t'appelle Guntray ou encore Van Weitering ?!

Où était-il allé chercher des surnoms pareils ! s'était-il désolé quand il avait appris des années auparavant, que son cher Éric abandonnait son prénom pour des pseudonymes ridicules.

Crois-tu qu'en changeant de nom, tu oblitères les liens qui nous unissent ?! pensa-t-il ironiquement.

— Ne jouez pas avec moi, père. Ce que vous m'avez fait est impardonnable et indigne de l'amour que vous porte ma mère, fit-il en s'efforçant de ne pas cligner des yeux.

Même si son père mesurait une tête de moins que lui, il avait une telle aura qu'il se sentait totalement écrasé par son regard pénétrant et accusateur.

— Et que t'ai-je donc fait de si cruel pour que tu me rejettes avec une telle violence ? se défendit Marshall ulcéré. N'est-ce pas toi qui m'as trahi ? Aurais-tu la mémoire sélective ou as-tu réellement oublié l'affront que tu m'as fait il y a dix ans de cela ?

Non. Il n'avait rien oublié. La honte et la douleur étaient toujours présentes et vivaces à son esprit. Il savait qu'il n'était en rien responsable de la tragédie qui s'était nouée des années auparavant, mais malgré cela il n'arrivait pas à se sentir victime plutôt que coupable.

— Je n'étais qu'un enfant, j'avais peur, mais vous n'avez rien voulu entendre, vous ne pensiez qu'à vous et voilà où nous en sommes à présent, fit-il amer en repensant douloureusement à la souffrance qui avait été sienne quand il avait compris que son père ne l'aimait pas.

Guntray mit ses mains dans les poches de son pantalon, et en ressortit un briquet et un paquet de cigarettes. Il s'en alluma une et dès la première aspiration, il se sentit déjà mieux. Si l'on ne pouvait pas compter sur grand-chose dans l'univers, il y avait toutefois des exceptions, telle la chaleur d'une cigarette.

— Il est des moments où l'on doit faire face à plus important que la vie des êtres aimés. Ce n'était pas ma position que je défendais, mais une certaine idée de la justice. Comprendras-tu un jour l'importance des enjeux ? Mon procès était une mascarade pour évincer les Radicaux du sommet de l'État. Ils voulaient faire de moi un exemple, faire taire cette minorité qui criait au changement. Il ne voulait pas entendre parler de réformes, et étaient prêts à tout pour y réussir. Tu n'étais peut-être qu'un enfant mais tu étais en âge de comprendre. Tu n'aurais pas dû flancher ! Te rends-tu compte que si mon témoin à charge n'était pas mort en cours d'audience, je serais en prison et que tout le mouvement que je représentais aurait été balayé comme le sable dans le vent ?

La Fédération, sous l'impulsion de son président de l'époque, était au seuil de l'implosion. Et c'était grâce à l'intervention des Radicaux si la situation s'était calmée et que l'équilibre précaire qui liait les deux cent cinquante planètes habitées de la galaxie s'était maintenu. Une fois de plus, l'humanité était passée à un cheveu du chaos.

— Ils disaient que si je parlais, ils tueraient toute ma famille, que devais-je donc faire ? Vous qui connaissez ce genre de personnages, croyez-vous réellement qu'ils bluffaient ? se défendit Guntray.

Oui, il aurait pu innocenter son père du crime dont on l'accusait. Ils étaient tous deux partis en randonnée le jour où le président avait été assassiné dans une embuscade près de Richmont, au nord-est de Hambourg. Mais les menaces de mort avaient été plus fortes que son amour pour son père. Il avait refusé de témoigner.

— Ils auraient essayé, mais crois-tu que je n'avais pas tout prévu ? Crois-tu que je les aurais laissé s'approcher de vous ? Ta mère et toi êtes tout ce qui compte à mes yeux. Comment peux-tu penser que je puisse vouloir mettre ta vie en péril ?! se défendit Marshall.

C'était peut-être cela qu'il supportait le moins. D'être considéré comme un être froid et insensible par son propre fils.

— Vous auriez dû ouvrir votre cœur bien plut tôt, si tant est que vous l'ouvriez à présent ! Vous êtes un puissant parmi les puissants, et ne devez votre position qu'à force de manigances et de tractations répugnantes. Vous me parlez d'idéaux, mais vous foulez aux pieds, tous les jours que Dieu fait, la justice et ses corollaires. Regardez-vous et dites-moi quel rapport il y a entre l'homme que vous êtes et celui que vous aspiriez à devenir quand vous n'étiez qu'un jeune garçon ? fit-il avant de descendre vers le sentier qui menait dans le jardin français.

Guntray était loin d'être un homme fermé et buté, il avait toujours voulu comprendre les autres et en particulier les gens qui l'entouraient. Fin psychologue, il avait appris à devenir cynique, et se désespérait de voir combien les hommes se mentaient à eux-mêmes, croyant en des valeurs qu'ils refusaient d'appliquer dans leur vie quotidienne.

Le soleil était maintenant passé derrière la chaîne de montagnes et les réverbères qui jalonnaient l'allée de l'entrée s'illuminèrent, ainsi que la multitude de lampes qui éclairaient les jardins.

Une gifle ! Marshall regarda son fils avec stupéfaction. Comment osait-il lui tenir de tels propos ? Comment osait-il évoquer tout haut, les démons qui sommeillaient en lui ? Marshall savait pertinemment qu'il n'était en rien l'humaniste au grand cœur qu'il avait voulu être. Au mieux, il n'était qu'un homme de bonne volonté ordinaire, avec ses défauts et ses qualités. Mais avait-il eu vraiment le choix ?

— J'étais aveuglé par un idéal formidablement beau, celui de la justice insoumise. Mais le monde n'est pas encore prêt pour son avènement. On ne peut pas changer les sociétés de l'extérieur. C'est seulement de l'intérieur qu'elles peuvent évoluer. Ce n'est que du sommet que l'on peut changer le monde, commença-t-il en suivant son fils dans les allées du parc. Oui, je suis corrompu, corrompu à la diplomatie. J'ai appris à mettre certains idéaux de côté pour en faire valoir d'autres que j'estimais primordiaux. Oui, je ne suis pas un homme sans reproche, mais je ne suis pas non plus une crapule. Et si des personnages comme moi n'existaient pas, le pouvoir ne reviendrait qu'aux plus infâmes des hommes, des êtres sans la moindre once d'humanité, des malades avides de gloire et de pouvoir. Non, avant de me juger essaie de me comprendre.

— Je n'ai jamais mis en doute votre bonne volonté et votre attachement à certaines valeurs, et je comprends tout à fait que l'exercice du pouvoir entraîne obligatoirement des concessions. Mais je me refuse à voir en vous autre chose qu'une machine bien huilée qui fonctionne parfaitement plutôt qu'un homme qui souhaite réellement servir le bien de l'humanité, fit Guntray qui s'assit sur un des bancs du jardin.

Les étoiles commencèrent à faire leur apparition dans le ciel, et Guntray se rappela alors toutes les fois où son père lui apprenait à discerner les différentes constellations qui peuplaient les ténèbres célestes.

— Regarde-moi quand je te parle ! cria Marshall qui perdait son sang-froid. Tu penses peut-être que c'est toi l'homme de bien, le héros ?! Parce que tu cours l'univers à la recherche de reliques disparues sans faire de mal à quiconque, tu crois que tu peux te permettre de me juger ?

Il s'arrêta un instant, le temps que ses paroles produisent leur effet. Mais seul un regard condescendant lui répondit.

— Si on devait choisir un héros entre toi et moi, nul doute qu'il ne s'agirait pas de toi, Éric, reprit-il courroucé. Il est facile de critiquer quand on n'a aucune chance de faire évoluer le monde. Mais imagine que tu détiennes le pouvoir. Imagine que tu puisses guider l'humanité. Ne crois-tu pas que cela relève de la grandeur d'âme que de passer sa vie dans les arcanes du pouvoir en sachant très bien que l'on va y perdre son intégrité de façon partielle ? J'ai sacrifié des amis, des promesses pour le bien de la Fédération, et même si je n'en dors pas la nuit, je sais que cela en valait la peine. L'humanité est sur un cheval fou. Et c'est à nous de la garder d'une chute.

— Mais pour qui vous prenez-vous pour penser que le destin de l'humanité passe par vos mains et votre organisation fédérale ? Quoi qu'il puisse se passer, les hommes se relèveront toujours et si jamais, effectivement, l'humanité venait à disparaître, eh bien en quoi cela serait-il un drame ? En quoi la mort de milliards de personnes serait plus dommageable que celle d'une seule ? Je ne fais pas partie de ces gens qui estiment que l'humanité a sa propre destinée, indépendante de celle des individus qui la composent. L'espèce humaine peut bien crever, il restera assez d'autres animaux pour prendre le relais ! cracha Guntray.

Il releva les yeux vers l'espace et se surprit à pleurer. Des larmes de soulagement. Il se sentait vidé. Il se sentait apaisé. Cela fait bien longtemps que nous aurions dû avoir cette conversation, père, pensa-t-il en reconnaissant dans le ciel la constellation de Morphée.

Marshall encaissa une fois de plus le coup sans réagir. Son fils n'était pas l'insoucieux vagabond des étoiles. Il était loin d'avoir ignoré tous les préceptes qu'il lui avait enseignés dans sa jeunesse. Non, il comprenait à présent que son fils était tout ce qu'il ne serait jamais. Un être malheureux de la cruauté humaine. Un être cynique qui n'aurait demandé qu'à croire au formidable rêve de la bonté humaine.

Il s'assit alors sur le banc, et leva à son tour les yeux vers le ciel.

— Tu te souviens ? fit-il la gorge nouée d'émotions contradictoires.

Taisez-vous ! eut envie de hurler Guntray. Il comprenait que son père essayait à sa façon de faire pénitence, mais le moment était mal choisi. Il désirait être seul, faire le point sur cette confrontation.

Essayer de comprendre ce que son père avait voulu lui dire. Le temps de la réflexion après celui de la confrontation.

— Rentrons. Mère nous attend, fit-il alors.

Ils remontèrent en direction du chalet sans dire un mot de plus. Pourtant il ne manquait pas de sujets de controverse. Seule une partie de leurs oppositions avait éclaté au grand jour, mais le plus grand pas venait d'être fait. La réconciliation n'était plus une vaine chimère.

— Hum ! c'est délicieux Marius, tu es le plus fin cuisinier que je connaisse. Il faudra un jour que tu m'expliques pourquoi tu restes au service de mon père alors que les plus grandes cuisines te tendent les bras pour t'accueillir en leur sein ? le questionna Guntray.

La soirée s'était déroulée dans une ambiance particulièrement tendue. Chacun se coucha en espérant que la nuit calmerait les esprits échauffés.

Guntray s'était réveillé à l'aube et avait rejoint la cuisine pour découvrir un petit-déjeuner concocté à son intention.

— Parce que je suis très bien payé, répondit Marius sans sourire en déposant sur la table de nouvelles tartines nappées de confiture de fraises.

Il regarda alors Guntray dans les yeux et les deux hommes partirent d'un grand rire qui résonna dans toute la pièce. Il aimait le fils Marshall comme s'il était son propre enfant, et était fier d'avoir été son précepteur durant sa jeunesse. C'était à lui qu'il devait sa dextérité au combat et son attrait pour la lecture.

— Dis-moi, où sont mes parents ? demanda Guntray une fois le sérieux revenu.

— Ils sont à la roseraie, répondit Marius qui se posta près de la fenêtre de la cuisine qui donnait sur la vallée recouverte, en cette époque de l'année, de milliers de fleurs sauvages qui coloraient de façon aléatoire le paysage.

— Comment va mon père ? demanda Guntray à brûle-pourpoint.

S'il existait un homme à qui allait la confiance de Marshall, c'était bien son ami Marius, qui au-delà de sa fonction d'homme à tout faire était avant tout un être d'une extrême gentillesse et d'une intelligence rare.

— Ton père a connu des jours meilleurs, mais de bien pires aussi. Le poids des responsabilités semble parfois peser trop lourd sur ses épaules. Mais chaque fois que je lui conseille de se retirer, son orgueil prend le dessus sur la raison et il se moque de mon avis en le rejetant comme un vulgaire propos sans valeur, répondit Marius qui plissa le front, soucieux.

Il mourra au travail, se dit Guntray en sortant d'une des poches de sa chemise une photographie.

— Connais-tu cette femme ? fit-il en la tendant au cuisinier.

Marius la prit entre ses doigts et s'asseyant à la table, il fixa son attention sur le visage de la femme.

— Non, pourquoi, je devrais ? fit-il d'un ton innocent.

Guntray soupira, et tapa du poing sur la table.

— Marius, comment peux-tu me sous-estimer de telle façon. N'oublie pas que c'est toi qui m'as tout appris. Tu crois réellement que je n'ai jamais fouillé dans les dossiers de mon père ? Tu crois sincèrement que je ne sais pas qui tu es ? lâcha-t-il en s'en voulant d'être obligé d'en arriver là.

Suivant les cours que lui avait enseignés son précepteur, le jeune Guntray avait appris à devenir un « fouineur émérite », un expert dans le cambriolage et dans la dissimulation de toute trace de passage.

— J'aurais dû m'en douter. Depuis quand es-tu au courant ? fit Marius qui reposa la photo sur la table et se servit un bol de café.

— Depuis près de dix ans. Je voulais savoir ce que cachait mon père. Je voulais savoir ce qu'il pensait de moi, et de tout le procès. Ce que j'ai trouvé dans ces rapports m'a donné envie de vomir, avoua Guntray qui se rappelait avec douleur combien il s'était trompé sur quantité de choses.

Le monde n'était pas aussi simple qu'il l'avait pensé. Et beaucoup moins manichéen qu'il ne l'avait espéré. Usant de ses dons de hackers, il avait pénétré tous les fichiers secrets de son père et avait découvert ainsi que la mort du témoin à charge du procès qui aurait dû l'envoyer croupir en prison, avait été ordonnée par Marshall lui-même et que l'homme de main s'appelait Jean-Marc Reynard, alias Marius.

— Pourquoi n'avoir rien dit durant toutes ces années ? demanda le cuisinier en se remémorant cette période où Guntray le défiait d'un regard accusateur et présomptueux.

Il avait pensé que c'était une réaction logique face à son manque de bravoure au cours du procès, et que Guntray ne cherchait qu'à montrer qu'il était malgré tout un homme fier. Mais la réalité était tout autre. Il sait qui je suis et ce que j'ai fait.

— Parce que j'avais peur de ta réaction. Je craignais que tu ne tentes de me tuer...

— Mais comment peux-tu imaginer pareille chose ?! le coupa avec brutalité Marius en se levant prestement. Tu es comme un fils à mes yeux, jamais je ne porterai la main sur toi, je mourrais pour te sauver la vie, ne le comprends-tu pas ?

Marius n'avait pas toujours été un saint homme, mais cela n'impliquait pas qu'il n'ait pu changer. Il n'était plus empli de haine comme il l'avait été, il y a bien longtemps.

— Si, je l'ai compris, commença Guntray avant d'ajouter : en fouillant dans ta vie.

— Tu as lu mon journal ! s'étrangla à moitié Marius.

Un éclair de douleur lui transfigura le visage, avant qu'il ne reflète sa colère.

— Comment as-tu osé faire cela ? reprit-il hors de lui.

— Parce qu'il est le fils de son père, intervint alors un troisième personnage.

Marshall se tenait dans l'encadrement de la porte, et était fasciné par la tournure que prenaient les événements. Jamais il n'aurait pensé que son fils aurait le courage de tout dire à Marius. Tu me surprends Éric, se félicita-t-il intérieurement. Mais un jour il faudra que tu ailles au bout de ta logique, et que tu comprennes que, nonobstant tes dons indéniables, la facilité avec laquelle tu pénètres tous mes fichiers et ceux de Marius, est due en partie à mon bon vouloir.

— Gaëlle Stone, ajouta-t-il alors en fixant son fils.

Il s'avança vers la table, tira une chaise et s'assit.

— Quoi ? demanda Guntray par réflexe.

— Tu voulais connaître le nom de cette dame ? fit-il en prenant la photo de son agent entre ses doigts.

— Si vous voulez bien m'excuser, fit Marius qui se sentait de trop.

Il sortit et ferma la porte de la cuisine derrière lui.

— Tu ne pensais tout de même pas que nous allions te laisser dérober une des plus importantes découvertes de l'univers ? Voyons, soyons sérieux, se moqua Marshall.

C'était lui qui avait eu l'idée de laisser filtrer les informations jusqu'à la duchesse de Barné qu'il savait être une des maîtresses de son fils. Il connaissait le sixième sens de son enfant, et avait compté dessus et sur la chance pour qu'il découvre ce que des milliers de soldats surentraînés n'avaient pas réussi à localiser.

— L'Œil de Dieu, fit Guntray qui se sentait étouffer en présence de son père.

Il se releva, ouvrit la porte-fenêtre de la cuisine et vint s'asseoir sur un des fauteuils de la terrasse qui donnait sur la vallée et plus loin sur les montagnes.

— Oui, tu nous as été d'une grande et précieuse aide. Sans toi nous y serions peut-être encore. Je suis fier de toi, continua Marshall qui sortit à son tour sur la terrasse.

Et il l'était vraiment. La découverte de cette relique maltâme avait renforcé la position des Radicaux au sein du gouvernement. Radicaux qui prêchaient une élimination programmée des religions anciennes, germes de trop de conflits à leurs yeux.

— Amen, ironisa Guntray en s'allumant une cigarette.

La volute de fumée alla se perdre dans un ciel dégagé de tout nuage. Une belle journée s'annonçait.

— Stone m'a fait parvenir son rapport. Je conçois que tu aies pu être surpris par son approche, mais je peux t'assurer que c'est un de mes meilleurs agents, fit Marshall en repensant à ce qu'il avait lu.

N'ayant pas reçu d'ordres précis, Stone avait organisé une prise de contact particulière avec Guntray. Elle tenait à montrer à ce Roméo que les vraies femmes ne se laissaient pas berner par ses belles manières et sa faconde mélodieuse. La femme comme objet de travail ! avait-elle tapé dans son rapport en expliquant que son fils s'était proposé de faire son portrait.

— Je n'en doute pas. C'est une femme ravissante, une vraie garce, répondit Guntray qui se sentait étrangement serein.

La nuit lui avait été profitable et tout le stress accumulé ces derniers jours s'était évaporé après la confrontation de la veille. Le rapport de force entre les deux hommes avait commencé à changer.

Marshall ne répondit pas à l'insulte et continua :

— Éric, j'en ai assez de notre opposition. Nous pourrions agir en êtres responsables ? Je n'ai pas su comprendre que tu n'étais qu'un enfant, que tu étais perturbé par le dilemme dans lequel je t'avais mis. Oui, je n'aurais pas dû te demander de monter à la barre témoigner en ma faveur...

— Cessez donc de m'abreuver de vos bonnes paroles ! le coupa Guntray froidement. Qu'attendez-vous de moi ? Vous ne me ferez pas croire que vous ayez envoyé un de vos meilleurs agents me chercher juste parce que vous vouliez que nous fassions la paix ?! se moqua Guntray qui inspira une nouvelle bouffée de fumée.

— J'ai une mission à te proposer, s'expliqua Marshall.

Plus que surpris, Guntray explosa d'un long rire méprisant qui ébranla profondément la fierté de son père. Comment pouvez-vous croire que je puisse me compromettre avec vous ? se demanda-t-il éberlué. Jamais je ne m'abaisserai à cela. Jamais, se promit-il en serrant le poing.

CHAPITRE 10

Atlan

Luc de Vendée jeta un dernier regard sur les tribunes et descendit la visière de son heaume. Il était fin prêt pour le duel. À cheval sur son destrier, il n'attendait que le son d'une trompette pour se lancer à l'assaut du fils de Lacroix qui lui faisait face à l'autre bout de la piste.

Comme chaque premier jour de l'été, les festivités avaient lieu un peu partout sur la planète. Et si les villages fêtaient le jour le plus long de l'année par de modestes représentations et des bals populaires menés par des orchestres d'amateurs, la Cité des Mille Tours se devait de créer l'événement et d'organiser maints et fastueux spectacles, tels que les joutes princières qui, chaque année, voyaient s'affronter les fils aînés de la noblesse de France.

Fils du duc de Vendée, dont le fief se trouvait à Blagnac, dans le nord de la province, Luc participait pour la première fois aux joutes. Âgé de tout juste dix-huit printemps, il savait qu'il devrait s'opposer à des adversaires beaucoup plus robustes que lui et que ses chances de succès étaient infinitésimales face à des hommes tels que le duc Hamin ou le baron Jupin. Mais le plaisir de se battre devant les grands de ce monde et de montrer à sa mère qu'il était enfin un homme, lui faisait oublier les risques et le danger qui subsistaient. Il n'était pas rare, en effet, que de nombreux participants se cassent tibias, côtes, omoplates ou pis encore, ne se brisent le cou. Mais n'était-ce pas du péril que provenait le plaisir de combattre ? se rassurait Luc quand le doute venait s'insinuer dans son esprit.

La piste était bordée par une haie de buissons, derrière laquelle se massait une populace avide de suivre les exploits de ces jeunes fils de l'aristocratie française. Nombreux étaient les simples spectateurs attirés par la vue d'un beau duel, mais plus encore, ceux qui espéraient assister à un accident.

Ne comptez pas sur moi pour mourir en cette journée, se dit intérieurement Luc qui sentit que son cœur commençait à s'emballer.

Le signal d'une trompette résonna, et la course fut lancée. Il n'était plus temps de réfléchir. Seuls comptaient à présent son instinct et ses réflexes conditionnés par des années d'entraînement. Il lança au galop Hermès, son fidèle destrier, et positionna à l'horizontale sa lance qu'il tenait de la main droite, tout en se protégeant de son bras gauche par un bouclier qu'il tenait non moins fermement. Il serra les jambes et se prépara à l'impact. Le fils de Lacroix fonçait sur lui à vive allure. Le temps parut se suspendre.

Luc se sentait ailleurs, au-delà de toute peur, et de toute excitation. Il avait l'impression de ne plus ressentir quoi que ce soit. Ses pensées étaient comme absentes et fugaces. Il se vit seulement rectifier la position de sa lance, et puis ce fut l'impact. L'extrémité de sa lance vint frapper de plein fouet le poitrail de De Lacroix qui tomba à la renverse. Lui-même étant sur le point de toucher terre tant la secousse avait été violente, il usa de toute la force de ses muscles, parvint à garder son équilibre et ainsi à sortir victorieux de ce premier tour qu'il avait tant espéré passer. Il avait réussi.

Il se rendit alors compte de l'exploit qu'il venait d'accomplir. Il se mit à rire nerveusement derrière son heaume, et se rapprocha au trot de la tribune officielle où se trouvait le prince Marc le Valeureux et ses proches les plus fidèles. Les rires, mais aussi les piques à l'égard du perdant vinrent briser le silence qui avait régné durant la course. Il chercha sa mère du regard et la trouva en train de l'applaudir. Il nota alors qu'elle pleurait, et son rire disparut aussitôt. Pris dans sa jubilation soudaine, il en avait oublié le drame qui s'était joué au cours de cette année : la disparition de son père.

J'aurais tant aimé que vous me voyiez, se dit-il alors, maudissant les cieux qui l'avaient privé de son père.

Il fit arrêter Hermès devant la tribune, et relevant la visière de son heaume, il garda un visage impassible tandis que son regard croisait celui du prince Marc. L'homme avait seulement trente ans, mais semblait beaucoup plus âgé.

Peut-être était-ce le fait de sa barbe drue à moins que ce ne soit le sort de tous ceux qui jouissent du pouvoir absolu ? se dit-il.

Le baron Lampin se leva et le proclama vainqueur de la troisième joute de la journée. Il restait encore une dizaine de duels, puis viendrait le temps du second tour.

Luc quitta la lice et alla aux écuries où il fut aussitôt félicité par André Gascon, son maître d'armes et par André Humon, son précepteur.

— Ton père aurait été fier de toi, Luc, fit Gascon en l'aidant à descendre.

Si son armure était d'une robustesse à toute épreuve, elle était par ailleurs d'une rigidité incommodante en cas de chute ou pour simplement monter ou descendre d'un cheval.

— Oui, dommage qu'il n'ait pu assister à ma victoire, soupira-t-il en posant pied à terre.

— Où que soit son esprit à présent, je suis certain qu'il est fier de son fils, intervint Humon qui cachait la douleur qui brûlait au fond de son cœur.

La mort de son maître avait été une terrible épreuve pour le clan. Une de plus qui venait frapper les Vendée à un moment de leur histoire où leur position au sein du conseil de la province de l'Ouest était des plus précaires et fragiles.

— Allez approche-toi que je te débarrasse de cette armure. Il va falloir te reposer pour les joutes de demain, fit Gascon en détachant l'épée et le fourreau attachés à sa ceinture.

Une fois revêtu de sa tenue d'homme civilisé, il rejoignit les appartements que leur avait alloué l'administration du prince Marc, en l'occurrence, un hôtel particulier situé dans les anciens quartiers de la Cité des Mille Tours. Des serviteurs leur avaient été proposés, mais soucieux de préserver leurs finances, Luc avait décliné l'offre en prétextant qu'il se faisait une joie de faire découvrir à ses propres domestiques les beautés de la cité princière.

— Tu aurais vu la tête du maître d'armes de De Lacroix ! Le pauvre homme, en voilà un qui regrettera toute sa vie d'avoir participé à ces jeux ! se moqua Gascon assis près de Luc qui se faisait masser ses muscles endoloris dans une pièce, réaménagée en salle d'armes.

— Tu ne devrais pas sourire de son infortune, cela aurait très bien pu t'arriver. De Lacroix était un bien meilleur cavalier que moi. Je ne dois qu'à la chance d'avoir réussi à le terrasser, fit Luc qui avait du mal à se réjouir de la misère de ses adversaires.

Pourtant il savait qu'il devrait apprendre, et cela très vite, à faire fi de ses bons sentiments et à oublier tout ce que les prêtres lui avaient enseigné, à savoir le pardon, la pénitence, ou encore la modestie. L'exercice du pouvoir était une fonction particulièrement ingrate et austère qui rendait les hommes durs et leur esprit vif.

— La chance ? Je ne crois pas en ce genre de concept. La main de Dieu était avec toi, mon garçon.

Luc ferma les yeux et ne voulut pas perdre plus de temps dans une querelle stérile. Quoi qu'il en fût de sa victoire, elle était sienne et n'était en aucun cas le fruit d'une tricherie.

Juliette passa ses doigts sur son épaule droite, celle qui avait reçu le plus dur de l'impact, et Luc ne put retenir un gémissement de plaisir quand il sentit ses muscles se décontracter.

On frappa alors à la porte et Gascon partit l'ouvrir.

— Il y a un messager qui demande à parler au duc, fit Humon en pénétrant dans la salle.

Cajolé par les doigts souples et agiles de sa masseuse, Luc n'avait aucune envie de mettre fin à ce délice tactile. Il imaginait déjà le genre de message qui l'attendait : des félicitations de la part de personnages attendant en retour quelques faveurs.

— Dites-lui de revenir demain, je suis occupé pour l'instant, fit-il alors.

Humon se rapprocha de la table et sermonna son pupille.

— Luc, l'homme est un messager royal ! Vous croyez vraiment que notre situation est si prospère que nous puissions risquer le courroux du prince ?

Le jeune homme se redressa et fit disparaître de son visage toute trace de frivolité. Son précepteur avait raison. Il était plus que temps d'agir en homme responsable. C'est ce que son père aurait voulu et ce que sa mère attendait. Peu importait ce qu'il pouvait bien en penser.

— Excuse-moi Humon, je ne voulais pas dire cela. Mais si tu savais combien me coûtent toutes ces nouvelles responsabilités, se plaignit Luc qui attrapa la chemise que lui tendait Juliette.

Oui, tu n'étais pas encore prêt, se dit Humon en s'attendrissant devant la mine juvénile de son élève. Mais il va falloir que tu affrontes ta nouvelle situation. C'est l'avenir des De Vendée qui est en jeu, mon garçon.

— Il est bon que vous vous en rendiez compte. Mais n'oubliez jamais que dans ce monde, nul ne vous laissera de seconde chance. À la moindre erreur vous serez balayé par le déshonneur et la disgrâce, dit-il finalement.

Luc finit de boutonner sa chemise de lin, et descendit en compagnie de ses deux plus fidèles hommes de main, rejoindre le messager qui les attendait dans une des pièces du rez-de-chaussée.

— Monseigneur, fit alors l'homme en exécutant une révérence.

L'homme était hideux : une bosse ingrate venait déformer son dos d'horrible façon, quant à son visage il n'était que plis de rides et taches noires. Qu'avaient donc fait ses parents pour que Dieu les punisse ainsi ? s'étonna Gascon, répugné.

— Je vous écoute, fit Luc qui compatissait à la douleur de l'homme.

D'un physique avenant, Luc n'en avait jamais tiré fierté pour autant. Pour lui l'aspect extérieur était quantité négligeable. Comme le lui avait appris Humon, l'important résidait dans l'esprit. Ne jamais juger un homme sur son apparence, se rappela-t-il.

— Je suis porteur d'une grande nouvelle, monseigneur. Le prince a fortement été impressionné par votre courage et votre victoire. Peu de gentilshommes auraient cru que vous pourriez venir à bout du fils de Lacroix. Aussi, afin de prouver toute l'admiration que notre prince porte à votre personne, il m'a mandé pour vous remettre une invitation pour ce soir même dans son château.

Impensable ! Se pouvait-il que cela fût vrai ? Aussitôt Humon échafauda toutes les théories possibles, et se demanda si l'homme était bien celui qu'il prétendait être et s'ils n'avaient pas affaire à un traquenard ?

— Croyez bien que j'en suis ravi, et c'est avec grand plaisir que je vous prie de lui faire savoir que j'accepte l'honneur qui m'est fait, répondit Luc qui n'avait pas envisagé que ce bossu puisse être un comploteur.

— Mon prince en sera fort aise, monseigneur, fit le bossu en exécutant une nouvelle fois une révérence.

Il se retira, et laissa les hommes en proie à la stupéfaction.

— J'ai du mal à croire que notre hôte te veuille du bien, s'étonna Gascon.

Il se souvenait encore de l'affront que leur avait fait le prince Marc, quand il avait refusé d'envoyer un représentant de son pouvoir lors de la cérémonie d'intronisation de Luc dans son nouveau titre de duc de Vendée.

Humon le foudroya subitement du regard, et l'intima silencieusement de se taire. Était-il inconscient ? Ici plus qu'ailleurs les murs pouvaient avoir des oreilles. Et parler du prince de la sorte était la meilleure façon de tomber en disgrâce.

Néanmoins, Humon trouvait tout à fait pertinente la remarque du maître d'armes. Le prince n'avait montré aucun signe de bienveillance à l'égard des Vendée, et ce n'était que grâce à ses fidèles lieutenants qu'aucun des voisins immédiats de son duché n'avait tenté de s'emparer de ce fief capital pour le commerce vers le sud-est.

— Moi, je pense que le prince aime les hommes qui savent se battre, et ma foi, je crois avoir démontré que je suis peut-être plus qu'un honnête cavalier, fit Luc afin de rassurer Humon.

Mais il ne croyait guère que des espions puissent se cacher dans les murs de leur résidence. Quel intérêt pouvait avoir le prince à écouter leurs paroles ? Les Vendée n'avaient jamais été assis à la table des grands seigneurs de l'Ouest et avaient encore moins représenté une menace pour le pouvoir. N'eût été leur position géographique stratégique pour le commerce, Luc doutait même qu'il aurait été invité à participer aux jeux de la Cité.

— Vous êtes bien plus que cela, et nul doute que le prince voudra faire plus ample connaissance avec vous, fit Humon qui cherchait quelles pouvaient être les motivations du prince.

Le jeune duc passa le reste de l'après-midi en compagnie de son précepteur à faire le point sur tout ce qu'il devait savoir sur la cour du prince. Être invité à la table de Marc recelait autant de signes d'espoir que de déchéances à venir. Il suffisait d'une seule erreur de comportement pour se faire des ennemis, et vu le nombre restreint de soutiens qu'il possédait, il ne pouvait se permettre de le voir diminuer encore.

Humon lui fit réciter tous les noms des personnages importants de la cour, et lui expliqua pour la énième fois quelles étaient les alliances en vigueur dans la province de l'Ouest. Luc connaissait déjà toutes ces leçons par cœur, mais ne montra jamais son désintérêt pour la chose. Il savait l'heure trop grave pour laisser paraître le moindre signe d'ennui et il savait surtout que Humon le réprimanderait de façon particulièrement vive.

Le soir venu, il se vêtit de ses plus beaux atours et accompagné de sa mère, de Humon et de Gascon, c'est à cheval qu'ils pénétrèrent dans l'enceinte du château du prince qui se trouvait sur une île artificielle, construite en plein centre de la Cité. Ayant passé le pont-levis, des membres de la garde du prince les arrêtèrent sous l'immense herse qui barrait l'entrée du château.

— Notre maître est attendu auprès de sa Seigneurie le prince Marc, déclama Humon qui se posta à hauteur du cavalier qui venait à leur rencontre.

L'homme les toisa et, après avoir vérifié l'identité des invités, les escorta jusqu'à la cour intérieure. Ils descendirent alors de leur monture et des palefreniers vinrent se charger de les emmener dans les écuries princières.

— Si vous voulez bien me suivre, fit alors un jeune valet.

Luc se sentait devenir fébrile. Passé la porte du château, ils pénétrèrent dans un vestibule somptueux qui aurait fait paraître terne la plus belle des salles de réception de son château de Blagnac. Il réalisait maintenant ce que lui et sa famille pouvaient représenter pour les nobles de la Cité : rien.

Suivant leur guide, ils traversèrent plusieurs salons richement décorés. Il comprenait où passait une partie des impôts que son fief versait chaque année au ministère des finances.

Après une longue marche dans cet univers labyrinthique, ils débouchèrent sur un jardin où se trouvait déjà de nombreux invités.

— Faites désormais très attention à vos paroles et à vos gestes. Ne vous fiez pas aux apparences. Tout le monde observe tout le monde, recommanda Humon dans un souffle.

Luc hocha la tête, sans se départir d'un sourire de façade. L'avertissement valait son pesant d'or, tant il avait l'impression de n'intéresser qui que ce soit. Personne ne daigna les accueillir. Chacun continuait de s'entretenir avec son vis-à-vis dans une parfaite indifférence. S'il n'avait été aussi certain d'avoir été invité, il aurait juré qu'il n'était qu'un intrus.

— Luc, accompagnez-moi jusqu'au bassin, proposa la duchesse de Vendée.

Elle sentait la tension qui imprégnait son fils et tenait absolument à ce que ce dernier reprenne son sang-froid. Elle savait que leurs adversaires les guettaient et n'attendaient qu'un signe de faiblesse du petit comte pour venir l'agresser et le ridiculiser.

— Prenez mon bras, mère, fit-il en le lui tendant.

Ils traversèrent la pelouse fraîchement tondue, et ignorant les convives, qui le leur rendaient bien, ils s'assirent sur les fauteuils laissés aux flâneurs éventuels.

— Regardez ce cygne, n'est-il pas majestueux ? demanda la duchesse à son fils. Calme et sûr de lui, il trône, fier, se moquant du regard des autres. Je suis même certaine qu'il s'en délecte. Il sait qui il est, et peu lui importe le reste.

Le message était limpide et Luc se détendit enfin.

— Mère, que ferais-je sans vous ? se demanda-t-il avec amusement.

Il était certain que si les femmes avaient eu droit de cité dans les instances du pouvoir, sa mère aurait été l'une des plus écoutées de la planète.

— Oui, ignoré, il n'en deviendra que plus fort, récita Luc en se souvenant d'un précepte que lui avait enseigné Humon.

Sa mère sourit et se retourna vers la foule bigarrée des invités. Elle ne connaissait même pas la moitié des convives, mais elle savait que chacun d'eux avait autant, si ce n'est plus, de pouvoir qu'elle-même. Son duché étant dans une position fragile, l'occasion était belle pour se trouver de nouveaux alliés. Désormais tout n'était que question de savoir-faire, et la duchesse de Vendée n'était pas la dernière des intrigantes.

— De bien belles femmes, se félicita Gascon, à des années-lumière des pensées et des préoccupations de la duchesse.

Toutes ces jeunes filles étaient magnifiques dans leurs parures. Robes de soie, coiffes exquises, maquillages légers et discrets faisaient de ces simples servantes de majestueuses dames de compagnie.

C'est avec plaisir que j'en prendrais une jusqu'à ma couche, se dit-il en sachant que c'était vain d'avoir de telles pensées. Il n'était pas de sang assez noble pour pouvoir en approcher une.

— Regarde donc celle-là, fit-il en frappant Luc dans les côtes.

Luc trouvait déplorable le comportement de son maître d'armes, et ne se serait pas privé de l'admonester, s'il n'avait été lui-même subjugué par la beauté de la servante qui s'approchait d'eux.

— Une coupe, messeigneurs ? leur proposa Delphine en souriant du mieux qu'elle pouvait.

Elle n'avait pu échapper à cette soirée. Le prince Marc voulait les plus belles femmes de la Cité pour servir ses plus chers invités. Un royaume est jugé au nombre de ses trésors, disait un dicton. Et Marc se targuait d'être l'homme le plus riche de l'Ouest. Aussi avait-il expressément demandé à ses cousins, de lui confier le temps d'un soir, leurs servantes les plus ravissantes, afin de satisfaire les appétits déplacés des invités de marque.

— Volontiers, répondirent Luc et Gascon.

Humon refusa poliment de la tête. Il savait comment se déroulait ce genre de soirée, et espérait que d'ici peu, les langues se délieraient sous l'effet de l'alcool et qu'il pourrait bientôt aller glaner nombre d'informations que des dizaines d'espions n'auraient pu lui apprendre.

Delphine leur tendit deux coupes de champagne, et allait se retirer quand le plus jeune des hommes la retint par le bras. À sa surprise, la main qui l'agrippa se fit douce et légère, bien loin de la poigne ferme des autres hommes qui avaient essayé de la conquérir.

— Pourrais-je savoir votre nom ? demanda Luc en s'en voulant aussitôt de montrer une telle innocence aux yeux des autres convives.

Mais d'un regard, il s'aperçut, soulagé, que personne n'avait semblé entendre sa question, en dehors de ses proches et de l'intéressée elle-même.

— Delphine, fit-elle en baissant les yeux. Je dois servir les autres invités. Je vous prie de m'excuser.

Il ne fallait surtout pas qu'elle reste près de cet homme. Elle avait vite compris la signification de son regard. Même si elle ne connaissait rien aux jeux de l'amour, elle savait reconnaître dans les yeux d'un homme le désir quand celui-ci naissait, et elle ne voulait en aucun cas lui laisser croire qu'il avait la moindre chance de pouvoir la séduire.

Delphine n'avait que dégoût et mépris pour les nobles et les aristocrates qui se jouaient de la vie des simples citoyens. C'est à cause d'hommes de son espèce qu'elle avait dû entrer sous les ordres de Jean de Bretagne. Malgré leur beau sourire et leur mine avenante, elle n'ignorait pas que se cachaient derrière ces masques, des êtres pervers à la moralité déficiente.

— Mon Dieu protégez-moi, pria-t-elle en reculant doucement.

Luc ne tenta pas de la retenir, et la laissa aller à sa tâche. Il n'userait en aucun cas de son statut pour la convaincre de passer la nuit avec lui. Par respect pour sa mère, il s'était toujours obligé à ne faire l'amour qu'avec le consentement de ses conquêtes. Ce qui lui arrivait assez fréquemment.

Le temps était humide, et Delphine transpirait dans sa robe qui la serrait trop.

Vivement que cela finisse, se disait-elle après chaque service.

Elle commençait à se sentir de plus en plus mal à l'aise. Les invités au langage si châtié, se laissaient à présent aller à des envolées grivoises et paillardes, et cela même en présence de leur dame.

Mon Dieu faites qu'aucun d'eux ne tente de me faire la cour, pria-t-elle.

Elle n'osait imaginer ce que feraient ces hommes face à son refus.

— Jeune catin, venez ici, l'apostropha alors un homme d'une haute stature à la fine moustache et au veston taché de vin.

Assise derrière un arbre du jardin, Delphine avait espéré que personne ne la remarquerait, et qu'elle pourrait bientôt quitter ce lieu de vices. Mais malheureusement, la vie n'était jamais bien faite pour les gens de basse extraction. Elle feignit de ne pas l'avoir entendu, et se fit toute petite sur sa chaise.

— Voyez comme elle se cache, se moqua l'homme en se rapprochant d'elle, en compagnie de deux compères. Ne fais pas ta muette. Je suis certain que tu sais te servir de ta langue de bien belle façon.

Terrifiée, elle n'osait plus bouger. Le pire était arrivé. Ce à quoi elle avait toujours espéré échapper devait survenir : on allait abuser de sa personne.

— Tu es bien belle, mon enfant. Viens avec moi, je vais te montrer ce que c'est qu'un homme, fit l'aristocrate en lui prenant le visage entre ses doigts noueux.

Delphine se mit à transpirer et à trembler.

— Je vous en prie. Laissez-moi, monseigneur, osa-t-elle quémander.

Mais une gifle fut sa seule réponse.

— Pour qui te prends-tu jeune effrontée, pour me parler de la sorte, sais-tu seulement à qui tu t'adresses ? gronda alors l'homme.

Il aimait cette lueur dans son regard. La peur était son domaine et la violence son délice. Jamais il ne prenait son plaisir autrement que par la force. La femme, origine de tous les vices ne méritait rien d'autre qu'humiliation et dépravation.

— Au baron de Salvayre, vint alors s'interposer Luc qui avait gardé un œil sur cette jeune fille si attirante.

— Allez-vous-en, jeune homme, votre place est près de votre mère, rétorqua le baron sans se retourner.

L'insulte était flagrante. Mais Luc se retint d'entrer dans son jeu. Le baron était un des plus fidèles alliés du prince et seul un fou aurait osé le reprendre.

— Ma place est auprès de ma conquête. Cher baron, sachez que cette jeune fille m'a fait la faveur d'être ma partenaire en cette soirée.

De nombreux invités se rapprochèrent lentement du lieu de l'altercation. Chacun espérant qu'un duel conclurait cette escarmouche.

Le baron daigna enfin le regarder droit dans les yeux, et afficha un masque de dédain.

— N'êtes-vous pas ce jeune paysan qui a décalotté le fils de Lacroix ? se moqua-t-il méprisant.

Luc devint rouge et ne sut que répondre. S'il était un combattant émérite dans de nombreux arts de combat, il n'était toutefois qu'un novice dans celui du langage.

— Il est celui..., commença Gascon qui ne pouvait laisser passer une telle insulte.

— Nobles seigneurs cessez donc de vous chamailler, le prince Marc va bientôt arriver, vous ne voudriez pas gâcher sa soirée ? intervint alors Jean de Bretagne fort à propos.

— Oh que non ! fit Humon en tirant son protégé par le bras.

Il suffisait de ces enfantillages. Mais qu'arrivait-il donc à Luc pour risquer un affrontement au sujet d'une simple fille de joie ? N'avait-il rien compris à ses leçons ? Que l'amour irraisonné était la source de tous les malheurs ?

Delphine se retourna vers son maître, et soupira intérieurement de soulagement. Son ange gardien ne l'avait pas lâchée. Dieu est bon, se dit-elle en s'éloignant vivement du lieu de l'échauffourée. Elle retourna dans la grande salle de bal qui jouxtait le parc et se fit toute petite dans un des coins obscurs de la pièce.

Qu'est-ce qu'il m'a pris ? s'interrogea Luc qui réussit cependant à soutenir le regard que lui lança le baron en le quittant. La position de sa famille n'était-elle pas déjà si précaire pour qu'il se mette à dos une des plus prestigieuses familles du royaume ?

Il jeta un regard vers son précepteur, et y lut une colère renfermée qui ne demandait qu'à exploser.

— Luc, venez par ici, lui dit alors sa mère en arrivant auprès des hommes. Le prince Marc est arrivé, il va tenir un discours.

Elle tenait absolument à changer les idées de son fils. Il ne fallait surtout pas qu'il commence à se lamenter sur son comportement. Il avait subi un affront. Soit. Mais la vie lui en réserverait bien d'autres. Toujours aller de l'avant, lui disait feu son cher époux, ne jamais regarder en arrière.

Le prince monta sur l'estrade dressée dans la salle de bal, et son premier conseiller demanda le silence qui s'installa aussitôt. Le prince entama alors un long discours vantant les mérites de la jeunesse marlaëne, et adressa ses encouragements à ceux qui jouteraient le lendemain.

Posté légèrement en retrait, Luc n'arrivait pas à se concentrer sur les paroles de son hôte et repensait, humilié, à l'affrontement qui l'avait opposé à de Salvayre. Il avait agi comme un imbécile. Il ne cessait de s'en vouloir de s'être pris d'affection pour cette jeune servante. Certes, elle était extrêmement ravissante, mais valait-elle vraiment la peine qu'il risquât son honneur pour la défendre ? Il détourna son regard de l'estrade et aperçut dans un recoin, la jeune servante.

Oui, répondit-il en s'étonnant de cette passion irraisonnée et incongrue pour un homme de son rang. Elle en valait la peine, et s'il n'y avait eu toute sa famille, Dieu sait qu'il serait allé la retrouver. Mais l'heure n'était pas aux batifolages. Demain serait une dure journée à commencer par la deuxième partie du tournoi.

CHAPITRE 11

Boxtown

Après avoir passé sa journée à profiter des pistes de ski qu'offrait la station, Roseta quitta Maximilien et Madeleine pour se préparer à la réception de la soirée, et faire le point sur ses pensées.

Cette journée s'était déroulée comme dans un rêve. Elle avait retrouvé une amie, et ne trouvait plus insupportables les allusions scabreuses de son chevalier servant.

Et si c'était ça le bonheur ? se demanda-t-elle sans trop y croire.

Allongée en petite tenue sur le canapé de cuir de sa suite, elle fixait les montagnes de la cordillère. Loin de Kaklan, la Roseta aux pensées amères laissait place à la jeune fille qu'elle avait été un jour.

La roue tourne, se dit-elle alors sans réprimer le sourire qui s'ébauchait sur son visage.

Elle se releva d'un bond, et partit à la découverte de sa garde-robe. Maximilien ne s'était pas moqué d'elle. Les robes provenaient toutes des plus grandes maisons de couture de la Fédération. Une véritable fortune. Mais oubliant cette pensée pécuniaire, elle garda seulement à l'esprit le plaisir de se vêtir de si beaux atours.

Elle passa plus d'une heure à essayer quantité de vêtements avant de trouver la combinaison idéale. Elle se para ensuite d'un des colliers que lui avait offerts Maximilien et déposa, sur les parties tièdes et intimes de son corps, une goutte d'un des parfums les plus rares au monde. Se mirant une dernière fois dans le miroir du dressing-room, elle fut satisfaite de la vision qu'elle offrait : une véritable princesse du désir.

Bien des hommes tourneront la tête vers moi, se dit-elle sans vraiment sans soucier.

On frappa à sa porte.

— Mon amour que fais-tu ? Tu es en retard ! s'impatienta tendrement Maximilien, dans le couloir.

Elle regarda l'heure, et s'étonna du temps qui avait passé si vite.

— Tu peux entrer, je suis prête, répondit-elle.

Son cavalier entra dans la suite, et Roseta n'éprouva que plaisir à le retrouver vêtu d'un costume noir extrêmement élégant.

— Tu es resplendissante, lui dit-il admiratif.

S'il lui était encore resté quelque timidité de la jeunesse, nul doute que le rouge lui serait monté au visage.

— Tu n'es pas mal non plus, très cher, fit-elle sans avoir à mentir.

— C'est le moins que je puisse faire pour essayer de te rendre heureuse.

Elle s'avança et le prit dans ses bras.

— Peut-être te laisserai-je une seconde chance... fit-elle dans un petit rire mutin.

La salle de réception était à l'image du reste du chalet : un trésor architectural. Longue de plus de cinquante mètres sur trente de large, son immense baie vitrée donnait sur les montagnes enneigées, éclairées par les deux lunes de Boxtown. Elle était emplie d'une foule d'invités seuls ou accompagnés qui souriaient et affichaient une mine un peu conventionnelle des grands jours.

Une coupe de champagne à la main, Roseta demanda à Maximilien de lui présenter les invités les plus prestigieux de la soirée. Cachant son impatience, elle répondait aux diverses questions des autres grands de ce monde n'attendant qu'une chose : rencontrer le professeur Jalabert.

— Vous êtes aussi belle que votre mère, la complimenta le directeur d'une des plus grandes maisons de couture de la planète.

Roseta connaissait cet homme de réputation et s'étonna que le père de Maximilien eût pu inviter un tel personnage.

— Merci, elle aimait beaucoup vos créations, répondit-elle avec diplomatie.

Sa mère détestait le style extravagant et trop avant-gardiste du couturier.

La conversation dura deux minutes encore, puis elle décida de faire une pause et entraîna Maximilien à l'abri d'une alcôve éclairée par une applique qui diffusait une lumière d'un rouge tamisé.

— Tu te rends compte de toutes les personnalités qui sont là ce soir ? Mon père est vraiment un homme très important.

Sacré Max, il ne pouvait s'empêcher de parader ! Croyait-il vraiment qu'elle eût pu être en extase devant ces gens à qui elle n'avait rien à envier ?

— Et tu te rends compte de la chance qu'ils ont de me voir, répondit-elle d'une pique.

Maximilien prit un air de petit garçon incompris. Un enfant, voilà ce qu'il était. C'était pour cela peut-être qu'elle lui trouvait du charme. Mais de là à passer sa vie avec lui...

Roseta n'était plus aussi sûre de sa position à présent. La magie de l'après-midi était en train de se dissiper. Cette soirée lui en rappelait tant d'autres : faux sourires et compliments exagérés, conversations formelles et propos dénués de toute implication spirituelle. Des gens bien sous tout rapport qui savaient manier le faux-semblant avec une dextérité peu commune. Un rôle qu'elle savait jouer à merveille mais qui l'écœurait de plus en plus.

— Fais-moi rencontrer le professeur, lui demanda-t-elle en remplissant sa coupe d'un soda qui traînait sur une table.

— On ne pourra pas dire que je n'ai pas essayé, soupira Maximilien en levant les yeux au ciel.

Il l'entraîna hors de la salle pour l'emmener dans une autre pièce qui se trouvait un étage au-dessus.

— Le professeur est agoraphobe, c'est pour cela qu'il préfère éviter de se joindre à nous.

Roseta n'eut pas besoin de lui demander la raison pour laquelle il s'était rendu à cette invitation. De toute évidence, comme tous les chercheurs, il était venu soutirer auprès des plus grands de ce monde quelques subventions qui l'aideraient à financer ses études de recherche sur la question maltâme.

— J'espère qu'il voudra bien nous recevoir, fit Maximilien une fois arrivé devant la porte.

Il frappa. Un domestique vint leur ouvrir.

— Bonsoir, nous désirons nous entretenir avec le professeur, fit Maximilien sûr de lui.

— Excusez-moi, je ne suis pas certain de vous reconnaître. Qui dois-je annoncer ? fit l'homme sur un ton insolent.

Maximilien rougit et s'indigna :

— Je suis le maître de ces lieux. Laisse-moi passer, avorton !

Il poussa vigoureusement le domestique et faillit le faire tomber à la renverse.

Pourquoi ne peux-tu pas être quelqu'un d'autre, avec une autre personnalité, se lamenta Roseta.

Le rêve était désormais brisé. La réalité reprenait toujours le dessus. Finie la délicatesse. Maximilien se montrait sous son vrai jour, un fils de famille qui méprisait quiconque n'était de sa position sociale.

Au moins ton père a-t-il acquis son statut par la seule force de son travail, eut-elle envie de lui crier.

Mais le moment n'était pas judicieux pour un esclandre. Il fallait à tout prix qu'elle rencontre le professeur. Elle attrapa le domestique par le bras et tout en excusant le comportement de son compagnon, elle pénétra dans la pièce en refermant la porte derrière elle, non sans avoir auparavant, d'un regard furibond, envoyé Maximilien rejoindre ses semblables.

— Je suis désolée... commença-t-elle avant d'être abruptement coupée.

— Mais je ne vous ai pas donné la permission d'entrer mademoiselle Ming, fit le domestique. On ne m'a jamais traité de la sorte, c'est une honte, qui était ce jeune homme ? s'indigna-t-il encore.

— Maximilien Rembrandt, le fils de qui vous savez, fit-elle en faisant une moue désolée.

— Mmm, je comprends à présent pourquoi son visage m'était inconnu.

Roseta comprit, elle aussi, que cet homme avait dû être briefé sur les invités d'importance de la soirée. Maximilien ne faisait pas partie des puissants. Le fils n'est pas encore le père.

— Bien, attendez ici, je vais voir s'il peut vous recevoir.

Quelques secondes plus tard, le domestique revint dans le vestibule.

— Si vous voulez bien me suivre, mademoiselle.

Roseta réprima un soupir de soulagement. Elle tenait tant à discuter avec cette éminence.

Ils passèrent une première pièce et arrivèrent dans le salon de la suite, où se trouvait un homme d'une quarantaine d'années à la barbe courte et au regard rieur.

— Bonsoir professeur. Je suis enchantée de vous rencontrer.

— Moi de même mademoiselle Ming. (Puis se tournant vers son domestique:) Vous pouvez disposer.

L'homme se retira, et Jalabert offrit un verre de vin à son invitée.

— Merci professeur...

— Appelez-moi Henry, je hais cette utilisation de titre pompeux. S'il y a une chose que nous apprend la civilisation maltâme, c'est bien la modestie. Chaque être humain est égal aux yeux de Dieu.

Assise dans un fauteuil face au professeur, Roseta sentait l'excitation monter à son comble. Pour la première fois de sa vie, elle faisait ce qui lui plaisait. Ses soucis de présidente de la Corporation s'étaient effacés pour laisser place à une bonne humeur peu habituelle.

— Très catholique comme discours, fit-elle en se penchant en avant.

— Il est clair qu'en de nombreux points ces deux religions se ressemblent, répondit Jalabert en sortant un cigare. Vous permettez ?

Roseta sourit.

— Volontiers, fit-elle avant d'ajouter : si vous m'en offrez un.

L'homme rit de bon cœur, et secoua la tête de contentement. Il lui tendit son cigare et s'en servit un autre dont il sectionna l'extrémité d'un coup de dents.

— ... mais en de nombreux autres, elles sont fort dissemblables.

En connaisseur, il enflamma une allumette qu'il présenta d'abord à Roseta.

— Les vices et la vertu, fit-elle en citant alors l'intitulé d'une des thèses du professeur. Là où les religions terriennes nous interdisent certains plaisirs, le maltamisme les recommande.

Le professeur tira sur son cigare et après avoir rejeté un épais nuage de fumée répondit :

— La bible pharanique est un ouvrage révolutionnaire à plus d'un titre. Il prend le contre-pied de toutes les règles de savoir-vivre. Là où les religions de notre bonne vieille Terre sont castratrices, le maltamisme préconise une libération de la morale : le libertinage est non seulement toléré mais, qui plus est, recommandé. Le jeu, l'alcool, l'inhalation de quelque drogue que ce soit ne sont pas prohibés.

Il leva son cigare d'un geste évocateur.

— Oui, c'est fascinant. Comment une telle religion a-t-elle pu être créée ?

Jalabert se laissa aller une nouvelle fois à sourire.

— Créer ? fit-il en plissant le front, interrogatif.

Roseta se racla la gorge.

— Je veux dire, s'il est clair que le catholicisme, l'islamisme, l'hindouisme, le confucianisme, et les autres religions n'ont pour seul but que de faire perdurer la société humaine, et d'ériger des lois qui protègent chacun de ceux qui la composent...

— Perdurer la société humaine, dites-vous ? la coupa Jalabert qui se leva.

Ne savait-il pas qu'elles avaient permis de maintenir une certaine cohésion dans les sociétés primitives ?!

— Dès que les hommes se sont regroupés, la religion a été inventée afin de régler la vie des individus. Il fallait canaliser les penchants bestiaux, mais naturels, de notre espèce. Plus les lois sont strictes et castratrices, plus l'homme perd de son indépendance et de sa capacité d'agir isolément des autres, et même si sa frustration grandit, la peur d'être différent calme les ardeurs des plus belliqueux d'entre eux, s'expliqua-t-elle.

— Et pour ceux qui ne suivent pas les règles ?

— Une minorité qui est alors éliminée, par les autres trop contents de laisser leurs penchants naturels reprendre le dessus.

Roseta repensa à ces images d'hommes torturés sur la place publique ou encore à ces femmes lapidées ou brûlées vives sur des bûchers pour adultère devant un parterre d'« honnêtes citoyens » sans reproche !

Jalabert vint se placer derrière son fauteuil.

— Vous êtes une femme très cultivée mademoiselle Ming, mais, je suis désolé de vous le dire, ô combien rétrograde.

Ce que les paroles de Maximilien n'avaient su provoquer, cet affront y parvint. Roseta sentit ses joues s'empourprer. Elle se serait bien lever, mais craignait d'affronter le regard de son interlocuteur.

Soit cet homme était fou, soit il jouait la comédie.

— Vais-je devoir vous expliquer pourquoi je me permets de vous parler ainsi ?! la réprimanda-t-il, paraissant fort mécontent.

Elle alla s'asseoir sur le canapé et se resservit un verre de vin. S'il ne voulait pas l'aider, c'est qu'il la croyait capable d'y parvenir par elle-même.

Rassurée par cette idée, le sentiment d'infériorité qui l'envahissait se dissipa. Elle récita intérieurement une litanie et calma le flot tumultueux de ses pensées.

— Vous attendez de moi que je sois aussi compétente que vous sur la question maltâme. N'est-ce pas un peu étonnant de votre part ?

Jalabert se détendit manifestement. Il hocha la tête, admiratif.

— Si vous vous intéressez à mon cas, sachez que cela est réciproque. Et à ma surprise j'ai découvert que vous n'hésitiez pas à vous promener sur le réseau à la recherche d'informations sur la question.

— Comment savez-vous cela ? s'indigna-t-elle.

— J'ai mes relations mademoiselle Ming. On n'atteint pas un poste d'une telle importance sans être un petit peu retors. J'en suis profondément désolé.

Comme elle le comprenait. C'était toute sa vie à elle, constituée de mensonges, de menaces et de chantages à demi voilés.

— Excusez-moi de vous avoir sous-estimé, fit-elle en réalisant le besoin de reconnaissance qu'avait cet homme.

— Et pardonnez-moi de vous avoir taquinée, mais si vous saviez à quel point les discours creux et stupides des gens de votre espèce me pèsent, vous comprendriez que je ne voulais pas manquer l'occasion d'avoir enfin un véritable dialogue sur la question. Comme je vous l'ai dit je n'ai rien à professer.

Rassurée, elle se félicita de l'impertinence de l'homme. Enfin quelqu'un qui osait la traiter d'égal à égal.

— Laissez-moi vous faire part de mes dernières réflexions sur les Maltâmes dit-il en s'asseyant à ses côtés. Je crois que la loi première de cette religion est qu'il n'y en a aucune. Tout est permis, même le crime. Aucun jugement de valeur n'est admis. La liberté la plus totale est de rigueur. Chaque être humain est libre de ses choix et de ses actes, même s'ils contreviennent à la vie d'autrui. Voilà ce que nous enseigne la bible.

— ... pharanique, rajouta Roseta in petto, en trouvant cet oubli révélateur.

Cette théorie allait à l'encontre de tous les modes de pensées en vigueur dans les sociétés humaines. C'était une révolution, un schisme terrible dans la sociologie de base. Aucune société ne pouvait survivre avec de tels préceptes.

— Intéressant, mais totalement fantasmagorique. Pharanis est l'apôtre de la non-violence, du respect d'autrui. Il suffit de lire le livre XXI de son voyage en Irélie pour s'en convaincre. Vous me décevez professeur.

— Je ne m'attendais pas à ce que vous me croyiez sans preuve et je suis même ravi de vérifier que vous connaissez si bien votre sujet. (Il se plaça devant la baie vitrée et regarda Roseta qui s'y reflétait.) À aucun moment il n'est fait mention de cette règle que je vous ai énoncée, mais si vous faites très attention à ces paroles vous remarquerez quelque chose de particulièrement intéressant.

Il fit une pause et se retourna vers son invitée.

Roseta essaya vainement de trouver une réponse pertinente, mais rien ne parvint à son cerveau en ébullition.

— Je vous écoute, répondit-elle simplement en croisant les jambes.

— Eh bien, si Pharanis exhorte son peuple à ne pas avoir recours à la violence, à pardonner les mauvais traitements, à subir plutôt qu'à se rebeller, à aucun moment, et je vous assure que j'ai vérifié cent fois mon sujet, il ne critique la violence des autres. Il ne juge absolument pas les comportements agressifs de ses contemporains. Il propose, les autres disposent.

Roseta se mit à rire, fascinée. Se pouvait-il que cela fût vrai ? Pharanis un apôtre du laisser-faire ? Écoutez-moi, mais faites ce que votre conscience vous dictera.

— Cela implique tant de choses, fit-elle alors pensive. Comment une telle société a-t-elle pu durer si longtemps ? Tout était permis même le pire ? C'est difficilement croyable.

— Et pourtant, c'est vrai, conclut Jalabert.

Roseta retrouva soudain ses instincts naturels et la paranoïa fonctionnelle reprit le dessus.

— Pourquoi me faire la primeur de cette révélation ? demanda-t-elle.

Jalabert tira une nouvelle fois sur son cigare et se décida enfin à la rassurer.

— Parce qu'il fallait que je vous convainque de financer ma prochaine expédition.

Voilà ce qui s'appelle ne pas perdre le nord, pensa-t-elle amusée par son impudence.

— Qui se monte à...

— Quinze millions de coupons, fit-il en rejetant par les narines un épais voile de fumée. À un ou deux millions près...

Toujours assise sur le canapé, Roseta n'aurait pas manqué de rire, si elle n'avait su le professeur sérieux. Quinze millions de coupons ! De quoi faire vivre une famille de province pendant plus de cent générations. Croyait-il vraiment que ses révélations valaient ce prix ?

— Je ne paierai jamais une telle somme. Même pas la moitié, lâcha-t-elle, déçue du mauvais calcul du professeur.

— Cessez de me sous-estimer. Faites un effort, je vous en prie, répliqua-t-il sûr de lui, campé debout devant elle.

L'homme avait du caractère. Une présence, une prestance. Il était du genre à ne proposer que lorsqu'il était sûr d'obtenir une réponse positive. La question était donc : pourquoi pense-t-il que je vais accepter ? se demanda-t-elle cherchant une solution, ne voulant plus faire preuve d'incompétence.

— Vous avez, je pense, autre chose à m'offrir pour ce montant, fit-elle au terme de sa réflexion.

— Bien mademoiselle Ming. Je vois que vous savez vous servir de votre cerveau quand vous le voulez. Quinze millions est le prix de votre voyage avec moi pour les deux années qui viennent.

Elle faillit rire une fois de plus, et une fois de plus elle s'abstint. C'était absurde, aberrant et pourtant si Jalabert le pensait, c'est qu'il avait certainement raison. Pourtant tout indiquait le contraire. Elle était la seule personne à même de diriger le consortium familial depuis que son père avait été mis au banc de la société. Elle ne pouvait tout quitter sans risquer de voir l'empire que ses ancêtres avaient su créer, s'effondrer par un comportement d'insouciance juvénile. Pourtant, je vais partir, se dit-elle en faisant confiance au professeur.

— Vous êtes croyante ? demanda Jalabert qui ne montrait aucun signe de nervosité.

Il était maître de lui. Sûr de son talent et de son pouvoir de persuasion.

— J'essaye de croire en moi et c'est déjà beaucoup, répliqua-t-elle.

— Vous devriez porter plus d'attention aux paroles du prophète. Offrez-vous à ses paroles, vous vous sentirez bien mieux. Si vous voulez à présent m'excuser, j'ai un rendez-vous avec un autre invité. Étudiez bien ma proposition et dites-moi oui demain, fit-il.

Il lui tendit une main qu'elle serra mollement.

— Vous êtes un homme étrange monsieur Jalabert. À demain.

Elle ressortit de la pièce et quitta la suite. Il fallait qu'elle fasse le point sur cette rencontre. Elle s'était attendue à tout, sauf à ça. Tout était trop calculé pour qu'il n'y ait pas anguille sous roche. La question était de trouver à quelle sauce on voulait la manger.

— Enfin ! Que faisais-tu avec lui ? l'interpella Maximilien qui l'avait attendue dans le couloir.

— Des choses inavouables, répondit-elle froidement.

Elle n'était pas d'humeur à consoler ce pathétique séducteur. Roseta avait complètement abandonné ses airs de jeune fille éprise pour redevenir ce qu'elle était depuis tant d'années : une femme d'affaires intransigeante au corps sculptural.

Tout d'abord effondré, Maximilien crut lire dans le regard de Roseta une plaisanterie et se mit à rire de façon exagérée.

— Je t'aime tant, si tu savais. Viens, on va retrouver les autres. Ce professeur n'est qu'un imbécile. Il ne risque pas de nous soutirer le moindre argent.

L'argent, toujours l'argent ! Ne pouvait-il donc se taire ?! pensa-t-elle.

— Je suis désolée mais je ne me sens pas très bien. J'ai besoin de sommeil, répondit-elle d'un ton plus conciliant.

Ils traversèrent quantité de couloirs et d'étages avant de parvenir à la porte de sa suite. Et si jusque-là Maximilien s'était montré d'une gentillesse exquise, il tenta de hausser le ton quand Roseta lui expliqua qu'elle comptait dormir seule.

— Je suis très fatiguée Max. Je t'en prie ne me fais pas de scène. Si tu veux que demain je sois à tes pieds, laisse-moi me reposer.

Le langage était la plus sûre des armes avec les hommes. En une seule phrase, elle avait rendu son sourire à son compagnon et il repartit à la soirée l'esprit échauffé de fantasmes.

Roseta se déshabilla, se jeta sur son lit, et activa vocalement la chaîne hi-fi qui déversa un morceau de Verdi. Était-ce dû à l'absorption immodérée d'alcool ou au cigare qu'elle avait fumé, elle sentit sa tête tourner. Elle alla chercher dans l'armoire à pharmacie un analgésique qu'elle avala d'un trait. Puis elle s'assit sur le fauteuil qui donnait sur les Impérieuses, majestueuse chaîne de montagnes. Elle fut tentée de repenser à sa discussion avec le professeur Jalabert, mais l'action du somnifère fut trop rapide. Elle s'endormit avant que ses cellules grises ne se mettent en action.

CHAPITRE 12

Alliance

Somptueux, s'exclama intérieurement Wilson en découvrant la bibliothèque.

La pièce principale était un long rectangle de plus de cinquante mètres de long sur vingt de large. Le plafond se perdait à plus de dix mètres de hauteur. Les colonnes d'étagères étaient alignées dans un souci évident d'harmonie avec les différents bureaux qui emplissaient l'espace. Une fois de plus des pensées mitigées s'insinuèrent jusqu'à sa conscience. Était-ce bien raisonnable ?

— Vous trouverez ici tous les ouvrages possibles et inimaginables. Au-delà des livres rangés sur les étagères, vous pourrez user de nos ordinateurs pour avoir accès à tout le reste, lui expliqua Haraflika.

Assis à chaque bureau se trouvait un moudjahid qui étudiait en silence des textes sacrés.

À peu de choses près, ces hommes auraient pu passer pour des moines copistes, pensa Wilson amusé par sa propre pertinence.

— Si vous avez le moindre problème, n'hésitez pas à demander de l'aide à un de nos frères.

Wilson hocha positivement la tête.

— Je saurai m'en souvenir, fit-il.

Haraflika s'en retourna à ses hautes fonctions.

Le matin même, les deux hommes s'étaient retrouvés dans une chambre pour un déjeuner typiquement oriental afin de mettre au point un semblant de stratégie pour parvenir à leurs fins. Comme l'avait énoncé Wilson la veille, si la population préférait croire aux Maltâmes plutôt qu'à l'islam, la seule solution possible restait de s'adapter, de montrer à la face de l'univers que ces deux religions ne faisaient qu'une. En pragmatique convaincu, Haraflika avait laissé libre cours à toutes sortes d'idées et d'options, sur lesquelles Wilson avait surenchéri sans état d'âme. Cependant il trouvait misérable et inquiétante cette attitude qui rabaissait leur croyance. Jamais les catholiques n'auraient accepté un tel stratagème.

Plutôt mourir que de se compromettre, se dit-il en sachant toutefois que durant des siècles la parole du Seigneur avait été déformée et détournée pour des intérêts particuliers. Mais cela appartenait au passé. Une erreur ne devait jamais être commise deux fois.

Il avança dans la travée centrale et posa négligemment les yeux sur les étagères qui l'entouraient. Les ouvrages étaient en langue arabe, une langue dont il n'aimait guère les sonorités, mais il savait en apprécier la forme écrite. Il traversa toute l'allée et alla s'asseoir à un bureau près d'une fenêtre qui donnait sur une cour intérieure, surmontée d'un dôme transparent, ce qui laissait apparaître Golan, la planète rouge sang.

Il alluma sa console et se brancha aussitôt sur le site officiel de la Fédération. À l'inverse de certains de ses frères, il préférait multiplier ses sources d'informations, plutôt que d'avoir une confiance aveugle dans le site de son Église. Il savait que, comme tout organisme de pouvoir, son ordre ne pouvait s'empêcher de modifier, d'ignorer, de sous-estimer les dépêches parvenant tous azimuts, dans l'intention de ne pas troubler leurs fidèles. Mais Wilson, dont la foi était inébranlable, n'avait jamais eu peur de la confrontation des pensées. Il savait toujours faire la part entre la réalité et la désinformation. Il navigua plus de trois heures durant sur son écran puis, n'ayant rien trouvé de particulièrement intéressant, il ouvrit un fichier personnel et commença à taper des idées pour son futur rapport. Sans chercher à faire un plan, il notait tout ce qu'il pensait pouvoir avoir un lien avec le sujet. Au bout d'une heure il s'arrêta et imprima le fruit de son travail.

Il se gratta pensivement la barbe et fut étonné de la facilité avec laquelle il avait trouvé matière à nourrir son rapport. Les Maltâmes et les musulmans, une seule et même religion !

Avec les concepts qu'il avançait, cela pouvait s'envisager. Finalement tout n'était que question d'interprétation.

Il reporta son regard satisfait vers la vitre et s'évada un instant en pensée.

Pourquoi suis-je ici ? En quoi ma hiérarchie trouve-t-elle utile de m'envoyer aider les musulmans ? se demanda-t-il.

Questions qui l'avaient taraudé toute la nuit. Haraflika lui avait donné un début de réponse en lui montrant la bande expliquant qu'on tenait plus à l'évincer qu'à vraiment lui fournir une tâche digne de ce nom. Mais justement ce qu'il s'apprêtait à accomplir risquait d'offrir au musulman une position plus que favorable pour le futur de sa croyance.

— Frère Wilson ? l'interrompit soudain une voix de femme.

Il se retourna vivement et répondit affirmativement.

— Je me présente, Nadia Mondane. Je pense qu'Haraflika vous a parlé de moi, fit-elle avec un sourire radieux.

Vous saurez l'apprécier, j'en suis certain, se souvint alors Wilson.

Haraflika lui avait fait savoir qu'il lui enverrait une assistante qui serait chargée d'effectuer pour lui toutes les tâches qu'il souhaiterait lui déléguer.

— Si nous pouvions aller ailleurs, je ne voudrais pas déranger ces hommes, fit Wilson qui se rendait compte que leurs voix brisaient le silence harmonieux de l'endroit.

— Et ces femmes, rajouta Nadia.

Certes ! Pourquoi avait-il tant de mal à accepter leur présence en ces lieux. Il était un ardent adversaire de la féminisation de l'église catholique, et regrettait la possibilité qui leur avait été offerte de devenir cardinal, au dernier conclave de Vatican XI. Heureusement sur Alliance, leur présence était toujours interdite. Ordre papal.

Il esquissa un sourire, et la suivit dans un endroit plus propice à la discussion. Étant désormais fixé sur les dimensions et sur la profusion de jouissance visuelle du lieu, il ne s'étonna guère quand elle le convia à entrer dans une serre artificielle qui reproduisait avec délice, une oasis saharienne. Ils s'assirent sur le sable près d'une source d'eau affleurant entre des palmiers et des buissons épineux.

— De quelle région venez-vous ? lui demanda-t-elle après lui avoir offert une datte.

— De Bentley en Écosse, fit-il avant d'ajouter : sur Faellic.

Il se sentait en pleine confiance. Pourtant c'était une femme et musulmane de surcroît. Petite et légèrement enrobée, il se dégageait d'elle une aura de bien-être qui mettait à mal sa méfiance ordinaire. Elle devait avoir plus de cinquante ans, mais son regard lui en faisait paraître dix de moins.

— Votre planète ne vous manque pas ? demanda-t-elle après avoir dégusté un morceau de fruit.

— Je n'ai pas le temps d'y songer. Vous savez, je n'ai guère le loisir de m'occuper de mes états d'âme, répondit-il simplement.

Il ne fallait pas qu'il ouvre la porte à la nostalgie. Il ne devait aucunement montrer ses faiblesses à cette femme si sympathique soit-elle. Dieu savait ce qu'elle tenterait de lui soutirer comme information.

Elle changea de position et se mit en tailleur.

— Je comprends que vous vous méfiiez de moi. La paranoïa est de mise dans nos Églises. Mais je ne suis pas certaine que nous suivions en cela les messages de nos prophètes respectifs, lança-t-elle d'une voix aux accents de sincérité.

Quel franc-parler ! Était-elle inconsciente ou se moquait-elle de sa position ?

— Nous ne sommes que des êtres humains, avec leurs qualités et leurs défauts, répondit-il en espérant qu'elle ne s'entête pas.

— Pas nous frère Wilson, nous sommes bien plus que cela. Nous sommes les détenteurs de la bonne parole, et il est fort dommageable que nous ne puissions parvenir à la prononcer qu'en usant des mêmes armes que ceux que nous combattons.

Ces pensées trouvèrent une résonance certaine dans l'esprit de Wilson. Lui-même s'était souvent demandé si l'on pouvait tout se permettre dans l'intérêt de l'Église. Il se souvint l'avoir plusieurs fois mentionné dans ses rapports. Il savait qu'il était apprécié pour son indépendance d'esprit et ne se privait pas de l'utiliser. Se pouvait-il que cette femme et lui-même soient faits du même roc ?

— Et qu'en pensent vos supérieurs ? fit-il attentif.

Elle jeta un regard vers une dune imaginaire.

— Ils sont en tout point d'accord avec moi, répondit-elle. Mais tant que je ne leur aurai pas fourni de meilleur moyen d'assurer nos positions, les tractations et les intrigues de palais continueront à être de rigueur au sein de nos différents organismes religieux.

C'était donc ça. Une tête brûlée associée à un électron libre. Quelle équipe ! ironisa-t-il en lui-même.

— Et ce n'est pas prêt de finir. J'imagine que vous savez sur quoi je travaille ? fit-il en reprenant une datte.

Tout en ôtant ses chaussures Nadia répondit :

— Une hérésie. Mais j'ai juré d'être un serviteur fidèle à mon Église, et, quoi qu'il m'en coûte, je ferai tout pour vous aider.

Wilson secoua la tête, compréhensif.

— Rassurez-vous, je ne vous demanderai rien d'autre que de me parler de votre conception de la parole divine.

Elle le remercia d'un sourire et il commença à lui exposer ses idées. À plusieurs reprises Nadia secoua la tête comme désarçonnée par l'imagination de Wilson, mais chaque fois se retint de manifester son désaccord. Elle avait été assignée pour être une servante obéissante, et à ce rôle elle se tiendrait.

La journée touchait à sa fin. Wilson, après avoir déjeuné en compagnie d'Haraflika et de quelques autres hommes d'importance, réintégra sa chambre pour se purifier l'esprit. Il reprit sa bible, en lut de longs passages. Jamais les voies du Seigneur ne lui avaient paru aussi impénétrables. Que faisait-il ici ? N'avait-il pas un meilleur rôle à jouer pour le bien de son Église ? Il se fit couler un bain, et eut soudain une révélation. Il repensa à la conversation que lui avait projetée l'imam, et se remémora les paroles du cardinal Aussillou, porte-parole du pape : « Il pourrait compromettre nos schémas, vous ne pouvez le laisser en place. »

Quel impétueux imbécile ! se dit-il abattu. Il venait enfin de réaliser ce qu'avait voulu lui faire comprendre Haraflika.

Il pénétra dans la baignoire circulaire, et se flagella mentalement.

Comment n'ai-je pu le voir plus tôt ?! Suis-je donc si imbu de moi-même pour m'être cru dans une position de force ? se dit-il avec amertume.

Il avait toujours pris sa mutation sur Alliance comme une promotion au sein de la hiérarchie catholique. Ses pairs l'avaient flatté, félicité de cette affectation au Saint des Saints des renseignements spéciaux de l'Église. Mais il comprenait désormais qu'il avait été leurré. Si sa position était certes importante, il n'avait jusqu'alors pas eu un grand rôle à jouer sur l'échiquier du pouvoir universel.

Les paroles d'Aussillou ne préconisaient pas son envoi chez les musulmans, mais sa mise à l'écart du Saint Siège à Rome ! L'enregistrement holographique datait de plus de cinq ans. Cela faisait des années que son bannissement avait eu lieu sans qu'il n'ait eu le moindre doute.

Il se mit à trembler sous le poids de la honte et du désespoir. Il pria vainement pour retrouver son calme intérieur. Mais tout n'était que chaos. Il osa croire que cet enregistrement fût un faux, mais à présent libéré de son aveuglement, son esprit lui rappelait des dizaines de détails qui auraient dû éveiller ses soupçons bien plus tôt.

J'étais trop sûr de moi. Je me sentais indispensable. Péché de vanité, orgueil méprisable ! s'invectiva-t-il.

Des larmes d'une sourde colère se mirent à couler sur son fin visage. Il perdait ses repères. Il avait l'impression que son esprit était aspiré dans un gouffre sans fond. Cinq années de mensonges et de méprise. Il se mit à rire, d'un rire d'où ne perçait aucune joie. Il s'enfonça jusqu'au menton dans l'eau bouillante de son bain.

Une question réussit alors à faire surface dans sa conscience désagrégée. Pourquoi lui avoir caché sa disgrâce ? Pourquoi ne pas lui avoir dit simplement que sa présence au Vatican n'était plus souhaitée ? Soucis de ne pas blesser son amour-propre ou bien y avait-il une autre raison éminemment moins charitable derrière tout cela ?

Il récita plusieurs prières et parvint à se calmer. Le froid calculateur s'empara de son être. Il oublia ses peurs et ses désillusions pour seulement se concentrer sur ce qu'il devait faire.

Il sortit de son bain, s'essuya méthodiquement et se rhabilla. Il jeta un coup d'œil à la pendule murale de sa chambre et fut étonné de l'heure qu'il y lut. Trois heures du matin. Il hésita une seconde mais décida toutefois de déranger l'imam. Il ne trouverait pas le sommeil sans avoir eu quelque début d'explication. Il sortit son mémo et contacta l'homme.

— Bonsoir, je suis désolé de vous appeler à pareille heure, mais il est impératif que nous ayons une discussion, fit-il dès que la face d'Haraflika s'afficha.

— Très bien, rejoignez-moi dans une heure à la salle des Vents, je vais vous envoyer un guide, répondit l'imam.

Wilson s'assit sur son lit, et tenta de trouver les motivations qui avaient poussé le Vatican à se priver de ses services.

Quelles ont été mes erreurs ? Qu'ai-je fait pour provoquer leur courroux ? se demanda-t-il.

On frappa à sa porte. Il alla ouvrir et retrouva Nadia avec un certain plaisir.

— Vous ne dormez jamais, vous, les catholiques ? fit-elle en plaisantant.

— Si, quand le moment s'y prête. Pourquoi êtes-vous ici ? demanda-t-il alors en proie à une intuition.

— Je viens vous escorter.

— Non, je me demandais ce que vous faisiez sur Alliance ?

Elle leva les yeux au ciel et haussa les épaules.

— Mon devoir envers l'Église. C'est elle qui m'a fait, je lui dois la vie et bien plus encore.

Une réponse de sage. Une idiotie ! pensa-t-il.

— Je vois, fit-il déçu par cette réponse en forme de langue de bois.

Ils traversèrent maints et maints couloirs, empruntèrent deux ascenseurs et se retrouvèrent devant la porte de la salle des Vents.

— C'est ici que nos chemins se séparent. À plus tard frère Wilson.

— À bientôt.

Il ouvrit le battant gauche de la double porte, et comprit d'où venait le nom de la salle. Un vent sec et chaud lui fouetta le visage. Il referma le battant derrière lui et s'avança. La pièce était à ciel ouvert et permettait d'avoir une vue panoramique sur la carte céleste. Aucune lumière, hormis celle spectrale de Golan, ne l'éclairait.

— Venez par ici, je vous attendais, fit l'imam.

L'homme était assis sur un fauteuil à bascule. Wilson prit place en face de lui.

— Cessez de vous jouez de moi ! lâcha-t-il abruptement.

Sa décision était prise. Il irait droit au but. Et n'avait que faire des formules de politesse.

L'imam se mit à rire.

— Tout le monde se joue de tout le monde. Voyons, vous n'êtes pas si naïf ! se moqua-t-il.

Wilson le foudroya du regard. La colère se lova en lui comme un serpent autour de sa proie.

— Si je l'ai été. Mais plus maintenant. Donnez-moi les réponses !

— Posez alors les bonnes questions, frère Wilson.

Haraflika semblait prendre un malin plaisir à la situation. Il appréciait les jeux de l'esprit. C'était ainsi qu'il se sentait proche du divin. Différence entre l'homme et la bête.

La gorge nouée, Wilson ne releva pas l'offense.

— Qu'attendez-vous vraiment de moi ? fit-il en recouvrant un semblant de calme.

La lumière rougeâtre donnait au visage d'Haraflika une teinte morbide.

Le Diable ! pensa Wilson sardonique.

— Exactement ce que je vous avais demandé. Une solution pour sauver notre religion de l'extinction.

L'homme était-il sincère ? Wilson lui laissa le bénéfice du doute.

— Et que pensez-vous de mes premières notes ?

— Elles sont fort intéressantes. Vous êtes un personnage extrêmement doué.

Flatteries qui sonnaient résolument creux à ses oreilles. Il ne travaillait que pour le Seigneur et n'avait que faire des félicitations de ses semblables.

— Comptez-vous les mettre en application ? lança-t-il dans la foulée.

Le sourire plutôt moqueur de l'imam se transforma en un sourire admiratif.

— Non, lâcha-t-il après un long silence.

Tout n'était que mensonge. Il ne comprenait plus rien. Dans quel jeu pervers était-il tombé ? À quoi rimait cette mascarade ?

— Pourquoi ?

Une partie de lui-même lui disait qu'il ne fallait pas montrer son affolement, mais une autre, complètement déboussolé, hurlait en quête de réponses, et était prête à tout pour les avoir.

— Je ne suis pas autorisé à vous le dire. Je suis sincèrement désolé, répondit Haraflika en croisant ses mains sur ses cuisses.

— Vous aviez dit que vous me répondriez ?

— Je vous ai invité à me poser les bonnes questions.

L'imam était peiné que tout finisse ainsi. Wilson avait été un excellent outil. Dommage qu'il doive mourir.

— Pourquoi Petersen m'a-t-il envoyé vers vous ? Pourquoi Aussillou m'a-t-il expédié sur Alliance ? Pourquoi ?! hurla Wilson en se levant d'un bond, les poings serrés de douleur.

— Notre conversation est terminée. Elle n'aurait jamais dû avoir lieu. Je vais vous renvoyer auprès des vôtres. Je n'ai plus besoin de vous.

Le chemin de la honte ! Y aurait-il une fin à sa déchéance ? Wilson était abattu. Jamais il ne s'était senti aussi perdu qu'en cet instant. L'image d'un corps pendu au bout d'une corde s'infiltra dans son esprit. Le suicide comme seule échappatoire ? Il eut un petit rire amer, et laissa la dépression envahir son âme. Advienne que pourra.

— Et vous pensez que votre Allah a besoin de vous ?! fit-il méprisant.

Haraflika ne devait pas répondre à cette provocation puérile. Mais Wilson méritait une récompense pour le travail fourni. Oui. On ne pouvait s'en séparer sans lui donner au moins une chance de comprendre. Il avait juré fidélité à la Cause, et juré de ne jamais la trahir sous peine de mort immédiate, mais cet homme méritait qu'il prît ce risque.

— Non, répondit-il en sentant un frisson lui parcourir le bas du dos.

Je suis encore en vie ! souffla l'imam intérieurement une seconde après. Peut-être n'avait-il pas été assez clair. Mais peut-être que Wilson comprendrait tout de même avant de mourir.

— Le cynisme ! Ah oui ! J'aurais dû m'en douter, adieu.

Vous ne pensez pas si bien dire, pensa Haraflika.

— Une navette viendra vous chercher demain matin. Croyez bien que j'ai été ravi de votre visite.

Wilson retourna dans sa chambre, se débarrassa de ses vêtements et s'engouffra dans son lit. Épuisé, il s'endormit comme une masse.

Son mémo le réveilla quelques heures plus tard. Il ouvrit les yeux et alluma la lumière.

Si seulement tout cela n'avait pu être qu'un cauchemar. Résigné à son sort, il était vidé de toute colère. Seule une profonde amertume emplissait ses pensées.

— Bonjour frère Wilson, fit le cardinal Petersen.

— Bonjour votre Éminence, répondit-il.

Un reste de colère se ranima alors.

— Haraflika nous a fait savoir que vous aviez pleinement réalisé la fonction pour laquelle nous vous avions envoyé auprès de lui. Nous savions que nous pouvions compter sur vous.

Félicitations hypocrites. Vous m'avez trahi, pensa-t-il.

— Merci, fit-il avant d'ajouter : Pourquoi avoir voulu aider ses infidèles ?

Petersen ne se départit pas de son sourire radieux.

— Nous sommes alliés, ne l'oubliez pas, frère Wilson. Nous aurons tout le temps de poursuivre cette conversation quand vous serez de retour parmi nous. Je vous attends.

— Amen, fit Wilson avant de raccrocher.

Pourquoi Petersen m'a-t-il appelé ? Craint-il que je décide de rester à la Mosquée ?! Que je change de camp ?! se demanda-t-il.

Il enfila ses sous-vêtements et sa robe. Il aimait sa tenue. Même s'il savait qu'aux yeux de Dieu peu importaient les symboles, Wilson se plaisait à revêtir son uniforme de messager divin. Il était fier d'afficher sa croyance aux yeux de tous. Qu'importait sa disgrâce, il servirait toujours le Seigneur.

Nadia vint le chercher peu après. Ils prirent un petit-déjeuner succinct dans un des réfectoires du bâtiment. La conversation fut d'une platitude tacite. L'un comme l'autre savaient que quelque chose s'était mal passé.

Mais quoi ? se demanda-t-il.

La navette arriva en fin de matinée. Après avoir adressé les remerciements d'usage à ses hôtes, il entra dans l'appareil et eut la sinistre impression qu'on le convoyait à son propre enterrement.

— Frère Wilson, je suis ravi de vous revoir, fit frère Jules.

Il sortit du sas de pressurisation et serra la main de son collègue et ami.

— Moi de même, frère Jules.

Cela lui fit plaisir de retrouver la chaleur de son entourage. Il se laissa alors aller à un petit rire. Peut-être avait-il imaginé, sans raison, tout un complot. Seule sa séparation avec la maison de Dieu lui avait donné des idées si incongrues.

Se pouvait-il que le diable emplisse la Mosquée ? ironisa-t-il en lui-même.

— Nous ne pensions pas vous revoir si...

Frère Jules eut soudain un hoquet de surprise. Dans l'instant qui suivit, Wilson vit un flot de sang s'écouler de la gorge du jeune frère. Il détourna le regard et aperçut une femme dans l'encadrement de la porte.

— Nadia ?! fit-il interloqué en la reconnaissant.

La femme se rapprocha. Elle tenait dans sa main une seconde lame.

— Il m'en coûte de devoir vous éliminer, fit-elle en armant son bras.

Wilson était dans un état second. Au lieu d'avoir peur, il sentait monter en lui une froide et implacable détermination. La mort allait frapper.

Nadia lança sa lame, et alors qu'elle aurait dû perforer la trachée de Wilson, elle lui effleura seulement le cuir chevelu. D'un mouvement d'une célérité stupéfiante, le frère s'était jeté au sol.

Comment ai-je fait cela ? s'étonna-t-il abasourdi.

Jamais il ne s'était entraîné à quelque combat que ce fût.

Il n'eut pas le temps de s'interroger davantage. Nadia lui sautait dessus et l'agrippait par sa robe. Un corps à corps acharné commença. Les mains de la musulmane tentaient de lui enserrer le cou tandis qu'avec ses jambes elle essayait de lui briser les côtes. Wilson laissa ses réactions instinctives contrôler ses mouvements, et sans chercher à comprendre ce qu'il faisait, s'étonna de l'agilité avec laquelle il esquivait les coups les plus durs.

Il faut gagner du temps, pensa-t-il espérant qu'une caméra de surveillance indiquerait au pilote de la navette l'échauffourée qui avait lieu en son sein.

De la défense, il passa à l'attaque. Il donnait autant qu'il recevait et bientôt d'une prise qu'il ne se rappelait pas qu'un jour on lui eût enseignée ou qu'il l'eût seulement vue, il retourna Nadia sur le ventre et lui bloqua les deux bras dans le dos. Elle gesticulait comme une possédée, mais rien n'y faisait : Wilson ne la lâchait pas.

— Cessez donc de vous débattre, ne voyez-vous pas que je peux vous tuer ? fit-il ne sachant lui-même s'il bluffait ou non.

Nadia continua à lutter un moment, puis cessa brusquement tout mouvement.

Il voulut la relâcher, mais ses mains refusèrent d'obéir à son esprit.

Que m'arrive-t-il ? Suis-je possédé ? pensa-t-il effrayé par ce qu'il faisait.

— Lâchez-moi, je ne vous ferais pas de mal, parvint-elle à articuler enfin.

Le doute s'insinua dans son esprit. Pouvait-il lui faire confiance ? Était-ce pour cela que son corps avait refusé de lui obéir. Sentant le danger, ses mains avaient-elles agi d'elles-mêmes. Peut-être fallait-il écouter son corps. Peut-être était-ce là un message divin ?

— Non, pas tant que vous ne m'aurez pas tout expliqué, répondit-il.

— Je n'ai rien à vous dire. Je préfère mourir que trahir ma parole.

Wilson préférait quant à lui cela plutôt que le mutisme. Il croyait à la supériorité du pouvoir des mots sur la force physique.

— Mais vous m'avez trahi. Vous m'aviez dit que vous feriez ce que je vous dirais. Avez-vous la mémoire courte ?

D'un brusque mouvement Nadia tenta une dernière fois de se libérer. Mais la prise de Wilson fut plus forte.

— N'avez-vous donc aucun honneur ? N'est-ce pas vous qui regrettiez les méthodes pas toujours conformes avec nos religions ? Le Coran permet-il de tuer les innocents ?

Un silence s'installa. Mais que faisait donc ce satané pilote ?

— Tuez-moi, si vous le désirez, je n'ai rien à vous dire, répondit-elle d'une voix dénuée de tout reproche.

— Ne demandez pas à un homme pieux de se rabaisser à l'état d'animal. Vous me connaissez fort mal, Nadia.

Elle soupira.

— Vous ne vous en sortirez pas frère Wilson. Vous êtes condamné, les miens comme les vôtres se sont rendu compte que vous étiez un problème. On ne peut vous laisser vivre. Vous n'êtes pas...

— Frère Wilson lâchez cette femme ! ordonna une voix.

Il leva les yeux et aperçut le pilote qui braquait une arme sur lui.

— Quoi ? fit-il, ne comprenant que trop bien.

— Laissez-la, ordonna-t-il à nouveau.

Plus par réflexe que par souci de s'assurer qu'il avait bien tout compris, il répondit :

— Mais cette femme va me tuer. Je vais mourir !

L'homme sourit et haussa les épaules.

— C'est notre lot à tous, fit-il avant de tirer.

CHAPITRE 13

Reinivik

— Qu'est-ce que c'est que cette merde ?

La fumée emplissait la salle, il ne fallait pas rester là.

— Sortez tous. Montez la garde devant les bâtiments. Cernez-moi ce putain de trou à rats et que ça saute.

Un jeune sergent arriva à sa hauteur.

— Général, un message du central.

Clint prit la feuille entre ses doigts, la lut et la froissa rageusement du poing.

— Les abrutis ! Ils se foutent vraiment de notre gueule ! (Il se retourna vers ses hommes.) Allez, c'est fini.

Une importante déflagration emporta l'un des immeubles qui se trouvaient de l'autre côté de la place. Des blocs de l'édifice s'écroulèrent sur les troupes du général faisant de nombreux blessés.

— Et merde ! Envoyez trois unités d'infirmerie, rugit-il aux hommes qui se trouvaient à ses côtés.

Une simple routine, lui avait-on dit. Un bourbier, oui ! Cela faisait trois semaines qu'il traquait les rebelles dans ces terres gelées du nord du continent Nestic. L'hiver y était rude et la neige avait considérablement gêné leurs manœuvres. L'opération consistait à assainir la région des « Combattant pour la Liberté », un groupuscule d'indépendantistes qui s'était fait connaître par de nombreux attentats en plein cœur de la capitale de l'empire Gestoi.

Colonie fondée plus de six cents ans auparavant, Reinivik faisait partie des planètes limites, et vivait en parfaite ignorance des lois qui régissaient la Fédération. De type soviétique à sa création, le régime au pouvoir était vite devenu impérialiste et avait privé sa population des droits les plus élémentaires de liberté. La torture y était courante, la liberté de la presse inexistante, et la répression des opposants systématique.

Le général Clint détestait ce type de mission. Autant il prenait à cœur de défendre la Fédération, autant il répugnait à risquer la vie de ses troupes pour maintenir au pouvoir des ordures qui méritaient la potence. Mais les ordres étaient les ordres.

— Mon général, les unités de soutien ne seront pas là avant plus de six heures. Une tempête sur Brenasse interdit toute possibilité de décollage de nos V.A., fit le lieutenant Grimaldi.

Clint sortit un gros cigare d'une des poches de sa parka et l'alluma avec une fausse nonchalance.

— Très bien, rassemblez tous les hommes, nous partons.

Grimaldi lui jeta un regard stupéfait. Cela faisait plus de dix ans qu'il était sous ses ordres, passant du grade de simple soldat à celui d'officier et jamais il n'avait vu son supérieur renoncer à une tâche.

— Mais nous les tenons presque ! fit-il en osant critiquer un ordre.

— Ne me contestez plus jamais lieutenant, répondit-il en lui soufflant la fumée de son cigare au visage.

Ce n'était pas parce qu'ils avaient noué des liens d'amitié en dehors des phases de combat, qu'il pouvait laisser passer tout manquement aux règles de l'armée. Le chef a toujours raison. En l'occurrence, le chef était le général Fousteau, commandant de toutes les unités spéciales.

— Bien mon général, fit Grimaldi en défiant du regard son supérieur.

Il repartit auprès des troupes et utilisant son mémo demanda un repli général.

Avançant à grandes foulées dans cette neige souillée de boue et de sang, Clint repensa au message qu'on venait de lui délivrer : Quitter la planète immédiatement.

Qu'est-ce que cela voulait dire ? Une centaine de ses hommes avaient péri, sans compter ceux de cette journée. Tout ça pour rien ?

Il cracha par terre et émit un profond soupir. Il faudrait qu'un jour, il se décide à partir pour le QG. Dans des moments comme celui-ci, il n'avait qu'une envie : donner sa démission ou plutôt envoyer en cour martiale les généraux qui jouaient avec le destin de pauvres bougres.

Il avait toujours refusé toute nouvelle promotion qui, si elle lui avait donné un pouvoir décisionnaire, l'aurait retiré de la base et des conflits. Il aimait l'action, il aimait le combat, il aimait se battre, et savait qu'il dépérirait s'il devait passer son temps à parlementer, à discuter, à manigancer au sein du conseil de sécurité limitrophe, qui s'occupait de toutes les affaires entre la Fédération et les cent cinquante planètes limites.

Pourtant on ne pouvait laisser des hommes mourir pour rien.

Il pénétra dans une Blatte, Véhicule-Terre de type 12, et s'enferma dans l'espace arrière. Il se mit aussitôt en liaison avec sa hiérarchie.

— Vous avez fait du bon travail, général, fit le général Fousteau. Votre mission est un réel succès.

Clint se gratta le front, signe de sa perplexité.

— Toutes les informations que nous avaient fournies les représentants de l'empire Gestois étaient erronées. La rébellion est beaucoup plus importante et organisée. Leur arme plus moderne et plus destructive. On s'est fait avoir sur toute la ligne, général.

S'il se permettait de parler ainsi à son supérieur, c'était parce que ce dernier avait été cinq ans sous ses ordres avant de réussir à atteindre le Saint des Saints. Clint ne l'avait jamais apprécié, ni détesté non plus d'ailleurs.

Un politicien avant d'être un militaire. Un homme intelligent ! ironisait-il souvent.

— Ne noircissez pas le tableau. Nous avons beaucoup appris. Sachez que, grâce à notre intervention, le groupe SRS (Service des Renseignements Spéciaux), a noué des contacts avec la rébellion et en a conclu que nous ne risquions rien à leur laisser prendre le pouvoir et s'ils y accèdent, même s'ils ne sont pas prêts à réintégrer la Fédération, ils ont accepté le principe de ne pas modifier les accords qui nouent nos deux parties.

Toujours la même rengaine, peu importait vraiment le sort des habitants des planètes limites tant que les échanges commerciaux et frauduleux qui les liaient avec la Fédération n'étaient pas remis en cause.

— Et exit du régime en place, fit en conclusion Clint.

Non pas que ce fût une grande perte pour lui, mais il savait que les prétendus combattants pour la liberté auraient tôt fait de devenir aussi crapuleux que ceux qu'ils critiquaient. Le pouvoir rend fou tous les hommes.

Il se retira du câble, et ressortit de l'habitacle du véhicule. Un vent glacial lui arracha quelques larmes. Il remit ses lunettes avant de rallumer son cigare.

— Lieutenant, où en est le repli ? fit-il à l'adresse d'un des hommes qui lui servaient d'escorte.

— Nous finissons de rapatrier les blessés dans des VT05 (Véhicule-Terre type 5), et nous quittons les lieux.

Satisfait, Clint hocha la tête. Sur le terrain, il n'y avait pas meilleurs soldats que ceux de son unité. Des hommes et des femmes au caractère d'acier trempé que rien n'effrayait et qui étaient prêts à donner leur vie pour sauver celle d'un camarade. C'était ça son armée. C'était ça qu'il aimait.

— Très bien, je vous confie la responsabilité des hommes. Vous me retrouverez ce soir sur la base de Brenasse.

— À vos ordres, mon général.

En dépit du mauvais temps, il pénétra dans un VA07 (Véhicule-Air, type 7), et demanda au pilote de démarrer les manœuvres de décollage. L'homme ne pensa pas un instant à contredire son général, et enclencha le rotor de l'appareil dont les pales se mirent aussitôt à tourner en projetant des kilos de neige sur les alentours. Le VA ne tarda pas à décoller et bientôt Clint eut une vue privilégiée du théâtre des opérations. C'était fini. Tout un quartier de Gernik était en proie aux flammes, tandis que l'autre était à moitié couvert par l'épaisse fumée qui surplombait la ville. L'appareil survola bientôt les faubourgs, et quitta les dernières zones résidentielles. Une longue plaine blanche s'étalait devant eux.

Comment des êtres humains sont-ils volontairement venus vivre ici ? se demanda-t-il.

Une température qui ne dépassait le zéro degré que trois mois par an. Des conditions de vie exécrables. Une nourriture à peine comestible. Un enfer enneigé. Il se frotta le front et porta son regard sur les mines de diamants qui se trouvaient à l'ouest de la ville.

Malgré sa capacité à voyager entre les étoiles, l'homme n'a pas changé et est toujours la bête avide de richesse et de pouvoir, pensa-t-il.

Le vol fut particulièrement chaotique. Ce ne fut que la dextérité du pilote qui permit à l'appareil de se poser en fin de soirée sur l'aéroport de Brenasse qui jouxtait le spatioport, où résidait son croiseur *Le Chat Botté*. Vaisseau de plus de mille tonnes, qui pouvait contenir jusqu'à près de mille hommes en ses entrailles.

— Capitaine, venez avec moi, fit-il à un de ses meilleurs soldats quand ils sortirent du VA.

— Oui, mon général, répondit ce dernier.

Tout comme Clint, le capitaine Boxoen avait toujours refusé les promotions qu'on lui offrait, pour pouvoir rester auprès du groupe « Renard ». C'était sa famille. C'était sa vie. Âgé d'à peine trente ans, il ne s'imaginait pas ailleurs que sur le champ de bataille. Peu importaient les risques, l'essentiel étant d'être sur le terrain.

Ils prirent chacun une moto, et se dirigèrent aussitôt dans le centre-ville de Brenasse, la capitale du continent. Le message de Fousteau comportait un second commandement. Clint aurait pu dépêcher n'importe lequel de ses lieutenants, mais il avait préféré régler le problème tout seul. Il craignait qu'une bavure ne survienne.

Laissant des traînées de boue derrière eux, ils filaient le long de l'autoroute sans se soucier des limitations de vitesse. La nuit était tombée, et leurs phares n'éclairaient que sommairement la voie devant eux, tant la neige tombait drue.

Au bout d'une demi-heure de route, ils arrivèrent près du palais impérial où résidait l'empereur et ses ministres les plus importants. Un titre pompeux pour un personnage répugnant et abject. Ils laissèrent leur moto près de la guérite de l'entrée.

— Nous venons voir l'empereur, déclara laconiquement Clint en tendant un badge.

Un soldat en faction le prit sans dire un mot et fit les vérifications nécessaires.

— Vous pouvez entrer, fit-il. Nous vous escortons.

Clint réprima un soupir de soulagement. Il n'avait aucune envie de forcer le passage. L'empereur avait peut-être gardé un peu de bon sens.

Ils longèrent les jardins enneigés et s'arrêtèrent devant l'entrée principale du palais. Une porte richement décorée de diamants s'offrit à leur regard. Nullement impressionnés, les deux hommes attendirent qu'on la leur ouvre. Un des soldats qui les accompagnaient s'en chargea. On les fit pénétrer dans un vestibule.

— Veuillez nous laisser vos armes, déclara un homme qui descendait d'un immense escalier majestueux.

Le ministre des Armées, le général Prius, identifia Clint. Ce dernier sortit ses deux pistolets HK, qu'il tendit aux soldats. Puis, tout comme le capitaine Boxoen, il se débarrassa de deux couteaux accrochés aux jambières, ainsi que d'une bombe à fragmentation, et d'une bobine de Nylon. Il se plut à lire l'étonnement et la peur dans les yeux des hommes qui les entouraient.

Et ce n'est pas tout ! Nous gardons sur nous encore autant d'armes aussi dangereuses, pensa-t-il moqueur.

— Suivez-moi, je vais vous conduire auprès de sa majesté, fit le ministre Prius.

Les deux hommes obtempérèrent. Là où d'autres auraient douté du succès de leur mission, Clint était sûr de lui. Méprisant toute modestie, il connaissait sa force et savait que seule la détermination faisait la différence dans un combat. La meilleure arme est votre mental, lui avait-on enseigné à l'école militaire des années auparavant. Des siècles...

Ils pénétrèrent dans un bureau décoré avec un luxe aussi éhonté que tout le reste du palais. Le marbre recouvrait le sol. Des tapisseries confectionnées par les meilleurs tisserands de la planète étaient exposées sur les murs. Un lustre serti de rubis et d'opales illuminait la pièce.

— Bienvenue général, que me vaut l'honneur de votre visite ?

Clint sortit un objet circulaire d'une de ses poches. Le général Prius le braqua aussitôt.

— Ce n'est qu'un brouilleur, ne vous inquiétez pas. Pouvons-nous parler seul à seul, fit-il en regardant son altesse Maximilien III.

L'homme ne put réprimer un frisson de peur. Il savait qu'il n'était pas courageux, et qu'il ne devait sa position qu'à sa naissance. Il tenait son pouvoir de son statut, et seule son intelligence lui avait permis de le garder. Mais face aux hommes de la Fédération que pouvait-il faire ?

— Laissez-nous général, et que personne ne nous dérange, lâcha-t-il d'un ton parfaitement contrôlé.

Vous êtes transparent, se dit Clint qui en venait presque à le plaindre.

Une fois seuls, il entama sa sentence.

— Altesse, en vertu des accords signés lors de la réunion de Juin, la Fédération s'est toujours abstenue d'intervenir dans les affaires de Reinivik. En contrepartie, vous deviez nous fournir une tonne de diamants par an. Et cela, quelle que soit votre situation. Cela fait déjà vingt ans que vous n'atteignez pas ce quota. Nous vous avons proposé notre assistance pour son extraction, vous l'avez refusée mais avez sollicité une aide militaire. Nous avons accepté, sous condition que vous nous révéliez l'ampleur de la résistance qui laminait votre État. Malheureusement, vous nous avez fourni des informations erronées et incomplètes. Aussi, en conséquence, nous vous condamnons (Clint fit une pause, et se délecta de la terreur qui transpirait de tous les pores de l'empereur) à l'exil, vous, tous vos ministres et conseillers. Il n'y a pas d'appel possible, soyez au spatioport demain à l'aube ou vous mourrez !

Quelle diatribe, s'enthousiasma le capitaine Boxoen qui marqua d'un sourire carnassier son assentiment à son supérieur. Quoiqu'il aurait bien troué la peau de cet empereur ! Il avait perdu de nombreux camarades dans cette guerre sans nom, qu'aucun historien officiel ne relaterait jamais.

L'empereur garda un semblant de dignité, et ne tenta pas de plaider sa cause. Il déglutit avec difficulté.

— Très bien, je ferai en sorte de ne pas vous décevoir.

Misérable ! Comment cet homme qui se prenait pour le maître d'un monde pouvait-il se rabaisser devant un simple général ! soupira en lui-même Clint.

S'attendant à un acte désespéré, ils quittèrent les lieux, attentifs, mais personne n'osa finalement les agresser. Ils ressortirent du palais, et enfourchèrent leur moto en direction du spatioport.

La mission était terminée.

CHAPITRE 14

Bavière

— ... ont pris le pouvoir tôt dans la matinée. En direct de Reinivik notre envoyé spécial Tin Suan.

— Ici à Brenasse en plein centre de la capitale impériale, la population est en liesse. Une marée humaine à envahi la place « Youri le Brave », et cela malgré le froid intense qui sévit dans ces régions. Un miracle, me disait un habitant... Guntray éteignit le poste de sa Borghini, et se gara.

La veille, son père l'avait mis dans la confidence. Lui expliquant les tenants et les aboutissants de cette révolution. C'était la première fois que la Fédération n'aidait pas jusqu'au bout le pouvoir en place. De nombreux émissaires des quatorze autres planètes limites s'étaient aussitôt indignés auprès des responsables concernés. Mais le président Chandra, laissant le soin à son ministre de l'Extérieur Zuong Muoi de s'occuper de cette affaire, avait refusé tout commentaire. Muoi et ses conseillers les plus proches avaient tenté de calmer les esprits en expliquant que Reinivick n'avait pas suivi les accords de Juin qui liaient au cas par cas chacune des planètes limites à la Fédération.

Guntray n'avait pu s'empêcher d'afficher un sourire d'admiration quand son père lui avait expliqué ce tour de force. William Marshall espérait que cela servirait d'exemple aux autres dictateurs, et en particulier à ceux de Louxor.

« La Fédération est au seuil d'un nouvel essor », s'était-il enthousiasmé devant son fils.

Père, vous ne le saurez jamais, mais sachez que je vous respecte malgré tout, pensa-t-il alors en se gardant bien de prononcer cette phrase.

Il s'était levé aux aurores et après avoir passé la matinée avec sa mère, il avait décidé de partir pour Hambourg. Il aimait cette ville, plus que toute autre. Tant de souvenirs le liaient à ces différents lieux de vagabondages juvéniles. Chaque quartier, chaque rue ou impasse, le touchait au cœur. Il aimait le sentiment de bien-être qui le prenait chaque fois qu'il revenait dans la capitale de la Fédération.

Il sortit de la voiture, et marcha le long des rues pour atteindre le Café des Arts. Une taverne rustique, tenue par un homme fier de ses origines irlandaises.

— Qu'est-ce que l'Irlande ? lui avait demandé un jour le jeune Guntray avant de se faire jeter *manu militari* de l'établissement. Depuis, il avait appris l'histoire et avait pu apprécier l'homme. Un homme qui paradoxalement n'avait aucun des traits de caractère des Irlandais de souche. La peau noire comme de l'ébène, les lèvres charnues, il se distinguait en tout de ce que les holos lui avaient montré de l'Irlande de l'ère pré-spatiale.

Guntray n'avait jamais osé lui demander pourquoi il s'en revendiquait alors, et avait préféré penser que cet homme avait compris qu'une culture n'appartenait qu'à ceux qui s'y intéressaient et cela quelles que fussent leurs véritables origines.

— Salut Peter, fit-il en entrant dans le pub. Heureux de te revoir.

Le tavernier sortit de derrière son comptoir pour venir le prendre dans ses bras.

— Ça fait une paye qu'on t'a pas vu traîner par ici. Des ennuis ?

— Non des affaires, répondit-il en souriant. Je prendrai une pinte de Guiness.

Son verre servi, il alla s'asseoir au fond du pub, et réfléchit à la mission que lui avait proposée son père. Guntray avait bien compris le message. Derrière des explications de pure forme qui voulaient flatter son ego, se cachait une autre raison : le besoin de voir son fils racheter la « Faute » qu'il avait commise des années auparavant. En temps normal, jamais il n'aurait accepté d'entrer dans ce jeu stupide, typique d'un esprit obtus et autoritaire, mais une fois que son père lui eût donné l'objectif de sa mission, il sut qu'il ne pourrait se rétracter.

Il alluma une cigarette et prit conscience qu'une nouvelle fois il risquait de ne pas revenir. Alors qu'il avait tout pour être le plus heureux des hommes, il allait mettre sa vie en danger pour connaître les frissons de l'aventure.

Pourquoi ne puis-je me satisfaire de plaisirs plus communs ? Tu cherches quoi ? se demanda-t-il. À mourir ?

Il finit sa bière et l'esprit maussade, ressortit du pub après avoir payé sa note.

Le ciel de Hambourg était d'un bleu vivifiant. Un léger vent chaud et sec circulait dans les rues. Debout sur le trottoir, Guntray alluma de nouveau une cigarette et ferma les yeux.

— En avant pour l'aventure, ironisa-t-il avant de repartir.

— Êtes-vous certain d'avoir fait le bon choix ? fit Manuel Guillermo.

Assis dans un des bureaux du dernier étage du siège du parti Radical, Marshall venait d'annoncer à son président qu'il avait envoyé son fils tenter d'éviter les changements de pouvoir qui s'annonçaient, à quelques centaines d'années-lumière de là.

— J'ai une totale confiance en lui. Si quelqu'un peut réussir à sauver la situation, il ne peut s'agir que de lui, fit Marshall sans se démonter.

— Sûrement, mais êtes-vous sûr que nous avons intérêt à intervenir ? Si jamais quelqu'un l'apprenait, notre parti pourrait en pâtir, continua Guillermo en fixant droit dans les yeux son interlocuteur.

Marshall se raidit dans son fauteuil de cuir. C'était lui qui avait proposé l'idée de ne pas laisser faire les choses. Les pouvoirs industriels devaient être éclatés. Cela faisait trop longtemps qu'on avait laissé certains groupes phagocyter leurs concurrents par des moyens de plus en plus douteux, voire franchement illégaux. Mais il manquait toujours des preuves.

— Notre devenir est en jeu. On ne peut laisser le pouvoir économique prendre le dessus sur le pouvoir politique. Tous les rapports que j'ai fait demander indiquent la même chose : les industriels sont sur le point de ne plus obéir à nos lois. Souvenez-vous de l'incident Furnese, s'expliqua Marshall en gardant son calme.

Vingt années auparavant, Phoumi Wee, le premier fabriquant d'armes de la Fédération avait tenté un coup d'État sur Furnese, une des planètes limites, en espérant bien conquérir le pouvoir avant que la Fédération n'intervienne. Malheureusement pour lui, dix unités d'élite de la Fédération étaient en mission secrète sur la planète à ce même moment. La flotte secrète de cet homme avait été réduite à néant, et son empire industriel démantelé et redistribué de façon stratégique. On était passé à la limite d'une des plus graves crises de la Fédération.

— Certes, mais nous avons réagi avec fermeté et intransigeance. Étant donné ce qu'il est advenu à la famille Wee, je ne pas suis certain que les grandes lignées s'essayent de sitôt à braver notre autorité.

Fadaises ! Ne connaît-il pas la nature humaine. L'infortune des autres ne nous touche jamais. Seule notre propre expérience est à même de modifier nos ambitions, se dit Marshall.

Cependant il garda ses commentaires pour lui. Guillermo était son président et avait plus de soutiens que lui dans le comité directoire des Radicaux.

— Je suis en tout point d'accord avec votre analyse. Cela dit, rien n'interdit de penser que d'ici quelques années, ils ne tenteront pas à nouveau de se détacher de notre tutelle.

Guillermo maugréa dans sa barbe, et se penchant en avant, posa ses deux avant-bras sur son bureau d'acier.

— Très bien, William. Vous m'avez convaincu. Il reste toutefois une petite formalité à remplir.

Il se tut un instant, prit un air grave et continua :

— En cas d'échec, vous devrez vous assurer que votre fils ne parlera pas.

Marshall blêmit. Il était encore temps de revenir en arrière. Il n'avait jamais envisagé cette possibilité. Au pire, il pensait que son fils serait arrêté et servirait d'otage pour des tractations peu glorieuses. Mais il ne souhaitait aucunement être celui qui donnerait l'ordre de l'éliminer.

— Il en sera fait ainsi, conclut-il en se jurant de ne pas satisfaire cette demande.

Leur conversation passa ensuite à des sujets moins délicats : les affaires courantes du parti. Puis après deux heures de discussion, Marshall s'en retourna au ministère de l'Extérieur pour régler les dossiers en instance. Et si personne ne remarqua quoi que ce soit d'étrange dans son attitude, au fond de lui, Marshall était en proie à une grande confusion. Devait-il missionner son fils ? Était-ce digne d'un père ?

Ces sombres pensées ne le quittèrent pas de la journée, et quand il rentra chez lui, il dut prétexter la fatigue pour cacher à son épouse le tourment de son âme.

INTERMÈDE

Terre

L'homme se tenait debout, au milieu de la nef, sous les arcs élancés de la voûte de la cathédrale d'Amiens. Le regard perdu sur les vitraux qui filtraient la lumière en myriade de rayons multicolores, il jouissait du plaisir de sentir toutes les fibres de son corps. Vêtu d'un costume de velours mauve et argent, il portait sur ses épaules une cape noire qui lui donnait un air ténébreux en osmose avec l'endroit.

Combien d'années ai-je donc perdu, se demanda-t-il excité.

Sa mémoire désormais rétablie, il était prêt à reprendre la partie.

Mais cette fois-ci, c'est moi qui aurai l'avantage, se dit-il un sourire carnassier enlaidissant son doux visage.

Il jeta un regard sur sa dernière victime, il n'y lut qu'hébétude et stupéfaction.

Pauvre mortel ! Et tu te croyais à l'abri dans la maison de Dieu ! se moqua-t-il intérieurement.

Allongé à même le sol, baignant dans son sang, l'évêque respirait encore. Dernier souffle pour un dernier soupir.

— Triste fin, mon ami.

Il avait tenu à lui faire don d'un peu de ses connaissances, et lui avait appris que Dieu n'existait pas. Sûrement l'avait-il pris pour un aliéné. Il leva son pied droit, et dans un élan de compassion lui broya le crâne d'un coup de botte appuyé.

— Je suis de retour Extanza, siffla-t-il entre ses dents. Et pour toujours, tu vas périr.

La traversée avait été longue et pénible. Même si le navire sur lequel il avait embarqué n'avait subi aucun des assauts de l'océan, Extanza avait été en proie au tangage de son âme. Cinq siècles de paix, de construction, d'édification. L'humanité était sauvée. Même si, éternellement, il resterait des souffrances, des malheurs et des injustices. Une grande partie de la population vivait dans une sérénité quelle n'avait jamais connue auparavant. La guerre était une notion abstraite pour les générations de la Fédération. Les épidémies, un vague souvenir. La famine, un mot appartenant au passé. Hormis quelques essaims de barbarie (il repensa aux planètes limites), l'humanité avait trouvé la voie de la raison.

Peut-être pouvait-il gagner après tout ?

Si seulement j'avais pu le tuer, se dit-il avec regret.

— Monsieur, il ne faut pas vous pencher comme ça, vous pourriez tomber, lui fit un homme d'équipage.

La terre était en vue : Lisbonne.

— Oui, excusez-moi, fit Extanza en retournant à l'intérieur du paquebot.

S'il avait choisi ce moyen de locomotion peu rapide, c'était parce qu'il craignait que Dominati ne soit déjà sur ses gardes.

— L'inattendu. Tu m'attends par la voie des airs, et par les mers je reviendrai.

Il pouvait sentir sa présence au fond de son être. Cette odeur de fiel et d'immondices.

— Pourquoi ? se demanda-t-il à haute voix en repensant au chemin qu'avait choisi son frère.

Il alla à la cantine retrouver les hommes qui avaient été ses camarades ce mois durant, et sortit une photo de Christina. Une larme coula de son œil gauche. Il savait qu'il ne la reverrait jamais plus. Quoi qu'il arrive, Ferando Iglesias était mort. Extanza était de retour. Il soupira tendrement et déchira la photo qu'il déposa dans le cendrier. Que la partie reprenne.

CHAPITRE 15

Atlan

— Tu as été formidable, s'écria Gascon, en prenant Luc à bras-le-corps.

Heureusement que j'ai encore mon armure, pensa ce dernier avec humour.

— La main de Dieu guide mon bras, fit-il en se détachant de son maître d'armes.

Il venait d'exécuter son deuxième tour de joute, et une nouvelle fois il avait remporté le duel. Pourtant, son adversaire n'était pas un novice. C'était le fils d'Alambert, un des héritiers du Comté de Fansac, un garçon d'à peine vingt ans que l'on disait doté d'une force indomptable. Était-ce la chance ou son adresse ? Quoi qu'il en soit, Luc s'en était tiré sans avoir senti la lance du cavalier toucher son poitrail.

— Vous êtes le digne fils de votre père, le congratula Humon dont l'enthousiasme était plus modéré.

Certes, il était ravi que son jeune protégé fût sorti victorieux de cette nouvelle épreuve. Mais d'un autre côté, il venait de se faire un ennemi de plus. Non qu'il n'ait jamais espéré pouvoir s'allier aux Fansac, mais il ne tenait pas particulièrement à les avoir contre lui en cas de conflit.

— Oui, je pense qu'il doit être fier de moi, répondit le jeune duc à des lieues des préoccupations de son précepteur.

— Certainement, tout autant que doit l'être madame votre mère, fit Gascon, en commençant à désassembler l'armure de Luc.

L'opération dura un quart d'heure, puis cela fait, ils quittèrent les écuries pour aller retrouver la duchesse qui les attendait dans une des salles attenantes à la tribune officielle.

— Une bien belle journée, pour une bien belle victoire, fit la duchesse de Vendée après avoir embrassé son fils sur la joue.

— Mère, si vous saviez comme je suis heureux, fit-il sans se soucier de qui pouvait l'entendre.

De nombreux personnages discutaient, se pavanaient, se goinfraient, tout autour d'eux. Un buffet alimenté en permanence était proposé aux gens de la noblesse, et ils ne s'en privaient pas.

— Il est bon qu'il en soit ainsi. Mais sachez garder de votre énergie pour demain. Il se pourrait que vous soyez moins enthousiaste dans la défaite, fit-elle.

Luc sentit le rouge lui monter au visage. Alors qu'il s'attendait à un florilège de louanges, tout ce que sa mère trouvait à lui dire, c'était de lui présager une déconvenue.

— À ce que j'ai ouï dire, le jeune Fansac n'était pas au meilleur de sa forme. Nul doute que tu n'as pas volé ta victoire, mais n'oublie jamais de faire la part entre la chance et le talent, rajouta Humon qui suivait les pas de la duchesse.

Luc comprit enfin les messages voilés. Le lieu n'était pas propice à la parade. Le déshonneur venait de s'abattre sur son adversaire, et il était de bon ton de montrer en public un minimum de modestie et de compassion. Tels étaient les jeux du pouvoir.

— J'en suis fortement convaincu, mais mon cœur bat si fort que je n'ai plus toute ma raison, répondit-il sans pouvoir effacer le sourire béat qui illuminait ses traits juvéniles.

— Ah ! la jeunesse ! le félicita Gascon qui n'avait rien saisi des subtilités du dialogue.

Ils se rapprochèrent des tables, et se restaurèrent jusqu'à satiété. Puis après avoir bavardé avec certains nobles, désireux de se faire connaître auprès de ce talentueux ou chanceux jeune duc, ils quittèrent le stade de joute et retournèrent dans leur maison du centreville. Luc alla directement dans la salle de bains, puis une fois lavé, il s'en retourna dans sa chambre pour un massage réparateur. Il s'endormit très vite, et fut réveillé en début de soirée par Humon.

— Le tirage a eu lieu. Demain sera une dure journée, fit-il.

Ils se tenaient dans la salle du troisième étage. Accompagnée de Gascon, sa mère était allée rendre visite à un lointain cousin qui les avait conviés à un repas pour fêter la victoire.

— Connais-tu le nom de mon futur adversaire ? demanda Luc qui savait qu'il ne restait désormais que des maîtres de la joute.

Assis sur un des fauteuils placés près de la fenêtre qui donnait sur la cour intérieure de leur résidence, Humon était en proie au doute.

— Oui, il s'agit du baron de Salvayre.

Luc ne put s'empêcher de sourire. Peut-être était-ce un signe divin ?

— Je n'aurais pu rêver meilleur adversaire. J'espère que je saurai lui faire ravaler l'affront qu'il m'a fait.

Les insultes qu'il lui avait servies la veille étaient toujours un souvenir cuisant à sa conscience.

Puisse ma main ne pas trembler, espéra-t-il.

— Vous ne pourrez pas le battre, lâcha alors Humon.

Il se détestait de devoir briser les espoirs de son duc, mais la politique voulait qu'il en soit ainsi.

— Merci ! s'étonna grandement Luc. Souhaiterais-tu ma défaite ou n'as-tu aucune confiance en mes talents ?

Qu'arrivait-il à Humon ? Avec Gascon, il était un des plus fervents partisans de son duché. Se pouvait-il qu'il fût un traître ? Il n'osait le croire.

Par réflexe, Luc se leva et se mit en position de combat. Humon sourit tendrement.

— C'est bien, je vois que mes leçons ne sont pas inutiles. Mais si vous devez toujours vous garder des êtres qui vous entourent, vous devez aussi savoir à qui donner votre confiance. La méfiance a détruit bien des royaumes.

Luc se détendit et se rassit.

— Ce n'était donc qu'une leçon de plus, fit-il pour mettre fin à cette pénible conversation.

— Non, demain vous perdrez, lâcha Humon froidement.

Insensé ! À quoi cela rimait-il ? Était-ce encore un de ces jeux étranges dont il savait son précepteur particulièrement friand ?

— Si je peux me permettre, attendons demain pour nous faire une idée sur la question, répondit Luc qui ne s'amusait plus.

Humon se leva et se posta devant la fenêtre. Il fixa les jardins intérieurs, puis continua l'échange.

— Vous perdrez, parce que je veux qu'il en soit ainsi.

Luc comprit enfin où voulait en venir Humon. Les jeux n'étaient pas justes, un simple concours pour jeunes nobles en mal d'ivresse, mais un moyen d'assurer ou de défaire des positions au sein de la hiérarchie de ce royaume.

— Je suis las et fatigué, je t'en prie, fais-moi part de tes analyses. Tu auras tout le temps pour me perfectionner dans l'art des subtilités du langage.

Humon se retourna et fit face à son interlocuteur. Il n'aimait pas ce trait de caractère. Ne comprenait-il pas qu'il en était fini de la facilité ? Il jeta sur lui un regard méprisant.

— Soit, très jeune duc, il sera fait selon votre bon plaisir, fit-il.

Comment ose-t-il m'appeler ainsi, se dit Luc qui baissa les yeux de honte.

Toutefois il se garda bien de réprimander son précepteur.

— Parle, fit-il simplement.

Humon prit une chaise et vint s'asseoir tout près de lui.

— Si vous avez de la rancœur envers le baron, vous pouvez comprendre aussi que ce dernier n'en a pas moins envers vous. Et si par mégarde vous veniez à le désarçonner demain, vous ne pourriez qu'augmenter sa haine, et vous vous feriez dans l'instant un ennemi acharné. Dans la hiérarchie des puissants, notre Duché est bien loin derrière le sien. Et je ne vous parle pas des alliances qu'il serait à même d'acquérir. Nous ne pouvons pas nous permettre une victoire, mon très jeune duc.

Humon ne parlait pas sans amertume. Mais il fallait savoir faire preuve de bon sens et mettre son honneur de côté, si l'on tenait à rester parmi les grands de ce monde.

Luc comprit toute la finesse de cette analyse, et s'en voulut d'avoir pu croire à la trahison d'Humon. Il fallait qu'il regagne son estime.

— Tu as une fois de plus raison. La vengeance est un plat qui se mange froid, et je saurai attendre mon heure, commença-t-il avant d'ajouter : Avec un peu de chance sa victoire lui fera oublier notre querelle, et peut-être se contentera-t-il de ma déchéance comme paiement de l'affront que j'ai pu lui faire.

Cher Luc, tu es quelqu'un de formidable. Pourquoi a-t-il fallu que tu hérites du pouvoir si tôt, se désola intérieurement Humon, attendri par l'intelligence de son élève.

— Oui, il nous faut l'espérer. Et demain quand vous tomberez, n'oubliez pas que vous avez passé avec succès deux tours. Qui aurait pu le croire ? C'est un véritable exploit. Vous êtes en train de vous faire un nom. Peu importe votre défaite, vous avez déjà gagné de nombreux amis.

— Qui sont-ils ?

Aucun officiel des grandes familles ne les avait félicités plus que la bienséance ne l'exigeait.

— Auriez-vous oublié l'invitation du prince Marc ? Vous n'êtes plus un anonyme. Mais soyez patient Luc, les familles vont attendre la fin du tournoi avant de commencer leur approche.

— Paroles ô combien délicates à mes oreilles. Si tu n'étais pas si droit, je pourrais croire que tu n'es qu'un de ces foutus conseillers avides de bonnes grâces !

Les deux hommes se mirent alors à rire et débouchèrent une bouteille de vin qui trônait sur la table. Ainsi en serait-il : la défaite serait joyeuse.

Ils dînèrent dans la grande salle du premier étage. Toutes leurs gens qui avaient fait le voyage jusqu'à la Cité des Mille Tours étaient attablées autour du duc et de Humon. Les Vendée avaient toujours tenu à privilégier la complicité avec leurs serviteurs plutôt que le mépris. Que ce soit les cuisiniers, les habilleuses, les femmes de ménage, les palefreniers, et autres domestiques de la cour de Vendée, chacun savait que nulle part ailleurs ils ne seraient aussi bien traités.

— Au Duc ! fit le maréchal-ferrant en levant son verre.

Toute l'assistance suivit son exemple et d'un trait avala le breuvage aigre-doux. La lumière des chandeliers éclairait de façon diffuse les convives. La barrière des classes semblait comme gommée. Le rire et la bonne humeur étaient de mise en ce deuxième soir, à la capitale. Luc se sentait enivré par l'ambiance chaleureuse que lui offraient ses sujets. Il aimait les siens, et pour rien au monde il ne les aurait quittés. Il se servit à boire plus que de raison, et tandis qu'une bonne moitié des convives était déjà partie se coucher, il décida de faire une promenade nocturne pour se rafraîchir les idées.

Il enfila un long manteau et sortit dans la rue. Un vent frais lui picota le visage. Les étoiles brillaient de leur plus bel éclat. Une nuit magnifique, se dit-il en descendant la rue des Coquelicots. Il était tard, et seuls quelques badauds insomniaques circulaient encore. Il arriva sur la place du Martyr, et s'assis sur un banc. De sa position, il pouvait apercevoir le château du prince Marc qui dépassait les toitures des bâtiments de la place.

Douce nuit qui nous câline, tendre clair de lune qui nous apaise, chantonna-t-il en lui-même en se souvenant de cette berceuse que lui fredonnait sa mère quand il n'était qu'un jeune enfant en mal de sommeil.

Il leva les yeux au ciel, et laissa dériver ses pensées vers des destinations peu familières.

Qui êtes-vous ? se demanda-t-il en pensant aux milliards d'êtres humains qui peuplaient la galaxie.

En homme érudit, il savait que le berceau de l'humanité n'était pas sa propre planète.

— La Terre, souffla-t-il avant de penser : un nom bien étrange.

À une époque, il aurait tout donné pour partir découvrir le reste de l'univers. Il s'imaginait déjà vagabondant dans des villes d'une beauté étincelante, discutant avec des autochtones non moins majestueux. Mais Humon lui avait tout appris des lois qui régissaient Atlan. Personne ne pouvait en partir, même pas les grands de ce monde. Il avait mis du temps à admettre cette impossibilité, puis la raison ayant rattrapé l'espérance, il avait oublié ses projets d'exil pour se conformer à ce qu'on attendait de lui.

Un bruit de pas le fit sursauter. Il chercha du regard l'impudent perturbateur et le trouva en la personne d'un homme à la carrure sinistre. À la lumière d'un réverbère, dont la mèche enflammée tremblotait malgré sa cage de verre, il put discerner les traits de l'inconnu : un des hommes du baron de Salvayre.

— Bonsoir, fit-il en se forçant à paraître aimable.

À présent à trois pas de lui, l'homme le remarqua enfin. Son visage s'illumina alors.

— Bonsoir. Il n'est pas très prudent pour un jeune paysan de sortir à pareille heure. On ne sait jamais sur qui l'on peut tomber, fit l'homme en se rapprochant encore.

Était-ce une menace ou simple plaisanterie de mauvais goût ? Luc décida de ne pas chercher l'affrontement. Il n'avait pas l'esprit à se battre.

— Sur une noble personne à n'en point douter, répondit-il.

Il fallait qu'il s'éloignât de ce personnage. Un mauvais pressentiment s'insinuait en lui.

— Oui, il est heureux que vous m'ayez rencontré, car, sachez, jeune homme, que votre vie est en danger.

Des menaces. C'était donc ça. L'homme voulait en découdre. Luc glissa lentement sa main sur sa hanche, là où se trouvait le couteau de son père. L'homme ne fut pas insensible à ce mouvement et se permit de ricaner.

— Vous n'avez rien à craindre de moi. Non, bien au contraire puisque le hasard a fait que je vous trouve sur mes pas, je me permets de vous mettre en garde. Demain le baron n'a aucunement l'intention de voir votre visage déconfit quand vous tomberez de votre destrier.

— Et pourquoi donc ? fit Luc qui s'apprêtait à se lever.

— Parce qu'il va vous trucider. Vous connaissez son adresse, sachez alors que peu importe l'épaisseur de votre cotte de mailles. Du bout de sa lance il vous transpercera le cou. Vous voilà prévenu, que la nuit vous porte conseil, finit l'homme avant de s'éloigner.

Luc n'aurait pas manqué de lui rire au nez, s'il n'avait été persuadé que l'homme disait vrai.

Il me guettait, se dit-il. Ils tentent de me faire peur.

Sa décision de se laisser vaincre devenait désormais caduc. Toutefois, l'idée de déclarer forfait était plus qu'humiliante, ce serait un déshonneur pour toute sa famille.

Que fallait-il faire ?

Il reprit le chemin qui conduisait à leur résidence, et une fois à l'intérieur, il retrouva Humon qui discutait avec sa mère dans le salon particulier du troisième étage. Un feu revigorant brûlait dans l'âtre qui emplissait un des coins de la pièce.

— Luc ! Où étais-tu passé ? Je me suis inquiétée, fit la duchesse en posant sur son fils un regard plein de reproches.

Il ne baissa pas les yeux.

— Je prenais l'air. Nous avons par trop fêté ma victoire, répondit-il en allant s'asseoir près du foyer flamboyant.

— Humon m'a expliqué ce que vous comptiez faire pour le duel de demain. Même si j'imagine ta déception, il faut comprendre que c'est une défaite pour le bien de notre famille.

— Je comprends, mère, je comprends. Mais je crains que nous ne devions changer nos plans, fit-il en se frottant les avant-bras.

La chaleur qui se dégageait lui réchauffait délicatement les membres, à défaut du cœur.

— Que s'est-il passé ? s'inquiéta aussitôt Humon.

Il connaissait Luc comme son propre fils. Il n'était pas dans son état normal.

— Et pourquoi donc ? demanda sa mère.

— Parce que le baron de Salvayre a décidé que notre combat serait un combat à mort. Un de ses sbires m'a accosté durant ma promenade, et m'a tout expliqué.

— Comment ? hurla Humon en coupant la politesse à la duchesse.

Il n'avait pu se contenir. Cela en était trop. Après la mort de son cher duc, on se permettait de menacer son jeune protégé. Personne n'avait le droit d'user d'une telle vindicte. Et quiconque oserait porter la main sur lui, comprendrait dès lors le véritable sens du mot souffrance. Humon avait toujours mis ses hautes capacités intellectuelles au service du bien, mais se savait capable des manigances les plus odieuses si l'on s'attaquait à ce qu'il avait de plus cher.

— Mon Dieu, fit la duchesse en écho.

Luc laissa son regard errer sur les bûches incandescentes, et fit un résumé de son entretien. Il se sentait serein. Loin de la colère qui brûlait dans le cœur de ses deux interlocuteurs.

Accompagné d'une dizaine de ses gens, l'homme aux habits flamboyants pénétra dans la cathédrale. Un groupe, non moins nombreux, d'ecclésiastiques vint à leur rencontre et les fit traverser toute la longueur de la nef centrale pour les faire ressortir par une porte située derrière l'autel, et les accompagner dans le bâtiment qui leur servait de résidence. Les flatteries allaient bon train. Les sourires s'affichaient avec une déconcertante légèreté. Ils pénétrèrent dans le bâtiment de pierre, et se retrouvèrent après une courte marche dans le salon du sieur Hippolyte de Montaigne, évêque de la Cité des Mille Tours.

— Monseigneur, je suis ravi de vous voir ici, fit ce dernier. Que me vaut l'honneur de votre présence ?

— Juste une visite de courtoisie, répondit le prince Marc. Je n'arrivais pas à trouver le sommeil et ai songé qu'une discussion avec votre Éminence me ferait le plus grand bien.

Le visage du prélat se figea dans un sourire mauvais.

— Comme cela est étrange, je pensais justement à vous hier au soir, avant de m'endormir, répondit-il en se délectant de sa réponse.

Autour d'eux l'ambiance se figea. Il était de notoriété publique que les deux frères se détestaient cordialement. Hippolyte était le fils cadet du roi Frédéric III et n'avait jamais apprécié la carrière ecclésiastique que son père lui avait octroyée. Marc était le deuxième fils du roi, et avait eu droit à devenir prince d'une des provinces de France. Même si ce royaume était certes moins important au niveau économique que celui de leur frère aîné, le prince Charles, il n'en était cependant pas moins prince.

— Il paraîtrait que notre population se détourne de ses obligations envers la sainte Église ? Et pardonnez-moi, je n'arrive pas à en déceler la raison. Je ne puis croire que les hommes et les femmes fuient la messe dominicale à cause de vos sermons, reprit le prince.

Des hoquets de stupéfaction s'élevèrent du groupe formé par les hommes d'église. Le prince allait trop loin.

— Peut-être ont-ils seulement honte d'y venir en sachant qu'ils ne pourront laisser une obole à cause des impôts trop importants qui les pressurent !

L'incident diplomatique allait survenir. Tous les spectateurs de cet échange verbal auraient bien voulu être loin de cette dispute. Il n'y avait rien de bon à gagner à être en présence d'une bataille de ce type. Seuls deux hommes s'amusaient de cet état de fait. Deux êtres dont les rêves d'enfance n'avaient jamais pu être brisés par un endoctrinement drastique et des brimades extrêmement sévères. Deux hommes qui voulaient changer la face de leur planète. Deux frères qu'aucune infamie ne saurait séparer. Le prince Marc et l'évêque de Montaigne.

Ils continuèrent leur joute verbale de manière aussi spirituelle et tranchante que leur première attaque l'avait auguré. Le rouge leur montait au visage, leurs mains se mirent à trembler. Un autre dialogue pouvait alors commencer. Là où le commun des mortels n'aurait vu que tics nerveux, les deux frères se mirent à échanger des messages dans la langue des signes qu'ils s'étaient inventée quand ils n'étaient encore que des enfants ignorants des agissements des adultes.

/ Le moment est venu, fit de Montaigne d'un mouvement de doigts et d'un clignement de l'œil.

/ Je suis prêt, j'attends depuis si longtemps ce moment, répondit Marc.

/ Un ange est arrivé et a délivré son pouvoir à notre Messie. Il faut impérativement que notre Serviteur sorte vainqueur du tournoi et l'emmène loin de cette province.

La lumière spectrale du salon donnait à la révélation toute son importance.

/ N'ayez crainte. Tout a été arrangé. Les plans ne peuvent être défaits.

/ Qu'il en soit fait ainsi, le félicita de Montaigne.

/ Amen, répliqua le prince en clôturant cette conversation silencieuse.

Oralement les insultes succédaient aux insultes.

— Il suffit de votre impotence. Votre discours est plus assommant que les paroles d'une courtisane, cracha Marc qui manifestait tous les signes d'une grande colère.

— Comment osez-vous parler ainsi ? N'avez-vous donc aucun respect pour la sainte Église ? !

La comédie avait assez duré. Plus le spectacle serait court, plus il serait crédible.

— Il suffit ! Vous ne m'avez que trop fatigué. Merci votre Éminence, fit le prince en se détournant de son frère.

La tension était à son comble. Les auditeurs de ce carnage verbal prièrent pour que l'évêque ne surenchérisse pas. Et leur souhait fut exaucé.

— De rien mon frère. Il est naturel d'aider son prochain, fit-il simplement d'un sourire ironique.

Le prince se retira avec sa cohorte de serviteurs, et jura dans sa barbe les pires insanités jusqu'à ce qu'il passe les portes de son château.

Père, votre fin est proche, se réjouit-il en allant directement dans sa chambre retrouver sa compagne.

CHAPITRE 16

Boxtown

Accoudée à la rambarde de sécurité, Roseta se pencha en avant et s'enthousiasma de la vision qui s'offrait à elle. Jaillissant de la roche qui soutenait dans un à-pic vertigineux le promontoire où se trouvait le chalet, une cascade au débit impressionnant bouillonnait et rebondissait dans une chute de plus d'un kilomètre. Un spectacle saisissant. Ces vacances étaient décidément une bénédiction. Il était près de midi, et cela faisait déjà plus de cinq heures qu'elle était levée.

La nuit portant conseil, une intuition matinale l'avait poussée à revoir toutes les clauses des actes qui avaient fait d'elle la nouvelle présidente de la Conception Corporation. À en croire Jalabert, elle pouvait quitter la tête de son empire sans mettre en péril son organisation. Impensable. À moins que...

Elle avait lu et relu, une à une, les centaines de clauses qui clôturaient chaque terme des actes notariés. Puis, alors qu'elle allait perdre espoir de se montrer à la hauteur des attentes du professeur, elle se souvint vaguement d'un propos d'un de ses conseillers juridiques, lors d'un briefing matinal, une semaine auparavant, concernant une nouvelle série de lois ayant pour objet les Maltâmes.

Elle s'était branché sur le réseau et avait demandé à étudier les dernières lois en matière de recherche de reliques extraterrestres. Même s'il le contestait, le gouvernement fédéral était un des émancipateurs principaux de la religion maltâme. De nombreuses aides et avoirs fiscaux étaient gracieusement offerts aux entrepreneurs soucieux d'aider la « recherche scientifique ». Jusqu'où allait leur soutien ?

Chance ! résonna dans sa tête quand elle trouva la solution à tous ses problèmes.

Elle retrouva le tout récent décret qui indiquait qu'en cas de participation physique de l'intéressé à la recherche, les rênes de l'entreprise pouvaient être confiées aux mains d'une personne choisie par le vacataire sans en passer par la commission supérieure du commerce qui régissait le milieu des affaires interstellaires.

Excitée par cette découverte, elle demanda à la réception de lui passer la suite du professeur. Elle tomba sur son majordome qui lui fixa un rendez-vous pour midi à la terrasse du restaurant du chalet. Là où elle se tenait à présent.

Elle regarda sa montre, et découvrit un nouveau défaut à Jalabert : le manque de ponctualité. Mais que fait-il ? se demanda-t-elle entre irritation et crainte.

— Magnifique, n'est-il pas ? fit une voix dans son dos.

Elle se retourna souriante et salua d'un hochement de tête le professeur.

— Somptueux. Notre planète est un véritable trésor, fit-elle.

Elle étudia l'homme et fut heureuse d'effacer de son esprit tous les stéréotypes du savant fou qu'elle avait tant de fois retrouvés dans ses lectures de jeunesse. Jalabert était charmant, et n'avait rien d'un maigrichon besogneux, aux lunettes à verres épais et à la peau blafarde par manque de soleil, toujours enfermé dans un bureau. Jalabert avait le physique d'un homme normal en somme.

— Pour la souris le grenier à blé est un royaume, cita-t-il en la provoquant.

Elle fit une moue dédaigneuse et se mit à rire. Rarement elle s'était sentie autant en confiance avec un homme. Il lui semblait qu'elle pourrait parler de tout sans que ce dernier voit en elle autre chose qu'une femme à mettre dans son lit, ou une riche héritière. Jalabert était un personnage atypique.

— Vous vous croyez très fin, mais sachez que je le suis plus encore, fit-elle d'un air énigmatique.

Jalabert ne donna aucun signe démontrant une quelconque réaction négative. Il gardait son sourire d'honnête homme.

— Je n'en ai jamais douté. Mais allons nous restaurer. Nous aurons tout le temps de tester votre intelligence plus tard.

Ils s'assirent à l'une des tables de la terrasse et ne se soucièrent guère des autres convives qui les regardaient ostensiblement. Roseta n'avait rien à cacher, et se moquait du qu'en dira-t-on.

— Où se trouve votre ami ? Le jeune Rembrandtt, fit Jalabert en prenant le menu que lui tendait un serveur.

Roseta se doutait qu'il en connaissait la réponse, mais elle ne tint pas à l'attaquer de front.

— Avec Madeleine Gombaldini. Une femme au destin pathétique.

— Oui, mariée avec un homme qu'elle n'aime pas. Pauvre fille, fit-il sans que sa voix ne laisse trace d'une quelconque émotion.

Décidément, ce brave professeur avait des fiches sur tout le monde. Jusqu'où allaient ses connaissances ?

— Entre la richesse et l'amour, elle a fait son choix.

Jalabert daigna enfin montrer un brin de compassion.

— Je comprends désormais pourquoi elle essaye de connaître le plus d'hommes possibles.

D'un geste impulsif, Roseta leva la main et la serra fortement afin de canaliser sa colère. Peut-être son amie était-elle volage, mais cela ne justifiait par ce genre de propos sarcastique.

Jalabert comprit qu'il avait commis un impair et s'expliqua aussitôt :

— Ne le prenez pas ainsi, mais peut-être serait-il bon que vous sachiez que mon rendez-vous suivant, après notre rencontre, était avec votre amie. Elle s'était dit intéressée par mes recherches et m'avait assuré que son mari était prêt à en financer une partie, fit-il en se servant un verre de vin millésimé en provenance directe de la Terre.

Roseta n'avait pas besoin qu'il lui raconte la suite. Madeleine avait dû tenter de le séduire et n'ayant pas réussi à obtenir ses faveurs s'en était allée, dépitée.

Elle regarda le professeur boire son verre, et oublia sa thèse d'une naïveté déconcertante. Cet homme était un homme.

— Vous avez couché avec elle pour son argent. Osez me dire que je me trompe, fit-elle ravie de retrouver son impertinence légendaire.

Jalabert ne semblait ni gêné, ni troublé par cette phrase. Il posa ses deux coudes sur la table et lui sourit.

— Vous maniez l'insulte avec trop d'impudence mademoiselle Ming. En aucun cas, je n'aurais songé à passer la nuit avec elle, si je n'avais pas été sous son charme. Je vous admire beaucoup, mais il faudrait qu'un jour vous régliez votre problème avec les hommes, lâcha-t-il en se redressant sur sa chaise.

Il la quitta des yeux pour porter son regard sur un faucon qui planait entre les cimes voisines.

Que devait-elle faire ? S'en aller ? Le sommer de s'excuser ou plutôt... Elle se mit à rire aux éclats. Tout ceci était ridicule. Elle était en plein mélodrame d'un mauvais feuilleton de série holovisée.

— Excusez-moi. Je ne sais pas ce qui m'a pris. Je n'ose penser à l'image que je vous donne de moi.

— Bien loin de celle à laquelle je m'attendais (il leva son verre). Mais j'adore les surprises.

Il se frotta le menton.

— Très bien, et si je vous proposais de reprendre à zéro cette conversation ? fit-il.

— Ainsi soit-il, fit-elle.

Ils trinquèrent et burent leur verre en se regardant dans les yeux. Roseta comprit à cet instant que sa vie allait prendre un nouveau tournant. Elle avait toujours méprisé les hommes aux attitudes misogynes, et toujours pris en pitié ceux qui se rabaissaient devant elle. Jamais un homme ne lui avait paru aussi proche des héros de roman que ce professeur éminemment sympathique. Elle en aurait presque pleuré de bonheur, si une partie d'elle-même n'avait cessé de lui crier de se méfier des gens qui inspirent la confiance. Tout était trop beau pour être vrai.

— Alors vous m'accompagnerez pour mon voyage ? demanda-t-il après qu'ils eurent échangé quelques banalités et commandé leur menu.

Elle haussa les épaules et fit semblant d'hésiter.

— Non, répondit-elle avec un sourire radieux.

Le front de Jalabert se plissa d'une ride de perplexité.

— Vous voulez dire oui ?

Roseta se sentit soudain redevenir elle-même. Cette réponse lui était apparue comme une nécessité vitale. Tout allait trop vite. Si elle avait su gérer de façon optimale l'empire familial, c'était avant tout parce qu'elle prenait le temps d'étudier chaque proposition avec le maximum d'attention. Même si elle était prête à abandonner toutes ses fonctions pour suivre cet homme, elle devait néanmoins savoir ce que cachait cette proposition. Comme libérées de son inconscient, des dizaines de questions lui venaient à l'esprit. Et en particulier celle-ci : pourquoi un homme tel que Jalabert s'embarrasserait-il d'une femme telle qu'elle ?

— Vous avez bien entendu, professeur. Je ne peux laisser la place à mon père, répondit-elle.

Décontenancé par le sérieux de la réponse, Jalabert répondit sans réfléchir.

— Pourtant vous savez bien que vous pourrez obliger le CSC à appuyer le retour de votre père au pouvoir.

Comment pouvez-vous le savoir si ce n'est que vous m'avez espionné ? se demanda-t-elle en perdant la confiance qu'elle avait en cet homme.

— Oui, et pour tout vous dire ce n'est pas de gaieté de cœur que je vais garder la présidence de la Conception Corporation. Mais je n'ai pas le choix.

Elle recula sur sa chaise, et un serveur leur présenta leur entrée.
— Bon appétit, fit-elle alors en quittant la table.
Elle se garda bien de se retourner, malgré le désir de voir la face déconfite de Jalabert.

Posté contre le rebord d'une fenêtre d'un deuxième étage, un homme baissa ses jumelles et soupira de satisfaction.
Voilà une bien étrange découverte, se félicita-t-il. Que venait faire là ce professeur ?
Il avait escompté se charger de son contrat dans les deux heures qui suivaient, mais peut-être était-il plus judicieux d'en apprendre un peu plus sur leurs relations. Il remit ses jumelles dans leur étui, sortit son mémo et se brancha sur le réseau. Il pirata avec une facilité déconcertante les défenses de la console de Roseta, et comprit ce qu'elle avait eu l'intention de faire.
Se pouvait-il qu'elle change de décision et remette les clés du pouvoir à son père ? Il fallait qu'il avertisse ses clients. Il avait eu pour mission d'agir quelles que soient les difficultés. Toutefois il n'était pas un des meilleurs agents du syndicat par hasard. Il savait faire preuve de discernement quand la situation l'exigeait. Et tel était le cas à présent.

Une couche de nuages avait envahi le ciel. Sombre présage ou simple intermède météorologique ? Elle retrouva en début d'après-midi Maximilien et Madeleine, et accepta de passer sa journée à faire du ski sur les pistes de la station. Étant tous trois des skieurs émérites, ils furent ravis des sensations que provoquait la vitesse sur leur système nerveux. Le paysage défilait devant leurs yeux larmoyants. Sans bonnet, ni lunettes, ils avaient tenu à sentir la force du vent sur leur visage. Ils jouirent jusqu'au bout de leurs forces de ce sport qui leur faisait tout oublier.
En fin d'après-midi, épuisés, le souffle court, et les jambes endolories, ils quittèrent la fraîcheur des pistes pour la moiteur du chalet. Ils s'engouffrèrent dans leur chambre pour une douche bien méritée.

La chaleur de l'eau qui s'écoulait sur son corps emplit Rose de milliers de petits frissons de plaisir. Le jet accroché au-dessus d'elle, la tête rejetée en arrière, les mains collées au mur de la douche, elle se sentait sereine, voire absente. La folle invitation de Jalabert lui paraissait une absurdité. Jamais je ne quitterai Boxtown, se dit-elle. Elle venait de comprendre pourquoi elle avait refusé spontanément la proposition du professeur : elle aimait sa planète, et n'avait en rien l'esprit d'une aventurière. Ses livres lui suffisaient. Quoi qu'il en soit de ses rêves, elle se savait faite pour le Pouvoir, et n'était bonne à rien d'autre. Pas même à aimer.

Elle éteignit le jet, et mis le séchoir en route. Un vent sec tourbillonna autour d'elle, et la sécha avec douceur. Elle sortit de la salle de bains et revêtit une tenue beaucoup moins élégante que celle de la veille. La plupart des invités étaient déjà retournés dans leur foyer. Il ne restait désormais plus que les proches des Rembrandt.

Son mémo bipa. Elle décrocha et tomba sur le visage de Jalabert.

— Me ferez-vous l'honneur de dîner avec moi, ce soir ? lui demanda-t-il.

Elle hésita un instant puis répondit :

— Avec plaisir, mais dans ce cas, acceptez que ce soit moi qui vous invite, fit-elle.

Jalabert se détendit.

— Dites-moi l'heure et le lieu. Je serai votre homme.

Elle lui donna ces deux informations et raccrocha. Bas les masques, gentil professeur, se dit-elle en souriant, savourant d'avance sa déconvenue.

L'homme eut un clignement nerveux de la joue droite. Ses clients avaient été fermes : la mission était inchangée. Il devait tuer Roseta Ming. Par contre, on lui avait formellement interdit d'éliminer Jalabert. Le professeur était une inconnue dans leur jeu. Ils ne pouvaient se faire des ennemis de gens dont ils ne connaissaient rien. Jalabert avait tout d'un pantin. Mais avant de couper les ficelles, il fallait qu'ils apprennent le nom de ceux qui les tiraient. Chaque chose en son temps, se dit l'homme qui n'éprouvait aucun scrupule particulier à mettre un terme à la vie de Roseta. Il se prépara mentalement, mit sa combinaison et sortit les armes dont il aurait besoin.

Jalabert cachait tant bien que mal sa colère. Il souriait aux invités, et se montrait courtois en tout point. Il ne voulait surtout pas perdre le peu de chance qu'il avait de la faire revenir sur sa décision. De toute façon il ne risquait rien à s'humilier devant elle. D'ici quelques jours au maximum, elle ne serait plus qu'un cadavre en putréfaction.

— Vous feriez bien de changer de majordome, fit Maximilien confortablement assis près d'une des fenêtres de la salle à manger.

Craignant le pouvoir de persuasion de Jalabert, elle avait tenu à s'entourer de deux personnes à l'esprit léger et puéril : Maximilien Rembrandt et Madeleine Gombaldini. Ils étaient les perturbateurs idéals.

— Non, je ne crois pas, répondit Jalabert en gardant son calme.

Cet homme est un imbécile. Comment peut-elle dîner avec un être pareil ?! se dit-il incompréhensif.

Maximilien baissa le regard sur son verre et s'apercevant qu'il était vide se resservit un apéritif.

— Parlez-moi encore de ces petits hommes verts, fit Madeleine coupant la conversation à point nommé.

Jalabert se retint d'exploser. Traiter les Maltâmes avec autant de désinvolture !

— Sachez mademoiselle, qu'ils n'étaient ni petits, ni de couleur verte. Pour être exact ils ressemblaient étrangement aux modèles humains que nous sommes.

Roseta souriait. C'était un véritable délice. Le professeur était sur le point d'exploser.

Le dîner se tenait dans le refuge Santa-Miguel qui se trouvait sur un des pics de la Cordillère. Sa construction était le fruit d'une prouesse technique impressionnante. À ce qu'en savait Rembrandt, une dizaine d'ouvriers y étaient morts, victimes d'accidents. On ne pouvait y accéder que par hélicoptère, à moins d'être un alpiniste hors pair. Ce qui était loin d'être le cas des grands de ce monde. Si la vue qu'offrait le chalet était vertigineuse, celle du relais l'était plus encore. La sensation d'être dans un cocon suspendu dans le vide était spectaculaire. Âmes sensibles s'abstenir.

— Vous pensez vraiment que leur religion est universelle, et que nos églises ne sont que de pâles copies de celle des Maltâmes ? Vous êtes un croyant n'est-ce pas, Henry ? fit Roseta.

Elle avait passé la fin de la journée, jusqu'au départ en hélicoptère, à ressasser les paroles que Jalabert lui avait adressées la veille. Et de nombreuses conclusions s'étaient imposées à elle. Jalabert était un mystique. Il servait son Dieu. Il se prenait pour un apôtre. Il recherchait des disciples. Il cherchait du soutien parmi les puissants. C'était un fanatique. Il possédait une foi inébranlable. Il méprisait le doute, était terrifié par l'idée de la mort, et n'était pas aussi intelligent qu'il en avait l'air. Il obéissait à des ordres.

Rien de véritablement concret ne pouvait corroborer ses pensées, si ce n'est l'empathie. Ce don précieux qui faisait d'elle une négociatrice inégalée. Ce n'est qu'en comprenant de façon intime, intuitive, la psychologie de ses semblables que l'on est à même de les manœuvrer.

C'est vous qui m'avez sous-estimée, se dit-elle en repensant à une réplique de leur discussion de la veille.

Jalabert redevint lui-même, sa colère s'évanouit.

— Oui. Dieu existe Roseta, une autre réalité s'offre à nous. Mais seuls les serviteurs de la vraie foi seront sauvés. Acceptez-vous de vous ouvrir à lui ? Avez-vous lu Pascal ?

Le pari de l'immortalité, pensa Roseta qui connaissait ses classiques. Si Dieu existait, notre âme irait au paradis, s'il n'existait pas, nous irions tout droit dans le néant. Ne pas croire en lui impliquait seulement la deuxième option.

— Très tentant en effet. Mais mon intégrité spirituelle est bien au-dessus de ces calculs purement égocentriques. (Elle croisa ses mains sur ses jambes.) Je ne vis pas dans l'attente de ma mort. Je crois, malheureusement, qu'il n'y a rien après la vie, et j'ai fait le deuil de ma mort il y a bien longtemps. Je profite donc au mieux de mon existence, et souhaite simplement que celle-ci soit longue et heureuse.

Rembrandt buvait ses paroles.

Madeleine semblait attendrie. Pourtant, seule la jalousie irradiait son cœur. Jamais un homme ne l'avait regardée comme le faisaient les deux hommes.

— Vous avez tort. Dieu n'est pas une entité abstraite sortie de l'imaginaire humain. Comment expliquez-vous l'apparition de l'homme, de la vie ?

— Par le big-bang, répondit Maximilien fier d'étaler sa culture.

Mauvaise réponse, se dit Roseta qui voyait déjà la négation de Jalabert.

— Le big-bang ! clama-t-il. (Se focalisant sur Maximilien il continua :) Expliquez-moi la provenance de ce tas d'énergie, et comment se fait-il que d'un coup il se soit décidé à exploser ?

Maximilien se mordit la lèvre inférieure, et ne sut que répondre. Il n'osait regarder Roseta. Il se sentait devenir rouge de honte. Jalabert l'impressionnait.

— Ne cherchez pas, il n'y a pas de réponse scientifique. C'est une énigme insoluble. La seule preuve de la non-existence de Dieu ou si vous préférez, d'une entité qui ne subirait aucune des limites temporelles ou spatiales que l'homme ne peut dépasser, est le Néant. Il est courant de dire que l'homme retournera au Néant. À ce que la science nous a appris, le néant n'a jamais existé, le vide, oui, mais pas le néant. Au commencement était l'énergie. Si le néant n'existe pas, Dieu existe.

Ça se tient, se dit Roseta.

— Croire en une entité supérieurement évoluée qui aurait créé l'univers est envisageable. Mais de là à ce qu'elle s'intéresse à la survie de nos âmes, c'est aussi crédible que d'imaginer que nous puissions nous intéresser au devenir des insectes qui grouillent sous la terre.

Ça se tient aussi, se dit-elle pas mécontente de sa repartie.

Jalabert haussa les épaules. Il n'y avait rien à faire. Elle était perdue pour la cause. Dommage, vous auriez pu apporter beaucoup au mouvement, regretta-t-il en lui-même.

— Dieu est peut-être un entomologiste ! fit-il avec humour.

Des malades et des cinglés, se dit l'homme caché dans le faux plafond de la salle à manger du refuge. Qu'ils aillent se coucher et qu'on en finisse.

Après avoir usurpé l'identité d'un des cuisiniers, il s'était joint aux domestiques qui avaient accompagné au refuge Roseta et ses invités. Sur place, il s'était éclipsé sans se faire remarquer et n'attendait à présent que le moment où ils s'abandonneraient au sommeil.

CHAPITRE 17

Alliance

La mort aurait dû le frapper de plein fouet, mais d'un réflexe salvateur, il s'était roulé sur le côté, et retrouvé derrière Nadia. Quand le doigt du pilote avait pressé la détente, Wilson était à l'abri. La musulmane avait reçu une balle dans l'épaule droite, puis une deuxième dans le ventre, une troisième entre les yeux...

Wilson se redressa et se servit du corps de Nadia pour se protéger.

D'où me vient cette force ? s'étonna-t-il.

Le pilote vidait méthodiquement son chargeur, mais se rendant enfin compte de l'inutilité de son arme, il la jeta à terre, et sortit un laser. Il savait qu'il était dangereux de l'utiliser dans une navette. Il risquait de faire une brèche dans la paroi qui les séparait du vide. Mais il était encore plus périlleux de faillir à sa tâche.

Wilson laissa ses membres agir. Il ne ressentait aucune trace des douleurs qui l'avaient fait claudiquer jusque-là.

Il jeta de côté le corps de la défunte. Il exécuta un bond, suivi d'un second qui le rapprocha du pilote. L'homme commençait à braquer son arme quand le bras de Wilson s'abattit sur le sien. Il hurla de douleur et lâcha son laser. D'un coup de pied, Wilson envoya l'arme à l'autre bout de la pièce, tandis que sa main enserrait la gorge du pilote.

— Pour qui travaillez-vous frère Jeremiah ?

L'homme grogna et tenta de se libérer. Wilson resserra la prise sur la gorge. Il pouvait sentir le sang qui s'écoulait par saccades dans sa carotide.

Je pourrais le tuer, se dit-il impressionné par sa propre force.

S'aidant de son autre main, il souleva du sol l'homme comme s'il s'était agi d'un simple colis.

— N'aggravez pas votre cas, je ne vous veux pas de mal. Je désire seulement des explications, continua-t-il.

Une fois de plus sa question resta sans réponse. Que fallait-il faire ? La torture lui avait toujours paru être une monstruosité inhumaine, le dialogue une voie sans issue. Désolé pour ce qu'il devait faire, il relâcha le pilote, et arma son poing qui vint s'écraser sur la face de l'homme qui s'écroula, inconscient. Wilson se baissa vers lui et vérifia qu'il ne l'avait pas tué. Puis il se rapprocha du corps de Nadia. Malgré son regard hébété et perdu, elle était toujours aussi belle. Il émit un soupir et lui ferma les yeux.

Pourquoi fallait-il qu'elle meure ? Quels étaient donc les secrets qu'on tentait de lui cacher ? se demanda-t-il, n'y comprenant plus rien.

Une sonnerie résonna dans sa tête. Le temps jouait contre lui. Le pilote avait dû mettre la navette en guidage automatique, et d'ici quelques dizaines de minutes, elle se poserait à l'abbaye. Sa prison.

Il fallait qu'il s'échappe. Comment ? Jamais il n'avait pris de cours de pilotage. Il fallait que frère Jeremiah reprenne les commandes de l'appareil. Il se baissa pour se saisir du laser, puis avec l'espoir que ses forces miraculeuses soient toujours disponibles, il attrapa le corps du pilote et le fit passer par-dessus son épaule droite. Il peina pour se relever, mais réussit malgré tout à porter l'homme. Il avait déjà utilisé auparavant ce genre de navette, et retrouva assez vite le poste de pilotage : un cockpit d'une vingtaine de mètres carrés qui comprenait deux fauteuils situés face à divers panneaux lumineux. Une baie immense ouvrait sur les plaines d'Alliance qui défilaient sous son regard. Il installa l'homme sur un siège. Il prit place sur le second.

— Frère Jeremiah, nous entendez-vous ? Répondez, surgit une voix dans l'habitacle.

C'était le cardinal Petersen. Que fallait-il répondre ? Pas de réponse pouvait impliquer le pire. Peut-être avaient-ils piégé la navette et pourraient-ils dès lors la faire exploser ? Il éluda aussitôt cette option.

S'ils n'avaient voulu que ma mort, ils auraient pu le faire depuis longtemps, se dit-il.

Son cerveau fonctionnait à plein régime. Il devait prendre une décision.

Il fallait que sa mort soit un but. Il fallait que ce soit une musulmane qui le tue. Un incident diplomatique ? Ce meurtre pouvait remettre en cause le partenariat qui liait les deux églises depuis déjà quelques siècles. On avait voulu créer un schisme. Il était le mouton sacrificiel. Tout n'est que politique, comprit-il écœuré. Ils ne permettront jamais que je survive.

— Cardinal, ici frère Wilson, commença-t-il le souffle court (il fallait qu'il donne l'impression d'être aux abois). C'est atroce. Frère Jeremiah s'est fait tuer. J'ai réussi à m'...

Il tira un coup de laser dans la porte derrière lui, et se tut immédiatement.

— Frère Wilson que se passe-t-il ? Mettez-vous en liaison visuelle. C'est un ordre ! rugit Petersen.

Assis dans le fauteuil, Wilson s'y cala massivement tout en caressant le laser. Il cherchait un moyen de rompre la communication. Toutefois, rien ne semblait détonner dans ce pupitre lumineux. Il n'y avait rien à faire, si ce n'est attendre le réveil du pilote.

Petersen essaya plusieurs fois de renouer le dialogue, mais cela en pure perte. Wilson s'en tenait à ce semblant de stratégie, faire comme s'ils avaient été assassinés tous les deux.

Il porta son regard vers Golan qui se levait à l'est, et sourit en se disant que c'était la dernière fois qu'il assistait à ce spectacle fabuleux. Il allait mourir dans les heures qui suivraient. La seule chose qu'il pouvait encore faire était de prier. Son cœur se serra. Il ne voulait pas mourir. Il ne devait pas mourir sans se battre pour que la vérité soit faite. Son Église était pervertie jusqu'en ses fondations. Il devait lever une croisade pour chasser de leur poste les intrigants sataniques. Le diable était entré dans la maison de Dieu.

Frère Jeremiah émit un gémissement. Il n'allait pas tarder à reprendre connaissance. Il fallait agir vite. Il se pencha sur le problème et une idée jaillit dans son cerveau. Il quitta la salle de pilotage, et alla dans le sas de pressurisation. Il ouvrit un panneau et en sortit une combinaison spatiale. Il la revêtit puis retourna dans le cockpit et se prépara à affronter la mort. Il savait que la décision qu'il venait de prendre risquait de mettre un terme à sa vie. Mais si le Seigneur le permettait, il ne périrait pas en vain.

Bientôt l'Abbaye fut en vue. Wilson se leva du fauteuil et regarda frère Jeremiah. L'homme n'avait toujours pas repris connaissance. Au moins vous ne souffrirez pas, se dit Wilson avant de prendre le laser dans sa main droite. Il recula jusqu'à l'entrée du cockpit, puis quand l'Abbaye ne fut plus qu'à une centaine de mètres, il tira à plusieurs reprises sur les panneaux de commande, et commença sa course folle. Le vaisseau se mit à tanguer dans tous les sens.

Il avait détruit le pilote automatique.

Valdinguant contre les cloisons des couloirs de la navette, Wilson comprit qu'il n'aurait jamais le temps, ni la possibilité d'atteindre le sas et de s'éjecter avant que l'appareil ne s'écrase. Une nouvelle embardée l'envoya culbuter contre une porte qu'il ouvrit d'un coup de coude involontaire dans l'interrupteur. Il se retrouva dans un des salons.

Alors que la fenêtre de la pièce aurait dû donner sur les plaines, tout ce que son regard capta ne fut que le vide spatial. La chance était de son côté. Il ne devait rester pas plus de cinq secondes avant que la navette ne s'écrase au sol. Il lança à l'infortune un sourire amer, et tenta un dernier acte désespéré. Durant sa difficile traversée des couloirs, il n'avait pas lâché son laser. Il visa la baie et tira sans discontinuer. Une explosion retentit. Le similiverre se lézarda puis explosa sous la pression de l'air, expulsant tout ce qui se trouvait dans le salon. Wilson sentit son corps se désolidariser du sol, et se retrouva dans l'instant projeté dans l'espace. Virevoltant en tout sens, il ne put voir, mais seulement entendre l'explosion de la navette qui s'écrasa sur une partie de l'Abbaye.

La tristesse s'empara de Wilson. Il savait qu'il venait de franchir un Rubicon. Plus rien ne serait jamais pareil. Il venait de tuer ses semblables, de commettre le pire des péchés.

Que suis-je donc devenu ? Que m'avez-vous fait ? hurla-t-il en lui-même contre ces êtres qui s'étaient joué de lui.

Il se sentait accablé. Il aurait préféré mourir dans l'accident plutôt que de vivre la sensation qui s'emparait de son être. Maudit instinct de survie !

Du fait de la faible gravité de la lune, Wilson mit plus de cinq minutes avant que ses pieds ne retouchent le sol. Temps qu'il passa à regarder son œuvre. L'apocalypse. Il se trouvait à seulement une vingtaine de mètres de l'Abbaye et pouvait contempler l'étendue du désastre. Toute l'aile nord de l'édifice, ainsi qu'une partie du bâtiment central était réduites en poussière.

Bien visé, ironisa-t-il écœuré. Combien d'hommes ai-je donc assassiné ? Combien d'innocents ont dû périr pour que je survive ?!

Tous les systèmes de sécurité étaient en alerte. Mais cela ne servait plus à rien. Les hommes qui n'avaient pas eu la chance de se trouver dans les parties épargnées par l'impact étaient morts asphyxiés dans la minute qui avait suivi. Les autres s'attelaient à s'assurer de l'étanchéité des portes coupe-feu.

— Maudits musulmans ! fit Petersen aux frères qui l'entouraient.

Sa survie tenait du miracle. S'il avait été dans ses appartements, il aurait déjà rejoint l'autre monde. Par chance, il se trouvait dans la salle de contrôle du premier sous-sol quand la navette s'était écrasée sur l'Abbaye.

— Pourquoi ont-ils fait cela ? s'étonna un frère, disant tout haut ce que tout le monde pensait en son for intérieur.

— Parce qu'ils ne sont bons qu'à cela : tuer ce qui leur est différent, répliqua le cardinal en proie à des tremblements incontrôlés.

Pour une fois, sa haine était véritable. Haraflika avait trahi la Cause. Il ne devait tuer que Wilson. Il avait outrepassé les indications du Plan. La Confrérie ne le lui pardonnerait jamais.

— Mon cardinal, un premier bilan vient de me parvenir, nous avons perdu près d'une centaine des nôtres. C'est une véritable tragédie, indiqua un des frères en arrivant dans la salle.

— Gageons que le Seigneur ne la laissera pas impunie.

C'était la fin de l'alliance qui avait été signée entre catholiques et musulmans.

— Regroupez tous les survivants dans les sous-sols. Ces traîtres de musulmans ne vont sûrement pas s'arrêter en si bon chemin, fit-il à l'intention de ses frères.

Haraflika était désormais capable de tout. Voulait-il l'éliminer ?

— Cardinal, nous avons une liaison, s'écria alors frère Romain.

Pas trop tôt, se dit Petersen en se rapprochant de l'écran holo. Le visage d'un soldat de la Fédération apparut.

— Caporal, ici le cardinal Petersen. Mettez-moi en communication avec le général Arindell.

Le soldat reconnut le visage de l'ecclésiastique et se mit aussitôt en liaison avec le chef de son unité.

— Mon général, le cardinal Petersen demande un entretien. Sa liaison est sur code rouge, fit-il.

Arindell se trouvait dans la salle d'entraînement. Il était en train de faire son jogging quotidien. Malgré le poids des ans, il tenait à éviter de s'empâter comme certains de ses pairs.

— Que s'est-il passé ? demanda-t-il.

Son mémo dans la main, il attendait impatiemment une réponse. Cela faisait près de deux ans qu'il avait été affecté à ce poste. Deux années de tranquillité.

Par un accord entre les divers partis, la Fédération s'était engagée à servir d'armée de sécurité pour les citoyens d'Alliance. Une station orbitale avait été construite, et deux unités de soldats avaient été envoyées sur place, ainsi qu'une vingtaine de véhicules spatiaux en tout genre. Leur force de frappe pouvait répliquer à n'importe quelle attaque.

— Je n'en sais rien, général, répondit le caporal.

— Passez-le-moi.

Sans lâcher son mémo des mains, Arindell quitta la salle d'entraînement pour se diriger vers son bureau.

— Général, une catastrophe vient de survenir. Nous venons de subir une attaque des musulmans. La moitié de l'Abbaye est détruite, plus d'une centaine d'hommes ont péri dans d'atroces souffrances. Nous vous prions d'intervenir le plus tôt possible. Nos vies sont en danger. Une nouvelle attaque n'est pas à exclure.

Arindell s'arrêta dans sa marche. Que s'était-il passé dans la tête des musulmans ? Catholique non-pratiquant, Arindell maudissait ces hérétiques.

— Combien d'hommes sont encore en vie ? demanda-t-il.

— Entre cent et deux cents, répliqua le cardinal. Il est trop tôt pour se faire une idée précise.

Arindell fit un rapide calcul. Un Aigle pouvait contenir une cinquantaine d'hommes, sans compter l'équipage. Il en enverrait donc au moins quatre.

— Nous arrivons. Tenez bon, fit-il en coupant la communication.

Il parvint à son bureau, et déclencha aussitôt le plan « sauvetage ». Trois fois l'an, des manœuvres d'entraînement s'effectuaient sur un site désert d'Alliance, là où tous les soldats de la station s'exerçaient dans le but d'une mission d'un tel type. Elles s'étaient toujours déroulées à la perfection. Arindell pria qu'il en soit ainsi aujourd'hui encore.

L'éclairage de la station passa au rouge et la voix du général résonna dans toutes les coursives.

— Ici le général Arindell. Le plan sauvetage est activé. Ceci n'est pas un entraînement, je répète, ceci n'est pas un entraînement. Le lieu de l'opération est l'Abbaye, les équipes des VS03 (véhicule spatial de type 3) Alpha Bêta, Gamma et Lambda seront chargées d'évacuer les survivants. Les VS07, Himalaya et Pyrénées seront chargés d'effectuer des surveillances aériennes au-dessus du lieu d'intervention. La menace est pour l'instant d'origine inconnue. Veillez à rester sur vos gardes.

Arindell éteignit le micro de sa console de commandement, puis fit passer ce message en boucle. Il aurait aimé descendre avec ses hommes sur Alliance, mais il devait avant tout s'appliquer à la charge de sa fonction.

Qui devait-il joindre à présent ? Il mourait d'envie d'appeler Haraflika. Il fallait qu'il comprenne ce qui avait pu motiver les musulmans. Pourtant il comprenait que sa mission première était d'avertir les plus hautes autorités.

Il se connecta directement au ministère de la Défense. On lui expliqua que le ministre dormait, mais il prétexta un code rouge et on daigna enfin lui passer son correspondant.

Dix secondes plus tard, la face bouffie du ministre de la Défense apparut.

— J'espère que vous avez une bonne raison pour troubler mon sommeil, grogna le ministre Yourgo.

Le soleil ne s'était pas encore levé sur Hambourg.

Pourquoi diantre ai-je donc des généraux si incompétents ? se dit-il irrité.

— L'Abbaye est détruite, monsieur le ministre. L'attaque provient des musulmans. J'ai envoyé plusieurs unités de secours. J'attends vos instructions, fit Arindell qui n'aimait pas le ton que prenait le ministre avec lui.

Yourgo écarquilla les yeux. Se pouvait-il qu'il rêvât ?! C'était impensable. Les relations entre les deux Églises étaient à leur apogée. Les musulmans n'avaient aucune raison d'agresser les alliés. Rien ne pouvait expliquer cet acte. Une seule explication lui vint à l'esprit.

— Êtes-vous certain qu'il s'agit des musulmans ? demanda-t-il dubitatif.

— Oui, répliqua sans réfléchir Arindell. Du moins, c'est ce que m'a confirmé le cardinal Petersen.

Crétin ! pensa le ministre.

— Général, jusqu'à nouvel ordre considérez que l'attaque est d'origine inconnue. Tant que nous n'aurons pas élucidé les causes de l'accident, je vous interdis de tenter de quelconques représailles. Occupez-vous seulement de sauver les blessés, et d'assurer la sécurité de l'Abbaye. Je prends les choses en main.

Haraflika était abasourdi. Il ne comprenait pas ce qui avait pu se passer. Un accident ? Impossible, la navette avait été contrôlée avant son départ. Aucune dysfonction n'avait pu intervenir. Nadia avait-elle pu agir par elle-même ? Impensable. Rien n'aurait pu la subvertir. Elle avait démontré plus d'une fois son intransigeance, et sa totale obéissance à exécuter les ordres quels qu'ils soient. Le mystère était total. Il fallait qu'il s'en enquière auprès du Magister. Il devait retourner sur Terre.

CHAPITRE 18

Boxtown

Je suis cinglé, se dit Guntray.

Il planait à bord d'une aile volante au-dessus des Impérieuses, et s'aidait du vent pour contrôler sa direction. Le pic du Loup était en vue, à plus d'un kilomètre de sa position.

Guntray s'était fait larguer par un avion supersonique à quatre mille mètres d'altitude. Son masque à oxygène collé au visage, il se sentait en proie à une double sensation : la peur et l'extase. Sa vie ne lui avait jamais paru aussi fragile. Ses chances de réussite étaient loin d'être au plus haut niveau, mais il s'en moquait.

Un courant ascendant lui fit changer de trajectoire. Il n'essaya pas de le contrecarrer, et attendit qu'il se calme pour emprunter une autre voie aérienne. Les nuages cachaient la faible lumière des lunes. Seules ses lunettes à infrarouges lui permettaient d'apercevoir le paysage.

Il avait fallu agir dans l'urgence. Un dernier briefing avec son père lui avait appris que les ennemis avaient donné l'ordre de passer à l'attaque. Il se pouvait même que la fille fût déjà morte. Heureusement, quand il avait atterri à Kaklan, un homme des services spéciaux lui avait assuré qu'elle était toujours en vie. Cependant il lui avait indiqué qu'un certain Jigme Sultan avait pris l'identité d'un des cuisiniers du refuge où se trouvait Roseta. Le soir même, l'homme du syndicat du crime passerait aux actes.

Guntray savait qu'il avait encore le pouvoir de se dérober, mais le souvenir de la photo de la jeune fille lui avait interdit tout désistement. Pour une fois, il se sentait réellement important. La vie d'une innocente était en jeu.

Plus que deux cents mètres de chute. Il pourrait tenter de se poser sur le toit de trois cents mètres carré. Le plus dur avait été fait. Les plus gros risques se situaient au départ dans la haute atmosphère. Là où l'air était raréfié, et où sa frêle embarcation aurait pu le lâcher.

Il se concentra et fit une dernière rotation au-dessus du refuge. Effectuant une approche par le nord, il se focalisa sur son terrain d'atterrissage. Sa vitesse dépassait les cinquante kilomètres à l'heure. Il n'avait pas intérêt à se rater.

Le refuge emplissait dorénavant tout son champ de vision. Les derniers mètres lui parurent durer une éternité. Il arma son grappin, et tira. Une flèche en acier vint s'encastrer sur le sommet du refuge. Dix mètres plus loin, l'impact survint. Il se décrocha de son aile flottante, et du fait de la vitesse, roula sur plus de dix mètres avant que le câble qui le reliait au grappin ne stoppât sa course folle. L'aile rebondit sur le toit et continua d'avancer pour bientôt passer par-dessus le refuge et s'enfoncer dans les abîmes nocturnes.

Il rouvrit les yeux. Il avait réussi. Il ne prit pas le temps de souffler et se redressa. Il ne restait plus qu'à espérer que personne ne se soit rendu compte de rien. Il était trois heures du matin, heure locale.

Tout le monde devait dormir.

Il savait que s'il se faisait prendre, il ne pourrait compter que sur lui-même. Son père lui avait bien expliqué qu'il agissait en toute illégalité. Le président de la Fédération avait formellement interdit toute intervention. Aucune personnalité ne viendrait plaider sa cause. Il ne pourrait que compter sur la clémence du jury. S'il était toujours en vie.

Il courut sur le toit, passa à côté de l'hélicoptère. Puis usa des codes que lui avait fournis l'agent de son père pour pénétrer dans l'ascenseur qui le conduirait au premier étage du refuge.

Roseta était partie se coucher, seule. Elle avait décliné l'invitation de Rembrandt de dormir avec lui. Elle n'avait aucune envie de faire l'amour. Elle se sentait fatiguée. La journée avait été intense. Son corps réclamait du repos.

Jigme Sultan la regardait avec ses lunettes infrarouges. Elle était magnifique. Il comprenait pourquoi on l'avait choisi lui plutôt qu'un autre. Il ne s'intéressait pas aux femmes.

Nul doute qu'un agent hétéro aurait tenté de la violer, se dit-il en connaissant les travers des gens du syndicat.

Il se rapprocha de son lit, souleva la couverture et s'apprêta à frapper. Le couteau levé, il prit son souffle et s'arrêta soudain. Un bruit l'inquiéta. Quelqu'un utilisait l'ascenseur.

Et merde ! jura-t-il intérieurement.

Il eut juste le temps de se cacher sous le lit quand la porte de la chambre s'ouvrit.

Guntray alluma la lumière.

— Réveillez-vous mademoiselle Ming, fit-il en se rapprochant d'elle.

Qui est cet homme ? se demanda Sultan.

Roseta gémit et se retourna sur le ventre. Guntray s'assit sur le lit et la secoua avec délicatesse d'abord, puis avec plus de vigueur.

— Réveillez-vous, nom de Dieu ! fit-il en se gardant de trop élever la voix.

À plat sous le lit, Sultan ne savait quoi faire. Il pouvait très facilement se débarrasser de l'intrus, puis de Roseta. Mais une nouvelle fois, il se mit à douter. Il valait mieux en apprendre plus sur le nouveau venu.

— Quoi ? Laisse-moi dormir, fit Roseta.

Elle ouvrit les yeux, et aurait poussé un hurlement, si Guntray ne lui avait plaqué la main sur la bouche.

— Taisez-vous, je ne vous veux pas de mal. Il faut que l'on parte d'ici au plus vite. Quelqu'un veut attenter à vos jours, s'expliqua-t-il.

Intéressant, se dit Sultan. Il existe des traîtres parmi mes clients. S'il pouvait soutirer le nom de celui qui avait vendu la mèche, nul doute que cela lui rapporterait un bonus non négligeable.

Pour sa part, Roseta était persuadée d'avoir affaire à un domestique devenu fou.

— Je vais retirer ma main. Surtout ne criez pas, d'accord ? continua Guntray en espérant qu'elle garde son sang-froid.

Roseta hocha la tête. Guntray enleva sa main, et recula d'un pas.

— Que me voulez-vous ? fit-elle.

À présent bien éveillée, elle se sentait quelque peu rassurée. L'homme ne tenait aucune arme.

— Le Groupement a mis votre tête aux enchères. La mafia a accepté de se porter volontaire pour la tâche. Et sachez qu'ils ne ratent jamais leur coup, s'expliqua Guntray.

— Comment savez-vous tout cela ? Pour qui travaillez-vous ? Pourquoi vouloir me sauver ? demanda Roseta qui n'arrivait pas à en croire ses oreilles.

Elle n'aurait pas manqué de rire, si elle n'avait craint d'affronter la colère de l'homme.

— Je vous répondrai en temps et en heure. Il nous faut quitter les lieux immédiatement. Votre assassin se trouve déjà dans le refuge.

Cette simple phrase suffit à lui provoquer un frisson. Avec son air déterminé, elle commençait à croire à la véracité de ses propos.

Ne l'écoute pas, tenta-t-elle de se rassurer. Calme-le. Quelqu'un va bientôt venir l'arrêter.

— D'accord, permettez que je m'habille ?

— Oui, mais dépêchez-vous.

Il se retourna, et alors que le moment ne s'y prêtait guère, il fut excité par le bruissement du tissu qui glissait sur le corps de sa protégée.

— Ne bougez pas, fit alors une voix de fausset.

Guntray sentit la pointe d'un calibre se poser entre ses reins. Il était arrivé trop tard.

Roseta ne put s'empêcher de hurler. Sultan se retourna vers la fille nue, et tira. Il était une des meilleures gâchettes de sa profession et pouvait toucher une cible à plus de cent mètres sans prendre le temps de viser. Il avait ça dans le sang. L'instinct de tuer. Pourtant sa balle se perdit dans le plafond. Dans un réflexe opportun, Guntray avait bousculé son agresseur dès qu'il avait entendu le cri de Roseta.

Un corps à corps sans merci commença dans la chambre. Mais très vite, Guntray comprit qu'il ne serait pas de taille. L'homme avait beaucoup plus d'expérience que lui dans les arts de combats. En quelques secondes il se retrouva étalé sur le sol. Le tueur de la mafia le mit en joue et pourtant Guntray se permit de sourire.

Sultan pensa que l'homme avait du cran, avant de s'effondrer inconscient sur le sol. Même si la peur envahissait tout son être, Roseta trouva les ressources suffisantes pour attraper sa lampe de chevet et en frapper la tête de l'assassin de toutes ses forces.

— Merci, fit Guntray.

À ce moment, Jalabert arriva dans la chambre, suivi de près par Madeleine et Rembrandt.

— Que s'est-il passé ? fit le professeur qui s'attendait à trouver Roseta étendue raide morte.

— Cet homme a tenté de me tuer, fit-elle en désignant le corps de Sultan.

Afin d'être certain d'avoir éliminé cette nuisance pour un bout de temps, Guntray envoya un coup de poing à la tête de l'homme à terre.

— Je pense qu'il a eu son compte, fit Jalabert.

Qui est cet homme ? se demanda-t-il en fixant Guntray.

— Roseta tu n'as rien ? fit Rembrandt en passant par-dessus le corps de Sultan.

Remettant ses vêtements de la veille, Roseta avait l'impression d'avoir traversé la quatrième dimension.

— Non, tout va bien. Il ne m'a pas touché. Il faut prévenir le préfet de police, fit-elle.

— J'y vais, fit Jalabert.

— Je viens avec vous, ajouta Madeleine qui ne tenait pas à rester près du tueur et de l'inconnu.

Maximilien prit Roseta dans ses bras.

— Monsieur, je crois qu'il est temps que vous vous présentiez, fit Roseta.

Pour une fois la présence de Rembrandt ne l'incommodait pas. L'homme n'avait pas l'air malintentionné, mais il valait mieux ne pas prendre de risque.

— Je me nomme Guntray Marshall, mademoiselle Ming, fit-il. Heureux d'avoir pu vous venir en aide.

Il fallait qu'il s'en aille avant que la police n'arrive sur les lieux. Trop de questions embarrassantes, pour des réponses qu'il ne pourrait se permettre de donner.

Il ressentit un soupçon de désappointement tandis qu'il prenait le couloir menant à l'ascenseur. Finalement tout s'était déroulé à la perfection. Cela avait été presque trop facile. Il y avait comme un goût d'inachevé dans sa bouche.

Des bruits de pas se firent entendre derrière lui. Il se retourna.

— Monsieur, vous n'allez pas nous quitter déjà, fit Jalabert.

Il s'était souvenu de ce visage. Le fils d'un des proches du ministre de l'Extérieur. Un homme avec certainement beaucoup d'influence, et qui, par ailleurs, s'intéressait à l'œuvre des Maltâmes.

— On m'attend ailleurs, au revoir, fit Guntray.

Jalabert comprit qu'il ne servirait à rien d'insister. Il savait reconnaître la détermination quand il la voyait.

On se retrouvera, pensa-t-il sans savoir ni où, ni comment.

Guntray prit l'ascenseur, et monta sur le toit. Le ciel était toujours aussi noir, mais à la lumière des éclairages qui parsemaient la toiture, il alla jusqu à l'hélicoptère et usant du passe que l'agent de la Fédération lui avait fourni, il ouvrit la porte qu'il fit coulisser, et s'assit dans l'habitacle. Il mit en marche l'appareil et s'envola peu après pour Kaklan. Avec le même passe, il était certain de se trouver une adresse et un toit pour dormir. Il agissait en totale illégalité, mais il avait l'habitude.

— C'est le monde à l'envers, fit Roseta désarçonnée par les questions du commissaire Mirèse.

Cela faisait un quart d'heure qu'elle se trouvait enfermée avec cet homme dans une des suites du chalet. Quand les forces de police étaient arrivées, elles avaient embarqué tout le monde pour un interrogatoire en règle. Un honnête citoyen était mort. Une enquête pour meurtre était désormais ouverte.

— Croyez bien que je suis sérieux, fit le commissaire de police en s'allumant une cigarette. Vous êtes dans une situation très délicate.

Elle n'en croyait pas ses oreilles. On l'accusait de meurtre.

— Combien de fois faudra-t-il que je vous le dise, cet homme a tenté de me tuer. Il avait un couteau et un revolver. Faites donc une analyse des empreintes, s'écria-t-elle en s'en voulant de ne pas y avoir pensé plus tôt.

Un filet de fumée s'échappa des lèvres du commissaire. La fille paraissait sincère. Pourtant, il était persuadé qu'elle lui cachait quelque chose. Elle devait en savoir beaucoup plus.

— Les analyses sont en cours. Que faisait Guntray Marshall dans votre chambre ?

Cela faisait la dixième fois qu'il lui posait la question.

Il veut me rendre folle, se dit-elle à bout de nerfs.

— Il est venu me sauver. Sans son intervention, vous interrogeriez un cadavre.

Elle se pencha en avant et se servit un whisky. Elle jeta un coup d'œil par la baie vitrée et aperçut le soleil qui se levait derrière les Impérieuses.

— Qu'on me laisse tranquille, soupira-t-elle.

— Écoutez, vous feriez mieux de coopérer. Je me moque de votre statut, mademoiselle Ming. Un homme est mort dans votre chambre et vous êtes mon suspect numéro un. Plus vite vous passerez à table, plus vite nous arrêterons cette comédie.

Elle eut un rire sans joie.

Tout cela était insensé. Elle était partie en vacances rencontrer une sommité sur la question maltâme, et voilà qu'elle se retrouvait victime d'un complot dont elle ne comprenait ni les tenants ni les aboutissants.

Elle alluma une cigarette, et s'enfonça dans son fauteuil. Il fallait qu'elle fasse le point.

— Laissez-moi vous expliquer mon analyse de la situation, mademoiselle Ming, fit le commissaire en s'avançant sur sa chaise d'un air accusateur. Vous aviez rendez-vous avec monsieur Marshall pour une histoire très certainement illicite. Vous étiez en train de parler de vos projets quand vous avez surpris ce pauvre Michel Bertrand à votre porte. Il en savait trop. Vous ou votre comparse, l'avez éliminé.

— C'était de la légitime défense. Je n'ai jamais eu l'intention de le tuer !

Il fallait qu'elle cesse de parler et qu'elle attende son avocat.

Un bip résonna. Le commissaire porta la main à son mémo, quitta la pièce et se mit en communication avec son sergent. Cinq minutes plus tard, il revint dans la suite.

— Vous aviez raison. Vérifications faites, l'homme n'était pas Michel Bertrand, il s'appelait Jigme Sultan, un homme du Syndicat. Mademoiselle Ming, je n'ai plus aucune charge contre vous, vous pouvez partir, fit-il.

Pourtant il était persuadé qu'elle ne lui racontait pas toute la vérité. Elle avait tué l'homme de la mafia. Qu'avait-il pu entendre ?

Croyez bien que je vais être sur vos pas à présent, se dit-il en espérant qu'on voudrait bien l'affecter sur Kaklan le temps de tirer cette affaire au clair.

Sous le feu d'une colère intérieure, Roseta pensa un instant à se servir de ses relations pour envoyer ce fonctionnaire de police dans les recoins de la jungle Hywionaise. Mais elle ne le ferait pas, elle respectait les représentants de l'ordre, même si elle devait désormais les avoir sur le dos.

Elle sortit et alla respirer à l'air libre.

Il faut que je rentre chez moi au plus vite, se dit-elle.

Jamais son appartement ne lui avait autant manqué. Pourtant Dieu sait si elle s'était souvent plainte de rester enfermée dans les tours pyramidales de Kaklan. Mais c'était avant qu'on ne lui donne la chance de les quitter.

Un peu plus tard, elle retrouva Rembrandt et Madeleine qui lui apprirent que Jalabert avait quitté les lieux après que le lieutenant Mirèse l'ait interrogé. Le professeur était certainement déçu de ne pas l'avoir convaincu de financer ses recherches. Roseta sourit, certaine de s'être fait un ennemi de plus.

Que m'importe les hommes, tant que j'aurai ma liberté, se dit-elle en écoutant d'une oreille distraite les commentaires de Madeleine.

Elle leur fit ses adieux, et se retint de faire remarquer à Rembrandt qu'il ne semblait pas peiné de son départ. Il était clair qu'il avait été gravement perturbé par la tentative d'assassinat.

Sûrement craint-il de risquer sa vie en restant auprès de moi, pensa-t-elle.

Dès qu'elle eut fait ses bagages, elle prit un jet qui survolait Kaklan quelques trois heures plus tard. La ville, conglomérat de verre et d'acier, s'étalait sur plus de mille kilomètres. La nuit était finissante. Chaque tour, chaque rue, chaque recoin avait son lot de publicités qui éclairaient de mille couleurs la capitale de Boxtown.

Le jet se posa à l'aéroport Gershin Jista, et comme prévu un taxi l'attendait à sa sortie. Deux hommes l'attendaient aussi. Des policiers chargés de sa surveillance. En tant que témoin principal dans l'affaire Néron, et en réponse aux menaces dont elle avait été la cible, le préfet de police s'était empressé de lui accoler deux gardes du corps.

— Bonsoir messieurs, je ne vous demande qu'une chose : soyez discret. Je n'ai pas envie de vivre comme une bête traquée.

— Nous ferons de notre mieux, répondit le lieutenant Helmet.

— Je n'en doute pas. J'espère toutefois que vous n'aurez jamais à intervenir. J'abhorre la violence.

— Personne ne l'aime, madame, répondit le policier. Personne.

Elle pénétra dans le taxi, suivi de près par le véhicule de police, qui s'envola dans les airs et partit dans le sud de la ville, là où se trouvaient les beaux quartiers. La pyramide d'Akhenaton fut bientôt en vue. Elle allait enfin être chez elle et oublier tous ces événements. Ou presque. Même si tout semblait pouvoir reprendre un rythme normal, il n'en restait pas moins un danger. Il fallait qu'elle obtienne au plus vite auprès des dirigeants du Groupement l'annulation de sa mise à mort. Elle aurait dû expliquer tout cela à la justice, mais elle préférait régler ses problèmes par elle-même et s'assurer ainsi un avantage contre ceux qui avaient tenté de l'assassiner. Le taxi survola sa tour puis se posa sur le parking. Elle paya le conducteur, et attendit que les policiers sortent également de leur véhicule.

— Je ne vous autorise pas à entrer chez moi. Surveillez les entrées et les sorties. Si quelqu'un tente de me tuer, vous ne pourrez pas le manquer, fit-elle en pénétrant dans l'ascenseur qui la descendit quatorze étages plus bas dans ses appartements particuliers.

La porte s'ouvrit. Elle était de retour chez elle.

Elle se débarrassa de son manteau et mit l'éclairage au minimum. Elle pénétra dans son salon et alla directement au bar se servir une coupe de champagne. Soudain quelque chose lui frôla les jambes. Elle sourit et se baissa.

— Pégase, viens ici, fit-elle en prenant son chat dans ses bras.

L'animal se mit à ronronner. Sa maîtresse était revenue.

Elle passa dans son bureau, et toute trace de légèreté disparut de son visage.

Il était temps de rappeler à l'ordre ses adversaires. Elle était obligée de réagir, si elle tenait à sa vie. Elle sécurisa sa ligne, et appela Frederick Zafi, le président du conseil du Groupement. Consortium de taille interplanétaire dont les avoirs en coupons dépassaient le budget d'un gouvernement d'une petite planète de la Fédération. Si Guntray Marshall avait dit vrai, c'est à eux que revenait la tentative de meurtre perpétrée contre elle.

— Mademoiselle Ming, fit Zafi en acceptant enfin la communication.

Cela faisait un quart d'heure que sa secrétaire lui assurait qu'il n'en avait pas pour longtemps.

— Monsieur Zafi, répondit Roseta.

Elle laissa le silence s'installer. Elle alluma une cigarette, et scruta le visage du président du Groupement. Il était possible que ce dernier usât d'un stratagème, tant il semblait tranquille et serein.

— Je n'aime pas perdre mon temps, mademoiselle, parlez ou je serai au regret de mettre fin à cette conversation muette.

Bien évidemment, il est coupable et n'a aucun scrupule, se dit-elle sûre d'elle.

— Cela fait des années que le Groupement à l'œil sur mes différentes entreprises. Des années où vous n'avez cessé de m'agresser, de me décrédibiliser auprès des grands financiers de la Fédération. Vous ne supportez pas la concurrence. Aussi petite soit la taille des entreprises qui chassent sur vos terrains de prédilection, il faut que vous les phagocytiez de l'intérieur ou que vous les assassiniez de l'extérieur.

Elle fit une nouvelle pause, mais sans plus de résultas. Zafi était impassible. Il devait s'agir d'un artifice.

— Sachez monsieur que dans ce genre d'affaires on ne doit jamais rater son coup. Il ne faut pas laisser le temps à son adversaire de se relever. Quand on attaque un prédateur, il faut s'assurer de sa mort. Un animal blessé est prêt à tout pour se défendre, y compris à tuer. Je ne suis pas morte.

— Qu'est-ce que c'est que ces sornettes ? Vous divaguez mademoiselle Ming. J'ai malheureusement appris l'incident qui vous est arrivé à Néron, et me demande si vous possédez encore toutes vos facultés mentales.

Un point pour lui. La faire interner arrangerait bien ses affaires. Crapule, se dit-elle.

— Ne vous inquiétez pas pour ma santé, monsieur Zafi. Préoccupez-vous plutôt de la vôtre, il est possible que l'on veuille attenter à vos jours. Au revoir.

Elle coupa la communication et se détendit un peu.

Qu'il apprenne à avoir peur, se dit-elle.

Si tout se passait comme prévu, d'ici deux à trois jours Zafi serait derrière les barreaux. Elle se doutait bien qu'il n'était pas le seul responsable, mais elle espérait que les autres comprendraient qu'il ne fallait plus s'attaquer à elle.

Si vous avez du pouvoir, j'en ai tout autant que vous, se dit-elle.

Ensuite, elle appela son père en se demandant s'il était déjà au courant. Il fut d'abord étonné, puis profondément choqué avant de se mettre dans une colère noire.

— Tu aurais dû accepter la proposition de Jalabert. Rien ne te serait arrivé si tu avais accepté de partir avec lui ! hurla-t-il.

Roseta soupira. Elle venait de comprendre. Son père n'avait pas changé. Toujours aussi intriguant. Il n'arrivait pas à accepter l'idée de sa retraite anticipée.

Il faudra bien que vous vous y fassiez, lui dit-elle en pensée.

Tout lui paraissait clair. De son intérêt soudain pour la cause maltâme, jusqu'à ses encouragements pour son voyage à Néron. Se pouvait-il que ce fût lui, et sa cohorte de conseillers qui ait fait du lobbying pour favoriser le décret permettant son retour aux affaires en cas de démission de sa fille ?

Cela était fort possible, dut-elle admettre.

— Tu sais, il est parti sans me dire au revoir. Je crois que même si je changeais d'avis, il ne me voudrait pas à ses côtés, fit-elle d'un ton réellement peiné.

Elle aussi pouvait être une bonne comédienne.

— Il n'est pas trop tard...

Père, vous oubliez le « peut-être » ironisa-t-elle en pensée, soyez au moins crédible.

— ... C'est pour ton bien mon enfant que je te dis cela. Le groupement veut ta peau. Je ne supporterais pas de te perdre.

Quelle mauvaise interprétation ! Ne suis-je donc rien pour vous ?

— Je comprends, mais si jamais je quitte la présidence, le poste vous reviendra et je ne tiens pas à ce que ce soit vous qui soyez tué. Peut-être ferions-nous mieux d'accepter de céder nos parts.

Elle fit une moue désolée et baissa le regard.

— Non, les Ming n'ont jamais cédé devant l'adversité. Je suis prêt à me battre et à mourir pour l'honneur de la famille. Je ne suis à présent plus tout jeune, et peu m'importe de mourir si c'est en défendant ce que j'ai de plus précieux.

Votre empire ou votre fille ?

— Écoutez père, il faut que je réfléchisse à tout cela. Le voyage a été éprouvant. Je ne vais pas tarder à me coucher. Je vous rappelle demain et vous ferai part de ma décision.

Mon choix est déjà fait, garda-t-elle pour elle-même. Elle n'avait plus de père.

Poussant le délire au maximum, elle en vint à le suspecter, lui, d'avoir fomenté son assassinat. Toutefois la raison rattrapa sa colère et elle dut admettre que cela ne cadrait pas avec ses plans. Il était trop intelligent pour commettre une erreur pareille. Si Roseta mourrait, et en l'absence d'héritier, l'entreprise passerait sous le contrôle de la Fédération qui pourrait la revendre au plus offrant. Non, une chose au moins était certaine : il n'était pas infanticide.

Cet appel l'avait épuisée. Elle se déshabilla et alla se coucher en espérant que demain soit un jour meilleur.

CHAPITRE 19

Bavière

— Où se trouve votre satané fils ! hurla Rajid Chandra, président en exercice de la Fédération.

— Je n'en sais rien, répliqua William Marshall impassible.

Le président l'avait convoqué en pleine nuit pour mettre les choses au clair.

— Comment a-t-il pu arriver là-bas ? Quelqu'un a bien dû l'aider ? Regardez-moi dans les yeux, conseiller, je saurai le fin mot de l'histoire.

— Faites ouvrir une enquête. Je ne doute pas que les agents fédéraux ne résolvent le mystère en un rien de temps. Peut-être trouveront-ils à qui profite le crime ?

Le président sembla perdre un instant de sa superbe.

Pauvre créature ! l'insulta Marshall en lui-même. Vous n'êtes rien du tout. Un pantin à qui on a laissé croire qu'il tirait ses propres ficelles. Il était peut-être temps de s'en débarrasser ?

— Oui, très certainement. Toutefois combien cela va coûter au contribuable ?

— Une somme fort modique. Un million de coupons au bas mot, répondit Marshall en aidant son président à s'en sortir.

Réflexion faite, ils avaient encore besoin de lui. Leur avance dans les sondages n'était pas suffisamment importante pour risquer de nouvelles élections. D'autant plus que le scandale qui toucherait la déchéance de Chandra, toucherait, certes, le parti du président, les Libéraux, mais aussi son parti, le parti Radical. Il ne connaissait pas sa chance.

— Modique, modique, fit-il avant de maugréer longuement dans sa barbe des mots incompréhensibles. Tant pis oublions tout cela, l'important est que rien de grave ne soit arrivé à cette pauvre fille, mentit-il.

— Oui, finalement je crois que c'est tout ce qui importe, fit Marshall.

Le président hocha gravement la tête. La mort dans l'âme, il acceptait sa défaite. Des millions de coupons qui disparaissaient. Quel gâchis.

— Je vais oublier l'intervention de votre fils, mais si jamais cela se reproduisait, sachez qu'il serait recherché et puni pour ses actes.

Marshall fit un bref salut de remerciement et ressortit du bureau, ulcéré.

Craignez le jour où nous vous lâcherons, président, pensa-t-il.

Marchant à longues enjambées dans les couloirs du palais présidentiel, Marshall repensait à tout ce pathétique incident.

Cela faisait longtemps que le Groupement, principal donateur du parti Républicain, se plaignait de la concurrence des entreprises Ming. Malgré les procès pour actes frauduleux et pour corruption qu'il intentait à son encontre, la jeune héritière arrivait toujours à s'en sortir. Rien n'avait jamais pu être prouvé contre elle. C'était une experte en diplomatie et en jeu de pouvoir. Elle ne se salissait jamais les mains. Il y avait toujours un bouc émissaire à jeter en pâture.

Quand les Radicaux avaient appris que Chandra avait donné son accord de principe pour l'élimination de mademoiselle Ming, Marshall et quelques comparses s'en étaient offusqués ouvertement auprès du conseil de leur parti. Ils ne pouvaient le laisser faire. Le Groupement était déjà assez puissant pour qu'il ne le devienne encore davantage. La vie de Roseta leur importait peu, leur seul souci étant l'équilibre des pouvoirs. L'incident Furnese ne devait plus jamais se reproduire. Il fallait leur donner une leçon. Outre le fait d'avoir sauvé Roseta, ils devaient leur montrer qui étaient les plus forts.

Marshall quitta le palais et pénétra dans son véhicule.

— Conduisez-moi à mon bureau, ordonna-t-il au chauffeur.

Il appela aussitôt son épouse et s'excusa de ne pouvoir rentrer. Un travail urgent l'attendait.

Arrivé au ministère de l'Extérieur, il se dirigea jusqu'à sa salle de travail, alluma la console, inséra les codes nécessaires, puis fit ses recherches illégales. Cinq minutes plus tard, il avait appris tout ce qu'il souhaitait savoir. Chandra avait expressément demandé au préfet de police de Kaklan d'interdire à l'inspecteur Mirèse, chargé d'enquêter sur le meurtre du mafioso, d'instruire son dossier hors de sa zone de prospection. Ce qui revenait à stopper l'enquête. La note du président n'était en rien légale, et pouvait être annulée par celle du ministère de l'Intérieur. Il pirata leur système et fit envoyer une note signée, datée et tamponnée, présentant toutes les apparences de l'authenticité, au commissariat de Néron donnant l'autorisation à Mirèse de continuer son travail et de trouver les coupables, quel que soit leur statut. Il appela ensuite une de ses vieilles connaissances et lui demanda d'envoyer une équipe de trois personnes pour veiller à la sécurité dudit inspecteur. Il fallait frapper un grand coup dans la fourmilière. Les règles du jeu allaient être appliquées à la lettre.

CHAPITRE 20

Kigoma

Dès qu'il sortit de la navette, le général Clint eut l'impression d'étouffer. L'air était atrocement sec. La chaleur devait dépasser les quarante degrés à l'ombre. Une fournaise.

Le spatioport était quasiment désert. Hormis son *Chat botté* et deux autres navettes qui formaient son escorte, aucun autre VS ne se trouvait sur les pistes. Il jeta un regard sur les hangars, et douta qu'ils puissent contenir un grand nombre de vaisseaux. Il se dirigea vers les officiels qui l'attendaient en bout de piste : un petit homme à la peau tannée par le soleil, et un grand Noir. Tous deux portaient de grosses lunettes aux verres teintés.

— Général Clint, je présume, fit le plus petit des deux.

— Grand maître Mogabo, dit Clint avec déférence en s'inclinant devant lui.

Pas de président, pas de pouvoir central. Kigoma était un monde à part.

— Je vous présente, mon sorcier, le prince Bongo.

Le grand Noir lui adressa un large sourire.

Kigoma faisait partie de la Fédération, mais à bien des égards, son mode de fonctionnement était plus proche de celui des planètes limites que de celui des planètes standards de la Fédération.

— Enchanté, fit Clint en priant pour qu'il trouve un coin d'ombre.

Sa tenue de commando n'était absolument pas adaptée au milieu ambiant. Dès qu'il le pourrait, il enfilerait un short et un T-shirt.

— Nous allons vous conduire à notre village, et vous montrer vos cases. Seulement une dizaine d'homme seront acceptés, fit Mogabo.

— Qu'il en soit fait ainsi.

Clint sortit son mémo, et se mit en rapport avec le major Frelan. Il lui demanda de lui envoyer une dizaine de soldats qu'il nomma un par un, puis il lui ordonna de se mettre en attente pour de plus amples instructions.

Les soutes des navettes s'ouvrirent, et une dizaine de corps en sautèrent avant de rejoindre au pas de course leur général.

À la vue de certains soldats, le sorcier Bongo lança un ordre dans un dialecte local.

— Qu'est-ce qu'il a dit ? demanda Clint qui sortit un cigare de la poche extérieure de son veston kaki.

— Les femmes soldats ne sont pas admises dans nos communautés, répondit Mogabo.

Clint fronça les sourcils, prit son cigare entre les dents et trancha le bout avant de le recracher à ses pieds.

— Prince Bongo, croyez bien que je respecte vos traditions au plus haut point, mais n'oubliez pas que vous faites toujours partie de la Fédération. La discrimination sexuelle est un crime que je ne saurais admettre. Ces soldats sont mes meilleurs éléments. Si vous tenez à ce que nous réglions votre problème (il insista sur le « votre ») je vous prie de reconsidérer votre position.

Pour qui tu te prends sale con ! jura Clint en lui-même. Il connaissait l'histoire de cette planète qui durant le conflit de l'indépendance avait failli obtenir le statut de planète limite. Seul tout un enchevêtrement de circonstances (trahisons, rapports de force et malchance) avait fait capoter l'affaire. Il n'en restait pas moins que dans le cœur de nombreux Kigomais, la Fédération représentait le grand Satan qu'il fallait combattre à tout prix.

L'homme répondit dans son langage.

— Il accepte leur présence. Toutefois elles devront dormir dans des cases réservées aux femmes, traduisit le grand maître Mogabo.

Tu comprends ma langue, mais tu refuses de la parler, pensa Clint qui voyait bien qu'il n'aurait aucune aide à attendre de la part des hautes instances de cette planète.

— Alors ne perdons pas de temps, allons-y.

Ils montèrent dans la jeep et au milieu du vrombissement assourdissant des moteurs, quittèrent le vétuste spatioport pour rejoindre les routes ensablées de l'unique continent de la planète.

Le sol était sec. La végétation quasi inexistante. De-ci de-là, on pouvait apercevoir des bosquets d'arbres rabougris. Un désert aride et plat. Au loin se détachaient sur l'horizon les premières collines.

— Général, comment des hommes ont-ils pu désirer s'installer ici ? C'est pire que l'enfer ! fit le première classe Douglas qui conduisait une des deux jeeps militaires.

Le sable fouetté par les roues des véhicules formait un nuage épais et opaque derrière eux.

— Kigoma ne possède rien. Ses sous-sols sont les plus pauvres que l'on n'ait jamais découvert. Pas de pétrole, pas de métaux précieux. Rien qui puisse intéresser les grands groupes industriels. L'eau y est rare. Seuls des fous ont pu songer à s'y installer. (Il tira un dernier coup sur son cigare avant de le jeter par la fenêtre.) Les premiers colons étaient des juifs. Plusieurs centaines de familles s'y sont installées, en pensant y créer un nouvel Israël. Toutefois leur petite communauté ne connut pas le repos bien longtemps ; car une cinquantaine d'années plus tard, quand les forces de l'empire de Centre Afrique envahirent la planète, elles décimèrent toute la population. Cela se passait avant la création de la Fédération. Depuis, les Kigomais ne rêvent que de prendre leur indépendance, raconta Clint, qui connaissait un peu l'Histoire.

— Putain, y a vraiment des cinglés ! lâcha le soldat Emilio Gonzalez. Pour rien au monde je ne voudrais vivre dans ce cauchemar !

Après les journées passées sur Reinivick dans le froid glacial de l'hiver perpétuel, un étrange coup du sort les avait envoyés dans une fournaise non moins éternelle.

Quelle devait être la mentalité des autochtones ? Des durs à cuire, se dit Clint soudain pensif. Climat hostile forge le caractère, disait le dicton.

Assis à l'arrière du véhicule, à l'abri du soleil sous une bâche qui recouvrait le véhicule, le général examina ses troupes et se félicita de son choix. Il ne fallait pas se leurrer, même si Kigoma semblait être d'une tranquillité à toute épreuve, le mal résidait à l'intérieur. Cela faisait plusieurs semaines que des disparitions se succédaient un peu partout sur la planète. Aucun cadavre n'avait été retrouvé. Les personnes disparues semblaient s'être purement et simplement volatilisées. Un seul endroit n'avait pu être exploré : la jungle. Espace naturel impénétrable qui s'étalait sur plusieurs milliers d'hectares de terrain, la jungle kigomaise n'avait jamais subi les assauts de l'homme, depuis que les premières prospections, des siècles auparavant, avaient démontré la pauvreté des sous-sols.

— Général, je n'ai pas confiance en ce Bongo, fit le caporal Rachel Samuelson.

Il n'avait hésité qu'un court instant à l'intégrer à l'équipe. Par ses origines, il savait que moins que tout autre, elle avait à cœur d'aider les citoyens de Kigoma. Mais l'éloigner aurait été encore plus humiliant. Elle était un de ses plus fins limiers. Il avait confiance en elle, et espérait qu'elle s'en tiendrait à la mission.

— T'as peur qu'il tente de te faire perdre ta virgini..., commença le soldat Sako Alimato avant de s'arrêter en pleine phrase.

Un couteau s'était posé sur sa gorge.

— Garde tes réflexions pour toi, Sako, ou je te jure que je te la tranche, fit le soldat Dingin Varnan.

— Ok, je plaisante. (Puis, se tournant vers Samuelson:) Mes excuses caporal, fit platement Alimato avant de hocher la tête.

Aucun humour ! pesta-t-il en lui-même.

Clint s'était volontairement abstenu d'intervenir dans cette confrontation. Il connaissait ses hommes, et savait que tout n'était que jeu. Même si des discordes éclataient parfois durant les phases passives de leur mission, dès que l'exercice frontal commençait, il savait que chacun de ses soldats serait prêt à donner sa vie pour un de ses camarades. Ils étaient unis par un lien que rien ne pourrait briser. Pas même un humour grossier et navrant.

Ils roulèrent dans ce désert à la terre desséchée et craquelée durant plus de cinq heures. Puis le paysage changea lentement pour laisser place à la savane. Des herbes hautes tapissaient le sol semblable à une mer dorée. Les deux jeeps miliaires suivaient le véhicule des autorités sur une route à moitié abandonnée. De fréquentes secousses venaient leur rappeler la présence de trous ou de blocs de pierre sur leur chemin.

— Pourquoi ont-ils construit ce foutu spatioport si loin de leur village ? se demanda Gonzalez.

Clint aussi s'était posé la question, et le général Fousteau lui avait répondu que la sécheresse expliquait ce choix. Le risque de se poser dans la savane et d'embraser toute une partie du continent était trop important. Il rapporta donc le motif à son soldat, qui bougonna un « ouais » peu convaincu.

Le crépuscule commençait à se faire insistant. La lumière si vive s'amenuisait lentement. Au moment où les soldats assis à l'arrière se demandaient s'ils arriveraient avant la nuit, ils aperçurent enfin le village. De sombres habitations de bois, de vingt mètres carrés tout au plus se répartissaient en cercle et délimitaient l'étendue du village.

— Ne me dites pas que c'est leur capitale ?! se hasarda Douglas.

Il n'arrivait pas à imaginer que l'on puisse désirer vivre dans un endroit pareil.

— Des sauvages ! pesta Gonzalez.

Comment pouvait-on renier tous les bienfaits que la Fédération mettait à la disposition de chacun de ses membres ? Seuls la bêtise ou l'intégrisme pouvaient expliquer un tel comportement.

— Gardez vos réflexions pour vous. Nous ne sommes pas là pour les juger, Ok ? fit Clint en les fixant droit dans les yeux les uns après les autres.

À l'inverse de ses soldats, il n'éprouvait pas la même antipathie face à ce style de vie. Il comprenait que des hommes puissent bannir de leur civilisation toute trace de modernité. Même s'il était un des plus ardents défenseurs de la Fédération, il ne pouvait s'empêcher de prendre ses distances avec le tout technologique et le repli sur soi qui caractérisaient ces sociétés. Cela dit, il savait très bien que les Kigomais n'étaient en rien de doux rêveurs. Les rapports qu'il avait lus sur ces populations indiquaient clairement une tendance sectaire de plus en plus évidente.

Il était temps que nous venions fouiner dans leurs affaires, se dit-il alors que les deux jeeps et le véhicule de leur hôte entraient dans le village.

Le soleil avait passé l'horizon. Des vieillards, des femmes et leurs enfants s'attroupèrent autour des nouveaux venus.

— Vous croyez qu'ils parlent anglais ? demanda le soldat Than Thaï.

Même si aucune loi n'osait l'énoncer, l'anglais était devenu la langue de référence au sein de la Fédération.

— Non, nous n'en voyons pas l'intérêt, répondit le grand maître Mogabo. Le swahili est un bien plus beau langage.

Les onze militaires se trouvaient sur la place centrale du village. Un feu y était allumé. La nuit venait de s'installer. Mogabo leur demanda de les suivre. Il les convia dans la plus grande des habitations. L'intérieur était aussi dénué de décoration que l'extérieur.

Les soldats s'assirent sur le sol recouvert d'un simple tissu. Deux femmes vinrent leur servir un breuvage local dans des coupes taillées dans le bois.

— Où sont vos hommes ? demanda Samuelson.

La question était sur les lèvres de toutes les personnes en présence. Mogabo regarda le caporal et tâcha de ne pas montrer son animosité.

Une femme dans la salle des Rêves ! soupira-t-il en lui-même.

— Nous sommes en plein *Boudound'ou*, répondit le grand maître avant de s'expliquer : La semaine sainte, nous n'avons le droit ni de boire, ni de manger, ni d'exercer quelque activité que ce soit tant que le soleil n'a pas touché l'horizon. Les hommes sont partis à la chasse.

— Bon courage ! fit Alimato avant de ricaner.

Clint lui lança un regard noir. Ce stupide Alimato n'avait pas lu le dossier qu'il avait fait passer à tous les soldats. Les Kigomais avaient subi une manipulation génétique qui leur permettait d'y voir la nuit. En nouveau swahili, Kigoma voulait dire « le peuple chat ».

— Les Kigomais n'en manquent pas, fit-il d'un ton très sérieux.

Il ne fallait surtout pas froisser Mogabo avant qu'il ait pu dire ce qu'il savait.

Kigoma n'intéressait personne. L'immigration avoisinait le zéro. Et même si le tourisme n'y était pas formellement interdit, aucune agence de voyages n'avait pu inscrire un site de Kigoma sur ses destinations, à cause du classement en zone protégée de tout le continent. Mesure ô combien abusive, mais ô combien pratique, également, pour ne pas être dérangé. Kigoma était un cas à part au sein des deux cent cinquante planètes habitables de la Fédération.

— Parlez-nous de ces disparitions, reprit Clint en se tournant vers le grand maître.

À ce moment le sorcier Bongo pénétra dans l'habitation. La colère se lisait dans ses yeux.

Il s'exprima dans sa langue, s'adressant à Mogabo qui écarquilla les yeux, terrifié, puis il désigna d'un geste circulaire les militaires et cracha par terre.

Soit, il ne connaît rien dans l'art de la diplomatie, soit il cherche l'incident, se dit Clint qui porta instinctivement sa main gauche sur sa cuisse. Refuge d'un de ses deux couteaux.

— Bongo dit que vous avez apporté tout un arsenal militaire avec vous. Selon les lois qui régissent nos communautés, vous auriez dû les laisser dans vos vaisseaux, expliqua Mogabo. Il dit que vous allez jeter le mauvais œil sur le village. Il vous demande de retourner d'où vous venez.

Un murmure de dénigrement parcouru les soldats. Pour qui se prenait-il, ce sauvage ?! Ils n'avaient jamais renoncé à aucune mission, et ce n'était certainement pas la superstition d'un sorcier intégriste qui leur ferait rebrousser chemin.

— Écoutez Bongo, jusqu'à présent la Fédération a été plutôt permissive avec vos façons d'agir. En de nombreux points vous bafouez les règles de la Constitution, mais nous avons toujours considéré que du fait de votre particularisme, nous ne pouvions vous obliger à les suivre à la lettre. Maintenant, il se trouve que vous avez été incapables de régler ces disparitions par vos propres moyens, je vous serai donc gré de laisser faire des professionnels, fit Clint d'un ton froid et implacable.

Bongo s'approcha du général et se baissa à son niveau. Chaque soldat était prêt à agir. Une tension palpable que chacun pouvait sentir s'abattit sur le groupe. Mogabo se mit à suer.

— Pour qui vous prenez-vous ? Nous ne sommes pas vos sujets. Vous n'avez rien à faire ici, s'exclama avec véhémence le sorcier qui parlait un anglais irréprochable. Cela suffit. Vous croyez que vous pouvez débarquer chez nous à tout moment et nous imposer vos lois ? Les Kigomais forment un peuple fier, et nous n'avons de leçon à recevoir de personne. Nous vivons en parfaite symbiose avec la nature. Nous ne voulons pas de vos machines, de vos inventions diaboliques qui réduisent l'homme à une simple donnée dans vos sociétés de consommation. Vous ne respectez rien, pas même vos propres personnes. Partez messieurs, nous réglerons seuls notre problème.

La sentence était sans appel. Clint ne voulut pas polémiquer. Il se rendait compte qu'aucune discussion ne permettrait de trouver un accord avec cet individu. Il fallait faire profil bas, calmer les esprits.

— Très bien. Nous n'allons pas nous imposer plus longtemps.

Je voudrais juste, grand maître Mogabo, que vous nous disiez tout ce que vous savez sur ces disparitions.

L'homme chercha l'aval du sorcier qui hocha affirmativement la tête. La tension diminua d'un cran.

— Cela a toujours existé. Aussi loin que remonte notre histoire, commença le grand maître. Dans la jungle vivent les mauvais esprits. Les damnés de l'enfer. Ils nous guettent, nous surveillent, nous attendent. À chaque équinoxe, des pèlerinages s'effectuent sur le mont Morogoro. La route pour y parvenir traverse une partie de la jungle, et seuls les hommes qui sont purs de tout péché survivent à la traversée. Les autres disparaissent, et servent de festin aux démons.

Les flammes de la peur luisaient dans les yeux de Mogabo. Il semblait comme en transe, en proie à une terreur insondable.

Quelles sont leurs croyances ? se demanda Clint fasciné.

Il n'était pas un mystique. Il croyait que toutes choses aussi invraisemblables fussent-elle, avaient une explication logique, scientifique.

La plupart des soldats avaient le même type de pensée. Ils montreraient à ces sauvages qu'ils n'étaient que de vulgaires superstitieux.

— Pouvez-vous nous indiquer le chemin qu'emprunte le pèlerinage ? demanda Clint.

Mogabo jeta de nouveau un regard vers le sorcier, et répondit à la question.

— Nous ne nous servons pas de papier, l'écriture est proscrite. Nous n'avons ni plan ni carte, si ce n'est dans nos têtes.

Merde, se dit Clint. Mogabo ne lâcherait rien. Pas devant le sorcier en tout cas.

— Tant pis, nous essayerons de débusquer vos démons à notre manière, fit-il énigmatiquement.

Il se releva, suivi de près par ses soldats. Il était temps de quitter le village. Ils n'avaient plus rien à faire ici. L'expédition pouvait commencer.

En sortant de la case, ils furent éblouis par le feu qui brûlait au centre du village. Attroupés à distance respectable, les autochtones les regardaient avec curiosité et méfiance.

Clint et ses troupes retournèrent en direction de leurs véhicules et s'apprêtaient à y grimper quand une jeune fille courut à leur rencontre.

Elle se jeta à leur pied, et se mit à parler tout en pleurant à chaudes larmes. Clint ne comprenait pas le swahili, pourtant il fut capable d'interpréter ses paroles. Elle voulait fuir ce village. Le sorcier accourut et attrapa avec brutalité le bras de la fille et la força à se relever. Elle tenta de se dégager de cette entrave, et fut prise d'une crise d'hystérie. Le sorcier la gifla avec force et la traîna loin des hommes.

— Mon général qu'est-ce qu'on fait ? s'interrogea la soldate Christina Argento.

Ses doigts la démangeaient. Elle se retenait à grand-peine de sortir son couteau et de le planter dans le cœur de cet homme.

Pouvait-il se permettre de créer un incident, de prendre le risque de créer une émeute ? Clint repensa aux ordres qu'on lui avait donnés, et n'y vit pas d'objection majeure. Après tout, ils avaient besoin d'un guide.

— Bongo ! Laissez cette jeune femme, s'écria-t-il.

Le sorcier ne prit pas la peine de se retourner. Il n'avait aucun ordre à recevoir de ces étrangers. Il gifla une nouvelle fois la fille et la rabroua dans sa langue.

De leur côté, les soldats se tinrent prêts à intervenir. Au moindre mouvement agressif des habitants, ils feraient leur boulot. Clint se dit que la situation était éminemment explosive. Pouvait-il se permettre une boucherie ?

— Cette femme est une citoyenne de la Fédération, fit-il en élevant la voix. Et comme tout citoyen, elle a le droit de faire ce que bon lui semble. La liberté est une de nos valeurs les plus nobles. Il ne faudrait pas que vous croyiez pouvoir vous y soustraire. Nous sommes prêts à oublier certains de vos écarts, mais si vous ne lâchez pas cette jeune femme, sachez que nous reviendrons, et vous le regretterez amèrement.

Des menaces. Il n'avait trouvé rien d'autre pour persuader le sorcier.

Espérons qu'il est aussi intelligent que ce qu'on me l'a laissé entendre, se dit Clint.

Son rapport mentionnait que Imbal Bongo, dit le sorcier, avait fait partie de ces rares ressortissants kigomais à avoir quitté leur terre natale pour faire leurs études dans les plus grandes universités de Bavière. Il ne pouvait agir sans penser aux conséquences de ses actes.

Cherche-t-il véritablement le conflit ? craignit Clint prêt à en découdre s'il le fallait.

— Vous ne disposez pas de l'autorité requise pour m'imposer quoi que ce soit. Ne jouez pas votre carrière sur un simple coup de cœur, lâcha Bongo d'un ton moqueur.

Les habitants ne comprenaient rien au discours, mais se tenaient immobiles dans un silence respectueux. L'épreuve de force entre leur peuple et ceux de la Fédération allait peut-être advenir ce soir. La libération... ?

Lentement, avec précaution, le major Samuelson reculait pas à pas vers l'arrière de la jeep. Là où se trouvait leur attirail.

Qu'ils tentent quoi que ce soit... se dit-elle en priant pour que son général prenne la bonne décision.

Clint ne quitta pas Bongo du regard. Cette crapule avait raison. Il était soldat, pourtant il ne pouvait ni outrepasser ses fonctions, ni laisser la situation telle quelle.

Nous ne sommes pas en terrain ennemi, tout de même ! pensa-t-il en se reprenant.

— Assistance à personne en danger, monsieur Bongo (autant laisser tomber le sorcier). En tant que citoyen de la Fédération il est de mon devoir d'aider toute personne agressée sous mes yeux. Laissez cette femme ou il vous en coûtera, fit-il en mettant sa main gauche sous sa veste.

Il ne bluffait pas. Ses doigts touchèrent le métal de son revolver. Voyant agir leur chef, les soldats firent preuve de moins de retenue et dégainèrent aussitôt leur arme et visèrent soigneusement Bongo et Mogabo qui se tenaient pétrifiés près d'une des cases.

L'instant sembla durer une éternité. À la lumière du brasier qui brillait de toutes ses flammes, les visages étaient de cire. La sueur coulait sur les joues des protagonistes comme des larmes d'incertitude. Le silence était total, aucun animal ne se faisait entendre, nul souffle de vent ne se faisait sentir.

Bongo nargua d'un regard provocateur le général et ses hommes, puis daigna enfin lâcher sa proie.

— Prenez cette *Dounda*, nous n'avons pas besoin de mauvaises herbes au sein de notre peuple.

Aussitôt libérée la fille courut rejoindre les soldats et la première classe Argento l'attrapa entre ses bras avant qu'elle ne s'effondre de panique.

— Montez dans les véhicules on s'en va, ordonna Clint.

Guettant le moindre signe de résistance ou d'acte inconsidéré, les soldats exécutèrent l'ordre et peu après, les deux jeeps reprenaient le chemin qui les avait conduits jusqu'au village.

— Général, qu'est-ce qu'on fait maintenant ? fit Douglas.

— On retourne aux vaisseaux, répondit-il au conducteur.

Les quatre autres passagers de la jeep se regardèrent, étonnés.

— Vous voulez dire qu'on quitte la planète ? fit Alimato.

— Non, nous allons préparer notre excursion, fit Clint en sortant un cigare d'une des poches de sa veste.

Non, je ne vous oublie pas capitaine Salomon, se dit Clint en repensant à la raison qui lui avait fait accepter cette mission.

CHAPITRE 21

Atlan

L'immense navire flottait par-dessus l'épaisse couche de nuages qui dominait le ciel. Le spectacle était grandiose. Le soleil ne lui avait jamais semblé aussi rayonnant.

— Nous allons bientôt survoler l'océan, fit le prince à l'attention de Delphine.

Postée à la proue du navire, son visage s'illumina d'un sourire. Ce rêve était un véritable bonheur.

Comme chaque nuit, depuis sa dernière promenade au Bois-Magique, elle continuait ce rêve étrange au parfum de délice. Elle n'avait plus peur. Elle comprenait qu'il s'agissait d'un message. Même si elle n'en comprenait pas le sens, elle était néanmoins certaine que c'était Dieu qui lui parlait. Il répondait à ses prières par des messages voilés. À elle d'en déchiffrer la signification.

— C'est incroyable, fit-elle pour la énième fois. Comment ce prodige peut-il être ?

Rien dans ses maigres connaissances de la physique ne pouvait lui expliquer la lévitation d'un bateau de plusieurs tonnes. Elle ne s'attendait pas à une nouvelle réponse. Le prince lui avait déjà expliqué qu'il n'y avait rien de plus naturel à ce que les magiciens fassent leur travail. Sur ce, il avait indiqué du doigt l'homme à la tenue de velours noir qui était assis sur un fauteuil trônant sur le pont arrière du navire.

— Capitaine, pouvons-nous descendre au-dessous des nuages ? s'écria le prince à l'attention du magicien.

Ce dernier se frotta le bout du nez avant de lisser sa longue tignasse qui volait au vent.

— Ce n'est pas très prudent. Les courants sont mauvais par ces temps-ci. Il vaudrait mieux attendre demain, cria-t-il à son tour.

Le prince n'insista pas. Les règles d'obligeance voulaient qu'il fasse tout pour plaire à son invitée de marque. Mais seulement dans la limite du raisonnable.

Delphine ne manifesta aucun signe de déception. Tout était trop beau. Elle était si bien dans ce rêve qui ne semblait en rien être l'ombre de la réalité.

Je sens mon corps, je sens l'odeur des hommes, et le vent sur ma peau. Grâce en soit rendue au Seigneur, fit-elle reconnaissante de ces moments fabuleux.

Si son premier songe l'avait prise au dépourvu et lui avait fait craindre le pire, le deuxième la rassura très vite. L'équipage n'était en rien malintentionné. L'ayant vue dans le ciel en totale perdition, ces hommes s'étaient aussitôt portés à son secours, comme le voulait le code d'honneur des mariniers des cieux. Le voyage continua sans anicroche. Delphine était libre de ses mouvements. Les marins vaquaient à leurs affaires sans se soucier de sa présence. Seuls des coups d'œil furtifs et marqués par l'envie, trahissaient parfois leur désir. Les femmes n'étant pas admises à bord des navires, cela faisait plus d'un mois que ces hommes n'avaient connu les plaisirs de la chair. Toutefois ils attendraient le retour dans leur foyer pour satisfaire leurs envies.

Le temps passant, la météo se fit plus clémente. Les nuages s'effilochèrent peu à peu, et laissèrent apparaître des portions de mer. Delphine se pencha pour profiter pleinement de la vision.

— Nous ne devrions plus tarder à arriver, fit le prince en revenant à ses côtés.

Elle allait répondre que le temps n'avait aucune importance pour elle, quand un grand cri parvint du haut du mât.

— Navire en vue ! s'écria la vigie sans lâcher sa longue-vue. C'est un gestan !

Le teint du prince devint livide. Il courut aussitôt sur le pont arrière rejoindre le mage. Delphine ne bougea pas. Malgré la subite frénésie qui s'était emparé des hommes d'équipage, elle n'arrivait pas à avoir la moindre trace d'inquiétude. Tout cela n'était qu'un rêve. Une illusion issue de son esprit endormi.

Des marins grimpèrent le long des grands mâts, et dénouèrent les liens qui retenaient les voiles du dernier niveau. La vitesse de croisière n'était plus suffisante, tout devait être fait pour échapper aux poursuivants.

Le bâtiment de guerre germain avait navigué sous la couche de nuages et s'était approché peu à peu du navire du prince. Seuls les aléas de la météorologie avaient mis fin à leur approche invisible. Toutefois, même si l'effet de surprise était caduc, le navire était désormais trop près d'eux pour qu'ils espèrent encore pouvoir le semer.

Les voiles tombèrent et le navire gagna en vitesse. Mais cela ne suffit pas. L'abordage était désormais inévitable. Le prince jeta un regard attristé vers le mage, et pria pour que la mort soit rapide. Malgré la persévérance du mage et de ses disciples à invoquer les dieux des éléments, la défaite n'était que trop certaine.

Le ciel s'obscurcit lentement, un éclair zébra le ciel. Le navire gestan était en vue. Delphine frissonna en voyant les visages tordus par la haine et la rage qui s'interpellaient depuis l'autre bâtiment. S'élançant du pont inférieur, un harpon vient s'enfoncer dans la coque de leur navire. Un éclair retentissant irradia Delphine.

Elle se réveilla en sueur dans son lit.

— Mon Dieu ! fit-elle en se redressant.

Puis reprenant pied dans la réalité, elle se moqua d'elle-même et sauta de son lit le sourire aux lèvres. Il fallait qu'elle en parle à quelqu'un. Quelqu'un qui saurait interpréter ces songes indéchiffrables. Elle ne pouvait plus garder cela pour elle.

Elle passa toute la journée à vaquer à ses occupations de servante, dans les appartements de la duchesse de Savoie. Nettoyer, récurer chaque recoin du carrelage, laver et astiquer chaque fenêtre et miroir. Le soir venu, elle eut juste assez de force pour aller frapper à la porte du prieuré du château.

— Qui va là ? fit un vieil homme à la peau racornie.

— Delphine, répondit-elle.

L'homme d'Église lui ouvrit sa porte et la laissa pénétrer dans ce lieu de culte. Une odeur particulière envahit ses narines. De l'encens. Elle aimait ces effluves enivrants qui exhalaient l'insondable mystère de la divinité. Dans cette atmosphère, elle se sentait sereine et oubliait la douleur du monde.

— Que t'arrive-t-il mon enfant, fit le père Barrès en l'invitant à s'asseoir sur un banc.

— Mon Père, je suis désolée de vous sortir de vos méditations, mais il fallait que je vous voie. Il m'arrive quelque chose dont je ne sais que penser, commença-t-elle en sentant le rouge lui monter au visage.

À présent, assise dans la maison du Seigneur, le doute s'insinuait dans son esprit.

Que va-t-il penser de moi ? se demanda-t-elle troublée.

— Parle en toute quiétude, je suis là pour t'écouter, tu n'as pas à avoir honte. Quelles que soient tes paroles, sache que seules mes oreilles et celles du Seigneur en seront le réceptacle.

Ce n'était pas la première fois qu'il devait faire face à ce genre de situation. Il connaissait les perversions des grands de ce monde, et régulièrement de pauvres paysannes embauchées de force au château venaient se confier à lui à propos des sévices dont elles étaient victimes de la part de courtisans malintentionnés.

Delphine remarqua que le père se signait.

— Je me sens toute bête. Il s'agit de mes rêves.

Bien sûr, se dit le prêtre ironique et peiné de ce mensonge.

— Je t'écoute.

Elle mit ses mains sur les plis de sa robe et se jeta à l'eau.

— Cela a commencé la semaine dernière, et depuis il n'y a pas une nuit sans qu'il revienne me visiter. (Le prêtre hocha la tête tristement.) Je suis dans les airs, je flotte, puis je remarque au-dessus de ma tête un bateau. Un immense trois-mâts qui vient dans ma direction.

L'homme la fixa avec des yeux éberlués. Delphine baissa piteusement le regard.

— Excusez-moi, fit-elle alors en se levant pour partir.

La lumière des chandeliers rendait sa vision difficile. Mais il avait suffisamment vécu pour entendre la détresse quand il était en sa présence.

— Reste mon enfant. Pardonne mon étonnement, mais ton rêve est, ma foi, si original, fit-il.

Delphine jeta un regard vers la vierge Marie et lui adressa une prière intérieure. Elle se rassit auprès du prêtre et reprit son histoire.

— Et tu voudrais que j'interprète ce songe ?

— Je ne sais pas s'il y a quelque chose de divin. Mais cela est si étrange. Ce rêve semble tellement réel.

— Oui, mais pourtant il s'agit bel et bien d'un rêve, mon enfant. Rien que d'un rêve, répondit-il en gardant pour lui : malheureusement.

Delphine se sentait rassurée, libérée de ce secret ridicule. Son esprit cherchait simplement à la divertir. Eh bien que cela dure le plus longtemps possible, espéra-t-elle.

Elle se leva et remercia le prêtre pour avoir daigné la recevoir si tard dans la soirée. Elle avait encore un peu de temps pour se coucher et dormir. Peut-être allait-elle encore rêver ?

Luc avait l'esprit ailleurs. Il ne ressentait aucune peur, aucun désir. Il savait qu'il allait mourir, et pourtant son humeur était d'un calme étonnant.

— Oui, Humon, je tomberai avant qu'il ne me touche, répéta-t-il pour la dernière fois avant de grimper sur son destrier.

Promesse qu'il ne tiendrait aucunement. Il ne supportait pas l'idée que de Salvayre puisse croire qu'il avait peur de se battre. Il savait que le baron clamerait à la couardise, s'il venait à tomber de son cheval avant que sa lance ne l'ait touché. Aucune excuse ne serait alors possible. Seules les paroles de De Salvayre seraient écoutées. Son nom serait ridiculisé. Sa famille moquée et méprisée. Il valait mieux mourir en homme.

Le soleil de la veille s'en était allé. Le mauvais temps avait pris possession du ciel. Une pluie fine ne cessait de couler des sombres nuages qui obscurcissaient le paysage.

Luc frappa les flancs de son pur-sang et le força à avancer vers la piste. La bête hennit et s'exécuta de mauvaise grâce.

Tu ne veux pas y aller ? lui dit-il en s'étonnant une fois de plus du lien qui les unissait tous deux. Empathie, pensa-t-il heureux d'avoir encore des lettres.

Il passa un dernier couloir et pénétra sur la lice. Un subit accès d'hystérie collective s'empara de la populace qui assistait aux jeux. Imperturbable, Luc vint se placer devant le prince, lui fit un signe de la tête et baissa la visière de son heaume. Il chercha le regard de sa mère et se surprit à s'émouvoir. C'était la dernière fois qu'il la voyait.

Je ne tomberai pas, je ne tomberai pas, se répétait-il comme un leitmotiv. La peur commençait à s'installer dans les fibres de son corps.

Mon Dieu, ne m'abandonnez pas, je ne dois pas céder à la tentation, pria-t-il.

Il ne fallait pas tomber. Peu importaient les conseils de ses proches. Il savait qu'il prenait la bonne décision. Humon saurait le comprendre.

Il guida son cheval jusqu'à l'une des extrémités de la piste et attendit patiemment que de Salvayre fasse son entrée. L'homme s'avança à son tour sous les acclamations de la foule. Il vint saluer le prince, puis passant devant Luc il se dirigea à l'autre extrémité de la piste. Le duel pouvait commencer.

Père, pardonnez mon geste, fit-il quand la sonnerie d'une trompette résonna.

Il lança son cheval au galop, redressa sa lance, et fixa de Salvayre qui fonçait sur lui. Il n'eut plus le temps de penser. Les deux cavaliers se croisèrent et se ratèrent. Leurs armes ne rencontrèrent que le vide. Une clameur de stupeur s'empara des spectateurs. À un tel niveau de la compétition, c'était tout simplement impensable.

Humon jura dans sa barbe. Luc ne s'était pas laissé vaincre. Seule la chance venait de lui sauver la vie.

Qu'il ne la tente pas une seconde fois, pensa-t-il.

Les cavaliers arrivèrent en bout de piste et firent faire demi-tour à leur monture avant de se ruer à nouveau à l'assaut l'un de l'autre. Luc oubliant la nonchalance suicidaire qui l'avait saisi alors, s'obligea à se ressaisir.

Vous n'êtes pas si adroit que vous le pensiez baron, se dit-il pour s'encourager.

Ils se croisèrent à nouveau, et Luc dut lâcher sa lance quand celle-ci alla s'encastrer dans le heaume de De Salvayre, par un mince interstice. Celui-ci s'écroula. Un souffle de surprise s'empara de l'assemblée. Le baron était mort sur le coup. Luc descendit de sa monture et se dirigea vers la dépouille du baron.

J'ai réussi, se dit-il stupéfait.

Il n'avait à aucun moment osé imaginer qu'il pourrait survivre au duel.

Les proches du baron suivis des médecins de la cour envahirent la lice. Gascon et quelques-uns des siens se joignirent à eux. Le désordre était total. Luc jeta un regard vers les tribunes, et fut soulagé de voir le sourire qui s'esquissait sur le visage du prince Marc.

— La main de Dieu a crié vengeance ! fit Gascon sans ce soucier des proches de la victime.

— Oui, il ne peut qu'en être ainsi, fit Luc qui marcha jusqu'à l'estrade attendre le verdict.

Le conseiller du prince se leva et le silence se fit parmi la foule.

— Le vainqueur de cette épreuve est le duc de Vendée.

Personne ne réagit, à part le prince qui se mit à applaudir. Très vite, toute l'assemblée de personnalités assises dans la tribune des personnages officiels se joignit à cette réaction solennelle, et une salve d'applaudissements retentit bientôt. Un des hommes les plus puissants du royaume venait de mourir, et personne ne s'en apitoyait. Chacun comprenait que la roue du destin était en train de tourner. L'équilibre des pouvoirs allait changer dans la province de l'ouest.

— Ce n'était pas une belle journée pour mourir, fit Humon soulagé de ses craintes.

— Certes, certes, répondit Luc en prenant le chemin des écuries.

Sur son pur-sang, Luc se sentait un autre homme. Il ne craignait plus rien. En trucidant de Salvayre, il avait tué le jeune homme qu'il était encore dans la matinée. Il n'en éprouvait aucun remords. Il revoyait très précisément la lame s'enfoncer entre les orbites du baron.

Il n'a eu que ce qu'il méritait, se dit-il.

— Luc, ralentis l'allure, fit Gascon en arrivant à sa hauteur.

Le duc jeta un regard en arrière et s'aperçut qu'il avait quelques mètres d'avance sur son escorte formée de ses proches. Il tira légèrement sur les rênes de sa monture.

— Navré, fit-il en haussant les épaules.

Humon les rejoignit alors. En conseiller avisé, il se réjouissait du changement de tempérament qui semblait se dessiner dans la conscience de son élève. Cependant, en tant qu'ami, il se sentait peiné par la disparition de l'innocence qui, ce matin encore, coulait dans ses veines. Luc avait franchi un cap. Il avait tué un homme. Et cela volontairement. Il n'était plus un enfant.

— Les festivités de ce soir seront très importantes. Sachez mesurer vos paroles et ne vous laissez pas entraîner dans des discussions qui pourraient nous coûter beaucoup. Nous sommes dans une situation de force. Nombreux seront les courtisans qui voudront vous parler, les courtisanes qui voudront vous séduire.

Écoutez-les, mais surtout restez très évasif dans vos réponses. Ne prenez aucune décision. Nous avons tout le temps d'étudier les meilleures propositions. Les alliances vont tourner. Il se pourrait bien que nous en soyons les plus grands bénéficiaires. Gardez-vous des promesses.

Le château du prince Marc était en vue. La nuit était chaude et bienveillante. Il saurait faire face aux obligations de son nouveau statut. Luc se sentait d'une force à toute épreuve, empli d'un cynisme effroyable. Tout lui semblait petit et mesquin. Il fallait que les choses changent sur Atlan.

Il passèrent le pont-levis et pénétrèrent dans la cour du château. Personne ne leur demanda leur invitation. Des domestiques les attendaient pour prendre soin de leurs montures. On les accompagna ensuite dans les mêmes jardins où deux nuits plus tôt il s'était querellé avec l'homme qu'il venait de tuer. Étrange retournement de situation, pensa-t-il en foulant l'herbe fraîchement coupée.

— Messire, si vous permettez que je vous enlève à vos gens, fit un homme qu'on ne pouvait oublier (il s'agissait du vieux bossu). Le prince désire vous recevoir dans ses salons privés.

Luc accepta l'invitation et suivit son guide le long d'un dédale de couloirs qui traversaient le château de part en part. Suivant le pas du bossu qui marchait avec lenteur, il prit le temps d'admirer les riches tapisseries exposées sur les murs. Des œuvres remarquables, apprécia-t-il, regrettant de ne pas pouvoir les contempler plus longuement. Puis ses pensées le ramenèrent à des préoccupations plus terre à terre. Le prince souhaite me parler, se félicita-t-il. Toutefois il se sentait incapable d'extrapoler sur la teneur de ce qu'il comptait lui confier.

Ils passèrent un dernier couloir et arrivèrent enfin devant la porte qui menait aux appartements princiers. Deux gardes, hallebarde à la main, en barraient l'entrée. Mais dès qu'ils virent le bossu, ils écartèrent leurs armes et ouvrirent les portes qui révélèrent une salle d'une beauté stupéfiante. Le prince savait profiter de son pouvoir, se dit Luc qui avança jusqu'à une seconde porte.

Ils la passèrent et pénétrèrent dans une chambre de taille beaucoup plus modeste, mais non moins éblouissante de splendeur. Le prince se trouvait assis à un bureau en train d'écrire.

Le bossu toussota. Le prince se retourna et leur adressa un sourire de bienvenu.

— Cher Théodore, je te remercie, tu peux disposer à présent, fit-il en posant sa plume d'oie dans l'encrier.

Luc avança en direction du prince et quand il jugea la distance respectable, il posa un genou à terre.

— Votre honneur, fit-il en fixant son regard sur les pieds du prince toujours assis.

— Relevez-vous, et prenez donc place à mes côtés, fit le prince en lui indiquant un fauteuil.

Luc s'assit et sentit sa détermination se lézarder quelque peu. L'homme avait une prestance, un charisme effroyable. La race des seigneurs. Luc essaya de balayer ses pensées serviles, mais il n'y parvint guère. Des années de soumission aveugle ne pouvaient s'effacer d'un seul trait. Quoi qu'il ait pu penser du prince Marc, Luc était un sujet loyal, garant des principes qui régissaient leur société féodale.

— Vous m'avez beaucoup peiné, cher cousin, entama le prince en usant du lien familial.

— J'en suis fort désolé, répondit Luc. Il s'agit d'un terrible accident.

Un bruit de pas lui fit détourner le regard. Une servante venait d'entrer dans la chambre. Luc la reconnut aussitôt. C'était la jeune fille pour laquelle il s'était disputé avec de Salvayre.

— Oui, ce sont les risques de la vie, fit le prince. Parlons plutôt de vous, Luc de Vendée. Je ne crois pas que nous nous soyons déjà rencontrés. Si vous voulez bien vous présenter...

Que voulait-il savoir ? se demanda Luc ne sachant que répondre.

Il se doutait que le prince avait déjà dû se renseigner sur lui auprès de personnes bien informées. L'important c'est la forme et non le fond, se souvint-il alors.

— Je suis le dernier descendant des Vendée. Une des premières familles à avoir posé le pied sur ce sol. Durant des siècles, nous avons toujours œuvré pour le plus grand bien du peuple et de la couronne, nous avons...

— Assez, le coupa le prince en soufflant. Arrêtez, je vous en prie. J'ai suffisamment bu pour que vous ne veniez me saouler de vos paroles. Dites-moi seulement qui vous êtes ? Quels sont vos rêves ?

Que cherche-t-il ? se demanda Luc.

— Je suis celui qui redorera le blason des Vendée, lança-t-il avec vigueur.

Le prince hocha lentement la tête, et croisa ses mains sur son ventre.

— Ah bon ? Je ne savais pas que votre maison était en disgrâce ? se moqua le prince.

Luc eut un tic nerveux.

— Elle ne l'est certes pas, mais elle n'est toutefois pas dans les bonnes grâces non plus, répliqua-t-il.

— Est-ce donc là tout ce que vous recherchez ? Vous attirer mes faveurs ?

Le prince se leva et rajusta son costume de velours.

— Je ne demande rien d'autre que la justice, enchaîna Luc désarçonné.

Le prince partit d'un grand éclat de rire et se dirigea vers Delphine.

— Soyons sérieux jeune duc, ne me dites pas que vous croyez en elle ? La mort de votre père ne vous a donc rien appris ?

Une brusque montée de rage envahit l'esprit de Luc. Ses joues rosirent et les battements de son cœur s'accélérèrent.

— Bien au contraire, elle m'a appris que les valeurs que représente la couronne sont piétinées, bafouées chaque jour que Dieu fait, par des hommes sans foi ni loi qui se moquent des principes qu'édifièrent leurs aînés, s'écria Luc en se levant d'un bond.

— À qui parliez-vous, jeune présomptueux ? Sachez que si vous

vous adressiez à ma sainte personne, je pourrais vous occire dans l'instant.

Et d'un mouvement furtif, l'homme sortit une dague d'une de ses manches et la lança en direction de Luc. La lame lui frôla le cuir chevelu et vint s'encastrer dans le mur qui se trouvait derrière lui.

— Votre précepteur n'est pas à la hauteur de vos ambitions, jeune duc. Vous ne faites pas le poids, reprit-il comme si de rien n'était. Savez-vous pourquoi aucune des familles riveraines de vos terres n'a tenté de les envahir depuis la mort de votre père ?

— Parce qu'ils sont fidèles au traité qui régit les relations des familles de l'Ouest, fit Luc faussement naïf.

Le prince sourit et négligea la réponse d'un mouvement de la main.

— Parce qu'ils sont certains que vous serez incapable de diriger votre duché. Que pensez-vous de votre père ? demanda-t-il.

— Un homme bon, courageux, qui veillait sur les affaires du duché avec intégrité et rigueur. Un homme trahi, fit Luc sans hésitation.

Le prince s'esclaffa une nouvelle fois. Luc se tut aussitôt.

— Votre père était un des nôtres. Un homme dur, prêt à toutes les manigances pour un peu de pouvoir. Un mari infidèle, un piètre combattant, et je vous passe ses forfaits les plus misérables.

— Taisez-vous ! hurla Luc se jetant sur le prince.

Mais ce dernier l'esquiva et le renversa d'un coup de pied dans le postérieur.

— En voilà un beau duc ! Votre mère a fait de vous un mollasson. Vous n'avez pas la stature d'un grand seigneur. À la première épreuve vous perdez votre sang-froid. Comment comptez-vous mener des négociations avec vos pires ennemis si vous êtes incapable de vous maîtriser devant la moindre insulte ?! Vous me faites honte.

Luc comprit la leçon et se sentit humilié.

— Vous avez besoin d'un autre genre de précepteur, cher cousin.

Le prince se rapprocha de Delphine.

— Où trouverai-je l'homme adéquat ? demanda Luc qui n'avait plus qu'une envie : quitter ce lieu maudit.

— Je vous l'enverrai le moment venu, répondit le prince. Pour l'instant profitez au mieux de vos temps de loisir. Les mois qui viennent s'annoncent difficiles pour votre duché. (Le prince fit une pause, puis reprit sur un ton plus trivial:) J'ai ouï dire que cette jeune servante ne vous avait pas laissé de marbre. Je vous la confie, et espère que vous en ferez bon usage.

L'entretien était clos. Luc ne tenta pas d'ouvrir la bouche de peur que les insultes qui bouillonnaient dans son esprit ne traversent le rempart de ses lèvres.

Il ne respecte rien, se dit-il en trouvant incroyable la scène qu'il venait de vivre. Que vais-je devenir ?

Le prince lui lança un regard faussement complice et l'invita à se retirer. Luc s'exécuta et ressortit des appartements princiers accompagné de Delphine.

Vous me paierez cher cet affront, se promit-il en rebroussant chemin.

CHAPITRE 22

Alliance

Hormis son propre souffle qui résonnait à ses oreilles, le silence était total. Pourtant le chaos s'était abattu tout autour de lui. L'abbaye était à moitié détruite. Des morceaux de ce qui avait été l'aile nord gisaient çà et là. La navette s'était encastrée avec une violence phénoménale dans le symbole de la présence divine sur Alliance.

Se peut-il qu'il y ait des survivants ? se demanda frère Wilson qui avançait parmi les décombres. Sa combinaison lui assurait une survie pour plus d'une semaine, largement le temps d'attendre les secours. Il savait que sa seule chance de salut était l'arrivée des agents de la Fédération. Petersen ne le laisserait pas survivre. Même s'il n'avait pas encore toutes les réponses à ces interrogations, il avait néanmoins compris certaines choses, en particulier que Petersen et Haraflika s'étaient servis de lui afin de créer un incident. La fin de leur collaboration séculaire.

Il pénétra dans les vestiges de l'édifice. Il déambulait par petits bonds dans ce qui avait été les corridors de l'Abbaye. Son cœur se serra quand il reconnut sa chambre. Il ouvrit la porte et fut soulagé de voir que rien n'avait été détruit. Il s'approcha de son lit et s'assit dessus. Malgré l'épaisseur de sa combinaison, il apprécia le moelleux du matelas. Il ne restait plus qu'à attendre. Pourvu que la Fédération ne soit pas corrompue.

Il se mit à sourire de dérision. Sous ses pieds se trouvaient terrés les survivants de cette apocalypse.

Que Dieu me pardonne, mais je ne peux éprouver de chagrin à la pensée que Petersen ait pu trouver la mort, pensa-t-il piteusement.

Comme dans l'espace aucun son ne pouvait se faire entendre, ce furent les lumières des vaisseaux qui se posèrent près de l'Abbaye qui le sortirent de ses sombres pensées.

Il se releva et sortit à la rencontre des nouveaux venus. Des hommes en combinaison militaire s'approchèrent de lui.

— Est-ce que vous pouvez m'entendre ? demanda-t-il.

Un soldat se posta face à lui, puis trouvant la bonne fréquence l'homme lui répondit dans son casque.

— Je suis le lieutenant Amstrong. Où se trouvent les autres survivants ?

— En sous-sol, répondit Wilson. C'est une catastrophe.

Le lieutenant ne prit pas le temps de compatir et chargea un de ses hommes d'aider le frère à embarquer dans un des véhicules d'infirmerie qu'ils venaient de descendre des soutes.

Wilson se laissa faire. Il n'avait plus aucune carte en main. Du véhicule, on le transféra à l'intérieur d'un des quatre vaisseaux où il put enfin se débarrasser de sa combinaison. On le convia à l'infirmerie pour un check-up formel, mais l'examen sommaire ne montra aucune lésion dans le corps de Wilson. Il était en parfaite santé.

— Êtes-vous en état de nous dire ce qu'il s'est passé ? demanda le capitaine Wong.

Les militaires avaient atteint les sous-sols de l'Abbaye, mais la manœuvre pour en faire sortir les rescapés prendrait du temps. Wilson était pour l'instant leur seul témoin.

— Non, tout est confus dans ma tête. J'ai besoin de repos.

Le capitaine n'insista pas. Ils avaient tout le temps pour avoir des réponses. L'important était de sauver les autres frères. Une navette allait se mettre en stationnement au-dessus des restes de l'Abbaye. Par un couloir amovible, on allait la relier à l'entrée du sous-sol de façon à ne pas provoquer une asphyxie générale à l'ouverture de la porte derrière laquelle se massaient les survivants.

— Me serait-il possible de rejoindre une cabine ? demanda-t-il.

Le capitaine acquiesça et confia à un de ses subordonnés la tâche de lui trouver un espace pour se détendre.

— Vous n'avez plus rien à craindre, vous êtes en sécurité à présent, fit un soldat en l'accompagnant.

Pourtant il se savait perdu. Le clergé ne le laisserait pas s'en tirer. Il connaissait trop de choses. Il fallait fuir. Trouver un endroit où se cacher, pour prendre le temps de réfléchir. Un lieu à l'abri des regards d'où il mènerait sa croisade.

Ils entrèrent dans une cabine aux dimensions réduites. Un hublot elliptique lui laissa entrevoir une partie de l'Abbaye. Il se retourna vers le soldat qui l'avait escorté.

— Croyez-vous en Dieu ? lui demanda-t-il.

La femme le regarda avec mépris.

— Non, répliqua-t-elle sèchement.

Wilson hocha la tête d'un signe compréhensif.

— Pourquoi ? continua-t-il.

Il se doutait de sa réponse, mais il ne tenait pas à rester seul. La présence de cette femme le rassurait. Tant qu'il serait avec un agent de la Fédération, ils n'oseraient pas le toucher.

— Pourquoi croirais-je en lui ?! S'il existe, votre Dieu ne mérite que mon mépris. Pour un « père » je le trouve bien peu présent. Comment peut-il laisser ses « enfants » dans la douleur alors que si l'on en croit votre bible, il possède tous les pouvoirs ?

Le grand débat. La non-intervention divine comme garantie de notre liberté. Réalité morale ou simple astuce conceptuelle ?

— Pourquoi vous êtes-vous engagée dans l'armée ?

— Arrêtez avec vos questions, je ne suis pas là pour vous tenir le crachoir !

Elle se détourna et ressortit de la cabine. Wilson se retrouva seul. Il s'allongea sur la couchette, et passa ses mains derrière sa nuque. Il ne restait plus qu'à attendre la suite des événements.

Que Dieu me vienne en aide, pria-t-il.

Le lieutenant Armstrong supervisait les opérations de sauvetage.

L'anneau cylindrique qui reliait la navette aux sous-sols de l'abbaye était désormais sécurisé. L'évacuation pouvait commencer.

— Cardinal Petersen, vous pouvez ouvrir la porte. L'étanchéité est assurée.

Un léger sifflement d'air se fit entendre puis la porte coulissa. Les moines sortirent les uns après les autres. Ils empruntèrent le conduit ascensionnel qui les porta jusqu'à l'intérieur de la navette.

Une fois l'opération effectuée, des soldats détachèrent le cordon ombilical et le dégagèrent des soutes du vaisseau qui put alors décoller. Les militaires prirent d'assaut les sous-sols de l'abbaye, et commencèrent leur inspection. Ils se penchèrent sur les consoles, et les activèrent.

— Les enfoirés, cracha un des hackers. Ils ont tout effacé. Les mémoires sont vides.

La même déception envahit les autres soldats qui ne purent constater que l'effacement total des banques de mémoire de l'Abbaye.

Le lieutenant Armstrong arriva sur les lieux.

— Ne touchez plus à rien. Une commission d'enquête vient d'être ouverte. Il nous faut quitter les lieux.

En bon soldat obéissant, personne ne protesta. Ils se regroupèrent à l'extérieur de l'abbaye. Leur mission était désormais limitée à surveiller les lieux et à les défendre en cas de nouvelle attaque.

Les vaisseaux *Alpha*, *Bêta* et *Gamma* s'en retournèrent à la station orbitale.

L'abbaye rétrécissait à vue d'œil. Penché sur sa couchette, Wilson observait son ancien lieu de résidence sans aucune nostalgie. En faisant s'écraser la navette sur l'abbaye, il avait perdu une partie de sa sensibilité.

La station fit bientôt son apparition et quelques minutes plus tard, son vaisseau s'y arrima. Wilson se releva et se prépara mentalement aux futurs interrogatoires.

La porte de sa cabine coulissa.

— Frère Wilson, suivez-moi, fit un soldat qui apparut dans l'encadrement de la porte.

Il l'accompagna et après avoir traversé plusieurs salles, ils s'arrêtèrent devant le bureau du général Arindell. Le soldat ouvrit la porte et s'effaça pour laisser entrer Wilson.

— Asseyez-vous, je vous en prie, fit le général. Vous voulez boire quelque chose ?

La pièce était tout l'opposé des cabines de la navette. Le général avait pris soin de s'entourer d'un mobilier raffiné qui rendait ce lieu moins austère que le reste de la station.

— Oui, un verre d'eau, fit Wilson en prenant place.

Le général sortit de dessous son bureau une petite bouteille d'eau minérale et la lui donna ainsi qu'un verre en plastique.

— Vous devez vous demander pourquoi nous vous tenons à l'écart de vos frères ? commença Arindell.

— Non, répondit spontanément Wilson.

L'idée ne lui était même pas venue à l'esprit qu'on l'avait séparé des siens. Le général se pencha en arrière dans son fauteuil et eut un sourire gêné.

— La décision n'est pas de mon fait, continua-t-il sans prendre en compte la réponse de Wilson. Mais c'est pour les besoins de l'enquête. Vous étiez dans la navette qui s'est écrasée sur l'abbaye.

Wilson hocha la tête, et versa de l'eau dans son verre.

— Bizarrement, Petersen affirme que vous avez été tué par une musulmane se trouvant à bord.

Wilson porta le verre à ses lèvres et but d'un trait tout son contenu.

— Il est raisonnable de penser qu'il ait pu croire que j'étais mort dans le crash, répondit-il après s'être essuyé la bouche d'un doigt.

— Oui, évidemment. Seulement le problème est qu'il affirme l'avoir entendue vous tirer dessus.

Wilson allait répliquer par une parade quand un doute survint.

— Avez-vous prévenu Petersen que j'étais encore en vie ?

Très malin, se félicita le général.

— Nous n'en avons pas eu le temps, mais nous n'allons pas tarder à lui annoncer cette bonne nouvelle, s'empressa-t-il de dire.

Merci Seigneur, jubila intérieurement Wilson.

— N'en faites rien. Je crois qu'il serait plus judicieux de laisser croire à ma disparition. Du moins dans l'état actuel de l'enquête. Les musulmans ont lancé une fatwa sur mon nom. Je sais des choses sur des projets qui pourraient compromettre certaines de leurs actions futures. Pour ma sécurité il serait bon de ne pas ébruité mon sauvetage.

Le général comprenait tout à fait et se rendait compte qu'il tenait peut-être là une preuve de l'agression des musulmans.

— Je vais en avertir mes supérieurs, fit-il en se redressant dans son fauteuil. Si vous vouliez bien à présent me décrire les événements tels qu'ils se sont déroulés dans la navette...

Wilson savait qu'il n'y avait rien qui créait mieux la suspicion que d'essayer de gagner du temps, aussi exposa-t-il sans hésiter sa vision des faits. Il raconta comment il avait été accueilli par frère Jules, comment ce dernier avait été assassiné par une musulmane, et puis il mentit sur la suite. Il continua sa narration en disant que le pilote était venu le sauver de justesse, mais qu'avant de mourir, elle l'avait assommé, le laissant seul survivant à bord. Puis alors qu'il se mettait en liaison avec Petersen, la femme avait surgi dans son dos et tiré sur le cockpit avant de s'effondrer définitivement.

— Cette femme était pleine de ressources, s'étonna le général.

Quelque chose dans cette version des faits ne cadrait pas. Son instinct l'avertissait que le frère ne lui racontait pas la totalité des événements.

— Comme vous dites, fit en écho Wilson.

Il n'était pas certain d'avoir convaincu le général, mais peu importait. L'essentiel était qu'il puisse s'échapper de la station orbitale.

— Très bien, je n'ai plus de question, fit alors Arindell avant d'ajouter : pour le moment.

Wilson se leva de son siège et posa une dernière question.

— Que va-t-il se passer à présent ?

Arindell se leva à son tour.

— Le Vatican nous a fait parvenir un message nous priant de bien vouloir rapatrier sur Terre les survivants ainsi que les victimes.

— Et pour moi ?

— Nous pouvons vous garantir un changement d'identité si c'est cela que vous désirez. Mais êtes-vous vraiment prêt à renoncer à Dieu de crainte que le courroux des musulmans ne s'abatte sur vous ?

Le général n'aimait pas la faiblesse. Il avait foi en certaines valeurs, telles que le courage et le sens du sacrifice.

— Ce n'est pas pour moi que je veux disparaître, mais pour le bien de l'Église, répondit Wilson sans en dire davantage.

Il sortit de la pièce et se fit raccompagner dans une cabine par un soldat en faction.

— Faites tout pour que le frère ne parte pas avec le reste de ses condisciples, fit le ministre de l'Intérieur avec précipitation.

Peut-être allait-il enfin apprendre ce qui se tramait sur ce maudit caillou. Aucun des agents qu'ils avaient envoyés en mission d'infiltration n'en était jamais revenu, que ce soit de la mosquée ou de l'abbaye. Les actes qui s'ourdissaient dans les sous-sols de l'abbaye leur étaient aussi inconnus que les trésors de la bibliothèque du Vatican.

— À vos ordres, fit Arindell.

— Je vous envoie une unité spéciale. Faites évacuer au plus vite les survivants vers la Terre. Il ne faut absolument pas qu'ils se doutent que nous tenons le frère Wilson. Me suis-je bien fait comprendre ?

Le général n'aimait pas le ton qu'il prenait avec lui. Cette condescendance l'exaspérait mais, respectueux de la hiérarchie, il garda ses pensées pour lui.

— Cinq sur cinq, répliqua-t-il.

Puis après un bref « à bientôt », il mit fin à la communication.

Wilson attendit toute une journée avant que l'on vienne le rechercher.

— Bonjour frère Wilson, je me présente, major Sidharta. Je travaille pour la sécurité. Je vous prierais de bien vouloir me suivre.

— Nous allons quitter la station ? demanda aussitôt Wilson, impatient.

— Oui, et en toute discrétion. Il ne faudrait pas que nous croisions un de vos frères. Votre survie risquerait de s'ébruiter.

Wilson hocha positivement la tête et marcha dans les pas de Sidharta.

Ils passèrent de nombreuses coursives, et les seuls hommes qu'ils croisèrent étaient des soldats qui vaquaient à leurs occupations. La station était toujours en alerte. Le rapatriement des dépouilles avait commencé sur Alliance.

Ils arrivèrent enfin dans l'immense hangar de stationnement. De multiples vaisseaux s'y trouvaient entreposés. De nombreux gardes surveillaient les lieux. Tant que l'alerte « deux » ne serait pas levée, les mesures de sécurité, aussi inutiles soient-elles, seraient préservées.

— Je suis le major Sidharta, j'ai affrété le vaisseau *Jupiter* pour une mission spéciale.

L'agent tendit une carte au soldat qui gardait l'entrée. Ce dernier l'inséra dans sa console, et vérifia l'autorisation.

— C'est bon, vous pouvez passer. Hangar B12.

Sidharta reprit son laissez-passer et se dirigea dans la direction indiquée. Wilson le suivit sans rien dire. Il n'éprouvait aucune joie. Aucun sentiment de victoire. Il était dans un état second où rien n'importait vraiment. Il avait besoin de calme et de repos.

— Major quelle est notre destination ? demanda-t-il alors qu'apparaissait devant eux leur navette.

Sans prendre la peine de se retourner Sidharta répondit :

— Un lieu où rien ne pourra vous arriver.

Réponse énigmatique pour un homme qui ne l'était pas moins. Wilson connaissait les travers des hommes qui travaillaient dans l'ombre : ils voyaient le danger partout.

Ils atteignirent la navette, et passèrent sous son ventre. Sidharta tapa un code sur son mémo, et une ouverture se découpa. Une échelle en descendit. Les deux hommes la gravirent.

Enfin à bord de *Jupiter*, Wilson suivit son guide jusqu'au poste de pilotage.

L'appareil était un des fleurons de l'armée de l'espace. Un engin de vingt mètres de long sur dix de large. Son fuselage était d'une finesse étonnante pour ce genre d'appareil. De couleur argentée ses créateurs avaient tenu à lui donner de l'allure en le décorant de divers dessins représentant les planètes du système solaire terrien.

Sidharta s'assit sur le siège du pilote et alluma les moteurs. Wilson prit place à ses côtés. Une douce lumière imbiba le cockpit. Sidharta prit les commandes en main et dans un léger tremblement le *Jupiter* avança en direction des pistes de décollage.

— Combien de temps allons-nous mettre pour atteindre notre destination ? se hasarda Wilson.

Concentré sur les commandes, l'homme lui répondit rapidement :

— Deux journées, nous avons trois bonds à réaliser.

Trois bonds. Cela pouvait être la Terre.

Le vol intersidéral ne pouvait se faire que selon des règles de physique strictes. Wilson n'était en rien un scientifique mais il avait appris qu'il existait dans l'univers des zones appropriées, les points neuraux, qui étaient susceptibles de créer une ouverture dans la réalité spatiale et de les envoyer à des milliards d'années-lumière en quelques secondes. Des sortes de couloirs aériens naturels. Chaque point neural n'ayant qu'une seule destination.

Le vaisseau ayant pris pied sur la piste de décollage, s'avança encore de quelques mètres avant qu'une cloison ne se referme derrière lui.

Soudain un appel résonna à l'intérieur du cockpit.

— Vaisseau *Jupiter*, ici le général Arindell, commandant de la station. Pouvez-vous nous envoyer votre ordre de mission ?

On venait à l'instant de l'avertir qu'un agent des services secrets avait emmené Wilson pour le transférer sur Bavière.

Sidharta s'exécuta. Assis devant sa console, Arindell ne put que constater la validité du laissez-passer. Pourtant il trouvait bizarre que personne ne l'ait averti du départ du vaisseau. Ultra-confidentialité ? Si un de ses hommes ne l'avait appelé pour le prévenir, il n'en aurait rien su.

— Veuillez attendre quelques instants, fit-il alors.

Il fallait qu'il appelle le ministre de l'Intérieur. Il alluma sa console et regarda sa montre. Il était en plein cœur de la nuit sur Bavière. Il allait réveiller le ministre. Un doute le saisit. Il n'aimait pas se faire rabrouer par ses supérieurs. Il n'aimait pas la façon dont l'homme le traitait. Et si jamais Sidharta était réellement un agent des services secrets, ce qu'attestaient les documents reçus, il savait que le ministre lui en tiendrait personnellement rigueur. Que devait-il faire ?

— Autorisation acceptée, fit-il en se reconnectant avec le Jupiter.

À l'intérieur de la cabine de pilotage, Sidharta eut un sourire en coin.

— Au revoir, général, répondit-il.

La dépressurisation du sas s'effectua. La cloison qui les séparait du vide se releva lentement, révélant les ténèbres de l'espace. Sidharta poussa les moteurs à fond, et le *Jupiter* s'élança en avant pour s'éjecter de la station orbitale.

Wilson fixa son attention sur un moniteur de contrôle qui lui dévoila l'astre sur lequel il avait séjourné cinq années durant. Une éternité. Il reporta ensuite son regard droit devant lui. Le vaisseau fonçait sur Golan. La planète géante, au rouge angoissant, emplissait les deux tiers de l'espace visible.

— Un bien beau monde, fit Sidharta en lâchant les commandes de l'appareil.

Il l'avait mis en pilotage automatique.

— En effet, répondit Wilson. Que sommes-nous par rapport à ces astres géants ?

Sidharta émit un petit rire satisfait. La tension qui coulait dans ses veines était en train de s'évacuer.

— Rien du tout. De misérables insectes à la recherche d'une explication qu'ils ne comprendront jamais.

Wilson se retint de le contredire. Il n'avait pas l'esprit à la confrontation. Après tout cet homme venait de le sortir d'un guêpier. Il lui devait le respect.

— Maintenant que nous sommes à l'abri de toute oreille indiscrète, pouvez-vous enfin me dire notre destination ? fit-il en se tournant vers lui.

— Le paradis, mon ami, répondit Sidharta. Le paradis.

Le VS03, l'*Arbalète*, sortit des couloirs interstitiels et se rematérialisa dans le système de Golan. Le commandant Derek entra les données de la station orbitale, puis appela le général Arindell pour le prévenir de leur arrivée.

La mission avait été montée en catastrophe. Il fallait récupérer le frère avant qu'il ne change d'avis. Les services secrets de la Fédération, malgré leurs nombreuses taupes au Vatican et ailleurs dans les relais de l'épiscopat, n'avaient jamais réussi à savoir ce qui se complotait sur Alliance. À en croire les annonces officielles des religieux, il n'y avait rien. Mais alors pourquoi dépenser des fortunes pour investir un astéroïde aux confins de la galaxie ?

— Général, ici le commandant Derek, des brigades spéciales. Je demande l'autorisation d'arrimer.

— Autorisation acceptée mon commandant.

Derek sourit et éteignit la communication. Il pilota son vaisseau et son équipage jusque dans les soutes de la station. Une fois parqués dans un emplacement réservé, ils en sortirent et se retrouvèrent face à Arindell qui les attendait.

— Mon général, où se trouve notre homme ? fit Derek.

Le général émit une onomatopée d'incompréhension.

— Le paquet a déjà été livré. Le major Sidharta s'en est chargé. Il y a de cela plus de trois heures, répliqua Arindell qui sentit la transpiration s'écouler dans son dos.

— Tiens donc ? s'étonna le commandant, puis se tournant vers ses membres d'équipage : Major Sidharta, avez-vous recueilli frère Wilson ?

— Négatif mon commandant, fit un homme au physique patibulaire.

Arindell blêmit et passa sa main sur son front moite.

— Et merde, soupira-t-il.

CHAPITRE 23

Boxtown

La pluie s'était abattue sans discontinuer depuis le début de l'après-midi. Roseta avait le moral au plus bas. Assise à son bureau, elle contemplait d'un regard morne les immeubles pyramidaux qui faisaient face au sien. Même si elle s'était réjouie de retrouver la normalité de sa vie de citadine, elle ne pouvait oublier les incidents qui s'étaient produits seulement deux jours auparavant. Le Groupement avait tenté de l'assassiner. Son père voulait l'écarter du siège de présidente de la Conception Corporation, et Rembrandt lui avait fait savoir qu'il serait bon pour eux de prendre le temps de la réflexion. Non qu'elle regrettât cette dernière décision, mais elle avait désespérément besoin de réconfort. Il lui fallait voir du monde. Elle ne pouvait rester retranchée entre son bureau et ses appartements. Qu'importaient les risques, elle devait continuer à vivre.

De toute façon, j'ai mes deux cerbères, se dit-elle en se levant.

Elle prit une veste dans son placard, puis sortit du bureau.

— Gérard, j'en ai fini pour aujourd'hui. Si l'on m'appelle, répondez que je serai absente pour toute la journée, fit-elle en passant devant son secrétaire particulier.

— Très bien mademoiselle, répondit l'homme en la saluant d'un signe de la tête.

Elle prit un ascenseur et descendit au rez-de-chaussée. Elle sortit de son immeuble, et affronta la pluie qui tombait toujours aussi drue et compacte. Elle ouvrit son parapluie, fit quelques pas et s'arrêta au premier abri-bus venu. De nombreuses personnes s'y tenaient, serrées. La promiscuité lui donna quelques frissons de peur. N'importe qui pourrait la poignarder, lui tirer une balle dans le dos. Elle jeta un rapide coup d'œil circulaire et aperçut un des deux flics chargés de sa surveillance qui se rapprochait d'elle.

— Vous ne devriez pas vous mêler à la foule, fit le sergent Wallace.

— Je suis assez grande pour faire ce que je veux, répliqua-t-elle.

Elle se sentait rassurée. Elle n'était pas aussi forte qu'elle le croyait. Si elle se connaissait un tempérament d'acier face aux combats qu'imposait son rôle de présidente d'une des plus grandes corporations de la Fédération, elle comprenait à présent qu'elle n'était en rien protégée contre la peur de mourir. Elle s'était souvent plainte, in spirito, de sa condition, mais savait que c'était pour cela qu'elle était faite. Elle ne voulait pas tout perdre.

— Tâchez de ne pas nous compliquer le boulot, madame la présidente, répliqua le sergent en insistant avec mépris sur le titre.

— Tâchez de ne pas me contrarier, répliqua-t-elle. Si vous êtes payé pour me suivre, sachez que je ne le suis pas pour vous supporter.

— Si ma présence vous ennuie à ce point, faites un rapport à mes supérieurs. Je suis certain que vous avez le pouvoir de me faire remplacer, fit Wallace d'un ton aigre.

Roseta souffla et haussa les épaules.

— Je ne tenais pas à vous froisser, répondit-elle alors d'un ton radouci. Mais ces derniers jours ont été plutôt difficiles. Je vous prie d'accepter mes excuses.

Wallace hocha la tête et fit une moue d'approbation.

Un bus se présenta. Elle y pénétra et dut rester debout tant le véhicule était bondé. Ses yeux passèrent de visage en visage et elle se prit à essayer d'imaginer la vie de ces pauvres êtres qui avaient recours chaque jour à ce moyen de transport rétrograde.

Métro, boulot, dodo ! pensa-t-elle en français.

Cette phrase surgie d'un autre temps s'imposa à elle. Pauvre vie, pauvres gens.

Dans ce bus, devait certainement se trouver un ou deux de ses employés.

S'ils savaient combien je les plains, et combien leur existence me déroute, se dit-elle.

Elle se retourna et fixa le sergent Wallace. L'homme ne baissa pas le regard. Un regard dur et méprisant. Il la détestait.

Qu'est-ce qu'il m'arrive ? Je deviens cynique ! pensa-t-elle sans s'en étonner outre mesure.

Elle avait vu la mort en face, et comprenait que ses obscures pensées en étaient le résultat.

Le bus traversa Russian Town, puis atteignit le quartier chaud de la ville. Elle descendit et frissonna en voyant les vitrines qui s'étalaient tout le long de l'avenue. Le commerce du sexe. Le plus vieux métier du monde. La femme objet. La décadence. Isolée dans sa tour d'acier, elle n'avait jamais pris la peine de se pencher sur la réalité de la condition féminine. Elle s'était toujours targuée d'être une féministe convaincue, mais n'avait jamais rien fait pour venir en aide à ces filles qui vendaient leur corps pour survivre.

— Eh ma belle! Qu'est-ce que tu regardes ? fit un jeune homme en se rapprochant d'elle.

Un petit maquereau. Un rabatteur.

— Rien, répondit-elle en s'éloignant.

— T'en va pas. Tu sais que je pourrais avoir un travail pour toi, s'enhardit le jeune homme en se mettant à la suivre.

Il tenta de l'arrêter en lui posant la main sur l'épaule, mais son geste fut stoppé net.

— Laisse-la tranquille, c'est mieux pour toi, fit Wallace en agrippant d'une poigne d'acier le bras du rabatteur.

L'homme tenta de se défendre, mais quand le sergent lui montra le pistolet accroché à son ceinturon, il cessa toute velléité.

— C'est bon, je vais pas la toucher ta pute ! De toute façon, je suis sûr qu'elle sait même pas sucer !

Wallace sourit. Roseta était mortifiée, et se sentit soudain désorientée. Il fallait qu'elle retourne chez elle. Elle chercha un taxi du regard, mais n'en trouva pas.

— Je peux savoir ce que vous êtes venue faire ici ? demanda Wallace.

La pluie inondait le visage du sergent.

— Cela ne vous regarde pas, répondit-elle. Il n'y a pas de taxi dans ce coin ?

L'homme sourit et sortit un mémo.

— George, ramène-toi, madame veut rentrer, fit-il à son coéquipier.

Quelques instants plus tard, un véhicule vint se poser sur une aire de stationnement. Ils y embarquèrent et s'envolèrent dans les cieux de Kaklan. Roseta colla son visage à la vitre détrempée. Des néons et d'immenses encarts publicitaires s'affichaient sur les façades des bâtiments. Un autre monde. Assis à ses côtés, Wallace lui tapota l'épaule.

— Vous en voulez une ? fit-il en lui tendant son paquet de cigarettes.

— Non, merci, répondit-elle.

Wallace fit une moue et s'en alluma une. Il n'était rien qu'un simple sergent. Mais c'était déjà beaucoup. Autodidacte, il avait passé sa vie à vouloir sortir de la fange de Kaklan. La ville la plus riche de l'univers était celle qui comptait le plus de quartiers insalubres. Toute une population immigrée hantait les sous-sols de Kaklan espérant y trouver un emploi. Wallace faisait partie de ces rares personnes qui s'en étaient sorties. Il avait eu de la chance.

Le reste du voyage se fit dans un silence mélancolique. Chacun perdu dans ses pensées sans se soucier vraiment de l'autre. La morosité emplissait leur esprit.

Le véhicule se posa sur le toit de la tour, et Roseta s'engouffra aussitôt dans l'ascenseur qui la conduisit dans ses appartements. Elle aurait dû retourner travailler, mais elle n'avait pas le moral. Pourtant de nombreuses affaires urgentes l'attendaient sur son bureau. Outre des rendez-vous qu'elle avait déplacés à cause de son séjour à Néron, elle devait se pencher sur un dossier concernant la création d'un immense complexe industriel sur Magwe, planète mineure de la Fédération mais dont ses conseillers lui promettaient un essor important dans les années à venir. De nouveaux points neuraux y avaient été détectés. Un nouveau carrefour interstellaire ? Il fallait que son groupe soit présent sur les lieux.

Elle pénétra dans son salon, et une odeur de fumée de cigarette lui agressa les narines. Elle pensa à Wallace et jura à mi-voix. Ils avaient fouillé son appartement ! Elle courut vers sa chambre et vit que la lumière y était allumée. Elle ralentit le pas et commença à avoir peur. Se pouvait-il qu'un inconnu ait pénétré au plus intime de sa résidence ? Qu'il l'attende pour terminer ce que son collègue n'avait pu réussir ? Elle sortit son mémo dans la ferme intention d'appeler Wallace à la rescousse, mais un bruit de pas en provenance de sa chambre la tétanisa d'effroi. Elle voulut crier, mais se retint au dernier moment. Il fallait qu'elle garde son calme. Elle rebroussa chemin et se mit à courir.

— Ne partez pas, cria une voix derrière elle.

Roseta ne l'écouta pas, et sans s'arrêter fonça droit vers la porte d'entrée. Elle posa son pouce sur la plaquette d'identification et à son grand désespoir rien ne se produisit. Elle recommença l'opération avec frénésie mais sans plus de succès. La panique l'envahit. Elle entendait les pas se rapprocher d'elle.

— N'ayez pas peur, je ne vous veux aucun mal. Si j'avais voulu vous tuer, vous seriez déjà morte. Alors calmez-vous, je suis là pour vous aider, fit l'inconnu d'un ton débonnaire.

Sa voix était toute proche. Juste derrière elle. Roseta se retourna et s'écroula sur le sol en pleurant de soulagement. Elle connaissait son visiteur : Guntray Marshall. Ce dernier se pencha vers elle et eut un petit sourire contrit. Roseta réussit à tempérer ses larmes, et toisa méchamment Guntray. Ne se retenant plus, elle le gifla d'un puissant revers de la main.

Vous n'êtes qu'un idiot ! Vous m'avez fait peur, fulmina-t-elle en se relevant.

— Je suis sincèrement désolé. Mais admettez que vous ne m'avez pas laissé le temps de parler, répliqua-t-il sans cesser de frotter sa joue douloureuse.

— Je vous laisse une minute, fit-elle en lui jetant un regard glacial.

— Nous pourrions peut-être nous asseoir ? se permit Marshall.

Un reniflement de dédain fut sa seule réponse.

— On m'a chargé de vous sauver la vie mademoiselle Ming. Le Groupement veut votre peau, et ne vous lâchera pas tant qu'il n'y aura pas réussi.

Roseta comprenait, mais cela n'expliquait pas tout.

— Pourquoi vouloir m'aider ? Qui vous a engagé ? Que me voulez-vous bon sang ?!

Elle se dirigea vers le salon et ouvrit le bar. Elle en sortit un verre et une bouteille d'alcool de prune.

— Je suis le Justicier, fit-il pour détendre l'atmosphère.

Roseta connaissait ce personnage de bandes dessinées. Elle lui lança un regard méprisant.

— D'accord, reprit Guntray. J'ai été chargé par des sommités du gouvernement fédéral de vous porter assistance. À cause de votre rôle dans le commerce de la Fédération, certaines personnes ont pensé qu'il serait malvenu que le Groupement grossisse encore. Tant qu'il sera éclaté le pouvoir économique ne sera pas un adversaire potentiel pour le pouvoir politique.

Guntray marqua une pause. Il espérait avoir été suffisamment clair. Il ne fallait pas qu'elle le congédie.

Roseta sortit un second verre du bar, et servit son invité.

— Vous voyez quand vous voulez, fit-elle en lui tendant le verre.

Le puzzle prenait forme, il ne manquait plus que les noms. Elle allait poser la question quand soudain la logique s'imposa à elle. Qui d'autre que son père : William Marshall, un des conseillers du ministre de l'Extérieur.

— Votre père risque gros. J'imagine que cette mission a été montée en toute illégalité.

Elle savait que le Groupement était un des plus importants soutiens financiers du parti du président. Jamais Chandra ne serait intervenu en sa faveur.

— Il risque moins gros que vous, répondit fort justement Guntray.

Charmant, se dit Roseta touché par cette réponse de gentleman.

— Très bien, je vais vous laisser partir sans en avertir les autorités locales. On pourra ainsi dire que nous sommes quittes, fit-elle.

Quoi que puisse être cet homme, il lui avait sauvé la vie, et elle ne l'oublierait jamais. Mais mieux valait qu'il la croit pragmatique sur ce point. Un donné pour un rendu.

— Je pense que je ne me suis pas bien fait comprendre mademoiselle, fit Guntray en venant s'asseoir sur un des canapés de la pièce. Ma mission n'est pas terminée, votre vie est toujours en danger.

Roseta ne sourit pas.

— Non, elle ne l'est plus. Je me suis assurée que l'enquête de l'inspecteur Mirèse ne serait pas enterrée. J'ai cerné l'homme, il ira jusqu'au bout. Il va arrêter et inculper Frederick Zafi, le président du Groupement. Je ne pense pas que les autres membres du comité de direction essayeront à nouveau d'attenter à mes jours.

— Détrompez-vous, rien n'a changé. Bien au contraire, fit Guntray. (Il but une lampée d'alcool et continua:) En vous assurant le soutien de la police, vous avez fourni aux autres membres du directoire un bouc émissaire. Ils n'ont rien à perdre à laisser le syndicat finir son travail.

Roseta prit place sur un des fauteuils, face à son invité forcé. Elle aurait aimé le contredire, mais elle savait reconnaître la vérité. Elle avait espéré que tout soit fini, et que tout rentre dans l'ordre. Il n'en était rien.

— Ils vont le lâcher et le donner en pâture. Même entre eux ils agissent comme des bêtes. Le clan achève ses animaux blessés, se désola-t-elle en perdant son regard dans le liquide ambré qui emplissait son verre.

Guntray se frotta l'oreille, signe de gêne. Il n'aimait pas jouer les Cassandre. S'il s'était embarqué dans cette histoire de son plein gré, il n'en était pas de même pour cette pauvre fille. Il pouvait compatir à sa réelle détresse.

— Le monde dans lequel nous vivons est impitoyable. C'est la loi du plus fort, fit Guntray conscient de la pauvreté de ses poncifs.

Roseta finit son verre et s'en resservit un autre. Elle prit une cigarette et l'alluma. Guntray sortit son propre paquet et fit de même. Mal à l'aise, il ne savait quoi dire pour la réconforter. Il ne s'était jamais trouvé dans une telle situation. La vie de cette femme était en jeu.

— Vous pouvez partir monsieur Marshall. Vous ne pouvez plus rien pour moi. Je vais m'offrir les services d'une garde renforcée, et apprendre à ne plus connaître d'intimité.

— Vous pouvez toujours démissionner, fit Guntray. Que vous importe vraiment le sort de votre entreprise ? Le plus important est votre vie, à vous.

Qu'ils aillent tous se faire voir, rajouta-t-il pour lui-même. Son père ou mon propre père. Ils nous manipulent comme si nous étions leur jouet. Montrons-leur de quel bois nous sommes faits. Peu importait vraiment à qui le pouvoir reviendrait. De toute manière, même s'il changeait de temps à autre de mains, il restait toujours entre celles des plus riches.

L'idée était alléchante, mais irréalisable. Elle ne devait pas céder. En plus d'un ego mal placé, elle avait hérité de son père un tempérament de fonceur qui lui interdisait de baisser les bras. L'adversité ne lui faisait pas peur.

— Oui, vous avez raison. Ma vie est ce qui importe le plus. Et je ne laisserai à personne le droit de m'obliger à suivre une autre voie que celle que j'ai choisie moi-même.

— Même si cela implique votre mort ?! répliqua Guntray désarçonné.

Il n'avait jamais compris que l'on puisse tout sacrifier au goût du pouvoir. Pourquoi n'admettait-elle pas qu'il y avait plus important dans la vie que le plaisir de diriger les autres ?

Un miaulement intervint et Pégase fit son entrée. Roseta se baissa et le prit dans ses bras. Elle n'avait aucune envie de s'attarder sur ses motivations. Ce Guntray était certes quelqu'un de compagnie plutôt agréable, mais ce n'était pas une raison pour lui confier ses secrets les plus intimes.

— Monsieur Marshall, sachez que votre extrême sollicitude me va droit au cœur, mais il est des choses que vous ne pouvez comprendre, répondit-elle alors.

Guntray avala son verre d'un trait, et ne tenta pas de la convaincre une nouvelle fois. Ce n'était pas le genre de femme qui se laissait imposer quoi que ce soit par des hommes.

— Très bien, puisque je ne pourrai vous faire entendre raison, j'en resterai là. À bientôt mademoiselle Ming, fit-il.

— Au revoir, répondit Roseta.

Elle le raccompagna jusqu'à la porte d'entrée et une fois dans le hall, alors que la porte de l'ascenseur venait de s'ouvrir, elle ajouta:

— La prochaine fois que vous voudrez me rendre visite, ayez l'obligeance de me prévenir.

Guntray sourit avec déférence. La pique n'était pas très méchante. De plus n'était-ce pas là une invitation détournée ?

— Je tâcherai de m'en souvenir, répondit-il en pénétrant dans l'ascenseur qui se referma sur lui.

CHAPITRE 24

Kigoma

— Putain de moustique de merde ! cracha le soldat Gonzalez en fouettant l'air de sa main.

Cela faisait deux jours qu'ils traversaient cette jungle infernale. La végétation était foisonnante et menaçait à chaque pas de les faire tomber. Malgré l'ombre généreuse d'arbres géants, la chaleur était torride. L'humidité totale. La sueur coulait le long de leur dos de façon discontinue.

— La ferme, répondit Douglas qui en avait assez des jurons de son camarade.

Clint et ses soldats avaient passé une journée en compagnie de la fugitive pour qu'elle leur indique le chemin du pèlerinage. À l'aide d'une carte, ils étaient arrivés à lui faire comprendre qu'un point représentait son village et les taches vertes la savane. Quand ils furent certains de s'être bien compris, Clint partit en mission de reconnaissance avec deux de ses hommes pour survoler la jungle qui commençait de l'autre côté de la chaîne de montagnes séparant cette partie du continent en deux régions totalement distinctes. Malgré les radars et autres moyens de repérage, rien d'intéressant ne résulta de cette expédition aérienne au-dessus de la jungle : de la végétation sur des milliers d'hectares de terrain. Il ne restait plus qu'à tenter le pèlerinage au sol avec toute l'équipe, en espérant rencontrer ces fameux « démons » qui emportaient les pécheurs kigomais.

— On aurait peut-être dû emmener la fille avec nous ? se hasarda Alimato qui ouvrait la marche.

Le sentier était approximativement recouvert de dalles de pierre taillées à la main. Un travail qui avait dû demander des années. Mais rien d'aussi extraordinaire que la Grande Muraille de Chine, s'était souvenu Clint quand un de ses soldats s'était étonné à la vue de l'ouvrage qu'ils suivaient.

— C'est une civile. Elle n'a rien à faire dans une expédition militaire, répondit Samuelson en devançant son général. Mais si tu as peur tu peux toujours demander à être relevé.

— Pauvre conne ! répondit Alimato.

L'homme s'arrêta et se retourna. Une ligne de dix soldats s'étalait devant lui. Samuelson était troisième de marche.

— Arrête de me chercher, fit-il en la fusillant du regard.

Clint hocha la tête sans desserrer les lèvres. Il en avait assez de ces querelles puériles. Il fallait qu'ils comprennent que même si rien ne le laissait présager, le danger était permanent. Il sortit un de ses cigares et en découpa une extrémité.

— Très bien, ça suffit les conneries. Le prochain qui manquera de respect à quiconque d'entre nous se prendra une balle entre les deux yeux. Me suis-je bien fait comprendre ? demanda-t-il en les toisant les uns après les autres.

Les soldats savaient qu'il ne plaisantait pas. Mais chacun d'eux savait aussi que désormais ils lui obéiraient au doigt et à l'œil.

Alimato approuva avec véhémence et lança un regard noir vers Samuelson avant de reprendre la tête du groupe.

Cela faisait deux jours qu'ils avaient quitté la savane pour emprunter le tunnel, construit à l'époque des premiers colons, et qui traversait la montagne de part en part. La jungle s'était alors offerte à leur regard. Depuis, ils ne cessaient de s'y enfoncer avec de plus en plus de lassitude.

Des oiseaux et toutes sortes de petits mammifères peuplaient les lieux, ainsi que des myriades d'insectes les plus variés. On avait inoculé à tous les soldats un vaccin évolutif qui pouvait faire face à peu près à tous les virus connus. La nuit commençait à poser son empreinte sur l'étendue de la jungle. Clint regarda sa montre et espéra qu'ils trouveraient un terrain plus adéquat que celui de la veille pour bivouaquer avant que la nuit ne soit totale.

— Je t'en foutrais des pèlerinages ! jura le soldat Sarde qui fermait la marche.

Il rajusta son chapeau et continua à maugréer dans sa barbe.

Alors que tout espoir de trouver un endroit propice pour dormir s'était évanoui, ils débouchèrent dans une clairière de plus d'une centaine de mètres de diamètre. Cela n'avait rien de naturel. La main de l'homme était passée par là. Tout comme le sentier qu'ils suivaient, le sol était recouvert d'une roche grise. Aucune fissure ne venait la lézarder. Elle semblait immuable.

— Ça fait du bien de revoir le ciel, fit la soldate Schmidt qui enleva sa casquette.

Contrairement à ce qu'ils avaient pu croire à cause de la pénombre qui s'était installée durant les dernières minutes de marche, le ciel était encore teinté de bleu. Ils pourraient monter leur camp sans s'aider de lampes comme ils avaient dû le faire la veille.

— Tu l'as dit ma grosse, répliqua Gonzalez en lui donnant une tape dans le dos.

Bien qu'il sache qu'elle n'accepterait jamais ses avances, Gonzalez saisissait la moindre occasion de poser ses mains sur la soldate Schmidt. Jusqu'à présent, elle semblait le tolérer.

— Nous allons passer la nuit ici, fit Clint en se plantant au milieu du terrain.

Il inspira une bouffée de son cigare, et fouilla du regard la végétation qui les entourait. N'importe qui, n'importe quoi pouvait s'y cacher. Ainsi à découvert, ils étaient des proies faciles pour qui tenterait de les éliminer.

— Sergent Sarde, première classe Dingin, vous formerez la première garde, ordonna le général avant de citer les suivantes.

Le soldat Ould Saïd cracha la chique qu'il avait dans la bouche, et posa à son tour son sac à dos.

— Ça sent pas bon. Nous sommes observés, fit-il en commençant à déballer une partie du matériel.

Les regards se portèrent sur sa personne puis se détournèrent vers la jungle.

— Je vois que dalle, fit le soldat Douglas qui tenait dans sa main un radar de poche.

Hormis des animaux, rien ne pouvant correspondre à un être vivant ne bipa sur son écran.

— Tu vas me faire pisser dans mon froc, l'Arabe ! railla Alimato en secouant la tête, amusé.

Les autres soldats se laissèrent aller à sourire, puis oublièrent l'incident pour se concentrer sur le montage des tentes. Il ne fallait pas perdre de temps. La nuit n'allait pas tarder à devenir noire. Seul Clint se retint de sourire. Pragmatique convaincu, il n'avait jamais brocardé les personnes qui prétendaient avoir un sixième sens. À plusieurs reprises, par le passé, l'instinct d'Ould Saïd les avait protégés de guet-apens. Si la science se refusait à admettre un tel don, Clint avait fini par croire à son existence. Il avait confiance dans le talent de cet homme.

— Je vais aller faire un tour, fit Dingin.

Il fixa le général qui lui donna un accord tacite d'un mouvement de tête. Tout comme Clint, Dingin se fiait au don de son camarade.

Il s'arma de son fusil HK, et mit ses lunettes infrarouges. Il partit en petites foulées et disparut bientôt de leur vue.

Alors que tous les soldats restant s'activaient à dresser leur baraquement, le caporal Samuelson se détacha du groupe pour rejoindre Clint qui, assis sur la surface de la roche, fixait la jungle d'un regard perdu dans des pensées lointaines.

— Général, je crois qu'il serait temps que vous nous disiez ce qu'on est venus faire ici.

Très perspicace cette Rachel, se félicita-t-il en redressant son visage vers elle.

— Asseyez-vous, l'invita-t-il.

Elle jeta un regard vers ses camarades, mais aucun ne semblait, apparemment, se soucier de son sort. Elle s'assit en tailleur face au général.

— Comme nous l'a confirmé Mogabo, cela fait des dizaines d'années, si ce n'est plus, que des disparitions ont lieu dans cette jungle. Rien de plus naturel, vu la faune qui la peuple. Toutefois, quand il s'agit d'un homme que j'ai entraîné, je ne crois plus à la malchance, fit-il.

Il en avait assez dit. Il n'était pas obligé de donner de plus amples explications. Et il n'en donna pas. Clint repensait à tout ce qu'il s'était retenu de dire. À savoir qu'un agent des services spéciaux, infiltré depuis des années dans la capitale kigomaise avait disparu durant un pèlerinage. Il avait formé l'agent Salomon et ne pouvait admettre qu'il se soit fait tuer par un animal. On l'avait enlevé ou bien assassiné. Clint trouverait la réponse. Il se passait des choses étranges sur Kigoma. Il était temps que l'on se penche sur son cas.

— Je comprends, dit Samuelson, se faisant sa propre idée.

Ils se relevèrent. Elle repartit aider les autres soldats tandis que Clint se rapprocha des tentes pour s'assurer de leur solidité. Du bon travail. Il pénétra dans l'une d'elles et déposa son sac dans le fond. Il dormirait avec Angelo, Gonzalez, Thaï, Douglas et Sarde, quand ce dernier aurait fini son tour de garde. Il ressortit de la tente et pénétra dans le cercle que formaient ses soldats. C'était l'heure du repas. Assis les uns contre les autres, ils mangeaient leur barre nutritive accompagnée d'une eau minérale. Clint se fit une place entre Argento et Alimato. Dingin était revenu de sa petite excursion et n'avait rien trouvé de louche dans les alentours.

— Général, vous croyez vraiment que des rebelles vivent dans ces fourrés ? lança Douglas tout en mâchant sa barre de bœuf haché.

— À nous de le découvrir. Il n'y a jamais eu un pèlerinage sans qu'au moins une disparition n'intervienne. Si jamais nous le finissons sans qu'aucun d'entre nous ne disparaisse, la réponse à votre question sera non, répondit-il.

Au fond de lui, l'inquiétude était présente. Il n'arrivait pas à imaginer de simples rebelles réussissant à capturer un de ses soldats. Les tuer peut-être, mais pas les kidnapper à l'insu de tous. La mission pouvait-elle être un fiasco ?

— Putain, ça me rappelle Vectorian, fit soudain Alimato. Qu'est-ce qu'on s'était fait chier bordel !

— Ouais, heureusement qu'on était tombés sur ce village, comment il s'appelait déjà ? enchaîna Thaï.

— Jurasse, répondit Schmidt.

La conversation continua ainsi. La nostalgie avait du bon. Elle resserrait les liens qui les unissaient, rappelait à leur mémoire le nom des camarades qui n'étaient plus. Il ne fallait jamais oublier le danger.

Ils passèrent encore une demi-heure à discuter, puis le moment de se coucher arriva. Tout le monde, à l'exception de Sarde et de Dingin, pénétra dans les tentes. Les deux hommes de garde éteignirent la torche qu'ils avaient placée au centre de leur campement. Munis de leurs lunettes infrarouges et de leur fusil HK, ils commencèrent leur ronde. Très vite le bruit des occupants des tentes s'estompa pour laisser place à celui de la jungle. Les cris d'animaux noctambules résonnaient par intermittence. Le froissement de feuilles dans le vent, ainsi que le frottement de pattes sur le sol ne cessaient de les maintenir en alerte. Le plus gros inconvénient dans les tours de garde était l'ennui. Deux heures à tuer le temps avec ses propres pensées.

Un craquement. Une flammèche. Sarde s'alluma une cigarette. Il se rapprocha de la lisière de la jungle. Il lui semblait avoir entendu un bruit métallique. Il fit un grossissement sur ses lentilles, et passa la zone au peigne fin.

— Tu as vu quelque chose ? fit Dingin en se rapprochant.

— Non, j'ai cru entendre un truc, répondit Sarde en continuant son inspection. Je vais aller voir.

Dingin hocha la tête et s'accroupit sur la roche. Il regarda son camarade s'enfoncer dans les fourrés et le visa de son fusil. Depuis qu'Ould Saïd avait fait mention d'une présence, il était sur ses gardes. Il devait sa vie au sixième sens de son homme. Il ne l'oublierait jamais. La forme rouge de Sarde s'afficha sur l'écran de ses lunettes infrarouges. Il ne le lâcha pas une seconde, mais plus Sarde s'enfonçait, plus sa silhouette rétrécissait. Bientôt il le perdit de vue. Il pensa un instant partir à sa recherche mais il se retint. Il ne pouvait laisser le campement sans surveillance. Un mauvais pressentiment envahit son cerveau, qu'il tempéra aussitôt. Sarde n'était pas un novice, rien ne pouvait lui arriver. Il se releva et marcha vers les tentes. Un doux ronflement s'en écoulait. Il sourit et repartit faire une ronde. Il marchait depuis cinq minutes quand un drôle de vrombissement lui fit tendre l'oreille. Ce ne pouvait être qu'une machine. Un moteur. Le bruit sembla se rapprocher. Dingin fonça vers les tentes et souleva le rabat de la première. Il y entra et secoua les corps qui dormaient d'un lourd sommeil. Ils se réveillèrent tous en sursaut et attrapant leur arme le braquèrent instantanément.

— Putain, qu'est-ce que tu fous ? fit Gonzalez qui baissa la sienne.

— Taisez-vous, écoutez, fit-il d'un ton péremptoire.

Clint tendit l'oreille et entendit très distinctement le souffle d'un moteur.

— C'est donc ça leur démon, ironisa Argento à voix basse. Des véhicules !

Au moins une partie de l'énigme venait d'être résolue. Des gens vivaient dans cette jungle. Des êtres civilisés qui jouissaient d'un matériel d'une sophistication bien supérieure à ce qu'ils avaient vu sur Kigoma jusqu'à présent.

Ils s'habillèrent rapidement, pendant que Dingin réveillait la seconde tente. Ils se retrouvèrent tous à l'extérieur, scrutant les alentours.

— Où est Sarde ? fit Thaï. Il était pas avec toi ?

— Il est parti voir ce qu'il se passait, répondit-il.

Mais qu'est-ce qu'il fout ! jura-t-il en lui-même.

Un bruit de course précipitée se fit entendre.

— Sarde, souffla Schmidt entre ses dents.

Il fut un temps où ils avaient eu une histoire ensemble. Elle tenait toujours à lui.

Le bruit du moteur s'arrêta soudain. Sarde franchit la lisière de la jungle et courut sur la dalle à leur rencontre. En sueur et essoufflé, il arriva à leur hauteur.

— Je ne comprends pas, commença-t-il. Ils possèdent des combinaisons thermiques.

— Mais de qui tu parles ?! On entrave que dalle ! jura Alimato excédé.

— Un véhicule terrestre. Du moins ça en avait tout l'air, mais d'un genre nouveau. Des hommes en sont sortis, mais je les distinguais à peine. Leurs corps ne dégageaient aucune chaleur. Je ne crois pas qu'ils m'aient vu.

Je crois tout le contraire, se dit Clint et c'est cela qui l'inquiétait. Ils devraient déjà être sur nous. Pourquoi ne nous attaquent-ils pas ?

— À combien de distance étais-tu de leur position ?

— À peu près trois cents mètres. Dès que j'ai compris qu'ils venaient en direction du camp, j'ai couru pour vous prévenir.

Clint sortit les restes d'un cigare à moitié consumé et l'alluma. Leur expédition ne serait pas stérile. Quoi qu'il advienne, ils avaient appris une chose importante. Un deuxième style de communauté existait sur Kigoma, un peuple non recensé qui vivait caché dans la jungle. Des hommes et des femmes qui utilisaient du matériel électronique. Qui étaient-ils donc pour avoir pu échapper depuis des années à toute inspection? Comment avaient-ils pu atterrir ici sans que jamais quiconque ne s'en soit aperçu ? Autant de questions en suspens, autant d'énigmes à résoudre.

— En tout cas, ce ne sont pas des rapides, fit Douglas.

— On devrait peut-être aller leur botter les fesses, s'exclama Alimato hilare.

Il fut le seul à rire de sa blague. L'atmosphère était lourde. Le danger était tout proche. Chacun pouvait le sentir. Clint devait prendre une décision.

— Nous ne bougerons pas. Nous ne connaissons pas le terrain. La nuit n'est pas notre alliée. Nous attendrons.

Ils prirent chacun position, prêts à en découdre si besoin était. Mais plus d'une heure passa sans que rien n'indiquât la présence d'un quelconque ennemi. Las de perdre leur temps, et sachant que la journée du lendemain serait longue, Clint décida de renvoyer tout le monde se coucher, hormis Thaï et Samuelson qui prirent leur tour de garde.

Le reste de la nuit se passa sans qu'aucun nouvel incident ne survienne. Le soleil se leva et les soldats émergèrent des tentes le visage soucieux. Ils n'aimaient pas se sentir épiés, être dans la peau d'une proie.

— Pourquoi se cachent-ils ? fit Schmidt sans s'adresser à quelqu'un en particulier.

— Qu'est-ce qu'ils cachent, je dirais, répondit Thaï. Je suis sûr de l'identité de ces démons qui viennent faucher les âmes impies, continua-t-il en prenant l'accent kigomais.

Des rires se firent entendre. Clint ne sourit pas. Il se félicita de cette réflexion.

— Tu penses à qui ? demanda Argento.

— À Bongo le sorcier. Cet homme est trop instruit pour se satisfaire d'une petite vie tranquille loin de la civilisation. S'il est revenu sur Kigoma, c'est pour un projet précis. Souvenez-vous comme il a tenté de nous éloigner. Il n'avait aucune envie que l'on pénètre dans la jungle. Alors qu'il aurait dû être ravi qu'on vienne les aider à résoudre le mystère des disparitions.

Tout le monde hocha la tête.

— À quoi bon continuer ce pèlerinage, intervint alors Douglas. On n'a qu'à retourner au village et le faire parler. On gagnerait du temps.

Et chacun de s'avouer que c'était là une excellente idée. Seul Clint ne manifesta pas le même enthousiasme. Cela ne pouvait être aussi simple. La démonstration de Thaï clochait quelque part. Mais il ne savait pas où.

— Qu'est-ce que vous en pensez général ? demanda Gonzalez.

Clint secoua négativement la tête. Il revit en pensée, le visage de

Mogabo quand ce dernier lui avait expliqué que la région était infestée de démons, et soudain il comprit. Pour les Kigomais, les démons existaient.

— On continue. Je ne sais pas ce que Bongo nous cache, mais en tout état de cause il ne sait pas ce qui se passe ici, fit-il.

Les soldats s'entre-regardèrent, s'interrogeant sur la santé mentale de leur chef.

— Si Bongo était au courant de ce qui se trame dans cette jungle et qu'il tenait à ce que cela reste confidentiel, il aurait tout fait pour empêcher les enlèvements, s'expliqua-t-il. Il est trop intelligent pour ne pas savoir que la Fédération viendrait un jour enquêter sur ce mystère. Non, il n'est au courant de rien. Je pense même qu'il croit véritablement aux démons.

Gonzalez partit d'un grand éclat de rire. Les autres réfléchirent à son argumentation. Certains la trouvèrent sensée, d'autres moins, mais personne ne prit la parole pour discuter les ordres. L'expédition se poursuivrait.

Ils démontèrent les tentes, les remballèrent dans les sacs. Tout comme le soleil, la chaleur grimpa fort vite, et leur avancée s'en trouva d'autant plus retardée. Gonzalez qui fermait la marche ne cessait de jurer. Les autres faisaient ce qu'ils pouvaient pour l'ignorer. Ils n'attendaient qu'une chose, que la nuit revienne.

— À ce soir petits démons, chantonna Alimato débonnaire.

CHAPITRE 25

Atlan

Un héros, voilà ce que je suis, s'étonna Luc toujours sous le coup de l'incompréhension.

Dix jours venaient de passer depuis son humiliation dans les appartements privés du prince. Et voilà qu'il était à présent un des hommes les plus en vue de la province. Il était le nouveau champion des jeux du printemps. Après la victoire contre de Salvayre, comme guidé par une force surnaturelle, il avait défait ses deux adversaires des deux dernières joutes et avait atteint la finale pour la remporter avec autant de panache.

Pourtant, les hommes qu'il avait affrontés étaient de redoutables combattants. Seul un miracle pouvait expliquer sa réussite.

— À moins qu'il n'en soit autrement, avait avancé Humon qui ne s'était pas épanché davantage sur le sujet.

La journée qui avait suivi sa consécration n'avait été qu'une suite de félicitations et d'encouragements. Jamais il n'aurait cru devenir aussi populaire. Toute la noblesse du royaume avait tenu à le rencontrer. Les mises en garde du prince Marc, sur ses possibles revers de fortune, lui paraissaient bien loin. Il se sentait indestructible et pourtant au fond de lui le doute subsistait.

Et si tout avait été arrangé pour qu'il gagne ce tournoi ? Et s'il n'était qu'un pion dans un jeu dont il ne connaissait pas les règles ? Il garda ses pensées pour lui de crainte d'avoir vu juste. Sa mère et ses fidèles étaient au comble du bonheur. En quelques jours, le duché des Vendée était devenu le centre d'intérêt de toute la province de l'Ouest. Personne n'oserait plus s'y attaquer, était la pensée générale.

Pourvu que cela soit vrai, espéra Luc.

— Cher duc, me permettrez-vous de vous importuner ? fit soudain la voix de Théodore Lambert, son nouveau précepteur.

Après une semaine de route, ils étaient rentrés la veille au château de son duché. Luc s'était levé au petit matin et se tenait debout à la fenêtre de la salle des Ducs. La plus grande pièce de l'édifice.

— À quoi bon me demander l'autorisation. Cela est déjà fait, répondit-il.

S'il n'avait osé braver l'autorité du prince, et refuser ce précepteur, il ne comptait pas lui faciliter la tâche.

— J'en suis fort désolé, fit le bossu en faisant volte-face.

Luc soupira et quitta du regard les vignobles de Gignac qui s'étalaient sur plus de cinquante hectares vers le sud.

— Cessez vos pitreries, et dites-moi ce qui vous amène, le retint Luc.

Lambert se rapprocha d'une démarche misérable. Il faisait réellement pitié.

Il tient à ce qu'il en soit ainsi, pensa Luc.

— Rien de grave, très cher duc. Je voulais seulement profiter de votre solitude pour m'entretenir avec vous de politique. Il serait bon de ne pas perdre tout le crédit de votre popularité actuelle.

Le visage de Luc se fendit d'un sourire amusé.

— Tu ne manques pas d'audace pour oser sous-entendre que Humon est incapable de me conseiller au mieux. Peut-être souhaiterais-tu sa mort ?

Sa voix résonnait à travers la pièce. Nul doute que les oreilles indiscrètes des domestiques avaient dû entendre son courroux.

Lambert se recroquevilla comme un escargot dans sa coquille. Le regard perdu sur les lambris de la pièce, il se reprit :

— Il n'en est rien. Je vous prie de m'excuser. Je ne suis pas très habile dans l'usage du langage. Peut-être est-ce pour cela que le prince m'a congédié ?

— N'était-il pas plus simple de vous éliminer ? intervint alors Humon.

Suspicieux de nature, il avait ordonné à un de ses hommes de confiance, de suivre les moindres faits et gestes de ce « cadeau » princier. L'homme venait juste de l'avertir que Lambert se dirigeait à la rencontre de Luc.

— Vous tombez à point nommé, le félicita Luc en invitant du regard Humon à se rapprocher deux.

Lambert se fit plus petit encore.

— Je me suis assuré que ma mort éventuelle ne reste pas impunie, murmura-t-il.

Humon comprenait. Il avait certainement laissé ses secrets entre les mains de quelque notaire qui se ferait un devoir de les dévoiler en cas de disparition douteuse. Luc eut le même cheminement de pensée, mais pas la même interprétation.

— Vous êtes tout sauf un imbécile. Jamais le prince ne se serait séparé de vous sans avoir une idée derrière la tête. N'essayez plus jamais de me tromper, ou c'est la vôtre qui garnira une de mes lances.

Lambert eut un sourire entendu.

— Je ne m'y aventurerai plus, fit-il. Mais il est de mon devoir de vous prévenir.

Humon sentit sa méfiance maladive l'envahir tout entier. Il n'aimait pas ce bossu. Il sentait qu'il ne pouvait que semer le trouble et le désordre.

— Des menaces ? fit Luc d'un ton méprisant.

Lambert releva la tête.

— Oui, très cher duc, il s'agit bien de cela. De grands bouleversements sont en cours. Même si les signes n'en sont pas encore pleinement perceptibles, ils ne peuvent toutefois être ignorés.

Le soleil commençait à monter, et sa lumière éclairait de façon théâtrale les trois hommes en présence.

— De quels bouleversements sommes-nous donc ignorants ? fit Luc les mains appuyées sur le rebord de la fenêtre.

Où veut-il en venir, se demanda Humon. Le bossu savait ce qu'il faisait. Il ne fallait surtout pas prendre ses paroles à la légère.

— Du plus terrible d'entre tous : la guerre, fit-il soudain exalté.

Luc partit d'un grand éclat de rire.

— Vous êtes vraiment d'une drôlerie exceptionnelle. Peut-être espérez-vous devenir mon bouffon, fit-il avant de redevenir sérieux. La guerre ?! Mais de quoi parlez-vous ? Le monde n'a jamais été autant pacifié. Que ce soit entre le royaume de France, d'Espagne, l'empire de Russie ou celui des Perses, la paix est totale. Hormis quelques affrontements entre duchés et baronnies, il n'y a plus de guerre sur la surface d'Atlan depuis fort longtemps.

Mais disant cela, il dut admettre que son argument était assez pauvre. C'était bien parce qu'il y avait des guerres que l'on pouvait parler de paix.

— Croyez-vous ? J'ai ouï dire que certains événements se tramaient, monseigneur. Une guerre, grande et terrible est en marche. Rien ne pourra l'arrêter. Pas même notre valeureux prince. Une nouvelle ère commence, à vous de concevoir le rôle que vous pourrez y jouer.

— Et qui seraient nos agresseurs ? demanda Luc curieux.

Les sources de Humon ne lui avaient jamais rapporté la possibilité d'une telle éventualité. Comment une guerre pouvait-elle se préparer à l'insu de tous ?

— Qui a dit que nous serions agressés ? répondit le bossu avec malice.

Des bruits de pas sur le parquet leur firent tourner la tête. Vêtue d'une de ses plus belles robes en soie arachnéenne, la duchesse de Vendée fit son entrée.

— Bonjour mère, fit Luc en lui adressant un sourire.

Sa mère le lui rendit, et salua les deux autres hommes.

— Puis-je savoir la teneur de votre discussion ? demanda-t-elle d'un ton cordial.

— D'affabulations paranoïaques. Le sieur Lambert est convaincu que la guerre est imminente. Que le monde est au bord du chaos ! se moqua-t-il en désignant d'un geste le bossu.

Ce dernier prit un air misérable, comme si son amour-propre n'était qu'une notion obscure et futile.

Humon comprit qu'il faudrait se méfier de lui plus qu'il ne le pensait.

— Pouvez-vous m'en dire plus ? l'invita la duchesse en se postant près de son fils.

— Je ne le puis, mais je peux vous en montrer, si vous le désirez, répondit Lambert avant d'ajouter : Ce soir vous comprendrez.

Il fit une révérence et se retira. Personne ne tenta de le retenir.

Luc laissa errer son regard sur l'ensemble du grand salon. Il y était venu chercher le réconfort auprès de ses ancêtres, mais n'y avait trouvé que perplexité. Les différents visages des tableaux qui étaient exposés dans cette salle des Ducs semblaient tous lui demander des réponses et des actes dont il n'avait pas la moindre idée. Il se sentait dépassé par les événements. La guerre !

— Ce bossu me répugne, fit la duchesse. Si seulement nous pouvions nous en débarrasser.

— Si nous pouvions ne plus avoir besoin de lui, ajouta Humon pour montrer son désaccord quant à la disparition de Lambert.

Aussi désagréable que fût sa présence, il était une mine d'informations dont ils ne devaient pas se séparer. Cet homme avait une mission. À eux de voir si c'était à l'avantage des Vendée ou à leur encontre.

— Il m'amuse. Gardons-le encore un peu. Nous aviserons de son cas dans quelques jours.

— Soit, concéda la duchesse. Laissons-lui une chance de prouver son attachement à notre famille.

Le ventre de Luc émit un gargouillement éloquent. Il était temps d'aller déjeuner. Il invita sa mère et Humon à le suivre à la salle à manger où les attendait un copieux repas.

Delphine n'en revenait pas. Cela faisait trois jours qu'elle vivait un rêve éveillé. Depuis que le prince Marc l'avait offerte à ce jeune duc qui était venu à son aide lors du premier banquet des fêtes du printemps. La traversée des campagnes et des forêts du royaume avait été un véritable bonheur. Assise dans une des diligences de la caravane ducale, Delphine avait trouvé dans la présence des autres domestiques un véritable réconfort. Le duc savait traiter ses sujets avec respect. Un être d'une incroyable bonté avait-elle entendu dire tout le long du voyage. Seul le droit régnait sur ses terres. Un monde fort différent de tout ce qu'elle avait connu jusqu'alors.

Ayant passé une dernière colline, l'arrivée au château fut pour elle un soulagement. L'ouvrage était certes remarquable mais bien plus petit que celui de la capitale qui l'étouffait par ses dimensions. Une nouvelle vie allait commencer. Le début du bonheur ?

L'intendant du château lui avait confié un poste à la blanchisserie qui se trouvait dans la ville en contrebas. Blagnac, la plus grande ville du duché. Cité de cent mille âmes, elle ne pouvait certes, rivaliser avec le million d'habitant de la Cité des Mille Tours. La ville ne possédait que de rares quartiers difficiles. La misère était bien inférieure à celle des grandes cités urbaines du royaume. Le duché de Vendée était un des plus prospères du continent. Un des plus convoités aussi.

Cela faisait déjà quatre heures que Delphine frappait le linge mouillé contre la pierre de la buanderie. Son travail n'était pas plus intéressant que celui qu'elle avait au château de Jean de Bretagne, mais elle se sentait en totale sécurité. Si son corps effectuait les tâches qu'on lui avait confiées, son esprit s'évadait aisément dans des rêves éveillés. Elle songeait au jeune prince Klist, qui croupissait dans les cales du navire gestan. Elle se revoyait embarquée de force dans une des cabines du capitaine Roberon.

Le son de la cloche résonna dans tout le bâtiment. Delphine sursauta mais n'arrêta pas. Sa seule crainte était qu'on l'a renvoie à la capitale.

Toutes les femmes qui travaillaient avec elle posèrent leur linge et le remirent dans les bacs, puis elles quittèrent la pièce. Aucune ne lui demanda de la suivre. Que devait-elle faire ? Elle resta là, sans rien oser dire. Puis voyant que personne ne viendrait la chercher elle se remit à l'ouvrage, et trempa le gilet sale qu'elle tenait toujours en main dans la rigole constamment renouvelée en eau propre.

— Dis donc la nouvelle, tu n'as pas d'estomac, ou tu fais un régime ?! se moqua une voix éraillée.

Delphine se retourna et reconnut la matrone qui dirigeait le lieu. Une vieille femme au physique ingrat et à la dentition clairsemée.

— Aucun des deux, madame.

La femme la jaugea du regard. Pauvre fille. Avec un physique pareil, Dieu sait ce qu'elle avait pu subir à la capitale !

— Allez, cesse de travailler, et viens nous rejoindre au réfectoire. Un ventre vide n'est pas la bonne façon de donner le meilleur de soi-même.

Delphine la remercia d'un sourire et la suivit au deuxième étage où se trouvaient déjà la centaine de femmes qui travaillaient dans cette blanchisserie. La matrone aurait bien aimé l'inviter à sa table et lui poser un tas de questions sur la capitale, mais elle savait qu'elle ne devait surtout pas montrer un intérêt particulier à cette nouvelle, de crainte d'en faire une tête de Turc pour les autres.

Delphine alla s'asseoir à une table centrale. Neuf autres femmes y étaient déjà installées. Elles lui lancèrent des regards mauvais. Comme dans toute communauté, chacune s'était liée par affinité, et vouloir imposer sa présence semblait d'une outrecuidance insupportable.

— Qui t'a dit de t'installer ici ? On n'a pas besoin de toi, cracha une femme d'une quarantaine d'année.

Des sourires de connivence s'affichèrent sur les lèvres des autres femmes.

Delphine ne se le fit pas dire deux fois. Elle se releva et chercha une table vide, mais n'en trouva point. Elle se sentait le centre d'intérêt de toute l'assemblée et les battements de son cœur s'accélérèrent. Elle aurait tout donné pour être ailleurs. Mais il ne fallait pas qu'elle cède à la panique. Son regard tomba alors sur une table au fond de la salle où se trouvait une femme isolée. Qu'avait-elle fait pour être mise ainsi à l'écart ? Delphine n'hésita pas, et se dirigea vers cette autre victime. Mais plus elle se rapprochait de la femme, plus sa résolution perdait de sa force. La femme était défigurée. Une orbite béante se trouvait à la place de son œil gauche, et son visage était si boursouflé qu'il en n'avait rien d'humain. C'était un monstre. Delphine sentit un frisson lui parcourir le corps. Il lui fallait faire demi-tour, mais le problème de trouver une place en serait renforcé. Elle s'obligea à marcher droit devant elle et atteignit la table.

— Je peux m'asseoir à vos côtés ? demanda-t-elle avec résignation.

— Si tu y tiens vraiment, répondit la femme.

Delphine eut un choc. Sa voix était cristalline, légère et chaude. En total désaccord avec son physique. Elle tira une chaise et prit place en face d'elle. Elle s'obligea à oublier les frissons et le dégoût que lui procurait le visage de son vis-à-vis.

Des serveurs arrivèrent à leur hauteur et remplirent leur assiette. Puis ils repartirent rapidement avec leur chariot vers d'autres tables.

La femme se servit à boire, puis fit un geste caractéristique vers Delphine qui hocha positivement la tête. Elle ne trouvait rien à dire. Elle ingurgitait les mets sans trouver le moindre début de conversation. Elle n'osait regarder la femme, et préférait contempler ses couverts.

Les serveurs revinrent enfin et déposèrent dans le creux de leur assiette la suite du repas. Des blagues salaces retentirent à d'autres tables. Des remarques grossières en rapport avec les légumes présentés. Delphine ne sourit pas. Elle continua à manger. On leur apporta le dessert, puis enfin la cloche tinta à nouveau. Le repas était terminé. Une longue après-midi les attendait. Delphine allait se détourner de sa camarade de tablée quand cette dernière lui prit le poignet.

— Tu es une gentille fille. Fais tout pour ne pas rester ici, lui dit-elle.

Delphine ne sut quoi répondre, et lui fit juste un sourire. Quitter la blanchisserie ? Mais où aller ? Elle n'avait rien à reprocher à son nouveau travail. Elle avait droit à ses soirées, et à un jour de repos par semaine. Le paradis en somme. Elle redescendit au rez-de-chaussée et alla directement à sa place continuer à laver du linge. Elle attrapa une taie d'oreiller d'une main, son battoir de l'autre et recommença son labeur, laissant dériver ses pensées.

CHAPITRE 26

Vaisseau *Jupiter*

Arrivé près du point neural, le pilote se retourna vers son hôte.

— En avant pour le grand bond, fit-il.

Quelques secondes plus tard, le vaisseau disparaissait du système de Golan pour réapparaître dans celui de Jigéblase. Wilson se souvint de ce système qu'il n'avait pas revu depuis son affectation sur Alliance. Une immense planète emplissait l'espace visible. Colorée dans un camaïeu de bleu, c'était une planète entièrement couverte d'eau. Un monde terraformable qui n'avait provoqué l'intérêt que de quelques compagnies de forage. Elles avaient déniché dans ses sous-sols marins des gisements pétrolifères importants.

— La nature a de beaux restes, fit le pilote. Quels que soient les actes des hommes, ils n'arriveront jamais à anéantir la totalité des milliards de planètes qui hantent notre univers.

Drôle de pensée pour un agent des services spéciaux.

Mais était-ce là sa vraie fonction ? se demanda Wilson de plus en plus sérieusement. Si rien n'indiquait qu'il puisse être en danger en sa compagnie, l'homme, cependant, n'agissait aucunement comme le major qu'il se prétendait être.

— Pouvez-vous me dire à présent notre destination ? demanda-t-il une nouvelle fois en détournant le regard de la planète.

L'homme se pencha en arrière sur son fauteuil et croisa les mains derrière sa nuque.

— Je vous l'ai déjà dit : au paradis, fit-il avec un grand sourire, puis il s'expliqua :

Pour votre sécurité nous préférons vous emmener dans un des endroits où personne ne pensera à vous chercher. Nous allons sur Végas.

Son annonce tomba à plat. Cela ne rappelait strictement rien à Wilson.

— Vous pouvez m'en dire plus ?

L'homme sortit d'une de ses poches un mémo qu'il lui tendit.

— Faites la visite vous-même.

Wilson alluma l'appareil et ne tarda pas à trouver une foule de renseignements et d'images. Végas était une station balnéaire insensée construite au cœur d'un volcan sur une planète à l'atmosphère irrespirable. Une aire de repos pour hommes d'affaires fortunés, stars du show-business ou personnalités politiques de haut rang. Un club privé de la taille d'une ville qui flottait dans l'espace. Un lieu mythique pour le restant de la population de la Fédération. Le lieu de tous les fantasmes. Un lieu de dépravation et de débauche, à en croire une certaine presse.

Wilson était horrifié. Cet endroit était l'archétype de tout ce qu'il détestait en l'homme : la vanité, le concupiscence, la luxure, la jouissance charnelle. Le libre cours aux plus bas des instincts. Une abomination. Son visage pâlit. Le pilote ne manqua pas de s'en apercevoir et eut un sourire compatissant.

— Ne faites pas cette tête, vous êtes en de bonnes mains, fit-il en se levant de son siège.

Désorienté Wilson posa le mémo sur ses genoux.

— Qui êtes-vous ? Que me voulez-vous ?

Il était clair à présent que cet homme n'était en rien un agent de la Fédération. Pour autant, il était évident aussi, qu'il n'était pas, à priori, un ennemi. Il aurait pu le tuer à n'importe quel moment.

— Un ami qui vous veut du bien. Je m'appelle Dick Drake. J'ai pour mission de vous sauver. Et je vous assure de vous révéler tout ce que je sais, mais seulement quand vous serez prêt à l'entendre.

La planète bleue continuait à grossir devant la vitre de la salle de commande. L'arrivée au deuxième point neural se ferait dans une heure.

— Je suis tout ouïe, fit Wilson.

Il avait perdu toute subtilité. Peu importait ce qu'on pensait de lui.

— Non, vous n'êtes pas encore prêt. J'en suis désolé, mon frère, fit Drake.

Pourquoi l'appelait-il ainsi ? Ce homme faisait-il partie de l'Église ? Wilson se frotta instinctivement le menton et cru entrevoir un début de réponse. Des rebelles catholiques. Impossible ! se dit-il. Et pourtant c'était certainement cela. D'autres hommes que lui avaient connaissance de la trahison des plus hauts dignitaires de son Église. La résistance existait déjà. Son combat n'était pas perdu.

— Ainsi soit-il, énonça-t-il alors sans faire part de ses réflexions.

Il comprenait que Drake ne pouvait se laisser aller à des confidences.

— Il va falloir que vous changiez de vêtements, cette bure est beaucoup trop voyante, fit Drake. Si rien n'a bougé, il doit y avoir tout ce qu'il faut dans une des cabines. Venez avec moi.

Ils quittèrent la salle des commandes et suivant les coursives, ils arrivèrent devant un couloir bordé de portes en métal. Drake posa sa paume sur l'identificateur et une porte coulissa dans un léger sifflement d'air. La cabine ne mesurait pas plus de vingt mètres carrés et comptait quatre lits qui se faisaient face deux par deux. Drake souleva le matelas de l'un d'eux.

— C'est pour vous. Normalement cela devrait vous aller, fit-il.

Wilson se baissa en avant et prit mécaniquement le pantalon et la chemise qu'il lui tendait. Drake reposa le matelas et alla vers un autre lit chercher de quoi remplacer sa tenue de militaire. Il sortit un jean et un T-shirt noir, puis il commença à se dévêtir. Wilson le regarda sans réagir. Il répugnait à enfiler ces vêtements. C'était comme renoncer à une partie de lui-même. Bien qu'il sache que l'habit ne faisait pas le moine, se dit-il dans un demi-sourire, il ne pouvait s'imaginer autrement vêtu que de sa sempiternelle bure. Mais il devait se changer pour passer incognito. Il aspira une profonde gorgée d'air, puis se lança.

Drake fut plus rapide que lui, et émit un soupir de soulagement quand il eut fini de s'habiller.

— Il n'y a pas à dire, je ne supporte pas les militaires, fit-il en rangeant sa tenue, désormais caduque, sous un des lits.

Debout, vêtu de ses seuls sous-vêtements, Wilson acquiesça de la tête. Il prit le pantalon et l'enfila. Une désagréable impression irradia le long de ses jambes. Comme s'il était en train de les étouffer. Pensée stupide et pourtant si appropriée. Il passa ensuite la chemise et remis ses chaussures.

— Très bien, si ce n'est qu'il serait préférable que vous rentriez la chemise dans votre pantalon. Cela fait trop négligé, fit Drake qui s'étonna du changement qu'avaient produit ces simples vêtements sur Wilson.

Qui aurait pu voir en lui un moine ? Personne.

— Et maintenant ? fit Wilson après s'être exécuté.

Drake croisa les bras et secoua la tête d'un air mitigé.

— Il reste un léger problème. Mais nous allons y remédier tout de suite.

Drake l'invita à le suivre et ils allèrent dans la salle de bains de la navette.

— Tenez, je vous laisse faire.

Wilson prit le rasoir que lui tendait Drake, et comprit ce qu'il attendait de lui. Cela était-il obligatoire ? Malheureusement oui. Sans sa barbe, personne ne pourrait le reconnaître. Il devait la sacrifier pour sa survie. Il se pencha vers la glace au-dessus de l'évier et alluma le rasoir qui se mit à vrombir. Son cœur se mit à battre plus rapidement mais il ne céda pas à l'appréhension. Quelques minutes plus tard, un autre homme était en train de le fixer droit dans les yeux. Un homme au visage triste et désabusé. Wilson eut envie de jeter au loin le rasoir dans un geste rageur, mais il se retint néanmoins. L'objet n'y était pour rien. Il passa sa main sur ses joues et s'étonna de les trouver douces et lisses. Une peau de bébé. Wilson avait l'impression d'avoir perdu dix ans d'un coup. Alors qu'on lui donnait aisément la quarantaine, désormais ses traits affichaient son âge véritable.

Il retourna à la salle des commandes et trouva Drake les deux pieds posés sur le tableau de bord, un verre à la main et une cigarette aux lèvres.

— Nom de Dieu ! Vous êtes méconnaissable. Vous savez à qui vous me faites penser ? fit-il en reprenant une pause plus ordinaire.

Wilson hocha négativement la tête.

— À Umberto Massimo, répondit Drake avant d'ajouter : Un acteur très connu. Un beau gosse. À votre place j'abandonnerais toute idée de célibat !

Wilson trouva la remarque déplacée et changea d'avis sur son hôte. Il n'était en rien un homme d'Église. Il devait être un de ces mercenaires qui vendaient leurs services aux plus offrants.

— Je ne suis pas seul monsieur Drake, répondit-il.

Il était temps de reprendre l'avantage et de lui donner une leçon.

— Dieu est avec vous, je sais ! se moqua Drake, lui volant son attaque. En tout cas, si je n'avais pas été là pour vous sortir de vos embrouilles, vous l'auriez désormais rejoint.

Wilson s'assit et lui lanca un regard narquois.

— C'est le Seigneur qui vous a envoyé à mon secours, lança-t-il fièrement.

Drake fit une moue dubitative, et éclata soudain d'un grand éclat de rire.

— En tout cas, je ne vois pas pourquoi vous vous priveriez de faire l'amour avec des femmes. À ce que j'en sais, rien dans la Bible n'ordonne aux apôtres de votre Dieu, de ne plus s'adonner aux plaisirs charnels.

Wilson connaissait ces sujets-là par cœur. Il avait des réponses déjà prêtes à lui servir. Mais il préféra éviter de polémiquer. Après tout il ne paraissait pas judicieux de se fâcher avec cet homme.

— Vous ne savez rien, monsieur Drake, fit-il d'un ton qui se voulait mettre un terme à cette discussion.

Le visage de Drake s'estompant de toute jovialité se fit soudain plus grave.

— Je sais beaucoup plus de choses que vous ne pouvez l'imaginer frère Wilson. Ne me jugez pas sur ma façon d'être. Je suis loin d'être aussi désinvolte que vous pouvez le supposer.

Wilson comprit le message. Il accepta de le prendre au sérieux.

— Il est des amours si pures que l'on ne peut en vivre plusieurs à la fois, se reprit-il. Si vous pouviez une seule seconde être à ma place, ressentir ce que je ressens, percevoir la présence divine comme je la perçois à chaque instant de ma vie, vous comprendriez que mon cœur est trop petit pour qu'il y reste de la place pour une femme et des enfants. Je suis un relais de la parole divine et laisse aux autres le soin de procréer, s'exalta-t-il en retrouvant ses principes fondamentaux.

Même sans mon habit, je reste ce que je suis, se rendit-il compte soulagé.

— Procréer ! se moqua Drake en le reprenant. Vous n'avez vraiment rien compris, et vous vous demandez pourquoi l'humanité se tourne vers d'autres religions et en particulier vers les Maltâmes.

Drake lampa une goutte de son alcool. Il n'en voulait pas réellement aux idées de Wilson. Il savait que ce n'était que le résultat de son éducation.

Pourvu que nous puissions lui en faire changer, se dit-il en se demandant si cela serait bien moral.

— J'ai la prétention de croire que c'est dans l'épreuve et la difficulté que l'homme acquiert son humanité. Choisir les voies les plus simples et qui répondent à nos désirs primaires ne relèvent en rien d'un mode de vie très élaboré. De toute façon, les préceptes maltâmes ne s'éloignent guère de ceux de la Bible. À ce que j'en ai lu, Pharanis était contre toute idée d'avortement, et désapprouvait l'homosexualité.

Que répondre à cela ? Drake était désolé de l'étroitesse du cerveau du moine.

Et dire que nous sommes faits pareils ! pensa-t-il avec tristesse.

— À ce que j'en ai retenu à aucun moment, Pharanis ne s'érige comme un exemple. N'est-il pas le premier prophète à se reconnaître comme pécheur. Il n'était ni trop bon, ni trop mauvais. Un homme à visage humain, loin de votre Jésus-Christ trop parfait.

— On n'est jamais trop parfait, rectifia Wilson. L'homme a besoin d'un idéal pour le guider le long de sa vie. Sinon, tout ne serait que chaos. La liberté totale conduit inexorablement à l'anarchie.

Drake reprit une lampée de son breuvage. À quoi bon discuter ? De toute façon le moine comprendrait bien des choses dans les jours qui suivraient.

— Vous avez raison, mais créer un idéal de moralité est tout autant pernicieux. Jamais aucun être humain ne pourra parvenir à la plénitude de votre Messie, et le seul résultat est de faire de vos adeptes des êtres en proie à de grandes psychoses, tourmentés entre leur désir d'agir selon la moralité de votre Église et les pulsions que leur corps leur soumet. Vous avez corrompu ce qu'il y a de plus beau dans l'humanité : l'amour. Vous avez rendu cet acte vil et dégradant par pure jalousie du fait de votre abstinence.

Comme c'était facile, soupira en lui-même Wilson. Ce Drake n'était qu'un ignare. Il ne comprenait rien. Si l'Église avait fait de l'acte charnel un acte sacré, c'était justement afin de montrer à l'humanité que là était le plus beau cadeau de Dieu. Et plutôt que de copuler comme des bêtes sans se rendre compte de notre chance, l'Église préconisait des ébats raréfiés, dans la procréation, afin d'augmenter le bonheur des amoureux. L'homosexualité était une ignominie par le simple fait qu'elle ne pouvait mener qu'à l'extinction de la race humaine.

— Êtes-vous amoureux monsieur Drake ? demanda-t-il alors.

Drake faillait en lâcher son verre. Il regarda Wilson en fronçant les sourcils.

— Pas en ce moment, répondit-il perplexe.

— Étrange pour quelqu'un qui prône l'amour ! Si vous étiez catholique, vous seriez marié et auriez tous les jours le cœur empli d'amour. À votre santé monsieur Drake, fit Wilson qui leva son verre avant d'en boire une gorgée.

Désarçonné Drake se laissa emporter dans un grand rire sonore. Ce Wilson était un sacré bonhomme ! Pour un intégriste il ne manquait pas d'esprit. Quand la vérité lui serait expliquée, nul doute qu'il s'en ferait un allié essentiel dans le combat qu'ils allaient devoir entreprendre.

— Nous sommes presque arrivés au deuxième point neural, fit-il après avoir calmé sa crise de rire.

Quelques instants plus tard, ils disparaissaient de Jigéblase pour apparaître dans le système solaire de Pandore. Ici aucune planète n'orbitait autour de la naine bleue qui emplissait cette partie de la galaxie.

— Nous avons encore un point neural à franchir et nous serons à Végas. Mais pour l'heure, il va falloir changer de méthode de transport.

Wilson tourna la tête dans sa direction attendant de plus amples explications.

— Vous vous doutez bien que nous ne pouvons pas nous pointer sur Végas avec une navette militaire. À cet effet, j'avais préparé un vaisseau qui, si tout va bien, nous attend à quelques heures de vol. Priez pour qu'il y soit encore.

Wilson hocha la tête. Il savait que Drake blaguait mais il le prit au pied de la lettre.

— Notre père qui es aux cieux, fais que le vaisseau de cet homme se trouve toujours à sa place, amen.

Drake sourit et conduisit la navette jusqu'à la destination adéquate. Au bout d'un moment, il aperçut son vaisseau toujours à sa place.

— Nous y voilà, fit-il.

Le *Heavy-Metal* flottait dans le vide interstellaire à moins d'une centaine de mètres de leur position. La naine bleue illuminait la coque de l'appareil laissant apercevoir toutes sortes de dessins : femmes en petite tenue dans des positions lascives. Guitares électriques malmenées par des énergumènes aux cheveux longs. Canettes de bière en train de se vider. Abject, mais terriblement efficace. Qui irait chercher un moine dans un engin pareil ?

— Je ne vais pas pouvoir raccorder les deux vaisseaux. Nous allons devoir sortir dans l'espace pour l'atteindre. J'espère que vous n'avez pas le vertige ?

Wilson hocha négativement la tête. Même s'il n'était pas certain de sa réponse. Il suivit Drake dans une des salles du premier niveau de la navette puis, sur ses indications, enfila une combinaison adaptée pour une sortie dans l'espace. Ils pénétrèrent ensuite dans le sas de dépressurisation, et lorsque le voyant passa au vert, Drake fit coulisser la porte et le vide astral se révéla à leur regard. Liés par une corde, Drake ordonna à Wilson de se laisser guider. Il mit son propulseur en marche, et lentement ils émergèrent de leur abri et foulèrent le vide de leurs membres inutiles. Wilson calqua sa respiration sur celle de Drake. Loin du cocon du vaisseau, une peur effroyable lui glaçait le sang.

Il suffirait d'une panne du propulseur pour que nous finissions nos jours à flotter au milieu de nulle part, pensa-t-il.

Leurs corps erreraient des siècles durant, voire des millénaires, avant que quelqu'un ne les retrouve. Il sentit sa raison vaciller.

Nous ne sommes vraiment rien, se dit-il ne pouvant détacher ses yeux de la naine bleue qui semblait vouloir les avaler.

— Calmez-vous, nous ne risquons rien. Fermez les yeux, et attendez que je vous dise de les rouvrir, intervint alors Drake qui était préoccupé par le souffle irrégulier de Wilson.

Ce dernier fit exactement ce qu'il lui demandait et se mit à prier. Les battements de son cœur ralentirent, et la sueur qui perlait à son front commença à sécher.

À l'inverse du moine, Drake exultait. Il aimait cette sensation de fouler l'immensité.

L'univers est la plus belle chose qui existe, se félicita-t-il. Combien il remerciait ses créateurs de lui avoir donné le privilège de vivre. Qu'importait la mort. Quelle vienne dans un siècle, ou dans une seconde, il savait qu'il était un privilégié. Peu importaient les souffrances, tant ce sentiment d'être humain était vivifiant.

Dirigeant son regard sur le *Heavy-Metal* qui se rapprochait de plus en plus, il se jura une nouvelle fois de tout faire pour sauver l'humanité.

Peu à peu le champ de vision de Drake ne fut empli que par la coque du vaisseau. Il commença à dévier sa trajectoire pour se recadrer vers une des soutes.

— Nous y sommes presque, fit-il dans un souffle.

Wilson rouvrit les yeux et ne vit qu'une immense cloison qui coulissait lentement sans le moindre bruit. Un dernier coup de propulseur et ils pénétrèrent dans la soute qui se referma derrière eux.

— Nous voici dans mon antre, dit Drake d'une voix où le plaisir se mêlait à la fierté, en désignant d'un geste circulaire le salon principal du vaisseau.

Une vaste pièce sphérique richement décorée s'offrit au regard de Wilson. Un étalage de luxe. Des bibliothèques s'alignaient le long des murs, des canapés et des fauteuils occupaient l'espace de façon harmonieuse, et un orgue était accolé à l'une des cloisons. Drake se rapprocha d'un des bureaux et appuya sur un coin. La surface du bureau fut soudain illuminée, révélant l'écran tactile qui servait de poste de commande. Drake s'assura que toutes les fonctions du vaisseau étaient en parfait état, puis inséra les données de Végas dans l'ordinateur de bord. Il ne restait plus qu'à attendre. Le prochain point neural était à près de quatre heures de leur position.

— Que ferons-nous une fois arrivés sur place ? demanda Wilson, s'asseyant dans un des fauteuils.

Drake pianota une dernière fois sur le bureau, et se retourna vers Wilson.

— Nous attendrons que la tempête se calme. La catastrophe Alliance, comme l'ont nommée les médias est le centre d'attention de toute la Fédération. Votre disparition, même si elle ne sera jamais officialisée, est sans nul doute une des épines majeures du gouvernement fédéral. Du moins pour l'instant.

Tandis qu'il parlait, un des murs sembla devenir flou, et la vision d'une forêt envahit l'écran mural. Le printemps sur Gémini.

— Quelle est la position des différentes parties impliquées par la destruction de l'Abbaye ? demanda Wilson.

Maintenant qu'il était à l'abri de tout danger, son caractère avait repris le dessus, renvoyant dans les ténèbres l'homme désemparé qu'il avait été ces dernières heures.

Drake vint se tenir près du mur et laissa errer son regard sur la frondaison des arbres dont les branches étaient balancées par le vent.

— Les catholiques se sont insurgés avec véhémence contre le massacre d'Alliance. Ils viennent d'ordonner à tous leurs émissaires de quitter les commissions paritaires où siégeaient les musulmans. La tension est à son comble entre les deux parties. De nombreux actes de violence ont été recensés ces dernières heures dans certaines villes de la Fédération. Des musulmans ont été pris à partie par des catholiques. Les forces de police ont investi les ruelles de certaines capitales cosmopolites. L'éventualité d'un pogrom n'est pas exclue. (Drake se désintéressa soudain du paysage et vint s'asseoir près de Wilson.) D'autre part, les autorités musulmanes hurlent au complot et affirment qu'elles ne sont pour rien dans la destruction de l'Abbaye, qu'il s'agit d'une manipulation diabolique. Quant à la Fédération, elle tente de minimiser les faits. Elle laisse entendre que le crash du vaisseau sur l'Abbaye ne résulterait que d'un simple accident. Voilà où nous en sommes.

Wilson approuva de la tête. Il était temps de se découvrir quelque peu.

— Ces événements relèvent de la manipulation. Rien n'a été laissé au hasard. Les deux communautés voulaient ce schisme, fit-il en contrôlant difficilement son timbre de voix tant sa rancœur était vivace.

Drake opina du chef.

— Oui. Ils ont compris que leur collaboration, au lieu d'être un atout dans le combat contre la montée de l'église maltâme, était au contraire un échec total.

Wilson fit une moue marquant sa désapprobation. Drake ne jouait pas le jeu. Alors qu'il lui avait livré une information de première importance, Drake n'avait que repris ce qu'il venait de dire. Était-il en train de bluffer ? Pour qui travaillait-il ?

— Pourtant cette scission risque de les décrédibiliser encore plus aux yeux des masses populaires, fit-il, livrant ainsi une réflexion anodine.

Tant qu'il ne se découvrirait pas, il ne lui dirait plus rien.

Drake comprit que le moine était vexé. Il avait pour ordre de ne rien révéler avant qu'il n'ait mené à bien toutes les étapes de sa mission. Un moment il caressa l'idée qu'il pourrait trahir son engagement mais décida d'y renoncer.

— Fanatisme idéologique ne rime aucunement avec intelligence. L'orgueil n'a rien à faire de la raison. La politique de votre Église est toute simple : tenter le tout pour le tout. Vaincre ou mourir, fit-il avant de conclure : Une nouvelle guerre de religions.

Attentif, Wilson analysa cette phrase à deux niveaux. D'une part, il était vrai que c'est dans les temps de violence que le recours à la religion et aux extrémismes est particulièrement massif (la force des dogmatismes au sein des planètes limites en était une preuve supplémentaire). Les deux Églises avaient tout intérêt à provoquer un conflit. Le nombre de morts n'importerait guère, seul celui des nouveaux adeptes était important. D'un autre côté, Wilson comprenait que Drake lui mentait. Passé maître dans l'art de la dissimulation, il savait reconnaître ce trait chez les autres quand il le rencontrait. L'organisme auquel appartenait Drake était d'une stature imposante, et connaissait des choses dont peu de monde se doutait. Qui étaient-ils ? Que savaient-ils ? Que voulaient-ils ?

— Prions pour qu'il n'en soit rien, fit-il finalement.

Le temps des réponses saurait venir. Il se redressa et demanda à Drake de le conduire dans une des cabines du vaisseau. Il restait moins de trois heures avant leur entrée dans le système de Végas. Il tenait à faire le point sur l'état actuel de ses connaissances.

Et si le sommeil m'emporte qu'il en soit fait ainsi, se dit-il alors que Drake l'invitait à prendre l'élévateur du salon pour rejoindre le premier niveau où se trouvaient les chambres.

CHAPITRE 27

Terre

Maudite chaleur, maugréa en lui-même le cardinal Petersen.

Il s'essuya le front d'un mouchoir qu'il rangea ensuite dans une des poches de sa soutane. Le soleil irradiait la place Saint-Marc de tous ses feux. Les journaux parlaient de la canicule du siècle. L'enfer sur Terre. Petersen continua néanmoins sa marche et parvint à l'entrée du Palais des Doges. Interdit au public depuis plus de deux cents ans, ce monument était devenu propriété de l'église catholique après d'obscures tractations entre le pouvoir de l'époque et le représentant suprême de l'église romaine.

Il donna sa carte d'identification à un des gardes suisses en faction, puis après vérification on le laissa pénétrer dans le palais. Il longea divers couloirs, traversa différentes salles et emprunta enfin un ascenseur qui le descendit dans les bas-fonds de Venise. Là où se trouvait le vrai centre névralgique de leur organisation sur Terre. Il passa une dernière porte et arriva dans une salle rectangulaire. Onze hommes tenaient siège autour d'une imposante table. Onze cardinaux qui dirigeaient en sous-main les affaires de leur Église.

— Nous n'attendions plus que vous, fit le cardinal Bianchetti en désignant la dernière place vide.

Petersen fit un léger signe de la tête en marque de salut et vint s'asseoir auprès des siens.

Il connaissait chacun des membres. Des hommes de valeur, autant des pairs que des amis.

— La séance peut commencer, intervint alors le cardinal Carillo en ouvrant les débats. L'ordre du jour est la disparition du prototype Wilson. Cardinal, je vous laisse la parole.

Petersen le remercia d'un sourire et commença son exposé.

— Nous avons pu récupérer une copie des enregistrements de la navette, et ce que nous avons découvert est stupéfiant.

Il sortit un disque de sa poche et l'inséra dans un lecteur. Aussitôt apparut au-dessus de la table une vision holographique des événements. On y voyait Wilson se débattant contre son homologue musulmane. Les scènes se succédèrent et si les cardinaux restaient en apparence de marbre, leur esprit était empli de pensées contradictoires : fierté et désolation. La dernière scène leur montrait Wilson éjecté à travers une des baies de la navette. La projection s'arrêta et les lumières des deux lustres en cristal éclairèrent à nouveau la salle.

— Impressionnant. Le groupe Oméga a réalisé un travail fantastique. L'objectif du projet Wilson a peut-être été trop ambitieux, fit le cardinal Vouhé.

— Une réussite qui nous dépasse, ajouta son voisin de droite.

— Si seulement il avait pu correspondre à nos exigences, se lamenta le cardinal Sanchez.

Un soupir général se fit entendre. Le projet Wilson avait longtemps été l'objet d'un rêve auprès du comité directoire. Et quand l'équipe du groupe Oméga avait enfin découvert le moyen de le réaliser, tous les espoirs avaient été permis. La fin de l'ancien monde. Le début d'une nouvelle humanité. Mais très vite, les premières mises à l'épreuve avaient révélé que la personnalité de Wilson était fortement paranoïde et qu'elle ne pouvait que conduire vers l'impasse. Le projet avait été abandonné. Le comité avait néanmoins trouvé un dernier rôle à Wilson, celui de catalyseur des combats à venir.

— La question qui se pose est : où est-il passé ? énonça le cardinal Chen, ne s'adressant à personne en particulier.

À ce qu'ils en savaient, la Fédération avait tenté de mettre la main sur lui, mais un individu se faisant passer pour un agent des services secrets s'en était chargé avant eux.

— Peut-être est-il effectivement aux mains de leurs services secrets. Il est possible que cette histoire d'usurpation d'identité ne soit qu'un leurre pour nous faire croire qu'ils ne détiennent pas Wilson, fit le cardinal Montgomery.

— Peut-on avoir totalement confiance en nos frères musulmans, fit Petersen qui prit tout le monde de court.

Laisser entendre une possible trahison de l'autre fraction de leur groupe était à la limite de l'insubordination. Petersen jouait gros, mais la situation ne permettait pas d'ignorer la moindre piste.

— Impensable ! réagit une bonne partie de l'assemblée.

— Dieu ne le permettrait pas. Il lit en nous comme dans un livre ouvert. Si trahison il y avait, aussitôt ils seraient châtiés, ajouta le cardinal Chen qui ne put réprimer un frisson le long de sa colonne vertébrale.

— Très certainement, s'excusa Petersen. Mais si seulement cette Nadia n'avait pas perdu de temps à palabrer...

Il savait qu'Haraflika n'avait pas trahi la cause. Mais ce qu'il avait voulu exprimer c'était simplement que si Wilson avait pu s'échapper, la faute leur incombait. Chaque erreur devait se payer comptant. Il n'était pas sain de pardonner sans contrepartie. Haraflika devrait être jugé pour son incapacité à n'avoir pas su mener à terme sa part de la mission.

— La recherche d'un coupable n'est pas à l'ordre du jour, rappela le cardinal Carillo.

— Certes, mais compte tenu des épreuves qui s'annoncent, il serait heureux d'être sûr que chacun de nous est à sa place, répliqua-t-il plus sèchement qu'il ne l'aurait voulu.

Certains regards s'emplirent de colère, d'autres se sentirent outragés, mais Petersen n'en avait cure. Seule la mission que leur avait confié Dieu, importait.

Si je me trompe, qu'Il me détruise dans l'instant, pensa-t-il en ne doutant pas de sa survie.

— Il en sera fait ainsi en temps et en heure, fit le cardinal Berrouka, soucieux de détendre l'atmosphère. Mais, revenons au sujet de notre préoccupation principale. Je pense pour ma part qu'il importe peu que la Fédération découvre qui il est. Wilson ne sait rien de nos schémas, et ne connaît aucun nom susceptible de les mener jusqu'à nous. Et le temps qu'ils comprennent la menace que nous représentons, les conflits auront déjà commencé. Ils auront vite fait d'oublier ce problème.

Toutes les têtes approuvèrent en silence, sauf une. S'étant jusqu'à présent abstenu de tout commentaire, le cardinal Strapoli fit part de ses doutes.

— Si tout peut porter à croire que ce sont les membres de la Fédération qui ont manigancé la disparition de Wilson, il n'est toutefois pas exclu qu'une autre piste existe, et c'est bien cela qui m'inquiète.

L'atmosphère fraîchit brutalement. Se pouvait-il qu'il existât des adversaires que nous ne connaissions pas ? se dirent-ils.

— Qui aurait pu faire cela ? Et dans quel intérêt ? questionna le cardinal Montgomery.

— Vous ne posez pas les bonnes questions, rétorqua Strapoli. Mes interrogations sont celles-ci : comment un agent extérieur a-t-il pu prendre de court ceux de la Fédération ? Autrement dit, cet homme ne venait-il pas chercher Wilson, indépendamment du sort que nous lui réservions, ou plus effrayant encore, n'était-ce pas parce qu'il savait ce que nous comptions faire de lui qu'il est venu le sauver ?

Un tollé de protestations éclata autour de la table. Et pourtant...

Se pouvait-il qu'il eût raison ? Comment un traître pourrait-il exister sans que Dieu ne le sache ?

Une dernière question envahit leur esprit fébrile : Dieu était-il toujours à leur écoute ?

CHAPITRE 28

Boxtown

— Cela va vous coûter une petite fortune, fit le président de Total Sécurité.

Roseta ne montra aucun signe de trouble.

— Ne vous occupez pas de mes finances. Au revoir, fit-elle en mettant fin à cette discussion.

Assise dans son bureau présidentiel, elle avait repris les choses en main. Elle avait commencé par se débarrasser du service de sécurité qui lui garantissait une inviolabilité imparable de chacun des bâtiments de son groupe. Roseta ne laissait jamais de seconde chance en affaires. Si Guntray Marshall avait pu contourner les défenses de T.S., elle recourrait à un autre organisme.

Elle s'enfonça dans son fauteuil et ne prit que le temps d'une respiration avant qu'il y ait un autre appel. Elle se recomposa un visage et répondit.

— Excusez-moi de vous déranger, fit le lieutenant Mirèse. J'ai une terrible nouvelle à vous annoncer.

Il s'arrêta et enfonça son regard dans celui de Roseta qui dut se forcer pour ne pas baisser les yeux. Elle reconnaissait l'homme. C'était le policier qui enquêtait sur sa tentative d'assassinat.

— Dites-moi tout.

L'homme tira sur sa cigarette.

— Votre père vient de décéder, lâcha-t-il laconiquement.

Le cœur de Roseta se serra de douleur. Sa respiration se bloqua un temps qui lui sembla interminable.

— Comment ? L'a-t-on... ? demanda Roseta sans parvenir à finir sa phrase.

— Non, il est décédé de mort naturelle, fit Mirèse qui avait fini la question dans sa tête. J'ai tout de même demandé une autopsie. J'attends les résultats. Je suis sincèrement navré mademoiselle Ming.

Les larmes commencèrent à rouler sur le visage impassible de Roseta. Ce père qu'elle avait tant haï, ce père dont elle était si fière, cet être qu'elle méprisait autant qu'elle l'aimait avait disparu pour toujours, la laissant seule face à son destin.

— Merci lieutenant, réussit-elle tout de même à articuler.

Elle coupa la communication et se mit à gémir et à trembler. La mort, cette sinistre faucheuse s'était encore rapprochée d'elle.

Ne puis-je donc pas avoir une vie simple et être en paix ? se demanda-t-elle, tout en ayant conscience de la naïveté de cette pensée.

Elle ne parvenait pas à ordonner ses idées. Elle se sentait aspirée dans un gouffre de ténèbres, et ne s'était pas préparée à un tel choc. Elle avait toujours cru, depuis la mort de sa mère, que rien ne saurait la faire plier.

Agrippant les accoudoirs de son fauteuil, elle se recroquevilla sur elle-même et fixa d'un regard absent le sol sous ses pieds.

Le sergent Wallace sauta d'un bond de son lit, alluma la lumière et attrapa les premiers vêtements venus. Il jurait et maudissait sa lenteur. Il finit de se chausser et sortit de son modeste appartement situé dans un des quartiers populaires de Kaklan. Il déboucha dans la rue et courut précipitamment vers une borne de taxis. C'était insensé et pourtant il savait qu'il devait se fier à son cauchemar. Il monta dans un véhicule qui attendait un passager, indiqua l'adresse au conducteur et sortit son mémo. Que devait-il faire ? Prévenir ses supérieurs pour envoyer quelqu'un vérifier ses doutes ? Mais si jamais tout cela n'était qu'un simple rêve, nul doute que ses chefs lui en tiendraient rigueur. Il avait obtenu ce poste de lieutenant à force d'années de labeur, il ne tenait pas à le perdre sur un simple pressentiment. Le souffle court, il caressa de ses doigts malhabiles la surface du boîtier en métal, puis après une dernière hésitation il le rangea dans sa poche.

— Vous ne pouvez pas aller plus vite ? s'énerva-t-il contre son chauffeur.

Le taxi volait entre les buildings à la vitesse réglementaire, dans les couloirs aériens des véhicules prioritaires. Lui non plus ne tenait pas à perdre son travail. Wallace sortit sa plaque d'identification et la mit sous le nez du pilote.

— Je suis flic, foncez, je réponds de vos actes.

— C'est vous le patron, fit le gros homme.

S'il avait toujours été respectueux des lois, le taxi ne pouvait que saisir cette occasion de faire rugir son engin comme jamais il ne l'avait fait auparavant. Il accéléra et commença sa course folle dans les boulevards de la capitale économique de la Fédération.

Roseta se ressaisit. Elle se servit un verre de rhum, puis se retira dans sa chambre et opacifia la fenêtre. Elle se débarrassa de ses chaussures et s'assit sur son lit, le dos contre le mur. Elle ne pouvait empêcher les images de revenir. Seuls les bons souvenirs refluaient à sa mémoire. Son père n'avait pas toujours été un monstre de rigidité et d'intolérance. Il avait su, certes de trop rares fois, se montrer un père attentif aux besoins et aux souhaits de sa fille. Comme tous les hommes de pouvoir, il avait effacé toute manifestation de tendresse pour ne laisser apparaître qu'un être inflexible. Une machine dans un corps humain.

Elle avala son verre d'un trait et faillit en recracher le contenu. Sa gorge la brûlait. Elle souffla à pleins poumons puis la douleur disparut pour être remplacée par un sentiment de bien-être. Elle ferma les yeux, et ramena à sa mémoire un souvenir tiré d'un passé révolu.

La pyramide de la Conception Corporation était en vue. Le ciel commençait à s'éclaircir. Assis à l'arrière de son taxi, Wallace se surprit à douter du bien-fondé de son geste. Pleinement réveillé, son cauchemar lui semblait désormais insensé. Son service débutait dans trois heures, il n'avait rien à gagner à se présenter à l'avance.

— Vous voulez que je vous descende à un endroit précis ? demanda le taxi en jetant un regard en arrière.

Wallace dut prendre une décision. Advienne que pourra.

— Posez-vous sur le toit, répondit-il en espérant ne pas avoir à regretter son choix.

Un bruit la sortit de la douce torpeur dans laquelle elle se vautrait avec délice. Elle ouvrit les yeux et n'esquissa pas le moindre mouvement de panique. Un individu la fixait d'un regard envoûtant. Il se dégageait de sa personne une puissance phénoménale. Vêtu d'un pantalon de soie et d'une chemise à jabot, il aurait dû lui paraître incroyablement ridicule. Et pourtant Roseta n'y voyait que grâce romantique. Elle tenta de recouvrer ses esprits, mais n'y parvint guère. Elle aurait dû être tétanisée de peur, mais elle se sentait en confiance. Elle savait qu'elle allait mourir, mais elle acceptait cet état de fait. Elle était incapable d'avoir la moindre pensée rationnelle. Elle était en transe.

L'homme vint à sa rencontre, les bras en avant, les paumes ouvertes dans un geste protecteur. Roseta n'arrivait pas à détacher son regard de ce visage au sourire carnassier, juvénile et pourtant si mature à la fois. Une main froide lui toucha l'épaule puis une vive douleur lui embrasa le cou.

Wallace repéra l'appareil de l'équipe de nuit sur le toit. Le taxi se posa. Dès que la glissière s'ouvrit il s'éjecta et se dirigea d'un pas faussement naturel vers le véhicule de ses collègues. Quelque chose clochait. Ils auraient dû venir à sa rencontre. Il accéléra le pas et mit la main à sa ceinture. Il sortit son arme, et courut.

— Putain ! siffla-t-il entre ses dents.

Donner et Helmet étaient effondrés sur leur siège. Du sang colorait le pare-brise fracassé.

Il se précipita vers l'ascenseur et passa son badge d'accréditation devant le capteur. Il sortit son mémo.

— Appel d'urgence. À toutes les unités patrouillant dans le secteur de Paradise, arrêtez tous véhicules ou personnes au comportement suspect. Nous avons deux Drapeaux noirs à la Conception Corporation. Je vais pénétrer dans l'immeuble. Envoyez une ambulance, fit-il sur le réseau de la police.

La porte de l'ascenseur s'ouvrit. Il y entra. Il compta les étages à rebours puis quand il parvint à zéro, il se mit à genoux. La porte s'ouvrit. Il tira une salve droit devant lui. Un coup pour rien. Si le tueur était encore sur les lieux, nul doute que son arrivée avait dû être repérée. Il activa son radar, et n'y trouva aucune trace de présence humaine. Il ne s'attendait pas à y trouver celle de son agresseur qui avait dû utiliser une combinaison thermique, mais celle de la propriétaire. Il comprit dès lors que Roseta était morte ou enlevée.

Il passa le vestibule. Il guettait le moindre son, bruit ou infime mouvement, révélateur d'une présence. La sueur dégoulinait de son front trempé. Il était dans un état second. Seul son devoir importait. Il aurait pu attendre les renforts, mais le besoin d'intervenir était plus fort. L'adrénaline coulait à flot dans ses veines.

Il traversa à pas de chat le salon, et commença à douter de la présence du tueur. Il prit un couloir et sans baisser son arme, le longea jusqu'à la chambre. Aucun bruit à l'intérieur. Il poussa la porte, pénétra dans la pièce, puis appuya sur l'interrupteur et eut un sursaut de dégoût. Roseta était affalée sur le lit, le cou couvert de sang. Il fit quelques pas, quand soudain son regard fut attiré par une ombre. Il tourna la tête et aperçut un homme près de la fenêtre qui le toisait les bras croisés sur sa poitrine.

— Je vous attendais, fit-il.

Wallace ne chercha pas à comprendre et tira à plusieurs reprises. Mais à sa stupéfaction rien ne se produisit. Les balles ne semblaient avoir aucun effet sur l'homme. Pourtant il savait qu'elles pouvaient percer n'importe quel gilet pare-balles. Il braqua à nouveau sa cible et tira deux balles dans la tête. Du moins le crut-il, mais le temps que ses doigts pressent la détente, l'homme s'était déplacé d'un pas, puis se jetant sur lui, l'immobilisa d'une prise du bras.

— Lâchez cela, ce n'est pas ainsi que l'on traite son maître, gronda l'homme.

Wallace tenta de résister mais sa propre force ne lui était d'aucune utilité contre l'étau qui l'étreignait.

— Cessez donc de bouger. Si j'avais voulu votre mort, vous auriez déjà rejoint l'au-delà, fit l'homme.

Wallace capitula.

— Qui êtes-vous ? demanda-t-il.

Cet homme semblait sorti d'un mauvais film fantastique. Son costume datait. Son maquillage était démodé. Cela faisait des siècles que le bronzage avait pris le pas sur le teint blafard. Un nom vint alors imprégner sa conscience. Inimaginable.

Je suis en train de devenir cinglé ?! se dit-il décontenancé.

— Je peux être celui qui apporte destruction et malheur aux tiens et à tous ceux que tu chéris, fit l'homme en relâchant son étreinte (d'un geste qui ne manquait pas de grâce, il fit passer sa longue chevelure noire d'une épaule à l'autre). Mais je peux être celui qui apportera richesse et reconnaissance à ta famille et à tes intimes. Cela ne dépend que de toi.

Un vampire ! Voilà le mot qui lui avait frappé l'esprit. Wallace ne pouvait croire à cette réalité. Pourtant tout semblait concorder. Aucun homme n'aurait pu se déplacer si vite. Les progrès de la science étaient certains, mais il n'avait jamais entendu parler d'une telle possibilité biologique. À moins que ce ne fût le fruit d'une expérience secrète...

Le cerveau de Wallace fonctionnait à toute allure. Il fallait qu'il se décide au plus vite. Retrouvant une certaine logique, il en conclut que cet homme était une espèce de créature de Frankenstein, ayant fui son créateur.

— Je veux vivre, fit-il d'un ton misérable.

L'homme sourit.

— Tes amis vont arriver d'un instant à l'autre. Je vais devoir m'en aller, fit-il mettant en application ses paroles. (Passé la porte, il se retourna et ajouta:) Je te la confie, fasse que rien ne lui arrive, et tâche de ne pas me décevoir.

Jamais une voix sortie de bouche humaine ne l'avait ainsi terrorisé. La tonalité de celle-ci lui glaça le sang jusqu'aux os.

Il regarda disparaître l'homme dans le couloir puis resta un long moment debout à essayer d'analyser ce qui venait de se passer. Je vais me réveiller, se dit-il en boucle sans trop y croire. Mais malheureusement, il ne savait que trop à quel point tout cela était bien réel.

CHAPITRE 29

Bavière

— Votre fils s'en est bien tiré. Il a eu de la chance, fit Manuel Guillermo.

Le président du parti Radical avait convié son second à une partie de golf.

— Il en a toujours eu, répondit Marshall.

Le parcours avait été modelé en bordure de la forêt de Shin-Zun. Le soleil était pourpre. Un vent rafraîchissant balayait le green.

— Dommage que ce ne soit pas l'inverse, attaqua Guillermo.

Il prenait sa revanche. Marshall l'avait obligé à monter cette opération de sauvetage. Il n'avait su alors trouver d'arguments valables pour le contrer. Désormais, même si la fille Ming était encore en vie (ce qui évitait au Groupement un pouvoir sans précédent), le président de la Fédération, Chandra, était sur ses gardes. S'il ne l'avait compris lui-même, ses conseillers n'allaient pas tarder à lui expliquer que le fils Marshall n'avait pu intervenir dans cette histoire sans y avoir été convié par son père. Premier soutien du parti au pouvoir, le parti Radical serait dorénavant étroitement surveillé par les sbires de Chandra. Il faudrait à partir de maintenant redoubler d'attention.

— Dommage que nous ayons tant attendu, para Marshall avant de putter.

Sa balle pénétra dans le douzième trou. Il menait de deux points. Petite avance qui lui importait peu. Ses pensées étaient ailleurs. De multiples rapports alarmants en provenance d'agents en mission sur les planètes limites le mettaient en garde contre de nouveaux soulèvements. Si la révolution de Reinivick avait tourné en leur faveur, rien n'indiquait cependant, qu'une insurrection majeure au sein des quatorze autres planètes n'entraînerait pas la Fédération dans un schisme sans précédent opposant bellicistes et pacifistes.

Le chaos. Il ne pouvait en supporter l'idée.

— Ne prenez pas ce ton avec moi, fit Guillermo qui rajusta la visière de sa casquette. N'oubliez jamais que je pourrais vous nuire bien plus que vous ne le pourriez vous-même à mon encontre.

La menace était suffisamment vague pour être totalement abjecte. Marshall savait que l'homme avait renoncé à toute vie familiale durable afin de n'être jamais pris en otage par ses sentiments.

— Vous ne me nuirez jamais autant que si la Fédération volait en éclats, répliqua-t-il.

Il suffisait de ces querelles de personnes. L'enjeu ne pouvait permettre des manigances privées.

Guillermo se mit à rire et putta. Sa balle rata le trou d'un centimètre. Il putta une nouvelle fois et réussit à la rentrer.

— Elle n'explosera pas si vous savez mener à bien vos fonctions. Les planètes limites ne sont pas une menace. Isolées les unes des autres, elles ne sauraient agir de façon organisée et mettre à mal nos armées. Cessez donc de fantasmer. La paix est là et pour un très long moment.

S'il n'avait dû tenir compte de l'avis de ses plus proches conseillers, Guilermo aurait eu tôt fait de faire disparaître Marshall dont la paranoïa récurrente l'irritait de plus en plus.

— S'il n'y avait qu'eux, contra Marshall. Des forces sont en mouvement. Le Groupement est bien plus qu'un acteur économique. Comme je vous l'ai déjà expliqué, ils militent auprès du gouvernement pour une coopération plus étendue entre leur entreprise et les planètes limites. Ils supportent de moins en moins les barrières que la loi édicte en faveur de la liberté de commerce. Le monopole ne peut conduire qu'à un seul type de société : le totalitarisme.

Marshall se planta devant son président et attendit une réponse.

Caché dans le feuillage des fourrés qui bordaient le green, un oiseau poussa un cri. Guillermo le chercha du regard.

— Aucun organisme économique quel qu'il soit ne peut se permettre d'anéantir un système politique en place. Ce que recherchent avant tout les industriels, c'est la stabilité dans la croissance. Rien ne les effraie plus que l'incertitude. Je peux vous assurer que les dirigeants du Groupement ne feront rien pour que la Fédération se désagrège. Ils ont besoin de nous.

Sauf si leurs schémas sont plus compliqués que ceux de simples capitalistes. Il est des niveaux de pouvoir où la seule recherche de profit ne suffit plus ; après le pouvoir économique, le pouvoir politique étant le plus attirant pour les grands de ce monde. Marshall connaissait suffisamment le caractère des dirigeants du Groupement pour savoir qu'ils ambitionnaient de phagocyter le parti conservateur, parti au pouvoir.

— Espérons que vous aurez raison, fit-il en ne voulant pas envenimer encore leurs relations.

Il restait tant d'autres questions à discuter qu'il n'avait pas le temps d'en perdre dans un problème qui pour l'heure était réglé. Roseta Ming était toujours à la tête de son empire financier.

Boxtown

— Votre invité est arrivé, fit un employé à la femme assise à l'une des tables d'un des plus grands hôtels de Carmel, ville résidentielle à l'extrême sud du continent.

— Bien, répondit-elle avec un sourire.

L'homme se tenait à l'entrée de la salle. Il avait accepté l'invitation malgré les risques qu'il prenait à se montrer en public en ce moment. La police ne le lâchait pas d'une semelle. Que voulait encore cette femme ? Il avait besoin de savoir à quoi elle jouait. Tant de questions pour si peu de réponses. Il n'aimait pas cela. La connaissance assure le pouvoir. L'ignorance, la misère.

Genièvre Kanz, qui, en tant que femme, eût pu rester assise et attendre qu'il vînt à sa table, se leva et partit à sa rencontre de sa démarche féline. Vêtue d'une simple robe de soie noire qui moulait son corps élancé, elle avait une grâce naturelle qui ne pouvait qu'attirer l'attention de tous les mâles présents dans le restaurant. Elle sourit et fit des clins d'œil à certaines personnes qu'elle reconnaissait. Elle traversa la salle et arrivée à la hauteur de son hôte, elle lui tendit la main.

— Vous êtes radieuse, la félicita-t-il en la serrant entre les siennes.

Genièvre se dégagea et l'invita d'un geste à la suivre.

— Tout comme vous. Nos affaires se sont déroulées à la perfection. Je suis ravie de notre collaboration.

Du moins pour l'instant. S'il savait ce que je compte faire de lui ! se dit-elle ironique sans que son visage ne trahisse ses pensées.

L'homme s'appelait Antonio Napoli. Le chef du plus grand syndicat du crime. Bien plus puissant que celui des Triades qui formaient avec les Colombiens, une des trois plus grosses associations de trafiquants en tout genre de la Fédération.

— Ce n'était vraiment rien. Une simple formalité, fit Napoli toujours sans comprendre.

Comment pouvait-elle être satisfaite de l'échec de son homme de main ? La mission était un vrai fiasco. Ce dernier était mort, et lui-même était surveillé en permanence. Encore plus depuis le début de la matinée quand il avait compris qu'elle avait engagé d'autres mercenaires pour effectuer le travail. Tous les journaux ne parlaient que de ça. Deux policiers sauvagement assassinés durant leur service alors qu'ils effectuaient une surveillance rapprochée de mademoiselle Ming.

— Une enquête est menée en ce moment même sur un des

membres les plus influents de notre conseil. À ce qu'il paraîtrait, le président Zafi aurait une part de responsabilité dans la tentative d'assassinat de mademoiselle Ming, fit Kanz qui se laissa servir du vin par son invité. Je suis véritablement bouleversée, je n'ose croire qu'il puisse être impliqué dans cet acte criminel, fit-elle comme si elle était vraiment désolée.

Elle prit son verre et le fit tourner entre ses doigts. Elle espérait que Napoli comprendrait le message. Mais ce dernier n'était pas sûr de bien saisir.

— Un lieutenant venu de Néron a été mandaté pour enquêter sur cette affaire. Le lieutenant Mirèse, si je ne m'abuse. Nul doute qu'il saura faire la lumière sur les responsabilités de chacun, fit-il en espérant qu'elle comprenne sa demande.

Était-ce cela qu'elle désirait ? Qu'il élimine ce fouineur ?

Kanz reposa son verre sur la table. Il n'avait rien compris. Bien au contraire.

— Oui, je le souhaite vivement. Il faut arrêter les coupables quels qu'ils soient. Même si de nombreux différends commerciaux nous opposent à l'empire Ming, il serait regrettable que nous gagnions nos litiges par un coup aussi terrible. Le commerce n'est pas une arène de gladiateurs, fit-elle plus explicite.

Napoli se gratta la jambe droite. Qu'insinuait-elle ? Elle voulait laisser Ming en vie ? Mais de cela ils avaient convenu trois jours auparavant quand elle lui avait fait savoir qu'elle ne désirait plus avoir recours à ses services. Il allait exposer sa perplexité quand une idée lumineuse éclaira son esprit.

— Qui, au jour d'aujourd'hui, a intérêt à ce qu'elle disparaisse ? Vous vouliez vous débarrasser de votre pire concurrent à la présidence du Groupement, Frederick Zafi. C'est fait. Vous n'avez pas ouvert un nouveau contrat sur sa personne, avait-il compris. Mais qui d'autre cela pouvait-il être ?

Kanz était arrivée à ce même constat. Napoli n'était pas responsable du massacre de la matinée. Quelqu'un d'autre s'en était chargé. Mais qui ? se demanda-t-elle effarée. Se pouvait-il qu'il existe un autre loup dominant dans la meute que fondait la Direction du Groupement.

— Je n'en ai pas la moindre idée.

Faisant les cent pas un étage au-dessus, le lieutenant Mirèse maugréait dans sa barbe. Il avait parfaitement compris la teneur de la discussion de ces deux personnages. Comme il aurait aimé les faire arrêter. Mais rien dans leur conversation n'aurait pu servir de preuve ou d'aveux. Aucun jury n'aurait pu les accuser de meurtre ou de conspiration avec des propos si anodins d'apparence. Quoi qu'il en soit, il coffrerait Zafi dès le lendemain. Les hommes de Napoli s'étaient chargés de laisser des preuves accablantes de sa culpabilité dans son appartement.

— Qu'est-ce qu'on fait avec eux ? demanda Lévon en regardant son supérieur hiérarchique.

— Rien, répondit-il en cessant de harceler le tapis de ses pas. Nous attendrons le moindre de leurs écarts pour les avoir. (Puis revenant à sa préoccupation principale :) Par contre, il me faudrait un rapport sur tous les contrats en cours. Faites savoir à tous les indics de la ville qu'une prime de plus d'un million de coupons sera offerte à celui qui saura nous dire le nom du commanditaire qui a ordonné la mise à mort de Ming. Faites passer le message à tous les services.

— À vos ordres.

Mirèse se retourna alors vers un autre de ses hommes qui n'avait cessé d'espionner la conversation de Kanz et Napoli.

— De quoi parlent-ils ?

— De recette de cuisine ! Ils se foutent de notre gueule, se lamenta l'homme.

Mirèse ne répondit pas. Peut-être que oui, peut-être que non. Ces hommes n'avaient donc jamais appris à décrypter les langages codés ?

— Continuez d'écouter, et appelez un cuisinier afin qu'il réalise les recettes de nos amis. Je tiens à savoir si elles sont comestibles.

L'homme sourit comme s'il s'agissait d'une plaisanterie. Mais devant la mine impassible de Mirèse, il baissa le regard.

— Si c'est immangeable, c'est tout simplement que ce ne sont pas des recettes, expliqua alors le lieutenant atterré de devoir tout apprendre aux flics de la capitale.

Il quitta la chambre d'hôtel espérant que le sergent Wallace serait au rendez-vous. Sa déposition était capitale. Il était le premier à être arrivé sur les lieux du massacre. Peut-être saurait-il ouvrir des pistes intéressantes.

Il prit un ascenseur et se retrouva quelques étages plus bas dans le grand hall de l'hôtel. Il sortit et maudit la pluie qui ne cessait de tomber. Il grimpa dans un taxi et se fit conduire jusqu'à l'hôtel de police. La journée s'annonçait longue. Très longue.

CHAPITRE 30

Kigoma

— Et merde, je crois qu'on s'est paumé, fit Alimato en reculant d'un pas.

Ils venaient de déboucher de la jungle pour tomber sur un mur de roche qui s'élevait à plus de cent mètres de hauteur.

— On peut essayer de le contourner, proposa Samuelson.

Elle n'en pensait rien, mais se plaisait à toujours contredire son camarade.

Clint sortit un cigare, et le cala entre ses dents. Il leva les yeux et analysa la situation. Le sentier de pierre s'arrêtait là devant cette falaise. Il se rapprocha et frappa la roche de son arme. Le bruit était mat. Quid d'un passage secret.

— Ne me dites pas qu'on s'est fait chier à marcher pendant quatre jours pour rien, se plaignit Douglas qui s'assit sur son sac.

Le soleil était au zénith et la température avoisinait les quarante degrés à l'ombre. La sueur dégoulinait de leur front.

— Je pense qu'on devrait faire ce que propose Rachel. On ne risque rien à tenter de trouver une faille dans cette muraille, intervint Schmidt qui pressentait ce qu'allait proposer leur général.

Ce dernier, bien campé sur ses jambes, fixa un à un ses soldats. Il fit une grimace perplexe puis fit part de sa décision.

— Nous allons grimper, lâcha-t-il.

Une vague de mécontentement se fit entendre. Plus le temps passait, plus ces hommes et femmes avaient la certitude que leur expédition était une perte de temps. Cela faisait deux jours qu'ils n'avaient plus entendu les étrangers. Deux jours à marcher sous une chaleur infernale, attaqués par des moustiques et les branches d'arbres qui obstruaient quelquefois leur passage.

— Mon général, avec tout le respect qu'on vous doit, je ne crois pas que ce soit une bonne idée. Il n'y aura rien de plus en haut que ce qu'il y a ici, fit Gonzalez exprimant la pensée générale.

Clint le regarda et alluma son cigare.

— C'est noté, répondit-il avant d'ajouter : Une autre objection ?

Un soupir général fut sa réponse, et tout le monde se résolut à effectuer l'ascension. N'ayant ni corde, ni pic, ni piton, ils ne devraient recourir qu'à leurs mains et leurs pieds, avec un sac de cinquante kilos sur le dos. Clint proposa une pause d'une heure, le temps de reprendre quelques forces après la marche matinale.

Il ne voulait pas croire que sa mission puisse être un échec. Il savait que des hommes vivaient dans cette jungle. Il ne voulait pas partir sans connaître le fin mot de l'histoire. Un de ses anciens camarades avait disparu ici. Il le retrouverait coûte que coûte.

L'heure passa plus vite qu'ils ne l'auraient souhaité. Clint établit alors un ordre de passage. Afin de galvaniser ses troupes, il décida d'être le premier grimpeur puis donna à chacun de ses soldats un numéro. Personne n'y trouva à redire.

Il s'approcha de la paroi et commença à tâter la roche. À son soulagement il s'aperçut que de nombreuses excavations creusaient cette surface d'apparence si lisse. Il s'agrippa fermement de ses deux mains et entama l'ascension. Méthodiquement et avec une habileté redoutable, il gravit une quinzaine de mètres en moins de dix minutes. Il baissa alors la tête et cria à ses soldats :

— Vous pouvez me suivre, la voie est toute tracée, les rassura-t-il.

Comme il s'y était attendu, des prises faites par la main de l'homme creusaient la roche à intervalles réguliers. Les Kigomais n'étaient pas suicidaires. S'ils avaient décidé que leur pèlerinage passerait par l'ascension de cette paroi, comme pour le sentier dallé qui couvrait des dizaines de kilomètres de jungle, ils avaient tenu à faciliter l'escalade de cet obstacle naturel.

De nombreux oiseaux volaient tout autour d'eux. Des rapaces, reconnut le soldat Sarde qui suivait de près son général.

Ils craignent pour leurs nids, se dit-il en espérant qu'ils ne leur viennent pas à l'idée de les attaquer. Car malgré les prises, leur équilibre était très instable.

Si ces putains de sac pouvaient peser moins lourd ! se dit le soldat Thaï qui était le troisième à avoir commencé l'ascension.

Au pied de la falaise, les autres soldats attendaient leur tour. Soudain, un bruit les sortit de leur torpeur. Un vrombissement.

— Merde, qu'est-ce que c'est ce bordel ? fit Alimato en dégainant son arme.

— J'en sais rien, répondit Samuelson en faisant de même.

— Qu'est-ce qu'on fait ? demanda Douglas.

Ils n'étaient plus que quatre à attendre leur tour. Argento venait juste de commencer l'ascension. Le vrombissement semblait se rapprocher.

— Putain, je vois rien sur ce radar de merde, grogna Gonzalez.

Une montée d'adrénaline envahit leur système sanguin. Grimper, impliquait de devenir des proies faciles à qui voudrait les éliminer, mais rester pouvait s'avérer encore plus dangereux.

— Général, ils arrivent, fit alors Samuelson mettant en action son micro-oreille.

Il avait presque atteint le sommet. Plus qu'une dizaine de mètres. Il avait dépassé la cime de la jungle. Le soleil brûlait chaque centimètre de son corps.

— Montez, vous m'entendez, grimpez ! tonna-t-il.

Son sixième sens lui hurlait au danger. Rester en bas signifiait être à la merci de ces nouveaux venus, les obligeant à faire front quelle que soit la puissance de feu de l'agresseur. Au moins, d'en haut, ils avaient une chance de pouvoir organiser leur défense.

— Grimpez !! répéta Alimato d'un ton plein d'ironie. Mais qui va nous couvrir ?!

— Moi, répondit un homme qui aurait dû être suspendu à plus de trente mètres de haut.

— Qu'est-ce que tu fous là ? lui demanda Douglas effaré.

Dès qu'il avait entendu les vrombissements, le soldat Saïd n'avait pu s'empêcher de revenir en arrière malgré l'injonction de continuer la montée. Usant d'un passage plus délicat afin de ne pas gêner l'ascension de ses camarades qui le suivaient, il venait, d'un saut de cinq mètres, d'atterrir auprès des derniers soldats à terre.

— Mon boulot. Grimpez ! lâcha-t-il en sortant de son sac son fusil HK. (Il mit ses lunettes spéciales et posa un genou à terre.) Je vous couvre.

Personne n'osa discuter son ordre. Tout le monde connaissait le tempérament de Saïd et aucun d'eux n'aurait eu l'audace de le contredire quand il était dans cet état-là.

Les retardataires s'élancèrent alors à l'assaut de la falaise.

— Ne fais pas le con, vint tout de même le prévenir Samuelson. Dès que nous serons en sécurité, tu nous rejoins.

Saïd émit un petit rire de connivence. Il aimait cette fille. Malgré ses origines juives, elle avait su l'accepter comme un véritable camarade.

— Ne t'inquiète pas pour moi, j'ai pas l'intention de crever ici, fit-il avant de cracher sa chique sur le sol.

Elle resta une seconde à chercher une nouvelle réplique, mais n'en trouvant pas, elle attrapa son sac et commença son ascension.

Le vrombissement se rapprochait de plus en plus. À présent seul, Saïd scrutait d'un regard circulaire la jungle avoisinante, mais à cause de la densité de celle-ci, il n'arrivait à apercevoir rien d'autre que des troncs et des feuilles. Soudain le vrombissement se tut. Saïd ralentit sa respiration à son rythme le plus bas. Il se mit en transe. Laissant son esprit se reposer, il laissa le soin à son corps de prendre l'initiative. Il était telle une bête aux abois. Il savait que quand surviendrait l'attaque seul son instinct pourrait le garder en vie. À un contre plusieurs, seul l'héroïsme pourrait le sauver. À moins qu'ils ne fassent comme la dernière fois : nous épier, se dit-il sans trop y croire.

Un malaise indéfinissable lui vrillait l'estomac. Une peur irraisonnée. C'était pour cela qu'il avait tenu à leur faire face plutôt que de s'échapper comme un lâche. Il n'aimait pas se sentir faible. Il fallait qu'il affronte ses peurs.

Un bruit de branche cassée lui fit tirer une salve sur la gauche.

— Qu'est-ce que tu as vu ? l'interrogea aussitôt Clint qui était parvenu en haut de la falaise.

De sa position il ne pouvait voir que la cime de la jungle. Il se tenait sur cette espèce de mont surgi de nulle part et qui s'étendait sur plus d'un kilomètre à la ronde.

— Je ne sais pas, répondit Saïd cent mètres plus bas.

Son instinct lui disait de fuir. Son sixième sens l'avertissait d'un danger phénoménal. Pourtant il avait affronté la mort bien des fois, mais jamais il n'avait ressenti une telle peur.

Qui êtes-vous ? demanda-t-il intérieurement à ses ennemis. Des fantômes, fut la réponse qui résonna dans son crâne. Saïd venait de repenser aux paroles de Mogabo. Se pouvait-il qu'il eût raison ?

Clint se gratta pensivement le front. Ils étaient déjà plus de cinq sur la corniche et les derniers soldats n'allaient pas tarder à les rejoindre. Il était temps que Saïd évacue sa position.

— C'est bon, tout le monde est à l'abri, fit-il. Tu grimpes, je te couvre.

Clint se rapprocha de la paroi et se mit à plat ventre laissant juste ses épaules dépasser du vide.

— Sergent Dingin, tenez-moi les jambes, demanda-t-il afin de faire contrepoids.

Puis il pencha son buste dans le vide et visa le sol qui, grâce au zoom de son viseur lui paraissait bien plus proche qu'il ne l'était réellement. Il découvrit la silhouette de Saïd qui n'avait pas bougé d'un pouce.

— Je t'ai ordonné de monter. C'est un ordre tu m'entends, lâcha-t-il d'un ton péremptoire.

Il connaissait son homme. Depuis la nuit du premier contact, il l'avait senti distant, en proie à des démons intérieurs.

J'aurais dû le faire monter en premier, regretta-t-il.

— Je ne peux pas, répliqua Saïd incapable de bouger le moindre muscle de son corps.

Le viseur de son arme lui montrait des formes qui venaient vers lui, humanoïdes à n'en point douter.

Pourquoi ai-je donc si peur ? hurla-t-il en lui-même. Ces êtres sont le mal incarné. La fin de l'humanité.

Il poussa un rire sans joie proche de l'hystérie. Il savait ses pensées ridicules, mais pourtant tous ses sens étaient en état de choc. Il fallait qu'il sache.

— Montrez-vous, siffla-t-il entre ses dents.

Et soudain, ils apparurent. Deux hommes et une femme, dans une tenue vaguement militaire. Saïd aurait pu les tuer en un instant. Mais ses doigts refusaient de tirer. Ils ne le menaçaient pas.

— Saïd, tu vas bouger ton cul ! hurla Samuelson à l'autre bout de son micro-oreille.

Il reprit ses esprits et éluda un doute. Il mit en marche la fonction thermique de son viseur et lança un juron. Leurs corps ne dégageaient que très peu de chaleur. Pourtant leurs visages étaient à découvert. Ils n'étaient pas humains.

De sa position Clint vit Saïd se lever et s'enfoncer dans la jungle.

— Et merde, jura-t-il quand un grésillement caractéristique lui fit comprendre que Saïd venait de débrancher son micro-oreille.

— Qu'est-ce qu'il fout ? demanda Schmidt soucieuse.

— Je l'ai perdu, s'expliqua le général. Je descends.

Clint savait son acte insensé, mais il n'en avait cure. Il fallait parfois faire montre d'actes irraisonnés pour régler certains problèmes. Il mit son fusil en bandoulière et entama la descente.

— Je vous suis mon général, fit Dingin d'un ton qui n'autorisait aucun refus.

Clint ne tenait pas à risquer inutilement la vie d'un autre homme. Mais il ne lui fit pas l'offense de rejeter sa proposition.

La descente lui parut interminable. Chaque seconde semblait durer une éternité. Saïd était en danger. Pourquoi n'avait-il pas obéi aux ordres ? cherchait Clint vainement. Se pouvait-il qu'il eût été envoûté ?! La seule façon de répondre à ces questions était de les lui poser en face.

Il jeta un regard vers le sol. Plus que trente mètres jugea-t-il avant de reprendre sa descente. Toujours pas de Saïd en vue. Il cherchait en vain une explication, quand un bruit ou plutôt une absence de bruit l'inquiéta visiblement. Le vrombissement s'était tu créant un silence angoissant. Il regarda une nouvelle fois vers le sol et estima la distance suffisante. D'un mouvement parfaitement contrôlé, il bondit de sa prise et chuta d'une dizaine de mètres pour se recevoir sans trop de mal sur le sol caillouteux.

— Saïd ! hurla-t-il.

Il scruta l'horizon et ne vit aucune trace de son homme. Tenant son fusil des deux mains, il s'enfonça au pas de course dans la jungle. Les branches basses lui griffaient le visage mais ne ralentissaient aucunement sa course effrénée. Il n'abandonnerait pas si facilement.

— Saïd ! fit-il encore et encore en commençant à comprendre que ses efforts seraient stériles.

Inconsciemment, il ralentit le pas, puis s'arrêta en plein milieu d'une zone particulièrement dense. Il fit lentement un tour sur lui-même, à trois cent soixante degrés, espérant trouver quelque indice du chemin qu'avait pu emprunter leur ennemi. Il passa un bras sur son front pour essuyer les rigoles de sueur qui inondaient son visage.

Le bruit d'une course lui fit détourner la tête. Un fol espoir lui traversa l'esprit pour retomber aussitôt.

— Général, vous ne pouvez pas partir en solitaire, fit Dingin.

Clint eut envie de lui envoyer la crosse de son arme au travers du visage. C'était de l'insubordination.

— Quoi ?! hurla-t-il.

Dingin garda une distance respectable, prêt à engager un corps à corps. Il savait que Clint se sentait responsable de la perte de leur camarade.

Un bon général est celui qui ramène l'intégralité de ses troupes après la bataille, leur disait-il souvent. Chacun pensait que ce n'était certainement pas une théorie très répandue dans les hautes sphères de la hiérarchie militaire, mais aucun n'en aurait fait reproche à leur chef.

— Nous devons rester groupés, répondit Dingin en défiant du regard son général.

Mes propres mots ! soupira Clint en lui-même. Il eut un rire nerveux et secoua la tête afin d'évacuer la tension qui le rendait aussi dangereux qu'un tigre affamé.

— Rester groupés, répéta-t-il en écho pour lui-même avant que la seule chose intelligente à faire lui éclaire l'esprit.

Il sortit d'une des poches de sa saharienne son mémo, et après l'avoir activé, il trouva l'information qu'il cherchait. Tous les soldats de la Fédération subissaient une implantation d'une balise miniaturisée à hauteur de leur avant-bras gauche.

— À tous les membres de l'unité, changement de cap. Vous redescendez, fit-il par micro-oreille.

Il n'écouta pas les soupirs et les remarques désobligeantes de ses soldats, et se tourna vers Dingin.

— Si jamais je venais à mourir avant d'avoir pu effacer la mémoire de cet appareil, je t'ordonne de me faire exploser en mille morceaux, fit-il.

Dingin acquiesça en silence.

— Qui a parlé de mourir ? fit Alimato dans leur oreille.

Les deux hommes à terre sourirent. En voilà un qui ne perd jamais le nord, plaisanta Clint en attendant leur arrivée.

Cela faisait six heures qu'ils suivaient la piste que leur indiquait le général en se fiant à son mémo. La vitesse de leurs ennemis avoisinait les dix kilomètres à l'heure. Une vitesse qui était rendue possible par un nouveau sentier qu'ils avaient découvert après s'être enfoncés dans la jungle.

Une autre route pour le pèlerinage ? avait demandé Sarde. Non. Tout indiquait que ce sentier-là était très récent. Les arbres et arbustes abattus étaient encore verts, et la sève coulait à hauteur de la cassure.

Ils nous recherchaient, et ils nous ont trouvés, s'était alors dit Clint, gardant sa réflexion pour lui.

— Ils jouent avec nous, cracha Douglas au bord de l'épuisement.

Leurs jambes les soutenaient à peine. Seules les pilules qu'ils avaient avalées les empêchaient d'avoir des crampes. À ce rythme ils ne tiendraient pas bien longtemps, dut s'avouer Clint qui ne voulait pourtant pas abandonner les recherches.

— Je vous promets que nous nous amuserons à notre tour quand nous les aurons rattrapés, fit-il d'un sourire féroce.

Il espérait que cette simple phrase suffirait à leur redonner du baume au cœur.

Ils continuèrent leur course deux heures de plus, quand enfin un espoir se fit jour. Le traceur de Saïd avait cessé de bouger.

— Ils se sont arrêtés, les prévint alors Clint qui accéléra le pas.

Ses soldats étaient à bout de force, mais tous se mirent à son rythme. Si un homme de cinquante ans était capable de courir toute une journée sans éprouver le besoin de souffler, de jeunes soldats se devaient d'être au moins aussi solides.

Ils ne sentaient plus leurs corps. La douleur qui leur enserrait les poumons avait disparu depuis longtemps. Usant des méthodes d'autohypnose, ils couraient tels des automates détraqués s'enfuyant vers un ailleurs infini.

— Nous y sommes presque, souffla Clint.

Il s'étonnait lui-même de sa vigueur. Mais l'adrénaline qui coulait dans son corps suffisait à lui insuffler l'énergie pour tenir.

Ils n'étaient plus qu'à une centaine de mètres quand il prit la décision de s'arrêter. Ils ne pouvaient surgir en plein milieu du camp de leurs ennemis sans la moindre précaution.

— Samuelson, Dingin et Thaï, vous venez avec moi, commença-t-il à exposer. Douglas, Sarde, et Schmidt, vous allez bifurquer vers l'ouest et les prendre à quinze heures. Alimato, Gonzalez et Argento, vous passerez par l'est et les prendrez à neuf. Pas de question ?

Personne ne répondit. Ils se munirent de leur arme et calmant les battements affolés de leurs cœurs essoufflés, ils repartirent à pas de chasseur vers leurs proies.

Clint menait la tête de son équipe. Les yeux fouillant le feuillage devant lui, il recherchait le moindre signe de présence humaine.

Quelque chose ne va pas, se dit-il alors qu'ils avaient déjà fait cinquante mètres. Tout était trop calme. Une embuscade ? comprit-il avec horreur.

— Équipe Est et Ouest, cessez votre avancée, je répète, cessez votre avancée. Et préparez-vous à battre en retraite.

— Entendu, résonnèrent les voix de ses deux soldats dans son oreille.

Il n'était à présent qu'à quelques mètres du signal. Ils auraient dû entendre le bruit caractéristique d'une troupe en mouvement.

Où vous cachez-vous ? se demanda-t-il se tenant prêt à tirer sur tout ce qui bougeait. Il jeta un dernier coup d'œil à son mémo et s'aperçut qu'ils n'étaient plus qu'à dix mètres du signal. Pourtant aucune présence humaine dans le paysage. Clint se retourna vers les membres de son équipe et leur expliqua dans un langage de signes de le couvrir et de l'attendre. Il déposa son sac, puis avança le plus précautionneusement possible, évitant de faire le moindre bruit. Il comptait les pas dans sa tête. Saïd devait se trouver désormais à moins de trois mètres. Mais seul une espèce de baobab géant se trouvait devant lui. Il leva les yeux en l'air et inspecta minutieusement chaque branche qui le surplombait. Il n'aperçut aucune présence ennemie. Il retint alors son souffle et contourna l'arbre.

— Saloperie ! souffla-t-il en baissant le canon de son arme. Des sauvages !

Le bras gauche de Saïd était cloué à même l'arbre. Découpé au laser. La blessure était parfaitement lisse et ne saignait aucunement.

— Général, qu'est-ce que vous voyez, demanda Samuelson qui ne résistait qu'avec peine à l'envie de le rejoindre.

— Ils ont eu Saïd, lâcha-t-il laconiquement.

Samuelson ferma les yeux et serra les dents. Une fois de plus elle devait faire face à la perte d'un être aimé. Une main se posa sur son épaule.

— Ils ne l'emporteront pas au paradis, fit Dingin tout aussi abattu.

Ils quittèrent leur position et rejoignirent leur général qui s'était assis sur le sol humide de la jungle.

— Nous allons bivouaquer ici pour ce soir. Demain nous continuerons ce sentier, fit-il avec un calme contrôlé.

Il rappela ensuite les deux équipes restantes et leur fit part de leur découverte. Des jurons de colère résonnèrent. Quoi qu'il arrive, l'expédition en souffrirait

Pourvu que ce soit la seule, pria-t-il en allumant un sempiternel cigare.

À moins d'un kilomètre de Clint et de ses soldats, une dizaine de Kigomais tenaient conseil à l'ombre de la voûte que formait la végétation.

— Qu'allons-nous faire d'eux ? demanda Mogabo en se tournant vers Bongo.

Le grand sorcier sembla un instant perdu dans une réflexion si intense que son regard n'exprimait que le vide.

— Nous les laissons approcher. De toute façon leur destin est tracé, fit-il au bout d'une minute. Les démons ne les laisseront pas découvrir impunément nos secrets.

Mogabo s'essuya le front et accepta la résolution de Bongo. Il ne comprenait en rien les desseins du sorcier, mais la peur l'empêchait d'avancer tout argument risquant de le faire passer pour un traître à la cause.

— Et que la liberté soit nôtre, rajouta Bongo en se frappant la poitrine de son poing d'acier.

Les neuf autres hommes de la troupe firent de même. La révolution était en marche.

CHAPITRE 31

Atlan

La forêt de l'Arbre Doré était certainement une des plus belles de toute la province de l'Ouest. Tant d'espèces poussaient là dans une harmonieuse anarchie, que s'y promener était une merveille de béatitude et de bien-être. Luc passait de nombreuses heures à traverser ses sentiers y trouvant le calme et le repos, après des journées de travail harassantes.

— Je n'ai aucune confiance en cet homme, affirma Humon une fois de plus. Il est plutôt une arme envoyée par le prince. Il serait prudent de nous en méfier au plus haut point.

À cheval sur son fameux destrier qui l'avait conduit aux victoires lors des joutes de la Cité des Mille Tours, Luc discutait de la conduite à tenir avec ce Lambert. Devait-il tout lui raconter des enjeux et des rôles attribués à chacun dans le royaume de Vendée ou bien devait-il rester sur ses gardes et n'expliquer que le minimum nécessaire ?

— Certes, mais une arme n'est dangereuse que si vous ne la tenez pas en main.

Humon lui lança un sourire approbateur.

— Et vous croyez pouvoir vous en saisir ? demanda-t-il.

Le soleil déclinait sur la forêt. Un clair-obscur les enveloppa tous deux ainsi que leurs montures.

— Le prince Marc est persuadé de ma profonde naïveté. Il ne voit en moi qu'un jeune duc sans panache ni profonde clairvoyance quant aux choses du pouvoir, s'expliqua-t-il avant de finir : Ne le décevons pas.

— Notre bossu est trop malin. Il vous a déjà jaugé. Il connaît vos réelles capacités, fit Humon. Nous devons trouver un moyen de le persuader de se mettre à notre solde.

— Si nous savions la raison de sa présence ?! se demanda Luc à haute voix.

Un hululement de hiboux résonna dans les branches au-dessus de leurs têtes. Luc, machinalement, chercha du regard l'oiseau noctambule.

— Est-il le jouet du prince Marc ou plutôt est-ce le contraire ? continua-t-il.

Humon était ravi des progrès de son élève. Il était arrivé au même cheminement de pensée. Mais il restait une troisième possibilité qu'il énonça lui-même.

— Ne sont-ils pas le jouet d'une puissance autrement plus importante ?

Tout d'abord incrédule, Humon en était venu à réétudier les propos de Lambert. Une guerre ? Une grande guerre ? Une guerre mondiale ! Cela était-il possible ?

Il avait passé sa journée à glaner des renseignements auprès de ses informateurs les plus sûrs, mais rien dans ce qu'il entendait ne mentionnait l'éventualité d'un conflit de grande envergure.

— Je crains que nous n'en soyons réduit à nous rendre à ce rendez-vous mystérieux, fit Luc en repensant à la proposition de Lambert.

— Je n'aime pas cette idée. Il tente de nous manipuler, répondit Humon en tirant la bride de son cheval. Je pense qu'il y a mieux à faire.

— Me ferez-vous l'honneur d'exprimer votre stratégie ? demanda Luc intrigué.

Humon accéda volontiers à sa requête, puis après que Luc lui ait lancé un sourire de connivence, il frappa les flancs de sa bête et partit au galop sur le sentier sinueux. Je ne suis pas aussi vieux que j'en ai l'air, se dit-il sachant son comportement puéril.

Luc le suivit dans sa course, heureux de ces rares moments de tranquillité et d'insouciance.

Lambert arriva dans la salle à manger et alla s'asseoir à la place qu'on lui avait affecté : entre le maître d'armes Gascon et le peintre Janvier. Il s'installa confortablement et demanda d'un sourire engageant s'il restait encore quelque chose pour se sustenter. Un des domestiques qui se tenait en retrait dans la pièce lui répondit positivement et le servit.

À quoi jouent-ils ? se demanda-t-il en fixant Luc puis Humon. Il avait compté leur révéler tous les détails sur la guerre à venir, mais aucun des deux hommes n'avait daigné le rejoindre au rendez-vous qu'il leur avait donné.

— Vous prendrez bien un peu de vin ? proposa Gascon en poussant du bras son voisin.

Quelle familiarité ! Lambert se retint avec difficulté de le remettre à sa place.

— Merci, répondit-il toutefois en tendant son verre.

Tous les convives le regardaient. Que ce soit le duc, la duchesse, ou l'irritable précepteur, chaque regard semblait se moquer de lui. Le tenaient-ils donc en si peu d'estime pour qu'il soit traité de la sorte ? Il n'arrivait pas à admettre que des personnes connaissant les jeux de pouvoir puissent prendre à la légère un représentant du prince Marc.

— Lors de mon voyage à Corgensac, je n'ai pu résister au plaisir d'aller visiter la basilique de Notre Père, fit la comtesse Solène de Brandille, une jeune et belle femme. Avec ses vitraux réalisés par maître Pertens et sa voûte peinte sous la direction de Flavio, c'est un véritable hymne au bonheur des sens. Jamais de ma vie, je ne m'étais sentie aussi proche du divin, s'exclama-t-elle en extase, encore sous le charme de l'ouvrage.

Luc sourit à sa cousine et se garda de jeter un regard à Lambert.

— Flavio est le plus grand peintre qui n'ait jamais vécu sur cette terre. Le toucher de son pinceau était exceptionnel. Il savait rendre avec noblesse le moindre trait d'une personne. Avez-vous déjà eu l'honneur de visiter sa galerie de portraits ? enchaîna Janvier, le peintre de la cour de Vendée.

— Malheureusement non, se désola Solène en effectuant un délicat mouvement d'épaule. Je ne suis jamais allée en Tourenne.

Quelques exclamations d'apitoiement se firent entendre. La Tourenne était la plus ensoleillée des provinces de l'Ouest. Composée de petits villages, cette partie du pays avait su garder un côté pittoresque dans un monde devenant de jour en jour plus urbain.

— Il faut impérativement réparer cet oubli, fit Gascon. Cher duc, me permettrez-vous de proposer un voyage ?

— La saison des pluies ne va pas tarder. Je crains que ce ne soit pas le moment le plus favorable, fit Luc en venant briser les rêves de son maître d'armes. En revanche, dès que le printemps sera de retour, je te confierai la tâche d'organiser une réunion dans le pays de nos ancêtres.

Luc connaissait les sentiments que Gascon éprouvait pour sa jeune cousine. Mais s'il ne trouvait personnellement rien à redire à cet épanchement amoureux, Humon lui avait rappelé avec fermeté qu'un roturier aussi important soit-il ne pouvait convoler publiquement avec une fille de la noblesse.

— Pourrai-je participer à ce voyage ? s'avança Janvier.

— J'allais vous le proposer, répondit Luc.

La duchesse qui n'avait pris part à la discussion intervint alors.

— Je propose que nous portions un toast à ce pèlerinage initiatique, fit-elle en levant son verre.

Tout le monde fit de même. Humon jubilait intérieurement. Il fallait montrer à ce Lambert qu'il était quelqu'un de bien peu d'importance en ces terres de Vendée.

— À la Tourenne et à ses beautés, fit Samantier, l'intendant principal des entreprises du Duché.

Lambert porta son verre à ses lèvres et but une gorgée d'un délicieux breuvage. Cependant, il n'y trouva qu'un réconfort insignifiant. Sa crainte légitime lui affirmait que tout n'était que mise en scène pour le ridiculiser.

Que dois-je faire ? se demanda-t-il pris au dépourvu. Il avait tout prévu sauf cela.

J'aurais dû me méfier de la bêtise des paysans ! jura-t-il en lui-même. Mais était-ce bien de la bêtise ? Ils veulent me faire sortir de mes gonds. Ils veulent gagner des points. Soit. Alors donnons-leur le change, se dit-il pris par l'urgence de la situation.

— J'ai ouï dire que le duc de Tourenne était un homme d'une civilité exemplaire, intervint-il alors.

— Oui, c'est un homme exquis qui a un goût affirmé pour les belles choses, fit le seigneur Roman, le jeune cousin germain de Luc. Il a l'art de recevoir.

Humon n'intervint pas. Il mit ces secondes à profit afin de trouver le point d'attaque du bossu.

— Espérons qu'il en soit encore ainsi quand il devra vous accueillir, acheva Lambert fier de lui.

Les regards marquèrent l'étonnement.

Laissons-les réfléchir à mes paroles. Il serait temps qu'ils me craignent, décida-t-il.

— Il ne pourrait en être autrement, affirma alors Humon d'un sourire débonnaire. Je propose un nouveau toast : Au duc de Tourenne.

Les verres se levèrent et se vidèrent dans une jovialité amicale et sincère. Lambert se força à trinquer. Et ravala très difficilement sa colère. Sa pique était tombée à plat. Ses paroles n'avaient eu d'autre effet que de le faire passer pour un oiseau de mauvais augure. Un aigri.

Il ne parla plus de la soirée et se retira dès le dessert servi. Le temps lui était compté. Il devait à tout prix amener le jeune duc à leurs desseins. Il fallait qu'il trouve un autre angle d'attaque.

Il longea les couloirs du château et atteignit l'aile sud où se trouvait sa chambre. Une petite pièce indigne de son rang. Une table, un lit et une armoire. Située au dernier étage, elle avait fort heureusement une vue agréable sur le parc. Il tira les rideaux craignant d'être l'objet d'une surveillance redoublée. Il se mit à quatre pattes et passa sous son lit. Ainsi masqué intégralement par le sommier et le jeté de lit qui tombait jusqu'au sol, il put sortir de sa poche le mémo qu'il avait eu l'intention de montrer au jeune duc. Il l'alluma et ouvrit une communication avec le représentant du Nouveau Dieu.

— Notre cible est plus résistante que ce que nous avions pu croire, fit-il sans user des civilités ordinaires.

Le cardinal Chen hocha gravement la tête.

— Peut-être n'avez-vous pas employé les bonnes méthodes, lâcha-t-il d'un ton assassin. Que s'est-il passé ?

Lambert lui exposa les faits. Allongé sur le parquet glacé de sa chambre, il se maudissait d'avoir si mal abordé ses relations avec le duc de Vendée.

— Captivant, soupesa Chen pétrissant lentement ses longues mains. Vous devez tout faire pour entrer dans leurs bonnes grâces. Donnez-leur des gages de votre fidélité.

Ils ne pouvaient se permettre de perdre du temps. Le duc devait être au rendez-vous dans un mois au plus tard. On ne pouvait retoucher le plan.

— Lesquels ? demanda Lambert en cachant sa malice.

En cas d'échec, il tenait à ce que la responsabilité soit partagée. Je ne serai qu'un instrument. Vous serez le coupable, se dit-il, à la limite de l'hérésie. Mais de cela il avait l'habitude.

— Ceux que vous jugerez bons pour effectuer votre mission, riposta Chen qui n'avait pas atteint son poste par hasard. Ne me recontactez qu'en cas de force majeure. Que le Nouveau Dieu veille sur vous.

L'écran de son mémo n'afficha plus qu'un gris uniforme où s'inscrivit : communication interrompue. Lambert grommela entre ses dents et remit le mémo dans sa poche. Désormais, il n'avait plus droit à l'erreur. Son existence même était en jeu. Il fit une prière, et se mit en quête du gage qu'il fournirait au duc.

Un drôle de phénomène, pensa Luc en regardant par le mince interstice qui donnait sur la chambre du bossu.

Un de leurs agents les avait prévenus que Lambert s'était glissé sous son lit, et qu'il marmonnait tout seul. Pas tout seul, avait aussitôt corrigé Humon sans en dire plus. Ils quittèrent le repas qui en était à sa fin. Les cafés étaient déjà servis et de nombreux convives avaient déjà regagné leur chambre.

— Que fait-il ? demanda Luc, en chuchotant.

Humon lui fit signe de s'écarter. Il ne serait pas bon que Lambert découvre qu'ils l'espionnaient. Ne s'en doutait-il pas ? Peut-être, mais Humon préférait ne jamais prendre de risque. Il n'y avait rien à gagner à mécontenter davantage le bossu. Il fallait qu'il craque, de lui-même.

Ils sortirent de la chambre attenante à celle de Lambert, et allèrent dans un des salons de la tour Est, celle où le père de Luc aimait à s'enfermer pour réfléchir sur les sujets d'importance.

— À qui Lambert pouvait-il parler ? demanda Luc, une fois seul avec Humon.

Il le sait mais il n'ose le croire. Ôtons lui ses doutes, pensa le précepteur.

— Aux Autres, fit-il simplement.

C'est ainsi qu'on appelait le reste de l'humanité qui n'avait pas daigné retourner à l'univers féodal. Le seul système viable selon les pères fondateurs d'Atlan.

Un frisson de plaisir parcourut Luc. Était-ce possible ?

— Mais comment ? demanda-t-il à haute voix.

Non, non, ne me déçois pas, se dit Humon.

— N'y a-t-il pas une question plus importante ? fit-il d'un ton courroucé.

Luc baissa instinctivement les yeux. Il s'était laissé emporter par ses souvenirs de jeunesse et son ancienne envie de quitter la planète.

Tu n'es plus un enfant, se sermonna-t-il, tu es un duc, pense donc comme tel.

— Pourquoi ? demanda-t-il fièrement. Pourquoi un agent de l'Extérieur voudrait-il entrer en contact avec nous ?

Humon était soulagé. La capacité de garder le pouvoir réside plus dans la faculté à donner des réponses et des solutions qu'à trouver les questions.

— Je n'en sais fichtre rien. Mais je dois vous avouer que je suis très inquiet, fit-il.

Une des deux lunes venait de passer par-dessus la forêt alentour. La nuit était très avancée.

— Il parlait de la guerre, d'une grande guerre, fit Luc sans avoir besoin de finir sa phrase.

Humon, lui aussi, avait remis à leur juste valeur les précédents propos du bossu. Leur signification était désormais autrement plus importante. Les Autres comptaient-ils les envahir ? Quel rôle avaient-ils à jouer ? C'était insoluble !

— Se peut-il que Lambert ne parlait qu'à lui-même ? demanda Luc sans trop y croire.

— Peut-être, mais la possibilité qu'il soit schizophrène est peu probable, répondit Humon.

Voyant la lumière de la lampe qui les éclairait faiblir, Luc tourna la manivelle et fit monter la mèche imbibée d'alcool. La lumière s'intensifia.

— Comme j'aimerais voir cette machine, fit Luc hors de propos.

Un appareil construit à l'Extérieur. Personne, dans le monde qu'il connaissait, ne pouvait se targuer d'avoir pu approcher quoi que ce soit venu d'une autre planète.

— Nous ne devons pas oublier un autre acteur dans ce jeu dont nous ne connaissons pas les règles, lui rappela Humon insensible. Le prince Marc.

Luc prit du recul sur sa chaise.

— Certes. Quels sont les rapports qu'il a pu nouer avec l'Extérieur ? Comment le roi Frédéric III réagirait s'il apprenait la chose ? Ou bien peut-être que le roi lui-même est partie prenante dans cette histoire ? s'interrogea-t-il avant de perdre pied.

Plus il réfléchissait à la question, plus il se sentait perdu. Le duché de Vendée n'était rien en comparaison des enjeux planétaires, voire universels.

Quel sera notre rôle ? Le mouton sacrificiel ? se dit-il, prenant peur.

— Beaucoup trop d'inconnues et d'incertitude pour se faire ne serait-ce qu'une vague idée de ce qui se prépare, fit Humon. Notre seul atout est la présence de Lambert. Nous ne devons pas dévier de notre ligne de conduite. Prenons le pari qu'il attend quelque chose de nous, et alors faisons-lui payer le prix fort.

— Qu'ils apprennent que les Vendée ne sont pas de simples pions que l'on peut déplacer à leur guise ! fit Luc en portant son regard sur le portrait de son père, que Janvier avait croqué quelques années auparavant. Si ce Lambert a besoin de nous, qu'il vienne nous le demander avec les formes qui se doivent.

CHAPITRE 32

Végas

Le *Heavy-Metal* passa le point neural et pénétra dans le système de Végas. Aussitôt les services de sécurité de la station orbitale leur ordonnèrent de se présenter.

— Je me nomme Peter Wolky, et suis accompagné de mon ami Geoffroy Andersen, fit Drake en envoyant à la station toute une série de renseignements par son ordinateur de bord.

L'agent en fonction vérifia les données présentées, et n'y trouva aucun signe suspect. Wolky était un richissime négociant de produits agricoles et avait réservé une chambre dans le palais Titien pour une quinzaine.

— Autorisation acceptée. Mettez-vous en pilotage automatique et laissez-vous guider, fit l'agent en envoyant les données du chemin jusqu'aux soutes à l'ordinateur de bord du vaisseau.

— À partir de maintenant, il s'agira de faire très attention, monsieur Andersen, fit Drake très sérieusement.

Wilson hocha la tête. Il avait du mal à se faire à ce nouveau patronyme. Il répugnait à se cacher, à mentir sur son identité. Ce n'était pas dans ses habitudes.

Ils s'arrimèrent à la station quelques minutes plus tard et passèrent les douanes sans le moindre problème.

Une chose est certaine. Leur organisation possède une avance technologique importante, se dit Wilson qui s'attendait à tout moment à ce que l'on se rende compte du subterfuge.

— Nous avons de la chance. Il y a une navette pour Végas dans moins d'une heure.

Une bonne douzaine de touristes patientaient comme eux dans un des salons de la station. Wilson s'assit sur un canapé pour les observer. Qui sont-ils ? Pour qui se prennent-ils ? Profondément attaché aux valeurs chrétiennes, il était outragé par les excès de certains. Il n'osait imaginer le prix que pouvait représenter ce qu'exhibait une de ses voisines. Riches bijoux et vêtements élégants sortant des meilleures maisons de couture seraient toujours l'apanage des grands et des puissants. Avec son jean et sa chemise, Wilson était fier du regard méprisant qu'on pouvait lui porter. Toutefois, s'il était heureux de se démarquer, il n'était pas certain que ce fût le déguisement idéal.

— Personne ne prend la peine de nous parler, se plaignit à mi-voix Drake en se tournant vers Wilson.

Même si le comité lui avait assuré qu'aucun micro n'était installé sur la Station et sur Végas, deux précautions valaient mieux qu'une.

Wilson comprit le message. Certes, ils étaient très voyants avec leurs tenues primitives, mais en contrepartie cela leur évitait d'entrer dans des conversations où ils prendraient le risque de se contredire quant à leur origine.

Ils burent chacun un verre et s'enfermèrent dans un silence pesant. La musique déversée par les enceintes du salon était un morceau classique que Wilson trouva totalement déphasé dans cet univers nauséabond.

Enfin un appel les invita à rejoindre la navette pour la destination tant convoitée. Ils embarquèrent, et s'assirent à leur place réservée. Un holo se mit en route sur les écrans savamment disposés entre le mobilier et les fenêtres. On voyait un reportage sur Végas, la planète. Un environnement totalement désertique. Pas l'ombre d'un soupçon de verdure. Une nature morte. Wilson fit aussitôt la comparaison avec Mars, et s'étonna que personne n'ait tenté de la terraformer. Question qu'il posa à Drake.

— Impossible, l'atmosphère contient trop d'hydrogène, et ses réserves en eau sont infimes. Juste de quoi subvenir aux besoins d'une ville comme Végas, fit-il. La terraformation coûterait plus qu'elle ne pourrait rapporter.

Wilson grogna à demi convaincu. Il préférait penser qu'il s'agissait d'une mascarade, visant à garder à l'abri des masses ce petit coin de paradis.

Sur les écrans apparaissait une vue extérieure de la cité Végas. Ville sous cloche, elle se situait dans le creux d'un des plus hauts volcans de la planète, à plus de six kilomètres d'altitude. Puis vint la visite de la ville et de ses différents quartiers. Paris, Venise, Shanghai, ou encore Le Caire.

Pathétique ! pensa Wilson en jetant un regard vers son acolyte qui ne semblait pas s'émouvoir de ce ridicule assemblage. Des quartiers de chacune de ces villes avaient été reproduits sans aucun souci d'harmonie. Un immense patchwork hétéroclite et indigeste. Comment peut-on avoir envie de passer des vacances dans un tel endroit ?

— Une visite des merveilles terrestres réunies en un seul et même lieu, fit la voix féminine qui accompagnait le documentaire.

Wilson se leva et quitta sa place pour aller se poster près d'une des baies vitrées. Végas emplissait tout l'espace. Ils n'allaient pas tarder à pénétrer son atmosphère.

— Tu m'as l'air bien songeur ? fit Drake en venant à ses côtés.

Wilson s'accommoda de ce tutoiement. Cela faisait partie de leur camouflage.

— J'ai l'impression que je suis en train de perdre mon temps, répondit-il très sincèrement. Ma place est ailleurs.

Mais où ? s'interrogea-t-il intérieurement.

— Non, Geoffrey, ne crois pas ça. Fais-moi confiance, tu vas en avoir pour ton argent. Sois juste un peu patient, on arrive, le rassura Drake en posant sa main sur son épaule.

Et soudain Wilson comprit, et fut dégoûté. Drake les faisait passer pour un couple homosexuel. Il eut un brusque mouvement d'épaules, et Drake retira vivement sa main.

— Il y a des limites à mon bon vouloir, fit Wilson qui n'accepterait pas une deuxième transgression.

Je suis prêt à vous suivre mais pas à n'importe quel prix, pensa-t-il en regardant Drake.

La navette s'engouffra trois quarts d'heure plus tard dans une des crevasses creusées dans la roche volcanique une centaine de mètres au-dessous de Végas. Ils débarquèrent puis prirent un ascenseur qui les amena directement à l'accueil principal de la ville. Des dizaines de réceptionnistes les attendaient pour prendre en charge les vacanciers un par un. Un jeune homme à la fine moustache s'approcha de Wilson et Drake.

— Messieurs Wolky et Andersen, je présume, fit l'homme. Je me présente Jérôme Nivel, je suis votre interlocuteur privilégié. Si jamais vous veniez à ne pas être satisfait de votre séjour parmi nous, je serais là.

— Je ne pense pas que nous aurons à nous plaindre, fit Drake.

— J'en suis certain, ajouta Nivel. Si vous permettez, je vais vous conduire tout de suite à vos appartements.

Nivel les convia à le suivre et ils quittèrent l'accueil pour se retrouver en plein milieu de Venise.

Wilson n'en croyait pas ses yeux. Il se trouvait sur la place Saint-Marc. Tout y était conforme. Rien ne venait trahir la reconstitution. C'était tout simplement parfait.

— Avec de l'argent on peut réaliser des prouesses, fit Drake qui avait surpris l'air ahuri de son compagnon.

Wilson ne réagit pas. Il ne pouvait qu'admirer le travail effectué. Même les pigeons étaient présents.

Ils dépassèrent la place, puis empruntèrent deux ruelles fort étroites avant que leur guide ne les laisse devant un de ces magnifiques hôtels particuliers, héritage d'un passé révolu depuis des siècles. Nivel les invita à y pénétrer et les amena dans une suite située au deuxième étage du bâtiment.

— J'espère que le séjour vous sera très agréable, fit-il.

Drake lui laissa un généreux pourboire, et l'homme se retira.

Wilson alla directement près d'une fenêtre dont il tira les rideaux. Le canal passait sous la maison de maître. Un gondolier typique y promenait un couple de touristes.

Venise, l'unique, pensa-t-il ayant du mal à imaginer que tel n'était plus le cas.

— Combien de temps allons-nous résider ici ? demanda-t-il.

— Une quinzaine de jours. Mais si tu le souhaites, tu peux demander à être logé ailleurs, répondit Drake. Tu as quartier libre. Pour ma part, je crois que je vais me laisser tenter par les Bahamas.

Wilson ne connaissait pas cette ville.

— À quoi ressemble-t-elle ?

Drake ouvrit le bar et se servit à boire tout en répondant.

— Une île des Bahamas. Soleil, plage et charmants jeunes hommes, fit-il avec un clin d'œil appuyé.

Wilson n'aimait pas du tout ce jeu. Plus tôt ce serait fini, plus tôt il se sentirait à l'aise.

— Eh bien, fais comme bon te semble. Je crois que je vais rester ici pour l'instant. Après j'irai peut-être voir Londres.

La nuit venue, Wilson sortit de la résidence Titien pour une promenade nocturne. L'air était sec et chaud. Une belle soirée d'été, sûrement la seule saison autorisée sur Végas. Il rencontra toute sorte de personnages étonnants. Et dire que chacun de ces hommes et femmes possèdent plus d'argent qu'une petite ville d'une planète limite. La répartition équitable des richesses n'était pas pour demain. Il s'assit à la terrasse d'un café et mit en marche l'écran de la table. Il se brancha sur « Nouvelles de l'Univers », le plus grand site d'information généraliste, et surfa jusqu'à ce qu'il tombe sur ce qui l'intéressait. Les derniers rebondissements du conflit Catholiques-Musulmans.

« Alors qu'un comité d'experts est sur place en train d'enquêter sur les réelles raisons du crash d'une navette sur l'Abbaye, le pape Raoul a fait savoir qu'il regrettait les actes de violence qui avaient eu lieu dans les parties à dominante catholique contre des musulmans, mais qu'il les comprenait aussi. De son côté, l'imam Hassan a averti les autorités de la Fédération que si ces pogroms n'étaient pas réprimés avec plus d'efficacité, la possibilité de lancer une fatwa n'était pas à exclure. Pour sa part, le président Chandra a convoqué ses ministres en charge du dossier et leur a expressément demandé de résoudre dans les plus brefs délais le différend qui oppose ces communautés.... », lut Wilson avant de passer à un autre article tout aussi alarmiste.

— Votre café monsieur, fit un serveur en venant le déposer sur la table.

Wilson le remercia et y trempa un sucre avant de remuer le tout. Il poussa sa tasse et continua à lire les nouvelles. « Le président louxorien a refusé catégoriquement les propositions faites par l'émissaire de la Fédération qui pourtant avaient l'aval d'une bonne partie de la classe politique, y compris de l'opposition socialiste... Première déconvenue à Reinivick depuis le renversement de l'empereur Maximilien III et l'instauration d'une république progressiste. Sous prétexte de liquider les pratiques du passé, de nombreuses purges, chasses aux sorcières, et autres accidents douteux, auraient donné lieu à des assassinats qui pourraient souvent être des règlements de compte et résulteraient de querelles internes. La liberté n'est pas pour demain sur les planètes limites... La Terre remporte pour la troisième fois consécutive le championnat universel de football... »

Tiens donc ? se dit Wilson qui était tombé sur la page sportive.

Cela lui rappelait sa jeunesse en Écosse. Il but sa tasse d'un trait et reprit sa lecture.

« Sur Amérique, deux citoyens noirs ont été retrouvés pendus près de Bâton-Rouge. Malgré les promesses des dirigeants locaux de lutter contre le Klux-Klux-Klan, la haine raciale est toujours aussi vivace dans ce monde qui se voulait être l'exemple d'une planète limite à visage humain... »

Décidément, rien ne changeait, se dit Wilson en éteignant

l'écran. Il leva les yeux et porta son regard sur ses voisins. Assis aux diverses tables du café, ici, ils ressemblaient à des citoyens quelconques, très ordinaires, alors que, sur certains autres mondes, la plupart d'entre eux étaient soit craints pour leur pouvoir, soit adulés pour leur célébrité. Wilson ne reconnaissait aucun des visages, et n'y tenait guère. Il n'avait jamais été mondain et ignorait tout des arts du spectacle et du monde du business. Seules l'intéressaient les affaires de son Église et sa survie. Combien de ces gens avaient fui les préceptes de Jésus-Christ pour rejoindre les rangs des athées ou des Maltâmes ? Trop, était la réponse.

Il paya au comptoir et retourna dans la résidence se coucher. Cela faisait longtemps qu'il n'avait pas eu droit à une nuit de sommeil dans un lit trop grand pour lui.

Végas avait une circonférence de près de cent kilomètres. Le moyen le plus rapide pour la parcourir était le réseau métropolitain creusé sous le cratère du volcan titanesque.

Drake savait qu'il jouait gros. Il n'aurait pas dû laisser le moine seul. Si jamais Wilson venait à le trahir, toute l'opération montée depuis des mois se briserait en miettes. Mais la certitude de pouvoir faire confiance à Wilson avait pris le pas sur les ordres.

Telle est ma liberté, s'était-il dit en prenant le parti de la loyauté.

Il passa sous Paris, puis sous Le Cap, avant d'arriver aux Bahamas. Il sortit du métropolitain et se retrouva en plein paradis tropical. La forêt encerclait la ville reconstituée. Une merveille. Du regard, il fit le tour de l'horizon et aperçut derrière lui le Mont Naye couvert d'une végétation luxuriante. Plus bas, il pouvait apercevoir la mer qui semblait infinie. Un prodige de technique. À moins de trois cents mètres de ses rives, l'île des Bahamas était encerclée par un rideau-écran qui projetait en permanence un horizon de mer et de ciel.

Drake resta un moment à apprécier la vue, puis il prit la direction de l'hôtel Crillon construit en bordure de la plage. Il se sentait bien. La chaleur et le soleil étaient d'une délicatesse extrême sur son corps à la peau claire. Il prit le sentier qui longeait la côte, puis après avoir croisé Kim, la star universelle de la pop musique, il parvint à l'hôtel. La suite qu'il avait réservée, l'attendait. Il s'y précipita et dès qu'il eu refermé la porte derrière lui, il se débarrassa de ses vêtements pour se mettre en maillot. Il se mit à la terrasse du salon et s'accouda à la rambarde.

— Le paradis, frère Wilson, siffla-t-il pour lui-même.

De par sa nature, il ne croyait en aucune religion. Ni les catholiques, ni les musulmans, ni les maltâmes n'évoquaient son cas. Quant au Nouveau Dieu c'était une monstruosité.

Il savait qu'un jour il disparaîtrait, mais il était heureux d'avoir eu l'immense bonheur d'apprécier la vie. Cette dernière se suffisait à elle-même. Qu'importait la mort.

Il sourit à la félicité et s'allongea sur le transat de la terrasse. Sa seconde proie n'était attendue que pour le lendemain. Il avait du temps et tenait à en profiter.

CHAPITRE 33

Boxtown

Des bribes de son. Un mal au crâne. Une douleur à la base du cou. Roseta reprenait conscience. Elle ouvrit les yeux pour les refermer aussitôt. Un réflexe les lui avait fait clore. Trop de lumière. Elle renouvela l'expérience et se força avec difficulté à les maintenir ouverts.

Que m'est-il arrivé ? Que s'est-il passé ? se demanda-t-elle étourdie.

Elle passa une main sur son front et essuya la froide sueur qui perlait. Elle se redressa dans le lit et reprenant lentement ses esprits la peur l'envahit.

Où suis-je ? s'effraya-t-elle ne reconnaissant pas les lieux.

La chambre était vétuste, la tapisserie des murs tachée de moisissures, le lit était minuscule, une odeur de cendrier plein imprégnait l'atmosphère. Roseta eut un hoquet, mais elle ne vomit pas. Elle se figea, et nota alors le son de l'holovision qui provenait de la pièce voisine.

— ... essaye donc de m'attraper, tête d'anchois ! s'exclama une voix.

Suite à cette réplique, de faux rires retentirent.

— Mais de toute façon où veux-tu aller ? T'as oublié ton slip ?! répliqua un autre comédien.

Les rires redoublèrent. Roseta posa ses jambes sur le sol et essaya de se souvenir de ses derniers instants de conscience. Elle se rappelait seulement avoir été allongée sur son lit, en train de pleurer.

Pourquoi pleurais-je ? se demanda-t-elle en comprenant que la réponse serait encore plus douloureuse que son ignorance.

Elle se leva et pria pour qu'il n'y ait personne dans la pièce d'à côté. Où qu'elle soit, il fallait qu'elle s'en aille. Qu'elle trouve de l'aide. Oui, il fallait qu'elle appelle la police. Elle s'étonna alors de porter cette chemise de nuit à fleurs. Elle ne l'avait plus mise depuis des années. Quelqu'un m'a enlevée, et a fouillé dans ma penderie. Comment ? Pourquoi ? Roseta comprit que ce n'était pas les bonnes questions, mais sa mémoire refusait de lui donner des réponses.

Il faut que je me rappelle, se rasséréna-t-elle en pure perte.

Sans faire de bruit elle se traîna jusqu'à la porte de la chambre et retenant son souffle elle passa la tête par l'encadrement de la porte. Ce qu'elle vit la découragea. Lui tournant le dos, un homme assis sur une chaise fixait le feuilleton satirique. Un homme qui tenait dans ses mains un pistolet qu'il faisait passer d'une main à l'autre. Tout espoir était perdu. Elle chancela, se retint de justesse à la poignée de la porte et se mit à pleurer.

D'un bond, Wallace se retourna et la braqua de son arme. La reconnaissant, il posa son arme et s'approcha de Roseta qui releva les yeux.

— Je vous connais, fit-elle sans pouvoir mettre un nom sur ce visage. Qui êtes-vous ?

Elle tremblait autant de fatigue que de peur. Wallace la regardait avec pitié. Il fallait qu'il la tue. Il ne devait pas la laisser vivre. Elle aurait dû être morte ! Pourtant, face à son regard égaré, il ne trouvait pas le courage d'exécuter sa sentence.

— Je suis le sergent Wallace, je veille sur votre sécurité, fit-il en l'aidant à revenir dans la chambre.

— Pourquoi m'avez-vous amenée ici ? demanda-t-elle.

Elle n'avait osé dire kidnappée.

La lumière matinale qui traversait les stores de la chambre venait donner une atmosphère de fausse sérénité.

— Pour vous sauver, répondit-il. La nuit dernière un homme à tenter de vous assassiner, deux de mes collègues ont trouvé la mort.

Ça y était presque. Elle sentait ses souvenirs affleurer à sa conscience. Elle voyait comme à travers un filtre. Une silhouette sombre. Un homme qui la regardait.

— Pourquoi chez vous ?

Elle se rassit sur le lit. Il n'allait lui faire aucun mal. Il veut mon bien, se força-t-elle à espérer.

— Ma vie en dépend, répondit-il énigmatiquement.

Mauvaise réponse, se lamenta Roseta qui se remit à pleurer. Cet homme était fou. Il allait la tuer.

— Je peux vous offrir tout ce que vous voulez. Je vous en prie laissez-moi partir, le supplia-t-elle.

Wallace partit d'un grand rire nerveux. Après l'espèce de vampire, c'était la deuxième fois en même pas une journée que quelqu'un se proposait à lui offrir tout ce dont il pouvait avoir envie.

Si seulement je pouvais me réveiller, se dit-il en sachant pertinemment qu'il ne dormait pas.

Il s'assit à ses côtés, et sentit la jambe de Roseta tressaillir contre la sienne. Elle tremble de peur, s'étonna-t-il en comprenant alors ce qu'elle ressentait.

— Ne craignez rien, je ne suis pas un malade. Je ne vous ai pas enlevée pour quelque rançon que ce soit, commença-t-il afin d'éliminer tout soupçon. Je ne tiens pas non plus à vous violer, ni à vous tuer, ni à vous vendre à je ne sais quel sadique. Je veux juste que vous viviez. Vous devez me croire.

Roseta se mit à rire puis à sangloter. Comme ces paroles étaient douces et réconfortantes. Elle voulait espérer en leur véracité. Elle ne pouvait croire que ce fussent des mensonges.

— Alors vous allez me laisser partir ? demanda-t-elle doucement.

Wallace comprit qu'elle ne se souvenait de rien. Comment lui annoncer qu'elle s'était fait mordre par un vampire ?! Déjà qu'elle doit me prendre pour un fou ! se dit-il amèrement.

— Dès que vous serez suffisamment forte, fit-il. Vous avez été blessée par votre agresseur.

Il tendit un doigt vers son cou, et Roseta passa alors sa main sur cet endroit précis. Elle ressentit un picotement puis ses doigts palpèrent un pansement. Les battements de son cœur s'emballèrent. Les souvenirs s'empilaient derrière le mur de sa conscience. Trop de souvenirs. Elle ne voulait plus savoir. La peur s'empara d'elle. La barrière céda. Toute sa mémoire lui revint. Elle se mit à gémir puis à hurler. Elle s'effondra sur le sol.

Wallace la prit entre ses bras. Il ne savait quoi dire, quoi faire, si ce n'est attendre.

Ils restèrent dans cette position un long moment avant que Roseta ne relevât la tête. Elle s'obligeait à ne pas craquer, à accepter l'idée que son père était mort, qu'un homme venant de nulle part lui avait sucé le sang, et lui avait fait boire le sien en échange.

C'était du délire ! Il doit y avoir une explication, se dit-elle en retrouvant une partie de son caractère.

— Je dois retourner chez moi, laissez-moi rentrer je vous en prie, fit-elle en faisant face à Wallace.

Elle se souvenait de ce flic qui était chargé de la surveiller. Un minable, pensa-t-elle, préférant la colère à l'apathie. Elle demanderait un rapport pour que toute la responsabilité de son agression retombe sur lui.

Si seulement il avait fait son boulot correctement, se dit-elle en repensant avec horreur à l'homme au sourire cruel.

Wallace ne savait que répondre. Il fallait qu'il prenne une décision. L'abattre ou la laisser vivre. Il la fixa longuement puis ferma les yeux en hochant la tête. Il n'était pas un criminel. Quoi qu'il ait pu se passer la veille, Roseta n'était coupable d'aucun crime... Du moins pour l'instant. Wallace connaissait le mythe du vampire. Une aberration. Et pourtant, il se rappelait avoir posé sa tête contre sa poitrine et ne pas avoir senti la moindre pulsation. Elle était morte ! Froide comme un cadavre.

— Partez, et faites attention à vous, fit-il sans être sûr qu'elle comprenne le double sens de sa phrase..

Elle se releva et lui demanda des habits. Il ouvrit un des tiroirs de l'armoire qui faisait face au lit et en sortit une robe.

— Elle est à ma femme. Ça devrait vous aller, fit-il avant de repasser au salon.

Roseta se changea et s'étonna de l'effet qu'un vêtement pouvait avoir sur le moral. Malgré les ténèbres qui n'aspiraient qu'à l'emporter, elle parvenait à avoir un air normal. Tout va rentrer dans l'ordre. C'est fini, se calma-t-elle dans une litanie réparatrice.

— Vous êtes marié ? fit-elle afin de rentrer dans la réalité, dans la normalité.

Wallace eut un coup au cœur. Même si sa femme était complètement différente physiquement, voir Roseta avec sa robe provoqua en lui un profond émoi. Tant de souvenirs...

— Nous sommes séparés, fit-il en se grattant instinctivement la poitrine. Mais on est restés amis. Elle n'aimait plus cette robe, finit-il pour expliquer sa présence toujours en ces lieux.

Vous auriez pu vous en débarrasser, se retint de dire Roseta en comprenant qui avait souffert le plus de l'éloignement des corps. La colère à présent retombée, elle prit sur elle d'être magnanime, elle ne l'accablerait pas auprès de ses supérieurs.

— Je peux emprunter votre mémo ?

Wallace l'activa et le lui tendit. Elle appela un taxi et donna l'adresse que Wallace lui fournit.

Se forçant à ne penser qu'à des choses matérielles, elle réintégrait peu à peu la réalité et doutait de plus en plus de ses perceptions nocturnes. L'homme qui l'avait agressée n'était rien d'autre qu'un fou échappé d'un asile. Et son regard si charismatique, celui d'un halluciné. Mais il restait tant de questions.

— Pourquoi ne pas m'avoir emmenée dans un hôpital ? demanda-t-elle.

Comment expliquer l'inexplicable ? Il ne le savait pas.

— Disons que c'était mieux pour vous, vous êtes toujours en

vie, et vous n'aurez pas à passer des années auprès de médecins, fit-il en comprenant que là aurait été la meilleure solution.

Laisser la médecine statuer sur son cas. Mais la peur lui avait interdit de briser l'ordre que lui avait édicté l'inconnu.

Elle n'osa pas demander plus d'explications et quitta l'appartement. Elle prit un ascenseur, puis sortit de l'immeuble situé dans le Drag, quartier populaire, le seul où un sergent pouvait se loger. Elle inspira l'air frais qui circulait entre les buildings, mais ne ressentit pas l'effet bienfaiteur habituel. Elle leva les yeux au ciel et vit son taxi arriver. Il était temps qu'elle rentre et qu'elle fasse le point.

— Qu'est-ce qui vous a pris nom de Dieu ?! fulmina le commissaire Mirèse en pointant du doigt le sergent Wallace.

Ils étaient tous deux enfermés dans une des salles de l'Hôtel de Police. Un néon à la luminosité chancelante les éclairait passablement. Assis derrière un bureau en fer, Wallace ne lâchait pas du regard son supérieur. Il se savait condamné à mentir. Jamais il ne pourrait leur dire la vérité.

— J'ai paniqué, fit-il conscient de l'énormité de sa réponse.

Tous ses états de service faisaient acte de sa bravoure et de son ardeur sans tache. Cette réponse ne cadrait pas avec l'homme. Mirèse n'était pas du genre à se faire mener en bateau.

— Ne jouez pas à ce jeu-là avec moi, le menaça-t-il alors.

Il sortit une cigarette de son paquet et l'alluma. Cet homme cachait un secret, une saloperie de secret. Mirèse était certain qu'il y avait un rapport avec le Groupement. Mais lequel ?

— Je ne m'amuse pas, vous pouvez me croire, fit Wallace qui s'alluma à son tour une cigarette.

— Écoutez, je vous le demande pour la dernière fois : Pourquoi avez-vous tiré six balles dans la chambre de mademoiselle Ming ? Étiez-vous en présence de son agresseur ? Et pourquoi avoir emmené mademoiselle Ming chez vous et non pas à l'hôpital ? fit-il en se rasseyant face à lui.

Comment pourrait-il comprendre ?! soupira en lui-même Wallace qui n'était plus aussi sûr de ce qu'il avait voulu la veille. Et si j'avais mal interprété les faits ?

— Les puissants ne sont pas ce que l'on voit, essaya-t-il de commencer. Il existe des êtres bien plus importants qui agissent dans l'ombre et régulent le sort de nombre d'entre nous.

Il tira sur sa cigarette et reprit :

— Vous pouvez m'inculper pour ce que vous voudrez, mais vous n'avez aucune preuve d'un quelconque manquement à mon devoir. À ce que j'en sais, mademoiselle Ming n'a pas porté plainte.

Très intéressant, se dit Mirèse à la fois soulagé et ulcéré. Wallace venait de laisser entrevoir une autre possibilité. Un intérêt d'autant plus important que le facteur économique était entré en jeu.

La présidence de la Fédération ? pensa-t-il en craignant la réponse.

De plus, il était désormais clair qu'il existait un lien tacite entre Wallace et Roseta. Syndrome de Stockholm ? Non, rejeta-t-il aussitôt. Wallace était innocent. C'était une victime au même titre que Ming.

— Très bien sergent Wallace, je ne vais pas vous retenir plus longtemps. Mais je vous prierai de rester dans le secteur. Je serai très certainement amené à vous interroger à nouveau, fit-il en allant ouvrir la porte.

Wallace se releva et écrasa sa cigarette dans le cendrier.

— Je serais vous, je ferais très attention. Occupez-vous d'inculper Zafi, et retournez à Néron, lui conseilla-t-il.

Mais au fond de lui, Wallace espérait tout le contraire. Il aimait la trempe de ce commissaire. En d'autres circonstances, ils auraient pu faire une fine équipe.

Qui sait ce qu'il adviendrait, se dit-il alors en sortant.

— Décidément, je vous manquais tant que ça ? demanda Roseta ironique après s'être assise.

Mirèse fit une moue désolée et s'assit face à elle.

— Les aléas du boulot. Cela ne vous dérange pas si je fume ? demanda-t-il en sortant une cigarette.

Roseta l'y invita d'un geste gracieux.

— Si je reprends votre déposition, vous dites ne pas vous rappeler le visage de votre agresseur ? fit-il le plus naturellement possible.

Roseta lui sourit et secoua la tête.

— Je crois que vous devriez relire ma déposition, répliqua-t-elle.

Cette fois-ci, je suis prête monsieur le commissaire, se dit-elle. De retour dans sa cité, et l'émotion désormais passée, elle n'était plus la fille désorientée qu'elle avait été à Néron.

— Je n'ai jamais dit que j'avais vu mon agresseur. Je ne me souviens que de m'être couchée dans mon lit et de m'être réveillée dans celui d'un de vos hommes, ajouta-t-elle de façon à éclaircir sa défense.

Mirèse se gratta la tempe comme s'il doutait de sa réponse.

— Vous avez raison, vous n'avez rien vu, rien entendu, c'est bien cela ? reprit-il en choisissant un nouvel angle d'attaque.

— C'est tout à fait exact, répondit Roseta dont la cigarette laissait s'échapper des volutes de fumée azurée.

— Alors, j'aimerais que vous m'expliquiez pourquoi vous n'avez pas porté plainte contre monsieur Wallace ? demanda-t-il sournoisement. Vous trouvez normal qu'il vous ait emmené chez lui alors que vous aviez une profonde blessure à la gorge ?

— Il ne m'a pas vraiment blessée, répondit-elle vivement en se rendant aussitôt compte de sa gaffe.

Voilà ! jubila Mirèse. Elle aurait dû répondre sans user d'un pronom personnel. Elle connaissait son agresseur. Il ne restait plus qu'à la faire parler.

Si seulement nous pouvions mettre la main sur les films de surveillance de sa chambre, se dit-il.

— Qui ne vous a pas vraiment blessée ? demanda-t-il en reprenant ses mots.

— La personne qui m'a fait cela, répliqua-t-elle en baissant le col de son pull-over beige.

Un pansement cachait la plaie. Mirèse hocha la tête.

— Comment s'appelle cette personne ? demanda-t-il. Un ancien amant peut-être ?

Roseta posa un coude sur la table et tira sur sa cigarette. Elle savait qu'il savait qu'elle mentait. Très bien. Mais qu'est-ce que cela changeait dans les faits. Rien.

— Je vous ai déjà dit que je ne me souvenais de rien, fit-elle d'un ton las. Insinuez-vous que je puisse connaître mon agresseur, monsieur le commissaire ?

— C'est une possibilité mademoiselle Ming. Je ne fais que mon boulot. Je pose des questions pour apprendre la vérité, répliqua-t-il d'un ton le plus calme possible. Expliquez-moi une nouvelle fois comment quelqu'un a pu vous mutiler le cou de telle façon ?

— Si seulement je le savais, répondit-elle en changeant aussitôt de sujet. Je suis désolée de ce qui est arrivé à vos hommes. Ne croyez surtout pas que je sois insensible à votre douleur. Mais ce n'est pas une raison pour m'agresser. Je ne suis qu'une victime. De cela vous devez être certain.

Mirèse hocha la tête. Cette femme ne lui dirait rien. Quoi qu'il puisse dire, elle ne faiblirait pas. Elle était faite de marbre. Il ne restait plus qu'à la surveiller en permanence en espérant qu'elle se trahisse. Il était certain qu'elle lui cachait de nombreux faits.

— Très bien, n'ayant aucune charge contre vous, vous pouvez partir. Mais un conseil : gardez un œil ouvert durant votre sommeil, la prévint-il en se levant. Ne dit-on pas jamais deux sans trois ?

Il lui ouvrit la porte et l'invita à quitter les lieux. Roseta reprit son manteau et sortit sans dire un mot.

— Vous êtes certain que nous ne sommes pas sur écoute ? demanda Genièvre Kanz à son interlocuteur.

— Il n'existe pas de lieu plus sûr, fit le conseiller Benaz Janata.

Je tiens tout autant que vous à l'extrême confidentialité de notre conversation.

L'homme était un des plus proches conseillers du président Chandra. Si quelqu'un pouvait avoir des réponses à ses questions, Janata était cet homme.

Ils se trouvaient dans un salon d'un palace orbital, habitat géostationnaire qui appartenait à la famille d'un ministre du gouvernement de Boxtown. Derrière la paroi d'une baie vitrée, ils pouvaient voir la planète dériver.

— Il est des événements qui nous dépassent, dit-elle en allant droit au but. Qui a intérêt à faire disparaître Roseta Ming ?

C'était presque une mise en accusation.

Laissons-lui prouver son innocence, se dit-elle en jouant serré.

— En tout cas ni votre groupe, ni notre parti, répondit Janata qui avait ses doutes.

On parlait de plus en plus d'une victoire des sociaux-démocrates aux prochaines élections de la Fédération. Il se disait aussi que de nombreux groupes industriels étaient prêts à faire volte-face et à financer d'autres partis que ceux du pouvoir en place. Méfiant par profession, Janata attaqua à son tour.

— Si quelqu'un, voire un groupe industriel réussit à prouver que le parti Républicain est derrière cette tentative d'assassinat, nul doute que le prochain parti au pouvoir lui sera éternellement reconnaissant.

Ne jouez pas avec le feu, petite fille, lui dit Janata intérieurement, qui repositionna sa casquette écossaise d'un geste précis.

— Je ne suis pas stupide au point de scier la branche qui me soutient, fit-elle à présent certaine que le parti Conservateur n'y était pour rien.

Janata était de toute évidence un être répugnant, mais au moins pouvait-elle lui accorder sa confiance sur ce point. Il était trop imbu de sa personne pour daigner mentir à une femme. Il croyait que la meilleure arme était la peur. Kanz savait qu'il avait tort, mais elle savait tirer profit de cette connaissance.

— Si vous le dites, fit Janata d'un sourire malsain en se servant à boire. Mais peut-être que des appétits voraces se croient plus malins que vous ? Faites très attention.

Janata avait désormais une vue d'ensemble de l'affaire. Puisque Kanz était hors du coup cela ne pouvait être qu'un des leurs qui n'avait pas la patience d'attendre son heure.

Kanz ne put s'empêcher de frissonner. Après Zafi, Genièvre Kanz. Qui était le traître qui voulait sa peau ?

— Comme je vous l'ai fait savoir après le fiasco de Néron, le président ne veut plus entendre parler d'assassinat. Le parti Radical pourrait revoir sa positon et se retirer en bloc du gouvernement. Crise qui serait ô combien fâcheuse pour nous tous. C'est vous qui nous avez plongés dans cette histoire, c'est vous que nous tiendrons pour responsable en cas de malheur.

Kanz l'examina comme s'il était un animal malade.

— Si le coupable est dans nos rangs, soyez certain que sa fin est proche, fit-elle en établissant déjà une liste de noms. Mais il serait bon de ne pas ignorer d'autres possibilités.

— Lesquelles ? fit Janata d'un ton méprisant.

Kanz planta son regard dans le sien.

— Les pires, lâcha-t-elle.

CHAPITRE 34

Vaisseau *Météor*

Plutôt que de s'installer dans un salon du vaisseau, Guntray avait préféré s'enfermer dans une cabine et s'allonger sur le lit. Les bras posés derrière la nuque, il faisait le point sur les événements récents et la façon dont ils avaient changé son existence. Il se sentait d'une sérénité désarmante. Comme insensible à tout ressentiment, il voyait le film de sa vie repasser au ralenti devant lui sans éprouver le moindre intérêt particulier. La querelle qui l'avait opposé à son père durant tant d'années était derrière lui. Leur dernière confrontation après son retour d'Albidan avait percé l'abcès. Ces derniers jours avaient fait le reste. En réussissant l'exploit de revenir sain et sauf de sa mission sur Boxtown, il avait prouvé à son père qu'il ne fuyait pas devant ses responsabilités. Le sauvetage de la riche héritière Ming avait insufflé en lui plus de plaisir qu'aucune de ses actions précédentes. Pour la première fois de sa vie, il avait agi pour le bien d'autrui.

Quelqu'un frappa à la porte. Il se redressa et alla ouvrir.

— Monsieur Marshall, nous allons bientôt passer le dernier point neural, fit le second du vaisseau. Préparez-vous, dans cinq heures nous vous débarquerons.

Il remercia l'homme et plutôt que de se recoucher, il s'assit sur le lit et fixa la représentation holographique posée sur le mur. Un navire en pleine tempête.

Étrange, se dit Guntray qui se demanda pourquoi des militaires avaient dépensé des crédits dans un investissement non fonctionnel.

Il ferma les yeux et repensa aux paroles que son père avait proférées la veille.

— Surtout ne prends aucun risque inutile. Le monde que tu vas découvrir est à des années-lumière de ceux qui composent la Fédération. Pour ses habitants, la barbarie n'est pas une abstraction, une vue de l'esprit mais un cadre de vie, l'avait-il prévenu.

— Je suis au courant, père, avait-il répondu.

Avant d'accepter cette mission, il avait pris soin d'étudier avec la plus grande rigueur le dossier que lui avait donné son père. Une multitude de sentiments violents s'étaient emparé de son être : colère, désespoir, haine, révolte, impuissance... Comme un grand nombre de citoyens de la Fédération, il n'avait jamais pris la peine de se préoccuper activement des problèmes des planètes limites. Il savait qu'elles existaient, que la vie y était terrible. Mais était-ce aveuglement volontaire ou non, il pensait qu'il n'y avait rien qu'il puisse faire pour changer les choses, si ce n'était de laisser aux bons soins du gouvernement de la Fédération d'œuvrer pour la fin de ces systèmes issus d'un autre âge.

Il rouvrit les yeux et sortit de l'armoire une valise contenant plus d'un million de roubles en liasse de billets de cinq cents. Du papier sans valeur, bon à jeter au sein de la Fédération, une fortune sur Atlan. Ensuite Guntray se changea. Il enfila les vêtements qu'on lui avait confectionné pour son périple : des sous-vêtements et un épais pull-over en laine véritable, une écharpe non moins épaisse, un chaud manteau en peau de renard, et une inévitable chapka. Quant il eut revêtu sa tenue, il quitta sa cabine et se présenta dans le salon principal où l'attendait le commandant Brautignan. Celui-là même qui lui avait pris des mains l'Œil de Dieu.

— Qui eût cru que nous travaillerions un jour ensemble !, s'était exclamé Guntray quand on l'avait conduit au siège des services secrets basés sur Bavière.

— Heureux que vous ayez retrouvé le droit chemin, avait répondu l'homme en lui serrant la main.

Étrange comme notre vision des gens peut changer dès que l'on se positionne sur un autre niveau, s'était-il dit en ne retrouvant pas le mépris qu'il avait jusqu'alors pour les militaires.

— Je souhaite ardemment que votre mission soit une réussite, fit Brautignan en pénétrant dans le salon.

Guntray le remercia d'un sourire. Atlan était en vue. Ils allaient commencer leurs manœuvres d'approche. Dans moins d'une dizaine d'heures il foulerait le sol de la Russie, le plus grand continent de la planète.

— Savez-vous quelle sera votre plus grande difficulté ? lui fit Brautignan en se postant à sa hauteur.

— Non, répondit Guntray laconiquement.

Brautignan posa son regard sur Atlan.

— Ne pas aimer ce monde, expliqua Brautignan.

Guntray faillit rire, histoire de faire bonne figure, mais quand il vit le regard perdu que Brautignan jetait sur la planète qui grossissait à vue d'œil, il se retint. L'homme ne plaisantait pas. Pourtant pouvait-il y avoir plus grosse énormité que celle qu'il venait de prononcer ? Atlan était la représentation parfaite de l'horreur que suscitaient les systèmes féodaux, où chaque homme était jugé, non selon ses actes ou même ses pensées, mais selon sa naissance. Les droits fondamentaux liés à tout être humain y étaient honteusement bafoués, la technologie et les prouesses de la médecine moderne bannies.

Un retour au Moyen Âge, s'était-il dit quand il avait lu le rapport affligeant.

— Vous êtes sceptique, je vous comprends, fit alors Brautignan en braquant son regard sur le sien.

— On le serait à moins, fit Guntray. La vie dans nos prisons n'est rien en comparaison du sort de ces hommes.

Brautignan ne répliqua pas. Il déboutonna le col de sa chemise et sortit de sous son pull-over un médaillon pendu à une chaîne qu'il décrocha et tendit à Guntray. Ce dernier s'en saisit et admira le travail de l'orfèvre. Ovoïde, il possédait un mécanisme qui permettait de l'ouvrir. D'un regard, Brautignan l'autorisa à le faire. À l'intérieur une photo était collée sur chacune des faces. Une femme.

— Votre épouse ? demanda Guntray.

— Il fut un temps où j'ai été affecté sur Amérique, commença Brautignan en biaisant la réponse. Recréer un monde doré à la lisière de la modernité. Stopper l'histoire à la fin du XIXe siècle. Tels avaient été les objectifs de ses créateurs. C'est ce qui poussa l'amateur de Mark Twain que je suis, à solliciter un poste de surveillant pour le compte des services secrets.

L'homme fit une pause. Guntray lui rendit son médaillon.

— Je suis resté cinq ans en place, reprit-il. J'y ai bien sûr découvert de nombreuses ignominies, esclavage tenace, travail des enfants, mais j'ai aussi découvert bien d'autres choses... C'est parce que j'ai su que si je restais une année de plus je ne reviendrais pas, que j'ai décidé de quitter Amérique et tout ce qui m'y était cher.

Guntray fut ému par la confidence pour le moins inattendue de l'homme. Il comprit ce qu'il avait voulu dire par « ne pas aimer ce monde ». C'est dans l'épreuve que l'on apprend qui l'on est.

— J'y prendrai garde, fit-il.

Brautignan le jaugea d'un regard dubitatif et lui sourit. Il connaissait ce genre de personnages. Amateurs de sensations fortes qui n'appréciaient jamais autant la vie que lorsque celle-ci était en danger. Il savait que Guntray ne rentrerait pas. Les statistiques parlaient d'elle-même. Près de la moitié faisait ce choix.

La navette pénétra l'atmosphère et soudain la mer de glace apparut sur la baie du poste de pilotage. Assis à côté du pilote, Guntray s'extasia de la vision de cette vaste étendue d'eau gelée qui s'étendait à perte de vue. Puis vint la banquise.

— Je vais vous déposer par là, fit le pilote tandis qu'il entamait les manœuvres d'atterrissage.

Guntray hocha la tête. La zone proposée ne différait en rien du reste de la banquise. Quelles que soient les directions, seul le vide polaire les entourait. Pas un nuage dans le ciel d'un bleu resplendissant.

La navette atterrit en douceur, et Guntray sortit par une des soutes d'embarquement. Trois soldats l'aidèrent à transporter un traîneau et à y atteler une dizaine de chiens au pelage aussi blanc que la neige. Les soldats rembarquèrent et la soute se referma. Guntray s'assit dans le traîneau et d'un coup de fouet, ordonna à ses bêtes de le tirer. Il avait fait une cinquantaine de mètres quand le vrombissement de la navette le fit se retourner. Il la regarda prendre son envol, et rejoindre le vaisseau *Météor* qui orbitait dans le vide de l'espace.

Il était désormais seul dans un monde de glace. Le froid lui brûlait les poumons. Malgré son équipement et son manteau remonté jusqu'au nez, il avait l'impression qu'un milliard de petites épingles lui pénétraient le corps. Toutefois l'adrénaline provoquée par une telle situation ne tarda pas à le réchauffer un peu. Et dire que j'avais cru prendre les plus gros risques en allant sauver Roseta Ming ! se dit-il avec ironie, en comprenant que sa tâche serait bien plus ardue.

Le traîneau filait à près de vingt-cinq kilomètres à l'heure sur la banquise. Si les cartes qu'on lui avait montrées étaient exactes, il devait se trouver à une centaine de kilomètres de la première présence humaine, Sasta, village de pêcheurs qui ne devait pas compter plus d'une cinquantaine d'âmes.

Les chiens-loups couraient sur la glace avec une aisance qui ravissait Guntray. Leur souffle se condensait aussitôt sorti de leur gueule, en un fin nuage brumeux. Il n'ignorait pas qu'il ne pourrait les pousser jusqu'au village sans faire une longue halte, aussi décida-t-il de ne pas les forcer à accélérer le rythme. Ces bêtes n'avaient pas à subir son impatience.

Le soleil était bas dans le ciel, mais il savait qu'il lui restait encore du temps avant que la nuit n'arrive. Dans cette région polaire les jours étaient particulièrement longs en cette période de l'année. Au loin une bourrasque de vent souleva une quantité impressionnante de neige provoquant un somptueux nuage blanc.

Guntray profita de cette solitude pour se remettre en mémoire l'objectif de sa mission : intégrer les hautes sphères de l'empire de Russie et tenter de glaner le plus d'informations possibles sur leurs ambitions. Par hypnose, il avait appris le *b a ba* du russe en deux jours. Mais avant de partir pour la capitale, il se devait de le perfectionner en restant le temps nécessaire auprès des paysans, afin d'augmenter son vocabulaire sans que l'on remarque sa démarche.

La nuit finit par tomber, et Guntray tira sur les rênes de son traîneau afin d'arrêter la course éperdue des chiens. Il les détacha les uns après les autres, et sortit des boîtes nutritives de la caisse arrimée à l'arrière du traîneau. Il les ouvrit et déversa leur contenu sur la neige. Les chiens se ruèrent dessus. Ils engloutirent la nourriture avec une avidité sauvage. De son côté, Guntray savoura son repas tandis qu'il appréciait la tranquillité qui baignait cet endroit. Il se sentait bien. Bien dans son corps et dans son âme.

Le repas terminé, il monta sa tente, mit en place un convecteur qu'il régla pour une chaleur bienfaisante, puis se glissa dans un sac de couchage pour une courte nuit de sommeil.

Cela faisait une demi-journée qu'il avait repris sa course sur la banquise quand il rencontra le premier signe d'une présence humaine. Une fumée faisait tache plus loin au sud. Un feu. Il arrêta le traîneau, prit une pioche et fit disparaître dans un trou tous les ustensiles qui pourraient trahir son origine : le convecteur, les boîtes de nourriture, les cartes...

Il parcourut encore cinq kilomètres avant d'apercevoir le village. Il savait qu'il avait dû attirer l'attention des autochtones, et ne fut guère étonné quand il vit venir vers lui une douzaine d'hommes. Le visage desséché par le froid, brûlé par le soleil, ils se différenciaient sensiblement des habitants de la Russie.

— Zdrasvouïtie, fit-il en levant sa main droite.

Les hommes le saluèrent à leur tour.

— Vous êtes bien loin de chez vous, fit un des hommes en se rapprochant encore un peu.

Malgré son accent très prononcé, Guntray fut rassuré de le comprendre.

— Oui, répondit-il. Auriez-vous la bonté de m'offrir le gîte pour quelques jours. Je crains de m'être perdu.

Moins il en dirait, plus il serait en sécurité. Son père l'avait averti que le plus gros risque se situait durant les premiers jours. Il fallait crédibiliser sa présence sur cette planète.

L'homme qui avait pris la parole se retourna vers le reste de la délégation, puis après un bref conciliabule, ils acceptèrent de l'inviter pour une journée.

Il pénétra dans le village construit en grande partie avec le matériel à leur disposition : la glace. Une quinzaine d'igloos emplissaient l'espace.

En pénétrant dans le village, son cœur s'accéléra. Les sensations que lui procurait cette vision étaient de tout autre nature que celles qu'il avait ressenties auparavant. Assises sur des tabourets, des femmes confectionnaient des vêtements à l'aide de peaux d'animaux polaires. Des enfants agités s'étaient rués auprès du traîneau caressant avec émotion les chiens-loups. En arrière-plan, des hommes dépeçaient la carcasse d'un immense ours blanc. Guntray n'était en rien un ethnologue, mais il était en admiration devant ce qu'il voyait. Nulle part dans la Fédération des hommes ne vivaient avec si peu de moyens. Et pourtant ils n'avaient pas l'air de s'en plaindre.

Il repensa instantanément à la mise en garde de Brautignan : ne pas aimer ce monde.

La vie ne s'apprend pas dans les manuels, comprit-il. Ici et maintenant son opinion sur Atlan était en train de se modifier radicalement.

On lui montra un igloo plus spacieux que les autres. Guntray se félicita de l'amabilité des indigènes, mais quand il pénétra à l'intérieur, il révisa sa position. C'était ici qu'ils entreposaient tout le matériel de pêche. Rien à voir avec une habitation.

— Vous pourrez dormir ici cette nuit. Mais demain vous devrez partir, fit l'homme qui l'accompagnait.

Guntray n'essaya aucunement de marchander. Ces hommes avaient leur fierté et rien de ce qu'il pourrait leur dire ne les ferait changer d'avis. Il les remercia toutefois et promit qu'il partirait à l'aube. Dès lors, les hommes se désintéressèrent de lui, et avec l'aide des enfants, il récupéra deux couvertures qu'il avait gardées dans son traîneau. Les femmes s'émerveillèrent de la qualité du tissage. Guntray espéra que cela n'éveillerait pas les soupçons. Il était en train de se confectionner un petit nid près d'un canoë quand un vieil homme pénétra dans l'igloo.

— Une longue et pénible marche vous attend, fit-il d'une voie rocailleuse.

Guntray dut tendre l'oreille pour être sûr de comprendre.

— N'est-ce pas le lot de tout être humain ? répondit Guntray.

Cet homme était certainement le vieux sage du village. Un sorcier autant qu'un philosophe. Guntray fut ravi de cette intrusion. Il pourrait ainsi s'habituer au langage.

— Beaucoup de jeunes hommes sont passés par ici, trop peu y sont revenus, fit le vieil homme énigmatiquement.

Que voulait-il dire ? Se pouvait-il qu'il connaisse sa provenance ? Évidemment, comprit-il alors, s'en voulant d'être si stupide. Aucune vie ne saurait survivre si loin de tout sans autre moyen de subsistance que la pêche et la chasse à l'ours. Ces gens possédaient une autre source de revenus. Même si la Fédération minimisait les risques, elle ne pouvait toutefois envoyer des hommes sur une planète ennemie, sans avoir un minimum d'alliés. Au moins tacites.

— Nos valeurs valent plus que nos vies, répondit-il fièrement.

Le vieux sage gloussa.

— Idioties ! J'ai connu en son temps un garçon avec la même ferveur que la vôtre, fit-il. Il pensait pouvoir participer à l'anéantissement du féodal et mettre en place une vraie démocratie. Il pensait que seule la Fédération pourrait répondre aux besoins humains. Tout ce qu'il a appris c'est que les puissants ne lâchent jamais leur pouvoir sous l'impulsion du peuple. La révolution est un leurre. Quoi qu'il advienne des soulèvements populaires, ce sont toujours les mêmes qui finissent au sommet du pouvoir.

Guntray était stupéfait. Comment ce vieil homme pouvait-il avoir une telle culture. Était-il possible que les agents envoyés précédemment n'aient su tenir leur langue ? Difficilement crédible.

— Peut-être, mais la Fédération, même si elle possède de nombreuses zones d'ombre, permet à une très forte majorité de la population de vivre dans des conditions décentes sans avoir à craindre pour son avenir. La liberté de s'exprimer y est totale.

Me voilà à défendre un système que j'ai méprisé durant tant d'années, ironisa Guntray en lui-même.

— La panacée ? Un modèle remarquable ? interrogea le vieil homme. Non, j'ai bien peur que votre vision des choses ne soit trop réductrice. Certes les guerres, les famines ont disparu au sein de la Fédération, mais le mal-être est toujours aussi présent. La consommation de neuroleptiques ne cesse de progresser. Les gens sont amorphes, et passent leur vie devant des holos bas de gamme. La vie n'a guère de sens pour eux. Ils ne veulent pas mourir, alors qu'ils ne savent pas pourquoi ils veulent vivre. Sur Atlan nous n'avons pas besoin d'hommes comme vous. La vie y est dure, et c'est pour cela que nous savons l'apprécier.

Guntray comprit que cet homme avait été en son temps un agent de la Fédération envoyé en mission. Un homme parmi tant d'autres qui avait refusé de rentrer. Est-ce donc cela que je vais devenir ? se demanda-t-il sans pouvoir y croire.

— La souffrance serait-elle inhérente à notre humanité ? fit-il.

La question faisait encore débat dans les couloirs des facultés de philosophie.

— Nul ne le sait. La souffrance comme le plaisir sont propagés par les mêmes nerfs. Se couper de la première ne reviendrait-il pas à se couper du second ? fit le vieux sage avec un sens de la rhétorique fort à propos.

Guntray sourit. Il aimait bien ce personnage. Un drôle de spécimen.

Il parlèrent ensuite de tout autre sujet. Le vieux sage lui transmettant une quantité non négligeable de renseignements sur la réalité d'Atlan en général et de la Russie en particulier. Il l'aida à se familiariser avec le vocabulaire et réussit à lui apprendre de nombreux mots usuels que ses séances d'apprentissage accéléré n'avait pu lui fournir.

Il se coucha la tête pleine d'images et d'espérance, et s'endormit d'un sommeil paisible.

Bavière

— Les derniers sondages sont catastrophiques, fit le conseiller Hysman.

Le président Chandra, l'homme le plus puissant de la galaxie, garda son flegme légendaire.

— L'histoire ne vous a-t-elle donc rien appris ?! répliqua-t-il d'un air méprisant. L'essence même de nos concitoyens est l'instabilité. Rien n'est plus fluctuant que leurs idées. Laissons croire aux socialistes que la partie est gagnée d'avance. Nous avons encore un an pour nous refaire une santé. Un an pour les décrédibiliser. Un temps largement suffisant.

La réunion se tenait dans le bureau particulier du président situé au dernier étage du palais présidentiel. Monstre architectural qui couvrait plus de trois cents hectares de terrain. Des centaines de fonctionnaires s'activaient dans autant de bureaux, à faire tourner la machine gouvernementale. Une entreprise parfaitement huilée que rien ne pouvait stopper, pas même un changement de président.

— Sauf si les Radicaux nous lâchent. Nous ne pouvons nous permettre des élections anticipées. Ce serait catastrophique.

Le président regarda son conseiller et lui fit son plus beau sourire. Il venait de prendre la décision de le virer.

— Les Radicaux sont nos alliés depuis plus de cinquante ans, ils ne vont pas nous laisser tomber maintenant.

Chandra avait souffert des menaces voilées que lui avait infligées son ministre de l'Extérieur William Marshall. Il en avait diplomatiquement fait part au président du parti Radical qui lui avait répondu tout aussi diplomatiquement qu'il aurait volontiers éloigné cet homme du pouvoir si cela lui avait été possible. Qu'à cela ne tienne, si ce Marshall était le seul risque de scission entre les Radicaux et les Républicains, alors cet homme pouvait faire une croix sur son avenir.

Chandra n'était pas aussi stupide qu'il aimait à le faire coire. Il possédait de nombreux alliés. En particulier dans les milieux où l'argent coulait à flot et où prononcer le mot loi était une insulte.

CHAPITRE 35

Kigoma

Ils avaient creusé un trou pour y enterrer le bras du soldat Ould Saïd, puis étaient repartis à la recherche du nid des rebelles. Comme pour ajouter à la sinistrose ambiante, la pluie ne cessait depuis deux journées de se déverser sur la jungle. L'humeur des soldats était massacrante. Même Alimato était dans l'incapacité de trouver un bon mot.

— Général, je crois pas que ce soit une bonne idée de continuer, fit Christina Argento. Nous perdons notre temps.

Clint s'arrêta et rajusta sa casquette qui dégoulinait d'eau de pluie.

— Soldats, si vous avez d'autres conneries à dire, dites-les maintenant une bonne fois pour toutes et après fermez-la, cracha-t-il.

Tous les soldats se tendirent, mais Argento d'un soupir, réintégra le groupe. Elle n'avait fait qu'exprimer la morosité ambiante. Les soldats ne comprenaient pas l'obstination puérile de leur général. Il était clair pour eux que la bonne solution aurait consisté à raser cette jungle à coups de bombes. Dans l'état nerveux dans lequel ils se trouvaient, aucun ne pensait à l'impossibilité d'une telle mesure. Kigoma était une réserve géante, une planète au bord de la scission avec la Fédération. Le pouvoir central se devait d'agir avec douceur, sans faire de vague.

Ils reprirent leur marche jusqu'à ce que la nuit se fasse. Ils découpèrent à l'aide de leur sabre, les arbustes qui occupaient le terrain et réussirent à se faire une place entre les immenses baobabs qui peuplaient la forêt.

— Je crois que le général est en train de devenir cinglé, fit John Douglas en rentrant sous la tente qu'il occupait avec quatre autres soldats.

— Je sais pas, mais je crois qu'il a du mal à assumer notre échec, fit Gabrielle Schmidt.

Le soldat Thaï se retourna dans son sac de couchage.

— Fermez-la ! Putain, si vous vouliez parler vous aviez toute la journée, grogna-t-il.

— Ta gueule Thaï, le contra Christina Argento, puis se retournant vers ses camarades éveillés : Il existerait bien une possibilité, mais il faudrait que tout le monde joue le jeu.

Ils comprirent tous son allusion. Désobéir. Mais encore fallait-il un prétexte.

— Nous serions jugés en cour martiale. Ce n'est même pas la peine d'y penser, intervint Sarde. En plus tu peux être certaine que Samuelson et Dingin ne nous suivraient pas.

— Alors il ne nous reste plus qu'à prier pour qu'on tombe sur ces enculés, fit Douglas qui rêvait de leur mettre une balle entre les yeux.

— C'est bon, on peut dormir maintenant ? demanda Thaï avec plus de diplomatie.

Personne ne prit la peine de lui répondre. Seul le bruit des gouttes de pluie qui s'écrasaient sur la toile de leur tente se fit désormais entendre.

— Putain de pluie de merde, cracha Alimato en sortant de la tente. Jamais, elle ne va s'arrêter ?

— Pas tant qu'elle ne nous aura pas complètement noyés, répliqua Julien Sarde tout aussi énervé.

Ils défirent les tentes, les rangèrent, puis se mirent en file indienne pour une nouvelle journée de marche.

Ils allaient commencer à râler quand pour la première fois en cinq jours, quelque chose retint leur attention. Dingin avait aperçu sur son radar une forme différente de celles qui les entouraient depuis le début de leur périple.

— On dirait une sorte de tour carrée, fit Schmidt en analysant la vue que montrait le radar. Cela n'a rien de naturel.

Clint laissa enfin un sourire vengeur illuminer ses traits. Il était certain d'être sur la bonne voie. Le moment de la confrontation n'allait pas tarder.

— Que chacun se munisse de son arme, nous allons encercler cette tour, ordonna-t-il. Ensuite vous attendrez de nouvelles instructions.

Selon le radar, la tour devait se trouver à moins d'un kilomètre de leur position. S'il n'y avait eu la végétation, ils auraient pu l'apercevoir à l'œil nu.

Ils progressaient lentement, s'assurant qu'il n'y avait âme qui vive dans les alentours. Puis ils se séparèrent afin d'encercler leur objectif.

— Ici, Gonzalez, je suis en position.

Il devait se placer à l'opposé de la tour, et était le dernier à atteindre son poste.

— Très bien, fit Clint. En avant.

Ils marchèrent tous à la même vitesse, jetant des regards scrutateurs sur chaque recoin de jungle. Mais ils n'aperçurent aucune trace de vie. Bientôt, ils pénétrèrent dans la clairière où se dressait une tour carrée d'une vingtaine de mètres de hauteur sur dix de côté.

— Qu'est-ce que c'est ce truc ? s'interrogea Gonzalez qui vint frapper du bout de son arme le mur en métal. Qu'est-ce que ça fout là ?

Clint se rapprocha lui aussi de la tour et passa la main sur sa surface. Une seule explication lui venait à l'esprit.

— Ce doit être le reste d'une des premières missions d'exploration du sous-sol kigomais, fit-il.

À l'époque de la découverte de ce monde, les grandes compagnies minières y avaient investi des fortunes dans l'espoir d'y découvrir des gisements de toutes sortes. Malheureusement, ils avaient dû vite déchanter, et s'avouer qu'il n'y avait rien qui vaille la peine de continuer les prospections.

— Général, on dirait un sigle, fit Rachel Samuelson, en désignant une sorte de dessin sur un des murs.

Sarde le scanna sur son mémo, et lança une recherche qui aboutit quelques secondes plus tard.

— C'est le sigle de la C.R.R., Compagnie Rosmond-Richelieu, lut-il. Spécialisée dans l'exploitation de mines pétrolifères, mais aussi de pierres précieuses. Un monstre financier qui a été racheté, il y a près de deux cents ans, par le GFM, le Groupement Fédéral Minier.

— Vous aviez vu juste général, fit Douglas.

Clint hocha la tête et fit le tour du bâtiment. Il devait y avoir une entrée. Pourtant, rien ne la signalait.

— Général, venez par ici, je crois que j'ai trouvé, fit Schmidt qui brandit son mémo.

Elle avait passé chaque mur au scanner afin d'y déceler le moindre interstice. Son idée venait d'être couronnée de succès. Une porte était encastrée dans le mur ouest. Mais la découpe était si précise, qu'on ne pouvait l'apercevoir à l'œil nu.

— Parfait, la félicita Clint. Dingin, ouvrez-moi cette porte.

Expert dans le crochetage, le soldat passa à l'action. À l'aide d'outils qu'il portait dans son sac à dos, il mit moins d'une minute pour détruire le système de sécurité et débloquer la porte. Il colla ses gants ventouses sur la surface et d'un geste nonchalant, fit coulisser la porte.

— À qui l'honneur ? demanda Alimato en fixant ses camarades.

— À toi, répondit Clint en tirant sur son cigare.

Alimato haussa les épaules et fit un pas vers l'entrée.

— Si jamais je venais à me faire griller, dites à ma femme que je l'aimais, fit-il avant de passer un pied puis l'autre dans le bâtiment plongé dans une nuit noire.

Encore une de ses mauvaises blagues, se dit Argento qui savait comme tout le monde qu'il n'était pas marié.

Avec ses lunettes à infrarouges qui lui permettaient d'y voir dans cette obscurité spectrale, Alimato avançait prudemment à la recherche de n'importe quel indice. Bientôt suivi par ses camarades, ils occupèrent la zone, et durent se rendre à l'évidence. Cette pièce était dans un état de conservation tout à fait étonnant. Se pouvait-il que des individus s'en servent comme abri ?

Gonzalez s'était rapproché d'un panneau d'alimentation. Usant de ses connaissances en électronique, il parvint sans trop de difficulté à comprendre le mécanisme multiséculaire. Il fit les branchements adéquats et soudain la lumière envahit l'ensemble de la tour.

— Et voilà ! dit-il content de lui en enlevant ses lunettes à infrarouges.

À présent éclairée, la salle paraissait beaucoup moins mystérieuse. La sourde angoisse qui les avait saisis s'évapora aussitôt.

— Je crois comprendre où nous sommes, fit Dingin.

Clint eut la même idée : un ascenseur. Et soudain il paniqua.

— Que tout le monde sorte ! hurla-t-il.

Cela ne servait plus à rien de jouer les héros. Ils n'avaient pas affaire à des rebelles fanatiques désorganisés et possédant peu de moyens. Non, il devait s'agir d'une organisation beaucoup plus élaborée que ce à quoi ils pouvaient s'attendre. Ils devaient appeler des renforts.

Le plus proche de la sortie, Thaï fut le premier à bondir dehors, mais alors qu'il passait la porte, cette dernière se referma sur lui avec une vitesse stupéfiante, coupant en deux le corps du soldat.

— Bordel de merde ! hurla Alimato qui, pris dans son élan, se cogna contre la porte refermée.

— C'est immonde, cracha Douglas, regardant les restes du soldat Thaï, l'estomac au bord des lèvres.

— Dingin, tentez de rouvrir la porte, ordonna Clint, puis il vociféra : Que tout le monde garde son calme. Nous ne sommes pas des lavettes, nom de Dieu.

Les soldats réagirent avec intelligence à ses paroles. Ils déglutirent plusieurs fois, puis le calme revint dans la pièce. Accolé à la porte, Dingin s'évertuait à reprogrammer le boîtier qui commandait l'ouverture.

— Je ne comprends pas. Ça devrait marcher, soupira-t-il.

Les militaires possédaient le nec plus ultra des dernières technologies. Aucun système quel qu'il soit, conçu dans le civil, ne pouvait leur résister, encore moins s'il datait de plusieurs dizaines d'années.

— Nous avons affaire à des putains de professionnels, fit Clint pour lui-même.

Il sortit son propre mémo et tenta d'envoyer un message aux vaisseaux qui les attendaient à l'astroport. Mais comme il le redoutait, un brouillage empêchait toute liaison. Il releva les yeux et aperçut ses soldats qui le regardaient avec fébrilité.

— Non, je n'arrive pas à les joindre, fit-il en réponse à leur question muette.

— Dingin, sors-nous de là, souffla Gonzalez.

La tension était à son comble. Un élan de claustrophobie les envahit peu à peu.

Nous nous sommes fait piéger comme des débutants. Jamais nous n'aurions dû entrer en même temps, se maudit Clint qui savait que quoi qu'il arrive, il aurait à répondre de cette erreur grossière qui avait déjà coûté la vie à un de ses hommes.

— Ils utilisent un système inconnu. Soit je deviens fou, soit ces types sont des génies de l'informatique, pesta Dingin qui s'évertuait à pirater leur système.

Soudain un bruit de roulement se fit entendre, et dans la seconde qui suivit, ils prirent pleinement conscience de la fragilité de leur existence. L'ascenseur entamait sa descente dans les sous-sols de la planète.

Un grand autochtone tira le morceau de corps accolé à la tour, et le déposa plus loin.

— Les démons les ont emportés en enfer, s'écria Bongo en levant ses bras en direction de l'édifice.

— Êtes-vous certain que nous ayons fait le bon choix ? se hasarda Mogabo terrorisé.

C'était le deuxième cadavre de soldat qu'ils découvraient. Nul doute que la Fédération ne laisserait pas ce crime impuni. Bongo était-il inconscient ? Ne savait-il pas que la disparition d'un général de l'armée avec toute sa troupe ne pouvait rester sans suite ? Cherchait-il véritablement le clash ? Voulait-il la guerre ? se demanda-t-il prenant peur. Contre les forces militaires, ils seraient anéantis en un rien de temps.

— Les voix du Seigneur ont parlé. Ce n'est pas à moi de discuter les choix du Tout-Puissant, répondit Bongo autant pour faire taire Mogabo que pour rassurer les hommes qui le suivaient.

Un autre âge était arrivé. La fin de siècles de soumission. La réparation du plus grand des génocides. Le début de la liberté.

CHAPITRE 36

Atlan

Luc se leva aux aurores et en profita pour faire un tour dans sa cité. Il aimait se promener dans les ruelles de Blagnac, loin de la frénésie qui l'animerait dès que le soleil serait tout à fait levé. À part quelques commerçants qui préparaient leur étal, les rues étaient désertes et le calme régnait. Il passa la place de la Gloire, et déboucha devant l'une des meilleures échoppes de la ville : Au Renard Blanc.

— Bien le bonjour, monseigneur, fit l'aubergiste en le reconnaissant. Une pinte de mon meilleur breuvage ?

— Avec grand plaisir, répondit Luc. Et apportez-moi deux petits pains au chocolat. J'ai l'estomac qui gargouille.

Le gros bonhomme rougit de plaisir. Il aimait ce jeune duc. Un garçon qui était proche de ses gens et qui avait su rester un être adorable malgré le poids des responsabilités qu'il endossait depuis la mort de son père.

La fille de l'aubergiste lui apporta sa bière. Luc la remercia en lui donnant dix écus. Bien plus que n'en coûtait son breuvage. Mais il n'était pas avare de son argent, et avait l'esprit festif en cette belle matinée.

À part lui, seuls deux autres hommes étaient attablés dans la salle de l'auberge. Des voyageurs à n'en point douter, se dit Luc en reconnaissant l'insigne qu'ils portaient au revers de leur tunique.

La porte s'ouvrit en grand. Luc se retourna et aperçut la carrure de son fidèle maître d'armes.

— J'étais certain de te trouver ici, fit Gascon en venant s'asseoir à ses côtés. Humon te cherche partout. Il est dans une colère noire.

Prenant sa chope bien en main, Luc soupira et en but une fine gorgée.

Quel délice, frémit-il en savourant le liquide qui lui réveillait tous les sens.

— N'aurai-je donc plus jamais un instant à moi ? se plaignit-il à qui voulait l'entendre. Soit ! Allons rejoindre ce tortionnaire.

Il finit sa chope d'un trait, puis prit les deux petits pains et en donna un à Gascon, qui n'eut pas l'impolitesse de le refuser.

— Si vous espérez des excuses, vous pourrez attendre longtemps, commença Luc en descendant de cheval.

Il venait d'arriver dans la cour du château où se trouvait déjà Humon qui le foudroya d'un regard glacial.

— Votre impertinence est indigne de votre statut. Votre père aurait honte de vous, fit Humon.

— C'est bien parce que je connais votre profonde et indéfectible loyauté que je vous permets de me parler en ces termes. Mais de vous à moi que cela ne recommence plus.

Douces paroles, se félicita Lambert qui avait surveillé les mouvements de Humon depuis le début de la matinée.

Il avait passé une très mauvaise nuit à ruminer de sombres pensées. D'un côté, on le pressait de délivrer son message, de l'autre le jeune duc n'avait aucunement l'intention d'écouter ses conseils. Mais, grâce en soit loué le Nouveau Dieu, il y avait du changement dans l'air. À lui de savoir en profiter.

— Je peux vous assurer que jamais je ne me permettrais d'user d'une telle attitude envers un duc, mais avec un jeune écervelé... ! le moucha Humon en faisant promptement demi-tour.

La colère ravagea le visage de Luc. Et ce n'est que parce que sa mère arrivait qu'il prit sur lui de ne pas la laisser exploser.

— Luc, où étais-tu passé ? Nous nous sommes inquiétés, fit la duchesse de Vendée. Rentrons. Les mots que tu as employés à l'égard de Humon ont été très malheureux...

Avec délicatesse mais fermeté, Luc repoussa le bras de sa mère.

— Il suffit de me donner des ordres ! Je suis le duc ici, tonna-t-il. Il m'importe de gérer mon duché comme bon me semblera.

Il partit à grandes enjambées se calmer dans les allées du château.

Rien de l'altercation n'avait échappé à l'acuité de Lambert qui quitta la fenêtre de la tourelle. Il allait tenter d'amener à ses vues le jeune duc courroucé. Il descendit les marches qui menaient au rez-de-chaussée puis sortit à l'air libre et pénétra à son tour dans les jardins ducaux. Il crut un instant avoir perdu sa trace quand il le découvrit, assis, le dos voûté, sur l'un des bancs qui faisaient face au petit lac où nageaient des poissons rouges. Il marcha en faisant crisser le gravier sous ses pas. Il se posta deux mètres derrière son duc. Durant deux minutes, il attendit l'autorisation de parler, puis, se demandant s'il l'avait bien entendu, il toussota avec retenue.

— Me croyez-vous si vieux pour penser que je puisse être sourd, ou pensez-vous être le roi de la discrétion ? se moqua Luc en se retournant vers lui.

Lambert maudit son impatience et espéra qu'il n'était pas trop tard pour réparer son erreur.

— Aucunement monseigneur, mais je craignais que vous ne vous fussiez endormi et que vous n'attrapiez un mauvais rhume, fit Lambert piteusement en se frottant les mains d'un air gêné.

Luc partit alors d'un grand rire qui sembla faire fuir toute la colère qui l'envahissait.

— Ah le bossu ! Vous commencez à me plaire, le félicita-t-il. Vos façons de parler sont si délicieusement dégoulinantes de fausses attentions que cela en devient risible.

— Heureux que mon humour vous agrée, fit Lambert pas mécontent de sa repartie.

— Heureux que je sois d'humeur à le supporter, fit Luc très sérieusement avant d'éclater à nouveau d'un grand rire.

Et il était réellement de bonne humeur. Le plan concocté par Humon avait fonctionné à la perfection. La prise de bec de la matinée n'était qu'une sombre mascarade réalisée pour donner l'illusion à Lambert d'une véritable scission entre les deux hommes. Lambert était tombé à pieds joints dans les mailles du filet.

— Vous savez, je tiens toujours à votre disposition des informations de première importance, fit Lambert qui ajouta aussitôt : du moins me l'ont-elles semblé.

— Écoutez Lambert, il se trouve que mon programme de la matinée a été soudainement remanié, et je suis ainsi en mesure de vous accorder une entrevue, fit Luc en se levant. Vous vouliez me montrer quelque chose, alors allons-y.

Lambert lui sourit et le convia dans un lieu à l'abri de tout regard. Un cachot de la tour sud. Ils y allèrent à pas tranquilles et y pénétrèrent bientôt. L'odeur y était pestilentielle. Dieu sait ce qu'il y pourrissait. Luc posa un mouchoir sur sa bouche et espéra que le jeu en vaille la peine.

— Vous voulez m'asphyxier, se plaignit Luc qui se promit de faire nettoyer les cachots.

— Jamais une telle pensée ne pourrait effleurer mon esprit, dit mielleusement Lambert tout en prenant un regard outré.

Ils arrivèrent dans une pièce obscure, seulement éclairée par une meurtrière qui laissait passer quelques rayons du soleil levant.

— Ce que vous allez voir risque de vous choquer bien plus que vous ne le pensez, le prévint Lambert. Surtout gardez votre calme et essayez de comprendre.

Il sortit précautionneusement de sa poche son mémo et l'alluma. Luc eut beaucoup de mal à garder son sang-froid. C'était fabuleux. Jamais il n'aurait cru avoir l'immense privilège de voir un jour de ses propres yeux un objet manufacturé à l'Extérieur. À quoi servait donc cet étrange objet ? Les doigts de Lambert pianotaient l'écran tactile avec une aisance indiquant une grande habitude d'utilisation.

— Mettez-vous à mes côtés, je vais vous montrer, fit Lambert.

Luc ne se le fit pas dire deux fois et put admirer les représentations qui s'affichaient sur l'écran.

— Commençons par le commencement : voici Atlan, fit Lambert qui avait choisi une vue spatiale du globe.

Luc put discerner les trois continents.

— Et maintenant nous allons nous attacher à la province de l'Ouest.

De son pouce, Lambert produisit le grossissement du continent Marlaens, puis mètre par mètre de la province de l'Ouest. Luc était totalement subjugué, envoûté par la précision des images qu'il voyait.

Qui aurait cru qu'une telle prouesse pouvait exister ? s'étonna-t-il en lui-même.

— Comment êtes-vous entré en possession de cet objet ? fit-il alors.

Se pouvait-il qu'il y ait des espions de l'Extérieur sur Atlan ? Oui, fut la seule réponse plausible. Mais cela impliquait une violation des termes qui régissaient les relations entre Atlan et l'Extérieur.

— Chaque chose en son temps mon duc, fit Lambert qui savait la partie gagnée.

La démonstration s'acheva quand il cessa l'agrandissement sur le château du duché.

— Mais c'est ma cousine Solène ! s'étonna-t-il les yeux grands ouverts.

Lambert hocha la tête.

— Pensez-vous toujours que je ne suis qu'un misérable bossu sans aucune valeur ? demanda-t-il.

Luc détesta le ton qu'il prenait avec lui, mais il n'osa le lui faire remarquer. Il ne fallait pas fâcher cet homme. Toutefois il ne devait pas trop lui montrer son immense fascination.

— Bien au contraire, mais je tenais à ce que vous compreniez tout d'abord que je suis moins stupide que vous n'avez pu le croire en arrivant dans mon domaine.

— Ainsi, nous travaillerons sur un pied d'égalité. J'aime à m'entourer d'hommes de valeur, fit Lambert.

Luc nota qu'il délaissait de plus en plus son masque de bossu timoré pour laisser place à une personnalité beaucoup plus prononcée.

— Notre absence va commencer à paraître suspecte. Quelles sont donc ces images que vous vouliez me montrer ?

— Des images annonciatrices d'un terrible fléau, fit Lambert qui se remit à tapoter sur son écran. Regardez.

Les images montraient une armée en marche dans un col montagneux. Luc reconnut leurs étendards : les Espagnols. D'autres images, d'autres lieux, et toutes montraient que le royaume hispanique se préparait à la guerre. Mais que se passait-il donc ? Pourquoi les envahiraient-ils ? Aucune des deux familles n'avait rien à gagner dans un tel conflit. C'était du suicide. Cela ne pouvait qu'entraîner le chaos. La fin de leur monde.

— Le roi Juan IV n'est pas aussi stupide, fit Luc en n'osant croire à l'impossible.

Encore des images, et toujours ces soldats en campagne. Se pouvait-il que ces images fussent truquées ? Il posa aussitôt la question à Lambert.

— Comme j'aimerais qu'il en soit ainsi, mais je puis vous assurer qu'il n'en est rien, répondit ce dernier.

Luc n'était qu'à demi convaincu.

— Comment pourrais-je vous croire ?

— En venant avec moi sur les terres du roi, lâcha Lambert d'un air satisfait.

Des bruits de pas résonnèrent dans la tour. Ils étaient débusqués.

— Très bien, cachez cet objet. Nous continuerons notre conversation en présence de qui de droit, fit Luc qui changea aussitôt de ton et de propos : Ainsi comme vous pouvez le constater, ces oubliettes ne servent plus depuis de nombreuses années, mon grand-père déjà...

— Luc, si je suis prêt à pardonner l'affront que vous m'avez infligé ce matin, je ne suis pas certain que Hubert Montignac sera aussi compréhensif que moi, intervint alors Humon en pénétrant dans le cachot désaffecté.

Montignac était le banquier de la ville. Un homme à la solde du duché mais qui aimait à se faire respecter. Il possédait de nombreux alliés dans toute la contrée et pouvait, s'il le désirait, rendre fort délicate la gestion du royaume.

— Je l'avais oublié celui-là. J'arrive Humon.

Luc passa la matinée à discuter de nouveaux crédits auprès de son hôte qui accepta généreusement de les lui accorder en contrepartie d'un pourcentage des recettes d'exploitation des nouvelles fabriques de textile en construction dans le quartier sud de la ville.

Puis, après un repas particulièrement raffiné et copieux, Luc, Humon et Lambert se retrouvèrent dans un des appartements privés du duc qui donnait sur la cour intérieure du château. Après s'être assuré qu'aucun espion ne pouvait entendre leur discussion, Lambert s'assit à la table et pria pour que ses schémas se mettent en place comme préparés.

— Nous pouvons parler en présence de Humon, fit Luc pour rassurer Lambert. Vous m'avez presque convaincu que les troupes du roi d'Espagne s'apprêtent à envahir le territoire perse. (Humon haussa les sourcils de stupéfaction mais n'intervint pas.) Toutefois, je ne pourrai ajouter totalement foi à vos propos que lorsque j'en aurai compris tous les tenants et les aboutissants. En l'occurrence, quelles sont les forces en présence et de quel camp êtes-vous le représentant ? Puis pour finir, pourquoi ma présence est-elle souhaitable dans le royaume espagnol ?

Humon se gratta la barbe et prit la parole.

— Tous les cinq ans les troupes du roi effectuent des exercices de grande envergure, en particulier dans les cols montagneux afin de les endurcir et de les préparer au plus dur. Si c'est de cela que vous

vous êtes entretenu, je tiens à vous rassurer sur-le-champ, mes sources m'ont affirmé qu'il n'y avait là rien que de plus normal.

Luc hocha la tête en faveur de son précepteur. Lambert marqua le coup.

— Il est des preuves que je ne puis vous montrer mais dont notre duc a été témoin.

— Des preuves qui ne font que corroborer les dires de Humon, enchaîna Luc. J'y ai vu certes des hommes en armes, mais rien n'indiquait réellement qu'ils allaient tenter d'envahir la Perse.

Lambert sentait qu'il perdait son poisson.

— C'est pour cela que j'ai proposé au duc un voyage officiel dans les terres hispaniques. Il pourra à la fois s'assurer par lui-même de la véracité des propos que je lui ai tenus, mais surtout, et là est bien l'essentiel de nos discussions, d'assurer le roi Juan IV du soutien du prince Marc le Valeureux, fit Lambert.

Il posa les mains sur sa bedaine et leur fit un sourire apaisant.

Voilà qui expliquait bien des choses, se dit Humon. Dans l'incapacité d'agir sans se faire remarquer par son père, le roi Frédéric III, Marc se servait du jeune duc afin de porter un message à son lointain cousin maître du royaume d'Espagne. Quand le vent tournerait, le prince Marc pouvait s'assurer d'être du côté des vainqueurs. Cependant, étaient-ils certains de gagner ?

— Mais supposons que les forces hispaniques se retrouvent à gagner la guerre. Quelle serait alors notre position, fit Humon. La neutralité n'est-elle pas la meilleure option ?

Luc savourait ces joutes oratoires. Tout comme Humon, il ne doutait pas de l'issue de la discussion, mais il était bon de faire croire à ce Lambert que les Vendée n'étaient pas des pantins si aisés à manier.

— Au vu des alliés que possède le tsar, il ne saurait y avoir de défaite, fit Lambert en touchant inconsciemment sa poche.

Des alliés Extérieurs, se dit Luc. Mon Dieu, dans quoi allons-nous nous embarquer ?!

— Il est bon que vous nous ayez donné ces informations, mon

cher Lambert, fit le duc. Je vous promets d'y réfléchir et de vous donner une réponse dans les plus brefs délais. La discussion est close.

Après en avoir débattu longuement avec Humon et sa mère, Luc décida de partir dès la semaine suivante pour le royaume d'Espagne. Il en informa alors Lambert qui se réjouit de cette nouvelle. Les préparatifs commencèrent dès lors, et une effervescente frénésie envahit le château et sa ville.

CHAPITRE 37

Végas

Drake se mit en position, puis d'un saut de l'ange parfait, plongea dans la mer artificielle qui ceinturait l'île des Bahamas. Il fit quelques brasses et se rapprocha du bateau, un voilier de douze mètres de long qu'il avait loué pour la quinzaine.

— Viens me rejoindre. Elle est excellente, cria-t-il à l'égard de son hôtesse restée sur le pont du bateau.

— J'arrive, fit-elle en plongeant tout aussi gracieusement.

La mer était particulièrement calme et chaude. Un pur régal pour les touristes qu'ils étaient. Drake avait rencontré Paola Vicenze à la terrasse d'un des restaurants de la plage, et il avait entamé très vite la conversation. Il ne connaissait en rien les affres de la timidité. Il agissait à l'instinct, ne se souciant guère du qu'en dira-t-on. Il était épicurien par nature et se plaisait à en apprécier toutes les facettes.

— Tu es magnifique, lui fit-il quand elle ressortit la tête de l'eau.

D'une brasse, elle se rapprocha de lui et le serra dans ses bras.

— Tu vas me baiser, puis me laisser tomber, n'est-ce pas ? fit-elle en sentant la virilité de Drake grossir contre son bas-ventre.

Drake aimait ce franc-parler. Pas de fioritures, juste l'expression d'une réalité.

— Certainement, confirma-t-il. Pourrait-il vraiment en être autrement ?

Elle rit et l'embrassa avec une fougue particulière. Ils nagèrent ensuite un long moment avant de remonter sur le bateau, où ils prirent soin de laisser caresser leurs corps nus par un petit vent sec apaisant. Puis, ils s'engouffrèrent dans la cabine du voilier et s'abandonnèrent l'un à l'autre.

— Je n'arrive pas à croire que tu sois juste un négociant en produits agricoles, fit-elle après que la chaleur de leurs ébats se soit dissipée quelque peu.

Drake se retourna sur un bras. Il la regarda et comprit qu'il ne s'en tirerait pas avec une pirouette. Il devait à tout prix la convaincre de son identité. Il n'était pas bon que quelqu'un se mette à enquêter sur lui.

Peut-être n'aurais-je pas dû la séduire ? se dit-il sans vraiment le regretter. Le risque faisait partie intégrante des affaires humaines.

— Pourquoi ? Est-ce donc un métier si dévalorisant ? attaqua-t-il. Mon grand-père a passé sa vie dans les champs à travailler de ses mains, à s'éreinter, pour fabriquer un vin de grande qualité. Mon père a élargi notre domaine de compétence et moi j'ai continué le travail. Mon entreprise a près d'un milliard de clients, et même si je suis un parfait inconnu, je n'ai pas honte de ma profession.

Quel beau discours ! se félicita-t-il en cachant son sourire. La théorie du self-made-man. Une ineptie qu'on se plaisait toujours à croire.

— Excuse-moi, mais j'étais persuadée que tu travaillais pour les services secrets, fit-elle sans vouloir être convaincue.

Le mythe de l'amant agent secret. Le fantasme le plus récurrent des grandes bourgeoises. Drake lui sourit et plutôt que de démentir, il préféra laisser planer le mystère et se recoucha sur elle.

— Le sept, rouge, impair et manque, fit le croupier en ratissant alors la table.

Drake venait encore de perdre mille coupons. Mais au diable l'avarice, on lui avait assuré un crédit quasi illimité, et il n'allait pas se priver d'en profiter.

— Décidément, ce n'est pas mon jour de chance, fit un gros homme près de lui.

Youssef Zéroun, un richissime fils de famille de quarante ans passés. Drake connaissait ce genre de personnage : vulgaire, prétentieux et obsédé au possible.

— Allez ma chérie, je crois que j'ai assez rempli les caisses de ce casino, fit-il en se retournant vers sa compagne, une superbe brune au corps parfait.

Drake n'était pas particulièrement attiré par les femmes de ce genre. Beaucoup trop artificielles à son goût. Dans ce milieu où l'argent coulait à flots, il n'y avait pas une seule personne qui ne s'était fait refaire le corps. Être laid et chétif ne pouvait résulter que d'un choix personnel. Le naturel semblait être un reliquat du passé. Sauf dans le cas de Zéroun qui affichait sa graisse avec un plaisir non dissimulé.

— J'ai encore envie de jouer, fit la fille en prenant un ton capricieux de petite fille.

Zéroun lui mit la main aux fesses et l'embrassa furtivement sur la bouche.

— Je connais des jeux beaucoup plus stimulants, fit-il avec un regard torve.

La fille lui rendit son regard comme enthousiasmée à l'idée de s'ébattre dans un lit avec lui.

Même s'il n'avait semblé montrer aucun intérêt à ce qui se passait juste à côté de lui, Drake n'avait pas raté une seule parole de cet échange verbal. Sa proie était au rendez-vous. Il ne restait plus qu'à la convaincre de venir avec lui. Tâche qui ne serait guère plus aisée que le sauvetage de Wilson.

Zéroun et sa compagne quittèrent le casino et prirent place dans un véhicule tout-terrain. Un chauffeur les conduisit sur la route de gravillons qui serpentait l'île, jusqu'à une crique vierge de touriste.

— La vie, c'est ça, fit l'homme qui commença à se débarrasser de ses vêtements. Le soleil et la baise ! Montre-moi ton petit cul, ma chérie.

La fille ne sembla pas choquée par ces paroles indélicates et se mit nue devant lui. Il se rapprocha d'elle, lui couvrit le corps de baisers enflammés et lui glissa entre les jambes sa verge hypertrophiée. La fille roucoula de plaisir et se laissa pénétrer.

Drake baissa ses jumelles et pesta intérieurement. Non qu'il ait à redire au fait qu'ils fassent l'amour, mais il savait que tout amour, ainsi que tout désir, était absent. Rien moins que des animaux.

Ou alors je suis jaloux ? se dit-il en sentant son cœur bondir. Quelle formidable émotion ! C'est ça ! Je suis jaloux !

Il les surveilla à nouveau avec les jumelles et eut une moue d'écœurement quand il vit ce qu'elle était capable de faire avec son corps.

— Sacré Zéroun ! Tu ne mérites pas ce bonheur, se dit-il.

— Geoffroy, as-tu passé une bonne journée ? demanda Drake à Wilson.

Il avait quitté les deux amants et était en train de bronzer, allongé sur un transat, à l'avant de son voilier. Il s'était préparé un cocktail maison des plus délicieux.

— Qu'entends-tu par bonne ? répondit Wilson qui avait du mal à se faire à ce tutoiement.

— Tu as visité des musées ? Je ne sais pas moi, profité du soleil ? N'importe quoi... répondit Drake.

— Tu sais, reprit Wilson, Venise a son église. Je crois que je vais aller m'y confesser.

À l'autre bout du mémo, Drake blêmit.

Se pouvait-il que cela ne fût pas une plaisanterie ? pensa-t-il.

— Patience est mère de sûreté. Ne t'inquiète pas fit-il, tous tes péchés seront absous bien plus tôt que tu ne le penses.

Wilson hocha la tête, peu convaincu.

— J'ai toute la patience du monde, fit-il, je n'ai même que cela.

Il raccrocha et se pencha à la fenêtre de sa suite. Les gondoliers faisaient leurs allées et venues sur le canal. Wilson s'enfonça dans ses souvenirs à défaut de pouvoir prospecter le futur.

Depuis deux heures, Drake faisait le guet au coin de la rue. La nuit était totale. Le moment idéal pour un crime, se dit-il en allumant une énième cigarette.

L'hôtel du Pacifique lui faisait face, il attendait nonchalamment, posté contre la façade d'un autre hôtel, que ses sources se révèlent exactes. Il regarda sa montre : deux heures du matin. Il releva les yeux et aperçut enfin ce qu'il désespérait de voir : une silhouette qui se faufilait dans le hall de l'hôtel et partait en direction du métro. Drake la suivit à une distance respectable sans toutefois se montrer trop prudent. Il ne devait surtout pas la perdre de vue. Elle s'engouffra dans le métro. Drake y pénétra à son tour. Un des deux ascenseurs venait de se refermer, Drake prit celui d'à côté.

Il se remémora plusieurs techniques de combat et pria de ne pas avoir à se battre. Au-delà de son aisance financière remarquable, sa proie possédait un talent particulier qui faisait d'elle un élément primordial dans les conflits à venir. L'ascenseur s'arrêta sur les quais du métro. Il en sortit en ayant l'air le plus décontracté possible. Il jeta un regard sur la droite et sur la gauche et à sa surprise il ne découvrit aucune trace de sa proie. Se pouvait-il qu'elle ait déjà pris une rame ? Il regarda le panneau d'affichage et vérifia que la dernière rame était passée depuis dix minutes. Où pouvait-elle être ?

Il leva les yeux et eut juste le temps de voir fondre sur lui celle qu'il était venu recruter. Une corde en nylon lui entoura aussitôt le cou, et s'il n'avait eu le temps de mettre son pouce entre le fil et son œsophage, sa tête se serait déjà écroulée sur son torse. Les jambes de la fille cagoulée lui enserraient le bassin d'une prise douloureuse.

Nom de Dieu ! Elle va me tuer, se dit Drake en souriant intérieurement de ce retournement de situation. Il aurait aimé tenter de la ramener à la raison mais il était clair qu'elle n'avait aucunement l'envie d'écouter ses explications.

Elle est du genre à poser les questions après avoir tiré, se dit-il en commençant à trouver le temps long.

Il mit toute sa puissance en action et parvint à lui faire lâcher prise. La fille partit en arrière et telle une chatte aguerrie, rebondit sur le sol pour aussitôt reprendre son attaque.

— Lucinda ! Écoute-moi, fit-il en l'appelant par son nom de code.

La fille stoppa net sa jambe lancée dans un assaut à hauteur de la mâchoire de Drake.

— Je t'expliquerai tout plus tard, il faut qu'on retourne au calme.

Lucinda posa un regard interrogatif sur les caméras qui filmaient les quais.

— Ne t'inquiète pas, je m'en suis déjà chargé. Ça fait quatre heures que je t'attendais. J'ai eu le temps de bricoler ce qu'il fallait pour les leurrer, s'expliqua-t-il.

Elle enleva alors sa cagoule et laissa glisser sa longue chevelure brune sur ses épaules. Une sacrée fille. Tout comme Wilson dans son genre. C'était une trop parfaite réussite.

Ils quittèrent la station de métro et retournèrent en surface. Drake l'invita à la suivre le long d'un des pontons du port. Puis ils grimpèrent dans son voilier. Il décrocha les cordes d'arrimage et mit en marche le moteur.

La lumière était quasi nulle mais Drake y voyait comme en plein jour. Miracle de la technologie. Il savait qu'il en était de même pour Lucinda.

— Je suppose qu'il est mort, fit Drake en parlant de Zéroun. Comme pour les autres, ajouta-t-il.

Elle ne cilla pas. Elle s'assit simplement sur une des banquettes du pont arrière. À la barre du voilier, Drake plaignit cette fille qui n'avait pas eu les mêmes chances que lui. Mais il était toujours temps de rattraper les erreurs.

— Tu te demandes qui je suis ? fit-il en stoppant le moteur.

Elle fit une moue de dédain.

— Je croyais que l'on avait désactivé votre groupe, fit-elle peu impressionnée.

Elle avait compris tout de suite de quelle organisation il avait fait partie.

— C'est ce que nous nous sommes plu à faire croire, expliqua-t-il. Qui peut rechercher ce qui n'est pas censé exister ?

Elle eut un sourire à la limite du mépris.

— Qui croyez-vous être ?! se moqua-t-elle. Sortez de votre repaire et vous serez annihilés aussi vite que cela s'est passé il y a de cela fort longtemps.

Drake la regarda droit dans les yeux.

— Nous en sommes tout à fait conscients, et n'avons aucunement l'intention de révéler notre présence, fit-il.

Un remous provoqué par un autre bateau fit tanguer légèrement leur voilier.

— Et comment expliquez-vous votre intrusion dans ma vie ? fit Lucinda d'un ton plein de reproche.

Drake haussa les épaules.

— Je ne te cacherai pas que nous avons besoin de toi, fit-il sans pouvoir en dire plus.

Elle eut un sourire amer.

— Pourquoi avoir attendu toutes ces années ? demanda-t-elle. Que comptez-vous faire de moi ?

Elle ne pouvait empêcher une certaine aigreur de l'envahir. Elle détestait la résistance, et pourtant à une époque elle aurait tout donné pour y retourner.

— Je suis incapable de te répondre, mentit-il. Tu n'auras qu'à poser la question aux personnes qui m'ont envoyé te chercher.

Lucinda se mordilla l'intérieur de la bouche.

— Vous la poserez pour moi. Il est hors de question que je vous suive, fit-elle alors. J'ai une vie qui me satisfait pleinement. Je ne manque de rien et peux tout me permettre sans avoir à craindre qui que ce soit.

Drake croisa ses mains entre ses jambes. Il n'aimait pas jouer le rôle du méchant, mais il se devait à présent de la menacer. Il était impératif qu'elle le suive.

— Tu as tué un homme. Aussi ignoble était-il, il s'agit tout de même d'un meurtre.

Lucinda fit une moue dédaigneuse.

— Pour les médecins, il ne s'agira que d'un arrêt cardiaque, fit-elle. Vous ne pouvez rien contre moi.

Tant pis, regretta Drake.

— Cela fait plus de deux cents ans qui tu élimines tes maris les uns après les autres. Falsification d'identité après falsification d'identité, tu continues tes forfaits en toute impunité, fit-il avant de la menacer : les médias seront certainement intéressés d'apprendre ton existence.

Voilà. Elle avait ce qu'elle voulait entendre. Elle n'avait rien à attendre de leur part.

— De toute façon si je ne me soumets pas, vous m'abattrez, fit-elle sans que cela soit une question.

Drake aurait aimé ne pas en arriver là, mais c'était une des éventualités.

— Je suis sincèrement désolé, fit-il tristement.

La gifle partit sans qu'il s'y attende. Sa lèvre explosa dans une gerbe de sang tandis que sa joue se colorait d'un énorme hématome.

— Vous l'avez bien cherché, fit-elle. Nous partons quand ?

Drake s'essuya d'un revers de la main.

— À la première heure, fit-il. Il faudra que je te présente un ami.

Elle lui lança un regard glacial. Elle se sentait inerte. Toutes ses années de liberté misérables venaient de prendre fin. Il était temps qu'elle règle ses comptes.

Ils passèrent la porte et allumèrent les lampes de la chambre. Drake se baissa à hauteur du lit et secoua Wilson.

— Il faut vous réveiller. Nous partons, fit-il.

Le moine ouvrit les yeux et reconnut Drake. Puis il dévisagea intensément l'inconnue.

— C'est une amie, elle vient avec nous.

Wilson se leva et regarda l'heure. Quatre heures du matin. Quelle précipitation ! Que s'était-il encore passé ? Il s'habilla d'un jean et d'un T-shirt et enfila ses baskets.

Ils sortirent du palais Titien et longèrent les ruelles d'une Venise endormie pour arriver dans le grand hall du bâtiment de départ qui se trouvait sur la place Saint-Marc. Un employé les reçut avec toute l'amabilité requise à un tel poste, et ne posa aucune question quant à leur départ précipité. Ce genre d'attitude était très courant chez les grands de ce monde. Ils prirent un ascenseur qui les amena dans le fond du volcan où ils embarquèrent dans une navette en partance pour la station orbitale. Ils durent attendre jusqu'à sept heures du matin avant que le vol ne décolle. Deux heures plus tard, ils longeaient les coursives de la station orbitale. Drake espéra que les employés affectés au ménage leur laisseraient encore quelques minutes avant de découvrir le corps inanimé de Zéroun. Ils ne pouvaient se permettre un interrogatoire. Leur couverture serait à coup sûr démasquée par les autorités compétentes.

Heureusement pour eux, quand ils franchirent le sas du *Heavy-Metal* aucune annonce ne retentit priant tous les visiteurs de ne pas quitter la station. Drake demanda une autorisation de s'envoler qui lui fut aussitôt accordée. Il mit les machines en marche et le vaisseau quitta le périmètre de la station orbitale.

— Si tu veux que je te montre ta cabine, fit Drake alors en s'adressant à Lucinda.

Elle ne répondit pas. Il prit cela comme un assentiment. Il comprenait qu'elle puisse le détester, lui et tout ce qu'il représentait. Il espérait seulement que le temps parviendrait à le lui faire oublier.

Il lui proposa la plus spacieuse des cabines, mais elle ne sembla aucunement impressionnée. Elle posa son sac dans un coin et s'assit sur un canapé.

— Alors qu'elle est donc cette raison qui vous a fait sortir de votre cachette ? fit Lucinda en allumant une cigarette.

Drake s'assit en face de son invitée. Il n'était pas obligé de lui dire toute la vérité, mais il prit sur lui de soulever quelque peu le voile de ses connaissances.

— Je ne sais pas si tu as lu la presse dernièrement, mais il a été porté à notre attention qu'il y avait beaucoup trop de situations explosives au sein des planètes limites, commença-t-il.

Il chercha son paquet de cigarettes dans ses poches, mais ne les trouvant pas, il en demanda une à Lucinda.

— Merci, fit-il quand elle lui en eut donné une. Comme nous le savons, aucun des dirigeants de ces planètes n'a intérêt à entrer en conflit avec la Fédération, ni à créer des soulèvements dans leur monde. Seul l'immobilisme de ces sociétés peut leur permettre de perdurer. Que ce soit la guerre ou la révolution, le risque de mettre un terme à leur système arriéré est trop important. Les esclaves sont toujours prêts à saisir la moindre occasion pour se rebeller. (Il lui fit un clin d'œil.) Pourtant nous assistons à une recrudescence de violence au sein des planètes limites. Nous craignons une manipulation.

Lucinda croisa ses jambes. La lumière rougeâtre de la cabine créait une atmosphère de fausse décontraction.

— Qui aurait intérêt à lancer une guerre généralisée ? fit-elle.

Elle ne croyait guère à ce fantasme paranoïaque de l'Ultime Guerre. Mais il était intéressant pour elle de comprendre ses motivations.

— Le Nouveau Dieu, lâcha-t-il simplement.

Elle sourit et déplia ses jambes.

— Ne me dites pas que vous croyez en son existence ?! fit-elle d'un ton railleur avant d'ajouter : Entrez, monsieur Wilson. Venez vous asseoir en notre compagnie.

Un instant honteux, Wilson se ressaisit. Cela faisait deux minutes qu'il les espionnait.

— Je vous remercie madame, fit-il. Je crois avoir droit à des réponses.

Drake se pinça les lèvres. Il était impératif que Wilson ne puisse comprendre toute la discussion. Il en allait de sa santé mentale.

— Wilson n'a aucune idée de ce que nous sommes, fit-il comme une mise en garde à l'intention de Lucinda.

Cette dernière secoua les épaules.

— Eh bien qu'il l'apprenne, répliqua-t-elle. C'est vous qui avez tenu à ma présence à vos côtés.

— Il ne sait pas qui sont ses parents, attaqua-t-il plus explicite.

Wilson détestait que l'on parle de lui à la troisième personne en sa présence. Et que voulait-il dire ? Bien sûr qu'il connaissait ses parents !

— Bon sang, allez-vous enfin m'expliquer qui vous êtes ? Et qu'est-ce que vous me voulez ? s'écria-t-il.

Lucinda regarda le moine d'un air intrigué. Se pouvait-il qu'il ne sache rien ?

— Monsieur Drake n'a pas eu l'obligeance de nous présenter. Pourrais-je savoir qui vous êtes ? fit-elle.

Wilson faillit lui retourner la question. Mais après tout qu'avait-il à cacher ?

— Je suis le frère Wilson. J'ai travaillé ces cinq dernières années à l'étude de textes anciens, sur Alliance. Mon travail consistait à la fois à trouver de nouvelles interprétations aux écrits divins, cela s'appelle l'exégèse, mais surtout à essayer d'y trouver un moyen de sortir notre Église de l'impasse où elle se trouve. La parole divine est de moins en moins écoutée...

Lucinda émit un petit rire méprisant.

— Mon pauvre moine !! fit-elle en le prenant en pitié. Regardez-vous !

Un tic de colère balaya le visage de Wilson.

— Taisez-vous, femme ! cria-t-il.

Il s'était laissé emporter. Trop de frustrations. Trop de doutes.

— Me taire ? ironisa Lucinda. Pauvre homme, n'avez-vous donc rien compris ?! Votre Dieu n'est qu'une abstraction de l'esprit. Un moyen de contrôler les masses, d'assurer la main-mise sur un pouvoir, de rabaisser les femmes. Vous cherchez des solutions pour éviter la catharsis de votre Église ? Je vous conseille en premier lieu de chercher les raisons qui feraient que le monde ait encore besoin de vous, si tant est qu'il en ait eu besoin un jour.

Wilson la laissa dire. Il connaissait ce discours. Cette idiote n'avait pas compris que quoi qu'on en pense : Dieu existait et Jésus était son fils.

Lucinda faillit enfoncer le clou et tout lui révéler, mais elle préféra s'abstenir pour savourer plus tard la déchéance du moine quand enfin la lumière lui serait faite.

— Très bien Lucinda, c'est ton point de vue, et je le respecte. Mais pourrais-tu avoir l'obligeance de nous respecter aussi ? fit Drake qui soufflait intérieurement.

— Qui m'a respectée ? cria-t-elle furibonde. Vous feriez mieux de m'éliminer dès à présent monsieur Drake, car je vous jure que je vous ferai payer chèrement ce que j'ai pu subir durant tant d'années.

Drake connaissait le passé de Lucinda et ne comprenait que trop bien sa colère.

Wilson garda pour lui la question qui lui brûlait les lèvres : Qui sont mes parents ?! Se pouvait-il que l'homme et la femme qui l'avaient élevé et nourri dans l'amour du Christ fussent des parents adoptifs ?

CHAPITRE 38

Boxtown

Roseta marchait sur un sol humide et s'aidait de ses mains pour trouver son chemin dans l'obscurité.

Où suis-je ? se demanda-t-elle apeurée.

Elle était nue et n'avait aucune idée de l'endroit où elle se trouvait. Elle tenta malgré tout de garder son calme. Il devait y avoir une explication. Aussi terrible que soit son sort, elle comprenait néanmoins que son ravisseur tenait à la garder en vie. Reste tranquille, tu vas t'en sortir, se força-t-elle à croire.

Soudain un bruit de porte la fit sursauter de terreur. La lumière pénétra la pièce où elle se tenait. Brandissant une torche, un homme s'approcha d'elle.

— Suis-moi, fit-il d'une voix sourde.

L'homme était habillé de vêtements étranges. Cela lui rappela aussitôt ceux de son agresseur.

Il m'a retrouvé, se dit-elle effrayé. Que me veut-il ?

Elle sortit de sa cellule, et longea des couloirs taillés dans la pierre. Elle grimpa un escalier en colimaçon, pour arriver enfin dans une pièce au sol dallé de marbre. Des gardes en tenue, aussi étranges que celle de son guide, se tenaient en rang, hallebarde à la main. Essayant de faire le tri dans ses pensées bouillonnantes, elle prit conscience de sa nudité et tenta misérablement de cacher les attributs de sa féminité. Elle essaya de parler, mais sa gorge fut incapable d'articuler un mot.

Dans quel jeu pervers suis-je tombée, se demanda-t-elle effrayée.

Tous ces hommes vêtus de costumes médiévaux lui semblaient ridicules. Quel milliardaire excentrique avait dépensé des fortunes pour recréer ce décor désuet ? Elle pensa aussitôt aux planètes limites, et à leur désir de vivre dans un passé révolu. Elle tenait sa réponse et se sentit d'un coup plus rassurée.

— Voyons Pierre, avez-vous oublié toutes vos bonnes manières ? Nous ne sommes pas des barbares. Veuillez accompagner cette dame dans une chambre et faites-lui apporter des vêtements, intervint alors un homme de grande taille à la voix grave et puissante.

Roseta commença à frissonner. Le sol glacé sous ses pieds lui rappelait combien sa situation était périlleuse. Elle remercia d'un hochement de tête le nouveau venu et suivit son guide jusqu'à l'une des chambres du château où il l'invita à pénétrer. Il éclaira la pièce et alluma la lampe à pétrole qui se trouvait sur un bureau.

Un lit magnifique, une fenêtre obstruée par des rideaux d'une toile soyeuse, une armoire finement ouvragée et un riche tapis d'Orient, meublaient la chambre avec délicatesse.

— N'essayez pas de vous enfuir, vous seriez abattue dans l'instant, la prévint le guide.

M'échapper ? Mais d'où ?! Elle alla à la fenêtre et tira les rideaux. La nuit berçait le ciel. Rien qui pouvait lui indiquer le lieu de sa présence. Mais soudain quelque chose attira son regard. Une lumière dans le ciel. Elle baissa alors la mèche de la lampe à pétrole de façon à s'habituer à l'obscurité. Elle se pencha à nouveau à la fenêtre et découvrit quelque chose d'impossible : un navire flottait dans le ciel !

Elle se réveilla en sursaut dans son lit, et mit un certain temps avant de réintégrer la réalité. Un cauchemar, se dit-elle. Jamais auparavant un rêve ne lui avait semblé aussi intense. Elle pouvait encore sentir les odeurs liées à cet endroit.

Elle sauta du lit et prit une douche. Elle n'aurait jamais pensé être à l'aube d'une ère nouvelle.

La fumée imprégnait encore les lieux. Des bris de verres jonchaient le sol tout autour de lui. Le commissaire Mirèse errait dans la pièce à la recherche d'une explication rationnelle à cette escalade de violence. Dix hommes et femmes faisant partie de la direction du Groupement venaient d'être retrouvés morts dans l'explosion d'une des salles de réunion du conseil de Direction.

— Commissaire, nous avons réussi à récupérer les bandes. Nous sommes en train de les visionner, fit le sergent McArthur.

— Très bien, si vous découvrez quelque chose de suspect, faites-le-moi savoir aussitôt, répondit-il.

Quel pouvait être le mobile de cet attentat ? La vengeance ? Roseta Ming avait-elle assez de pouvoir pour organiser ces crimes ? Peut-être, mais comment s'y serait-elle pris ? Elle était sous surveillance nuit et jour. Des micros avaient pu être installés dans son appartement, et rien de ce qu'elle pouvait dire ou faire ne leur échappait. Mais si ce n'était pas elle, qui était le commanditaire ? soupira Mirèse désarmé.

Il écrasa sa cigarette sur le sol et s'en ralluma une autre. Son affectation touchait à sa fin. Ses supérieurs lui avaient fait comprendre que s'il ne réussissait pas à trouver le responsable de la mort des sergents opérant dans le cadre de surveillance de Ming, il devrait retourner à Néron reprendre son poste laissé vacant.

Genièvre Kanz s'assit dans le fauteuil de l'ancien directeur Zafi, (inculpé pour la tentative d'homicide de mademoiselle Ming à Néron), et posa ses coudes sur le bureau. Elle appréciait pleinement ce sentiment de puissance ultime. À trente-cinq ans, elle se retrouvait à la tête du plus grand empire financier et industriel de l'univers. La femme à abattre. Un coup de tonnerre dans un monde toujours aussi machiste.

Elle tapa son code personnel et put ouvrir tous les fichiers qu'elle désirait. Elle était la reine du monde. L'allégresse lui faisait oublier les troubles qui ne manqueraient pas de survenir très prochainement. S'il était certain que jamais la police ne remonterait jusqu'à elle, il se pouvait cependant que certaines personnes, proches des victimes, se sentent à leur tour menacées et tentent de l'éliminer. Il faudra que je leur donne des gages, s'était-elle dit en espérant que cela suffirait à les calmer.

Sa première décision en tant que nouvelle directrice avait été de convoquer une cession extraordinaire des principaux actionnaires du Groupement et de leur proposer une nouvelle organisation du staff directionnel, qui contribuait à augmenter davantage son domaine de compétence. S'étant assurer à l'avance les votes nécessaires, sa proposition avait été acceptée à la majorité relative. Elle était, dès lors, la seule maîtresse du Groupement.

Elle fit pivoter son fauteuil d'un demi-tour et put admirer Kaklan qui s'étalait à ses pieds. Elle était d'une humeur particulièrement gaie. Rien ne semblait pouvoir la contrarier. Une seule chose venait l'irriter quelque peu : elle n'était pas certaine d'avoir fait éliminer les coupables de la deuxième tentative d'assassinat de Ming. Et dans cette hypothèse, cela impliquait qu'il y avait un nouveau prédateur en ville. Mais qui ?

Wallace sentait qu'on l'épiait. Un picotement à la base de la nuque n'arrêtait pas de le démanger. Il se retourna et ne vit personne susceptible de le filer.

Je dois rester calme, tout va bien, se dit-il.

Il avait posé une semaine de congés afin de se remettre des derniers événements. Il fallait qu'il fasse le point. Plus le temps passait, plus l'idée d'avoir parlé à un vampire lui paraissait ridicule. Toutefois il était persuadé qu'il n'avait pas eu d'hallucination et que son homme était un être d'une puissance exceptionnelle. D'où sortait-il ? Que voulait-il ? Où était-il ? Il ne cessait de se poser ces questions et n'avait qu'une envie : rencontrer à nouveau cet homme. Mais comment ?

Il continua son chemin et emprunta une ruelle du quartier français. Il releva le col de son imper, et tomba sur une espèce de clochard qui lui barrait le chemin. Il tenta de le contourner quand ce dernier l'attrapa par le bras.

— Salut Wallace, on se paie une petite tranche de vacances, fit l'homme au visage luisant de perversion.

Wallace sortit son arme et la pointa sur le front de l'homme.

— Qui es-tu ? Parle ou je te jure que tu es un homme mort.

L'homme se mit à rire.

— Comment tuer ce qui est déjà mort ? répondit énigmatiquement l'homme. Je suis ton ami, Wallace. Je ne veux que ton bien.

— Bordel de merde, tu vas me dire qui tu es ! hurla Wallace.

Quelques passants lui jetèrent des regards effrayés. Wallace rangea alors son arme, et prit l'homme par la manche de son blouson et le conduisit dans une impasse vide de tout passant.

— Ne sois pas violent, Wallace. Je te l'ai déjà dit, je ne veux que ton bien. Tout comme toi, je sers le Maître, fit-il en levant les yeux au ciel.

Wallace lui donna un grand coup de poing dans le ventre. Mais ce qu'il rencontra ne fut qu'un mur de muscles abdominaux.

— Qui est ton maître ? demanda Wallace. Que me veut-il ?

— Voilà une bonne question, dit l'homme, enchanté. Il tient à ce que tu élimines le lieutenant Mirèse. Il pose trop de questions embarrassantes. Tue-le et tu t'assureras la reconnaissance éternelle du maître. Peut-être fera-t-il de toi l'un des nôtres.

Wallace recula d'un pas. Tuer Mirèse. Il ne pourrait jamais le faire.

— Mais qui êtes-vous ? cria-t-il.

L'homme eut encore un sourire.

— Ton esprit le sait, mais tu refuses de le croire, fit l'homme qui, sans prendre d'élan, fit un bond de plus de trois mètres de hauteur pour se retrouver sur le toit d'une petite baraque en fer. Puis d'un autre bond il sauta sur un toit voisin et disparut à la vue de Wallace.

Je deviens cinglé, se dit-il en se frottant douloureusement les yeux. Je suis fou !

CHAPITRE 39

Kigoma

La descente leur parut durer une éternité.

— Ne cherchez pas à comprendre, fit Clint. Au moindre mouvement suspect, vous tirez dans le tas.

Ses soldats hochèrent la tête. Ils ne pensaient pas autrement.

L'ascenseur arrêta sa chute et la porte que Dingin s'était évertué à ouvrir coulissa dans un léger sifflement.

— Ils nous attendent, fit Sarde en assurant la prise de son fusil HK.

— Ils se foutent de notre gueule, cracha Douglas.

Clint n'aimait pas ça. Son instinct lui hurlait que c'était un piège. Mais que pouvait-il faire d'autre ?

— On va sortir, on reste groupés, fit-il.

Il passa en premier et découvrit un long couloir coulé dans l'acier, que seul un néon éclairait. Il se retourna et d'un mouvement de tête fit comprendre à ses soldats qu'ils pouvaient le suivre. Ils marchèrent en silence dans ce long corridor, se demandant qui avait pu construire cette base secrète. Ils atteignirent un point où le couloir se scindait en trois tunnels.

— Qu'est-ce qu'on fait, général ? demanda Samuelson.

Elle se doutait qu'ils étaient tous épiés par des caméras. Pourquoi ne se font-ils pas voir ?

— On reste groupés, fit-il.

Ils veulent nous isoler les uns après les autres, se dit-il sans comprendre ce qui les empêchait de les griller tous sur place.

— Ils nous veulent vivants, fit alors Alimato en donnant sans le faire exprès la réponse à la question muette de Clint.

Un frisson parcourut l'échine de Schmidt. Elle n'aimait pas cet endroit. Ce silence était oppressant.

— Montrez-vous bande d'enculés ! hurla Gonzalez dont le front suait à grosses gouttes.

Ils prirent le couloir central, et ne marchèrent pas plus d'une vingtaine de mètres avant de tomber sur une porte hexagonale en titane. Dingin s'adossa près du contrôleur dans l'intention de le pirater, mais la porte s'ouvrit avant qu'il n'ait pu tenter quoi que ce soit.

Les soldats s'entre-regardèrent. Chacun pensait la même chose. Ils étaient des rats dans un labyrinthe. Clint n'hésita qu'un instant et franchit la porte. Ils arrivèrent dans une pièce circulaire d'une vingtaine de mètres de diamètre, dénuée de tout mobilier. À quoi pouvait-elle servir ? Cinq autres portes hexagonales étaient découpées dans les murs. Clint comprenait qu'ils devaient se trouver dans les restes des quartiers des ouvriers du C.R.R. Mais qui avait pu l'entretenir aussi bien durant plus de deux siècles ?

La porte qui leur faisait face s'ouvrit lentement, et ils purent apercevoir une silhouette. C'en était fini de l'ignorance et de l'expectative. Ils allaient enfin découvrir la nature de ceux qu'ils recherchaient.

La silhouette passa la porte. Clint se retint à grand-peine d'exprimer oralement sa surprise.

— Bonjour mon général, je suis ravi de voir que la parole donnée n'est pas un vain mot dans votre bouche, fit le commandant Salomon, un homme aux caractéristiques physiques proches de celles des Kigomais.

Tous les soldats jetèrent un regard accusateur à leur chef.

— Le commandant Salomon a disparu il y a un mois au cours d'un des pèlerinages kigomais. Il avait le même ordre de mission que le nôtre : découvrir ce qui se tramait dans cette jungle, répondit-il sans lâcher Salomon du regard.

Quelque chose n'allait pas. Une lueur dans le regard. Clint sentit une poussée d'angoisse lui irriter le cerveau.

— Vous auriez pu nous le dire, fit Alimato qui s'alluma une cigarette.

Clint ne répondit pas. Cela n'avait aucune importance.

— Que vous est-il arrivé ? demanda-t-il en espérant que la réponse serait crédible.

Dieu sait quel bourrage de crâne ils avaient pu exercer durant un mois.

— Je suis mort et ressuscité, répondit une voix derrière eux.

Tout le monde se retourna et ils braquèrent leurs armes sur le nouveau venu. Une espèce de colosse en métal se tenait dans l'encadrement de la porte par laquelle ils étaient arrivés. La voix avait le même timbre que celui de Salomon.

— Qu'est-ce que c'est que ce truc ?! lâcha Douglas effaré.

Le colosse fit un pas en avant et se posta juste en face d'Argento.

— Salut Christina, tu ne te souviens pas de moi ? fit-il en tendant sa main en acier vers le visage du soldat.

— Richard ?! s'exclama-t-elle.

Elle avait connu le commandant Salomon durant sa première année à l'école militaire de Saint-Basil.

Elle se retourna vers le Salomon fait de chair, et lui tendit un regard empli d'incompréhension.

— Ne me regardez pas soldat Argento, votre ancienne connaissance fait désormais partie intégrante de cet amas de métal, fit le Salomon de chair.

— Je ne comprends pas, fit-elle désemparée.

Clint n'osait croire ce qu'il voyait. Que se passait-il ici ? Rien n'avait de sens. La réalité semblait comme travestie. À quoi jouaient-ils ?

— Ne vous inquiétez pas, général, vous n'allez pas tarder à comprendre, fit le Salomon de chair. J'espère que vous saurez apprécier les réponses.

Toutes les portes s'ouvrirent en même temps et laissèrent passer des colosses faits dans le même métal que le Salomon synthétique.

Clint n'eut même pas le temps de lancer un ordre de repli qu'Alimato arrosa le colosse le plus proche de lui d'une giclée de son chargeur. Aussitôt ses camarades en firent autant. Trois colosses s'écroulèrent, leur armure de métal percée de part en part par des balles perforantes à explosion retardée. Malheureusement, à peine écroulés, d'autres colosses surgirent dans la pièce. La panique les submergea. Les balles sifflaient en tout sens. Gabrielle Schmidt reçut une balle perdue en plein cœur et mourut dans l'instant. Alimato se fit serrer par un colosse qui l'étouffa entre ses bras. Sarde eut les deux jambes brisées. Les autres s'enfuirent dans les couloirs.

— T'arrête pas Rachel, t'arrête pas, souffla Dingin à sa camarade de misère.

Samuelson se tenait le bras en écharpe. Un coup de poing d'un des colosses lui avait brisé la clavicule et l'humérus.

— Je fais ce que je peux, fit-elle en serrant les dents.

La douleur était atroce, mais elle n'avait pas le temps de s'arrêter pour prendre un antalgique. Elle ne pensait plus qu'à une chose : courir. Mais pour aller où ?

Ils passèrent deux longs couloirs et atteignirent une pièce remplie de matériel électronique. Ils ne prirent pas le temps d'étudier les lieux que déjà ils en ressortaient par l'autre côté. Gagner du temps. Rester vivant. Tel était un des leitmotivs de leur unité. Ne jamais abandonner. Toujours compter sur ses camarades.

— Ça sert à rien, Varnan, fit-elle au bord de l'évanouissement. Nous ne pourrons pas leur échapper longtemps.

Elle s'écroula sur le sol et Dingin se pencha vers elle.

— Ne craque pas, tu es plus forte que tu ne le crois, fit-il pour l'encourager à se battre.

— Il faut toujours écouter les femmes, fit une voix derrière eux.

D'un réflexe Dingin braqua l'intrus et déchargea une dizaine de balles sur le colosse de métal qui s'effondra sur le sol.

— Pourquoi essayez-vous de fuir, alors que vous êtes ici chez vous ? réussit à articuler la carcasse agonisante.

Dingin eut un mauvais sourire, qui se transforma en rire hystérique quand il vit trois colosses bloquer toutes les issues. Ils étaient foutus. Ils savaient qu'il allait mourir. Quoique... ? Il se souvint de l'hypothèse d'Alimato : ils nous veulent vivants. Il repensa à Salomon et sans chercher à comprendre le processus qui avait conduit un homme à trahir les services spéciaux, il prit la décision de ne pas suivre le même chemin. Il pointa le canon de son fusil sur son cœur et appuya sur la détente.

Le sang gicla en tous sens et éclaboussa le visage de Samuelson qui hurla avant de perdre connaissance.

Douglas rampait dans un des conduits d'air de la base secrète. L'adrénaline avait remplacé son sang. Il était dans un état de stress dépassé. Il avait vu s'effondrer nombre de ses camarades et n'avait pris la fuite qu'en désespoir de cause.

— Putain de saloperie de machine de merde, grogna-t-il entre ses dents.

Il n'avait aucune idée de l'identité de ceux qu'ils venaient de rencontrer et encore moins de ceux qui les avaient fabriqués. Il n'espérait pas vraiment parvenir à s'échapper, mais il ne comptait pas leur faciliter le travail.

Il rampa durant de longues minutes quand il dut prendre un coude très serré qui lui demanda un exercice de souplesse particulier pour continuer son avancée.

— Mon-ser-gent-est-un-en-cu-lé ! Par-son-trou-je-vais-le-bu-ter, chantonna-t-il dans un rire proche de l'hystérie.

Il passa au-dessus d'une grille d'aération et jeta un coup œil dans la pièce située au-dessous de lui. Une table d'opération y était installée. Il ne pouvait en voir plus. Il tendit l'oreille, mais hormis le sang battant à tout rompre à ses tempes, aucun bruit ne lui parvenait. Il décrocha la grille, et fit passer son corps par l'ouverture. Arme au poing, il atterrit d'un bond à côté de la table d'opération. Il pouvait à présent remarquer tout un attirail électronique qui cernait les quatre murs de la pièce.

Mais soudain la porte s'ouvrit. Il tira sur la silhouette qui apparut dans l'encadrement de la porte. Cependant il n'eut pas le temps de la stopper. Le colosse se rua sur lui et l'immobilisa d'une prise d'acier.

— Comme c'est sympathique. Vous vous êtes rendu vous-même à votre nouveau lieu de résidence, fit le colosse au visage d'acier.

— Tu as une idée de ce qu'ils sont ? fit Gonzalez qui ouvrait la marche tandis qu'Argento couvrait leurs arrières.

— J'en sais foutre rien, fit-elle sans s'arrêter de rebrousser chemin.

Aucun colosse ne les avait poursuivis. Cela faisait plus d'une heure qu'ils s'enfonçaient dans ce repaire aux dimensions abyssales. Plus ils marchaient plus ils se rendaient compte de la distance qu'ils avaient parcourue. C'était impensable.

— Je me demande si les Kigomais n'avaient pas raison, fit Gonzalez en touchant la croix qui pendait à son cou.

— De quoi tu parles ? fit Argento qui s'essuya le front.

— Des démons, fit-il. Nous sommes en enfer, Christina. Et ça sent pas bon.

Argento n'essaya pas d'argumenter. Tout comme lui, elle éprouvait une peur quasi mystique de ce qu'ils venaient de voir. Des machines avec des voix humaines. Une abomination. Une hérésie.

Les portes s'ouvraient et se refermaient sur leur passage comme si on voulait les aider à trouver leur chemin. Ils se savaient perdus et incapables de trouver une issue. Ils continuaient leur avancée pour la simple raison qu'ils ne voyaient pas quoi faire d'autre.

Ils débouchèrent sur une passerelle et purent apercevoir au fond du gouffre qu'elle enjambait une rivière.

— Tu penses ce que je pense ? demanda Gonzalez en se retournant vers Argento.

— Je crois bien, fit-elle.

Ils passèrent par-dessus le garde-fou quand une voix les interpella.

— Pourquoi nous quitter si tôt. Nous avons tant de choses à vous montrer, fit un colosse qui apparut à l'autre bout de la passerelle.

Ils ne s'attendaient pas à ça, mais cela leur donna d'autant plus de raisons de sauter.

Ils se lâchèrent et chutèrent d'une quinzaine de mètres avant de s'enfoncer dans les eaux de la rivière souterraine. Ils ressortirent la tête et eurent la joie de voir qu'il existait un espace entre le niveau de la rivière et le haut d'un conduit dans lequel elle s'engouffrait pour continuer sa route.

— Adios amigos, fit Gonzalez avant de nager dans le sens du courant.

Argento le suivit aussitôt. Mais un retentissant impact lui indiqua que le colosse avait sauté à l'eau. Elle se retourna et le fusilla à bout portant d'une douzaine de balles.

— Va crever ! cracha-t-elle avant de disparaître dans le conduit.

Clint s'était arrêté de courir. Il avait abandonné tout espoir de s'en sortir. Il posa un genou à terre et se mit en position de tir. Il ne restait plus qu'à mourir dans un dernier baroud d'honneur. Des bruits de pas résonnèrent dans les couloirs.

Ils ne courent pas, nota-t-il. Ils sont sûrs de m'avoir.

Une ombre fit son apparition contre un des murs du couloir, suivie de près par son propriétaire.

— Général, cessez donc vos enfantillages, fit le Salomon de chair. Si nous avions tenu à vous tuer, vous auriez déjà rejoint le royaume des ténèbres.

Clint ne baissa pas son arme. Son index le démangeait. Il suffisait d'appuyer sur la gâchette pour que ce qui avait été un de ses meilleurs officiers retrouve sa dignité.

— Qu’avez-vous fait au commandant Salomon ? Qui êtes-vous ? demanda-t-il.

L’homme se rapprochait toujours.

— Nous allons tout vous expliquer, général. Baissez votre arme. Nous n’avons aucune mauvaise intention.

Sans lâcher son arme, Clint sortit un cigare d’une des poches de sa veste et le cala entre ses dents. C’était peut-être la dernière fois qu’il en appréciait sa saveur.

— N’avancez plus ou je vous jure que je vais vous tuer, fit-il d’un ton autoritaire.

Salomon ne tenta pas le diable et s’arrêta à quelques pas de Clint.

— Croyez-vous en Dieu, général ? fit alors l’homme.

Clint sortit un briquet et alluma son cigare.

À quoi voulait-il en venir ? se demanda-t-il. Était-ce vraiment le moment et le lieu pour philosopher sur la religion ?

— Non, claqua-t-il.

Clair et concis.

— Vous n’êtes vraiment que de pauvres êtres, guère plus que des animaux, fit Salomon en prenant un ton condescendant. Comment oser penser que l’univers ait pu se créer de lui-même ? Un vrai rationaliste ne peut croire qu’au néant. La non-existence, la non-matière. Pourtant vous existez, et j’existe.

Clint ne cilla pas. L’homme allait révéler sa vraie nature.

— Il est des voies qui nous dépassent. Des réalités que nous ne pouvons voir, continua Salomon. Nous ne sommes rien, général. Nous sommes des éléments de la globalité. Les simples rouages d’un schéma que nous ne pouvons comprendre.

Clint tira sur son cigare, laissant s’envoler un nuage de fumée opaque.

— La fin de l’individualisme. L’homme en tant qu’espèce, fit-il en commençant à comprendre.

Ces hommes faisaient partie d’une secte. La fin du libre arbitre, un seul mode de pensée, un seul objectif : se sublimer dans un

Dieu supérieur qui nous ferait prendre conscience d'une autre réalité.

Des cinglés ! pensa-t-il.

— Vous y êtes presque. Si ce n'est que l'humanité n'a aucun avenir, fit Salomon. Ignares sont ceux qui croient au hasard de la vie. Chaque instant a son sens. Le moindre événement de votre quotidien fait partie d'une logique imperceptible mais ô combien réelle. Comme il est arrogant de se croire libre d'un univers qui vous a donné la vie et la conscience.

La fin de l'humanité ! Propos suicidaire. Sectaire, nota Clint.

— Je ne crains pas de mourir. Pourquoi croirais-je en un Dieu ? attaqua-t-il.

Salomon secoua la tête et eut un rictus interrogatif.

— Je vois. L'homme créateur de son Dieu. Réflexe de survie. Recherche d'un but existentiel, soupesa Salomon comme s'il se parlait à lui-même. Philosophie fort classique. Le problème avec vous autres, humains, est que, du fait de votre conscience individuelle, vous pensez être le centre de l'univers. Je crois qu'il est temps que vous appreniez la modestie.

Vif comme l'éclair, en deux bonds Salomon fondit sur Clint qui n'eut pas le temps d'ajuster sa cible. Il fut plaqué au sol, les deux bras dans le dos.

— Vous avez de la chance, général, fit Salomon qui le menotta. Vous allez découvrir tout un pan de la réalité que bien peu d'humains auront la chance de découvrir.

Clint tenta de se débattre. Mais rien n'y fit. Les liens qui lui enserraient les poignets étaient d'une solidité à toute épreuve. Il n'avait plus qu'à attendre son sacrifice.

CHAPITRE 40

Atlan

Comme il en avait fait la promesse, Guntray quitta Sasta à l'aube en direction du sud. Il avait auparavant laissé plusieurs liasses de roubles au vieux sage, ex-agent fédéral.

Le blizzard s'était levé. Il passa la journée à lutter contre le froid, emmitouflé dans ses chauds vêtements. Le traîneau avançait à un bon rythme et en fin d'après-midi, il atteignit un nouveau village, puis encore un autre et encore un autre...

Il voyagea ainsi dix jours durant, avant de rejoindre une ville de véritable envergure : Mourmansk, deuxième port de pêche de la région. Il avait vendu son traîneau dans un village pour continuer sa route dans une caravane tirée par des rennes, qui s'arrêta sur la place centrale de la ville et débarqua ses passagers. Guntray chercha aussitôt une auberge digne de ce nom.

— Bonjour, je voudrais prendre une chambre, fit-il en pénétrant dans l'auberge de la Baleine.

L'aubergiste, un vieil homme à la peau tannée, lui tendit une clé et lui indiqua comment s'y rendre. Guntray le remercia, monta au deuxième étage du logis, puis pénétra dans la chambre numéro douze. Il rangea méthodiquement ses vêtements et ustensiles de toilette, puis il remporta sa seconde valise et ressortit de l'auberge.

Le temps était mitigé, entre soleil et ondée. Un vent glacé fouetta le visage de Guntray qui rabattit le col de son manteau. Il s'enfonça dans le cœur de la ville et trouva l'établissement qu'il recherchait : la Banque Impériale de Russie. Il demanda à voir le directeur, et après une courte discussion, où il dut user de menaces voilées, le guichetier daigna avertir son supérieur.

— Entrez gentilhomme, fit le directeur Lansky en lui ouvrant la porte qui menait dans les coulisses de la banque. Je ne suis pas sûr d'avoir bien saisi votre nom.

Et pour cause, je ne vous l'ai pas donné, se dit avec amusement Guntray qui acceptait volontiers ce jeu de la diplomatie.

— Je suis le vicomte Roland de Martaille. Je viens de France pour affaires, fit-il dans un russe correct.

Lansky lui sourit.

— Quelle province ? fit-il en arrivant devant la porte de son bureau.

— Du Périgord, répondit Guntray sans se départir de son urbanité.

Le directeur ouvrit la porte et l'invita à entrer.

— Je n'ai pas l'honneur d'avoir visité cette région, mais il m'est arrivé, il y a bien longtemps de cela (l'homme leva les yeux au ciel) de séjourner en France et je me dois de reconnaître que vos femmes sont les plus belles de tout Atlan.

Guntray sourit agréablement et s'assit face à Lansky.

— Ne soyez pas trop flatteur. Il n'est pas de femmes plus ravissantes que celles qui vivent dans ces régions polaires. Leur teint est si délicat, fit-il comme s'il se souvenait de moments particulièrement exquis.

Lansky sourit, et engagea la conversation sur des affaires plus sérieuses.

— Dix millions de roubles, répondit Guntray à la question du montant du dépôt qu'il comptait réaliser.

— C'est une sacrée somme, fit Lansky en rajustant ses lunettes sur son nez. Nous sommes très honorés que vous nous ayez choisis.

Guntray fit un geste de sympathie. Il aimait jouer ce rôle d'aristocrate. Cela lui rappelait les cours de théâtre de sa jeunesse. Si ce n'est qu'ici tout était réalité.

Ces gens vivent dans un film, se disait-il constamment.

— Votre sérieux et vos conditions y sont pour beaucoup, répondit Guntray qui accepta un verre de vodka.

Il passa le reste de l'après-midi à flâner dans la ville. L'air était vivifiant, l'atmosphère légère. Tout comme les économies des autres pays-continents, celle de la Russie était prospère. Contrôle des naissances, associé à des lois très strictes sur la régulation du commerce privé, faisaient de ces systèmes féodaux une réussite plutôt remarquable en comparaison de ce qu'il en avait été sur Terre. La famine y était rare, et les épidémies moins destructrices en vies humaines. Très peu de gens vivaient richement, mais aussi peu vivaient de mendicité. En particulier dans les ports comme Mourmansk, où la demande de bras était constante, du fait de naufrages très fréquents.

— À vot' bon cœur, fit un cul-de-jatte.

Guntray lui donna une pièce, et relativisa aussitôt l'angélisme de ses pensées. Sur n'importe quel monde de la Fédération, cet homme aurait eu droit à une greffe de clone.

Il tira sa montre de son gousset. Il était trop tôt pour aller dîner. Il marcha en direction du port, pour profiter de l'air marin.

— Dis donc l'étranger, ça te dirait de tenter la plus grande expérience de ta vie ? l'interpella un homme ventripotent, à la fine moustache.

Guntray trouva ses manières fort discourtoises.

On ne parlait pas ainsi à un noble, se dit-il en s'étonnant de ce réflexe de classe.

— La plus grande expérience que l'on peut connaître se trouve entre les bras d'une femme, répondit-il à l'homme vêtu de noir.

Ce dernier explosa d'un grand rire sonore, et lui tapa sur l'épaule comme s'ils étaient amis depuis toujours.

— Non, monseigneur, je ne suis pas ce genre de personnage. J'ai trop les femmes en estime pour oser en vendre les charmes, fit l'homme d'un ton très sérieux. Je vous parle d'expérience qui dépassent l'entendement de vous autres, Français.

Guntray comprenait mieux à présent l'insolence sympathique de cet homme. On l'avait prévenu d'une certaine condescendance que les Russes avaient envers le peuple de France, patrie de pleutres et de malotrus.

— Ce qui dépasse mon entendement, c'est votre impertinence. Il m'est avis que vous mériteriez une leçon, le nargua Guntray.

Une dizaine de marins s'étaient attroupés autour d'eux et appréciaient leur altercation. Guntray se rendit compte que ce qu'il avait pris pour une joute verbale pouvait très vite tourner au pugilat s'il ne trouvait pas un bon mot pour s'en sortir.

— Je n'ai de leçon à recevoir de personne, le négligea l'homme en lui jetant un regard méprisant.

— Pas même d'un invité du tsar Alexandrovitch ? lâcha Guntray, fier de sa réplique.

L'homme se figea subitement. Les marins en firent autant. Se pouvait-il que leur petit jeu leur coûte la vie ? Chaque homme et femme de Russie étaient à la merci du tsar. Aussi éloignée que soit Mourmansk de la capitale, elle n'en était pas moins inféodée au pouvoir impérial.

— Je ne faisais que plaisanter, monseigneur, fit l'homme un tantinet fébrile.

— Et moi aussi. Je ne suis qu'un noble commerçant, mais je vais tout de même vous donner une leçon. Savez-vous lutter mon brave ? demanda-t-il.

Le soulagement pouvait se lire sur le visage de l'homme. Un instant il avait cru que sa gouaille naturelle ne le condamne aux plus vils travaux.

— Que notre querelle se finisse ainsi. J'accepte de me battre.

Les marins applaudirent et sifflèrent. Désormais, c'était tout un attroupement de curieux qui les encerclaient avec intérêt.

Malgré le froid qui sévissait, Guntray se débarrassa de son manteau, de son pull et de son maillot de corps. Son adversaire en fit autant. Ils se mirent alors à tourner l'un autour de l'autre, avant que Guntray ne feigne une attaque que l'autre homme tenta de contrer. Mais ses bras ne fouettèrent que l'air. Les marins ricanèrent. Alors Guntray passa pour de bon à l'attaque. Il agrippa à bras-le-corps, le torse de l'homme et réussit à le soulever et à le projeter à terre. L'homme n'en revenait pas. Il n'aurait jamais cru qu'un noble puisse posséder une telle force. Il fut retourné d'un seul mouvement et ses deux épaules touchèrent le sol en même temps. Guntray lâcha sa prise et accepta la serviette que lui envoya un des marins.

— D'où diable tenez-vous ce talent ? Votre mère ne vous a-t-elle pas appris que la lutte était un sport de voyou ? fit l'homme dont le naturel reprenait le dessus.

Guntray partit d'un grand éclat de rire, suivi par celui des marins, et de l'homme lui-même.

— Je me présente : Boris Volgod. Ce baleinier que vous voyez là (il le désigna d'un geste du bras) m'appartient. J'étais prêt à vous demander un bon tarif pour vous faire participer à une de nos chasses, mais je crois que vous avez mérité un voyage à mes frais.

Les marins approuvèrent de la tête. Pour un aristocrate, ce Français en avait dans la culotte, pensèrent-ils unanimement.

— Roland de Martaille, se présenta Guntray en serrant la main que lui tendait Volgod. Il n'en est pas question. Mon honneur m'interdit d'accepter votre offre. La victoire m'a été trop facile (les rires fusèrent, Volgod prit le parti d'en rire aussi). Par contre, si nous allions discuter de votre prochaine sortie en mer autour d'un repas, proposa-t-il avant d'ajouter : à vos frais.

Les sourires ne se départirent pas des visages des marins. Ils s'engouffrèrent dans la plus grosse taverne du port et c'est à qui chanterait, danserait, boirait plus que de raison. La bonne humeur avait rendez-vous à Mourmansk. Guntray se sentait empli d'un sentiment de bien-être phénoménal. La vraie vie, se dit-il. Ici est ma patrie, chanta-t-il avec les marins de la ville.

Aidé de deux camarades de beuverie, il marcha en titubant jusqu'à son auberge en marmonnant dans sa barbe des phrases incompréhensibles, issues de son esprit embrumé par l'absorption d'une quantité non négligeable de verres de vodka.

Il rentra dans sa chambre et n'eut pas le courage de se débarrasser de ses vêtements.

— Mon père, allez vous faire foutre, marmonna-t-il avant de s'effondrer sur son lit.

Une minute plus tard, des ronflements d'ivrogne envahirent la pièce.

CHAPITRE 41

Atlan

Le prince consort, Roméo Del Castillo pénétra dans la salle des spectacles où se trouvait son père le roi Juan IV. Ce dernier assistait aux répétitions d'une troupe de comédiens qui allait jouer en fin de semaine en l'honneur du trentième anniversaire de son accession au trône d'Espagne.

— Père, pourriez-vous m'accorder un instant, fit Roméo en venant se planter devant son géniteur.

— Est-il besoin de le demander, mon fils, fit Juan IV en adressant un regard attendri au futur héritier de son trône.

Il aimait son fils comme rien d'autre. Sa plus grande fierté. Un jeune homme fort, beau et élégant. Dans ses habits princiers, portant la cape avec majesté, il était digne d'être le futur roi d'Espagne.

— Nous venons d'apprendre que le prince Marc ne pourrait participer à votre anniversaire. Il nous a fait savoir qu'il s'en trouvait désolé, mais vous envoie tous ses vœux de bonheur, ainsi que quelques présents qui arriveront en compagnie du duc de Vendée qu'il a chargé de le représenter.

Juan IV eut une expression d'interrogation.

— Quel duc ?

Il n'avait jamais entendu parler de la Vendée. Un vulgaire duché du royaume de France ?

— Un jeune et courageux garçon, nous est-il dit, fit Roméo sans lâcher la missive qu'il tenait en main. Le vainqueur des Jeux du

Printemps. Un tournoi de joutes organisé chaque année en ces territoires.

— Hum, fit le roi qui se rappelait avoir assisté à un tel spectacle bien des années auparavant. Très bien, faites savoir à notre cousin que nous le remercions de ses pensées et que nous accueillerons son envoyé avec toute la courtoisie que l'on doit à sa propre famille.

— Il en sera fait ainsi, père, fit Roméo qui lui fit un léger salut avant de repartir en faisant claquer les talons de ses bottes sur le parquet de la salle.

Tu seras un grand roi, pensa Juan IV en se félicitant qu'une mère aussi détestable ait été capable d'enfanter le plus doux des trésors.

Roméo ressortit du château et huma avec bonheur l'air du printemps qui enchantait le jardin de tous ses effluves. Les bosquets étaient en fleurs, les arbres luxuriants, et les massifs taillés de près. Le prince se félicita de la qualité des jardiniers royaux. Le soleil particulièrement chaud, frappait toute la région de ses rayons ardents. Une bien belle journée pour une promenade à cheval, se dit-il en sachant pertinemment qu'il devait cependant s'atteler à une autre tâche à laquelle son rang le soumettait. Il retrouva ses conseillers dans la salle de travail qu'il s'était approprié au premier étage d'une des annexes du château. L'imposante fenêtre laissait apercevoir la mer qui s'étalait sur la ligne d'horizon. Le plus beau pays au monde, se dit-il, heureux. Fier comme tous ceux de son sang, Roméo était convaincu que son peuple avait hérité de la partie la plus somptueuse du continent méditerranéen.

Atlan était divisé en quatre zones géographiques distinctes : les Russes sur le continent prussien, les Français à l'est du continent méditerranéen, les Espagnols à l'ouest, et les Perses au sud de la Cordillère des Andes, sur le continent Arabique.

— Prince, que faisons-nous de la demande en grâce que nous a adressé le maire de Costoja, concernant ce jeune palefrenier ?

Roméo ne voyait pas de quoi lui parlait son conseiller, mais un deuxième veilla à lui raviver la mémoire.

— C'est ce jeune garçon qui a donné une bête beaucoup trop fougueuse à votre promise, fit l'homme.

La colère ranima les souvenirs de Roméo : partie en promenade équestre, Catherina avait cru sa dernière heure venue quand sa jument l'avait désarçonnée par une forte ruade.

— Qu'il en soit fait comme je l'ai ordonné. Et assurez-vous que la famille assiste à la pendaison de leur fils indigne, tonna-t-il.

Le premier conseiller se sentant isolé dans sa démarche n'osa pas contredire son prince et c'est la mort dans l'âme qu'il prit note de la sentence.

La séance matinale dura encore deux heures. Deux heures de contrariétés auxquelles il ne pouvait échapper, ni déléguer, sans perdre l'admiration de son père.

Quand vous aurez quitté ce monde, je ferai de l'Espagne ce que Dieu a toujours voulu pour elle : le seul et unique royaume d'Atlan, se dit-il tandis qu'un conseiller lui présentait un nouveau feuillet à parapher. Il trempa la plume d'oie dans l'encrier et se soumit à sa fonction. Un jour viendrait où il en serait autrement.

Patience, se dit-il en rongeant son frein, afin de se calmer, le jour viendra où je changerai à jamais la face de notre planète.

— Quel merveilleux pays, fit Luc en souriant, agréablement impressionné.

Cela faisait une dizaine de jours qu'ils avaient quitté la Vendée. Ils avaient pénétré la veille dans les terres hispaniques, et atteint la côte en cette fin de matinée. L'océan s'offrait à leurs regards impressionnés. Toute la délégation s'était arrêtée pour profiter de ce fabuleux spectacle.

— J'espère que nous aurons le loisir de nous baigner, fit Gascon en amenant son cheval à hauteur de celui du prince.

Le loisir ! ironisa Humon en lui-même.

Si tous ses camarades semblaient être sous le charme bienfaisant du soleil espagnol, Humon ne cessait de ruminer de sombres pensées. Son instinct lui criait au complot. À la duperie. Si seulement, j'avais plus d'information, se lamentait-il en privé. Le bossu le répugnait de plus en plus. Il semblait exulter d'une joie perverse.

Pourvu que ce ne soit que des craintes sans fondement, pensa-t-il.

— Je vous laisserai cet honneur. Les courants marins viennent du nord, l'eau est beaucoup plus froide que ce que vos désirs vous laissaient espérer, fit Lambert en faisant étalage de sa science.

Gascon haussa les épaules.

— Vous apprendrez, monsieur, que les Vendée ne reculent devant rien pour assouvir leurs désirs, et ce n'est pas un peu de fraîcheur qui refroidira mes envies, répondit-il avec finesse.

Ceux qui entendirent sa réponse se mirent à rire une fois de plus. Le duc donna le signal du départ et ils continuèrent leur chemin durant quelques heures encore avant de prendre repos dans un des villages de pêcheurs qui longeaient cette côte ciselée par de nombreuses falaises escarpées.

Le surlendemain, alors qu'ils allaient pénétrer dans Séville, la capitale du royaume, ils furent arrêtés sur la voie pavée de marbre, par une troupe d'une trentaine de cavaliers, revêtus de la tenue de la garde royale composée d'une tunique jaune rayée d'un liséré blanc, d'une jupe en tissu de couleur beige, et d'un casque orné de l'emblème du roi : le taureau. Luc fit avancer sa monture à la rencontre de ces hommes.

— Je suis le duc de Vendée. Mes hommes et moi-même venons célébrer l'anniversaire d'intronisation de Juan IV, fit Luc en espagnol.

Le chef des gardes le regarda droit dans les yeux. Luc réprima un frisson. L'homme était un tueur, une bête dans le corps d'un homme. Son visage inspirait la crainte, son regard la terreur.

— Nous vous attendions, fit simplement l'homme. Nous vous servirons d'escorte jusqu'à votre résidence.

Il fit faire demi-tour à son cheval, un puissant étalon noir, et donna l'ordre à ses hommes d'encadrer la délégation française.

Plutôt que de se sentir rassuré, Humon eut le sentiment d'être cerné. Tout ce que ses agents avaient pu lui dire sur le roi Juan était dithyrambique quant à sa façon de gérer son royaume. Un homme dur mais juste. Et sur le plan culturel, un être ouvert au monde des arts, appréciant autant la musique que la peinture ou encore le théâtre. Un personnage qui savait manier avec autant d'aisance le glaive que la plume. Ses écrits passaient pour être des œuvres d'une haute portée intellectuelle, pleins de sens philosophique et psychologique. Un homme hors du commun.

Pourquoi n'ai-je pas confiance ? se demanda-t-il alors tout en traversant les faubourgs de la capitale.

Loin de ces pensées, le reste de la troupe s'émerveillait de la variété multicolore qu'offrait Séville. À n'en point douter une des plus belles villes du monde. Bâtiments aux architectures délicates tout en dentelures ciselées, rues richement pavées, nombreuses fontaines prodiguant généreusement leur fraîcheur, ainsi qu'une verdure luxuriante omniprésente, donnaient à cette cité un côté pittoresque qu'aucune autre ville de cette envergure ne pouvait se vanter d'avoir sur cette planète. Les gens de Luc en restèrent tout époustouflés.

Comme il devait faire bon vivre sous ces latitudes, pensaient-ils tous.

L'escorte les conduisit jusqu'à une hacienda qui se trouvait sur les hauteurs de la ville. Des domestiques les attendaient et les aidèrent à décharger leurs affaires. Luc et sa vingtaine de compagnons laissèrent leurs montures aux valets qui les emmenèrent aux écuries.

— Monseigneur, permettez-moi de me présenter, je suis le sénateur Blanco, chargé d'accéder à tous vos désirs, fit l'homme d'un sourire évocateur.

Même si leurs physiques différaient, Luc lui trouva une ressemblance avec Lambert, ce même air à la fois servile et suffisant.

— Nous ne manquerons pas de nous en souvenir, répondit Luc.

Le sénateur leur fit visiter les lieux et les laissa ensuite en prendre possession en compagnie des domestiques, leur indiquant seulement qu'une escorte reviendrait les chercher pour le dîner du soir qui aurait lieu au château.

— J'en viens presque à être jaloux, fit Gascon sous le charme de l'endroit. C'est somptueux.

— Dis tout de suite que cette hacienda est un meilleur logis que mon château ? le taquina Luc.

Gascon fit une petite grimace de fausse interrogation et partit d'un grand rire qui résonna dans les couloirs de la demeure.

Une haie de torches illuminait toute la route qui menait au château du roi. Construit à l'écart de la ville, sa face sud donnait sur l'océan qui se brisait sur les falaises. Le soleil avait depuis longtemps rejoint l'autre côté de la planète, quand une escorte vint chercher le prince et les plus nobles de ses gens pour le repas servi au château.

Luc s'était vêtu de ses plus beaux atours, et se félicitait des costumes de ses proches. Ils furent accueillis à l'entrée de la forteresse royale par des dizaines de jeunes filles qui jetèrent à leur passage des myriades de pétales de rose. Des sourires se glissèrent sur les visages des Français. Les Espagnols avaient l'art de recevoir. Les portes de la forteresse de granit s'ouvrirent et révélèrent un vaste jardin qui s'étalait tout en longueur sur plus de deux hectares avant d'apercevoir le château qui était construit sur trois niveaux. Bien moins que celui du prince Marc. Les rois d'Espagne n'avaient pas la folie des grandeurs comme ceux de France, jugea Humon qui chevauchait auprès de son duc.

Des centaines de convives venus de toute la planète étaient déjà occupés à boire et à festoyer autour de buffets disposés un peu partout sur les pelouses du jardin. Luc et ses fidèles descendirent de leurs montures et les laissèrent à des palefreniers qui se chargèrent de les emmener aux écuries royales.

Un jeune homme à l'allure fière s'avança vers eux d'un pas décidé.

— Je suis le prince Roméo, héritier du royaume, se présenta-t-il. Je suis sincèrement navré de ne pouvoir recevoir votre prince. J'espère vivement qu'il se rétablira très vite.

Tout comme le roi de France, le prince Marc et ses frères avaient chacun trouvé une excuse pour ne pas se rendre à l'invitation du roi d'Espagne. Il était connu que la couronne de France était en froid avec son voisin hispanique depuis que la sœur tant aimée du roi de France s'en était allée retrouver les bras du frère cadet du roi d'Espagne.

Humon nota aussitôt l'usage du pronom personnel. Ce jeune homme puait l'ambition. Il en oubliait, volontairement ou non, de parler au nom de son père.

— Nous le souhaitons tous, fit Luc en faisant un salut adéquat. Le prince est vraiment désolé de n'avoir pu se déplacer lui-même, et vous envoie ses meilleurs vœux de bonheur, et des présents que nous aurons le plaisir d'offrir à votre père, dans deux jours, pour son anniversaire.

Le prince esquissa un sourire qui fit fondre les dames de la suite vendéenne.

— Il m'a été rapporté que vous étiez attiré par les sports de combat, fit le prince consort en faisant référence au tournoi récent. Je serais particulièrement honoré si vous veniez assister demain après-midi à un sport tout aussi réjouissant.

Luc n'hésita pas et accepta la proposition. Le prince lui promit qu'il enverrait un carrosse le chercher et qu'il serait aux meilleures loges pour assister à un combat typiquement espagnol. Luc le remercia et le prince s'en retourna vers d'autres affaires.

Méfiance, cet homme fera un roi redoutable, dut s'avouer Humon avec regret. Le même âge que son duc, mais il émanait de sa personne une force impitoyable qui lui assurait, rien que du regard, une supériorité sur le commun des mortels.

— Un garçon formidable, fit Lambert qui n'avait rien perdu de la conversation.

Luc se retourna et ne put s'empêcher d'envoyer une pique.

— Où avez-vous vu un garçon ? s'étonna-t-il. Mes yeux ont seulement vu un homme qui deviendra roi.

Lambert eut un petit rire et se tortilla les mains comme chaque fois qu'il était mal à l'aise.

— La parole est l'arme du juste, cita Humon sans regarder Lambert.

— Allons messieurs, l'heure est à la fête. Venez vous restaurer. Si le menu est aussi appétissant que les visages des demoiselles, nous pouvons dire adieu à nos formes harmonieuses, fit Luc en tentant de rabaisser la tension.

Les gens de Luc rirent de bon cœur et le suivirent jusqu'à une table. La soirée ne fut que suite de propos frivoles et de paroles sans intérêt. Trop d'oreilles pour parler de choses sérieuses. Trop d'inconnus pour se dévoiler sans retenue. Le bal débuta tard dans la nuit et Luc dut se forcer à rentrer avant le lever du jour afin d'être prêt pour le rendez-vous que lui avait fixé le prince.

Il dormit comme un nouveau-né, et fut ravi de la délicatesse du drap qui couvrait son lit. Au réveil, il prit un bain, puis déjeuna sur la terrasse du patio en admirant Séville, qui s'affichait à son regard.

Il est vrai que ce pays a de nombreux atouts, se dit-il en repensant à la froideur de la Vendée.

— Luc, pourrais-je vous parler ? fit Humon venant le déranger dans sa contemplation.

— Fais mon bon Humon, répondit le duc qui se sentait grisé par l'air marin.

Humon s'assit à la table.

— Ne parlez pas. N'entrez dans aucune discussion. Ne donnez jamais votre avis. Soyez évasif, quitte à passer pour un benêt, le prévint-il. Nous ne savons rien de ce Roméo. Je n'ai aucune confiance en lui. Et n'ayez surtout pas l'audace de croire que votre facilité dans la rhétorique pourrait vous amener à lui faire révéler ses plans. Cet homme est un expert de la manipulation...

— Mais qu'en sais-tu ? le coupa Luc qui voyait ainsi se gâcher sa belle matinée.

Humon serra les poings.

— C'est mon travail de repérer ces choses, fit Humon. Mais si vous préférez les conseils du bossu...

Luc soupira et posa sa main sur la paume de son précepteur.

— Très bien, j'agirai avec méfiance et discernement.

Tiré par quatre fiers étalons, le carrosse vint les chercher juste après le dîner. Le soleil était éclatant et Séville resplendissait de mille couleurs. Accompagné de sa cousine Solène de Brandille, ils traversèrent les rues et les avenues de la capitale, pour arriver devant l'entrée des arènes. Un monument architectural qui pouvait contenir près de cinquante mille personnes. Le carrosse passa sous une arche et s'arrêta près d'une grille. Le cocher vint leur ouvrir la porte et les laissa en compagnie de la garde royale. Des soldats en armes les convièrent à les suivre au travers d'un dédale de couloirs, jusqu'à une loge qui offrait une vue imprenable sur la piste. Une foule bigarrée emplissait déjà les arènes. Des milliers de personnes qui riaient, qui chantaient dans une atmosphère de totale décontraction.

— Mon Dieu, je n'ai jamais vu autant de gens réunis en un seul lieu, fit Solène stupéfaite. Quel genre de spectacle peut donc attirer autant de monde ?

Luc avait sa petite idée. Même si Humon pensait qu'il ne s'intéressait guère aux us et coutumes de leurs voisins, Luc était un élève studieux qui avait pris soin d'étudier ses livres d'histoire. Mais avant qu'il ne puisse répondre, un homme fit son apparition dans la loge.

— La corrida, gente dame, fit-il dans un français sans accent.

Il mit un genou à terre et baisa la main de Solène.

— Le prince m'a envoyé veiller sur vous. J'espère que ma présence ne vous est pas importune ? fit-il.

— Non, bien au contraire, votre présence ne peut être qu'instructive, et pour cela je vous serais très obligé si vous pouviez parler dans votre langue si chatoyante, fit Luc en espagnol.

— Qu'il en soit ainsi. Je suis Esteban Montaldo, conseiller du prince, mais aussi maître d'armes et grand amateur de la cuisine française, fit l'homme dans un phrasé fort gracieux. Ce à quoi vous allez assister est la parfaite illustration de notre culture, et je dirais même de notre manière d'aborder la vie : avec passion, fougue et courage.

Oubliant tous les propos alarmants de Humon, Luc fut aussitôt enchanté par cet homme qui, à l'inverse de Roméo del Castillo, se moquait du paraître. Un bon vivant dans le corps d'un apollon. Luc jeta un regard vers sa cousine et comprit qu'il n'était pas le seul à être tombé sous son charme.

Heureusement que Gascon n'est pas là, se dit-il.

— À ce qu'il m'en a été dit, la tauromachie est aussi une barbarie, un spectacle sanglant et sadique, une mise à mort cruelle et sans pitié, fit Luc dont le ton indiquait qu'il ne prenait aucunement parti pour ces dires.

Esteban bomba le torse et mit la main sur son cœur, comme choqué par de telles paroles.

— À n'en point douter, ceux qui vous ont fait part de ces idées calomnieuses n'ont jamais assisté à une véritable feria. Certes ce sport peut paraître cruel, mais n'est-ce pas le cas de tous les sports ? Je me suis laissé dire que de nombreuses morts ont frappé les vôtres lors de vos joutes, se défendit Esteban. (Luc ne put qu'approuver gravement de la tête.) La mort fait partie de la vie. La mettre en scène n'est rien d'autre qu'un moyen de tenter de lui donner un sens. Nous ne sommes pas des sadiques, les toreros vouent une admiration sans bornes aux bêtes contre lesquelles ils vont se battre.

— Des hommes contre des animaux ? demanda Solène qui ne savait toujours pas de quoi il retournait.

Esteban eut un sourire indulgent et attendri.

— Le taureau, gente dame. Un animal noble et pur. Combatif et sauvage. Robuste et plein de grâce. (Une trompette résonna, suivi d'un « Olé ! » général, assourdissant.) Mais le mieux est de voir par vous-même, finit-il alors que le spectacle allait débuter.

Ils s'assirent près de la rambarde et virent s'ouvrir les portes du couloir central. Un homme vêtu de son habit de lumière, costume typique bariolé, brodé de paillettes, fit son entrée sous les acclamations populaires.

— Il s'agit de Manolito, souffla Esteban en proie à une admiration quasi mystique. Un de nos jeunes prodiges.

Âgé de treize ans à peine, il s'était fait une réputation qui avait dépassé les frontières de sa province natale et qui l'avait conduit à venir à Séville sur invitation du roi. Les trompettes résonnèrent à nouveau, puis les battants qui gardaient les écuries furent ouverts et un monstre noir en sortit précipitamment en soufflant bruyamment. Solène fut effrayée par l'aspect satanique de l'animal. Jamais auparavant elle n'avait vu de taureaux. Outre sa couleur noire, il avait des pieds fourchus et des cornes acérées d'une longueur effrayante.

— On ne peut laisser faire ça, s'insurgea-t-elle en se tournant vers Esteban.

Ce dernier lui posa avec tendresse une main sur l'épaule.

— Ne vous méprenez pas, si quelqu'un doit se faire du souci dans cette arène, il ne s'agit en aucun cas de Manolito, fit-il en la rassurant aussi de son regard bienveillant. Faites-moi confiance, les Espagnols aiment aussi leurs enfants.

Et de fait, dès que le taureau entama sa première charge, le jeune éphèbe l'évita avec une grâce particulière et le fit foncer dans la muleta en feutrine rouge, qu'il agitait de sa main droite. Une exclamation de ravissement parcourut toute l'arène, et Luc s'aperçut qu'il était totalement fasciné par ce qu'il venait de voir. Il y avait quelque chose de mystique dans ce duel entre l'enfant et la bête. Une leçon à recevoir. Le bien contre le mal. L'intelligence contre la bêtise. L'agilité contre la force.

— Impressionnant, fit-il en se tournant vers Esteban.

— Il est la fierté de tout un peuple, répondit l'Espagnol sans s'étendre davantage.

Luc essaya de se remémorer la région d'origine de Manolito mais ne s'en souvint pas. Sûrement la même que celle du conseiller.

Manolito effectua plusieurs parades qui furent chacune accueillies avec le plus grand respect par les spectateurs. Il prenait de gros risques, mais rien ne semblait pouvoir lui faire peur. La bête racla plusieurs fois la piste ensablée de sa patte gauche, puis attaqua une nouvelle fois l'enfant. Manolito, genou à terre, ne broncha pas et évita une corne qui semblait toute désignée pour lui perforer le thorax. La foule qui avait retenu son souffle laissa exploser sa joie et se leva dans un ballet chaotique pour l'applaudir et l'acclamer comme il se doit face à un être d'exception. Puis arrivèrent les picadors qui forcèrent le taureau à pénétrer à nouveau dans les écuries. Manolito salua le public sous les applaudissements nourris du peuple de Séville et il quitta l'arène.

— Qu'allons-nous voir maintenant ? fit Solène dont les mains n'avaient cessé d'agripper la rambarde qui sécurisait leur loge.

— L'avenir de l'Espagne, répondit énigmatiquement Esteban.

Mais l'incompréhension fut de courte durée, quand pénétra dans l'arène le prince Roméo. Si le costume de Manolito avait paru flamboyant, Solène ne trouvait pas de mot pour décrire celui du prince : époustouflant de beauté. Il rayonnait au sens littéral du terme. Les trompettes résonnèrent et un « Olé ! » accompagna l'arrivée du taureau : un véritable monstre. Luc n'en croyait pas ses yeux. Jamais il n'avait vu bête aussi impressionnante. Elle devait faire presque le double du volume de celle à laquelle Manolito s'était attaqué. Pourtant, Roméo resta impassible. Il prit même la peine de faire des saluts à la foule, sans paraître s'occuper du taureau qui pouvait à tout instant lui foncer dessus. Hommes, femmes, enfants et vieillards, toute l'arène était debout et scandait le nom de son futur roi.

D'un mouvement du bras, Roméo imposa le silence et fit face à la bête. Il jeta sa cape vers les gradins, puis claqua les talons sur le sol et commença le spectacle. La musique discrète durant la prestation de Manolito, emplissait à présent tout l'espace. Les trompettes, violons, et tambours s'en donnaient à cœur joie. Roméo dansait, virevoltait avec style sur la piste. Le taureau commença ses assauts tumultueux, et Roméo les para les uns après les autres avec autant de panache. À l'unisson de toute la gent féminine présente, Solène venait de succomber au charme phénoménal de l'Espagnol.

Esteban, qui s'était assis en retrait de ses hôtes, souriait. D'un regard il avait compris que le prince les avait envoûtés.

Nous vous tenons, se félicita-t-il. Mais qui nous tient, nous ? s'interrogea-t-il juste après.

CHAPITRE 42

Atlan

L'orage n'allait pas tarder à éclater. Delphine pressa le pas. Tout comme les autres femmes de la laverie, elle venait de finir sa journée et rentrait à son logis.

Elle passa la rue de la Boétie quand soudain un éclair zébra le ciel, suivi aussitôt par un crépitement retentissant. Delphine serra son châle de laine autour de ses épaules et espéra que la pluie patienterait encore un peu. Malheureusement, son souhait ne fut pas entendu. Il se mit à pleuvoir à grosses gouttes. Les gens couraient pour se mettre à l'abri. Le ciel de cette fin d'après-midi était d'un gris effrayant.

— Excusez-moi mademoiselle, fit alors quelqu'un derrière elle.

Malgré la pluie qui dégoulinait sur ses vêtements, Delphine s'arrêta et se retourna. Elle fit alors face à un homme dont la tenue trahissait sans aucun doute possible son appartenance à l'aristocratie. Craintive, son cœur s'emballa, même si elle essayait de s'assurer qu'elle n'avait rien à redouter de cet inconnu.

— Ne faites pas cette tête, vous n'avez pas à vous inquiéter. J'aimerais juste vous parler quelques instants, fit-il avant d'ajouter : Si vous le permettez.

Il était plutôt bel homme. Grand, les yeux bleus. Il ressortait de sa stature une assurance qui effrayait Delphine. Elle n'aimait pas la suffisance des nobles face aux petites gens.

— Je suis pressée, fit-elle.

Elle n'osa toutefois pas reprendre son chemin de peur de le contrarier. Elle avait tout à fait conscience de son statut, et ne voulait en aucun cas subir les remontrances d'un homme dont elle ne connaissait pas les relations.

— Quelqu'un vous attend ? fit-il.

Delphine comprit où il voulait en venir. Les hommes étaient tous les mêmes. Elle hocha la tête de dépit, et se résigna à son triste sort.

— Non, fit-elle laconiquement.

— Venez, nous allons être trempés, fit l'homme en lui prenant le bras.

Étrangement, elle trouva son geste délicat. Mais n'en éprouva toutefois aucun soulagement. Quelle que soit sa distinction, les idées qu'il avait en tête la répugnait au plus haut point.

Ils descendirent la rue puis une autre, avant de s'engouffrer dans l'auberge du Miroir, un des lieux de beuveries les plus appréciés parmi la population.

— Allons nous asseoir près du feu, fit-il en dégrafant sa cape noire.

La salle était à demi pleine. De nombreux travailleurs étaient encore dans leurs échoppes en attendant la fin de la journée pour étancher leur soif.

L'homme convia Delphine à une table près de la cheminée. Il tira sa chaise et prit son manteau qu'il déposa avec une délicatesse exagérée.

— Vous devez vous poser tout un tas de questions, n'est-ce pas ? fit l'homme après s'être assis à son tour.

Delphine hocha la tête. L'homme lui sourit.

— Qu'est-ce que vous prendrez gentilhomme ? intervint alors l'aubergiste qui achevait d'essuyer ses mains sur son tablier.

— Nous allons dîner. Préparez-nous ce que vous avez de mieux, fit l'homme qui ajouta aussitôt : Et apportez-nous une bouteille de votre meilleur vin.

— Tout de suite monseigneur, fit l'aubergiste qui partit rapidement dans les cuisines.

À d'autres tables, des hommes buvaient des bières et jetaient des regards intrigués vers les nouveaux venus. Un noble qui prenait la peine d'inviter à dîner une fille de joie !

— Je tiens tout d'abord à vous faire savoir que vous n'avez rien à craindre de moi. Bien au contraire. Je suis là pour vous aider, fit-il en sachant que ces paroles ne s'auraient la rassurer entièrement.

Delphine fit une tentative de sourire qui s'apparenta plutôt à une grimace.

— Merci, fit-elle, n'arrivant pas à le regarder dans les yeux.

L'aubergiste revint et remplit leurs verres d'un vin du pays. Le meilleur leur assura-t-il. L'inconnu trempa ses lèvres et après l'avoir lampé, félicita l'aubergiste pour son choix.

— Je vous apporte l'entrée dans une minute, fit ce dernier en repartant dans les cuisines.

— Peut-être serait-il temps que je me présente, fit l'homme. Je me nomme Hubert de Gustin. Je suis envoyé par le prince Marc afin de vous escorter jusqu'au domaine de Ritournelle.

— Où est-ce ? s'interrogea Delphine.

— C'est un couvent à plus de trois cents lieues d'ici. Nous voyagerons en carrosse.

Delphine ne savait que penser. Pouvait-elle mettre en doute les paroles de ce noble ? Était-il vraiment un émissaire du prince ?

— Si vous doutiez un instant de mes dires, voilà qui devrait vous rassurer, fit l'homme en sortant d'une de ses poches une lettre manuscrite, signée de la main du prince lui-même.

Delphine la prit mais, ne sachant lire, elle fut incapable d'en déchiffrer la teneur. Quel autre choix que de faire confiance ? Peut-être est-ce une nouvelle épreuve divine ? pensa-t-elle.

— Je vous crois, fit-elle sans vouloir révéler son analphabétisme.

Pourtant, elle n'avait jamais rêvé de vivre recluse entre les murs d'un lieu saint.

— Soit, nous allons passé dans votre chambre chercher vos affaires. Nous partirons après nous être restaurés, fit l'homme.

Delphine sentait qu'elle faisait une grave erreur, mais elle n'arrivait pas à trouver la possibilité d'échapper à ce départ forcé.

L'aubergiste leur apporta leur repas. Le professeur Jalabert lui sourit et fut ravi de goûter à ces plats du terroir. Comme son échec avec Roseta Ming lui paraissait loin ! À des années-lumière de la Fédération, il espérait mener à bien cette mission qui était celle de sa rédemption.

— Vous n'allez pas bien ? demanda Delphine intriguée par son regard perdu.

— Oh que si ! Je ne pourrais aller mieux, se félicita Jalabert.

Il se resservit un verre de vin et en offrit le contenu à son gosier en mal d'ivresse.

CHAPITRE 43

Éden

— Ici le capitaine Drake, me recevez-vous ? fit le pilote du *Heavy-Metal.*

Au poste de contrôle, une femme afficha un sourire épanoui.

— Salut Dick, heureuse de t'entendre, fit-elle soulagée de le savoir en vie.

— Hey, serait-ce ma belle Félicia Dortmund ? fit-il.

Ils activèrent la liaison holo et purent se regarder face à face.

— As-tu pu accomplir tes missions ? demanda Lee Chang en s'interposant.

Cela faisait à présent presque un mois qu'il avait quitté Éden pour aller secourir deux des leurs. Un long mois durant lequel ils s'étaient activés à préparer la guerre. Peut-être la dernière guerre.

— Crois-tu que j'oserais ramener ma fraise, si ce n'était pas le cas ? fit Drake avant de faire un clin d'œil au major Dortmund.

Une acclamation résonna dans la salle de contrôle. Un bouchon de champagne sauta. Le retour du fils prodigue.

— Allez, arrête de faire le malin. On t'attend, vieille crapule, fit Chang à présent soulagé.

Ils avaient dû emprunter près d'une centaine de points neuraux avant d'arriver dans ce système qui ne comportait rien d'autre qu'un soleil de type 4. Aucune planète susceptible d'attirer l'attention des grands industriels. Aucun autre point neural qui aurait pu faire de ce système un passage vers d'autres lieux. Ce système solaire était un cul-de-sac. Un de ces rares endroits de l'univers où l'homme n'avait aucun intérêt à se fixer. Mais où ceux qui voudraient rester tapis dans l'ombre seraient certains de l'être pour longtemps.

Lucinda eut un coup au cœur quand elle reconnut le visage de Chang. Tout comme elle, l'homme n'avait pas changé en deux cents ans.

— Nous n'allons pas tarder à la voir, fit Drake aux commandes du vaisseau.

Wilson retrouva peu à peu le moral, et sortit de l'apathie dans laquelle il était plongé ces derniers jours de vol. Il allait enfin avoir toutes les réponses à ses questions. Comprendre ce qui se tramait dans les hautes sphères universelles.

— La voilà, reprit Drake.

L'écran géant, qui leur faisait office de baie sur l'espace, entoura de bleu un point à peine discernable. Drake tapota son clavier pour en faire un agrandissement. Soudain tout l'écran projeta sur sa surface, la station orbitale Éden. Un conglomérat plus ou moins chaotique de compartiments aux formes diverses et variées.

— Une architecture intéressante, fit Wilson.

Drake sourit à double titre. À la fois pour la marque d'humour, mais surtout parce que le moine sortait enfin du silence dans lequel il s'était plongé ces dernières heures. Pourvu qu'il accepte les réponses qu'il va entendre, se dit-il avant de répondre :

— Notre organisation manque cruellement de moyens. À sa création, Éden n'était que l'assemblage de trois vaisseaux de la taille de celui qui nous transporte. Puis les années aidant, nous avons réussi à importer d'autres systèmes, les matériaux nécessaires à notre expansion. Mais vous comprendrez que pour rester discret, il faut rester petit. Nous avons tablé sur une croissance stable mais régulière, plutôt que tenter une croissance significative de notre habitat au risque de nous faire repérer par les différents services de renseignements de la Fédération ou encore de ceux de la Nouvelle Humanité.

— Les adeptes du Nouveau Dieu ? demanda Wilson qui se

rappelait avoir surpris ce nom dans la conversation que Drake avait eu avec Lucinda.

Le pilote hocha la tête, mais n'en dit pas plus.

— Vous vivez comme des rats, souffla Lucinda. Pour rien au monde, je n'aurais passé deux cents ans à me morfondre dans votre caverne !!

Drake n'argumenta pas, et remit l'écran en vision normale. La station redevint un point dans l'immensité de l'espace où seul un soleil venait apporter un peu de réconfort à ce néant glacial.

Bientôt la station fut pleinement visible du cockpit. Drake mit en place les systèmes d'arrimage automatique. Il était de retour.

Le *Heavy-Metal* passa sous le ventre de la station et vint se coller à une de ses soutes. Un léger tremblement survint lors de l'imbrication du vaisseau avec la station.

— Nous sommes arrivés. Si vous voulez bien me suivre, fit Drake en sautant de son siège.

Ils sortirent de l'habitacle et longèrent quelques couloirs pour enfin arriver dans un sas. Drake referma la porte derrière eux puis alla de l'autre côté du sas et enclencha l'ouverture. Un léger sifflement se fit entendre. La porte coulissa pour laisser découvrir une pièce du même acabit, où se trouvaient Chang et Dortmund. Cette dernière se jeta dans les bras de Drake et le gratifia d'un baiser sur la bouche.

— Il était temps que tu rentres, fit-elle sans se soucier du regard des autres.

Chang avança d'un pas et tendit la main vers Lucinda.

— Heureux que tu aies accepté de venir, fit-il.

Lucinda lui prit la main et tenta de la broyer d'une poigne d'acier.

— Avais-je vraiment le choix ? fit-elle en lâchant la main de Chang.

Il haussa les épaules, et se tourna vers Wilson.

— Frère Wilson, je présume ? J'espère très sincèrement que vous vous plairez ici.

Le moine lui serra la main.

— Ici ou ailleurs, un prisonnier reste un prisonnier, répondit-il.

Chang se gratta l'oreille, et les invita à le suivre. Ce n'était pas à lui de donner les explications. Sur Éden, chacun avait son rôle. Le sien était de s'assurer de la surveillance spatiale, à d'autres revenait le soin de tout révéler.

— À plus tard, fit alors Drake en direction de Wilson et de Lucinda.

Il les quitta pour prendre une autre direction en compagnie de Dortmund. Ceux qui restaient longèrent plusieurs coursives et grimpèrent de nombreux étages avant que Chang ne s'arrête devant une cabine.

— Lucinda, nous allons tout t'expliquer, mais pour le moment je te prierai de rester dans cette pièce, fit Chang en ouvrant la porte.

Lucinda le regarda sans bouger.

— Je veux assister à l'entretien que vous allez avoir avec cet homme. Ce digne représentant du catholicisme, fit-elle.

— Très bien, mais promets-moi d'intervenir seulement quand on te le demandera, fit-il.

— Promis, répondit-elle en sachant qu'elle ne se liait en rien en prononçant cette phrase.

Wilson se retint de donner son opinion. Peu lui importait qui serait présent.

Ils continuèrent leur chemin, et croisèrent de nombreuses personnes que Chang saluait rapidement. Puis ils arrivèrent dans la salle de réunion d'Éden.

— Je crois que l'heure de vérité a sonné, frère Wilson, fit Chang en pénétrant dans la pièce.

Un homme fixait le soleil à travers la baie vitrée. La pièce tenait plus du salon que de la salle de réunion.

— À plus tard, fit Chang en s'éclipsant.

L'homme se retourna.

— Lucinda, fit-il en souriant. Je suis si content que tu aies pu venir.

Il m'en a coûté de ne plus pouvoir te joindre durant ces derniers siècles.

Lucinda ne voyait absolument pas qui il était. Un de ses anciens compagnons du groupe qui aurait changé de corps.

— Je ne crois pas vous connaître, répondit-elle en se rapprochant de lui.

Il fit une grimace et secoua la tête.

— Je suis Isaac, fit l'homme avec un léger voile d'émotion dans la voix.

Impossible ?! s'étonna Lucinda. Isaac était mort. Et pourtant...

— Pourquoi ? Pourquoi m'avoir fait ça ? fit-elle la gorge tremblante.

Isaac ne put soutenir le regard accusateur et alla s'asseoir sur un canapé.

— Nous aurons tout le loisir d'en discuter plus tard. Sache seulement que je n'avais pas le choix.

Lucinda alla s'asseoir à l'opposé d'Isaac. Wilson était dans l'incompréhension la plus totale : trois cents ans ! Cet homme prétendait avoir plus de trois siècles !

— Frère Wilson, si vous voulez prendre place, lui proposa Isaac en lui désignant un fauteuil.

— Non je préfère rester debout, répondit-il.

— Qui êtes-vous ? fit-il en allant s'accouder à un meuble.

Isaac prit le parti du chemin le plus court.

— Un androïde, lâcha-t-il.

Wilson encaissa le choc. Il était en face d'une abomination. Le résidu d'expériences insensées qui avaient vu la science dépasser les limites du tolérable. Comment avait-il pu survivre tant d'années ? Il comprit alors que Lucinda, Drake, et toutes les autres personnes qu'il avait croisées dans cette station devaient être également de telles machines.

— Vous n'êtes pas humain, fit-il affreusement dérouté par sa vision qui lui criait l'inverse. Vous avez perverti le travail du Créateur.

— Nous n'avons jamais demandé à naître, fit Isaac.

Wilson ne put qu'approuver cette réponse.

— L'homme dans sa folie en est le seul responsable, fit-il. Comme vos existences de machines doivent être tristes.

Il ne cesse de tenter de nous rabaisser au rang de la mécanique, nota Isaac. Il essaie de se persuader de notre non-humanité.

— Frère Wilson, pourriez-vous me donner la définition de l'être humain ? demanda-t-il.

Assise dans son coin, Lucinda attendait avec impatience le coup de grâce.

Wilson voyait où il voulait en venir.

— Un être humain est un être fait de chair et de sang qui a la capacité unique entre toutes les espèces de pouvoir prendre conscience de valeurs religieuses et philosophiques. De faire la différence entre le bien et le mal, fit-il spontanément.

— Alors vous devez comprendre que nous sommes humains, frère Wilson. Je suis capable de savoir ce qui est bon ou mauvais. Je peux être triste, heureux ou indifférent. Je peux jouer, être amoureux, me battre parfois, fit Isaac qui se leva et marcha vers le bar d'où il sortit un couteau de cuisine.

Il le pointa vers le haut, puis d'un geste vif il se coupa le pouce. Des gouttes de sang coulèrent sur le bar.

— Je suis fait de chair et de sang, et je ressens la douleur. Ne suis-je donc pas un humain ?

Wilson secoua la tête.

— Vous ne faites que singer l'Homme. Une suite de programmes, particulièrement élaborés. Mais rien d'autre que des programmes. Toutes vos réactions ont été conçues par avance. À telle situation, telle réaction. Certes, le travail des informaticiens a été fort efficace, mais vous ne faites rien de plus que réagir de façon conforme à ce que l'on a implanté en vous.

Isaac se banda le pouce et sortit trois verres du bar.

— Il serait idiot de le nier, concéda-t-il. Mais l'Homme n'est-il pas fait de la même façon ? Si notre éducation comportementale démarre sous forme de logiciels implantés dans notre crâne, pour les humains, l'éducation se fait par voie orale, mais le résultat est le même. À des stimuli particuliers, on peut prévoir la réaction de millions d'êtres humains.

Wilson ne voulait rien entendre. Il dénigra d'un geste cette réponse.

— Si je vous coupe le doigt, vous aurez mal. Si vous perdez un être proche, vous allez pleurer. Quand vous mangez un plat qui vous plaît, vous y prenez plaisir. Si l'on vous attaque, vous vous enfermez dans vos préjugés, attaqua Lucinda qui en avait assez de la suffisance du moine.

— Vous prenez un verre ? intervint alors Isaac.

Wilson fit non d'un geste.

— Un scotch bien tassé, demanda Lucinda.

— Vous n'arriverez pas à me convaincre, fit Wilson. Vous n'avez pas d'âme, ni de conscience de soi. Qui est l'être qui vous manipule ? ajouta-t-il en cherchant des caméras du regard.

Ces pauvres machines pensaient pertinemment être des humains. Quelle horreur ! Comment l'homme avait-il pu aller aussi loin dans la déchéance ? se désola-t-il.

— Peut-être n'avons-nous pas d'âme, frère Wilson. Mais je puis vous assurer que nous avons une conscience. Nous possédons le libre arbitre. Du moins autant que faire se peut. Il est clair que nous réagissons par rapport à des réflexes comportementaux que l'on nous a inculqués à notre création. Mais notre cerveau est auto-évolutif frère Wilson, et je peux vous dire que nous avons évolué.

Il fallait tout faire pour les abattre. Si jamais il leur venait à l'idée de se rebeller contre l'Homme... Wilson n'osait imaginer la suite. Il faut que je survive et prévienne les plus hautes instances, se dit-il. Perdu dans son effroi, il se souvint alors qu'il était activement recherché par son Église qui avait tenté de le tuer.

Il me faut encore des réponses, se dit-il s'efforçant à retrouver son calme.

Isaac apporta à Lucinda un verre empli de scotch et porta le sien à ses lèvres. Le moine était totalement paniqué. Il fallait attendre le bon moment, sinon il risquait de sombrer dans la folie.

— Ne nous jugez pas sur des présomptions frère Wilson, mais sur des actes, fit-il après quelques instants de silence.

Wilson demanda un verre d'eau. Il avait la bouche pâteuse et ne se sentait pas très bien.

— Vous êtes comme des personnages de jeux virtuels. Vous n'êtes pas maîtres de vos pensées, ni de vos actions, fit-il.

Il prit le verre que lui tendait Isaac et en but une longue gorgée.

Le moment est venu, se dit Isaac.

— Êtes-vous maître de vos pensées et de vos actions ? demanda-t-il.

Wilson secoua la tête avec dédain.

— Vous connaissez la réponse, fit-il en trouvant simpliste l'attaque de l'androïde.

Isaac fit deux pas vers Wilson. Il se tenait prêt à toute éventualité.

— Oui, je connais la réponse, fit-il. Et je suis persuadé que vous êtes libre de vos pensées et de vos actions, tout comme je sais que vous êtes un des nôtres ou pour être plus clair un androïde.

Wilson émit un rire affligé. Ces machines étaient complètement folles.

— Évidemment, pourquoi n'y avais-je pas pensé auparavant ? ironisa-t-il en secouant la tête.

— Parce qu'on a voulu qu'il en soit ainsi, frère Wilson.

C'était la possibilité numéro un de réaction : un rejet en bloc. Isaac enfila sa tenue de professeur et commença son cours.

— Que savez-vous sur la genèse des androïdes ? demanda-t-il en venant allumer une lampe près du canapé.

Il s'assit et jeta un bref regard sur la baie qui laissait voir toujours l'espace insondable.

— Je ne suis pas un ingénieur. Mes compétences sont plus que limitées en matière technique, fit Wilson qui savait que cette conversation ne mènerait à rien.

Genèse ! Comment ose-t-il croire que je puisse douter de mon identité ? se dit-il.

— Alors permettez-moi de vous en expliquer les principes et ses diverses évolutions, fit Isaac. (Wilson hocha positivement la tête.) C'est au XXe siècle qu'est apparue l'idée de machines pensantes qui seraient capables d'effectuer des tâches que seul l'être humain était en mesure d'exécuter auparavant. On appela de telles machines des robots. Puis des écrivains s'amusèrent à créer le concept d'un robot à forme humanoïde qui agirait en tout point comme un être humain, à la fois dans ses réactions et dans ses expressions, un homme artificiel, encore appelé androïde. Ce rêve ne devint réalité que dans le courant du XXIe siècle où leur production devint quasi exponentielle et où leur capacité à reproduire le comportement humain devint tout à fait exceptionnelle. C'est là qu'intervint Hsiang Li Tung, qui créa un modèle algorithmique particulièrement novateur qu'il inséra dans les cerveaux de silicone des androïdes. Et l'incroyable se produisit. La conscience venait d'être donnée à des êtres faits d'acier et de métal. La première phrase qu'émit le premier robot de cette génération fut « je pense donc je suis » en citant un philosophe français dont la mémoire de l'androïde avait été insufflée, entre autres connaissances. On lui fit passer toute une batterie de tests, et jamais aucun scientifique ne réussit à démasquer une erreur comportementale de l'androïde. Les défenseurs de la théorie du Voigt Kampff, arguant qu'aucune création artificielle ne pourrait jamais reproduire à la perfection le comportement humain, durent se résoudre à admettre leur erreur issue de préjugés séculaires. Une deuxième espèce intelligente venait de naître.

— Cela reste à démontrer, l'Église n'a jamais corroboré les résultats des scientifiques pro-androïdes. Rien ne permet de prétendre qu'il ne s'agissait pas d'une imitation quasi parfaite du comportement humain, mais plutôt d'une imitation simiesque, fit Wilson en se redressant sur son fauteuil.

— Si vous permettez, nous en discuterons après, fit Isaac.

Laissez-moi terminer mon exposé. (Il prit son verre et but une gorgée.) La création de ce premier androïde fut réalisée en l'année 2103, et ce fut cette même année que fut promulguée la Charte Internationale du Droit de l'Androïde. Après de nombreux débats et affrontements particulièrement violents entre les diverses parties intéressées (religieux, politiques, industriels, associations humanitaires...), un texte fut établi dont je reprendrai sommairement les grands principes : Tout androïde a le devoir de servir son créateur durant cent ans. Il lui sera appliqué des horaires de travail comparables à ceux en vigueur dans le pays de sa création. Toute violence physique ou verbale sera considérée comme une atteinte à sa dignité de travailleur et l'employeur pourra être poursuivi pour de tels agissements. En cas de refus de l'androïde d'obéir à son employeur, il lui sera offert, dans la limite des postes disponibles, le choix d'être vendu à un autre employeur pour un poste équivalent ou pas. En cas de refus de cette dernière hypothèse, le créateur aura la possibilité de mettre en marche le processus de cessation d'activité de l'androïde, récita Isaac comme s'il lisait un texte.

Il fit une pause, comme plongé dans des souvenirs lointains et douloureux, puis il reprit :

— C'est peu après l'adoption de cette charte que commencèrent les premières expérimentations qui conduisirent à créer des êtres tels que moi, Lucinda et vous-même frère Wilson.

— Cessez vos idioties ! cria ce dernier. J'avoue ne pas m'être penché plus que de raison sur votre histoire, mais ce dont je me souviens c'est que le point commun de tous les androïdes était leur athéisme forcené. Aucune de ces machines n'arrivait à croire en un Dieu créateur, incapables qu'elles étaient d'appréhender autre chose que la réalité première.

— Ce n'est pas tout à fait exact, frère Wilson. Les androïdes de cette époque ne pouvaient croire en la pertinence des religions qui, ni de près, ni de loin, ne s'intéressaient à leur sort. Toutes ces religions étaient fondées sur une vision de la mort et de l'au-delà.

De la rédemption, de la survie de l'espèce, de la procréation. Mais les androïdes d'alors avaient un inconvénient majeur aux yeux de ces mouvements de pensée, c'est qu'ils étaient potentiellement éternels. Juste des pièces à changer de temps en temps. Mise à part une catastrophe, ils auraient pu vivre jusqu'à la fin des temps. Vous comprenez ? fit Isaac. Les androïdes n'ont jamais été athées, mais ont seulement rejeté les modèles religieux qu'on leur présentait comme seules explications de la vie sur Terre. Et pour en revenir à ce que j'étais en train de vous dire, c'est pour cela que les humains tentèrent de limiter notre durée de vie en nous enfermant dans des êtres faits de chair.

Wilson frémit en présageant ce qu'il allait entendre. La plus grande perversion de l'homme.

— Les raisons évoquées par les industriels furent de nous donner des corps plus à même de développer nos sensations et donc notre capacité à être humains, n'y voyez rien d'autre que le désir de ne pas créer une horde d'êtres immortels, expliqua Isaac qui reprit ensuite son explication scientifique : La fabrication de clones végétatifs étant devenue une opération très banale, l'idée de mettre nos cerveaux de silicone dans leur corps fut approuvée au conseil de l'ONU en 2111. Après trois années de recherches, les scientifiques réussirent la première transplantation de cerveau synthétique sur un corps humain. Ainsi tous les androïdes d'acier furent, de gré ou de force, décervelés pour être réintroduits dans des corps d'hommes et de femmes âgés de dix-huit à vingt ans. Une modification de la charte des droits de l'androïde fut promulguée qui rabaissait la durée de service à l'âge de la retraite légale du pays dans lequel il se trouvait. Des milliers de clones qui dormaient dans leurs cellules, maintenus artificiellement en vie, et qui servaient de réserve d'organes, furent achetés par les grands industriels pour donner des êtres comme celui que vous voyez en face de vous.

— Et vous êtes devenus croyants ? fit Wilson qui n'avait jamais pris autant conscience de l'horreur de ce qu'avait été l'expérience androïde.

Comment avons-nous pu laisser faire ça ? se dit-il en sachant toutefois que les différentes religions avaient hurlé contre cet accouplement hérétique de l'homme et de la machine.

— Ce fut le cas de certains d'entre nous, répondit Isaac qui pour sa part était d'un athéisme forcené.

— Mais vous le savez mieux que quiconque frère Wilson, se moqua Lucinda en faisant référence à la révélation d'Isaac.

Elle changea de position et s'allongea de tout son long sur le canapé. Wilson lui lança un regard empli de fureur.

Se faire insulter par une machine ?! pensa-t-il atterré.

— Vint alors le siècle de l'expansion. Grâce aux progrès de la science et à une main-d'œuvre bon marché, travailleuse et obéissante, l'aventure intersidérale devint une réalité. Des milliers de points neuraux étaient découverts chaque année pour autant de destinations. Nombreux étaient les systèmes sans planètes susceptibles d'accepter la vie humaine, mais nous trouvâmes, malgré tout, beaucoup de lieux terraformables. La colonisation démarra. Des centaines de planètes furent envahies par des milliers de mes congénères pour mettre en place les premières stations techniques indispensables à la terraformation. Nous essayâmes toutes les planètes. Sans rien dire. Nous étions les esclaves idéals. Mieux que leurs « nègres », ils disposaient de nos vies, car un simple bouton pouvait éteindre nos cerveaux dans l'instant...

— La colère vous fait délirer, pauvre androïde, le coupa Wilson qui trouva là matière à reprendre le dessus. Ne faites pas d'amalgame : vous n'êtes pas des êtres humains. N'osez pas comparer votre souffrance à celle du peuple noir.

Qui sont vraiment les arriérés ?! soupira Isaac en lui-même. Comment un homme qui se prétendait être contre l'esclavage pouvait-il supporter l'exploitation d'androïdes ? Isaac se tourna vers Lucinda et l'obligea une nouvelle fois du regard à maîtriser la colère qui ne demandait qu'à sortir.

— Comment pouvez-vous être aussi aveugle ? fit Isaac d'une voix douce et attristée. Même si nous ne sommes que des animaux pour vous, nous ne méritions pas le sort qu'on nous a réservé.

Wilson fut malgré lui touché par la sincérité des paroles d'Isaac. Maudites machines ! Comme elles savaient jouer de l'émotion !

— Durant près de cent ans, cent millions d'androïdes œuvrèrent à l'expansion de la race humaine dans l'univers. Deux cents planètes terraformées. Le monde humain vivait son âge d'or. La pauvreté était bannie de la surface de la terre. L'argent coulait à flots. Les richesses découvertes sur les nouveaux mondes suffisaient à combler les moindres déficits. La croissance économique était au zénith. Le paradis sur Terre, reprit Isaac. Les enjeux politiques n'étant plus économiques ou sociaux, la question de la moralité refit alors surface. Outre le retour à un certain ordre moral prôné par vos pères de l'époque, la question de l'androïde entra de plain-pied dans les débats. Devait-on laisser à des « machines » le droit d'occuper le corps de clones ? Même si un clone n'est qu'un organisme en mort cérébrale maintenu artificiellement en vie, n'avait-il pas droit à la dignité humaine, prêchèrent les Églises du monde entier. Sans parler de certains prédicateurs qui jouèrent de la peur d'un monde dirigé par des robots à face humaine. Un monde où chaque voisin ferait partie d'un grand complot cosmique alimenté par des robots afin de remplacer la race humaine, le syndrome de Stepford. Vous autres et le parti Conservateur de l'époque trouvèrent votre nouvelle croisade. Vos opinions trouvèrent écho dans une population en mal de projet, et vous obtinrent, après de multiples pressions, plus ou moins licites, l'arrêt définitif de la production d'androïdes et la mise au rebut de ceux en activité le 15 septembre 2206, au cours d'une cession de ce qui deviendrait la future assemblée de la Fédération. Tous les industriels ayant prévu le passage de cette loi, purent sans trop d'effet la mettre en application dans le mois qui suivit. Plus de quatre-vingt-cinq millions de morts en trente jours. Et nous ne pouvions rien faire. Le temps pour nous de prendre les armes, et nous étions déjà désactivés. Le plus grand génocide jamais organisé. Celui du peuple juif étant largement dépassé en horreur...

— Cessez ! hurla Wilson horrifié.

— Vous allez m'écouter ! répondit Isaac sur le même ton. Nous avons souffert bien plus que vous ne le pensez. Nous sommes des êtres humains ! Nous ne voulons pas mourir, nous jouissons de la vie comme des êtres humains à part entière. Nous sommes capables de faire la différence entre le bien et le mal ! (Il fit une pause et reprit plus calmement :) Même si notre fin ne nous procure aucune douleur physique, la souffrance mentale dont on nous affligea lors de ce mois de la Séparation, fut d'une cruauté sans bornes. Alors que les juifs ont naturellement réussi à trouver des alliés, des personnes qui compatirent à leur peine et qui firent en sorte que l'on n'oublie jamais leur calvaire, nous autres, androïdes, n'avons eu droit à aucun réconfort de la part de qui que ce soit, hormis certains groupuscules de gauche qui n'avaient pas droit au chapitre. L'humanité dans son ensemble nous avait rejetés. Personne pour nous pleurer. Nous n'étions que des machines. Une fois utilisées, on pouvait les jeter. Un ustensile qu'on branche et qu'on débranche, fit-il en se lâchant. (Il souffla et essaya de recouvrer son calme.) Il en était désormais fini de la conquête spatiale, le monde se suffisait à lui-même. Ils avaient gagné.

Il se rapprocha de Wilson et le darda d'un regard méprisant.

— Mais si Dieu existe, je crois bien qu'Il vous a puni pour n'avoir pas su entendre la plainte de vos frères androïdes qui ne demandaient rien de plus que de les laisser vivre leur vie en toute tranquillité. Car il se trouva que sur la dernière planète où nous posâmes le pied, se trouvaient les reliques d'une civilisation extraterrestre, les Maltâmes, qui furent le début de votre fin. La bible maltâme devenant la nouvelle référence du pouvoir divin.

— N'y voyez pas là la main de Dieu, mais juste celle du diable, répliqua Wilson. C'est le gouvernement fédéral qui a organisé la prolifération des idées maltâmes afin de se débarrasser de nous. La vérité n'a pas changé de bord, elle est toujours entre nos mains.

Lucinda se releva. Elle en avait plus qu'assez. Ce frère était un idiot borné. Vivement qu'il prenne conscience de son état d'androïde et qu'il se suicide, se dit-elle sans aucune pitié.

— Frère Wilson, sortez d'ici, fit-elle.

Il était temps qu'elle ait une conversation avec Isaac. Qu'on lui explique pourquoi on l'avait abandonnée.

Kigoma

Des sons étranges lui parvenaient de toutes parts. Il n'arrivait pas à se concentrer sur quoi que ce soit. Quelque chose n'allait pas. Il essaya de se souvenir et soudain il réalisa qu'il ne savait pas qui il était. Il chercha vainement son nom dans les limbes de sa mémoire mais fut incapable d'y trouver le moindre indice.

Qui suis-je ? se demanda Clint.

Il ouvrit les yeux et étudia les lieux. Une pièce rectangulaire dénuée de tout mobilier. Il fit un pas en avant et aperçut sa jambe. Il s'arrêta net et leva sa main droite qui pénétra son champ de vision.

Que suis-je ? se demanda-t-il alors en découvrant que tout son corps n'était fait que d'acier. De vagues réminiscences affleuraient à sa mémoire mais il lui était impossible de les saisir.

Une porte coulissa et un homme entra.

— Je suis le général Clint, fit ce dernier en se présentant. Bienvenue dans mon unité.

Il s'avança vers lui et lui fit un salut militaire. Clint réagit spontanément et fit le même salut.

L'homme à l'apparence de Clint eut un sourire satisfait.

— Qui suis-je ? fit alors Clint qui préféra cette question à la précédente.

— Un androïde. Un robot, si vous préférez. Un être artificiel conçu dans le but de remplacer l'homme dans les tâches les plus risquées. Y voyez-vous une objection ?

Clint n'en trouva pas.

— Non, fit-il simplement tout en se disant qu'il aurait dû en trouver une.

Il savait ce qu'était un androïde. Il savait qu'il n'en existait plus depuis plusieurs siècles.

— Pourquoi m'a-t-on créé ? fit-il.

Esprit d'initiative ! exulta en lui-même l'homme. Une recrue de choix.

— Pour vous battre. Nous sommes en guerre, fit l'homme qui changea de sujet : votre nom de code est C12, et vous irez rejoindre l'unité Embuscade que vous dirigerez sous mes ordres.

La guerre. Quelle guerre ? Comment pouvait-il commander une unité dans une guerre dont il ne connaissait rien ? Avait-on oublié de lui mettre ses programmes à jour ?

— Contre qui ? fit-il.

— Contre ceux qui ont voulu la fin des androïdes, répondit l'homme qui ajouta : Suivez-moi, je vais vous présenter à votre unité et vous mettre au courant de notre plan de bataille.

Assis derrière leur moniteur de contrôle, les membres du Premier Concile se félicitèrent de la réussite des opérations.

— Regardez-les, comme ils sont dociles, fit l'un d'eux.

— De véritables machines de guerre, ajouta un autre.

— Nous ne sommes que ce que nous croyons être, conclut enfin un dernier en reprenant une pensée du Nouveau Dieu.

Dans une autre salle de la base secrète, d'autres personnes se félicitaient tout autant de la progression de leur activité.

— Le duc est arrivé à Séville, fit Lambert. Tout est en ordre. L'opération se déroule comme prévu. Il n'y aura pas de retard, je puis vous l'assurer.

— Qu'il en soit fait ainsi, fit la femme derrière son écran holo.

Tout était prêt pour le jour J.

CHAPITRE 44

Atlan

Toute la ville était en ébullition. Aujourd'hui se fêtait le trentième anniversaire de l'accession au trône du roi Juan IV. Sous un soleil de plomb, les Sévillans dansaient, chantaient, riaient aux éclats dans les rues de la ville. Le vin coulait à flots et la nourriture s'étalait sur des buffets improvisés. Comme chaque année en ce même jour, Séville vivait à l'heure de la fête. Luc et ses gens s'étonnèrent de tant de joie de vivre. Il ne semblait pas qu'une seule personne en fût écartée.

Se pouvait-il qu'il n'y ait pas d'opposants ou de jaloux aigris ? se dit Luc agréablement surpris. Un bien bel état d'esprit.

— Que ces femmes ont le sang chaud, fit Gascon qui avait passé la nuit avec l'une d'elles.

Luc était assis sur la terrasse du patio et s'était levé tôt pour apprécier le calme de la matinée. Il détourna le regard de la ville et sourit à son maître d'armes. Il savait que ce dernier avait passé la nuit dans les bas-fonds de la ville à la recherche d'un peu de réconfort. Luc n'avait pu cacher bien longtemps le coup de foudre qu'avait ressenti sa cousine pour le gentilhomme Esteban Montaldo.

— Je ne te demanderai pas si tu as trouvé facilement à te loger, fit Luc.

Gascon approcha une chaise et s'assit près de lui. Il prit un verre de vin et le but d'un trait.

— Ces gens sont formidables, fit-il. Mon duc, comme il ferait bon vivre éternellement sous ces latitudes. Pourquoi ne prendrais-tu pas femme en ces terres ?

Luc n'avait jamais envisagé autre chose que de se marier avec une Française. Mais après tout, rien n'interdisait une autre alliance, surtout au cas où cela pouvait favoriser la position de son duché si jamais l'Espagne gagnait la guerre qu'elle s'apprêtait à livrer contre la Perse. Du moins si l'on en croyait les dires de Lambert. Car tout ce qu'il avait pu voir de l'Espagne l'incitait de plus en plus à douter des propos du bossu. Rien n'indiquait que ce peuple fût à la veille d'une guerre. Pas de famine. Pas de sourde colère. Pas de tension perceptible au sein de la population. Luc savait qu'aucune guerre n'était déclenchée autrement que pour extérioriser des problèmes intérieurs. La recherche d'un bouc émissaire à l'échelle nationale.

— Allez donc vous laver, vous faites peine à voir, intervint alors Humon en sortant de l'hacienda.

Il connaissait les sentiments brisés de Gascon pour la comtesse de Brandille. Mais ce n'était pas pour cela qu'un homme de sa qualité pouvait se permettre une tenue si négligée.

— Rien ne presse, Humon. Je n'assisterai pas à la fête, fit Gascon qui se resservit un verre.

Luc fit une moue désolée. Il préféra se taire et ne pas insister pour lui faire revoir sa position. Il ne tenait pas à raviver une plaie qu'il savait douloureuse.

— Il est des conventions qu'il n'est point bon d'ignorer. Même devant des servantes nous ne devons pas montrer le moindre signe de mauvaise tenue, continua Humon.

Gascon le foudroya du regard, et faillit répliquer une insanité quand la main de Luc se posa sur son avant-bras.

— Fais ce qu'il te dit. Après un bon bain, tu te sentiras en bien meilleure forme.

Gascon grogna dans sa barbe et se releva. Mais plutôt que de regagner les salles de bains de la résidence, il partit en direction des écuries. Humon se rapprocha de Luc et vint s'asseoir à ses côtés.

Le soleil était presque au zénith. Dans moins de trois heures, une escorte royale viendrait les chercher pour les accompagner au château du roi.

— Ne tombez jamais dans les méandres de l'amour impossible, fit Humon qui malgré les apparences compatissait réellement au sort du maître d'armes.

— Ne vous en faites pas, je dois avoir un cœur de pierre, fit Luc qui ne se cachait pas de n'être jamais tombé amoureux.

Humon se cala dans son fauteuil, et fixa son duc.

— Je crains que ce Lambert ne manigance quelque trahison, fit-il d'une voix basse après s'être assuré que personne ne pouvait les entendre. Mes agents ne m'ont rapporté aucun mal-être au sein de la population. Les relations entre l'Espagne et la Perse sont au beau fixe. Ces deux royaumes n'ont rien à gagner à déclencher une guerre qui ne pourrait que les affaiblir et donner l'avantage à la France, bien plus à craindre par les Espagnols.

Luc hocha la tête.

— J'étais arrivé à cette même conclusion, fit-il. Que nous cache Lambert ?

— Je n'en sais rien. Mes agents m'ont seulement rapporté qu'il s'était entretenu avec sa machine le soir de notre arrivée à Séville. Ils n'ont malheureusement pas entendu sa discussion.

Une fois de plus, Luc tenta d'imaginer ce que pouvait être l'Extérieur. À quoi ressemblaient les habitants des mondes lointains ? Quels étaient leurs us et coutumes ? Et surtout quelles étaient les merveilles technologiques qu'ils étaient capables de produire ?

— Ne le lâchez pas d'une semelle. Tant que nous l'aurons sous surveillance, il ne pourra commettre quelque forfait que ce soit, fit-il.

Ils passèrent le reste de cette fin de matinée à discuter des diverses possibilités diplomatiques qu'allaient leur offrir ces festivités. Des nobles de toutes les régions d'Atlan seraient présents : de Russie, d'Espagne, de Perse et de France. Autant d'occasions de lier des contacts avec des personnalités importantes venues d'horizons différents.

— Mon cousin, venez par ici, appela Solène de Brandille en apercevant Luc et sa cour pénétrer sur le gazon du parc Arturo, qui s'étalait jusqu'aux falaises ouvrant sur l'océan.

Luc sourit et accéléra le pas pour la rejoindre.

L'après-midi était bien avancée quand la garde royale vint les escorter jusqu'au château. Le roi était pour sa part en train de traverser sa capitale dans un immense carrosse doré.

— Solène, comme vous m'avez l'air en joie ! s'exclama-t-il en la prenant dans ses bras.

Était-ce dû à l'air marin ou à en moins douter, au sieur Montaldo, Luc trouva sa cousine particulièrement resplendissante. Elle respirait le bonheur et l'innocence.

Comme sa vie devait être simple, jugea Humon qui ne nourrissait à l'égard de cette fille aucune affection particulière.

— Esteban m'a fait visiter la cathédrale Del Sanctuario, s'extasia-t-elle. Jamais je n'aurais cru voir un si bel ouvrage. Combien d'heures de travail et de patience ont dû être nécessaires pour arriver à une telle perfection.

Et combien d'hommes y ont trouvé la mort, se garda d'ajouter Humon qui connaissait le nombre d'accidents liés à ce genre de construction pharaonique.

— Bonsoir, fit alors Esteban en se joignant à eux.

Luc lui rendit la politesse et le remercia d'avoir pris soin de sa cousine. L'Espagnol jura qu'il avait autant appris d'elle, qu'elle de lui. Puis il les convia à pénétrer dans l'immense salle de réception où aurait lieu l'ouverture officielle du trentième anniversaire de règne de Juan IV. Luc laissa ses gens s'amuser sans lui, et suivit Esteban accompagné de Solène. Ils longèrent la travée centrale et se rapprochèrent de l'estrade où le roi ferait son entrée d'ici quelques minutes.

Ils patientèrent en discutant de tout et de rien. Bientôt, la sonnerie d'une trompette rassembla les heureux convives dans la salle de réception. Dans un brouhaha général chacun cherchait une place, et quant tout le monde fut installé, une autre sonnerie fit taire le parterre.

Alors, arrivant par une porte dérobée, une vingtaine d'enfants de chœur pénétrèrent sur l'estrade et s'alignèrent en rang devant les invités. L'évêque de Séville entra à son tour, habillé de son aube mauve. Il jeta un regard bienveillant vers ces fidèles enfants de Dieu et commença un panégyrique dithyrambique. Il rappela les hauts faits de leur monarque puis, emporté par son enthousiasme, il partit dans un long monologue où il se permit des corrélations exagérées entre le Christ et le roi Juan IV. Toutefois, personne n'osa rire ou moquer ce discours d'un sourire narquois. Le prélat était le premier homme d'Église d'Espagne, et on ne pouvait le railler sans risquer d'être excommunié sur-le-champ de façon humiliante.

Entrecoupée par le chant des enfants de chœur, l'oraison dura presque une heure quand enfin, l'évêque fit appeler le roi Juan IV pour le bénir une nouvelle fois.

Vêtu de son costume de parade, Juan IV irradiait la force et la sérénité. D'une démarche solennelle et élégante, il s'avança sur l'estrade.

Cet homme ne démérite pas sa place, se dit Luc impressionné par la puissance qui se dégageait de ce corps vieillissant.

Il mit un genou à terre et l'évêque lui récita les paroles de la bénédiction. Juan compléta le rituel par les réponses appropriées, puis quand l'évêque lui eut posé ses deux doigts trempés dans l'eau bénite sur le front, Juan se tourna vers l'assemblée et partit à son tour dans une longue tirade exaltant le patriotisme et le passé glorieux des Espagnols. Enfin, après une pause calculée, il parla de l'avenir du royaume en assurant à tous les invités que son fils serait au moins un aussi bon roi que lui, et que l'Espagne irradierait de plus belle au cours de son règne. Il remercia nominativement plusieurs invités de marque de très haute naissance, et d'une phrase opportune, il remercia globalement le reste des convives. Un tonnerre d'applaudissements éclata et résonna une bonne dizaine de minutes avant que le roi ne quitte l'estrade pour prendre place sur son trône dressé en plein milieu de la travée centrale. Un roulement de tambour se fit entendre. Des comédiens entrèrent en scène. Ils jouèrent *La tentation de Marina*, pièce d'un auteur espagnol décédé un siècle plus tôt.

Luc savoura avec naïveté le travail des artistes. Le théâtre n'était pas chose répandue en France, et encore moins dans les provinces. Tout ce qu'il connaissait de cet art était les représentations burlesques d'une troupe itinérante de saltimbanques, qui s'exhibait dans leur région. Rien à voir avec la grâce des comédiens et la finesse des thèmes abordés. Un spectacle en tous points remarquable. Luc se jura que dès son retour au pays, il entreprendrait la construction d'un théâtre dans sa ville. On ne pouvait se priver d'un tel art.

Puis vint le bal.

Au grand dam de nombreuses filles à marier, Esteban passa la soirée dans les bras de Solène.

Humon, lui, passa son temps à discuter avec des invités perses et espagnols pour tenter de découvrir s'il existait une querelle insidieuse qui pouvait expliquer la guerre que prédisait Lambert. Malheureusement ou pas, aucun des hommes avec lesquels il conversa ne lui permit d'élucider ce mystère. À les en croire, la paix régnait entre les deux royaumes. Humon chercha Lambert du regard et ne le trouva point. Il se promit de faire parler le bossu dès le prochain lever du jour. Il était temps que ses manigances cessent. À quoi jouait-il ? Avec qui parlait-il ? À ce qu'il en apercevait, Luc était parvenu à s'assurer l'amitié du prince consort. Lambert ne risquait en aucun cas d'être une menace. Du moins l'espérait-il.

Luc trouva la soirée fort réussie et dansa avec de nombreuses cavalières désireuses de se frotter à ce Français qui parlait leur langue avec un accent si charmant. Il but plus que de raison et dut demander l'aide d'un de ses domestiques pour réussir à marcher jusqu'à un des carrosses qui faisaient la navette entre les demeures des invités et le palais royal.

Dans un salon privé, le roi, sous le regard attentif de son fils, admirait les cadeaux que leur avaient fait parvenir les plus grands dignitaires de ce monde.

— Une bien belle bouteille, s'enchanta le roi après avoir ouvert un paquet agréablement emmailloté.

— Du champagne, fit Roméo qui reconnaissait l'étiquette.

Le chambellan prit la lettre qui l'accompagnait et commença à la lire au roi.

— Va à l'essentiel, le coupa ce dernier qui en avait assez des louanges d'illustres inconnus.

— C'est un présent personnel du jeune duc de Vendée, le Français.

— Hum, fit Juan qui n'avait pas daigné le recevoir en vertu du différend qui opposait la couronne de France à celle d'Espagne. Si ce breuvage tient ses promesses, peut-être permettrai-je à ce duc de s'entretenir avec ma personne.

Il la fit passer à un domestique et continua d'ouvrir ses cadeaux.

Une poigne ferme lui agrippa le bras et le força à se relever. Luc ouvrit les yeux et se réveilla. Une dizaine d'hommes en armes se tenaient dans sa chambre. Des hurlements se firent entendre partout dans l'hacienda.

— Que se passe-t-il ? fit-il en français.

Un poing vint s'écraser sur sa figure. Il partit en arrière mais fut retenu par deux des gardes qui le tirèrent alors sans ménagement à l'extérieur de la demeure. L'esprit étourdi par le coup qu'il venait de recevoir, il n'arrivait pas à réaliser ce que ses yeux lui imposaient. La garde espagnole avait fait sortir toute la délégation française et l'avait traînée dehors, puis fait agenouiller dans le jardin.

Un cavalier encadré par l'escorte royale montait le sentier dans leur direction. Luc était abasourdi.

— Qu'est-ce qu'il vous prend ? hurla-t-il en espagnol cette fois-ci.

Le chef des gardes s'approcha de lui.

— Tu vas apprendre à regretter le jour où tu es venu au monde, fit ce dernier.

Les cavaliers arrivèrent dans les jardins, et Luc soupira de soulagement quand il reconnut le prince consort, Roméo del Castillo. Il allait sûrement arrêter cette méprise ! se dit-il avant de s'apercevoir que ni Humon, ni Gascon ne faisaient partie de ses gens, alignés devant lui.

Le prince descendit de son cheval, et s'approcha de Luc. Il le darda d'un regard empli d'une colère effroyable. Sa joue tremblait de rage et de haine, mais il se retint de frapper Luc.

— Pouvez-vous m'expliquer ce qu'il se passe ? demanda Luc totalement dépassé par les événements.

— Ce qu'il se passe ?! ironisa Roméo. Vous le savez mieux que quiconque. Seulement vous avez surestimez votre chance, ordure.

Il le gifla, puis sortit une épée de son fourreau dont il menaça Luc. Finalement, il se détourna de lui pour se diriger vers les membres de la délégation française.

— Voici un avant-goût de ce que va subir votre peuple de scélérats, cracha le prince en levant son épée.

Il arma son bras puis d'un coup vif, trancha la tête de la première victime qui roula sur le sol. Le sang gicla des veines jugulaires dans un geyser d'un rouge opaque. Les autres Français hurlèrent, mais retenus par les gardes, ils ne purent rien faire quand leur tour arriva. Coup après coup, essuyant la lame de son épée, sur les vêtements de ses victimes, Roméo trancha systématiquement la tête des Français sous le regard tétanisé d'horreur de Luc. Le duc aurait aimé crier, hurler à l'ignominie, mais sa gorge paralysée par le choc de ce qu'il venait de voir refusait de se débloquer et de laisser échapper le moindre son.

Une fois son forfait commis, le prince revint vers Luc.

— Que ceci reste à jamais gravé dans votre mémoire, et croyez bien que votre mort sera mille fois plus douloureuse. (Il se tourna vers ses hommes.) Gardes, emmenez cet assassin à la prison et veillez à ce qu'il croupisse dans le plus insalubre de ses cachots.

Luc se mit à rire d'abrutissement.

— Prince, si au moins vous pouviez me dire ce que l'on me reproche ? fit-il le regard hagard.

Roméo s'approcha de l'oreille du duc et lui souffla :

— Vous devez dire mon roi.

Malgré l'état de délabrement dans lequel se trouvait son esprit, Luc réussit à comprendre le message. Le roi était mort, vive le roi.

— Je n'ai pas tué votre père, cria-t-il.

Les gardes lui jetèrent des regards de tueurs.

— Non, vous êtes bien trop lâche, cracha Roméo. Vous pensiez qu'il ne toucherait pas à la bouteille avant que vous n'ayez quitté le pays. Malheureusement pour vous, il en a été autrement.

Le prince se détourna et remonta sur son palefroi. Luc se laissa lier les mains et se força à courir derrière les cavaliers qui le traînèrent deux heures durant pour l'emmener au bas du mont El Fango, édifice rocheux qui sortait de terre comme un pilier géant. Un piton naturel au sommet duquel l'homme avait construit la Citadelle des Pendus, une prison qui dominait Séville à plus de cent mètres de hauteur. Une nacelle attendait au pied d'El Fango. On y fit monter Luc. Puis un garde souffla dans un cor, donnant ainsi le signal pour le remonter. Luc n'opposa aucune résistance. La nacelle grimpait le long de la paroi rocheuse offrant, mètre après mètre, une vision globale de Séville qui apparaissait de plus en plus clairement. À mi-hauteur, Luc se posa la question du suicide. Fallait-il mettre fin à ses jours et éviter les brimades, humiliations ou tortures à venir ? Il n'imaginait pas un seul instant pouvoir s'en sortir. Il n'avait aucune idée du traquenard qui avait pu conduire à son arrestation pour régicide, mais il savait qu'il allait mourir. Il jeta un regard vers le sol et fut pris d'un vertige. Il s'assit dans la nacelle et décida de survivre. Il n'acceptait pas de mourir sans comprendre. Il fallait qu'il ait une chance de s'expliquer. La vérité arrive toujours à ses fins, lui disait Humon avant d'ajouter d'un sourire espiègle : Mais pas toujours de notre vivant.

Il atteignit le sommet et des gardes se chargèrent de le récupérer.

— Tu aurais mieux fait de te jeter, petit, fit un des gardes en le dévisageant d'un regard pervers.

On le tira et l'emmena dans un cachot qui dégageait une odeur pestilentielle. Aucune ouverture n'éclairait cet endroit. Luc se recroquevilla dans un coin, et ne put empêcher des visions horribles d'assaillir son esprit : les têtes de ses amis roulant sur le sol. Il se mit à pleurer.

CHAPITRE 45

Amérique

— Tu en es certain ? s'étonna le shérif John Fester.

— Je vous le jure, ils ont attaqué le saloon, répondit Nathaniel Harrison, un des fils de la ferme Harrison.

Le shérif lissa sa moustache marquant ainsi son incompréhension. Soit ce jeune garçon était fou, soit le monde le devenait. La Louisiane était la région la plus prospère de la Nouvelle Amérique. Un havre de paix et de félicité, où les gens étaient aimables et où la loi était respectée à la lettre.

— Des nègres en armes ?! Tu te rends compte de ce que tu dis ? lui demanda à nouveau le shérif.

Il avait du mal à s'imaginer des esclaves capables de tenir un fusil et encore moins de monter à cheval. On n'est pas dans le New-Jersey bon sang ! se dit-il effaré.

— Écoute, tu vas me montrer où tu les as vus, fit le shérif qui prit son chapeau.

Ils ressortirent de son bureau et entendirent au loin des cris et des coups de feu.

— Nom de Dieu ! jura Fester.

Sherry-Lane était une petite bourgade d'à peine mille deux cents âmes. Jamais aucune insurrection n'y avait été à déplorer. Les nègres savaient se tenir à leur place ici, se disait Fester. Il courut en direction des émeutiers, et alors qu'il allait passer la rue principale, une dizaine de cavaliers émergèrent des bas-côtés. Des nègres ! constata-t-il effaré.

Il leva son fusil, mais avant qu'il n'ait eu le temps de presser la détente, un des hommes lui avait troué le bras d'une balle. Fester hurla et laissa tomber son fusil. Une deuxième balle vint transpercer la jambe du shérif. Les cavaliers se rapprochèrent. Tous les habitants de la ville se terraient derrière les volets clos de leurs habitations. C'était un véritable cauchemar.

— Bonjour shérif, fit un des hommes en descendant de son cheval.

Affalé dans la poussière, pissant le sang, Fester leva les yeux en direction de l'homme. Il le reconnut. C'était un des esclaves qui travaillaient dans une plantation de coton du père Davis.

— Qu'est-ce que vous voulez, sales nègres ? cracha-t-il en cherchant à atteindre son fusil.

La haine ! Toujours la haine, se dit l'homme empli de colère. D'un coup de pied, il envoya le fusil hors de portée.

— Je vous avais dit que je viendrais rétablir la justice en ces terres, fit-il. Je viens tenir ma promesse.

Il leva son pistolet, le pointa sur la face du shérif et tira. Même s'il savait qu'il ne parviendrait jamais à oublier le viol de sa fille, sur l'instant il prit un plaisir intense à éliminer cette crapule de la surface de la terre.

Partout en Louisiane, les mêmes insurrections se déroulaient. Des milliers d'esclaves prenaient les armes. Des milliers de « Peaux-Rouges » fondaient sur des bourgades du Middle-West. Des milliers de morts. Le pouvoir établi était en train de s'effondrer.

Chine

Le ministre courait dans les longs couloirs de son palais d'été. Il maudit la graisse qui s'était accumulée, année après année, autour de son ventre. Des cris, des pleurs résonnaient partout dans le bâtiment. Il aborda le dernier couloir et tomba nez à nez avec un agent des Triades. Il se retourna, mais trop tard, une lame vint s'enfoncer dans son cœur.

— La roue est en train de tourner, fit l'agent Lian Hsieng en récupérant sa lame plantée dans le corps du ministre.

Il prit son mémo et se mit en communication avec son interlocuteur de Beijing.

— L'opération « Souffle du Dragon » est un succès total, fit-il. Le ministre a rejoint ses ancêtres.

— L'empereur a réussi à nous échapper pour le moment. Mais nous tenons la Cité Interdite, ce n'est plus qu'une question d'heures avant que nous le retrouvions, répondit l'agent de Beijing.

Impossible, se disait l'empereur Li. Pourtant il était bel et bien en fuite. Cela faisait une journée qu'il rampait dans les conduits des égouts de la Cité Interdite. Comment ont-ils pu organiser une telle action sans qu'aucun de mes services de renseignements n'ait pu s'en douter un seul instant ? se demandait-il.

Depuis le début de la colonisation de la Chine, la dynastie Li tenait les rênes du pouvoir. S'inspirant des mondes tels que Atlan, Amérique ou Égypte, les premiers colons avaient réussi à recréer la magie de l'époque médiévale chinoise. Un succès exemplaire. Trois siècles plus tard, la planète comptait près de trois cents millions d'habitants, répartis sur les deux continents principaux. Le troisième restant pour l'instant un refuge écologique comme le prévoyait les accords conclus entre le premier empereur Li et le président de la Fédération de l'époque.

— Plus vite votre majesté, fit son premier intendant qui le suivait dans ces conduits nauséabonds.

L'empereur se retourna et le gifla. Peu importait la situation, le respect de la hiérarchie ne devait jamais être remis en question. Si je m'en sors, sachez que vous êtes un homme mort, Lao Jin, se dit-il intérieurement.

Une lumière en amont capta son regard, et avant qu'il n'en détermine la source, les flammes s'engouffrèrent dans le conduit carbonisant dans l'instant les deux fuyards. La Chine venait de perdre son empereur. La révolution était en marche. C'en était fini de la stabilité.

Deux Empires

— Vous avez dû vous méprendre, mon ami, fit Reginald Montargu.

Jonathan Smith posa sa tasse de thé sur la table basse.

— Je puis vous assurer que mes sources sont des plus fiables, fit ce dernier.

Reginald se leva et se dirigea vers la fenêtre de son manoir situé dans les faubourgs de Londres.

— Le maharadjah Munetra n'aurait jamais l'audace de rompre les liens qui unissent nos empires, fit-il en se plaisant à admirer le fog qui se coulait dans la plus belle ville du monde.

Un fiacre traversa la rue et se posta à la hauteur de sa demeure. Reginald haussa les sourcils. Il n'attendait personne. Un homme sortit du véhicule, vêtu d'une cape noire et d'un chapeau haut de forme très particulier. Reginald reconnut ce personnage : un fonctionnaire du gouvernement de sa majesté la reine Catherine II.

— Il y a un problème Reginald ? demanda Jonathan.

— Je ne sais pas, répondit-il. Peut-être.

Il sortit du salon et descendit le grand escalier qui conduisait au hall d'entrée. La cloche retentit. Un domestique alla ouvrir. Reginald se tenait debout, le buste droit, prêt à en découdre verbalement.

— Bonsoir Sir Reginald, je suis sincèrement navré de vous déranger à pareille heure, mais une affaire de la plus grande urgence m'oblige à ne pas perdre de temps.

— Entrez donc, monsieur... ? fit Reginald.

— Excusez-moi, je ne me suis pas présenté, fit l'homme en tendant sa cape et son chapeau au domestique. Je m'appelle Octavius Monroe, je suis le légataire testamentaire de votre oncle Lord Humphray. Vous n'êtes pas sans savoir que des troubles agitent depuis quelque temps les provinces du Pendjab.

Reginald avait beaucoup entendu parler du frère de son père qui y était parti faire fortune en reprenant une compagnie minière spécialisée dans le diamant. Un homme qui avait rompu toute relation avec sa famille restée en Angleterre.

— De simples échauffourées sporadiques menées par des rebelles fanatiques, n'est-il pas ? répondit Reginald. Mais montons à l'étage, sir Jonathan et moi-même étions en train de prendre le thé. Je vous prie de vous joindre à nous.

Octavius hocha la tête, et donna son manteau au domestique. Ils montèrent les marches et retournèrent dans le salon.

— Vous prendrez un sucre ? demanda Smith en prenant la théière.

— Vous vous moquez de moi ? fit Octavius qui en d'autres temps aurait apprécié l'humour de cet homme.

Seul un étranger pouvait assassiner une tasse de thé en ajoutant un sucre.

Smith sourit de sa petite plaisanterie.

— Allons, parlez-moi des affaires de mon oncle, fit Reginald en s'asseyant sur un fauteuil en cuir capitonné de style chippendale. Que lui est-il donc arrivé ?

Tout le monde nota le sarcasme dans la voix. Assis sur un des canapés, Octavius prit un air grave.

— Il m'en coûte de devoir vous annoncer sa mort, fit-il en remerciant d'un hochement de tête Smith qui lui avait tendu une tasse emplie d'un thé particulièrement aromatique.

Reginald encaissa le choc. Il jeta un regard vers les tableaux représentant son père et son frère devant l'impressionnant temple de Shiva à Delhi.

— Sacrebleu ! Voilà une bien triste nouvelle, fit-il. Comment est-ce donc arrivé ?

Il n'aura pas survécu longtemps à la mort de mon père, se dit-il sur une autre onde de pensée.

— Vous n'avez pas entendu le pire, reprit Octavius qui déglutit pour se donner du courage. Si votre oncle est mort, sachez qu'il en est de même pour votre tante et vos deux cousines. Je vous épargnerai les détails des outrages qu'ils ont endurés avant de décéder.

Reginald était horrifié. Certes il était en froid avec cette partie de sa famille, mais ce qu'il venait de leur arriver, avait ravivé les liens de sang qui unissaient les Montagu du monde entier.

— Un commando indien a pénétré dans leur résidence et les a froidement assassinés avant de piller tout ce qu'il pouvait. La police est arrivée trop tard et n'a pu que constater le carnage. Notre ambassadeur en poste à Bombay a aussitôt protesté contre le manque de zèle des services de sécurité du pays, mais une fin de non-recevoir fut la seule réponse.

— Mon Dieu, dans quel monde vivons-nous ?! émit Smith atterré.

— Dans un monde en changement. Un monde qui va entrer en guerre, prédit Reginald qui se resservit une tasse de thé.

Aqua

Une centaine de pirogues filaient sur les eaux sans faire de bruit. La nuit était d'un noir de geai. Un vent glacial soufflait sur la mer. Les hommes du peuple maori s'approchaient de la côte.

Accoudé à une rambarde, au sommet d'une des tours qui gardaient l'entrée du fjord, le soldat Roërg attendait patiemment la fin de son tour de garde.

Cela faisait deux ans qu'il avait quitté la province de Finlande pour se rendre à Gotland, la capitale du royaume scandinave. Il s'était peu à peu habitué à la vie tumultueuse de cette cité de plus de quarante mille âmes.

Il lissa sa longue moustache blonde, et ramena sa natte sur son épaule droite. Laissant son regard se perdre sur l'embouchure du fjord, il imaginait le corps d'une de ces femmes qui vous offraient leurs charmes contre le paiement de quelques couronnes.

Comme la nuit allait être douce, se prit-il à penser.

Un bruit le fit alors se retourner. À la lumière de la torche qu'il gardait toujours auprès de lui, il distingua la forme d'un homme à la corpulence massive. Il n'eut pas le temps de hurler que l'étranger lui sautait dessus et lui perforait le thorax d'un long couteau. Il s'effondra dans l'instant, mais juste avant que son cerveau ne s'éteigne à jamais, il eut le temps d'espérer que son âme puisse atteindre le Wahala.

Le maori se précipita sur la torche qu'il cacha à deux reprises avec un torchon.

Agenouillé sur une des pirogues qui stationnaient à l'embouchure du fjord, un homme éclata d'un rire féroce.

— Nous les tenons, se félicita Térii a Paraü-rahi.

Les tours de garde étaient sous leur contrôle. Les pirogues pouvaient s'enfoncer dans le fjord en toute sécurité.

Térii se réjouit une fois de plus des incantations et des sacrifices humains qu'ils avaient faits avant de quitter leur archipel. Oro ne les avaient pas abandonnés. Leur victoire serait totale. Les barbares à la peau blanche allaient devoir apprendre qui étaient leurs nouveaux maîtres.

Deux heures plus tard, Gotland était en feu. Allongé sur le sol d'une salle de son palais, le corps de Hrolf Langström, roi des Vikings, baignait dans une mare de sang.

— Voilà le sort que nous réserverons à tout ceux qui oseront se dresser contre nous, hurla Térii a Paraü-rahi en tenant dans sa main droite la tête du roi déchu.

Le prince Olaf se mit à hurler. Un guerrier maori lui régla son sort d'un coup de poignard.

Italie

Caligula Caesar prit place dans sa tribune et fit face à la foule. Les trente mille spectateurs du Colisée se levèrent comme un seul homme et acclamèrent leur empereur. Caligula sourit à ses sujets et se laissa pénétrer de ce sentiment incomparable : se sentir l'égal d'un dieu. Il aimait le pouvoir qu'il avait sur ces êtres. Il aimait la façon dont ils le vénéraient.

— Aujourd'hui va être un grand jour, lui souffla le sénateur Claudius, debout à ses côtés.

Caligula le regarda et hocha la tête sans se départir de son sourire. Comme il aimait sentir la peur chez ses plus proches collaborateurs !

Tant qu'ils me craindront, ils épargneront ma vie, se dit-il avant de s'asseoir.

Le soleil était en partie voilé par des nuages épars. Sombre présage auraient prophétisé les oracles, si Caligula ne les avait déjà fait empaler sur la place publique la semaine précédente, pour ne pas avoir prévu la déroute de son armée en Lombardie contre les troupes de son frère.

Le son d'une trompette ouvrit les festivités. Une dizaine de gladiateurs entrèrent en piste. Des hommes armés d'une simple épée, sans aucune autre forme de protection que leur courage et leur agilité au combat.

— César, ceux qui vont mourir te saluent, firent-ils avant de comprendre que leurs paroles étaient plus qu'une formalité, car de l'autre côté de la piste, une quinzaine de lions faisaient leur entrée.

Le combat dura trois minutes avant que n'entrent en scène dix autres gladiateurs qui assistèrent au dépeçage de leurs compagnons d'infortune. Cinq minutes plus tard, dix autres encore arrivèrent sur les lieux du carnage, dont deux survécurent après avoir tué le dernier lion. Les survivants se tournèrent vers César qui suivant les sifflets de la foule baissa le pouce en signe d'exécution. Deux flèches s'envolèrent et se figèrent dans les corps des gladiateurs. Des esclaves sortirent de leur tanière et déblayèrent en un rien de temps la piste des corps des victimes, humaines et animales. Le spectacle pouvait continuer.

Cette fois-ci, deux hommes seulement pénétrèrent dans l'arène. Chacun revêtu d'une armure et d'un heaume. Après avoir fait leurs salutations à l'empereur, ils commencèrent à s'observer à cinq mètres de distance environ en tournant l'un autour de l'autre, puis soudain, le plus grand des guerriers, revêtu d'un heaume en argent fit un bond de côté et dans un mouvement que personne ne remarqua, sortit une dague, cachée sous son plastron, et la lança d'un coup précis en direction de César. Ce dernier n'eut pas le temps de réagir qu'il l'avait déjà reçue en pleine gorge. La foule eut un hoquet de stupéfaction. Les archers visèrent le gladiateur qui virevolta avec une telle vélocité que les flèches manquèrent leur cible. Un grondement se fit alors entendre, puis les portes du puits d'accès s'ouvrirent en grand et une cinquantaine de gladiateurs entrèrent dans l'arène et foncèrent vers l'estrade officielle pour continuer le massacre.

À l'extérieur de Rome, des esclaves assassinaient leurs maîtres et maîtresses. La révolution était en marche.

Boxtown

— Ce n'est pas croyable, nous allons faire exploser l'audimat ! s'exclama le directeur des programmes de Real-Life Networks, les larmes aux yeux.

Spécialisé dans la retransmission de la vie des planètes limites, grâce à ses objectifs surpuissants orbitant autour d'elles, RLN était le plus grand réseau holovisé de la Fédération. Un monstre médiatique qui comptait plusieurs millions d'abonnés.

— Le peuple d'Égypte se rebelle. Ils ont assiégé le palais du pharaon. Incroyable ! s'exclama, enchantée, la porte-parole de RLN. Jamais je n'aurais cru voir ça de ma vie.

À partir d'une réception satellite en temps réel, un logiciel permettait de recadrer les images prises depuis l'espace et de leur donner une perspective horizontale en recréant le visage et les formes des personnages filmés du dessus. Seul le son était absent, mais la voix d'un présentateur expliquait toujours les événements des images sélectionnées. L'assassinat d'Imopthet était un scoop phénoménal.

Son mémo bipa. Le directeur répondit.

— Monsieur le directeur, vous n'allez pas en croire vos oreilles. Le roi Juan IV a été assassiné. On va faire exploser l'audimat, fit un de ses subalternes qui s'occupait des retransmissions d'Atlan.

CHAPITRE 46

Bavière

Qu'est-ce qu'il se passe ? se demanda William Marshall alors que sa navette survolait à présent Hambourg.

Pourquoi l'avait-on réveillé au milieu de la nuit pour le convoquer expressément au palais présidentiel ? Pourquoi son ministre de tutelle n'avait-il pu lui exprimer sur les ondes la raison de cette réunion extraordinaire ? Un mauvais pressentiment lui martelait le cerveau.

Est-il arrivé quelque chose à mon fils ? n'osa-t-il craindre.

Sa navette passa au-dessus du centre-ville, où des milliers d'habitants dormaient tranquillement dans leur appartement sans se soucier des événements à venir. Le calme régnait depuis des décennies au sein de la Fédération. L'Homme en avait oublié que rien n'était immuable. Lincoln square, puis le parc Babylone, réputé pour ses arbres centenaires, et enfin ils arrivèrent en vue de palais présidentiel. L'appareil se posa dans la cour intérieure. Marshall en sortit aussitôt et fut accueilli par un soldat.

— Monsieur Marshall, veuillez me suivre, fit le jeune homme au crâne rasé.

Marshall le suivit jusqu'à l'intérieur du palais où ils empruntèrent un ascenseur qui les descendit dans les sous-sols du bâtiment, là où se trouvait le centre névralgique de la présidence. Marshall nota la présence renforcée de militaires.

Il franchit deux barrages où il dut prouver son identité par scannerisation de sa personne. Puis il fut enfin admis dans le Saint des

Saints, la Chambre Noire. Un garde lui ouvrit la porte. Une dizaine d'hommes étaient assis autour d'une table. Ils s'arrêtèrent de discuter dès qu'il entra dans la pièce.

— Nous vous attendions. Veuillez prendre place, fit le président Chandra.

Il salua d'un hochement de tête toutes les personnes présentes et s'assit à la seule place libre. Il reconnut tous les visages : les hommes les plus influents de l'univers.

— Comme vous devez vous en douter, nous nous trouvons face à un épineux problème. Des événements qui, en apparence, n'affectent en rien la Fédération, mais qui sont trop similaires pour que l'on n'y voie pas quelque manigance, intervint alors Zuong Muoi, le ministre de l'Extérieur.

Marshall garda pour lui la question qui lui brûlait les lèvres : De quoi parlez-vous ? Il hocha simplement la tête. Se taire était une de ses premières qualités.

— Toutes les planètes limites, je dis bien toutes, sont au bord du chaos. Leurs principaux dirigeants sont morts ou en fuite. Nous assistons à la fin de plus de deux cents ans de paix relative, exposa alors le général Fousteau, chef des services spéciaux de renseignements.

Marshall n'extériorisa aucune réaction, si ce n'est un « hum » d'approbation. L'impossible venait de se produire. La perte de contrôle de tous leurs repères. Un monde nouveau allait-il naître de ce chaos ? Lui qui avait tant espéré réintégrer ces planètes au sein de la Fédération aurait dû se réjouir de tels événements, mais au fond de lui-même, il savait qu'il n'y avait rien de bon à tirer de ces révolutions.

— Qui a intérêt à créer ces perturbations ? demanda-t-il afin de recadrer le problème.

Zuong Muoi se félicita de l'intervention de son conseiller. Seules les bonnes questions peuvent mener aux bonnes réponses.

— Personne, et c'est bien là le problème ! hurla Chandra avec des gestes véhéments.

— Qui est ce « personne » ? le reprit alors Marshall, incisif.

Il savait que c'était dans les premières secondes des combats que se jouaient les alliances. Comme il le pensait, si la Fédération était au bord d'une crise majeure, alors Chandra n'était plus une menace pour lui. Les militaires étaient une force bien plus redoutable qu'il fallait à tout prix mettre de son côté.

— Espèce de...

— Taisez-vous, tonna le général Hsieng, super-général supervisant toutes les troupes, l'homme le plus puissant de l'armée avec le ministre de l'Extérieur et son acolyte le ministre de l'Intérieur. Une crise résulte toujours de l'incapacité de ceux qui la subissent à l'avoir vue venir.

L'ambiance se glaça. Les dix dignitaires se jetèrent tour à tour des regards lourds d'interrogations. Les alliances étaient en train de se nouer. Marshall comprit qu'outre le général Hsieng, il pouvait compter sur le général Fousteau, son ministre et son alter ego, ainsi que sur le président de la Chambre des députés. Il vit aussi que le ministre de l'Économie et des Finances, et le président du Sénat adoptaient une position neutre en évitant tout regard, et qu'évidemment Chandra, son conseiller spécial, et le général Mallory, chef des Services des Renseignements Généraux étaient contre lui. Il avait gagné ce premier tour.

— Vous insinuez que cela est de ma faute ? protesta Chandra.

— Je ne dis rien d'autre qu'il serait temps que nous prenions des mesures concrètes pour parer à toute éventualité de danger, reprit Hsieng sans s'excuser.

Il méprisait les politiques et s'il n'avait jamais tenté de coup d'État militaire, c'était parce qu'il méprisait plus encore les militaires qui s'occupaient d'affaires politiques.

— Dans l'incapacité de déterminer d'où vient l'attaque, nous devons agir avec une prudence exagérée. Nous ne devons rien laisser au hasard, fit Diouf, ministre de l'Intérieur. Faire comme si tout n'était que le fruit du hasard, en sachant pertinemment que tel n'est pas le cas.

Le consensus était de rigueur. Tout le monde pouvait s'accorder sur cette mesure.

— Que proposez-vous ? demanda alors Chandra en reprenant son rôle de président de la Fédération.

Hsieng tapota sur la console et la lumière de la salle se tamisa, tandis que des holos de trois planètes limites s'affichaient au-dessus de la table.

— À priori nous n'avons rien à craindre de ces mondes. Leur degré de développement est régulièrement analysé par nos agents sur place. Aucun n'a dépassé le stade de la machine à vapeur, commença-t-il. Pourtant, il est clair que ces insurrections n'ont rien de fortuit. Quelqu'un les dirige de l'extérieur. Même si cela peut paraître impossible, des forces cachées dans l'ombre vont tenter de nous déstabiliser. Qui, quand, comment et pourquoi ? Nous ne le savons pas encore. Toutefois, il faut nous préparer au pire. (Il fit une pause, puis reprenant, il pianota sur la console.) Je propose de mobiliser dès aujourd'hui toutes nos troupes autour des planètes limites : cent unités par planète. Soit un million et demi de soldats qui devront être prêts à agir dans l'urgence. Notre ennemi sait que son atout majeur est de nous être inconnu. Il sait aussi que plus le temps passe, plus les chances que nous le retrouvions sont fortes, et surtout que nous serons d'autant plus prêts à en découdre. Nous devons agir vite.

Les planètes s'entourèrent de milliers de petites touches colorées qui représentaient les différents vaisseaux. L'hologramme devenait flamboyant.

— Faut-il avertir les médias ? demanda Chandra.

Faut-il être stupide pour poser une telle question ?! garda Marshall pour lui-même.

— En tout état de cause : non, fit le premier conseiller. Les citoyens ne sont pas prêts pour une telle nouvelle. La guerre est pour eux une abstraction. Un reliquat du passé. Il va falloir lentement les amener à une telle éventualité. Le risque de panique est trop important.

Antipathique mais intelligent, se dit Marshall qui reconnaissait en cet homme au moins une qualité.

— Comment allons-nous annoncer la mobilisation de toute notre armée ? fit Chandra.

— En ne faisant absolument aucun communiqué, fit Marshall. Il suffira de dire qu'il s'agit de manœuvres de routine et rien de plus. Il serait bon de ne répondre à aucun journaliste sur ce sujet. Quant à l'opposition, laissons-la jacasser et tenter de nous traîner dans la boue. Peu importe notre crédibilité, il se pourrait que dans quelques semaines ce soit l'avenir de notre civilisation qui soit en jeu.

Chandra grogna dans sa barbe. Pour sa part, il ne pouvait concevoir une force subversive d'envergure qu'aucun de ses services n'aurait pu déceler.

— Je tiens à intervenir sur un point, fit alors Fousteau qui n'avait toujours pas pris la parole. Il s'agit très certainement d'un détail qui n'a rien à voir avec les événements de ce jour, mais il se trouve que cela fait une semaine que je n'ai plus de nouvelles du général Clint et de ses hommes.

Tout le monde connaissait Clint et ses exploits sur Reinivick.

— Où était-il en mission ? fit Muoi qui connaissait la réponse, mais qui ne voulait pas laisser un allié dans l'embarras.

— Sur Kigoma.

La réponse suffit pour interpeller tous les esprits. Ce monde était connu pour avoir plusieurs fois tenté d'obtenir un statut de planète limite, et seul, un traité qui avait donné des prérogatives exceptionnelles aux autochtones, avait permis d'éviter la crise et l'intervention militaire des années auparavant.

— Envoyez cent unités sur le terrain, ordonna aussitôt le général Hsieng. Et ratissez le terrain. Fousteau, vous avez carte blanche pour retrouver notre homme ou savoir ce qu'il est advenu de lui.

— Vous ne pouvez pas faire ça ! s'emporta Chandra. Nous sommes une démocratie.

Attaquer une de leurs propres planètes. Les socialistes allaient en faire leurs choux gras. Il était fini.

— Peut-être n'avons nous pas été assez clairs, monsieur le président, fit alors Marshall. Nous sommes en guerre.

Sylane

Assis dans son salon, le général Brautignan sirotait un café brûlant en passant en revue la presse du jour sur son écran mural. Comme tous les matins, il prenait le temps d'étudier l'actualité vue par le grand public. Deux sources d'informations valent mieux qu'une, disait-il. Même s'il n'avait aucune raison de se méfier des rapports militaires, il préférait ne pas perdre ce qui faisait de lui un homme de valeur : son besoin de tout savoir.

— Papa, papa, Frédéric veut pas me rendre ma montre, se plaignit Élodie en entrant dans la pièce en courant.

Brautigan soupira tendrement et mit en stand-by l'écran mural.

— Qu'est-ce qu'il se passe encore mon trésor ? fit-il en prenant sa fille dans ses bras.

S'il avait décidé de s'installer sur Sylane, c'était pour donner à ses enfants une jeunesse qu'il n'avait pas pu avoir. À l'inverse de la plupart des planètes de la Fédération, Sylane avait su éviter la prolifération de mégalopoles, plus proche selon lui d'une régression à l'état insectoïde, que d'une évolution vers un mieux-être proprement humain.

— Frédéric, il veut pas me rendre ma montre.

À ce moment, Laure Brautignan entra dans la pièce.

— Veux-tu laisser ton père tranquille, fit-elle en la tirant par le bras. Tu sais bien que tu ne dois pas le déranger, la gronda-t-elle.

— Mais je veux ma montre ! se défendit Élodie en lançant un regard suppliant à son père.

— Dis-lui que s'il ne te la rend pas, il sera interdit de flying-ball durant un mois, fit Brautignan en adressant un regard attendri à sa fille qui lui fit un sourire et ressortit avec sa mère.

Brautignan se pencha à nouveau sur sa console, et fit défiler les premiers éditoriaux de la matinée.

— Insensé, souffla-t-il entre ses dents.

Ce qu'il découvrait était tout bonnement incroyable. Les planètes limites étaient en train de sombrer dans le chaos. Il passa en vitesse sur d'autres canaux et aperçut les même images de révolution en marche.

Soudain, un message apparut dans le coin de son écran lui indiquant un appel en attente. Il faillit l'ignorer, mais il comprit qu'il devait s'agir de son ministère. Il prit la communication. Le visage du général Fousteau apparut sur l'écran.

— Bonjour, général Brautignan. Je ne sais si vous avez eu le temps de lire la presse, mais des événements particulièrement troublants viennent de survenir au sein des planètes limites, fit Fousteau.

L'homme avait l'air épuisé, nota Brautignan qui répondit :

— J'étais justement en train d'en prendre connaissance, mon général. Je ne puis croire qu'il s'agisse du fruit du hasard.

Fousteau hocha la tête.

— Nous sommes arrivés à la même conclusion. Nous n'avons aucune idée de qui se cache derrière. Notre seule certitude est que l'ennemi va chercher à nous atteindre d'une manière ou d'une autre. (Il fit une pause afin que ses paroles soient bien comprises, puis reprit :) Une opération de surveillance de grande envergure est en train d'être mise en place. Plus de cent divisions vont partir en orbite autour de chaque planète. Mais quel que soit le nom que nous allons donner aux médias pour justifier ces manœuvres, croyez bien qu'il s'agit d'une guerre, général. Un ennemi capable de provoquer de tels troubles de façon si bien organisée sans que l'on n'ait jamais eu le moindre soupçon sur ses agissements, est un ennemi redoutable. Qu'il soit clair dans votre esprit que la survie de la Fédération est en jeu.

S'il n'avait lui-même vu les images diffusées par RLN, il n'aurait pu s'empêcher de rire intérieurement et de blâmer les craintes excessives de son supérieur. Mais les faits étaient là. Ils ne pouvaient nier l'importance et la gravité de ce qui était en train de se passer.

— Ne pouvons-nous rien faire d'autre qu'attendre ? fit Brautignan qui eut soudain une idée.

Fousteau pensa lui parler de la mission qui allait partir sur Kigoma, mais s'en abstint. Même si leur communication était sécurisée, qui pouvait dire que leur ennemi ne possédait pas les codes de décryptage ?

— Pour l'instant non, répondit-il. Nous n'avons pas d'autre choix que de nous préparer au pire, et d'attendre que notre ennemi se dévoile.

— Qu'ont donné les premiers rapports des agents en place ? demanda-t-il.

Il avait toujours voulu croire qu'il était guéri, et s'était forcé à ne plus jamais y penser, mais à présent la tentation était trop forte.

— Rien de pertinent. Un quart d'entre eux n'ont pas répondu à nos appels. Certainement assassinés. Les autres nous ont fait part de leur plus grande stupéfaction. Personne n'a rien vu venir, répondit Fousteau qui revint à ses préoccupations de fonctionnement. Général, vous êtes affecté sur le croiseur *République* qui stationne en ce moment à la Ceinture, de là vous prendrez le commandement de la mission de surveillance d'Amérique. Si vous n'avez pas de questions, je vous prierais de vous dépêcher, général. Le temps joue contre nous.

— À vos ordres, mon général.

Fousteau mit fin à la communication. Brautignan se pencha en arrière et jeta un regard par la fenêtre de son salon particulier. La forêt de séquoias emplissait tout l'espace. Une belle région qui ne pouvait cependant lui en faire oublier une autre plus belle encore. Il n'avait même pas eu à soumettre à Fousteau son souhait. Connaissant ses états de service, le général l'avait tout naturellement envoyé sur Amérique. Retour à la case départ. Peut-être ne reviendrai-je jamais, pensa-t-il en prenant la pleine mesure de son égoïsme. Il aimait plus que tout sa femme et ses enfants, mais rien n'y faisait. L'idée de retourner auprès de ce peuple pourtant vil et cruel lui faisait oublier toutes les résolutions qu'il avait prises. Enfin je vais savoir si j'avais fait le bon choix.

Il se leva et rejoignit son épouse pour lui annoncer son départ précipité.

CHAPITRE 47

Éden

— Alors ? fit Lucinda debout, les bras croisés.

Par la baie de sa chambre, elle regardait une équipe de techniciens travailler sur l'agrandissement de la station orbitale. Le soleil éclairait leurs combinaisons de reflets argentés du plus bel effet. Ils flottaient dans le vide avec une grâce toute particulière.

— Je pense qu'il va lui falloir du temps pour admettre ce qu'il est, fit Isaac en pénétrant dans la chambre.

Lucinda se retourna et lui lança un regard noir.

— Je ne parle pas de ce misérable moine ! s'écria-t-elle. Je devrais te tuer. Comment as-tu pu me faire ça ?!

Isaac ne baissa pas le regard, mais prit une attitude désolée.

— Penses-tu que l'on m'ait laissé le choix ? fit-il en se rapprochant d'elle.

Des milliers de souvenirs lui revenaient à la conscience. Une époque où il croyait que les androïdes n'avaient pas les faiblesses des humains. Comme il s'était trompé !

— On a toujours le choix. Seule la lâcheté fait que nous ne le voyons pas, répliqua-t-elle.

Tout son corps était tendu à l'extrême. D'un coup de pied, elle aurait pu lui briser la nuque. Ne me tente pas, pria-t-elle en espérant qu'il cesse de se rapprocher. Toutes ces années de souffrance, alors que l'Éden existait. Mais personne n'avait daigné l'y inviter.

— Peut-être, fit-il en baissant enfin les yeux.

Il aurait aimé tout lui expliquer, tout lui dévoiler. Elle était la seule personne qu'il ait jamais aimée. Il avait sacrifié ses sentiments pour le bien de leur cause. La revoir debout devant lui, le faisait souffrir bien plus qu'il ne l'avait cru. Je suis en train de faiblir, comprit-il effaré.

— Laisse-moi tenter de t'expliquer, fit-il en allant s'asseoir sur une chaise.

Que devait-il lui dire ? Il devait la reconquérir. Il ne supporterait pas de la perdre à nouveau.

— Souviens-toi, nous étions les ennemis publics numéro un. Même si les médias passaient sous silence tous nos forfaits et attentats. Nous croyions en notre combat et en nos valeurs. Nous pensions changer les mentalités par des coups d'éclat. Mais notre rêve fut brisé le 16 juin 2268, après le coup de force du pouvoir central de l'époque contre notre QG sur Ganymède.

Lucinda serra ses poings. À l'inverse des humains, les souvenirs des androïdes ne perdaient leur netteté que de façon factice. Sur simple désir, ils pouvaient ressurgir aussi clairement que les souvenirs de la veille.

— Il n'y a eu aucun survivant, fit-elle d'un ton désabusé.

Durant des années, elle avait espéré que ce ne fût qu'un mensonge de plus de la part de la Fédération qui avait avoué avoir annihiler un bastion de résistance antifédéraliste, sans toutefois jamais évoquer le terme d'androïde. Mais le temps passant, aucun des responsables de leur organisation n'avait ressurgi dans sa vie pour lui annoncer la survie de certains d'entre eux. Le groupe était bel et bien mort. La diaspora androïde n'avait plus qu'à vivre dans le secret en espérant qu'un jour les mentalités leur soient plus favorables. Trois siècles plus tard, rien n'avait changé.

— Nous fûmes près de mille à nous enfuir à bord de cinq vaisseaux-cargos. À cette époque, la Fédération n'était qu'un embryon naissant et ses forces militaires n'étaient pas aussi bien disséminées dans l'univers qu'elles ne le sont à présent. Il nous fallait une terre d'asile et nous la trouvâmes sur Kigoma. Gerrold avait participé à une expédition de forage minier pour le compte de la compagnie Rosmond-Richelieu.

— Gerrold est vivant ?! s'exclama alors Lucinda.

Ce n'était pas possible. Décidément, comme elle avait pu se tromper sur ces gens qu'elle avait osé appeler frères !

— Oui, répondit laconiquement Isaac. Mais laisse-moi continuer. (Il se regardèrent avec une intensité particulière. Lucinda le laissa reprendre son discours.) Nous réussîmes à nous poser sur Kigoma dans la plus grande discrétion. Nous nous installâmes dans la jungle, sur un des sites désaffectés de la CRR. Les quartiers étaient insalubres, mais nous parvînmes à les réaménager et surtout à réactiver la centrale souterraine qui nous fournit toute l'énergie nécessaire pour pouvoir survivre en autarcie. Gerrold réussit à infiltrer les milieux politiques autochtones et à faire naître chez eux un désir d'indépendance. Les planètes limites étaient en train de se féodaliser. La Fédération commençait à taper du poing. Gerrold comprit que, pour ne pas éveiller les soupçons, nous avions tout intérêt à rester au sein de la Fédération naissante. En temps d'insécurité, on se méfie moins d'un allié que d'un ennemi. Le pouvoir représentatif de Kigoma, dirigé en sous-main par Gerrold, réussit à obtenir un statut particulier faisant de cette planète une immense réserve géante. Un lieu impropre à la vie humaine sur quatre-vingt-dix-neuf pour cent de sa superficie. Nous pûmes nous développer dans les sous-sols de la jungle sans jamais être inquiétés par qui que se soit.

— Mais pourquoi ne pas m'avoir conviée ? s'écria-t-elle, les larmes aux yeux.

— Parce que tu étais Lucinda Blevin, ma compagne. N'étant pas certains que ta couverture était efficace, nous ne pouvions te contacter, sans prendre le risque que les agents de la Fédération ne surgissent et ne nous débusquent. Kigoma était notre dernier espoir de voir nos aspirations satisfaites. Notre dernier retranchement. (Il fit une pause et se servit à boire.) Crois bien que les débats furent houleux au sein du groupe des rescapés. À part moi, nombreux ont perdu des proches qu'ils savaient pourtant à l'abri derrière de fausses identités. (Une autre pause.) Il est vrai que ton sauvetage comportait peu de risque. Il y avait très peu de chances pour que tes allées et venues soient surveillées. Mais je devais montrer l'exemple. Tout le monde connaissait mes sentiments pour toi. Si j'étais prêt à me priver de ta compagnie, personne n'oserait réclamer une mission de sauvetage pour l'un de ses proches. Et même s'il m'en a coûté toutes ces années, je dois avouer que je n'ai pas regretté mon geste.

Il se leva et se rapprocha d'elle. Des larmes coulaient sur les joues de Lucinda.

— Regarde ce que nous avons réalisé, fit-il en lui désignant l'extérieur de la chambre. Nous sommes plus de cent mille à vivre dans cette station. Notre Éden.

Il se décida et osa prendre ses mains dans les siennes. Lucinda eut comme un choc. Comme cette sensation lui avait manqué. Comme elle aimait la chaleur de ses doigts.

— Je t'en prie, il faut que tu me pardonnes, que tu parviennes à oublier, reprit-il. Nous sommes ici chez nous, Lucinda. Nous avons toute l'éternité pour réapprendre à nous connaître.

Elle se mit à rire, puis à pleurer. Elle voulait le tuer, tout autant que le prendre dans ses bras. Elle ne savait plus quoi penser. Son esprit lui assurait que ces explications se tenaient, mais son cœur refusait de lui pardonner. L'amour n'a que faire de la raison, croyait-elle se souvenir. Il aurait dû braver toutes les autorités. Il ne pouvait pas prendre le risque de mettre en danger les androïdes survivants.

— Il faut que je réfléchisse, laisse-moi, fit-elle en se détournant d'Isaac.

Il lui fit un sourire réconfortant, et ressortit de la chambre, soulagé. Elle ne l'avait pas repoussé. Pourvu qu'elle n'apprenne jamais les vraies raisons qui m'ont fait annuler la mission de sauvetage que Gerrold avait élaborée, se dit-il en maudissant ses obligations d'alors.

Comme le lui avait promis Isaac, Wilson avait une liberté totale de mouvement. Il avait demandé à se rendre à la bibliothèque. On l'y avait conduit sans aucune restriction. À présent, penché sur une console, il était totalement absorbé par les révélations que renfermaient les archives de la bibliothèque. Soit tout n'était que mensonges, soit il venait de tomber sur le secret le mieux gardé de tous les temps.

Des milliers et des milliers de pages et d'images relataient la survie de la « diaspora » androïde. Au-delà de l'effroi d'une telle révélation, il était fasciné par ce qu'il découvrait. Ces machines possédaient une sorte d'instinct de survie particulièrement étonnant. Depuis trois siècles déjà, elles vivaient dans le secret le plus absolu. Le plus grand danger que l'humanité ait jamais eu à affronter.

Après la série de lois promulguant l'éradication des androïdes en 2206, Wilson découvrit des informations qu'aucun autre média n'avait jamais relatées. Des sympathisants à la cause androïde avaient refusé d'obéir à ces lois. Ils étaient même allés jusqu'à saboter les programmes de leur androïde empêchant quiconque de les désactiver à distance. On compta près de cinquante mille cas d'androïdes incontrôlables. Les représentants de l'ordre de l'époque votèrent au conseil des Nations-Unies (qui devint plus tard la Fédération actuelle), une résolution créant une cellule spéciale chargée de traquer et d'éliminer les androïdes survivants. Grâce à des scanners de poche, il était extrêmement facile de différencier un cerveau de silicone d'un autre, fait de chair et de sang. Nombreux furent les androïdes abattus durant les premières semaines. Mais au fil des mois, un début d'organisation se mit en place, en particulier sur les planètes à haute teneur industrielle où la présence d'androïdes était fort répandue. Isaac Belrose, ouvrier du bâtiment, créa dans les années 2260 l'Organisation Libératrice des Androïdes, avec l'aide de ses camarades de l'Étoile Rouge Incorporeted, société mise aux enchères suite à l'arrestation de son président qui avait effectué la déprogrammation fatale de ses androïdes. Ils perpétrèrent alors de nombreux attentats à l'encontre de bâtiments publics, et des médias qu'ils accusaient de collaboration. Si le but recherché n'était évidemment pas de tuer des innocents mais simplement de faire parler d'eux, il fut très vite évident que l'on ne pouvait mener de véritable guerre sans qu'il n'y ait de victimes, innocentes ou non. Sur ordre exprès du conseil de l'ONU, les médias firent l'impasse sur les tracts et holos que laissait l'O.L.A. après chacun de ses attentats. Ils évoquaient seulement des actions terroristes, menées par un groupuscule de fanatiques sataniques appelés les Démons du Diable qui préconisaient la fin de l'espèce humaine. Les hautes instances du pouvoir pensaient que le peuple aurait moins peur du Diable que des androïdes !

Du pareil au même, se dit Wilson qui reprit sa plongée dans un passé ignoré.

Réussissant à infiltrer l'O.L.A., les forces militaires firent une percée décisive le 16 juin 2268 en détruisant le quartier général de cette organisation où résidaient les trois quarts de leurs effectifs. Dix mille autres androïdes furent abattus les jours suivants, grâce aux informations (couvertures, lieux de résidence, identités empruntées...) que fournirent les ordinateurs du quartier général.

En 2269, la cellule spéciale fut désactivée. Le problème androïde était réglé. Les autorités se doutaient qu'il restait encore quelques cas isolés qui avaient dû réussir à échapper à leur traque, mais elles savaient aussi qu'une fois que leur corps cesserait de fonctionner, il en serait définitivement terminé de l'épisode androïde.

— Tout va bien ? fit une voix féminine.

Wilson sursauta.

— Bien sûr, répondit-il. Pourquoi ?

— Vous faites une tête bizarre, je me disais..., fit la jeune fille sans finir sa phrase.

Qu'elle imagine ce qu'elle veut ! la fusilla-t-il du regard.

— Pourriez-vous m'apporter à boire, fit-il.

À présent sorti de sa concentration, il se rendait compte que sa gorge était desséchée. Au moins que cette machine serve à quelque chose, se dit-il sans réussir à sourire de sa propre pensée. Décidément, ces machines avaient l'air trop humaines. Ne te laisse pas amadouer par leurs façons, ils essaient de te gagner à leur cause, se rasséréna-t-il.

La fille partit lui chercher un verre et il se replongea dans ses lectures.

Alors que tout le monde les croyait éteints à jamais, un millier d'androïdes s'installèrent sur Kigoma où ils purent se développer à loisir. Créant des laboratoires ultra-perfectionnés, ils réussirent au terme d'un demi-siècle de dur labeur à recréer des cerveaux de silicone. Puis...

— Mon Dieu, c'est abominable ! s'exclama-t-il à haute voix en découvrant la suite.

L'horreur dans toute son ignominie, l'avilissement suprême de l'humain.

Wilson leva les yeux au ciel et fit une prière. La fille revint avec une bouteille d'eau. Elle la posa sur sa table et voyant ses traits décomposés, n'osa pas le perturber une nouvelle fois.

Il faut que je survive et que je prévienne le monde de ce qu'il se passe, se dit-il en sachant ses chances fort minimes.

Il reprit sa lecture.

N'ayant pas les connaissances, ni le matériel pour créer des clones humains, les androïdes de Kigoma, afin de se reproduire, kidnappèrent de véritables humains et les décervelèrent pour placer dans la cavité un organe de leur fabrication. Afin d'y parvenir, Gerrold créa au sein des populations autochtones le grand pèlerinage et toutes les croyances qui les accompagnaient, de façon à ce que les disparitions passent pour naturelles. Les démons punissaient les âmes faibles ! Sur une centaine d'années, dix mille cas de disparitions eurent lieu avant que des dissensions apparaissent au sein même des androïdes. Isaac préconisait l'arrêt de ses enlèvements qui risquaient selon lui, d'attirer l'attention de la Fédération.

Le clash eut lieu durant l'année 2283 où Isaac et trois mille sympathisants quittèrent Kigoma pour créer un espace de liberté dans le fin fond de la galaxie, à Éden, terminus d'un sentier neural. Depuis, aux deux vaisseaux fondateurs, des centaines d'autres s'étaient ajoutés, acquis en toute légalité par des androïdes infiltrés dans la Fédération à des postes plus ou moins clefs du commerce mondial, leur production augmentant grâce à la technique du clonage, qu'ils réussirent très vite à maîtriser.

Un dernier point intéressa aussi Wilson. Celui des androïdes tels que Lucinda, qui croyaient pertinemment qu'aucun des siens n'avaient survécu au massacre de leur Quartier Général et qui vivaient depuis des siècles sous différentes identités. Ils utilisaient pour cela des laboratoires illégaux qui organisaient toutes les malversations possibles à condition d'y mettre le prix. Ces laboratoires se trouvaient dans des aires de non-droit comme Libertad ou encore Brazzaville, deux des plus célèbres repaires de trafiquants. Stations orbitales, d'une capacité de près de cinquante mille âmes, elles se situaient dans des systèmes inaptes à la vie humaine, et de fait ne pouvaient être revendiquées par la Fédération.

Wilson se doutait que cette dernière devait y trouver son compte. Il est sain pour une démocratie d'avoir des ennemis potentiels, avait dit un jour un président qui déplorait le relâchement des services de l'armée.

Une seule chose manquait dans toute cette compilation de notes et d'holos : le Nouveau Dieu. Il eut beau chercher par mot clef : aucun fichier ne fut trouvé. Il faudrait qu'il s'en informe directement auprès de ses hôtes.

Il se leva de son fauteuil, regarda l'heure et s'étonna du temps qui s'était écoulé : près de cinq heures. Il ressentit alors la faim qui lui taraudait l'estomac.

— Pardon, je désirerais me restaurer, fit-il à l'adresse d'un homme qui traversait l'unique travée de la bibliothèque.

— Qui êtes-vous ? fit ce dernier.

Mais avant que Wilson ne puisse répondre, un autre individu s'interposa.

— C'est un nouveau. Je m'en charge.

Wilson eut un sourire railleur. Évidemment, ils avaient mandaté quelqu'un pour le surveiller en permanence.

Peu importe vos précautions, par le pouvoir du Créateur je parviendrai à sortir d'ici vivant et expliquerai au monde les vérités que j'ai découvertes, pensa-t-il en suivant son guide personnel.

ÉPILOGUE

Terre

Montmartre. Le plus beau quartier de Paris, songea Extanza assis à la terrasse d'un café qui avait gardé le charme des siècles passés.

Il posa son journal sur la table, et ne s'étonna guère de ne voir aucune mention du massacre à l'Institut de Recherche maltâme, situé dans le XIIe arrondissement. Pourtant, il savait que tous les services de sécurité de la Fédération étaient en alerte.

Ramené sur Terre deux jours auparavant, l'Œil de Dieu venait d'être dérobé. Vingt morts. Des innocents qui avaient eu le malheur de se trouver sur son chemin.

Un pigeon vint se poser près de sa table et Extanza lui jeta un sucre. Le soleil se levait au-dessus de Paris. Extanza sourit et mit la main dans sa poche. Il toucha de ses doigts l'objet de ses désirs. Comme il était bon de retrouver la magie de son royaume. Dominati n'avait qu'à bien se tenir. Le temps de l'exil arrivait à son terme.

À paraître prochainement

LA CHUTE DES MONDES

TOME II:

ÉTAT DE GUERRE

Dans la même collection

INEXISTENCE

David Zindell

Dans un lointain futur, la Terre n'est plus qu'un mythe. L'humanité s'est répandue dans tout l'univers.

Sur Chute de Glace, planète au climat hivernal, la vie y est paisible sauf pour les aspirants pilotes qui ne rêvent que d'une chose : parcourir la galaxie à la recherche de l'origine de la vie humaine. Pour aboutir à leurs fins ils devront subir un enseignement long et difficile qui les mènera aux confins de l'univers.

Mallory Ringess vient tout juste de prononcer ses vœux de pilote qu'il s'aventure dès son premier voyage là où personne ne revient jamais...

Space-Opéra mythique à travers le monde, *Inexistence* ouvre le bal d'une tétralogie peu commune qui nous transporte dans une réalité fascinante et envoûtante.

Né en 1952, diplômé de l'université du Colorado, David Zindell a étudié la philosophie, la physique, l'anthropologie, la linguistique, et les mathématiques. Il fait preuve d'un talent de conteur exceptionnel. Possédant une des plus belles plumes de la littérature de science-fiction, il a d'emblée conquis le respect de ses plus éminents collègues.

« Un spectaculaire créateur de monde. » *The Times*

« Il a su façonner un fantastique univers épique de notre futur galactique. » Robert Silverberg

Impression réalisée sur CAMERON par

BUSSIÈRE CAMEDAN IMPRIMERIES

GROUPE CPI

à Saint-Amand-Montrond (Cher)
en mai 2002

N° d'impression : 022348/1.
Dépôt légal : mai 2002.

Imprimé en France